大都督

川军鼻祖尹昌衡

田闻一 ◎著

中国文史出版社

图书在版编目（CIP）数据

大都督：川军鼻祖尹昌衡 / 田闻一著. —北京：
中国文史出版社，2019.1

ISBN 978-7-5205-0617-5

Ⅰ.①大… Ⅱ.①田… Ⅲ.①传记小说—中国—当代
Ⅳ.①I247.5

中国版本图书馆CIP数据核字（2018）第233994号

责任编辑：牛梦岳

出版发行：中国文史出版社

社　　址：北京市海淀区西八里庄69号院　邮编：100142

电　　话：010-81136606　81136602　81136603（发行部）

传　　真：010-81136655

印　　装：北京温林源印刷有限公司

经　　销：全国新华书店

开　　本：787mm×1092mm　1/16

印　　张：25

字　　数：370千字

版　　次：2019年3月北京第1版

印　　次：2019年3月北京第1次印刷

定　　价：68.00元

目录
CONTENTS

- 第一章 -

红袖添香遇险

1911 年（辛亥）的成都深夜。

这夜星河灿烂。那轮巡行在钢蓝色夜幕上的皎皎明月，随着夜色深沉，隐进了白莲花的夜幕里，随即被卷上来的黑绒似的夜幕裹紧。于是，新任四川省军政府军政部长尹昌衡家月光如水的庭院，一下子隐进了朦胧的黑暗。而阶沿下、庭院中、假山下、鱼池边，原先如鼓的蛙鸣、蟋蟀的鸣唱也渐次减弱，最后趋于沉寂，万籁无声。

"当——当——当！"这时，高墙外，更夫突然敲响了三更："家家户户，当心火烛！"更夫苍老的声音和着水波纹一样的铜更声渐行渐远，竹梢风动，有种说不尽的悠长、凄迷意味。这时，尹家后院，有一缕橘黄色的灯光从一扇窗棂里流泻出来，洒在窗外的鱼池假山上——只有尹昌衡还在黄夜批阅公文。

电灯早已停熄。成都唯一一家私营电灯公司——启明电灯公司因为战乱，至今尚未恢复正常运行。虽说公司对省市几个要害部门特别优待，但过了午夜也拉了闸。

军政部长那张宽大锃亮的办公桌上，现在点的是两支大红蜡烛，大红蜡烛拄在左右两只对称的栀子形铜烛台上，随着蜡烛的燃烧，不断往下流着浊泪。烛光幽微跳跃，使时年二十七岁的军政部长，于朦胧中显得格外英武沉稳。他个子很高，一米八几，因此有"尹长子"之称。一身戎装的他，这会儿越发显得四肢修长，体格结实匀称，肩宽腰细，五官端正，隆准剑眉黑发，双目炯炯有神，不管从哪方面看，他都是一个无可挑剔的美男子。

忽然，他从厚厚的卷宗中抬起头来，看着闪烁跳跃的烛光，不禁皱了皱剑眉，长条脸上流满了忧思。新生的军政府如今形势异常严峻。11月27日，有"四川屠户"之称的川督赵尔丰，虽然在形式上将政权交给了立宪派领导人蒲殿俊——双方请省城绅士出面，拟定了《四川独立条约三十条》，实际上赵尔丰是退为进，蒲殿俊等人对赵尔丰作了最大的妥协。条约规定，蒲殿俊为大汉四川军政府都督，但军权仍由赵尔丰的旧部朱庆澜掌握，而且朱庆澜还是副都督。条约保留赵尔丰由清政府授予的川滇边务大臣衔，准他暂留成都。而且，川局以后仍然每年向赵尔丰提供三十万两银养他的边兵。旗人方面，居住在洞天福地般少城内的旗人终生享受的俸禄，亦由军政府照样供应。条件如此优厚，赵尔丰仍不满意，提出：他除节制现驻扎在川康一线，由傅华封率领的边军十一营外，有可能还要招募兵丁，扩大边军，以后增加的开支也需四川新局供应……软弱至极的蒲殿俊等人——满足了赵尔丰的要求后，赵尔丰这才交出大印。同日，"大汉四川军政府"在成都宣告成立。

蒲殿俊上任伊始，很快公布了军政府组成人员名单，唯最重要的一角——军政部部长空缺。这是有缘由的，长期以来，尹昌衡在川军中深孚众望，而且新军高级将领，如彭光烈、宋学臬、孙兆鸾等都信服尹昌衡，跟在他身边团团转，却根本就没有把书生一个的蒲殿俊等放在眼里。蒲殿俊不选尹昌衡做他的军政部长，当然也不敢选他人，军政部队这一角就搁置了。彭光烈、宋学臬、孙兆鸾等人非常气愤，怒冲冲找上门去质问蒲殿俊，说："尹昌衡明明是军政府军政部长的不二人选，你为啥子专门不要他出任？以前赵尔巽、赵尔丰兄弟当川都督时压制他，未必今天你蒲伯英（蒲殿俊，字伯英）也容不下他？你不说清楚，今天我们就不答应！"

看着这满满当当一屋子身穿黄呢军服、腰上别着手枪，挎着指挥刀、或坐或站的兵爷们怒气冲冲的样子,副都督朱庆澜的心早就虚了。蒲殿俊也是暗暗心惊,绵扯扯地说:"各位有这个要求,很好。我们会慎重考虑,是不是请各位先回兵营去,让我们商量商量?"

蒲殿俊,时年三十六岁,他是个饱学之士,广安人,清光绪年间的进士。1904年赴日本法政大学留学,专修法律,1906年,在日本发起并成立川汉铁路改进会,旨在抵制清政府向西洋列强借款修路。1908年学成回国在京任法部主事,后回川。1909年任四川咨议局局长,鼓吹保路,为川省保路运动主要领导人。

彭光烈见蒲殿俊如此搪塞,毛了!他用一双虎彪彪的眼睛,愠怒地上下打量了一下蒲都督。蒲都督皮肤白皙,方正的脸上有双细眯细眯的眼睛,缺少杀气;头上剪的寸头,头发又黑又粗,个个钢针般直立;中等身材,西装革履,一看就是个中西合璧的知识分子。

这样的人往往吃硬不吃软!看蒲殿俊如此不像话,彭光烈发作了。他走上前,碗大的拳头"砰!"的一声往桌上一砸,穿着马靴的脚一只抬起,踩在凳上,两条眉一耸,满带杀气地沙声沙气地说:"既然军中弟兄们都推举尹硕权(尹昌衡,字硕权)当军政部长,这还有啥子商议的?找哪个商议!四川人办自己的事,肯信还要别人点头才行!俗话一句,'四川猴子——服河南人牵',根本就没有那样的事!"在场的军官们全都附和,军刀枪械弄得乒乓响,简直就是要兵变的样子。

蒲殿俊吓住了。

"好吧!"他开始下软话:"既然你们这些新军的盖面菜(四川话:代表人物)都一致推选尹昌衡作军政部长,我看也行。不过,事关重大,总得容我与有关方面商量一下!"看宋学臬又要毛,他赶紧改口:"所谓商议,不过是个程序,请诸位宽限两日行不行?"至此,彭光烈、宋学臬、孙兆鸾等这才带着一帮高级军官走了。走时,他们故意把脚上的马靴在地板踩得咚咚响,无异于示威。

蒲殿俊之所以不喜欢尹昌衡,一是不喜欢他的桀骜不驯的个性;二是因蒲殿俊本身是立宪派人,与激进的同盟会还有相当的距离。而尹昌衡、彭光烈等人都是同盟会的。事后，他就此事征求了副都督朱庆澜的意见，朱坚决反对，又找罗纶等人谈，他们的态度却是不置可否。他想把军政部长这个要职给周骏。周骏，四川金堂县人，与尹昌衡一样，是日本东京士官学校留学生，时任新军团长，军衔比尹低一级。就在蒲殿俊找到周骏，两下讨价还价之时，从彭光烈处得知消息的尹昌衡稳不起了。那天早晨，他身着一身蓝色仿绸长袍，装作很悠闲的样子，来在岳府街，在门口挂有军政府（筹）白底黑字的牌子前踌躇再三，他想进去，却又找不到进去的理由；想离去，又不愿意放弃。反复再三，就在他决定走时，适逢已经被提名为民政部长的邵从恩送客出来，看到他马上招呼："硕权，你来得正好，蒲伯英正要找你！"

尹昌衡心中一喜，跟着邵从恩进去了。

"四川省军政府马上就要宣布成立，实乃我川人破天荒之大事！"蒲殿俊如此说。尹昌衡正等着他说下文，蒲殿俊却转了口气，说："硕权，你是军事上的行家，以后这方面的事要请你多帮忙！"

"帮忙？"尹昌衡很不以为然地说，"这个忙怎么个帮法？"

"叶荃是你留日时的同学吧？"

"叶荃！"尹昌衡明白蒲殿俊找他的用意了。叶荃，字香石，云南省人，人长得黑瘦黑瘦的，眼睛有些凹，目光贼亮贼亮的。这人不仅是他留学日本东京士官学校的同学，过后还做过一段时间的同事。他从广西桂林回川后，在川督赵尔巽那里当了个官职，说起来不小，军衔是少将，却是没有实权的编译科科长。当时，叶荃在教练处做帮办，他们的办公室门对门。这个人思想很守旧，忠于清廷，现在他手中有五营精兵，驻扎在嘉定（现乐山），对新生的军政府采取敌视态度，随时都可能挥军向成都进攻。对新生的军政府有相当大威胁。

尹昌衡要蒲殿俊说明。蒲殿俊说他现在是光杆司令，省内的好些军队他都调不动，他请尹昌衡出面去乐山说服叶荃归顺军政府。

"我就这样单人匹马去嘉定（乐山），要叶荃归顺？"

"你们是同学嘛，过后又是同事，你在川军中又有威信……"蒲殿俊一个劲给尹昌衡戴高帽子。

"叶荃这个人我了解，他不吃这一套！"

"那你说咋办？带兵去打？"

"你手中有这样的力量吗？！"尹昌衡给他算了笔账，如数家珍：赵尔丰留在打箭炉（现康定）一线的十一营百战边兵，最近不知是不是赵尔丰在暗中授意，由他的心腹大将、川边代理大臣傅华封将川藏间的藩篱尽撤，带着边兵不管不顾地朝成都方向靠，也不管西藏十三世达赖叛变加剧！而军政府现在唯一可用之兵都由彭光烈带到雅安去了，准备阻击傅华封。

"是呀！"蒲殿俊说时牙痛似的咧了咧嘴，两手一拍，一副捉襟见肘、愁肠百结的样子。

"好，我答应你！"尹昌衡深明大义，说，"我可以去嘉定解决叶荃的问题！"

"太好了！"蒲殿俊高兴得两手一拍，"不知硕权你有些什么要求？"

"简单，就是要点钱。"

"好多？"

"大洋两千！"

尹昌衡刚刚回到家中，蒲殿俊就派人把钱如数送来了。尹昌衡从新军中找来二十个相知的军官，为首的叫黄泽溥，代表军政府发给每人一百块大洋，交代了任务。这二十个军官很听尹昌衡的，即刻买舟离蓉，去了嘉定（乐山）。在乐山，他们按计而行，尽可能地在叶荃军中进行分划瓦解，联络同学、好友、故旧，挖叶荃的"墙脚"。看这些工作进行得差不多了，黄泽溥去接近叶荃，带去了尹昌衡的问候。

对于这个"问候"，叶荃心中清楚，却不以为然。为了表明他反对军政府的态度，他大摆宴席，先是请以黄泽溥为首的二十名军官赴宴，宴席上他大放厥词。然后，又请黄泽溥等在"嘉定大戏院"看戏，当然，他手下军官也都在邀请之列。这晚，叶荃故意点了一出《取成都》，其用意，一目了然。戏开始前，叶荃跳上戏台，明晃晃的灯光下，只见他将手在武装带上一叉，大声武气地说："今晚我请各位看一出《取成都》，明天我就带领大家真的去取成都……"话未说完，场上"砰！"的一声枪响，打熄了叶荃头上的一盏灯。

与此同时，场上反正的军官们纷纷开枪，场面极度混乱。叶荃情知大势已去，赶紧趁夜溜了，带一部分亲信溜回了云南。

而就在尹昌衡立下大功之时，蒲殿俊却不管不顾地将军政部长这个最重要的职务给了周骏。他趁彭光烈、宋学臬、孙兆鸾这些尹昌衡的"贴心"都带兵在外镇压赵尔丰余孽之时，宣布了这项人们久久期盼的任命。

可是，蒲殿俊的算盘打错了，他低估了尹昌衡、彭光烈等一批人在川军中的作用。当周骏宣布就任，并在家中大摆宴席，遍请川军中营以上军官时，竟无一人登门，这就表明，在川军中，无论是旧军还是新军，他都指挥不动。周骏又羞又恼，当即向蒲殿俊递交了辞呈。

至此，自以为大权在握的蒲殿俊和赵尔丰的旧部朱庆澜才知道"锅儿是铁打的"，知道了尹昌衡在川军中雷打不动的地位。蒲殿俊后悔、着急，不得不放下架子去请尹昌衡"消除误会"，"为大局计，一定出山，荣任军政部长"！

尹昌衡素来心胸宽广，也不同他计较，只是幽了这个最后只当了12天都督的蒲殿俊一默。"咦，蒲伯英！"他说，"你硬是磨子上睡觉——响（想）转了嗦！"而他上任伊始，立刻将彭光烈、宋学臬、孙兆鸾等人放到了最重要的领军人物位置上。

这会儿，让尹昌衡深感不安的是，上任不几天的军政府都督蒲殿俊，先是给军中放假，而明天却又要在北较场举行阅兵式。军政府刚刚成立，不稳定因素很多，况且，军队已经很长时间没有关饷。弄不好，在阅兵时，如果有人暗中挑动，发动兵变也不是不可能的，他在当天下午已经再三劝阻蒲殿俊放弃明天的阅兵式，可蒲殿俊就是不听！

突然，他感到饿了，很饿很饿。他从荷包中掏出一个金壳瑞士怀表看了看，不由皱了皱眉：到这个时候了，翠香咋还不送宵夜来？往天这个时候，酒菜早已摆了上来。他精力过人，在这非常时期，他常常通宵达旦地工作。他可以不睡觉，二十四小时连轴转，却不能少一样——酒！他善饮，且酒量过人。他最爱绵州大曲，兴致来时，一口气可独饮四瓶，他是个"爱书爱酒爱剑爱美人"的年轻人。

翠香到哪里打晃晃去了？啄瞌睡去了……不可能！翠香是姨太太杨倩的贴身丫头，杨倩是个对自己多么体贴而对下人又是多么严厉的主子，翠香是个多听话多把细的丫鬟，咋会有这等粗疏之事，这样的事从未出现过！尹昌衡越想越狐疑，他抬起头看着门，脸色有些愠怒。忽然，他听到从远处传来的脚步声，他凝神静听，越听越不对劲。

尹昌衡是离成都仅几十里的彭县人，祖籍湖南，是"湖广填四川"的后裔，他出生于彭县乡下的一个耕读世家，少时家贫。1902年以优异成绩考入四川武备学堂第一期，因为在军校中出类拔萃，一年后就被清政府保送去日本东京陆军士官学校步科学习了六年。他是个训练有素的专业军事干才，他一下就听出来了，来人不是翠香。翠香穿双底子很薄的布鞋，走路时脚步爱擦着地皮，走得嚓、嚓的很轻。猛地，他露出惊讶的神色，他听出来了，是姨太太杨倩来了，她怎么来了？

"哪个——"这时，只听门外守卫的卫兵莽声莽气地喝问。

"我的声音都听不出来了嗉！"杨倩的一口成都话说得脆生生的，尾音拖得很长，听得出来，她很不高兴。

"咦，死女子！"杨倩人还未到，声音早到了，"你硬是赵巧儿送灯台——一去不回来喃！"

"啊，是太太嗉！"门口卫兵压低声音说，"三更都过了，部长还不肯休息，我们咋劝他都不听。太太，你去劝劝吧！"

随即，门"咿呀"一声轻轻推开了。杨倩转身关门时，头都不抬就开骂："翠香，啥时候了，还不转去？鬼迷心窍了嗉！"她认为颇有些姿色的丫鬟在同丈夫调情。及至她转过身来时，抬起头，灯光下看得分明，姨太太好个二八佳人。她容貌姣好，刚从暖室里来，身上穿了件银狐色夹旗袍，紧裹着玉体，把她窈窕、颀长而又丰满合度的美妙身躯展露得淋漓尽致。一双顾盼流动的杏眼，伏在弯月似的黛眉下。她剪着齐耳短发，香腮红喷喷的，在这寒冷的冬夜，越发显得她青春勃勃、光彩照人。

其实，时年二十七岁的尹昌衡尚未完婚。她的未婚太太名叫颜机，出身名门，目前尚在广西。之所以他先娶姨太太，有段缘由。

1909 年，尹昌衡以优异成绩结束了在日本东京士官学校的六年留学生涯回国，按规定去北京武英殿会试分配工作。场面隆重。只有三岁的小皇帝爱新觉罗·溥仪，就是日后清末的最后一个皇帝宣统，被他的生父摄政王照看。宣统像个玩具娃娃一样坐在镶金嵌玉的御椅上，煞有介事地注视着这批学成归来的大清国的军事干才。

兵部尚书应昌担任主考。号称北洋三杰之一的段祺瑞是考官，他叫着候在殿下的学生的名上来接受应试。轮到了尹昌衡。当时，他的名字叫尹昌仪，字凤来。这又有个讲究。尹昌衡出生时，是难产的，母亲在床上辗转呻吟，难受之至，接生婆也请了，就是不落地。不知从何飞来一只大鸟栖息于窗外树上，婉转啁啾，五彩斑斓，极为俊逸。其父尹仕忠疑这是传说中的凤凰，很为怪异，他指着在树上婉转啁啾、五彩斑斓、极为俊逸的大鸟说："凤凰，我妻肚中娃若是你投的胎，只管放心而去，我们会好好待他的！"在床上痛苦至极的母亲闻言也频频点头，"凤凰"这才放心，冲天而去。与此同时，"哇！"的一声娃娃落地，好大个胖小子，称称足有十斤，于是其父为他取名昌仪，字凤来。

尹昌衡从小读书有天赋，又用功，强学博记，融会贯通。渐长后，他对自己的名字很不满意，他认为"仪"字缺少力度，对"凤来"更不喜欢。《明史》有载，宦官大奸魏忠贤把持朝政期间，宰相施凤来就迎合魏忠贤，名列"阉党"，恶贯满盈，他怎能与这个施凤来同一个名呢！然而，古圣人曰："身体发肤受之父母！"名字岂能是他想改就可以改的？现在，机会来了。

"尹昌、尹昌！"段祺瑞一连叫了两遍，见无人应，毛了！圆睁一双鹰眼，虎威威地环视了一遍站在殿下应试的学子们，高举朱笔威胁："尹昌未到吗？我再点一道，三点不到就除名。"话刚落音，尹昌衡大步上前，捋捋马蹄袖，跪在红地毯上，声音朗朗地说："想来大人刚才点的是小人名，因为名字中还少了最后一个字，所以不敢答应。"

"糊涂，你那最后一个字能叫吗！"听了段祺瑞此说，尹昌衡猛然醒悟，自己名字中最后那个"仪"中犯了当今皇上的讳，便说，"请大人赐最后一个字。"

"就叫尹昌不好吗？"

"'昌'是我们尹家的排号。"

"这个，这个！"段祺瑞语塞，有些不耐烦了，说："那你名字中最后一个字，自己取吧！"

"衡！"尹昌衡说，"最后一个字是衡，'百金之子不骑衡'的衡。"

"好！"段祺瑞应允，尹昌衡终于给自己争取到了一个满意的名字。

因为在日本留学时，他与志同道合的唐继尧、李烈钧等人结为兄弟，加入了孙中山同盟会的秘密军事组织"铁血丈夫团"。他们在日本的言行，为清政府闻讯，却又没有拿到实据，将他们暗中列为"不可靠分子"。因此，虽然他们会试的成绩都不错，却被拈过拿错，判为"成绩不好，不予录用"。唐继尧被列为榜尾，唐大哭，说是"无脸见人"了。

尹昌衡还算幸运，后来被分配到天津北洋第三镇做见习哨官（排长），同事钮永建、李书城是他留日时的同学，很为他不平，认为屈了才，恰好李书城与广西巡抚张鸣岐是表亲，广西又正需要人才，这就相约前去投奔。张鸣岐一眼就认定了尹昌衡，认为他有"元龙之气，伏波之才"，任命他为刚刚创建、即将招生的广西陆军学堂教务长（教导主任），而同时留日东京士官学校的同学，不过比他早三期的蔡锷是校总办（校长）。他们二人志趣相投，倾向革命，把陆军学堂办得极有生气。

那时的广西桂林真是四川的人才荟萃地。新军协统胡景伊是川人（当时，清廷规定每个省只有一协军队，协相当于一个师），清末四川最后一个状元骆成骧和颜缉祜、颜楷父子也在那里。颜氏父子是有名的学者、书法家。当时，骆和二颜在广西法政学堂分别做监督、总办……时间不长，颜缉祜老先生慧眼识英才，看中了尹昌衡，托骆成骧出面，给自己的女儿、颜楷的妹妹颜机提婚。颜机年轻貌美有才，大家出身，尹昌衡很乐意，一说就成，双方订了婚约。

尹昌衡到哪里都不改脾性，在桂林他锋芒毕露，同当地同盟会关系密切，与覃鎏鑫、吕公望、赵正辛等人主办了《指南月刊》，因主张革命，言辞激烈，引起了张鸣岐的不满，被勒令停刊。再经秘密调查，发现尹昌衡思想激进，张鸣岐觉得他"傲慢不羁""好饮酒赋诗谈革命"，时常发些"有志须填海，无权欲陷天"的感叹，被吓住了，就委婉地给尹昌衡传达出解聘之意。

尹昌衡本是个红脸汉子，哪能受得了这个，主动辞职了。回川前夕，张鸣岐设宴送行，宴席上告诫他"不傲不狂不嗜饮，则为长城"。尹昌衡根本不接受，对以"亦文亦武亦仁明，终必大用"。宴会后，颜楷代表父亲找他恳谈，并将一封颜缉祜写给川督赵尔巽的信递给他，说："我父亲同川督赵尔巽交情不错，你回川后将信交与赵督，你本身也有才，估计赵督会善待于你，量才录用的。"说到这里，一身长袍马褂的颜楷看了看戎装笔挺、长身玉立、英姿勃勃的尹昌衡，缓声问："如果我没有记错，你今年已经二十有五了吧？"

"是。"

"按说，你是该完婚了，然而，一则不是时候，二则令妹年龄比你小了将近一半，也还未到出阁期。现在你们完婚不合适，家父的意思是，你回到成都后，如果生活上需要人照顾，要娶房侧室也可以。"说到这里，经学大师颜楷白皙的脸上有些潮红，心里很不平静，注意打量未来妹夫的表情。

"要得！"尹昌衡快人快语，回答得很干脆。回到成都后，他就先讨了房姨太太杨倩，杨倩是成都人，年轻美丽，性格有些躁辣。生活上，她把尹昌衡经佑得巴巴适适的，会唱竹枝词，又是新婚，真是一时不见，如隔三秋。这不，杨倩找来了。

"咋的？"尹昌衡看着满是怒气和醋意的姨太太："翠香根本就没有来过嘛，到这时了，连鬼花花影子都没有看到嘛！"

"咦，死女子，简直是在臊皮，一会儿见到她，我喊她拿话来说！"说时，出水芙蓉般的杨倩看着夫君嫣然一笑，娇嗔地噘起樱桃小嘴，桃腮绯红，偎在丈夫身上，用一双美目含情脉脉地看着他，"三更都过了，还不睡？"

"我事多，你先安息吧！"

"你不睡，我也不睡！人家一个人等你，等得毛焦火辣的！"说时动动丰满合度的身子，随手从头发上取下一支银簪子，调皮地一笑，拨灭了一支红蜡烛，屋内的光线骤然黯淡了许多。年轻的军政部长一下子心跳如鼓，血液加速，挽紧了杨倩的细腰。

"你是要学关二爷（关公）秉烛待旦，还是要学柳下惠坐怀不乱？"杨倩扬眸粲然一笑，越发水灵娇媚。尹昌衡把她抱得更紧，感到她年轻丰腴的肌体在微微颤动。他开始有些不能自持。

杨倩轻轻打了一下他的手，吁吁轻喘道："回家嘛！"

"好，回家！"年轻的军政部长这才站起身来，挽着姨太太朝厅外走去。

刚出门，一股不祥的冷风迎面扑来。尹昌衡喊声不好，将杨倩顺手往屋内一推，敏捷地往阶檐上的大红柱后一躲。说时迟那时快，一只飞镖"嗖！"的一声插到他面前的抱柱上。

"刺客，你哪里走！"熹微的天幕背景上，尹昌衡只见自己的镖师燕子武七从檐下忽地跃起，箭一般飞射到院子中那株虬枝盘杂的百年古柏上，一声怒喝，劈手去拿刺客。两个人开始激烈交手。武七个子比刺客小得多，但手段明显高强，出手千钧，招招式式都是杀着。两人在树上闪转腾挪，拳来脚往，连合抱的大树也在发抖。

卫兵慌了手脚，举枪要打。

"憨包儿！"尹都督一声断喝："这都打得吗？你不看两个人在树上缠在一起！"看卫兵放下枪，他转身招呼杨倩："快来看啊，燕子武七平素正愁找不到对手，今晚算是对了。"说时，卫队长马宝带着一队卫兵赶到，内中不乏神枪手，几次举枪欲打都被尹昌衡制止，他要大家放下心来欣赏这场精彩的擒拿格斗。刺客虚了，想溜，燕子武七哪能放过，他像猫抓到了耗子，不忙弄死，先是放在嘴边慢慢把玩。见刺客已经招架不住，武七也不愿再玩下去，猛地跃起空中，"嗨！"的一声，抡起关大刀似的一只胳膊，倏忽一闪，砍在刺客颈上。

刺客惨叫一声，像只沉重的麻袋，跌落地上。

"绑起来！"卫队长马宝大声命令，卫兵正要上前，"慢！"尹昌衡走上前去，一把提起刺客，家伙颈项已不能转动，连声哀告："部长饶命！"听声音耳熟，借着熹微的天光看去，尹昌衡大惊："啊，这不是赵尔丰的镖师——草上飞何麻子嘛！？"

何麻子跪在地上连叫饶命，磕头如捣蒜。

"饶命不难。"尹昌衡说，"不过，你话要讲清楚，你为何要来杀我？是谁派你来的？赵尔丰？"

"是。"

"他不是已经向军政府交权了吗？我们与他已经达成了协定，他为何又派你来杀我？"

"总督大人赵尔丰后悔了。"何麻子说，"他现在才知道宣统皇帝并没有倒，也没有宣布退位，还住在紫禁城里的金銮殿上。赵尔丰日前已派人到打箭炉（康定），通知傅华封火速带兵杀到成都夺权，却不意部队在雅安、邛崃一线遭到彭光烈率领的第一师和沿线同志军阻击，过不来。赵尔丰急了眼，派我趁夜来杀你，还说你是——"何麻子说到这里，贼眉贼眼地瞟了尹都督一眼，话没有说下去。

"赵尔丰说啥子？"尹昌衡厉声喝问。

何麻子身子抖了一下："说你是四川的'祸根'，只要除掉你，四川又是大清的，也是他的。"

"啊！"尹昌衡完全明白了，他略为沉吟，"你藏身树上多久了？"

"因为部长的大院防守很严，一直进不来。天黑以后，我好不容易抓到一个机会，运起轻功，逾墙上树，却又无从下手，心中着急。适才见部长偕夫人出来，见机会正好，'赵屠户'又催得紧，实在没法，冒犯了部长大人，实在是罪该万死。不过，请部长看在小人家有八十岁老母需要抚养，我也是身不由己，乞望宽恕，小人下次再也不敢了！"尹昌衡看何麻子说得可怜，想想也是情有可原，就吩咐卫兵将他松绑，又要镖师武七将他动弹不得的颈子扳转来。

"不忙！"尹昌衡就要放何麻子走时，姨太太杨倩心细，问刺客，"何麻子，你老实说，我派去给部长送夜宵的丫鬟翠香，是不是被你杀了？"

何麻子一听如遭雷击，浑身簌簌发抖，尹昌衡这才想起这事，要卫兵们四处寻找，很快，在假山后发现了翠香尸体。

"何麻子，你禽兽不如！"尹昌衡勃然大怒，指着何麻子大骂："你要杀我，是赵尔丰威逼，尚有一说，可是你滥杀无辜，这就没有话说，杀人抵命！"话刚落音，草上飞忽地蹿起，运起轻功，就要越墙逃跑，看武七和卫兵们要动手，尹昌衡挥手制止，冷笑一声："看刀！"说时眼疾手快，从腰上拔下匕首，手一挥，白光一闪，扑地一声，何麻子应声倒地。卫兵上前一看，伸手一摸，匕首正中何麻子要害——死了。

军政部长当即指示卫队长马宝，将草上飞悄悄埋了，并要属下们严格保密，务必不要走漏风声让赵尔丰知道。马宝等人连连点头遵嘱。

- 第二章 -
深夜里，"四川屠户"赵尔丰思绪绵绵

赵尔丰在督署的卧室宽敞舒适，古色古香，很简洁。临窗摆着一张宽大的签牙桌，桌子正中摆着一尊洁白的玉瓷菩萨。菩萨两边对称摆着两个青花鼓肚小耳圆瓷罐，罐里装满了他爱吃的萨其马等点心。尽管身处富庶的成都，然而以往由于长期戍边作战，因此他养成了吃饭不正点、爱吃零食的习惯。整间卧室显得空荡荡的。作为清廷的封疆大臣，官至一品的原四川总督的卧室，未免显得有些寒碜。不过，他无所谓，他习惯了这种简洁的生活，他的心思全不在生活讲究上。

一缕印度香，从他旁边一个无头的蟾蜍肚里袅袅升起。已经是深夜了，赵尔丰仰躺在一张马架子上，一动不动，像是熟睡了过去。这张马架，还是他经营康藏时，要卫士张占标做的，结实、粗糙。这张马架子陪着他熬过多少难挨的岁月，渡过多少难关，从绝望中夺取了多少胜利！久而久之，他不仅对这马架子有了感情，而且，私心认为它是个吉祥物。因此，年前升任川督而回成都，他别的都舍得丢弃，偏偏不远千里把这"破玩意"带了回来，放在卧室里须臾不离。然而，如今这"吉祥物"却没有了一点灵气，再没有给他带来任何好运。

他睁开了眼睛，长久地凝视着天花板上垂下来的那盏电灯，因电压不足，电灯红扯扯的，像哭红的眼睛，像流的血，而最近发生的一幕幕，像旋转的多棱镜，在头脑里闪过来、晃过去。

一个悲哀的浪头从心里涌过。他想，远的不说，我赵尔丰经边康藏七年，雪山草地，刀光剑影，虽经百蹶，最后总是胜利！未必我堂堂的赵大帅最后竟会栽在尹娃娃手里？让一步？急流勇退，回康区！可是，迟了，尹昌衡已用军政府的名义通知自己："留成都，等待军政府清理问题！"自己身边有从康区带出来的三千名百战精兵，如果尹昌衡要攻打督署，还没有足够的兵力。但尹长子不是蒲伯英，久处人家的地盘内，自己的命运随时有如草上的露水。与其束手就擒，不如死里求生，"自古华山一条路""狭路相逢勇者胜"！一切，就看明天他精心布置的一出了。

"嚓、嚓、嚓！"赵尔丰一下听出是卓玛来了。入乡随俗，卓玛这个他从藏区带出来的美丽、飒爽、侠肝义胆、忠贞不二的藏族姑娘，到成都后，虽按老妻的意思换上了汉家姑娘服装，但风貌依旧。听！她虽穿的是一双平底布鞋，但走路风快，鞋底叩打在碎石铺就的花径上，急骤而又有节奏。他又闭上了眼睛。

门无声地开了。卓玛进屋，轻轻关好门。看大帅就那样躺在马架子上睡着了，感到心疼。赵尔丰虽年过花甲，却有超人的阳刚之气。在康藏，战事频仍，冰天雪地，戎马倥偬，大帅夜夜都要同卓玛同宿同眠。升任川督而来到温柔富贵之乡成都，大帅反而常常独居一室，独宿独眠。卓玛知道，并非大帅浓情别移，是大帅心情不好；也知道，大帅除结发妻子李氏而外，只有她一个妾。大帅发妻李氏比大帅还大两岁，感情也是好的。当然，这会儿卓玛不会知道，赵尔丰出身陕北名门的发妻的侄儿李鼎铭，在多年以后因为提出了"精兵简政"的口号，深受中共中央主席毛泽东赞许、赏识，被推荐当了陕甘宁边区政府的副主席。

卓玛想，今夜大帅召自己来，显然是因为大帅犹如在惊涛骇浪中颠簸多日、饱受战火创伤的一叶小舟，今夜需要避入温暖的港湾。这有多么难得啊！今夜，她要尽可能地给大帅温暖，安抚他那颗悲伤的心。

她趋步来在马架子前，眼睛一亮。大帅盖的那件皮袍是她跟着大帅离开康区前夕，阿爸杀了自家的羊，姆妈亲手做了袍，专门骑着马送来的。见皮袍如见姆妈。慈祥的姆妈似乎摇着经轮，正向自己走来。姆妈将他们送到打箭炉的郭达山下，不再送，下了马。大帅也立即滚鞍下马。

"大帅！"姆妈屈身流泪道，"再走就是汉区，恕不再送。大帅保重！"赵尔丰很感动，送姆妈金银财宝，姆妈一概谢绝。大帅说，待回成都，理清头绪，就派人去草原上接一对老人家来成都享福，姆妈摇手说："老马舍不得离开生它养它的辽阔的草原，久居山野的藏人离不开那片雪山草地。"大帅不再劝，神情怅然。

姆妈拉着自己的手，流泪了。姆妈说："从此后，我们隔着千道山、万道水，你要好生服侍大帅。"说时，郑重地把皮袍送到卓玛手上。姆妈最后摩挲着卓玛戴在胸前的那尊小佛龛，小佛龛用一条金链戴在卓玛颈上，垂在胸前。姆妈摸了一遍又一遍，好像要把女儿刻在心间。然后，姆妈低首，摊开双手，向大帅行了告别礼后，顶着一轮血红的落日，佝偻着背，摇着经轮，蹒跚着脚步，向着那雾截烟横的苍茫的崇山峻岭走去。姆妈走了，可是，那难忘的场面和姆妈对自己的叮嘱却刀劈斧砍般永留在心间。

卓玛跪在大帅面前，静静地打量着已经睡着了的大帅。

烛光幽微。眼前的大帅同在康藏时判若两人。他憔悴得厉害。那张有棱有角的四方脸瘦了一圈，眼窝凹下去；满头银发，花白胡子三寸长，在变尖了的下巴颏下聚成尖尖的一小撮。这就是往日脚在地下一蹬，地都要抖三抖；马上高呼一声，山鸣谷应的赵大帅么？！这会儿他就分明是个潦倒的老人，可那一副虎死不倒威的神情，仍然保持着赵尔丰固有的气质。

赵尔丰突然睁开了眼睛。那双深陷的豹眼一旦张开，仍虎虎有生气。他看到卓玛，眼神变得柔和了。他没有说话，就这样长久地凝视着眼前这位藏族姑娘，感情很深。灯光虽然黯淡，但看得分明，眼前这个藏族姑娘已全然是汉家女儿打扮。只是她仍戴着一尊银晃晃的小佛龛，头上的多条小辫梳成了一条油松大辫子，从脑后垂下来，从脖子上绕过去，搭在高耸的胸脯上。那张可爱的光洁得如红玛瑙的脸上，黑菩提般的眼睛透着温存恬静的笑意。

性格刚愎，很少动情的大帅顿时感到有一股暖流汩汩地流过心扉，他伸出手情不自禁地摩挲着盖在自己身上的皮袍。

见大帅醒了。卓玛赶紧给他泡上一碗盖碗茶，再从一个青花瓷罐里，取出萨其马都放在大帅前面的短茶几上。

"大帅，请用宵夜！"

大帅对卓玛说："你坐在我身边来，我有话对你说。"

卓玛听话地顺手拖过一只小凳坐下，依偎在他身边。

"卓玛！"躺在马架子上的大帅还是保持着那固有的姿势，目光悠悠地望着天花板，好像要看穿去，望见什么。

"你跟着我到成都已有半年了吧？"大帅问。

姑娘望着忧思重重的大帅，点了点头。

"想姆妈吗？"

"想！"大帅这句话像只小巧的帘钩，蓦然钩开了刚刚合拢的思念的帷幕。那多少次在梦中出现的情景恍若眼前：皑皑的雪山，翱翔的雄鹰，奔腾的骏马，盛开的野花。

"我最近老是做梦。"卓玛陷入了沉思，神情骇异，说："梦中，我回到了家，姆妈让我吃杯糖，呛（饮）白酒。按我们藏人的解释，做这样的梦，会死，大帅，我会死吗？"赵尔丰闻言大惊，一下从马架子上弹了起来，坐直身子，握紧她的手，急切地说："不会的！不会的！按我们汉人的解释，梦，往往同现实相反。"说着，轻轻嘘了口气，又躺了下去，说："我准备派人送你回去，同家人团聚。"

"大帅要回康区？"卓玛看着赵尔丰，又惊又喜又疑。

赵尔丰摇头。

"是我不好？"卓玛小心翼翼地问，"惹大帅生气了，要送我回去？"

赵尔丰又摇了摇头，却始终握着她的手。

"那我不走！"卓玛噘着嘴，很快，她悟出了原因，神情急切地说，"大帅就不能让傅华封带边兵打回来，救你？救我们回康区？"

"回不去了！"赵尔丰叹了一口气，无可奈何地摇了摇头。

看卓玛不解，他亮了底："现在，尹昌衡已派军队将我团团包围。一走出督署，他们就会要我赵尔丰的命！你跟着我，是要掉脑袋的。"

大帅的心，姑娘完全明白了。她用自己一双年轻、健壮、女性特有的温暖的手将大帅那只枯瘦的大手握在手中，越握越紧。看着大帅一副病恹恹的样子，她那一双黑菩提似的大眼睛里，渐渐湿润了。

"大帅，你不要赶我走！我是大帅的人，死是大帅的鬼！"她的热泪滴在了赵尔丰那青筋暴露、瘦骨嶙峋的大手上。

"好了！"赵尔丰这晚显得特别温存，他又握了握姑娘的手，说："你去睡吧，让我一个人好好想些事情，田征葵马上就要来了，我要连夜同他商量要事！"

卓玛走时，又轻轻给他掖了掖盖在他身上的皮袍。

田征葵来了。田征葵是一个魁梧奇伟的大块头。头上包黑纱大包头，穿青布战裙，背连枪腰挎战刀——典型的边军将领打扮。那浓密漆黑的眉毛和一双大敦敦的眼睛，都显示出一种力度。说话时，带点冷笑，这又显出他性格中沉着、冷残、苛刻的一面。他脸瘦，但五官端正。时届中年，动作像猫一样轻灵、巧捷。他是赵尔丰从康藏带出来的三千巡防兵的统领。

"征葵！"赵尔丰明知故问，"傅华封的援军情况究竟如何？"

"完了。"田征葵说，"才打到雅安，他就被他的卫队裹胁着投降了。"

赵尔丰耳朵"嗡！"一声，全身有些麻木，伸出手，下意识地摸着颌下那把银髯，满是皱纹的瘦脸上苦涩地一笑，又问："从云南来的叶荃，还有司豹子他们那几路呢？"

"看形势不好，也都退了。"

"退到哪里去了？"

"叶荃退回云南去了，司豹子退回贵州去了……"

"靠他们，靠不着。天助自助者，征葵！"赵尔丰显得很沉着，"天无绝人之路！"略为沉吟，他问："明天的事都安排好了？"

"好了。"

"你过来！"赵尔丰向田征葵招招手，田征葵走过去俯下身，听赵尔丰小声地向他口授机宜。这时，如果从窗外看去，窗纸上映出的两个黑影，就像是在演一出很鬼祟的川北木偶戏。

田征葵走后，赵尔丰这个晚上一直没有睡踏实，他的眼前，总是出现怎么绕也绕不开去的尹昌衡。他的思绪突然回到了光绪三十一年（1905）秋天。这是他结束了在川南永宁道的任职，上成都接受新职的时间。

古城成都傍晚的景色很美。太阳下去了，月亮还没有起来。一朵由灰转暗的浮云低低地挂在红墙黄瓦的皇城城楼上。群鹤归巢了，朦朦胧胧中，只见那一群群洁白的精灵跳起舞蹈。

成都皇城的规模、气象极似北京天安门。这在全国是一个例外。明代开国皇帝朱元璋封他的十三子朱椿为蜀王时，因极其宠爱，网开一面，特准许爱子带一帮能工巧匠到蓉城，比照北京天安门皇宫式样，费时经年，消耗了惊人的钱财，修建成了这座宏大华丽的藩王府。明末，张献忠率大军由陕入蜀，在成都建大西国，这座皇城成了他的皇宫。三年后，张献忠兵败离蓉时，一怒之下点火将这座不可多得的藩王府，连同城中的四十万居民，还有整座从唐代以来就是全国五大繁华都市之一、有温柔富贵之乡称誉的成都市化为了灰烬。到了康熙年间，多年的战乱甫定，四川省会才由阆中迁回成都。后来，随着从清初开始的，长达一百多年、规模浩大的"湖广填四川"，天府之国又恢复了生机。皇城，也得到了重修，不过，从气势上同当初比，就差了许多。

随着夜幕的降临，皇城前面那偌大的广场上，像大鸟展开双翼的两边，鳞次栉比的清真馆子正是热火时分。什么面馆、红锅馆子，还有卖牛杂的小铺子，林林总总，全都亮起了灯。朦胧的光线中，幺师站在馆子外的阶沿上，挑声夭夭延客入内。到处热气腾腾。皇城坝上，更是百戏杂陈，无奇不有。说评书的，卖打药的，耍猴戏的，看相算命的，卖唱的，招人看洋镜的……构成了一幅清末年间蜀中畸形而色彩斑斓的夜景图。

从永宁道任上紧赶慢赶，五天后返回省上的赵尔丰，由总文案傅华封陪着，身边带两个亲兵，骑着马从驷马桥进了城。一路不紧不慢地打量着夜的成都，向督署而去。他向来不喜招摇，为了不引人注意，他们一行素衣小帽，骑的马也都是体形矮小，但都能负重爬山，是善于长途跋涉的本省建昌马。马鞍上都负有行囊，一行人满面风尘。在不明底细的人看来，这哪是堂堂的道台大人上省，分明是一行做长途生意的商贩。

赵尔丰虽然年近花甲，但身体强健。虽然他随锡良入川有年。但他一入川，就去了永宁"剿匪"，他这是第一次在这样的夜晚细细打量这座历史名城。

成都的确繁华，不愧为温柔富贵之乡、西南第一重镇。街道宽阔整齐。各大商店这时虽已关门收市，但阶上檐下又遍设摊肆。商贩们点亮马灯、油壶照明；游人摩肩接踵，往来如织；饭馆里传出阵阵猜谜划拳声，茶铺里更是座无虚席。打锅魁的梆梆声，露天坝唱川戏的锣鼓声、扬琴声，声声入耳……让陡然从苦寒闭塞的边远山区进入繁华省会成都的他们，对比感受特别强烈。赵尔丰不禁皱了皱眉，轻声对骑马走在身边的傅华封说："成都人的生活委实太奢华了些，其饮食挥霍，我看要超过京师。"

"是。"傅华封点点头延伸开去："四川所谓天府，其实也就是川西坝子、都江堰一线。因为这里战乱少到，岁无饥馑，物华天宝，特别是成都，自古繁荣。早在唐宋时期就有'扬（州）一益（成都）二'之称。晋代左思在《蜀都赋》中有名句'既丽且崇，实号成都'。成都的夜市也很有名。"傅华封见赵尔丰听得很有兴趣，便滔滔不绝地说下去，"五代以后，成都的夜市便很红火。《岁华纪丽谱》有载，'七月七日，晚宴大慈寺设厅，暮登寺门楼，观锦江夜市，乞巧之物皆备焉'戊戌时期，法国著名游历家马尼爱游览成都后，在其著述中对成都有生动记叙，'唯于晓色朦胧之际，遥望其间，尚有峨峨气象……其时城堙暗淡，景色清幽，若隐若现，如龙盘，如虎踞，扼峙于旷土平原；而河道纵横，亦复绮交脉注；诸河上流沱西八十法里，有瀑布自悬崖出，凡菜畦稻田及罂粟花地，俱借以灌输畅茂；但觉连陌如云，鼓风成浪……宽衢华厦，绸轿锦舆，金碧辉煌，陆离光怪……'"

"你记性真好。"赵尔丰由衷地说："书读得扎实。"赵尔丰来四川时间不长，一口四川话说得不错。

傅华封听了很高兴，却摇摇头说："我这是死记硬背，不像大人，天纵英明。"说时，他们已走马来到皇城。赵尔丰勒着马，指着灯火阑珊处的乞丐问跟在身边的傅华封："怎么如此挥金洒银的富庶地，也有这么多乞丐？"

"概莫能外。"傅华封说，"乞丐，在我们四川称为讨口子。俗话说，金温江、银郫县，讨口子出在双流县，其实这些地方都是成都坝子最好的地方。大人想，这些地方都有讨口子，还有哪里没有呢？讨口子白天少，因为官府要撵他们，嫌他们有碍观瞻。但一到晚上，讨口子在街上成群结队。有出川戏《归正楼》就专门是说讨口子的。其中有段唱词，正话反说，极尽川人的风趣幽默。"傅华封说着一字一句朗诵开来，"那高楼住它做啥？兀（蹲）桥洞免得漏渣渣。那牙床睡它做啥？坝地铺免得绊娃娃。高头大马骑它做啥？打狗棍拄遍千家。那绫罗绸缎穿它做啥？穿襟襟挂绺绺风流潇洒。那嘎嘎（肉）吃它做啥？喝稀饭免得塞牙巴……"

赵尔丰不禁笑了起来："四川人真幽默呀！"说时，只见一个牛肉馆前，一个衣衫破烂的老年乞丐手中端着一个缺了口的大土碗，向一个进馆子的人伸着碗，哀求道："善人大爷，你行行好，给点锅巴剩饭！"还有些乞丐追着人要钱，他们往往追在阔人后面不断哀求："大爷，可怜可怜，给点钱。"

还有艺讨的。这些乞丐大都是些口齿伶俐的小娃，手里拿一副金钱板，见着不同的对象说不同的有韵唱词。赵尔丰伫马一边，很有兴趣地看一个年轻乞丐走到一个锅魁摊前，手中的金钱板呱嗒呱嗒一阵敲打，口中唱道："走一步，又一步，不觉来到锅魁铺。掌柜的锅魁大又圆，吃上一个管一年……"掌柜知道，遇上这样的乞丐，不给他会死缠，赶紧给了一个锅魁打发了事。

看完乞丐，赵尔丰驱坐下驯良建昌马紧走两步，这才发现，在一些阴暗角落里，还有卖儿卖女的。还有一些跛脚少手的，跪在阶沿边上，摊起手向过往的人讨钱……见赵尔丰眉头紧皱，傅华封乖巧，知道赵尔丰见状心中不快，赶紧驱马上前说："大人，誉满天下的少城离此不远，我们进去看看夜景吧。"

"好！"赵尔丰想想说："我与住在少城的成都将军玉昆有一面之交，本想去拜会他，但不是时候。不过，去看看闻名于世的少城也好。"说着缓步由缰，向少城方向而去。

少城，是成都的城中城。城中，街道宽阔整齐，一条条极幽静的小巷里，幢幢青砖黑瓦的公馆排列有序；高墙深院里，亭台楼阁掩隐于茂林修竹中。公馆门外两边蹲着石狮子，这些石狮子的用料都是用省内天全、泸山采就的汉白玉石塑成，石质既好，雕刻又精，栩栩如生，平添威仪。少城里住的数万居民都是满人。他们一出生，朝廷就给他们一份终身享用的俸禄，这样的城中城，全国除成都外，还有北京、广州、西安、南京、杭州、福州、荆州、伊犁等八个城市。

走马来在西御街口了。夜幕中，远远的楼檐下悬一块蓝底金字大匾，匾上"既丽且崇"四个大字，映着城内那条幽静的喇嘛胡同里闪出的光，有一种悠远而神秘的气息。

"大人！"傅华封手指着夜幕中隐约可见的一幢高大巍峨、极有中国气派的建筑物介绍，"那是城内的关帝庙。关帝庙之后有流水汤汤的金河。金河之后黑黝黝的一片，就是少城公园了。"见赵尔丰停住了马，傅华封不无狐疑，"大人，怎么不去了？"

"不去了。"赵尔丰改变了主意，"锡良大人现在一定在等我，我现在就得去督署。"说着勒过马来，提提缰绳，坐下建昌马立刻扬蹄跑起来。傅华封带着两个亲兵，立刻打马追上。

"绿窗灯火……凄风苦雨扫楼台……只落得望穿秋水不见一书来……悲哀！"背后猛地传来袅袅的弦歌声，混合着高亢的川戏锣鼓声，由享誉海内外的蜀中文豪赵熙著的《情探》，正在少城内万春园上演。绝妙的戏词、川戏的锣鼓，在静夜中传得很远很远。

五十三岁的锡良，在清末封疆大吏中，算是一个少壮派，也是一个福将。他是蒙古镶蓝旗人，字清弼，同治进士。他有一定的才具，人也正派、耿直，在宦海沉浮中不算高手。1900年，八国联军攻占北京，慈禧太后、光绪皇帝西逃时，他在山西按察史上迎驾，很殷勤周到。因为这个原因，更因为同时有了一个让圣上了解自己的机会，从此他官运亨通，由山西按察史而巡抚，而河东总督；年前更被拔擢为四川省总督，一跃而为朝廷封疆大吏，但他同朝中权贵载泽、载洵、那桐不睦。赵尔丰就是他带来的，赵尔丰家同朝廷关系很深。他们祖居关外铁岭，因先人忠于清，入了旗籍，从龙入关后，其父根据旗人习惯，去掉赵姓，只称文颖，1845 年中进士，在山东任知府。1854年因抵抗太平军，文颖死于阳谷县任上。清廷特"优恤、立专祠、袭世职"。赵尔丰四兄弟。大哥尔震，字铁珊；二哥尔巽，字次珊，大哥二哥同是同治十三年进士。弟尔莘是光绪十三年进士，尔丰行三，字季和。四兄弟中，独尔丰以纳捐走上仕途，先是分发山西，为他的顶头上司按察史锡良发现看中。年前，锡良升任川督，他随锡良入川，官授永宁道。时任鄂督的二哥赵尔巽，以进士而御史，而总督，是封疆大吏中公认的能员。但在了解赵尔丰的锡良看来，赵家四兄弟中才干数尔丰为最，他多次向朝廷密保尔丰，认为他"廉明沈毅，才识俱优，办事认真，不辞劳怨，识量特出，精力过人"，建议朝廷提拔重用。

在督署，锡良在向尔丰交代任务前，从书柜中取出一包康藏典籍，摊开在桌上，让他对照着地图看，详细地告诉了他事情由来。所谓康藏，意思是很明确的。"藏"，就是西藏；"康"，就是与西藏以金沙江相隔的属四川管辖的大片居住着藏族人的地区，大体上也就是指打箭炉以西至德格雀儿山这块南北东西纵横数十万平方公里的广袤地域。

动乱的根子在西藏上层。

随着印度沦为英国殖民地，英军直达喜马拉雅山麓。英军进而入藏挑衅。时值十三世达赖洞悉英人阴谋，找清驻藏大臣会商，希图得到清朝中央政府支持，给予侵藏英军迎头痛击。而驻藏大臣老朽昏庸，光绪皇帝形同虚设，慈禧太后畏英人如虎。她不仅不支持十三世达赖，反而严饬达赖"不可轻启事端"。这样，英人越发咄咄逼人。十三世达赖走投无路，只好联俄抗英，借俄皇加冕为由，派藏王边觉夺吉赴俄京，施以夷制夷之术。而俄国也欲得西藏，派兵逾葱岭，夺新疆，席卷蒙朔。就在俄表示支持十三世达赖抗英之际，英军先发制人，由英军驻印统帅荣赫鹏率精兵数千，逾雪岭大举入侵西藏。十三达赖无法，让拉萨建亭寺护法神跳神问卦。护法神曰："佛能佑我，请决战。"于是，达赖率数千藏军于喜庆关外战来犯英军。英军轻敌，中了埋伏，首仗败，伤亡百余。荣赫鹏总结了经验率军再犯。再战中，藏军因缺乏训练，武器又差，大败，死伤千余人。十三世达赖大怒，将护法神寸磔，并将护法神老母囚于布头沟。英军乘胜大进，侵入江孜后，甩开脚步向拉萨挺进。

藏军虽然英勇，但因为长期几乎与世隔绝，武器又差，缺乏训练，不是武装到牙齿的英军对手。看局势无可挽回，十三世达赖将权交噶厦，携珍宝及千余随从逃去青海，欲投俄，经清廷多方阻止，被逼进京。这时，尽管清廷对达赖百般抚慰笼络，但达赖看出了清廷的腐朽无能，完全失去了信心。达赖用韬光养晦之计回到拉萨后，在英国人威逼利诱下，改变了态度，不仅变仇英为亲英，而且大有西藏独立趋势。在这种背景下，手忙脚乱的清廷赶紧派凤全作为驻藏大臣，经康区进藏。

凤全以朝廷二品大员之尊，摆够了排场，在京和蓉相继盘桓多日后，才率卫队二百余人，亲随二三十人由成都出发，浩浩荡荡、慢慢悠悠出了打箭炉，到了巴塘。大土司罗进宝、二土司罗松扎巴闻中央驻藏大臣驾到，率众人前来叩头晋见。大土司、二土司在凤全面前长跪叩头。凤全高高在上，竟用他烧烟用的长烟杆敲着大土司的头训话："你们想造反是不是？凤老子看你们这个酥油顶子怕是不想戴了！"大土司是当地说一不二、威望很高的土皇帝，原本西藏闹事也不关他的事。本来中央驻藏大臣从此地经过，大土司是想去见见表表效心和忠心，万万没有想到当众受到这样的奇耻大辱，越想越气，想干脆造反算了。恰当地七沟村丁宁寺喇嘛向来亲近达赖，大土司想借机煽风点火。于是，一股血灾之气悄悄在巴塘地区蔓延开来。

如果这时凤全离开了巴塘也没有事，可凤全见号称塞外江南的巴塘是个好地方，舍不得离开。清军的传统服装是红色号褂、战裙，训练列队时，军前吹莽筒大号。凤全带的这队亲兵却是西洋打扮的新军，穿黄色短军服，脚上打绑腿，吹洋号，打洋鼓。每天早晨上操之后，当地藏人不知所云。大土司罗进宝乘机说凤全是个假钦差，所带的兵也都是些不地道的洋兵云云，这就越发增加了当地藏人对凤全的不信任和仇视。

当凤全发现情况不对时，竟慌了神。结果，凤全一行二百余人在离开巴塘五里处的鹦哥嘴时，被埋伏此处的僧俗武装杀戮尽净。

听了锡良的介绍，赵尔丰怒不可遏，因为早有准备，他当即向川督锡良献了治理康区的"平康三策"，让锡良喜不自禁，认为他见解高明，表示要立即向朝廷保举他。

第二天，新任建昌道职事赵尔丰率军起程。

以后，在七年的经边期间，无论是文治还是武功，赵尔丰都表现了杰出的才能，尤其是他在川边康区推行的破天荒地"改土归流"——就是改世袭的土司制为中央集权的流官制，就从根本上改变了康区流传了千年的土司制，为他在康区推行的兴实业、广教育、搞建设提供了坚强的政治体制上的保证。也正因为如此，他节节上升，由原先的区区一道台成了与堂堂一省都督平等的川滇藏边务大臣，官居一品，比好些都督的官职还高。而尹昌衡给他的第一印象，是在锡良调任贵州省都督、二哥赵尔巽任川督之后。

按朝廷惯例，四川理应为川滇边藏方面提供强有力的物质支援，而以往，所有的川督，包括锡良在内都很抠，赵尔巽来后就不一样了，不仅在物质上给赵尔丰提供了无私的强有力的支援，而且，连一协的川军也全部给了他，而赵尔巽，再竭尽可能地量川中人力、物力重新练了一协新军。

就在赵尔巽的一协川军练成之时，赵尔丰在巴塘听说二哥得了比较重的寒腿病——也就是关节炎，特别让总文案傅华封带上一些非常有效的藏药到成都给二哥，顺便看看那场秋操大演练。傅华封回来后，将一场被尹昌衡搅得一塌糊涂的事，绘声绘色讲给了他听。就此，他对尹昌衡有了一个强烈的印象。

成都近郊的凤凰山，终年郁郁葱葱。山下有一块平整的茵茵草地，足有上百亩，这是川省有名的练兵场、演武地。

秋阳朗照。上午九时，一协足有万人的新军已在阅兵台下集结，排成一个个整齐的方队。他们一律头戴大盖帽，手持上了刺刀的九子钢枪，身穿黄哗叽军服，打着绑腿，挺胸凸肚，很精神。阅兵台离地五尺，由青砖红石砌成，重檐大屋顶飞翠流丹，极是威武壮观。阅兵台上，当中摆一张长方桌，桌子上铺一面金线走边，红缎面上绣一只雄狮图案的案披。显然，这是赵尔巽的座位，后面几排长条凳，是为陪大帅来阅兵的将佐、幕僚、来宾们预备的。

三声号炮过后，赵尔巽率一帮将佐、幕僚、来宾从阅兵台后的休息室里走上台来，依序坐了。作为赵尔丰大帅代表的傅华封，当然在邀请之列，在后排坐了，有幸躬逢其盛，看得兴致勃勃。

一身朝服的总督大人矜持地轻咳一声，示意阅兵式开始。

熊腰虎背的传令官得令后，噔、噔、噔，大步走到台前，站得端端正正，挺挺胸脯，亮开打雷似的嗓子，传达次帅（赵尔巽字次珊，因而部下都称他为次帅）的旨意，宣布阅兵式开始。

"嗒嘀、嗒嘀！"由身前披着红色绶带的军乐队吹着号，打着鼓作前导。一个接一个整齐的方队，拉开一定距离，鱼贯经过阅兵台。走在一个个方队前的指挥官，领着自己的方队经过阅兵台时，将手中的指挥刀从上往下一劈，行出漂亮的劈刀礼之时，亮开嗓门喊："正步走——持枪——敬礼！"

脚步声嚓嚓，动作整齐划一。一个个经过台前的方队，就像是高明的木匠用线弹过似的，让台上的大员们大开眼界，啧啧赞叹。

傅华封注意到，正襟危坐的赵尔巽看得特别专注。次帅身材虽然瘦小，但神态却很威严。显得滑稽的是，次帅的亲兵，簇拥在他身后的两个戈什哈却长得熊腰虎背，与次帅形成鲜明的对照。戈什哈还是古代满洲武士打扮，身着缺襟袍服，佩鲨鱼皮鞘的长刀。这与台下的新军装束相较，简直相距十万八千里。

阅兵式完结后，一协万人新军又在台下站成整齐的方队，聆听总督大人训示。

赵尔巽得意地理了理从上唇弯垂过口的相当长的胡须，清了清喉咙，缓声道："宣标统秦德林、史承民出列。"恭候一边，胸前佩红色绶带、块头很大的传官闻声闪出，来在台前，将胸一挺，扯开大嗓门一声喊："宣标统秦德林、史承民出列。"

队列中应声走出标统秦德林、史承民。他们腆胸凸肚，迈着鹅步来到台下，端端正正向着端坐台上的赵尔巽，抽出洋刀，唰的一声，行了一个漂亮的劈刀礼，大声道："请次帅训示！"

次帅缓声指示，下面将部队分成两军对阵，由秦德林、史承民分别做两军的指挥。二人得令回列后，赵尔巽又是轻咳一声，不由提高了声音："尹会办！"

"有。"坐在后排的一位个子很高的年轻军官应声而起，大步而上，端端正正站在赵尔巽面前。这位年轻军官的仪容很是引人注目。他的声音特别洪亮，身量比任何在场的人都高，两腿也比任何人长。如果不是按照清廷例律——军人在背后拖一根辫子，还以为他是西洋哪国派驻的武官。他那张棱角分明的长条脸上，剑眉星目，一身崭新笔挺的军服上佩新式陆军少将军衔，英姿勃勃。

"你来做两军对阵的裁判！"赵尔巽的声音又提高了些。细心的傅华封注意到，次帅这样说话是有意尽可能让在场的人都听到。

"是。"被称为尹会办的青年军官，"啪！"地叩响马靴，朗声应命。好家伙，声震屋瓦。

接着演习开始。两边队伍分别由秦德林、史承民率领，分别摆出了长蛇阵、四面埋伏阵、五路进攻阵……忽而两军对垒，相互厮杀。喊杀声震天动地。旌旗猎猎，枪刺闪闪，在烂漫的秋阳中，搅动起一片炫目的寒光。这支新式军队的新式演练，让阅兵台上的文官武将们看得眼花缭乱。目不暇接之际，只听三声炮响，两军各自收军归队。

接着，两军又排成一个个方队，由军乐队作前导，绕场一周，由远而近，向阅兵台收拢。秦、史两个标统大步走到台下，面对赵尔巽，"嗖！"地将手中洋刀一举，在空中划出一个漂亮的弧线，行了一个劈刀礼，分别报告："演习完毕，请次帅收令。"

"收令！"赵尔巽宣布演习结束，接着轻咳两声，用手拂着相当长的胡须。看得出来，他对这场两军对抗演练相当满意。坐在台上的文武官员们也都啧啧赞叹，窃窃私语，说这两位留过洋、又经北洋军打磨过的标统，确实是不错的。

总督大人这又唤："尹会办！"

"有。"刚才那位仪表堂堂的青年军官又应声而出，端端正正地站在赵尔巽面前。

"尹会办，两军演练你觉得如何？"赵尔巽用一双倒眯不眯的猫儿眼，瞟了一眼站在面前的青年军官，言谈举止间有种冷嘲热讽的意味。

"这种演习完全是花架子，形同儿戏。幸好是演习，若是这样上战场，是必败之道！"嗨呀，真是语惊四座。傅华封掉过头去，小声问坐在旁边一位头戴瓜皮帽、眼睛上扣一副金边眼镜、师爷状的中年人："说这话的人，何其人也？"

"毛桃子娃娃尹昌衡嘛。"师爷模样的人小声告诉他，"他是大名人颜缉祐的未婚女婿，大学士颜楷的妹丈……"原来这人就是在川军中很有威望的尹昌衡。

尹昌衡最早出名，是他与蔡锷一起创办广西陆军学校时慧眼识英才。广西第一期招生在即，蔡松坡（蔡锷，字松坡）因病，让尹昌衡全权负责招生。首届招生200名，前三名要带去见巡抚张鸣岐。尹昌衡招生很特别，他坐在那里，让学生一个个来过堂，接受他的全面考试，他说谁考上了就考上了。学生招考过半，尚无一个满意的，正在暗叹广西无人时，进来一个考生，仪表堂堂，有大将风度，再一考问，来人无不对答如流。

"你叫什么名字？"

"白崇禧。"

他当即吩咐录员，将白崇禧收为第三名。以后的第一名叶琪和第二名韦旦明当然就勉强了些，因为没有能过白崇禧者。

当天晚上，他带上白崇禧、叶琪和韦旦明去面见巡抚张鸣岐。张鸣岐很高兴，认为他为广西发现了人才，设盛宴款待他们。宴罢，尹昌衡独自骑上他的火焰驹归营。月上中天，远山近水，好一幅八桂山水美景。正暗自赞叹间，旁边猛地窜出一青年，用手抓住他的马嚼子。

"大胆，什么人？"骑在马上的尹昌衡大喝一声。

"大人，请留步，小人是来考军校的学生。"

"混账东西，军人以遵守时间为生命。本届收生早已完毕，你这个时候才来，当什么军人？"尹昌衡本来就声如洪钟，骑在马上，人显得特别高大威武，以为这样一来，可以将这个年轻人轰退。不意那青年不惊不诧，沉着应对解释："小人因为家贫，在外帮人。得知消息已迟，路又远，尽管快赶慢赶，还是来迟。请大人见谅。"

尹昌衡看了看来人，月光下的青年，衣着朴实，不高不矮的个子，笃实，高高的颧骨，阔嘴，身上流溢着一种英豪之气。他不由地问："你叫什么名字？"

"李——宗——仁！"

"好，你被录取了。"

回到驻地，副官赶忙去找梯子，准备在录取榜上添上李宗仁的名字。骑在马上的尹昌衡，从副官手上接过墨笔，在榜上龙飞凤舞，添上了"李宗仁"的名字。不意，尹昌衡在广西这一收一添，就在中国推出了两个重要人物。

后来，尹昌衡因为政治见解的原因，被张鸣岐委婉地解聘了。回川前夕，他走马独秀峰下，赋诗抒发胸中块垒：

> 局脊摧心目，崎岖慨始终。
> 骥心愁狭地，雁过恋长空。
> 世乱谁忧国，城孤不御戎。
> 临崖抚忠孝，双泪落秋风。

尹昌衡回到成都，川督赵尔巽因颜缉祜的推荐，加之其也确实有才，一时却又无适当位置安置，暂时委任尹昌衡为川省督练公所编译局总办。军衔却很高，相当于以后新军旅长级，在留日同学中，这个级别，可谓凤毛麟角了。可是，尹昌衡是一个有大志的人，他认为自己被埋没，对川督赵尔巽在军队中不重视川人非常不满。

有一次，赵尔巽请一干人去督署座谈，内中有尹昌衡。总督大人高坐堂上，清了清喉咙，姿态矜持地嗟叹："近闻外间对本督颇有微言，说是本督瞧不起川人，新军中的官都被外省人当完了。并非本督瞧不起川人，而是四川军事人才奇缺，本督借重外省人是逼不得已。"就在这时，坐在后面的尹昌衡突然站起，喊操似的说："报告次帅，四川有的是军事人才。"好家伙，声震瓦屋。

大家为之震惊，调头看去，原来是新毛猴尹昌衡。倒是总督大人沉着，他看着这个新毛猴，一双倒睁不睁的猫儿眼，射出两道令人莫测的光，同时用手理了理弯垂过口的相当长的胡须，略带笑意，缓声问："那你说，哪个是四川的军事人才？"

"报告次帅，尹昌衡就是军事人才！"

对于新毛猴尹昌衡在秋操大演练之后的再次发难，赵尔巽还是相当有度量的。他笑笑，吩咐大摆宴席，犒赏三军。

赵尔巽当然坐首席首位。傅华封因为是赵尔丰派来的代表，在首席末位叨坐作陪。按规矩，尹昌衡也应该坐得离总督大人近一些。可是他气鼓气胀的，故意坐与离总督大人离山离水的。

在众人仰慕中，赵尔巽站了起来，大家赶紧全都举杯站起。赵尔巽手端酒杯致辞："尔巽来川有年，迄无建树。而当今天下很不太平，可谓内忧外患。西方洋人依仗其船坚炮利，对我大清压迫日甚一日。英人垂涎我西藏，频频犯我西部边陲，烽烟再起。国内乱党势增，省内不少地区土匪横行。古圣人有言，天下未乱蜀先乱，天下已治蜀后治。今固我四川，就是固我大清西部边陲，就是固我大清江山。"说到这里，他话锋一转，"所幸的是，尔巽来年殚精竭虑，八方操持，得诸君帮衬，今日终于练成这协新军。尔巽特为四川喜，为四川贺。来，大家干了这杯！"

在众声盈耳、贺声一片中，总督大人和大家一起饮了满杯，并照了杯底。

"好。随意，随意！"总督大人向大家挥挥手，坐下了。

"尹会办！"不意，总督大人坐下就唤尹昌衡。

"有。"坐得离山离水的尹昌衡应声而起。

"尹会办的酒量向来很好，以善饮出名。"赵尔巽用一双倒睐不睐的猫儿眼看着尹昌衡，"刚才大家都高高兴兴站起来，同本督共饮满杯，独你坐在那里不饮，不知你有何心事？"

"心事倒没有。"尹昌衡说，"不过部下生性愚钝，对大帅刚才讲的一些话不懂，正在思量，所以没有站起举杯，失礼之处，请大帅见谅。"看得出来，尹昌衡想敷衍过去。可赵尔巽不依，他说："本督刚才讲的话，句句通俗易懂。有哪句你不懂，你说出来。"

尹昌衡干脆来个竹筒倒豆子，"刚才大帅说因为练成了这协新军，为四川喜，为四川贺。部下不懂，有何事值得喜，值得贺？"

"还不明白吗？"赵尔巽一声冷笑，"这一协新军对内可治匪，对外可御敌。"

"对内可治匪，对外可御敌？"尹昌衡将总督大人说的话重复了一遍，抬眼望望台上台下，颇有些桀骜不驯的意味，"恕昌衡直言，说到治匪，四川哪有那么多匪要治？至于说到对外御敌，此军根本就不可用。"

"此军不可用？"向来遇事沉着的赵尔巽勃然变色，喝问尹昌衡，"此话怎讲？"

台上台下鸦雀无声，千人万众洗耳静听。

尹昌衡略略沉吟，似乎又想敷衍了事。他说："因为这一协新军的枪械装备落后了些。"

"枪械落后，这好办。待省财政状况好转，继续更新。"说到这里，赵尔巽揭尹昌衡的底，"不过，这不是尹会办的真心话吧？"

看来是躲不过去了，尹昌衡也就将心中的话摊明："窃以为千金易得，一将难求。汉朝晁错说过，'将不知兵，以其兵与敌也。主不择将，以其国与敌也。'大帅只知练兵不知选将，所以我说你的这支新军不能用。"

"好，这才是你的真心话。"赵尔巽以手拂髯，微微一笑，"那依你说，谁才是将才呢？"

"既然大帅问到这里，部下不敢不据实回答，部下尹昌衡就是将才。"

"好，你是将才。"赵尔巽又是一声冷笑，"还有谁是将才？"

"还有周道刚是将才。"周道刚是四川省双流县人，也是留学日本东京士官学校的毕业生，当时在新军中不过是个中层军官。

"你们都是将才，都要重用。除了你二人，还有谁是将才？"

"报告次帅，没有了。"尹昌衡此话一出，场上又是一阵大哗。新军中川人占绝大多数，听了这话，面呈喜色，而外省军官则面露怒容。

"你是何等学历？"总督大人欲擒故纵地问。

"最终学历是日本东京士官学校步科第六期毕业的高才生。"

"周道刚呢？"

"与蔡松坡同学，早我三期在日本士官学校毕业。"

"那他们呢？"赵尔巽用手指指在座的秦德林、史承民。

"他们也是留学日本的军校毕业生。"

"都是留学日本军校的毕业生，为何就你和周道刚才是将才，他们就不是将才？"

"请问次帅，宋朝的李纲是何出身？"

"状元出身。"博学多识的总督张口就来。说时，瞪大一双猫儿眼看着尹昌衡，不明白他为什么一下子将话题扯得这么远。

"秦桧呢？"尹昌衡又问，连连反击，赵尔巽恍然大悟，中了尹长子的计了，顿时语塞。

"文天祥和留梦炎呢？"尹昌衡得理不让人，开始点醒主题，"他们都是状元出身。可留梦炎最后投降元朝，秦桧更是有名的奸臣。文天祥却至死不降，留下了'人生自古谁无死，留取丹心照汗青'的千古绝唱。次帅仅以资格取人，岂是求才之道？"

赵尔巽进士出身，做过翰林，现是朝廷封疆大吏，号称干员，当众栽在这个新毛猴手里，简直气昏了。场上大员们赶紧上去敷衍，说尹长子酒吃多了，打胡乱说，大人不记小人过云云。周道刚也赶紧上前，将尹昌衡拉去了一边。一场风波总算平息了。但傅华封看得出来，总督大人的内心很受伤。

宣统三年（1911年、辛亥）闰六月十一日，新任四川省总督赵尔丰乘坐的八人抬绿呢大轿，在一群翎顶辉煌的戈什哈护卫下，威风凛凛，旗幡招展，前呼后拥着来到成都南郊古柏森森的武侯祠前停下时，川省代表、幕僚饶凤藻趋步上前，挑起轿帘，轻声禀报："川省所有大员都出城欢迎大帅来了！"

"嗯！"他很矜持地哼了一声，轻提袍裾，缓步走下轿来，在康藏经边七载、功勋赫赫的赵尔丰回到了久违了的成都。性情还是那样执拗。周身裹着塞外风尘的大帅，下轿伊始，对香帛前排列得整整齐齐、等着朝见的大员们视而不见，却转过身去，伫立轿前，借看川西风情掩盖内心的滚滚思绪。

成都附近的农村最具天府特色，有一种温柔富足的气息。远远地，水平如镜的秧田中，有星星点点的农人躬着腰在插秧。一缕轻风从田野上飘来，传过农家小伙唱的栽秧忙山歌，极有韵味："太阳下山月出山，照得黑夜变白天。晃醒了我家鸡娃子，叫得我，天还不亮又下田……"但是，他知道，这不过是一种表象。自己捏在手上的绝不是一个令人垂涎的红果子，而是如傅华封所说，是烫手的红炭圆！在这里，他再也见不到二哥了。因为前任川督赵尔巽月前升任东三省总督，在朝廷催促下，他等不及三弟来接任就走了。在任总督不等新任总督来办交接就走，这在清廷历史上，也是从未有过的事啊！可见局势之严峻。二哥赵尔巽临走前给他留了一封信，算是新老川督的交接，也是哥哥对弟弟的忠告。他在信中谈了蜀中危机四伏的局势，指出关键是要解决好川人的保路运动。至于如何解决才好？他没有提出明确的对策，只是再次引用了前人箴言"天下未乱，蜀先乱，天下已治蜀后治"。这无疑是提醒赵尔丰，主持川政，切要审时度势。

"大人！"饶凤藻趋步来到身边，打断了他的沉思，轻声提醒道："朝拜的大员们已等候大人多时。"

"嗯！"赵尔丰这才转过身来，走上前去，以他素常傲慢的姿态，接受川省大员们的朝拜。其中唯一引起他注意的是一位高个子军官。很年轻，相貌很是英武，漆眉亮目，声如洪钟，英气逼人，态度不卑不亢。他想起二哥在给他的信中对蜀中俊杰逐一介绍时提到过的尹昌衡，说这人虽然今年才只有27岁，但在川军中威信很高。二哥在信中特别嘱咐他注意，说尹昌衡是个不成龙便成蛇的人，万万不可小视。这个高个子青年军官果真就是尹昌衡，不过，并没有真正引起他注意。

他上午刚到，下午就去了岳府街保路同志会。为了给蜀中士绅一个礼贤下士的好印象，他身着便装，青衣小帽，乘一顶二人抬小轿，跟班也只有一个师爷，另带一个穿便装的卫士——草上飞何麻子。

赵尔丰一进门就感到气氛火辣辣的。阳光透过嵌在雕龙刻凤的木窗上的花玻璃，洒在好大一间房内。房内坐了满当当一屋的士绅们，因为激愤，这些士绅一改往日文质彬彬的样子，争着发言，大声武气地声讨邮传大臣盛宣怀、川汉铁路大臣端方：

"他们是卖国贼！只图自己的私利，不惜把主权拱手送给洋人！"

"卖路就是卖国！哪个龟儿子敢卖路，我们就和他们拼命！"

有个老者说着哭了："我宁愿把家产都捐了。我们川人生是中国人，死是中国鬼……不……不当……亡国奴……"

"各位股东，请安静！"股东会副会长张澜进来了，他拍了拍手，会场安静下来。人们的目光转向了一把大胡子飘飘洒洒，一双大眼光芒乍乍的他。

"报知大家一个好消息，"张澜说，"新上任的制台大人赵尔丰来参加我们的股东会来了。欢迎！并请赵制台就争路之事讲话！"

会场上，巴巴掌响起来了。早有仆役将雕有云纹的黑漆太师椅送到主席台上。赵尔丰龙骧虎步走进屋来，当中稳稳当当坐了。他虽穿的是便装，但颐指气使惯了，端坐不动，两道凌厉的目光在屋内来回扫了两遍，在股东们关注的目光中，赵尔丰轻声咳了一下，开始说话，带有训示的口气。

"尔丰虽久在川边，但对川省的护路、争路了若指掌……"他在讲了一番强国必须修铁路的大道理后，亮出了自己的观点，"朝廷深体民难，认为四川太穷，七千万两银子的路款，是负担不起的。四川也已民穷财尽，再筹资修路，根本无力。当然，借外债修铁路之举并非不可非议，然众所称废除朝廷与洋人已签订的修路协约则大可不必。本督部堂特来聊尽良言，希望大家一定要平心静气，为大体着想。若因情绪激动，做出什么过激之事，就不好了！"满以为自己一言既出，百人噤声！可这里不是康区。股东们也不是他管惯了、管驯了的边军。他话刚落音，下面纷纷予以驳斥。赵大帅的脸面有些挂不住了，调头去看坐在旁边的张表方（张澜，字表方）。

"嗯！"张澜摸着自己的一脸美髯，用光芒乍乍的大眼看定向自己求援的赵尔丰，不仅不帮他的忙，反而说出一番让他狼狈之至的话来：

"大帅这话我张表方就不懂了，事情的由来尽人皆知。光绪二十九年（1903），法、英、美乘我甲午战败，八国联军攻陷北京，迫使朝廷签订了耻辱的《辛丑条约》。为加紧对我掠夺，西方列强开始争夺对我铁路建筑权。英国学者肯德就公开在报上撰文泄露了天机。他说，'这个省份（四川省）的财富和资源，是世界上任何地方都无法和它比拟的'。为了掠夺，英国政府计划修建一条出上海经南京，过汉口、宜昌、万县到成都的铁路。要在英国人的势力范围内，将'条约港重庆'建成'远东的圣路易'。这哪里是在修铁路，分明是对我的蓄意觊觎！大帅的恩师、前总督锡良早看出了西方列强险恶的居心，在川主政时即上奏朝廷，谓：'川省高居长江上游，倘路权属之他人，藩篱尽撤，且将建瓴而下，沿江数省，顿失险要……非速筹自办不可。'在大帅未回川之前，护理川督王人文同情川人态度，反对铁路国有，屡次为我代奏力争，屡受朝廷申斥而不悔。他说，'虽三、四奏，直至罢职，亦乐为川人尽责'。最后人文专折参盛宣怀，惹恼京师。朝廷下旨严斥人文，谓'如滋事端，唯该督是问'，随后即调人文去京。锡良、人文在为川人争路之事上，在巴山蜀水可谓有口皆碑。大帅经营康藏功勋赫赫，但望在此事上，不要寒了川人的心！"

张表方的话说到这里，戛然而止。说得何等干脆利落，有理、有利、有节，让赵大帅半天做不了声。哎呀呀，自己原是想挟大帅的威风来此灭火的，不意竟陷窘境。全场鸦雀无声，士绅们都在看着自己！

赵尔丰的老脸上白一阵，红一阵的。他才知道，锅儿是铁打的，这帮股东不好惹。这个四川保路同志会，在全省一百四十二个州、县、镇、乡都成立了分会。而在全国保路呼声最强烈的川、湘、鄂三省中，又尤以川省为最。

他知道，现在这儿同自己对阵的不仅是保路同志会副会长张澜和股东们，还有会长颜楷和没有来的同湖南谭延闿，湖北汤化龙齐名的四川咨议局议长蒲殿俊和副议长罗纶等人。这些可尽都是些要功名有功名，要才有才，尖嘴利舌之士啊！咦，若是这第一回合自己就输了，以后咋整？川局硬是复杂得很哩！耳边分明响起了火药引线燃烧的"刺刺"声。弄得不好，真要出大事哩！为了摆脱现实的尴尬处境，求得主动，赵尔丰开始机变。他看着张表方笑吟吟地说："本督部堂今天来，说是说，但若要我就你们的争路表个态：我以川人之意旨为意旨。"

场上立即响起了热烈的掌声。张澜用那一双光芒乍乍的大眼睛看定赵尔丰，暗想：人人都说赵尔丰性烈如火，宁折不弯，其实也不尽然。当他在战场上作为大帅指挥作战时，往往显露的是刚硬的一面；而在政治上，赵尔丰看来也还有阴柔的一手。明明他刚才表明了自己的态度，然而一旦发现处境不利，就立即转了向，像条变色龙。

张澜抓住机会顺杆爬。他说："既然制台大人这样表态，那就请将我同志会股东会之决议向朝廷代奏！"

"好吧！"赵尔丰慨然应允，"不知股东会议定了何事？"

"我股东会决议，坚持川路商办。截至本年四月，我川路已集股一千五百余万两银。除已支销外，尚存生银七百余万两，大大多于湘、鄂各商办路之股款，而且由宜昌至归州已筑路基三百余里，而可通车料段已有三十余里，如此等等，充分说明我们四川既有集股之财源，又有筑路之能力。因此，坚决请求朝廷收回国有成命。另外，川汉铁路公司驻宜昌总理李稷勋为盛宣怀、端方所收买，擅将川路股款七百余万两交付盛、端二人。请总督大人代奏：撤查李稷勋，参劾盛宣怀夺路劫款！"

"啊！有这样的事？"赵尔丰大大吃惊了。他霍地站起来，十分义愤地表示："你们所说盛、端侵吞股款之事，十分重大。我立即就可以查明。果如此，不要说你们不依，本督部堂也不依！我现在既为你们的父母官，就要为你们办事。事不宜迟，我立即回督署，将你们的请愿，用急电直接发送内阁。"

"总督大人辛苦！"张澜立即率股东们站起，向新任总督赵尔丰施礼，态度很真诚、很尊敬。刹那间，气氛变得很融洽，刚才的隔阂荡然无存。赵尔丰适时站起走了。

最初，赵尔丰确实将保路会、股东会的请求向内阁上奏了。但朝廷上谕下达："四川集会争路，为少年喜事，别有阴谋，饬赵尔丰严行弹压。"消息传出，群情大哗。保路会、股东会于七月初一日召开大会，到会者万余人，闻讯愤怒万分。大会决议自即日起在全省罢市、罢课。全省数十州、县立即响应。极度的惶恐中，赵尔丰于七月五日，同成都将军玉昆联衔奏请朝廷将借款收路问题交资政院议决，并请准于暂归商办。然而，内阁还是不准！北京接着发来急电，以宣统皇帝的名义严饬他迅速解散、弹压保路会等"非法组织"；并对他的软弱作了申斥、威胁。于是，为保全自己的官职，他将蒲殿俊、罗纶、颜楷、张澜、彭兰芬、江三乘、邓孝可、王铭新、叶秉城等九人软禁在督署中。不意引发了成都人民的大示威。成千上万的男女老少，手拈香，头顶光绪牌位，从四面八方牵群打浪地涌向位于督院街的督署衙门。愤怒的人们沿街比户，号泣呼冤，要求释放蒲、罗诸君。

因为这些示威群众后有同盟会操纵，结果引发了赵尔丰命令巡防军开枪镇压的"成都大血案"，巡防军当场打死和平请愿民众三十多人，受伤数百人。他下令："三天不准收尸！"数具尸体被大雨冲刷浸泡后，腹胀如鼓。先皇牌位，多系纸写，雨水一冲，一片狼藉，有幼尸仅十三岁，其状令人惨不忍睹。事情越闹越大，四乡八邻的农民在袍哥或同盟组织下，赶来声援。

为防止消息传到全省，赵尔丰下令封城。然而，同盟会四川支部负责人董修武、曹笃等人想方设法发水电报，当时正是锦江涨水季节，他们在一块块木板上写："赵尔丰先捕蒲、罗，后剿四川，各地同志，速起自保"，在木板上涂上桐油，投入江中，任其漂流而下，消息很快传遍了全川。局势越发不可收拾。

在吴玉章领导下，荣县首先宣布独立，接着跟上的有十多个县，新津的侯宝斋率同志军打上成都……一时，遍地的火苗变成了燃遍巴山蜀水的冲天大火。各州、县截留赋税，招兵买马，堂堂正正，闹他个天翻地覆，公开打出了"驱除鞑虏，恢复中华，创立民国，平均地权"的旗号。官军不肯用命，一出城同民军接仗就溃败。数万民军已将成都包围得如铁桶一般。城外的粮食、蔬菜等生活必需品运不进来，城内的垃圾、粪便运不出去。所有的电杆都被砍断。成都同外界的联系完全中断了。登城四望，辽阔的川西坝上，各地民军往来不绝，营屯四接，旌旗相望，令人惊心动魄，成都已成一座孤城。更可怕的是，继邛崃县巡防营书记周鸿勋率军反正以后，驻凤凰山的新军也做出了公开造反的架势。新军统制朱庆澜在凤凰山召集新军训话时试探，要"拥护保路的站到右边去，拥护大帅的站到左边来！"结果，基本上所有的官兵都站到了右边。朝廷得报后，紧急从湘、黔调派进川进行清剿、镇压的官军犹如杯水车薪，被各地民军分片包围，打得落花流水。而此时让赵尔丰最头痛的是，北较场的陆军学校内，一两千名军校学生看来也要造反了。学生中有影响的李家钰、陈离等为首的一些学生，日前竟将军校总办（校长）姜登选痛打一阵后，逐出了校门。这些失去了管束的军校学生，有文有武，社会能量很大，若是同民军、同盟会裹在一起，后果不堪设想。

派谁去收拾军校这个乱摊子呢？平时一个个争强斗狠的部下们脑壳奋起，拿不出任何办法，最后兵备处总办吴钟容给他推荐了在川军中深孚众望的尹昌衡。而就在"成都大血案"发生的当天晚上，尹昌衡向他求见。他本不想见，但朝廷规定：凡到一定级别的官员向总督上条陈，总督不能不见。尹昌衡虽是一个闲职，但是旅长级，只好见。

"尹会办！"他瞟了尹昌衡一眼，"你有啥子事情？这么立马追风地来见我？"他可没有哥哥赵尔巽那样的好脾气。

"禀季帅（赵尔丰，字季和）！"尹长子中气很足，出语朗朗，"古圣人曰，民如水，可载舟，亦可覆舟。职幕以为，兵应用来打土匪……"

"啊哈，教训本帅？"不屑地看了看站在面前长相英俊的尹昌衡，没好气地把手一伸，"有条陈就上！"尹长子划动长腿走到桌前，恭恭敬敬把条陈双手呈给他。他漫不经心地展开条陈一看，不由吃了一惊。尹长子说是只要给他一标（团）人马，他就可以把全川的暴乱肃清……真是好大喜功之辈！倒是条陈文条理清晰，用词精当，思绪深沉。再看那手字———魏碑变体，写得相当雄浑、流利。当时，心乱如麻的他也没有多想，只是不耐烦地把手一挥说："条陈放在我桌上。非常时期，我可没有心思读你的锦绣文章、听你给我讲圣谕！"说罢，拂袖而去。

现在，赵尔丰沉默了一会，想了想对吴钟容说："是，也只有他去才招呼得到，他在川军有威信。可是，他跑到哪里去了呢？这几个月都不见人？我派人到处找他也找不到，你能找到他？"大帅知道，吴钟容同尹家有亲戚关系。

吴钟容在颜缉祜老先生家把尹昌衡找来了。季帅表示了对尹昌衡的器重，要他赍夜赶去北较场的陆军学堂接任总办一职。尹昌衡却端起了架子，最后好一阵劝，尹昌衡说："季帅实在要我去，那就下个札子（任命书）。不然，我师出无名。"

他很着急，说："肯定下给你，不过，今夜来不及了，明天补办不迟。你现在就骑我的马，打我的灯笼，再带两个戈什哈去。"

尹昌衡答应了。果然尹昌衡这一去，军校那些横扳竖跳的学生娃娃们立刻规规矩矩，清风雅静。他大喜，刚刚给尹昌衡下了札子，去川藏线上的枢纽新津县督军、一败涂地回来的团练处总办王棪听说后，赶忙来反对。王棪先是说尹昌衡可能是同盟会的，可是没有证据。最后王棪说动他的是另一番话。他说："陆军学堂那班娃娃那样野，季帅派的人去一个，被打一个回来。季帅想过没有，若季帅亲自去，会怎么样？"

这把他点醒了。就是，哪怕就是赵尔丰亲自去，也未必捡得平！那么说，尹昌衡在川军中的威信要超过他赵尔丰了——这哪行！于是，他后悔了，准备重新下个札子，把尹昌衡免了。王棪建议说："那样可能会出事，不如先把军校中千余支快枪提出来，解除军校的武装最要紧。"

他问："咋个才能把军校的枪提得出来？"

"借口同志军攻城，守城部队的快枪不够，向他们借。"

"此计甚好！"他让王棪去办这事。

王棪却哭丧着脸不敢去。最后，他还是让王棪带着两个戈什哈，去北较场陆军学堂找尹昌衡提枪。

在陆军学堂总办室里，尹昌衡一见畏畏缩缩的王棪，便冷着脸问他："你找我有啥子事？"王棪无奈，说明了来意。

尹昌衡把手枪拍在桌上，满脸怒容，指着王棪的鼻子大骂："你说白（谎）！季帅是个明白人，不会不明白事理。军校有枪械，是圣上定的！哪个有狗胆敢违反祖宗规定？违反圣谕还要不要命？"

王棪的脚便有些打闪。说："反正大帅的话我是带到了，执不执行是你的事！"说着想溜。

尹昌衡手一招，阶檐下走来几个满脸杀气的学生。

"咔"的一声，两把上着寒光闪闪刺刀的步枪在他胸前一挺。把着了门。

"你们这是要做啥子？"王棪身上虚汗长淌，双脚打抖。

"走！"尹昌衡张开铁钳似的大手，捏着他肥肉哆嗦的胳膊。

"你、你究竟要做啥子！"王棪惊恐至极，使劲去掰那只铁钳似的大手，却怎么也掰不开，反而越卡越紧，筋痛。

"你假传圣旨！"尹昌衡喝道："走，我们去找季帅对证！"

尹昌衡骑马，王棪坐轿，两人出了军校，相跟着转街过巷，到了督署。王棪刚下轿，尹昌衡立刻翻身下马，上前一步，抓着王棪的手，说："走！我们两人一起进去找大帅说清楚。不然，你又要说白（谎）！"王棪也不示弱，两人这就很滑稽地手挽着手，吵吵嚷嚷进了督署，上了赵季帅办公的五福堂。

这实在是想不到的事，赵尔丰很是惊愕。

"王棪说白。"尹昌衡抢先将情况说了个明明白白。

"是我的意思！"赵尔丰对此事并不推诿，大包大揽，王棪在一边讪笑不已。

"啊？"尹昌衡做出一副很吃惊的样子，"督署武器库里不是还有整整两师人的装备吗？为何非要来提军校的枪？"说着，又调头看着站在身边的王棪，做出愤怒的表情，"肯定是他装怪！季帅是知道的，这个人向来同我尹昌衡过不去。"

"尹昌衡，你不要在这里打胡乱说。"王棪指着尹昌衡的鼻子喝道，"你要知道尊卑，弄清楚自己的身份。你既为军人，就应该无条件服从大帅的旨意，听从大帅的命令。"

"不行！"不意尹昌衡的反应相当强烈，断然道，"要我在军校提枪，学生们非把我捶成肉泥。不要说提枪，只要这个消息传了出去，好容易才团拢起来的学生娃娃们非闹个天红不可。再说，军校有枪，是圣上定下的规矩。提枪就是违抗圣旨！违抗圣旨要杀头！我尹昌衡胆子再大，也不敢违反圣旨！季帅要提枪，请将我就地免职！"

尹昌衡这一将军，让赵尔丰没抓拿了。听王棪的吧，说尹长子是"乱党分子"，毫无根据。况且王棪同尹昌衡关系向来不好，这点督府内任人皆知。王棪无行，人品不端，他也知悉。若找个借口把姓尹的软禁起来，那些学生娃娃又要闹事……权衡利弊，他决计卖个面子给这个至关重要的尹昌衡。默了默，他发话了，言语中有一种知疼知热的意味："尹代总办的话有道理。尽管本督部堂确有困难，但总不能让尹代总办为难。这样吧，再大的难题也让本督部堂承担，军校的枪就不提了。尹代总办你赶紧回去，稳住军校至为要紧！"

尹昌衡心中暗喜，给赵尔丰敬了个礼，转身，傲慢地瞟了一眼王棪，迈开大步，趾高气扬地朝督署门外走去。

接着，更让他觉得可怕的事情又来了，这也是他最终交权的原因。

真真假假的消息，像风一样传遍了已成了孤城的成都两百多条大街小巷，闹得人心惶惶。

"武昌革命党人起义，湖广总督瑞澄（瑞澂）被赶走，中华革命军政府成立了！"

"江西、湖南……宣布独立，脱离清廷！"

"盛宣怀被资政院革职，永不叙用！"

"赵尔丰的川督职已被朝廷革除，圣上派岑春煊接替；到任之前，由已行入川的端方署理！"

经查证，端方确已到了资阳。咦，他想："飞鸟尽，良弓藏，狡兔死，走狗烹。我赵尔丰多年来，为朝廷卖命，在川康转战苦撑，不遗余力，却受到如此对待，天理何在！既然朝廷如此皂白不分，错勘贤愚，不给我立足之地，逼我走投无路，那可别怪我赵尔丰对不起朝廷了！"

于是，他向蒲殿俊等人作了有条件的交权。

过后形势发生急剧变化，已到资中的端方、端锦兄弟，被他们带在身边的从湖北来的一团新军发动暴动给杀了。然后，陈镇藩带着起义的一团鄂军，离开资中，回了湖北。而北京的朝廷也并没有垮塌，这时赵尔丰后悔了，决定发动兵变，把丢了的权再拿回来！

那么，尹昌衡究竟是怎样一个人呢？他出生于一个什么样的家庭？卓玛来的那晚在床上辗转反侧的赵尔丰想到了这些。

尹昌衡也许受他的外祖父影响很深。他的外祖父名叫刘世敏，广汉人，中过举，为人处世敢负责任。家有薄田几亩，他在家乡办私塾，为家乡子弟授课。当太平天国运动席卷半个中国之时，在四川，也爆发了蓝大顺、李永和起义。川局震动，引清廷大为惊恐，1861年急派干将骆秉章为川督指挥川滇大军围剿蓝、李。骆秉章委任在地方有声望的刘世敏为五县团总，率广汉、新都、彭县、什邡、新繁的团练协助官军围剿、堵截义军。

冬天的早晨，刘世敏正召集五县团总在议事厅议事。飞檄到，刘世敏当即宣读，说是蓝、李大军在官军围剿下，正从绵阳朝广汉方向退，要刘世敏率五县团练堵截。团练怎能截住骁勇善战的义军？看团总们面面相觑，刘团总略为思索后，不惊不诧，将飞檄一揣，宣布"议事到此，请各位放心回去！"旁边师爷提醒刘世敏："大人，不能让他们就这样一个个溜了，都溜了，这样大的事，你一个人咋个揽得起？"刘世敏苦笑不理。

第二天天刚亮，很冷。一望无际的川西平原上笼罩着白头霜，刘世敏早早起床，洗漱完毕，身着长袍马褂，打扮得整整齐齐，好像要去赶赴一个盛会，他取下挂在墙壁上的一把宝剑，走到正在堂屋里数珠念佛的妻面前，纳头三拜。妻正惊诧间，他惨然道："我走了，我这一走，就不回来了。丢下你孤苦伶仃，很对不起。你我生有五女，好在我们节俭半生，我走后你把她们供大当不是问题。我唯一求你的是，她们长大后，你睁大眼睛，好生给她们放一个人户嫁过去。保重！"说完，面露决绝之情，扬长而去。

妻知道丈夫的执拗脾气，不敢多问，更不敢拦他。想想丈夫的话觉得不对，急忙迈开三寸金莲，来在私塾，对几个正在早读的学生说："你们先生一早起来，就给我说了些'断头话'，我觉得不对，你们快些去拦先生！"几个学生不敢怠慢，赶紧放下书本追了出去。

学生们追上先生问原因。老师长叹一声道："蓝大顺是个私盐贩子，李永和本也是一个本分的种田人，可是官逼民反。现在官府不对他们好生安抚，而是一味征剿，要将他们斩尽杀绝。现在他们正在朝我们这边退来，总督大人命我率团练去堵截，如果双方拉开打，要死好多无辜！这，我于心不忍。然而上命又不可违！我现在只好一人去劝劝他们！"

"怎么劝？"

"劝他们接受招安。"

"那能行吗？"学生们一听，顿时七嘴八舌，表示反对，流露出担心。可是，刘世敏根本不听，一副早把生死置之度外的样子。说时，他们来在了蒙阳金凤桥，这是蓝、李大军必经之地。这时，乳白色的寒雾渐渐散尽，碧绿的田畴中有座庙宇，红墙黄瓦，古柏森森，这叫祇圆寺。刘世敏要学生去庙中给他借来一把靠背圈手椅，安放在拱背桥上。刘世敏很安然地坐在椅子上。这时，田原上鸡不叫，狗不咬，于极端的寂静中，似乎都在等待那个时刻的来到，都惊诧不已地看着当地颇有声望的老师兼五县团总刘世敏。

"来来来，靠拢些，这是我给你们上的最后一课！"刘世敏手一招，学生们情不自禁地围在老师身边。

"天下事有难易乎？为之，则难者亦易矣；不为，则易者亦难矣。人之为学有难易乎？学之，则难者亦易矣；不学，则易者亦难矣……"这天，他给学生上的最后一课是彭端淑的《为学》，彭端淑是四川省丹棱人，与李调元、张问陶并称清代四川三才子。他的文章有深刻的人生哲理。

上完这一课，远处传来了人喊马嘶、烟尘滚滚，刘世敏怕等一会出现的情景会吓着学生，要他们走了。很快，蓝、李到了，前锋见一个先生拔剑而起，立在金凤桥上阻拦大军，好生奇怪，赶紧去报告了蓝大顺、李永和。二人打马上来，要先生让路，而刘世敏却劝蓝、李归顺朝廷，双方各执一词，互不相让。这时中军来报，骆秉章挥军至。蓝大顺恼怒了，顾不得许多，挥兵过桥。刘世敏挥剑相阻，被蓝、李大军砍成了肉泥。

再看尹昌衡的双亲。他的父亲尹仕忠性格软弱，母亲却很刚硬。彭县乡下的尹家有薄田五十亩，尹仕忠身体瘦弱，不善稼穑，但尹昌衡的母亲能干，爱读书，敢负责任，《四书》《五经》都能背诵，占卜星相都懂，还会看病。

尹昌衡是家中唯一的男丁，行三。他十三岁始露峥嵘。有亲戚陈仿文，在地方上有钱有势。有次陈外出，因担心家里的独苗不孝子陈富生趁他外出，将家中值钱的东西偷去换钱抽鸦片，就尽都捡到一个小小的百宝箱里，寄存到尹家，但并没有说儿子来要时不给。陈仿文前脚走，陈富生后脚就来取东西，几次三番把值钱的东西取完。陈仿文回来后得知后横不讲理，不仅不怪他的儿子，反诬尹仕忠把他的东西打来"吃起了"，并去县上告了官。尹仕忠胆小怕事，赶紧脚板上擦清油———溜了事。

时年十三岁的尹昌衡替父上了县衙门，在县官面前不惊不诧，把事情的来龙去脉说得清清楚楚，打赢了官司。从此，小小的尹昌衡在当地声名大震，而丢尽了脸面的陈仿文却恨透了尹昌衡，在背后放话："老子迟早要整死这个小东西！"

煞星接踵而至。

有一天下午，尹昌衡的大伯尹仕六来找他。尹仕六是个文盲，人长得蛮人，脾气暴躁，不入讲道理。他对正在温书的侄儿说："凤来，你帮大爷作篇祭文！"尹昌衡聪明，书读得好，在当地是出了名的，但尹仕六哪里知道，他的小侄儿还不会作祭文。

听小侄儿说不会作来祭文，大伯一下就毛了，说："咦，大伯就喊不动你娃娃嗦？！"看大伯鼓筋爆溅的样子，小昌衡只好答应，请大伯说清缘由。

"那天我正在田里使牛，忽听说亲家死毙！"尹仕六一口气接着说，"去打个三牲来祭，那肉又是光毽骨头……"小昌衡在写祭文时比箍箍买鸭蛋，把大伯这些话全部引用了，成了一篇闻所未闻的奇文，祭文当着千人百众宣读时，引得人们哄堂大笑，因为里面上不得台面的怪话太多。大伯以为小侄儿是有意臊他的皮，大怒，抓起一把钢叉冲到兄弟尹仕忠家大喊大叫，要杀侄儿。一下子惊动了四邻。尹仕忠胆小，躲到一边去了，其母却抓起一把菜刀冲上来，找尹仕六讲理、拼命。后经左邻右舍好一阵劝解，尹仕六才消了些气，可嘴上却发出狠话。

见家中独苗一连得罪了当地两个歪人，为儿子的安全着想，尹仕忠夫妇一合计，赶快采取紧急措施，将家中的所有田产全部变卖，两个女儿大了，嫁了人，夫妇俩带上尹昌衡和他的小妹，全家四口离乡背井，上了省城成都。那是1897年的初春。

省城居，大不易。尹仕忠夫妇尽其所有，在成都东门外水晶街开了家米粮铺，不到两个月，生意做垮了；改做烟生意，又蚀本。穷困潦倒的尹仕忠万念俱灰，干脆撂下生活的重担，到峨眉山出家了一段时间。

母亲只得带着小妹给人家洗衣服，做手工，勤扒苦做，虽然生活万般艰难，但母亲坚持让尹昌衡上学。母亲坚信，只有读书才能改变命运，她们希望他早日学成，"光宗耀祖"！这时的尹昌衡已长到十九岁，一表人才，诗词歌赋都是上乘，恰清廷在成都创办四川军校，第一期收生很少，招收很严，待遇从优。学生除伙食由政府包干外，还每月发白花花的四两饷银，想进军校的学生简直就挤破了头。尹昌衡以优异的成绩考进了军校，这是1903年秋。一年后，他被选送去了日本东京士官学校留学。

还有，尹昌衡善于发现人才，招揽人才，一身的侠义之气。

成都历史上就是一座温柔富贵之城。因产蜀丝闻名于世，丝在锦江中濯过格外鲜亮，而称成都为锦城；又因为当年蜀后主孟昶喜芙蓉，命人在城上城下遍种芙蓉，花开时节高下相照，四十里如锦绣，又称芙蓉城，于是成都又是一座花城。早在唐代，成都就有花市，杜甫旅居成都时，便有"晓看红湿处，花重锦官城"的诗句。到南宋，这座地处天府之国腹地的名城，花市更为繁荣，赵抃在《成都古今集记》中就有"成都二月花市，各地花农辟圃卖花，陈列百卉，蔚为香国"的记载……

成都花市以南郊和青羊宫最盛，曾在成都附近崇州做过通判的南宋大诗人陆游诗云："当年走马锦城西，曾为梅花醉如泥。二十里中香不断，青羊宫到浣花溪。"及至回到老家浙江后，仍写诗念及"尚想锦官城，花时乐时稠。金鞭过南市，红烛宴西楼。千林夸盛丽，一枝赞纤柔……"

明清之际，成都花市逐渐集中到青羊宫。青羊宫是座规模宏伟的道观，据说，它的得名是因为道家的史祖李耳（老子）。《蜀王本记》称，当年老子为关尹喜时著道家经典著作《道德经》，后离任时有人问他欲何往，又去何处找他？老子曰："子行道千日后，于成都青羊宫寻吾。"

唐王朝李氏皇帝历来独崇道教，奉道教为国教，尊老子史祖，令天下诸州皆设置道观，并为老子设像。成都建立了宏大的紫极宫，后僖宗入蜀时，将紫极宫改名为青羊宫，并大兴土木，青羊宫备极壮观。特别是观中有一头铜铸青羊，远近闻名，可谓镇观之宝。此青羊很是奇特，羊角、鼠耳、羊须、虎爪、牛鼻、龙角、蛇尾、马嘴、兔背、鸡眼、猴颈、狗腹、猪臀。据说，此吉祥物最为灵验祥瑞，任何人只要摸摸它，就能心想事成，逢凶化吉。因此，每天来摸它的人牵群打浪，到了民国年间，此羊已被摸得光可鉴人，而且有的地方已有毁损，因此观中管理人员将它用铁笼子围了起来，不是随便就可以摸的了。

青羊宫占地广宏，主要建筑有灵祖楼、八卦亭、三清殿、斗姥殿等，无不檐角飞翘，古色古香。殿中供奉的老君像等也是惟妙惟肖，形神兼备。宫中一年四季清香缭绕，信徒盈门。青羊宫离浣花溪很近，"两岸皆民家，水阁相连，饰以锦绣"。清光绪年间，每到二月十五日是成都的花朝节，又是老子的生日。因此，从这天起，前去青羊宫进香朝拜，观青羊、赏花卉的人络绎而至，很是热闹。官府乘机在观内举办劝业会，展销商品，交流物资。到后来，青羊宫内又增加了武术内容，年年这个时候都要设擂台比武。花会期间，自通惠门以西，一路上，人群摩肩接踵，杂声盈耳，蔚为壮观，有首竹枝词，最是道出了盛况：

> "到来都是看花人，百花丛里踏香尘。晓风扶起眠烟柳，春草看花处处春。"

那年，尹昌衡十七岁。

一早，他约了几个朋友去青羊宫看打金章。

武术擂台赛已经摆了三天，擂主栾炭花，今天是最后一天，若再无人胜他，他就要鸣金收兵了。接下来，他会胸前佩一枚沉甸甸、金灿灿的纯金金牌，打马游街，披红挂彩，锣鼓喧天，风头出尽，名利双收。

擂台下挤满了人，警察在维持秩序。尹昌衡他们刚挤到台前站定，只见一位银须飘髯、身着夹长袍的老者，轻步跃上台。旁边有人指着老者轻声说："这是裁判刘博渊，评论最是精到好听。"刘裁判对台下众人一拱手，朗声道："今天是打金章的最后一天，今天向栾壮士挑战的有三位。他们是郫县的流星锤——张飞龙，彭县的燕钻天——晏振武，成都的铁人——马宝。"

听说有熟悉的马宝，尹昌衡格外来了精神。马宝是个回民，常在皇城坝上卖艺，武艺高强，气功特好。一只足有胳膊粗的大红蜡烛点燃了，通红的火焰燃得幽幽的，马宝挥去一拳，离拳尺余，火焰熄灭。马宝身高足有一米八，脱去衣服，显得脸瘦、眼亮、肩宽、腰细，身材结实匀称，孔武有力。胸腔是人体最薄弱，也是最娇气的部分，他让两个人抬起一根马桩猛力撞来，若无其事，动都不动一下——这是软功。马宝的硬功也了不起。他运起气，身上的疙瘩肉顿时结成了"胎"，外人用手一摸，他身上无骨处好像罩了层铁幕，有骨的地方反而摸不出骨头——这是金罩功。他一拳下去，一叠整整齐齐的青砖，顿时齐崭崭地断成两截……他的十八般武艺常常博得满堂彩。

刘裁判刚刚退下台去，台前忽地起哄，都是些歪戴帽子、斜穿衣的人。他们吹口哨，跺脚，直起嗓门喊——

"栾炭花，好好打，上来一个捡翻一个，哥子们给你扎起！"

"这块地皮上，没有哪个虾子把金章从栾哥子手上拿得起走的……"

尹昌衡看出名堂了，向站在旁边的一位忠厚老者问询："这些啥子人？"

"浑水袍哥。"老者悄声说，"栾炭花是他们一伙的。这三天我天天来看，不是没有打不赢栾花的高手，而是人家不敢赢，怕赢了走不了路。不过，今天这三个挑战者武艺都非常高强，尤其铁人马宝了得。这个马回民（回族人），又是个出了名的犟拐拐，刚直不阿，怕是今天有好戏看了！"

四名赛手在后台用餐。两位白案（白面）师傅抬着蒸笼走来。蒸笼里蒸的是壮士包子，每个足有西瓜大，有甜有咸。随意取了吃，还有鸡丝汤。

千呼万唤中，四个壮士吃好了，主角就要登场了。

刘博渊又走出来，亮开嗓门唱道："时辰已到，请栾壮士上台摆擂！"话刚落音，从后台呼地跳出一位大汉，稳笃笃站在台子中，他三十来岁，满脸横肉，长得熊腰虎背，身高近一米八，体重足有二百斤。他得意地朝大家拱一拱手，说："请大家捧场！"好家伙，声如洪钟。春寒料峭的季节，他却只穿了件短襟褂，腰束一条宽宽的黑绸带，露出黑黢黢的胸毛。看得出，栾炭花有相当的功夫。在四川，武术又称国术，群众习武之风很盛，整体水平不亚于燕赵齐鲁。在四川，武术按流派分，有少林、武当、峨眉、青城四大家；若按门道分，则有僧、岳、赵、洪、会、字、化等数门。

栾炭花自报家门："兄弟打的是僧门……"僧门以擒、拿、短、打见长。

这莽家伙报完姓名、流派后，他的第一个对手上场了：绰号燕钻天的彭县晏振武在他对面一站，对比强烈，越发显出燕钻天的瘦小。只见燕钻天朝台下拱一拱手，扯起洪亮的嗓子，报上来："我燕钻天打的是岳门，请父老兄弟多多捧场！"所谓岳门，这套拳法先是由抗金英雄岳飞的老师周同首创，以后由岳飞在实战中经过改良，发扬光大，日臻完美。它的特点是低桩小架，讲究贴身短打。刘博渊这又上前细细检查了两人指甲是否修剪，身上是否藏有暗器，脚上是否穿的是软底皮鞋；验核无误后，又让二人抽签。燕钻天抽了一根上签，选了根红腰带系上，栾炭花系的是蓝腰带。

刘裁判再让两人退后一步，站在擂台两边，宣布比赛规则："不准攻击对方裆部，不准叉眼锁喉。三打二胜……"宣布完毕，刘裁判往后一退，说声"较！"

两名对手虽然虎视眈眈，还是按部就班，先上前握手，再退后一步，相互拱手致意。副裁判在台边摇响了铃铛，二人开始交手。

栾炭花睁圆一双怪眼，罩着燕钻天，欺他个子小，运起步法，贴上前去就是一拳，疾如闪电。燕钻天果然名不虚传，身轻如燕，闪身躲过杀着，突地跃起，空中扯个倒提，脚比手还灵活，双腿一夹，啪、啪两声，栾炭花脸上挨了两下。

太精彩了！场上顿时哄堂大笑，刘裁判适时来在台前解释："这叫春风拂面。"

栾炭花当众丢了面子，脸气成了猪肝色，眼中喷火，步步紧逼，口中"嗨、嗨"有声，连出恶拳，双方你来我往，让人眼花缭乱。十多个回合后，栾炭花见燕钻天被他逼到死角，用尽力气，狠出一拳。见对手凶相毕露，露出破绽，燕钻天身灵手快，闪过身去紧接着打出一记漂亮的"凤眼锤！"

"炭花，注意到！"台下那些泼皮，见栾炭花要吃亏，赶紧惊呼呐喊，"看到起，来了！"栾炭花一下省悟过来，顺势拿住了燕钻天的手，陡地举在空中，狞笑着转了两圈，再往台下狠劲一摔。

"哎呀！"在人们的惊呼声中，只见燕钻天在空中扯了个倒提，稳稳当当地落在擂台边上。顿时，场上喝彩声四起，而铁塔似的栾炭花一下傻了眼。

都以为燕钻天还要与栾炭花再较下去，不意他却把系在腰上红带子一解，不满地看了看站在台下的那帮歪人，说"不较了，不较了，我怕赢了走不脱！"说完，扔下腰带，跳下擂台，愤然而去。

尹昌衡看得牙痒痒的。

接着，上场的是郫县流星锤张飞龙。他不高不矮的个子笃实，浓眉下有双炯炯有神的眼睛，他报的是赵门。此路拳法相传为宋太祖赵匡胤所创，风格与少林拳类似，动作刚强舒展。

一开始，流星锤的动作好像有些变形，细看却是避实就虚，他采取"引蛇出洞"法，并不主动出击，只引对手来攻。二十来个回合后，栾炭花焦躁起来，阵阵猛攻中不时露出破绽。流星锤明明可以抓住漏洞乘胜攻击，却滑稽得很：腾挪跳跃间，把个五大三粗、累得气喘吁吁的栾炭花浑身上下摸了个遍。台下观众大笑起来。

起初，刘博渊还能报出点子，什么"风抚荷花""黑虎掏心""顺水推舟"……慢慢就跟不上趟了，最后简直就是莫名其妙。四川人生性幽默，看出了名堂，就喊："栾炭花，你咋个搞起的哟？底下那家伙都拿给人家摸热了？"场上更是哄堂大笑。坐在台前指挥泼皮们的舵爷熊三稳不起了，将黑色云衫的袖口两挽，就要使什么坏时，只见流星锤突然停下来，用拳头将自己的鼻子猛地一碰——流血了。赛场规定：见红为输。人们的惊愕中还未回过神来，流星锤张飞龙双手抱拳向台下一揖，什么话都没有说，跳下擂台扬长而去。

在台下观众的嘘声中，栾炭花不以为耻，反以为荣，得意扬扬，等着最后一个挑战者上场。

马宝上来了，向台下拱拱手，朗声报道："在下打的是化门拳，师承赵麻布……"赵麻布是清朝嘉庆年间的大侠马朝柱，志在反清复明，曾邀约师兄弟数人谋刺嘉庆皇帝未果，亡命四川，隐姓埋名，以卖麻布为生，教出了许多高徒，如原清军著名武官周玉珊就是他的嫡传弟子。赵麻布在民间很有些解气的逸闻，比如说：有一次他在新都一位颇有些恶名的绅粮（地主）门外高声叫卖麻布，惹得那绅粮心烦，命人撵他走。赵麻布偏不走，而且叫卖声更高。绅粮是当地恶霸，武艺很高，就挥拳打来，赵麻布回了一拳，当即不仅将恶霸打翻在地，而且断了一根肋骨，狠狠地教训了那恶霸。赵麻布有两个得意门生，两人都有一个很乡土化的绰号，一叫"泥鳅"，一叫"黄鳝"。有次师徒三人前去教训华阳县观音阁一鱼肉乡里的恶霸。得知赵麻布师徒三人来了，那恶霸让他们进来。一进门只见甬道两边都站的是武士，一个个持枪亮戟，对他们怒目而视，杀气腾腾，似乎马上就要把他们师徒三人生吞活剥。及至上了厅堂，稳坐当中太师椅上的恶霸故意叫丫头给他们上茶。赵麻布示了个意，"黄鳝"到院中，将一扇无比沉重的青石桌面提进来当作茶盘，恶霸正惊疑间，"黄鳝"突然跳入空中，扯了一个倒提。只听"咚！"的一声，两脚往厅堂中梁上一蹭，一声闷响中，两个脚印完全嵌在了中梁上，然后双脚落地，双手稳稳当当端着那扇沉重无比的青石桌面，拄在桌上的茶水不晃不摇不溅。"黄鳝"保持着这样的姿势，站在恶霸面前微微一笑，作了一揖。

"休得无礼！"赵麻布佯装怒意，吼了徒弟一声，气冲丹田，竟将窗棂震得簌簌抖动，屋顶上有灰尘随之飘下，吓得恶霸魂飞魄散，马上对赵麻布告饶，磕头如捣蒜。赵麻布哈哈大笑，这才带着两名高徒扬长而去，让那恶霸从此再不敢胡作非为……

台上，铁人马宝已经同栾炭花交上了手。尽管台下熊三爷带着那帮泼皮给炭花扎起，马宝丝毫不受影响，志在必得，精神抖擞。马宝开始亮起"一狠二毒"的硬功夫，一拳击中了栾炭花的左肩。"哎哟！"炭花负痛惊叫一声，败下阵来，输了第一局。

但栾炭花绝非等闲之辈。第二局他向马宝频频发起攻击，他身高体壮力大，拳头握起碗钵大，怪眼圆睁，两个拳头使得风车车一般，指着马宝的要害处猛攻猛打。

马宝改变战术，栾炭花先以绵里藏针的太极拳一一化解，再以三角消摆步化，并不真的反击。炭花以为铁人的功夫也不过就是如此，出手越来越快，也越来越狠，恨不得马上就将马宝打来趴起。殊不知这就露出破绽，马宝瞅准时机，左引右打，连发三拳，拳拳命中，打得栾炭花趔趔趄趄，仗着身壮力大，抱着一根柱子才未跌下擂台。第二局，栾花又输了。本是三打二胜，可栾炭花和那帮泼皮都不依，非打第三局不可。马宝倒也不虚，应了战。

稍事休息，第三局开始。

这一局栾炭花使出看家本领，专用腿攻。他的腿攻着实了得，能站在一块突起的砖上连打五十个旋风腿，而且出腿力重千钧，向有铁腿之称。马宝采用"砸根""砸梢"法都无法化解，眼看着已被栾炭花的腿攻逼到了台角，马宝心一横，运用金罩功以硬对硬。当栾炭花狠劲一腿向马宝扫过去时，铁人略为沉身，硬接一腿，只听"梆、梆"两声，裁判刘博渊在旁适时解说："这叫膝上栽花""轮身边脚"……台下一片喝彩。就在这时，马宝快步贴上，迅如闪电，肩撞肘击，连挤带打，不等栾炭花反应过来，已被马宝打翻，腾身飞出擂台，倒在了台下一丈开外，将台前贵宾席上的茶碗都打翻、打烂了好些，腰上系的红绸带飞了，好不狼狈。

刘博渊当即宣布挑战成功，马宝获得金章，并激动地称马宝为"十余年来未见之高手"！场上，掌声雷动。不意，当晚马宝就遭到了熊三爷一帮人围攻。地痞熊三爷带一帮泼皮，将马宝堵在一条窄巷子中。马宝本不想惹事，让熊三放他过去。

"你虾子虚了吗？"熊三爷破口大骂，"老子今天在青羊宫咋个暗示你，你都不听，老子们今天就教训教训你！"说时手一招，堵在小巷两头的七八个流氓，手持刀棒一哄而上。马宝火起，施展开手脚，顷刻间将来人全部打倒放翻。看熊三要跑，马宝一把把他拿住。

"熊胖子！"马宝教训道，"你要弄清楚，皇城坝上的回回不仅武艺了得，而且是合了群的！该晓得马镇江、马鹤庭这些人吧？还有大名鼎鼎的海老师，都是回民，都是武林高手，你们敢做啥子！"一边说，一只铁钳似的大手逮住熊胖子的手用劲攥，痛得熊三爷嘶声嚎叫："马大爷，饶命，我今天晓得锅儿是铁打的了！"

"以后你还敢不敢带起人去青羊宫为非作歹？"

"哎哟，不敢了！"

"你还敢不敢在市面上估吃霸赊？"

"哎哟，哎哟，不敢了，不敢了！"

"以后你再敢为非作歹，谨防老子的砣子（拳头）！"马宝这才把熊三放了。以后，熊三一伙人果然老实了许多，特别是皇城坝上有马宝在那里耍武卖艺时，熊三一伙人更是躲得远远的。

成都的皇城坝犹如北京的天桥，少年时的尹昌衡最爱去玩。因为他热心热肠，敢出头打抱不平，又有主张；久而久之，他成了一帮贫民子弟的头，与一帮同样爱去那里玩而又仗势欺人、以汪公子为头的纨绔子弟们形成了两派，水火不相容。一次，两边为点小事，争执起来各不相让，最后发展到打群架的事态。尹昌衡和汪公子都说了狠话，约定第二天一早在皇城坝较个输赢："哪个不来哪个是虾子！"

不意第二天，汪公子那边拥着铁人马宝来了，尹昌衡的小兄弟们被吓住了，想跑，尹昌衡不跑，对兄弟们说："我看马宝不是不讲道理的人，我们去把道理讲给铁人听，如要他听了还要帮他们，我就瞧不起他了！"

结果，在铁人马宝面前，公说公有理，婆说婆有理，闹麻了。马宝把手一挥，"都不要说了！"他大喝一声，两边顿时清风雅静。"看你们双方都还是娃娃，有啥子深仇大恨？为一句话一点小事就来打群架，何犯予？打起来，轻则伤，重则亡，值得吗？听我一句话，别打了！"说时用一双虎彪彪的眼睛环视左右，说了一句狠话，"听我劝的是朋友，若不听，嗨！"他扬起拳头，将面前一块青石板砸成两截。

看马宝如此深明大义，尹昌衡很感动，说："马大哥的话我听了！"旁边汪公子也嗫嗫嚅嚅地说"对"。一场大规模的武斗避免了，由此，尹昌衡认定马宝这人武力既好，又有德行，将他记在了心间。当尹昌衡当上军政府军政部长后，立刻派人去找马宝。

皇城边上一条窄巷里，两边排列的都是一溜溜的简陋至极的木质穿斗房。这天早晨，一个差官手持军政府大红公函一路寻来，问马宝。时年三十岁的马宝，虽是武术界红人，生活仍然穷困，猛听门外一阵鞭炮声响，声声震耳，一阵脚步声正朝他家而来，他感到奇怪，一手端着碗稀饭，一手拿双筷子，筷子上夹了块泡萝卜出了门。

左邻右舍纷纷给他道喜，祝贺他当了官。

"涮坛子嗦？哪来的官，啄木官？"

手持大红洒金公函的差官立刻给他解释："我奉军政府军政部长尹昌衡差遣，给你送来聘书，请你出去做尹部长的卫队长！"说时，送上大红聘书，左邻右舍见状，纷纷抬来凳子，请差官坐，递茶水请烟。马宝接过聘书细看，下面是尹昌衡的签名，还盖有军政府的大印。十年前皇城坝上那个瘦高个子、相貌英武、神态沉稳的少年化作了今天鼎鼎大名的军政部长，事情过去了多年，尹部长还记得我，可见他是一个有情有义的人，也是一个有心人。马宝很感动，愉快地接了聘书。尹昌衡确实有眼力，自马宝成为他的卫队长后，武艺高强、武德也好的马宝在安全上给尹昌衡提供了足够的保障。还有彭光烈、宋学臬、孙兆鸾那帮高级军官，个个都是尹昌衡发现并提拔起来的。这些人个个管用，全不像他身边的王棪这些人，不是奸佞小人，就是尸位素餐……

想到这里，赵尔丰从心里长长地叹了口气。望着沉沉的黑夜，明天，荣辱得失，甚至生死存亡，都看明天了！

- 第三章 -

兵变，骇人听闻的成都兵变

第二天上午十时。北较场上，准备接受检阅的部队已经列队做好了准备。

作为有经验的军政部长，尹昌衡一进较场就发现气氛不对。演武厅下，准备接受检阅的新军、旧军都一律军容不整，好些官兵在交头接耳，神色很有些诡秘。军政部长一惊，下马，上前问一个将步枪当拐杖拄在地上、头上包一个黑纱大包头的巡防兵在议论些啥子？见是军政部长，巡防军们围了上来，一个个牢骚大得惊人，怪话连篇：

"三个月没领饷了，这兵有毬当头！"

"当官的倒弄肥了，我们这些当兵的肚儿都箍毬不圆……"

特别令军政部长吃惊的是，连向来纪律较好、拥护革命的一些新军也跟着起哄。这时，一轮成都平原很难见到的冬阳艰难地拨开阴霾，照得较场坝里四下亮堂堂的。看得越发分明，较场正中的演武厅倒是很气派！它由青砖红石砌成，离地足有五尺高，飞翠流丹的重檐大屋顶，雄伟壮观。台后木屏风上，彩绘有一虎四彪，象征着即将实行的四川军制的一军四镇。场内兵山一座。受检阅的共有九营巡防军、一营新军，还有几个大队的同志军。军官们开始喊口令，部队已经持枪列队。可检阅的新军旧军一律情绪不对。

"要拐事！"尹昌衡敏锐地意识到了这一点，他翻身上马，在部队中往来驰驱，朗声宣布："弟兄们！军政府决定，检阅下来，立即发给兄弟们一个月的饷。剩下的饷，一个星期内补发。"他的嗓门虽然很大，还是不行，压不着满场的嘈杂。他立刻意识到背后有一只黑手在操纵，在煽风点火。形势已刻不容发，此时此刻，他只能骑在马上，反复驰驱，大声宣布"军政府决定……"直到嗓子都吼哑了，场内秩序才安定了一些。

这时，蒲都督一帮大员要出来了。军乐队开始奏乐，他们是特别从凤凰山新式陆军处调来的，军容齐整，一律头戴大盖帽，脚蹬黑亮的马靴，身穿黄哗叽新式军装，挺精神。在雄壮的军乐声中，新任都督蒲殿俊率军政大员们鱼贯上台入位。蒲都督是新派，西装革履。他在演武厅上一站，双手按着铺着洁白桌布的桌子，一缕阳光照在他别在胸前的大红花上，越发显得容光焕发。

"在下各位革命军人！"就在蒲殿俊刚刚开始演讲之时，"砰！"的一声枪响，就像是打了一发信号枪，立刻场上到处响起了枪声。蒲都督吃惊地往下看时，场上已是枪声大作，秩序大乱，士兵们豕突狼奔，有人在煽动：

"军饷根本没搞，尹昌衡是哄我们的，只图娃娃不哭了事！"

有人举手立刻响应——

"走啊，上街去打起发（抢劫）才是真的！"

"大家都散了，瓜娃子才在这里！"

"还不快走，在这里捞毬……"

顷刻间，形势完全失去了控制，乱军们一团团裹起，啸聚、呼吼、乱放枪，像晴朗的天上忽然涌起的团团乌云。

兵变发生了！

军政部长尹昌衡见状大惊，赶紧朝演武厅急奔，他想跳上台去镇住堂子。

这时，一双鹰隼似的眼睛一刻也没有离开过尹昌衡。在演武厅右侧，有个混入乱兵中的大汉，身材魁梧，满脸络腮胡子，他一边注视着场内的情况，一边不时举起手枪"砰！砰"地向天射击。他就是这场兵变的现场指挥张德魁，是个山东大汉，赵尔丰的贴身卫士。在今天这场精心策划的兵变中，他奉赵尔丰、田征葵命令进行现场指挥。

"各部听从我的指挥！"军政部长跳上台，放开洪钟似的嗓门大喊，希图维持秩序。而台上原先春风得意的军政府大员们都像驾了地遁，逃得无影无踪。都督蒲殿俊噤若寒蝉，同副都督朱庆澜正往台后躲。

"万万躲不得！"尹昌衡急切地对蒲殿俊喊道，"现在最要紧的是镇定，越躲，乱子越不可收拾！"而这时，原陆军学堂总监、新任军政府参谋长姜登选不知从哪里钻了出来，把站在台中的尹昌衡一掀，横眉道："你要去弹压，你自己去！晓得你们这些四川人今天在搞些啥子鬼名堂！"尹昌衡来不及同他理论，台下新军教官赵康时挺身而上，对涌到台前的巡防军们大声吼喝："回去、回去！遵守秩序，不要上坏人的当！"

"那你就把欠我们的军饷发给我们！"乱兵们不听，吼着往前涌。

"我说话算数！"军政部长在台上向乱兵们保证。赵康时在台下弹压，这样一来，已经涌到台前的乱兵们像被一堵堤岸堵截的波浪，停止了向前冲击，声势也渐渐缓了下来。躲在人群后的张德魁好不着急，眼看就要燃起来的怒火就要熄灭！赵尔丰的贴身卫士气把一口大牙咬得喀喀响，顺势把盘在脑后的那根油浸浸的大辫子一甩，盘在颈上，暗暗一声冷笑，他那只铁骨铮铮的右手举起德造二十响手枪，连连开枪指挥。

散布在各角落的心腹们得到了信号，又开始裹哄着巡防军们惊呼呐喊往前涌。赵康时勇敢地迎上前去，举起手枪，刚喊一声"不准冲"！话未落音，"叭！叭！"一阵乱枪打来，赵教官顿时倒在血泊中。

台上的蒲都督见状，吓得脸色煞白，全身像筛糠，赶紧从后台溜下去，由护兵扶着上了较场边城墙，缒城逃了。瞬间，变戏法似的，台上的大员们跑得一个也不剩，台上的军政部长见红了眼的乱兵们正向自己逼来，赶紧一个箭步从台上纵下，带着副官马忠和一个弁兵跑出后门，划动长腿朝玉隍观方向飞奔。

"吱——吱！"后面有追兵赶着，枪子追着。马忠和跟在尹昌衡身后的弁兵已受伤倒地。军政部长人长脚快，可惜穿着马靴，始终同追兵拉不开距离。神了！刚跑到东株市街，一匹白色的川马如离弦之箭向他迎面而来，这不是家中那匹川马么？这马之所以适时而来，是因为他家离东株市街不远。枪声爆响时，家中养的那匹川马因久经战阵，闻之兴奋不已，挣脱缰绳跑出门来，往枪响之处飞奔，正好救了主人的急。

身逢绝境的军政部长见状大喜，用手指在嘴上打出一个响亮的呼哨，止住川马，两步蹿到跟前，翻身上马，打马朝凤凰山方向飞奔，他要去凤凰山调新军前来镇压叛乱。

尹昌衡不断地用马靴上的马刺磕打着胯下那匹川马，如飞般驰出北门城门洞，沿着一条乡间碎石路向着凤凰山飞奔。凤凰山是离成都仅两三里地的山峦，连绵起伏，状似凤凰，山上遍种桃树，一年四季郁郁葱葱。此山既是成都的屏障，又是城里人闲时踏青、游玩的好去处。这会儿凤凰山在午后阳光的照耀下，那满山的绿，流光溢彩，像凤凰抖着金翅，每根翎毛都闪闪发光。

尹昌衡骑着川马上了山，驰进新军军营。当他从满嘴吐着白沫的川马背上跳下时，闻讯而来的标统周骏站在了他面前。真是"不是冤家不对头"！军政部长暗叹倒霉。周骏也是川人，是尹昌衡留学日本士官学校的同学，其人官瘾大，很是嫉恨尹昌衡当了军政部长。

"老同学！"在周骏面前，军政部长做出一副毫无芥蒂的样子，亲亲热热地称呼，轻轻松松地问，"现在，凤凰山还有多少新军？"

"你不是都晓得吗？"矮笃笃的周骏钉子似的戳在那里，眨着一双恨眼看着军政部长，没好气地说，"都跑光了，都到城里打起发去了。我好不容易才团拢起这一营人，你要咋个嘛？"

"成都正处于血泊之中！"军政部长简明扼要地讲了兵变的情形，斩钉截铁地说："没有办法，我现在只好把你手中这点兵调进城去平叛乱，请立即召集。"

"想得倒好！"周骏毫不买账，冷笑一声，"你要从我手中调兵？拿蒲都督的手令来！"

"情况如此紧急！"军政部长压着火气，耐着性子说，"现在这个兵荒马乱的时候，到哪里去找蒲都督？等找到人，怕成都早被乱兵烧光了、抢光了。"

"找不到新都督，找原总督拿手令也行。"周标统的口气很硬，也歪酸得很。

"周骏你说的啥子话？！找不到蒲殿俊就去找赵尔丰要手令？"

"是这话。"

"周骏！"军政部长再也忍不住了，他发作了，"你——太混账！军政府都成立了，你还要赵尔丰的手令调兵？你是何居心？你是不是也想趁火打劫？"

"随便你红口白牙咋个说！"周骏态度相当横蛮，"没有蒲都督的命令，我不发兵。"

"我是军政府军政部长，我有权调动部队！"

周骏一听，火冲脑门，冲动地吼："我认不得你这个军政部长，你头上那顶乌纱帽还是从我头上抢去的！"周骏的胡搅蛮缠，让二十七岁的军政部长气极了，理智失去控制。

"走！你这个赵尔丰的余孽！"军政部长说着，冲上去要拿周骏。周骏也不示弱。两个人这就扭打起来，边打边吼闹，不可开交。陶泽琨、向树荣、马传凯等赶紧上来劝架。

军政部长很快清醒过来。军心要紧，不能同周骏一般见识。他收了手，趋步跨上旁边一个石墩，亮开洪钟似的嗓门，对围在身边的新军官兵动情地说："弟兄们，成都危急！"口才很好的军政部长在简略地讲了今天上午发生的暴动及严重后果后，看官兵们的情绪已经调动起来，一挥大手，激愤地说："现在，新生的军政府需要你们保卫。这次兵变是'赵屠户'精心策划搞起来的！我有确切的证据。显然，他是要东山再起，要复辟，要将我们打进血泊中去，你们说，怎么办？"

"坚决听从军政部长指挥，平息叛乱！"三百军人义愤填膺，举枪齐呼："决不允许赵尔丰复辟！"

"好！"尹昌衡无比欣慰，"你们深明大义，不愧为革命军人！愿意跟我进城平息叛乱的举手。"

三百支枪齐刷刷地举了起来。

"好！"尹昌衡感动得连连点头，"平息此次叛乱后，你们都是功臣。四川存亡，在此一举。昌衡代表军政府感谢你们！"说着，声泪俱下。三百健儿群情激奋，再次举枪誓师。

调过头来，看看站在一旁的标统周骏，尴尬孤立，黝黑的脸上有赧然之情。知道他不过是名利熏心而已，并非有意破坏革命，军政部长对他说："周标统，我带你的部队进城平息叛乱去了，留给你十几个人守军营。你我互相知道各自的脾气，只要你服从命令，完成任务，平叛之后，照样给你记功！"谁说周骏软硬不吃？这会儿他改变了态度，很爽快地点头答应军政部长："是。"

军政部长这下才放了心，转过身去，大手一挥："出发！"他带着这支只有三百人的小部队，顶着暮色，跑步进城。

天完全黑了。这就是闻名于世的锦城么？从北较场到皇城，长街两边，那些鳞次栉比的茶铺、旅舍、饭馆……全都关门闭户。而往昔这个时候多么热闹！纵然在同志军把成都围得铁桶一般时，会享受的成都人也没有让街市冷落过。然而，今天一路行去却寂然无声。远远地，只见东大街等闹市区方向，有束束燃烧的大火，冒着浓烟，呼啸而上，像童话世界里镇妖的宝瓶不慎脱口，突然钻出的魔怪。它们那巨大的身躯突起半空中，披头散发，伸着红舌头，粗暴地舔舐着夜空。成都在惊恐中战栗。惨白的月光吃力地透出云层洒下来，长街两边的花草树木、店招……全都朦胧苍白，和举行葬礼一样凄惨。

来在北门大桥上，军政部长将区区三百新军分成三队：马传凯带一队守造币厂，向树荣带一队守武器库。自己带一队进入军政府所在地皇城——为虚张声势，震慑乱军，分别时，军政部长嘱咐：各队尽其可能地吹号打鼓，极尽张扬地进去。

九里三分的成都城已面目全非。继上午十一营巡防军和几营新军哗变后，市内的上千名警察以及散驻城内大街小巷庙宇内、打着同志军旗号的土匪和一些哥老会也加入了抢劫的行列。首先遭殃的是市内的大清银行、浚川源银行、通商惠工银行、铁道银行——这些是当时成都几家略有规模的新式金融机构。接着，天顺祥、宝丰隆、百川通、金盛元、日升昌、新泰厚、天成亨、协同庆等三十七家银行、捐号、票号都遭到浩劫，连同军人自监自盗的藩库、盐库等，共计损失现金二百万元大洋，尚未计十余家金号的损失。只有四川造币厂躲过此劫。它僻处城墙东南隅，是个死角，没有引起乱兵们注意，这就为军政府侥幸地保存了白银十余万两、铸造好的大清龙纹银圆数万枚。

成都东大街、劝业街、大什字、小什字、暑袜街、总府街、湖广街、棉花街等十多条素称繁华的街上的所有商号也被乱兵们洗劫一空。情况往往是，官兵们满足欲壑走后，再让那些等在门外、看得眼睛出火，直淌垂涎水的差役们抢；最后涌入的是那些游手好闲、掌红吃黑，整天茶坊进、酒馆出，打条骗人，专捡便宜的地痞流氓。他们一边高声大喊："上山打猎，见者有份"，一边不由分说地开始细细搜刮残余。

有些商号、华宅被洗劫一空了。后到的乱兵什么也没捞着，恼羞成怒。他们砸穿衣镜，用马刀砍门窗、家具……往往连挂在壁上的时贤字画，也被抓下来撕得粉碎。锦绣成都到处都是烛天的火光和叫声，"温柔富贵之乡"已被踩躏得不成样子了。

而这时，赵尔丰久久地站在五福堂前，望着高墙外股股烛天的火炬升腾而起，像一条条火龙，在漆黑的夜幕中，它们疯狂地张牙舞爪地扭动着身姿蹿起老高。火龙吞噬财产时发出的噼噼啪啪的声响和失去家园的和平居民们凄惨的哭泣，阵阵传来，声声入耳。忽闪忽闪的火光映在赵尔丰有棱有角的脸上，他那一双阴沉多日的豹眼此时注满了一种残忍的兴奋。他的一双手不由得握起有力的拳头。兵变成功，在他意料之中，形势急转而下，又在他意料之外。而这一切，都使他这个阴谋的策划者和组织者，因为激动，全身以至在微微发抖。

这时，卫队长张鼓眼快步走上前来，附在他耳边，轻轻说："季帅，外面有七八个老者求见。"

"他们是些什么人？"赵尔丰霍然转过身来，看着卫士长，满怀期冀。

"成都的五老七贤。"

"啊？"赵尔丰大喜，转身向着站在身边的统领田征葵说，"征葵，你代表我去请他们上五福堂来！"

"是。"巡防军统领会意。

"季帅！"当胡须银白，头戴黑缎瓜皮帽，一条干焦焦的发辫在背上扫来扫去，穿青缎长袍，外罩黑布马褂，八十高龄的咨议局议员伍肇龄拄一根龙头拐杖，在几个深孚众望的老人搀扶下，颤颤巍巍地进到五福堂时，态度向来傲慢的赵尔丰竟趋步上前，一边故作吃惊地说："如此深夜，何劳伍老先生夤夜而来？"一边亲自扶伍肇龄坐到一把软椅上。

"季帅！你可要救救我们成都啊！"伍老先生不肯落座，屁股往下一梭，就要叩头。赵尔丰扶住伍老先生，心中暗笑，嘴里却说："不敢当！不敢当！老先生有话尽管说。只要尔丰办得到的，一定照办。"说着扶老先生坐好了，自己才坐下。

"蒲伯英才多大岁数？"伍老先生气愤地把龙头拐杖往地上一拄，"不过才三十六岁嘛！还是个青勾子娃娃，一个堂堂四川省的都督是那么好当的？看看，这不出事了？出大事了嘛！"五老先生数落一阵后，道出主题："季帅，我们是代表成都人民来请你出山收拾乱局的！"说着，看了看簇拥在他身边满脸惊惶的老人们，以目示意。五老七贤们赶紧纷纷给赵尔丰粉起：

"当今这个乱局，非得季帅出面才捡得顺！"

"以季帅你的威信，只需出面打一声招呼，保险刀枪入库，马放南山……"

在座的五老七贤都是秀才、举人出身，话一个比一个说得好听。赵尔丰好不高兴，却故意抠起。他做出既为难又悲天悯人的样子，把手一摊："诸位老先生，不是尔丰不愿救民于水火。只是尔丰已将总督之职交给了蒲伯英，即将赴康区，这时候插手怕多有不便，怕引起误会，恕尔丰不能遵命！"

"季帅，求你了！"伍老先生又从软椅上梭了下来，要向赵尔丰下跪。

"哎呀呀！"赵尔丰赶紧弯下腰去，伸手扶起伍肇龄老先生，做出一副豁出去了的样子说，"各位耆年风德的先生既如此说，尔丰敢不遵命？纵然前面就是火坑，尔丰也跳！"

"季帅准备何以应对？"伍老先生似乎对赵尔丰的保证不放心，打破砂锅问到底。

"我立马以个人名义下文，出告示，要新军、旧军立即返回军营，不准扰民。我想我赵尔丰只要给他们打声招呼，这些兵会听话的。"

"季帅只要肯出马，我们就放心了。"五老七贤看赵尔丰信誓旦旦，这才放下心来，对他千恩万谢，颤颤巍巍地鱼贯而去。赵季帅"礼贤下士"，一直把他们送出大门。

第二天的黎明姗姗来迟。成都的两百多条大街小巷内都已贴上了告示，白纸黑字，引人注目，"不论是巡防兵或是陆军，迅速到制台衙门受抚，不咎既往，一概从宽。宣统三年十月十九日。"告示署名很特别："卸任四川总督，现任川滇藏边务大臣赵尔丰。"因为总督大印已交军政府，赵尔丰不厌其烦地在每一张告示后面签上自己的名字，是发挥了的篆体，字写得很好，像一只只飞翔的白鹤，别有含义。

"咦！赵尔丰又出山了！快来看、快来看！"不出赵尔丰所料，天刚亮，在那些被一夜大火焚烧得不成样子的大街小巷里，在每一张有赵尔丰署名的布告前都围了一圈又一圈的人。人们对关系到自己切身利益的政治的关注，压倒了对现实的恐惧。他们纷纷指点着、议论着：

"那么说军政府是垮杆了？赵尔丰又抽正了？清朝还没有倒？若不是，咋告示用的都是宣统年号呢？"

"不对，不对！"有人置疑，"若说是赵尔丰又抽正了，咋个章都没有盖一个哩？歪的嘛！我倒是听说，军政府的军政部长尹长子从凤凰山带兵昨黑就进城平叛来了，已经平下来了。"

"管那么多捞毬？"有人更实际，"你我小老百姓，赶紧回去把着门要紧，不要让乱兵打了起发——各人抱倒自己的娃娃不哭！"

想想也确实是这样。国以民为本，民以食为天。国家大事岂是你我小民能管得了的？穷家小户，贱民百姓还是照看好自己要紧！于是，人们一哄而散，带着各种各样的心情，匆匆忙忙，各走各的路，各忙各的事去了。

- 第四章 -
砥柱中流

"嘀嘀嗒！嘀嘀嗒！"军政部长率一百名精神抖擞的新军，在子夜时分张张扬扬地来在了军政府所在地皇城。抬头一看，红墙黄瓦的深庭大院里寂如坟场，全无往昔军政府首脑机关那种繁忙紧张的气氛。拱圆形的城门洞前，往昔门楣上悬挂着的、垂着流苏的两盏大红宫灯，岗亭里二十四小时站得笔直的卫兵，就像变戏法似的，今夜全都荡然无存。月影移墙，竹梢风动，格外凄清。

军政部长望着这熟悉而又陌生的要地，一时甚至怀疑这里面会不会暗藏有什么凶险杀着？他先派一哨尖兵进去搜索，确信是一座空城后，再将部队精心布置，化整为零：岗亭里照旧站上卫兵，将两扇红漆大门虚掩，用六十名士兵在门内用麻袋等作掩体，准备迎击敌人。剩下三十名士兵守后门。军政部长的整体构思是虚虚实实，外松内紧，竭力从心理上震慑敌人。然后，军政部长带着剩下的十来名兵士，沿着花径，往明远楼而去。

昏昏月光下，只见殿宇重重，庭院深深，大柱根根。偌大的一座深宅大院内没有一盏灯，没有一点声音，令人莫测高深。军政部长带着人上了楼，向致公堂走去。皮靴踏在楼板上，发出空洞吓人的声音。

"咿呀——！"致公堂的门被推开了，军政部长尹昌衡率先一步跨了进去。

"看剑！"忽觉眼前寒光一闪，从侧面一张桌子后闪出一个胖胖的人影，人到剑到，一把冷飕飕的利剑直向军政部长刺来。

"哎呀！"跟在他后面的士兵们的惊喊还未落音，日本士官学校毕业的高才生、在国内和国外都受过严格格斗训练的尹昌衡早已从剑鞘里拔剑还击，"当！"的一声格开来剑，侧身一跳，稳着阵脚，再挥起利剑，向刺客攻击。

致公堂内光线黯淡，士兵们知道军政部长武艺了得，又怕看不清帮倒忙，便都站在一边观战。影影绰绰中，只见他们一高一矮两人斗剑。矮的劈来如牵出一道闪电，触之便死；高的利剑迎去直指杀手眼睛，如撒开万点寒星，必力擒刺客。双方并不作声，只来来往往，都剑法纯熟，打斗得非常好看。

军政部长技高一筹。几个回合后，只听"当！"的一声，刺客手中的剑被击落在地。但他并不惊惶，只见他蹲下去，抱着件什么，头都不抬，大声叫骂："反叛逆贼，你们杀了我吧！"

"你是谁？"声音如此熟悉，尹昌衡吃了一惊。这时，马忠举着一盏油灯出现在门口。啊，是军政府安抚局局长罗纶嘛！这个白皙的矮胖子，正抱着地上一面"汉"字十八圈旗痛哭流涕。"汉"字十八圈旗是四川军政府成立以来用的旗。

"梓卿兄（罗纶，字梓卿），你死到临头了！"军政部长玩笑一句，"也不抬起头看看我是谁？"军政府安抚局局长罗纶应声抬头，看清站在自己面前的竟是军政部长尹昌衡，大喜，破涕为笑，一下站起身来，趋步上前，握着尹昌衡的手，再望望簇拥在周围的军士们，问："硕权，你是带兵进城平叛来了吗？"

"正是。"军政部长告诉了他详情。

"哎呀！"听了尹昌衡的话，罗纶却是转喜为忧，"你带这几个兵来能平叛？无异于杯水车薪嘛！"

"兵不少、不少！我自有平叛之计。"军政部长说着，要兵士们退出，他要同罗纶商量机宜。明远楼里，那盏灯一直亮到天明。

天刚放亮。尹昌衡和罗纶并肩站在皇城明远楼上往下眺望。只见万瓦鳞鳞中，陕西街上那座法国人修建的高耸的教堂，还披着牛乳色的晨雾。皇城坝周围，那纵横交错的清真牛肉馆、饭馆都关着门。而城门洞外，那偌大的，往日百戏杂陈、无奇不有、人声鼎沸的坝子上，今天出奇的安静。偶尔有人出现，那是些吃了上顿没下顿，不得不出门觅食的乞丐。他们衣衫褴褛，挂棍笃棒，神情惊惶，像一只只既惊怕又可怜的麻雀。

"硕权！"罗纶用手指着平安桥方向一幢大院里的碉楼告诉军政部长，"看，那是武器库。据我所知，武器倒是还未流失，但涌进去了许多乱兵。"

电光石火般，一个迅速制服乱兵、稳住大局的计划在尹昌衡脑海中形成。他转过身来看着罗纶，目光灼灼，语气坚定，"梓卿，我们分个工，你在城中驻阵指挥，学一回诸葛亮唱空城计，要紧的是稳起！我带一哨士兵去把武器库捡顺……"

听了尹昌衡出奇制胜、身先士卒的计划，罗纶觉得军政部长一身是胆，智勇兼备。他顿时有了信心，点了点头，嘱咐一句："硕权，务必小心！"

"轰——！"皇城那两扇圆拱形的沉重的红漆木质大门被推开了。一哨军容整齐的新军跑步而出。他们排成两路纵队，由军政部长亲自带队，向平安桥方向而去。他们披着淡淡的晨雾，沿着清澈见底的平安河来到了向荣街。这是一条模范街，两边栽满女贞树，平时就以幽静闻名。现在，更是连鬼花花都没有一个。顺着一条曲里拐弯的窄巷一拐，尹昌衡带着部队向武器库走去。

走在一条狭长幽深的甬道里，两边是高厚的夹壁似的风火墙。来到武器库，大门敞着，无人把守。军政部长带部队在门外停下来，"马忠！"他要自己和副官把这支小分队分成两队，做好警戒。两挺机枪，一挺架在门外，对着武器库，以防乱兵暴动；一挺架在甬道外，不准放一个外人进来，也不准放一个乱兵出去。

看军政部长执意要一个人进去，马忠忙劝："部长，里面那么多乱兵，危险！还是让我跟你进去吧！"

"人多了反而容易引起乱兵惊慌。服从命令，注意警戒。"尹昌衡说时，单身一人进了门。

偌大的院子里，到处闹哄哄、乱糟糟的。四周呈辐射线散布出去的一间间木质穿斗房里，乱兵们蜂拥蚁聚，或喝酒划拳、吆五喝六，或扯起破嗓在吼川戏……无人注意到进到大院来的尹昌衡。军政部长径直来在院中，站到一块石墩上，手一挥，亮开洪钟般的嗓门："诸军听令，我是军政部长尹昌衡！"这一喝，院内顿时鸦雀无声。具有传奇色彩的军政部长的大名，在川军中，可谓无人不知，无人不晓！乱兵们赶紧涌到院里，怔怔地望着只身站在石墩上的气宇轩昂的军政部长，露出满脸的崇敬和惊讶。

尹昌衡用他那双亮眼，迅速扫视了一下全场，乱兵们的神情让他放心了。

"在下各位兄弟！"军政部长亮开洪钟似的嗓子，开始政策攻心，"这场兵变，是赵尔丰蓄意制造的，责任不在你们！现在，只要各位听从我的命令，军政府保证既往不咎，立功受奖……"

军政部长的话讲完后，立即有兵问："请问部长，军政府理不理抹财喜？"这就是说，事过之后，军政府对乱兵在打起发中抢劫的赃物清不清理？看场上的乱兵们盯着自己眼都不眨一下，尹昌衡知道，这个问题至关重要。弄不好，要出乱子。本来他想说："事情各是各，休想趁此机会滑过去！打劫之物必须退回，事情必须清理！"但话到嘴边却很囫囵："全看你们自己！"

千万不要再出什么难题！军政部长正暗暗着急，乱兵群中走出一位下级军官，朗声说："部长说得很对，策动此次叛变的是'赵屠户'，弟兄们都是莫名其妙被人家裹着跑的。现在大家知道不对，又不知该咋办才对。部长不惧凶险，亲自来给我们指明前程。我们心中感激万分，没得说，部长咋说我们咋办，指到哪里，我们就跟部长打到哪里。"

"对！"底下兵们齐应，"说得对。我们愿随部长驰驱，以死听命！"尹昌衡素来善于发现人才，见其人长得雄壮，话也说得得体，认定这个下级军官是个人才，很高兴地问他："你叫什么名字？"

"部下名叫乔得寿。"

"职务？"

"哨官。"

看乔得寿官不大，但还有威信，想探一探其人究竟有多大的影响力，军政部长用一双亮眼扫了一眼院里站得满满当当的乱兵，说："愿意跟乔哨官一起效忠军政府的，举手！"满院子兵，齐刷刷举起了手，约莫估计，足有千人。

"乔哨官！"

"有！"乔得寿应声而上，站在尹昌衡面前，双脚磕响皮靴，"啪"地给军政部长敬了个标准的军礼。

"我命令你，即速将此院内的弟兄们整编为战斗序列，听候我的命令！"

"是！"乔哨官接受了命令，转过身去，几声命令一喊，上千乱兵立即分成几排，站得整整齐齐。好个乔得寿！军政部长心中暗暗赞许。

"现在，我命令！"军政部长朗声道，"你们为军政府暂编第一标（团），乔得寿为代理标统。你们的任务是替军政府守好武器库，弟兄们有没有信心？"

"有！"大院里，黑压压的兵们齐声呼应。初战告捷，给了军政部长信心，看来，赵尔丰兵变不得人心，绝大部分乱军人心还是归顺军政府的。前后不到两个小时，尹昌衡不仅解决了武器库的问题，而且，手中又多了一标人。尹昌衡这就出了武器库，带着守在门外的一哨人去了湖广会馆。

军政部长如法炮制，将一哨兵留在门外，架起机枪封门，以防万一。他只身进了白壁粉墙的湖广会馆大门。里面的乱兵更多。三进的院内，少说有一两千兵，全像没头苍蝇，蹿来蹿去，有的在打牌，有的在亮谁抢的东西多、值钱……到处闹闹嚷嚷，乌烟瘴气。军政部长进到第二个院内，见一伙乱兵打起架来。尹昌衡人高，透过人墙看去，主打是两个巡防兵，都长得人高马大。劝架的把他们拉开了，他俩包头的黑纱散在地上，足有一丈长。两人一边骂着，一边迅速将黑纱又裹在头上，像垒起的两座黑黑的山头。

武打收场，又开始文攻。那络腮胡大汉用手指着自己的鼻子，上前一步，"老子肯信你虾子吐把口水把我吞了！"

"大家看倒在哈！"对手也是个大块头，有一副牛鼓眼，也用手指着自己的鼻子，唾沫飞溅，"你是不是还要动手嗦？打嘛，哪个不打哪个是虾子！"这充满浓郁川味的骂架，让百无聊赖的乱兵们乐得哈哈大笑，两边的支持者跟着起哄。

"算了，算了！"有人劝道，"你们公说公有理，婆说婆有理。我看还是找张五哥来评个理！你们两边认不认？"

"要得，要得！"

"对嘛，对！"这个提议竟得到两边的一致赞成。军政部长不由地问站在身边的一个乱兵："这张五哥是啥子人？"

"当兵的。"

"叫啥子名字？"

"张鹏舞。"

"未必这个当兵的比当官的还关火？"军政部长很有兴趣地问。

"是嘛，人家张五哥是对红心（好样的）嘛！"军政部长心中正暗暗诧异，一个小兵领着张五哥调解纠纷来了。尹昌衡注意看站在圈子里的张鹏舞，不高不矮的个子、稍显单薄的身躯、清癯文静的脸，看得出这是一个投笔从戎的书生。他那两道扬起的漆黑的剑眉，一双亮眼中流露出的深沉果敢的神情，是只有那种既有慧根又经历过行武生涯磨炼的人才能具有的。他穿一套洗得发白的军服，腰上勒一根黄锃锃的宽牛皮带，越发显得身姿笔挺，神情精明。张五哥言语精当，思路清晰，评析深刻，立场也很公正，说得打架的双方口服心服。军政部长若有所悟：看来，人才往往深潜在基层中，战争之伟力，也往往是由这些不起眼的兵构成的啊。

一场混乱被平息了。看张五哥要走，军政部长拍了拍身边小个子兵的肩，说："喂，兄弟！"待那兵转过头来，军政部长说："劳驾，你帮我喊声张五哥，就说有人找他。"

小个子兵去了。很快张鹏舞来了。张五哥一见站在大院旁大白果树下的这个高个子军官，戎装笔挺，气质不凡，知道非比一般，赶紧跑步上前，"啪"地立正，给他敬了个军礼。

"你就是张鹏舞？"军政部长声音不大，但自有一种威力。

"是。"张五哥不由得仔细打量站在自己面前的这位仪态不凡的青年军官。他那颀长魁梧的身上，穿一身整齐清洁的黄哗叽军装，一条宽宽的牛皮带束在腰间，上面系一支连枪。他有一张长条形的脸盘、一副漆黑剑眉、一双晶亮星眼、隆准下有一串并不浓密却显潇洒的黑胡须。看不出这位青年军官的军阶。但办事阅人颇有深度的张鹏舞看出，这位青年军官与众不同！

尹昌衡专注地打量了一下张五哥。张五哥觉得，正打量自己的军官的眼神深沉有力，深邃而又智慧，顾盼间又洋溢出一种风流倜傥的韵致，抑或还有一丝诡谲。

"你是军政部长吧？"陡然间，张五哥将耳熟能详的、军中广为流传的尹昌衡的若干传奇故事同眼前这位青年军官联系了起来，猛然醒悟。

"是，我是尹昌衡！"军政部长问张鹏舞，"这会馆里有多少兄弟？"

"一千多人。"张五哥据实回答。

"你能将他们团拢吗？"

"能。"

"好。"军政部长说，"你去将这些人都召集起来，就说我要训话。"张鹏舞领命转身而去。不多时，张鹏舞将三进院中的乱军全部集中到了这个大院里，足有一标（团）人。军政部长训话又是如法炮制，说是只要弟兄们听从命令，军政府过往不咎，立功受奖。关键还是回答那句话考手艺："假若弟兄们就从这会儿开始听军政府命令，军政府理不理抹财喜？"按尹昌衡的脾气，当然是要理抹；但这个时候，他不能不讲点功利主义，不能不做点妥协。因此，向来讲话利索的军政部长说话打起了弯，还是那句："在你们！"这样，乱兵们唯一的心病没有了，个个高高兴兴。军政部长大声问："你们想不想归队？"

"想！"场上千人百众齐声回答。

"你们愿不愿意听从军政府的命令？"

"愿意！"一时间，大院里，应声如雷。

"好！我现在宣布命令。"尹昌衡趁热打铁："你们为军政府暂编第二标！张鹏舞！"

"到！"被弟兄们称为"对红心"的张五哥应声出列。

"我命令你为暂编第二标标统。任务是，带领弟兄们上街，维持秩序。组建纠察队，收罗在街上打流的弟兄们归队。详细办法，下来听我的布置。"

"是。"深孚众望的张五哥升官了，给军政部长敬了个标准的军礼。大院里，响起了一阵接一阵的巴掌声。

街上又飘起了汉字十八圈旗。

从十二月九日早晨起，街上的枪声和乱兵们打起发时令市民们心惊肉跳的"不照、不照"暗号声几乎完全销踪匿迹。全城二百多条大街小巷内，再不见那些斜挎起沉甸甸包袱、趾高气扬的巡防兵，不见了给乱兵们抬着的装满了东西的轿子。刚开始，上街的人见到对面兵来，还大气都不敢出，畏缩地躲在屋檐下让路。然而这些兵大爷们一夜之间就像被谁吓掉了魂，见了人，就像耗子见了猫，你若正颜厉色看他两眼，他便赶紧怯怯地躲开。

"当、当、当！"怎么青天白日，打更匠打起更过来了？正在匆匆走路的人停了步。与此同时，"噼噼啪啪"一间间街铺也开了门。瞬时，清风雅静的街上人头攒动，大人小孩都出来看稀奇。只见身着短褂的打更匠和穿长衫的绅士走在前面，跟在后面的是两三名全副武装的骑兵——他们是军政部长派出的招抚队，他们骑在马上，右手挽缰，左手执一面小红旗，在街上缓缓巡行。见到有流窜状的兵，只听"当——"的一声，打更匠先吆喝："弟兄慢走，军政府有令！"后面的骑士立即接道："命令你们不要再生事，赶快回到各自的营盘里去。只要你们听话，随便以往咋个，做过啥子见不得人的事，保证没事！"完了还怕兵们听不懂，再加上一句流行的袍哥语言，"只要你哥子言语拿得顺，啥子事都搁得平！"

那些被招呼着的乱兵往往便问："要是带着财喜回去报到，可不可以不理抹财喜？"招抚队的回答也总是让乱兵们放心的。

在盐市口、东大街、走马街等热闹地方，到处围了一堆堆的人，在看贴在墙上的军政部的安民告示。有尹昌衡签名的告示规定，凡逾期不归队者，将重惩，行刑队抓着抢劫犯、强奸犯等就地正法！

"凶啊！"成都人善言辞，会表情。街上没有了危险，于是在不少告示前，便有许多人边看告示边议论起来。

在东大街，一家成衣店前，好些人围着一张刚贴上的告示，其中一人绘声绘色地讲："晓得不，尹昌衡昨夜亲自带兵巡逻。昨天到今天，已杀了二十多个不听招呼的，这一来，看哪个还敢打起发？"于是，立刻有人参与，议论纷纷："看不出来啊，尹长子青勾子娃娃一个，硬是凶喃！"

"有志不在年高。倒是正、副都督不得行！那天较场坝枪一响，蒲伯英就吓得拉了稀，现在都找不到人。"

"不摆了！"有人摇头，"蒲伯英书生一个，这时候有毬用处！倒是朱庆澜可恶，他本来就是赵尔丰的人。"

"军政府该换人了，我看尹长子当都督最合适。"

"我看该把'赵屠户'拉出来整，这场兵变就是他在里头装怪！"人们的议论越来越深沉，越来越精彩，围的人越来越多。这时，只听有人喊："快看啊，尹昌衡尹部长来了！"

"哄！"的一声，围在告示前的人散了。沉寂了两日的东大街万人空巷。街两边的屋檐下，人们排成火巷子，争着瞻仰极具传奇色彩、雄姿英发、年轻英俊的尹昌衡。过来了，过来了！在一队骑兵的簇拥下，戎装笔挺的尹昌衡骑着一匹如火的雄骏。一缕绚丽多彩的秋阳照在他的身上。他骑在火红的雄骏上，一手挽缰，一边举起手来，不停地向欢迎自己的百姓挥手致意。他微微笑着，一张有棱有角的脸上充满欣喜，那一双又大又黑的星眼闪亮，顾盼间，那副自信、潇洒和无与伦比的阳刚之气流露得淋漓尽致。

军政部长在万人仰慕中，由他的骑队护卫着，向皇城方向渐行渐远。

当军政部长尹昌衡迈着大步，一脚跨进致公堂，巴巴掌声"哗！"的一声朝他涌来。

"不敢当！不敢当！"在满屋德高望重的名绅们面前，向来敢说敢当的尹昌衡，一时神情竟有些赧然。他向满屋的名绅们拱手作揖致谢，然后，同主持会议的罗纶点了点头，谦辞两句，坐在专门给他留下的位置上。

起眼一看，张澜、邵从恩、颜楷等该来的都来了，一个个神情俨然，看得出来，他们大有话说。只是不见当了十二天正、副都督的蒲殿俊、朱庆澜二人。

"梓卿！"军政部长比了一下手，对罗纶说，"请开始吧。"善于言辞的军政府咨议局长罗纶开始致辞：

"……众所周知，在赵尔丰精心策动的这场兵变中，军政部长尹硕权力挽狂澜！"顿时，场上热烈的巴巴掌声又起。尹昌衡又站起来向大家挥手致意。

罗纶用手往下压了压，示意大家安静。

待场上安静下来，罗纶接着说："现在，形势仍然危急。虽然兵变压下来了，但是，赵尔丰率他的三千百战精兵至今稳坐督院，他煽动叛乱，妄图卷土重来，亡我之心不死。值此艰危之际，人心惶惶之日，新生的军政府急需强有力的领袖带着我等征腐恶、开新篇之时，都督蒲伯英不知方略，不听劝告，先是让赵尔丰以售其奸，酿成兵变，继而临阵脱逃，洋相出尽。今天，我们派了人去请他们来开会。可作为都督、副都督的他们至今不见踪影。因此，特请诸君前来，看目前该怎么办？"

罗纶的话音刚落，噌地一下站起徐炯。他字子休，是个很有威信、性格极刚直的教育家。他人黑瘦，穿件青布长袍，瘦脸上戴副鸽蛋般大小的铜边近视眼镜，那一头剪得短短的又粗又硬的头发，根根直立，就像他刚直不阿、疾恶如仇，乃至偏激的个性。因为激动、愤怒，他唇上蓄的两撇黑胡须在微微抖动。

"罗梓卿的话刚才说得很清楚了，蒲伯英懦弱无能。朱庆澜本来就是赵尔丰安在我们里面的人。我看，当今都督这副重担该应交尹硕权挑起。"

堂上众人纷纷表示同意。

"不可，不可！"尹昌衡正在推辞之际，蒲殿俊进来了。全场顿时清风雅静，没有人请他坐，没有人招呼他。往日的朋友们这会儿个个都冷起脸看着他，那表情有藐视，有冷漠，甚至有敌视。三十六岁的蒲殿俊几日不见，明显消瘦憔悴，满带病容。他最初挂在嘴角上的一丝笑意很快凝结了，他那露着一点光彩的眼睛，马上就阴暗了。在窘人呼吸的气氛中，他动了动嘴唇，似乎想说什么话，又什么都没有说。

当了十二天都督的他像受审似的呆呆地站在那里，有一分钟，也许有两分钟，他望着似乎已不认识他了的同仁们。在最初的一瞬间，他由于难堪，脸色“刷！”地一下变得苍白，随即，赧然地低下头，脸、耳朵，甚至连颈项都变得潮红。

“你身为都督，做了些啥子名堂啊？还好意思来！”徐子休发作了，走上去，“呸！”地吐了蒲殿俊一泡口水。羞愧至极的蒲伯英什么话都没说，只是从口袋里掏出手帕，揩了脸上的口水，转身走了。

这就接着开会。

“徐先生刚才说得很对！”说话的是新军标统彭光烈，他是军政部长尹昌衡一贯忠实的支持者，在川军中也很有威信。

“朱庆澜是个什么东西？也配掌我军权！”彭光烈说时，身高力大的他把一只熊掌般的大手捏成拳，“嗵”的一声砸在身边的茶几上，霍地站了起来，故意把一副浓眉皱起，两只虎彪彪的眼睛瞪圆四下一扫，噘起嘴，沙声沙气地吼道：“莫再讲啥子啦！当务之急是选出都督。我们一致推选尹昌衡当都督！”

“对！”

“是这个意思！”宋学皋、孙兆鸾等也都站了起来，一致附议，“我们代表全体川军将士，公推尹昌衡担任都督！”场上顿时气氛热烈，一片劝进之声，有的说：“古人言，‘天命无常，有德者居之’，尹硕权当都督顺乎民心！”有的说：“都督是我们选的，我们就有罢免和重选的权力！”场上异口同声，可尹昌衡却竭力推辞：“蒲伯英这个都督是大家正儿八经选出来的，咋能这样要人家下台就下台？”正争执不下，只见一个身穿短褂的仆役快步进来，走到罗纶身边，送来一张什么纸条。罗梓卿接过来看完，面露喜色，随手递给坐在旁边的徐炯。徐子休边看边站起来说：“硕权不要争了，蒲伯英宣布自动退位。”说着照念。蒲殿俊在写来的信中，除了明确宣布辞去都督职外，用一种悲怆、沉痛的诗句结尾：“我生失算小雕虫，迂愚妄插乾坤手！”蒲殿俊的信念完了，场上顿时鸦雀无声。大家很有些感动，又才细细地对当了十二天都督的蒲殿俊进行审视。是的，蒲伯英是犯了大错，那是因为他缺乏政治斗争经验，可贵的是，他不推诿！他在这场严酷的斗争之后，认识了自己。承认自己只会干些吟诗弄文写字这些雕虫小技之事，没有干政治的才华，后悔自己插手政治。

"蒲伯英不愧为君子！"徐子休说，"我的行为过火了。等会我去向他道歉！硕权！"说着调头看着尹昌衡："这下，你没有话说了吧！"

二十七岁的尹昌衡这会儿又兴奋又犹豫。他坐在那里，脸绯红。向来是自命不凡、敢说敢干的一个人，可是，当一副极重的四川都督重担突然落在他肩上时，他似乎缺乏思想准备，有几分紧张，有几分惶惑。

"如果诸君一致推选我！"尹昌衡想了想，说："那我就当副都督，请罗纶兄作都督。因为做了都督就得整天在城里坐镇。而我现在急于要出城去扩充部队，四处联络。"

"硕权的理由不成其理由！"罗纶将头摇得拨浪鼓似的，"非常时期，我一个文人咋压得住堂子？"

在各界中都有威信的邵从恩这时站了起来，他的话一锤定音："一文一武，任正副都督正合适。谁正谁副？你们别争。请硕权、梓卿尊重民意好么？"

"好！"场上众人齐声响应。尹、罗也点头应承。张澜应声而起，大步走出致公堂，用他那双光芒乍乍的眼睛看着外面铺天盖地、等着听结果的民众，他捋捋唇上那把飘髯的大胡子，扬声发问："各位父老兄弟听清了，你们说：都督是选尹昌衡，还是选罗纶？"

"我们要选——尹昌衡！"万人齐应，像场上滚过一阵春雷。

有的齐刷刷跪下，齐呼："请尹大人就任！"

致公堂内的老爷们纷纷走了出来。他们簇拥着人民的希望之星尹昌衡，让他站在最前列。徐炯在尹昌衡背后猛击一掌，喊道："尹硕权，你看，人民大众这样拥护你！你还扭扭捏捏做啥子？！"

尹昌衡只觉得血往上涌，眼睛有些湿润，"各位父老兄弟！"他扯开洪钟似的嗓门。他的身材本来就比在场的任何人都高，又戎装笔挺，沐浴着一缕秋阳，显得格外威风凛凛。

"承蒙大家信任！"他提高了声音，"昌衡愿就任都督，一腔热血，愿为四川洒！"

致公堂内外万人齐呼："拥护尹都督！"

"拥护大汉四川军政府！"

又有人呼："千刀万剐赵尔丰！"

甚至有激进者喊起"大汉民国万岁！"

呼声此起彼伏，像滚过串串炸雷。

1911年阴历十二月八日，新一届四川军政府成立。组成人员是：

都督　尹昌衡

副都督　罗纶

总政处总理兼财政部长　董修武（同盟会四川支部长）

民政部长　邵从恩

警察总监　杨维

交通部长　郭开文（郭沫若的大哥）

川军第一师师长：宋学皋

第二师师长：彭光烈

第三师师长：孙兆鸾

张澜、颜楷及徐炯等谢绝推选，答应随时替军政府策划，有事出山。军政府中，同盟会会员占了百分之六十。

恢复了秩序的成都又到处飘扬起大红汉字的十八圈旗。

"挂起来，把我们的旗帜挂起来！"不用任何人命令、吩咐，向来大而化之，好像什么都见过、对什么事都漫不经心的成都人今天对汉字旗情有独钟。长街上鳞次栉比的店铺开张之前，老板都不会忘记督促伙计用竹竿穿起旗，再从屋檐下斜挑出来挂起。这些遍街飘拂的旗帜，旗幅都不大；中间那个红色的"汉"字写得往往也不够周整，周围团转的十八个黑色圆圈排列得也不够均匀。

但无论什么人，绅士、下苦力的、着短褂的、穿西装的、着长衫剪了辫子或还没有剪辫子的老爷，看到它，都无不抬起头来，深情地仰望着它们——一面面在秋风中骄傲地哗啦啦飘扬的汉字旗啊，浸透了川人的血和泪，凝聚着巴蜀大地的希望和憧憬。代表着一个强有力的军政府即将翻开历史新的一页！在九里三分锦城的两百多条大街小巷内，有些人望着它，竟望着望着跪了下去，热泪长淌。人们的思绪，像开闸的湖水，在激越飞进。心花，随着欢腾的大红汉字旗在升腾，升腾！

- 第五章 -

动人春色何须多

　　新任都督尹昌衡放下手中的那只狼毫笔，从堆积如山的公文中抬起头来，将头仰靠在高背椅上，闭上眼睛，轻轻吁了口气。一会，他抬起头来，只见朦胧的暮色正在急速地走近。缕缕夜色正如水一般冉冉漫上红墙黄瓦的皇城，漫过明远楼，漫进自己办公室的雕花窗棂。于是，宽敞的办公室内便如同蒙起一层蝉翼似的黑纱，很有些梦幻般的意味。

　　鑫记成衣店那丰腴可人的少妇好像就在眼前……

　　下午，成都东大街万人空巷。人们都涌在长街两边，夹道争相瞻仰新上任的年轻都督的风采。在卫兵的前后护卫中，骑在一匹高头大马、如火雄骏上的尹都督一路而来。军容严整、长身玉立、威风凛凛的他，不断向欢呼的人们举起手来频频致意。

　　人们常说"心有灵犀一点通"，这话一点不假。在千人万众的注目中，年轻而昂藏的都督，忽然觉得有一束奇异的、温暖的光芒直直照射过来，直逼他的眼睛。循着这束动人的光芒看过去，他的心不由得怦然间跳动起来。

　　鑫记成衣店前，一位可人的、清丽动人的、个子高高而合满合度的少妇，站在一根板凳上，用一双含情脉脉的眼睛朝他仰望，在无声地对他示爱、述说。在她的前面，是海浪般涌动的人群。人们高喊着口号，"欢迎尹都督！""庆祝新生的军政府！"不断挥动着如林的手臂。

这些，尹都督当然都注意到了。他同时也注意到了"她"抛来的目光。那目光像磁场，有火有爱，有浓烈的色彩和心灵的呼唤……那是，只有你中有我、我中有你的年轻爱慕的男女之间才可能迸发出来的目光，火一般的热烈，电一般的富有穿透力。

她，显然就是她背后那家鑫记成衣店的老板娘，她的神态、衣着已经明确地告诉了他。

她穿了一件滚了边的、衣长过膝的白底蓝花家常服，袖口和腿脚都大。而张开的袖口和腿脚都是用蓝色丝线挑了边的，恍然一看，像是四朵盛开的喇叭花。她的衣服虽然长大，但却是束了腰的。这就在平常的衣着中，显出了腰肢、显出了凹凸、显出了别样的风情。可以想象，她身上那些流畅而清润的线条，在衣服的包裹中，在如何舒展地流淌。

她看起来最多不过二十来岁，正是如鲜花般盛开的年龄。她美丽，更主要的是，她对他显出了特别的情意。她有一张好看的瓜子脸，皮肤不是很白，显得特别健康。她有一副远山如黛般的浓秀的眉毛，绒绒的睫毛下，一双又大又黑的眼睛，像是黎明时分掠过天上明亮的晨星。她看他看得很深情，以至让头稍稍往后仰，这就显得特别的专注。她那一张可爱的红玛瑙似的脸上，漾出只可意会，不可言传的情意。那少妇，简直就像一株最美丽的花，却一直是半开不开，就等着一只前世有缘的蝴蝶来采。

骑在火红雄骏上的尹都督，心中有数了。他掉过头去，将那只戴着雪白手套的手，向那边欢迎的人群举了举，挥了挥。与此同时，他那双炯炯有神的目光，响箭似的穿云破雾而去——向对他抛出最浓烈情意的美丽少妇作了心灵上的回应——这就叫你中有我，我中有你，恨不得将一块泥打碎糅合，合而为一……

回到督署，尹都督找来傅师爷随便问了一问。人情世故精通的傅师爷马上懂了。傅师爷想，尹都督只有二十七岁，尚未完婚。都督的未婚妻，大学士颜楷的妹妹颜机，目前尚在广西。自古英雄爱美女！既然那鑫记成衣店可人的少妇主动地、勇敢地向尹都督抛出了"绣球"，而且，尹都督也不嫌弃。作为下属理当玉成，这是一桩美事！傅师爷是成都的一张活地图，东大街鑫记成衣店有些名气，那家人的情况他是了解的。那少妇虽然出身并不是什么名门，算得上红颜薄命，婚姻上很不幸……那少妇因为美丽，很有些人打她的主意，有些还是有点名堂的，但她却傲慢，对这些人一个都看不起。傅师爷不无赞叹地说，想不到这少妇还真有眼力，也有勇气，都督打马游街，她竟这个……哈哈……也算她有福气……

尹都督是个惜时如金的人。他想，正好，这是一个空档、间隙，出去走走，一来可以转移心绪的思念；二来也可以去看看成都兵变平息后的夜市，观察观察人们的日常生活。于是，他唤上副官马忠，再带两个卫士，换了便衣，从皇城后门出去，沿着成都最热闹的街市，一路逶迤而去。

天已经黑净了。沿街鳞次栉比的店铺点起了马灯、油灯。漆黑的夜幕中，极目望去，像是远海中密集游弋的渔火。

盐市口至城守东大街一段，街道较宽。各大商店虽已关门收市，而做小生意的却又在阶上檐下遍设摊市，卖的多是旧货，好生挑选，可以买到价廉物美的东西。游人络绎不绝，也还热闹。 城守署至走马街一段多为卖小吃的："夫妻肺片""王胖鸭店""二姐兔丁""矮子斋"……应有尽有，热气腾腾。只是讨口子（乞丐）多得要命。

"马忠！"尹都督看到这些讨口子，心里不是滋味，他轻声问走在身边的副官，"民政部不是对我说，他们在各街都设有施粥棚，给这些讨口子救济吗？"

"民政部是在各街都设了施粥棚。可是，僧多粥少。 要饭的人太多了……"

"这么富饶的川西坝子现在竟有这么多讨口子！可见，这乱世把天府之国整成了一幅啥子鬼样子！ 你看——"尹都督指了指街上牵群打浪的讨口子们，不无恫怅地说，"这好些人还是全劳力，可见，军政府的首要任务是要解决劳苦大众的吃饭问题。'民以食为天'！"说着，叹了口气。拐过一个街口。只见一个光线黯淡的敞坝子上，有一个简陋的蘑菇似的木棚子，木棚里的一口毛边大铁锅里热气腾腾，稀饭刚刚煮好。

"站好！站好！"维持秩序的警察手中拿着短棍在大声吆喝。黑压压的讨口子们吵吵嚷嚷排着队，足有上百人，一个个手里拿着破瓢烂碗，蓬头垢面，在寒风里哆嗦。

"都督，我们走吧！"作为长期跟随都督的贴身副官，马忠当然知道年轻都督此时此刻的尴尬和无奈，他对尹都督建议，"我们还是转到皇城坝去看看吧，那里的名堂多。"尹都督知道，皇城坝又叫扯谎坝。广场上花样百出，人物众多，是近距离观察民生百态的好地方，于是，他点了点头。

年轻都督在马忠等人暗中护卫下，信步来在了皇城坝。夜幕中，一堆一堆的人群中，有卖打药的，有看相算命的，有耍猴的……应有尽有。有个地方人最多，围了个里三层外三层。尹昌衡好奇，挤了进去。他人高，看得分明。中间是个卖打药的，是一条壮汉。他脱了上衣，露着赤膊。下身穿一条粉红色彩裤，走到圈中，闪闪腿，试试拳脚，兜个圈子，扯圆场子，双手作拱道：

"嗨，各位！兄弟今天初到贵处大码头。来得慌，去得忙，未带单张草字，草字单张，——问候仁义几堂。左中几社，各台老拜兄，好哥弟，须念兄弟多在山冈，少在书房，只知江湖贵重，不知江湖礼仪。哪里言语不同，脚步不到，就拿不得过，拈不得错，篾丝儿做灯笼——原（圆）谅（亮）、原（圆）谅（亮）……"

这一席川味浓郁的行话，把人们吸引住了。他耍了几趟拳脚后，又扯起把子：

"嗨，兄弟！兄弟今天卖的这个膏药，好不好呢？好！跌打损伤，一贴就灵。要不要钱呢？"他在胸口上"啪！"的一巴掌："不要钱，兄弟决不要钱！"说时，脚在地上一顿，"只是饭馆的老板要钱，栈房的幺师要钱。穿衣吃饭要钱，盘家养口要钱。出门——盘缠钱，走路——草鞋钱，过河——渡船钱，口渴——凉水钱……站要站钱，坐要坐钱；前给茶钱，后给酒钱；前前后后哪一样不要钱？穷居闹市无人问，富在深山有远亲。有钱能使鬼推磨；莫得钱，亲亲热热的两口子都不亲……"他把这一席深受大家欢迎的话说完，一套拳也打完了，托起一个亮晶晶的银盘，里面装满膏药，一路兜售过来：
"各位父老兄弟，帮帮忙！"但看的人多，买的人少。他转了一圈，只卖脱了
两张。正沮丧间，只见一个满脸横肉的黑胖子带两个保镖样的壮汉拨开人群
挤了过来，把腰一叉，用手指着卖打药汉子的鼻子喝问："虾子哪儿来的？这
么不懂规矩？"只听旁边有人小声道："熊三爷来收摊子钱了。"卖打药的汉
子忙赔着笑，从行头上取出一包"强盗"牌香烟，双手递过去，笑道："熊三
爷，请烟！我还未开张，等会儿再来孝敬你老人家。"

"你跟老子少在这里麻达果子的！"熊三爷大手一摆，一双牛轱眼瞪得溜
圆，"在老子的地盘上不交钱就摆摊子？哼，没那么撒脱！拿一个大板（银
圆）来！"

"嗨嗨、嗨嗨！"卖打药的汉子满脸赔笑。与其说是在笑，不如说是在
哭，"等会儿嘛，等会儿嘛！"

"闲话少说！"叫熊三爷的黑胖子毫不通融，大手一挥，他手下的两个泼
皮走上前去，将人家的行头甩了。尹昌衡看到这里，想到当年打金章的一幕，
莫非这个黑胖子就是那个流氓头？他怒不可遏，就要往里冲。马忠一把拉着
他，给都督使眼色，意思是，局势刚刚恢复平静，扯谎坝的堂子野，良莠混
杂，你都督答应过我们，出来决不暴露身份的嘛！尹都督这才强压着怒火，由
马忠等卫士"押"着离开了人头攒动的广场。在往回走的时候，尹都督不忘
嘱咐马忠，要他等一会务必来好好收拾这个作恶的熊胖子！见副官连连点头
答应，他心中才好受了些。

从后门一进入深墙广院的皇城，顿时，喧嚣杂乱的人间万象便远离了。
陡然，东大街鑫记成衣店老板娘那个姣好的形象刀劈斧砍般浮现眼前。瞬时，
尹都督又从人间万象回到了自己隐秘的内心世界。他脸红耳热，心跳如鼓，
心驰神往，想象着……

黄昏时分。成都东大街鑫记成衣店结束了一天的功课，关了铺子。

当迟暮剩下最后一线晕黄的天光，夜幕张开巨大的黑色羽翼将天地迅速
合拢来，蝙蝠在屋檐下窜来窜去之时，一缕晕黄的菜油灯光从板壁缝里渗了

出来，在街檐上拽得长长的。

"噼噼、啪啪！"静夜里，鑫记成衣店里哪位的算盘打得如此富有韵味，如行云流水？借着高高的柜台上那盏油壶灯，看得分明，打算盘的是这家店主温得利。他算盘打得好，账也做得妙，可一副长相长得实在是对不起人，更对不起如花似玉的娇妻张凤莲。他说他才四十岁，可那又瘦又黑的脸上，皱纹多得像切散了的萝卜丝，一把一把的。塌鼻子，龅牙齿，二指宽的寡骨脸上戴副铜边鸽蛋般的眼镜，高度近视，镜片厚如瓶底，眼镜缺了一条腿，用细麻绳代替，扣在耳朵上。不用说，一看他就是个啬家子（小气鬼）。下巴上有几根虾米胡子，看起来脏兮兮的。他瘦小。一件厚实的黑色长袍穿在他身上，像耗子拖笋壳。任何人只要看到他和太太张凤莲在一起，必然会想起古已有之的俚句："好汉无好妻""一朵鲜花插在牛屎上"他们夫妻对照鲜明，一个丰腴水灵，艳若桃李；一个枯槁瘦弱，猥琐不堪。

算盘噼啪声中，温老板咧开嘴笑了，露出焦黄的牙齿。从他一举一动中可以看出，温老板是个很会做生意的人，镜片后的眼神很有些狡黠。今天他又赚了一笔。温老板喜欢算盘、柜台、账本。对于祖上给他留下的这份家业，他倾注的深情远远胜过娇妻。他宁愿常常一个人待在铺子里，盘桓到深夜。个中的隐秘只有他和张凤莲知道。他实在是怕和太太在一起睡！他不仅毫无阳刚之气，而且有阳痿。因此，张凤莲嫁过门虽有四载，膝下尚无子女。二十出头的张凤莲犹如一朵盛开的鲜花，离不开雨露的滋润。睡在一起，张凤莲总是激情难抑，每晚都要追索他。这就让白天在生意场上得意的温老板一钻进被盖，一碰到娇妻曲线丰腴、无比美妙的躯体，便产生出一种胆怯。心里鼓起不征服她不算男人的雄心壮志去努力冲击，最初，是力不从心，接下来，越来越不行。这时，张凤莲往往有难以自抑的呻吟。这在温老板看来，是娇妻在发泄对他的不满，在表示某种对他的轻蔑。于是，他便想方设法折磨她。可是折磨到后来，温老板发现，这正是张凤莲情急之下甘愿承受的。折磨她的结果往往是，绵软丰腴的张凤莲得到了某种满足，而"轻如鸿毛"的自己反而累得精疲力竭，被自己折磨得昏死过去。这就让心比天高而性极无能的温老板自尊心受到极大的打击。羞怯、自愧，像一把钝锉，一次更比一次深长地锉噬着他那滴血的心。

一旦发现折磨娇妻其实正是张凤莲需要的，自私的温老板连随之带给她的这点可怜的快意也收了回去。但是，既是夫妻，温老板又爱面子，便要睡在一起。只要睡在一起，永远没个够的张凤莲，你打她也好，骂她也好，她就是不达目的誓不罢休！这是多么恼人的事啊！温老板觉得张凤莲像根越来越强劲的常春藤，生机勃勃，爬到自己身上，千方百计地吮吸。她的肉体的每一部分都充满了渴求。他快被她缠死了！温老板怕夜晚，怕张凤莲。

该睡的时候了。温得利正对着一盏油灯愁肠百转。

"嘭！嘭！嘭！"突然，有人敲门，越敲越急，越敲越横蛮。温老板被敲得火起，扯起鸭公嗓子喝道："不长眼睛吗？不看啥时候了？铺子早关门了。要谈生意，明天来！"

"温老板请开门——！"铺门外的声音很横，"我们是军政府的。"温得利一下惊呆了。怔了一下，他吆喝徒弟王二快去开门。门开处，进来位绅士模样的中年人，后面跟着两个背枪的卫兵。绅士五十来岁，穿得很舒气，身着青缎面长袍，外罩黑马褂，头戴红顶黑瓜皮帽，瘦高个，戴副眼镜。看着茫然不知所措的温老板，军政府来人微笑着自我介绍："我是军政府的傅师爷，来同你商量一件事情。"

温得利先是一惊，看堂堂的傅师爷说话如此和气，一颗悬在嗓子眼的心才"咚！"的一声落进胸腔子里，僵硬的身姿这才活了过来，舌头也活络了。"啊，久仰傅师爷！"温老板对傅师爷恭恭敬敬地作了一揖，请傅师爷坐下说，"天这么黑了，师爷大人还出来办事，实在辛苦之至！"

说着，转身隔着门帘，向内院喝道："王二，咋个这么不懂规矩？这么贵重的客来了，还不晓得上茶吗？"

"师父！"内院传出徒弟怯怯的回声，"我立马烧水，马上就来。"

"千万不要泡茶！"傅师爷坐在一把靠背椅上，用手制止，看了看关上门显得窄狭的铺面说，"我同你谈个事就走。"说着，看了看站在屋里的两个卫士。两个卫士会意，赶紧退出去，随手轻轻关上了门。温老板见状，不无诧异，也关上了通往内院的小门……

隔着一个小小的天井，张凤莲还未睡着。她这时孤清地躺在一张大花床上，瞪大一双美丽的眼睛，望着漆黑的夜幕。白天同尹都督的眉目传情历历在目。她是新津县人，离成都不过七八十里。新津是成都南面的咽喉之地，有山有水，出美人。她父亲是个裁缝，因而同鑫记成衣店老板温得利认识。前年，温老板的原配病死，当温得利托媒人来提亲时，父亲图温得利那份家产，嫌自家吃口多、做手少，硬是连嗝都不打一个，收了温得利一笔厚礼，将自己如花似玉的女儿嫁给温老板做了"填房"。四年来，对于自己有名无实的婚姻，她苦不堪言，日胜一日。渴望中，梦中也出现过家乡可心的男人，如胶似漆的相随，摇撼心灵的云雨……醒来却是空的。想不到今天，与自己心心相印的竟是仪表堂堂、声威赫赫的都督尹昌衡！想到尹都督临走时给自己的回应，她不禁脸发烧，周身燥热，一阵不期而至的激情，电流一般走遍了全身。

院子小，心中又有预期，所以刚才铺面上来人，及对来人与丈夫的对话，她都听得清清楚楚的。当她听到不速之客说是尹都督派来的，像是打了一针兴奋剂，立即意识到傅师爷此行来完全是为了自己。及至后来他们关了前后门时，她赶紧起床，蹑手蹑脚梭到壁后偷听。

"……尹都督宣布就任的吉日在即。"是傅师爷的声音，"听说温老板你太太剪缝手艺高明，价钱嘛，好商量，一定让你高兴！"

"温张氏有啥子手艺啊！"丈夫不知是没有听懂，还是在熬价钱，鸭公嗓子有种奇货可居的意味，"给都督做就任的衣服？她怕不得行！"

"温老板，这你就不要管了！"傅师爷的语气明显有了某种强硬。

"那对嘛！"温得利开始下梯子。

只听师爷对丈夫说："温老板，你数数，这是定钱……"

"咋个担当得起！咋个担当得起！"见钱眼开的温得利说。张凤莲听到这里大喜，心中一阵狂喜，赶紧先丈夫一步回到屋里，睡到床上稳起。

当美貌少妇张凤莲跟着丈夫出来时，低着头，噘起嘴，一副夫命不敢违、很不情愿、很可怜的样子，雨打梨花般地不胜羞怯。灯光下看得分明，张凤莲有一张瓜子脸，皮肤光润。丰茂的黑发在脑后绾成一个髻，眉毛又黑又细，在斜斜地插向鬓角时，突然向上挑起。毛茸茸的睫毛下，一双又大又黑的眼睛波光盈盈。棱棱的鼻子，小小的嘴。身材稍高。尽管穿的是宽大的深蓝色圆角夹袍，但还是看得出她的细腰、丰臀、隆乳。全身洋溢着一种慑人的魅力。

稍作过场，鑫记成衣店老板娘跟着傅师爷愉快地出了门。漆黑的夜里，得了一笔横财的温老板喜滋滋地，亲自把娇妻送上了早候在门外的一乘绿呢小轿里。

一声"起——，"有卫士提着有军政府字样的灯笼在前引路。

两个轿夫抬起轿子跟了上去。那光景，犹如当时一首竹枝词描绘的样子："二人小轿走如飞，跟得短僮着美衣。一对灯笼红蝙蝠，官亲拜客晚才归。"

第六章

尹都督的婚礼

"糟糕！"田征葵"咚！"地一脚踏进五福堂来，向着虽无公可办、仍整天枯坐在督署堂内的赵尔丰拍着手，连连呻唤："完了、完了！"

"征葵，有事慢慢说。"赵尔丰竭力镇定着自己的情绪。多事之秋，祸乃频仍。他怔怔地看着自己目前唯一的亲信，手握三千巡防兵，也捏着自己性命的巡防军统领田征葵，表面沉静，心跳如鼓，等着他报丧来。

向来遇事沉着的田征葵，说："尹昌衡找上门来了，来者不善，善者不来，只怕没有啥子好事情！"

"来得正好。"赵尔丰猛地提高声音，"我就知道他要来，人在哪里？"

"官厅里。"

赵尔丰让他的卫队长张鼓眼去领尹昌衡上来时，对田征葵说："你赶紧去把卫队布置一下，亮出我们的威风来，让姓尹的瞧瞧！"

"是！"田征葵明白赵尔丰的意思，领命去了。

赵尔丰竭力振作精神。这一刻，他杀气腾腾，露出困兽犹斗的神情。

庭院深深的督署花园石板甬道上响起了皮靴叩地的橐橐声。二十七岁的年轻都督尹昌衡戎装笔挺，带着军官陶泽琨、卫官马宝迈着大步而来。一脚踏进中门。嗬，在通向五福堂长长的甬道两边的夹道上站满杀气腾腾的边军，他们一个个端着上了刺刀的九子钢枪，向尹昌衡怒目而视，气势汹汹。

尹昌衡心中一声冷笑，昂首挺胸，视而不见，来到五福堂前时，赵尔丰的卫士长张鼓眼转身，停下步来，宣布："季帅有令，只准尹都督一人入内。两名军官请跟我去客厅休息。"

"好嘛，客随主便！"尹都督轻蔑地地一笑，对陶、马二位说，"你们先去客厅喝茶，等我！"说着，跟张鼓眼上了五福堂。

一进门，始感到一双阴冷、犀利的豹眼正居高临下地盯着自己！尹昌衡抬起头毫不躲闪地迎上赵尔丰阴冷凌厉的目光。衣着向来随便的赵尔丰，今天在穿着上是下了一番功夫的。他身着一件黑绸夹袍，外罩一领描龙绣凤的缎子马褂，一条银白的大辫子拖在脑后，深陷的豹眼毫不隐讳地流露出敌意和警惕。赵尔丰威风犹存，却分明是色厉内荏、强弩之末。尹昌衡脸上浮起一丝笑，这是胜利在握的笑。他站在敌手面前，身姿颀长笔挺，手扶指挥刀，毫不退让，英气逼人。他们在进行心理较量，一个在堂上，一个在堂下，双双对峙；一个年老深沉，一个年轻英俊。这是一场意志的较量。僵持，四目对射。双方都从对方的神态中感到一种强硬。

过了一会，赵尔丰用手指了指对面那把镶金嵌玉、垫着红绸垫的黑漆太师椅，示意尹昌衡坐。

尹昌衡稳稳落座在那把太师椅上，身姿笔挺，两手扶着刀把，抬起头来，注视着赵尔丰，目光炯炯。

"老夫业已告退。"不等尹昌衡说明来意，赵尔丰先发制人，先是摸底。他说，"贵都督日理万机。今竟放下军务政务，屈来寒舍，不知有何见教？"

"季帅！"不意气宇轩昂的新任都督一番话说得很是温情诚恳，"你和次帅是昌衡的先后上司，特别是次帅，对昌衡有知遇之恩。我今天一来是拜望季帅，二是代表军政府表明一个态度。"

"什么态度？"

"期望季帅履行月前与军政府达成的协议。"

"我与贵都督未达成任何协议。"赵尔丰即使到了这时仍颐指气使，态度生硬。

"本届军政府是前任军政府的继续！"看赵尔丰执迷不悟，尹都督的口气渐趋强硬，"难道你同蒲殿俊订的条约这么快就忘了吗？"

"啊，你是要赶我去打箭炉？"赵尔丰轻咳一声，看尹昌衡未置可否，他说，"当初我与蒲殿俊达成协议，让我赵尔丰去为军政府守西大门是有条件的。"说着捏起指拇一一报来后说，"现在你们一条都未兑现。比如说要拨多少多少钱给边军等等，都不兑现。我要走时，你们不让我走，现在却要赶我走。这冰天雪地的，路途遥远，岂不是要置老夫于死地！"

"识时务者为俊杰，消息想必你已知悉！"尹昌衡看着赵尔丰冷然一笑，"季帅不要再心存侥幸。你是知道的，傅华封率领的边军一从康地进到四川，便寸步难行，好容易走到雅安，最后还是不得不向我投降。叶荃等部也全都退了回去……事到如今，季帅是没有啥戏好看的，没有啥好等待的了，季帅你成孤家寡人了！"

"难道你们就不能放过一个向军政府交了权的老人？"尹昌衡的话打中了赵尔丰的要害。他顿时有些萎靡，哀哀地说，"现在康区冰天雪地，老妻又有病在身，你叫我们如何走？你对我赵尔丰何必威逼太急？"

"季帅！"尹都督不禁叹了口气，口气缓和下来，"你弟兄都做过我的上司，有些感情。特别是你季帅，经边七年，功勋卓著，因而，我现在仍然尊重你，确不想与你为难。但局势是严峻的。现四川省军政府虽已成立，但因你在成都督署内稳起，手中又握重兵，无形间形成了新旧两个政府。有些人打起你的旗帜，还在为非作歹！再说，重庆日前成立了'蜀军政府'，川北、川南也成立了军政府。你不走，他们不答应；你不走就危及我四川的统一，我尹昌衡也要背姑息养奸的罪名！"

"照这么说，我是必须走了？"赵尔丰冥顽不化，一声冷笑。

"只能如此！"尹昌衡刀截斧砍。

"你是来逼我、威胁我！"赵尔丰火了，"那就决一死战！"

"你拿什么同我决战？"

"你看吧——！"尹昌衡随着赵尔丰手指的方向望去，堂外甬道两边是站得整整齐齐、虎彪彪的边军。赵尔丰神情很得意，指着这些边军说，"他们都是跟我多年的百战精兵。不要以为援军不到，我赵尔丰就是好欺负的！哼，真打起来，说实话，不仅要把成都打得稀烂，而且鹿死谁手还不一定。"尹昌衡知道，赵尔丰并不是在这里提虚劲，他手中的这三千边军确是虎狼之师。凭军政府手中现在的兵力要同赵尔丰开战，确无必胜把握。

"大帅的这三千边军确系精锐。"尹都督成竹在胸，开始施计，"然而，大帅只知其一，不知其二。"看赵尔丰瞪起一双豹眼看着自己，满脸狐疑，便侃侃雄辩，"为兵之道，赏罚两柄。进则有赏，退则有罚。如此，方能挥洒自如，如臂所指。大帅今非昔比。你的职已失，权已落，现在是坐守危城。大帅现在的命运，恕我直言，如草上的露珠一样危险！"

"什么意思？"赵尔丰皱着眉毛，简直弄不清尹昌衡葫芦里卖的什么药了。

"我今天来，并非是逼你。"尹昌衡见时机已到，转换了语气，"我是想同你商量一个万全之策。既然你不愿去康区，那，为大帅和四川全局计，我倒有一个折中之法，舍此别无他途，不知你愿接受否？"

"说来听听！"赵尔丰拗起头，捋起额下那把白胡子。

"很简单，将你手中的三千边军变一下旗号。"

"啊哈！要本帅俯首向你交出兵权？"

"不是。"尹都督摇摇头，"不过是个形式而已。"看着满腹狐疑的赵尔丰，他开始说得具体，"这三千边军不过是变一下，让他们穿军政府的衣，拿军政府的饷，打军政府的旗，实质上仍然是你赵大帅的部队，完全听从你的指挥命令，仍然在你身边。季帅想想，这于你缓急之间是不是一个好办法？你现在没有财政来源，欠了他们三四个月的军饷。官兵们早有怨言。如果不这样办，你这三千精锐还能维持多久？我这完全是为你着想，完全是为季帅好！"赵尔丰低头默想，对尹昌衡的建议他虽心怀疑虑，但事已至此，想想，缓急之间，确也不失为一个办法。默思良久，他吐了口气，态度和缓了。"硕权，"赵尔丰说，"我理解你的难处。为了让你把事情搁平，把四川省军政府这个都督当下去，那就暂时依你说的办吧！"

事不宜迟，趁热打铁。尹都督立即召集三千边军训话。站在五福堂外，看着站了满满当当一院子、里三层外三层的边军官兵，尹都督扬起洪钟般的嗓门："……边军弟兄们，赵季帅恩准，从今以后，你们名义上就是军政府的官兵了。给养、饷银，完全由军政府负责供给。赵季帅欠你们的饷银，军政府马上补发！"有奶便是娘。边军们马上欢呼起来。瞟一眼冷着脸站在一边的赵尔丰，尹昌衡心中暗暗一笑。

"不过！"他说，"你们仍然完全接受赵季帅指挥。"他话中有话，"你们不愧为季帅一手栽培起来的仁义之师！尽管季帅现已坐守孤城，无权无势，你们对季帅仍忠心耿耿，殊为难得……"

尹昌衡告别时，说出的一番话，更让赵尔丰吃了一颗定心丸。

"季帅，好了！这一来难题解决了。"年轻的都督说时红着脸一笑，"我的婚期因俗务缠身，一推再推。老母再三催促，准备即日完婚。若季帅不嫌弃，请届时光临！"

"颜机小姐不是还在广西吗？"赵尔丰一怔。

"老母已派人接去了，就在这几日可到成都。"

"郎才女貌，门当户对！"赵尔丰轻轻击掌，一副很赞赏的样子，"都督看得起老夫，焉有不来朝贺之理？一定来，一定来，哈哈，好事，好事！"这时，赵尔丰的态度与刚才迥然不同，很殷勤，一定要把尹硕权送出中门。赵尔丰在花径上龙骧虎步，抚髯笑道，说的话竟有几分诙谐风趣，"借你们四川人的话说'大登科金榜题名，小登科洞房花烛夜'，你与颜机小姐真可谓珠联璧合，天生一对。"说完又打起了洪钟大吕般的假哈哈。

在督署中门，两个对手礼数周到地作别。尹昌衡带着陶、马二人刚刚消失在花园尽头，田征葵影子似的来在赵尔丰面前。

"季帅！"目视着尹昌衡的背影，巡防军统领咬牙切齿道，"你真的相信他的这些鬼话？"

"哼！尹娃娃现在是怕我先动手，想稳住我。"一丝阴笑挂上赵尔丰的嘴角，"我过的桥比他尹娃娃走的路还多，想跟我玩花招，他还太嫩了些！他那一点小把戏还能骗得了我？哼！"

"真毒呀！"田征葵牙疼似的说："你别说，尹娃娃还真想得出。他既想稳住大帅，又使出离间计，让边军官兵同我们离皮离骨的。"

"他做梦去吧！"赵尔丰狠声道，"我就给他来个将计就计！"两人往回走时，小声商量起什么。说着说着，得意处，赵尔丰不禁枭笑起来。

成都和平街尹府迎宾馆张灯结彩。二十七岁的四川省军政府都督尹昌衡今天与大名士颜楷之妹颜机举行婚礼。

一早，迎宾馆门外各种车辆便熙来攘往，热闹非常。军政大员、达官贵人络绎而入。雕梁画栋的大花厅内，彩礼堆成了山，笾花宴摆了几十桌。

尹都督是新派，民间迎新的好些烦冗礼节都免了，但拗不过两家老人，新娘坐花轿这一项没有免。天刚亮，尹太夫人便派出了声势浩大的迎亲队伍去颜家接新娘。有抬花轿的，有打锣敲鼓的，有拿花凤旗、放鞭炮的……浩浩荡荡共约百人。一路上，他们将锣鼓打得喧天响，竭尽张扬，引得长街上千人百众争相观看。

迎亲队伍到了颜府。在鞭炮齐鸣、锣鼓震天声中，八个头戴喜帽，身穿绿绸短褂，前后白洋布背心上各绽有一幅冰盘大小、绣有飞马图案的轿夫，共八抬八扶；将花轿抬进门，半截放进堂屋。新娘颜机也是新派，免了凤冠霞帔、红绸顶盖。她身着一件华贵的花绸夹旗袍，大大方方先在堂屋里参拜了祖宗神位，再拜辞父母，这才上了花轿，八抬八扶，吹吹打打，出了颜府，一路吹吹喝喝到了尹府迎宾馆。

在吹鼓手们吹打出的轻快、活泼的民间乐曲声中，身着长袍马褂，头戴插有金花的博士帽，身背大红缎带，胸前别有一朵绒做大红花——一副传统中国打扮的尹都督满面喜色，迎到门外，卷起轿帘，扶出新人。在鞭炮齐鸣、锣鼓喧天声中，一对新人手挽手进了红漆大门。

一对新人刚进花厅，座无虚席的几十张笾花桌后的客人们鼓起掌来。一对新人站在席前向客人们致意。啧啧，真是郎才女貌，真资格的英雄配美女！客人们热烈议论起来。都是第一次见到新娘。她要比新郎小十多岁，站在长身玉立的新郎身边，显得娇小玲珑，清秀端庄，冰清玉洁。一条质地很好的滚花鹅黄暗花旗袍恰到好处地勾勒出她身姿的苗条丰满。乌黑丰茂的头发在脑后挽成一个髻，越发衬出她皮肤的白皙、五官的秀丽。她侧着头，微微靠着丈夫的肩，一双又大又黑的眸子里，有几分憧憬，有几分惊喜。整个看去，显得神态贤淑，雍容华贵。

新郎虽身着长袍马褂，披红戴花，喜气洋洋，但那笔挺的身姿，昂藏的举止却处处透露出非比一般的身份。

结婚仪式想象不到的简洁。新郎发表了简短的欢迎词和来宾致辞后，司仪便宣布上席。按照传统的规矩，新婚夫妇款款而来，挨桌向客人们敬酒时，司仪宣布了一个惊人的消息，说是赵尔丰派他的儿子老四、老九送来了贺礼！客人们注意到，新郎闻讯颔首。这就引得客人们纷纷交头接耳，议论纷纷：赵尔丰送礼，尹都督收礼！这件事说明大局已定，干戈化为了玉帛，锦城已离战乱远去。接下来，成都又该是歌舞升平，再现温柔富贵之乡的繁荣与宁静了。

正当客人们纷纷起立，高举酒杯，为这对珠联璧合的新人大唱赞歌时，徐炯来了。他一来就大煞风景。

这位执教四川高等学堂，出任过日本留学生监督的名士姗姗来迟。他穿一件灰不灰蓝不蓝的旧布长袍，大步闯进花厅，一副怒气冲冲的样子，谁也不理。尹都督夫妇赶紧迎上去，请老师上席。他却僵在那里，手把瘦脸上的那副鸽蛋般的铜边眼镜托了托，大庭广众之下，对新郎发作了：

"尹昌衡！"他大声吼道，"你这个时候结婚？我看你是脑壳发昏！赵尔丰在那里虎视眈眈，要你的命……"

客人们大惊。偌大的花厅里，顿时清风雅静。

"言重了，徐先生！"新郎笑道，"我已经同赵尔丰说好了，没事，请放心。若其有啥子不放心，我们三天后再谈，今天是我的大喜日子，请先生入座吧！"

"三天？"不意徐炯不依不饶，冷笑一声，"恐怕三天后赵尔丰早已砍了你的头！"说着嘲讽，"不过，你被砍头也还值得，毕竟当过几天都督。我们这些替你打旗旗的人嘛，是白白陪你死……"徐炯在那里说得白泡子溅，尹都督的脾气却好得很，手莽摇，只说："不会，请放心！"缩在后面坐着的赵尔丰的两个儿子生怕这把火烧到自己头上，赶紧溜了。张澜等人见徐炯闹得太过分，赶紧上前，将暴怒的徐子休劝了出去。真个是"宰相肚里能撑船"，尹都督竟没事一样，酒宴照样热热闹闹举行。

夜幕，潮水似的涌起。

迎宾馆后院别有天地。朦胧的灯光中，只见围坐在一张张八仙桌后的都是川军中营以上的军官。他们济济一堂，大碗喝酒，大块吃肉，嘻哈连天，热闹非常。尹都督特别关照过："不必送礼。营以上的军官务必给个面子——吃请！"

夜渐深。军官们没有一个人离去。刚才尹都督派人来传话："军官们都不要走！他要同大家见面，有要事说！"军官中有细心的发现，花园前后都是站了岗的。

夜晚 11 时，尹都督送走了客人，匆匆跨进后花园。军官们赶紧起立。身穿长袍马褂的新郎官神色陡变，异常严峻。他招招手，要大家安静。顿时，场上鸦雀无声。尹都督用一双炯炯有神的眼睛扫视全场后，说话了，声音低沉有力，字字千钧："今晚有紧急任务需诸君完成——捉拿赵尔丰！只许成功，不许失败！"

"是！"军官们一个个跃跃欲试，神情满是兴奋和急切。

"听我的命令！"尹都督显然成竹在胸，调度有方，详细周密。至此，军官们方才醒悟，都督这个时候结婚，其实是耍的一个拖刀计。军官们着实佩服足智多谋的尹都督。

很快，战斗任务落实，周详具体。尹都督要大家立即回到各自兵营，将部队拉到指定位置。尹昌衡特别嘱咐刚由雅安回来的彭光烈，在率部进入指定战斗位置之时，将两门格林炮拉到东城墙上。

"现在是晚上十一时半。"尹都督要大家对了对表，发布命令，"两小时后，战斗打响。所有部队围而不打。届时，赵尔丰的部队若朝下莲池方向跑，务必不要理，随他们去。彭（光烈）师长只能让部下将大炮朝督署上空打，不要伤人，目的是打乱赵尔丰的军心。还有没有问题？"

"没有问题！"军官们异口同声。

"陶泽昆来没有？"尹都督点名。

"就他一个人没有来。"在下有军官应道，"他是个急性子，数次给都督建议捉拿赵尔丰，都督不准，他怄气。今听说都督结婚，他更气，没有来。"

"好得很！"尹都督说，"我们现在就需要这样有血气的军人。我马上亲自去请他出来担任重要任务。"说着，挥着拳头，语调激昂，"各位听清了，活捉赵尔丰，给即将诞生的民国送我川人厚礼，就在今夜！"

"听从都督驱驰！誓死效忠军政府！"军官们同仇敌忾，举手宣誓。

第七章

雪域将星，今晨陨落

夜寒冷漆黑，伸手不见五指。

赵尔丰病了，病得很扎实。虽然请了太医，服了药，高烧退了些，但头还是针扎一般疼。夜色朦胧时，他赶走了所有的人，说他要清静。今夜，寒风瑟瑟，万籁俱寂，竹梢风动，倍感凄清。他的思绪进入梦境，随着静夜，潜得很深很深。

云烟袅袅中，亮出金碧辉煌、经幡招展的冷谷寺。寺后，陡峭的山壁上挂下飞瀑泻银的长流水。寺前，茵茵绿草铺向天际。刚从寒冷的雪原走来，初升的太阳温存地抚摸着他的脸。情不自禁抬起头来："哦！"一串打着响亮鸽哨的庙鸽，在冷谷寺金光灿灿的庙顶上空盘旋，好像是一群生着金翅的神雀。

"大帅不宜东行！"披着红袈裟的冷谷寺活佛趺坐红地毯上，打卦后，喃喃有词。

"这就是说，我从成都来，不宜再回成都去？"语气是不以为然并带有讪笑的意味。

"是！"活佛如老僧入定。

"笑话了！成都是我的发祥地，怎么就不能回去！"藏僧打卦痴说妄语，他实实就没有放进心里去。

御驾临风，独自骑追风雄骏，来在一处开满了格桑花的绝美之地。正流连忘返间，忽有一令人闻之丧胆的泣血沙哑声传进耳鼓："赵尔丰还命来！"惊恐间抬起头，见已毙命的乡城桑披寺枭首披头散发，形如恶鬼，手拿一对铜锤，骑一匹怪兽，风驰电掣而来。于是，他落荒而逃。骏马飞驰。耳边风声呼呼。雄骏忽然立起，扬鬃嘶鸣！枭首已经追近，而面前是万丈悬崖。眼一闭，牙一咬，勒紧马缰，狠扬一鞭——雄骏扬起四蹄，向崖对面飞去。可是，崖太宽，只叩上了马的前蹄。一声绝命的惊呼中，雄骏驮着自己向万丈悬崖下摔去。

竟落到故乡山东蓬莱的海滩上。在蓬莱仙阁下，绵长的海岸线起伏着丰满的曲线，黄沙如金屑铺展开去，一望无边。平静的大海，像一匹横无际涯的绿绸，在天边微微起伏。海上有点点白帆滑行，湛蓝的天上有海鸥翔集。

怦然心动，翻身下马，跪在海滩上，双手掬起一捧黄沙，像回到了母亲温暖的怀抱，不禁潸然泪下。忽然，歌声起，甜蜜、宽厚、缠绵，富有磁性，却不见人，分明是海妖的歌声。调子是他从小听熟了的沂蒙山小调，义辞实实在在却又诡谲陌生，听来句句让人醍醐灌顶：

你从蓬莱阁上走出去
你从雪山草原走回来
紫蟒袍徒变枷锁
居玉宇忽坠地狱
哎嗨儿哟——只因是，不撞南墙不回头……

百感交集，欲分辩，却说不出话来。正着急间，突有人问："三弟，你为何在这里？"抬头一看，竟是二哥尔巽。打扮殊异，羽扇纶巾，俨然一鸿儒。便惊问："二哥，你不是在东北为官吗？何至于此？"二哥长叹："名利是枷锁……我已急流勇退，专心做学问……三弟别来可好？"

"不好，头都快掉了！"正哀叹间，缥缥缈缈中有人催，"次珊，快走，慢了吾师发怒！"

二哥慌了，抽身要走。情急之中，他一把拉住尔巽衣襟，哭道："二哥救我！"

"'赵'字少'乂'——'走'！"二哥说完，扬长而去。

"二哥、二哥，你不能丢下我！"

"季帅、季帅！"

"季和、季和！"赵尔丰猛然惊醒，冷汗涔涔。摇曳的烛光下，只见发妻李氏、姜卓玛在面前哭得泪人一般。儿子老四、老九兄弟在一边，像受了惊吓的一对小兔。

"出了什么事？"赵尔丰情知不好，一下撑起身子，靠在床头，强打精神。

"落黑以后，"发妻抽抽泣泣，"军政府调大兵将督署围得水泄不通，并撒进大批传单，人心惶惶。"

"传单何在？"

老九上前，双手捧上一张。来龙赶紧举起烛台。赵尔丰接过，就着微弱的烛光，哆嗦着手看下去："军政府今夜集合数万精兵捉拿赵尔丰。所取只赵逆一人，与诸君无关。你们如深明大义，将赵尔丰捉出来献者，官升三级，并有重赏。如因是旧长官，不愿叛他，可在大炮响时由下莲池撤退，听候军政府整编。"

赵尔丰看完传单，两把撕得粉碎。一张胡子把叉、因发烧而绯红的瘦脸上豹眼环张，他喝道："叫田总兵来！"声音嘶哑。

"田征葵已经脚板上抹油——溜了！"儿子老四小声说。赵尔丰听了这一句，顿时气得说不出话来，仰在床挡头喘气。这时，大炮响了。

"轰——轰！"一道道金蛇似的炮弹，犁开夜幕，带着可怕的啸声，"呼、呼"地掠过院子。顿时，只听院中人声嘈杂，脚步声杂沓，如决堤洪水般向下莲池方向跑去。显然，署中三千边军争相逃命去了。

"我命休矣！"赵尔丰长叹一声，气喘吁吁。

"爹爹，我们扶着你撤吧！"老四趋步上前，赵尔丰连连摇手制止。他喘过气，头靠床头，忽闪闪的烛光下，直勾勾地看着两个儿子，神情是从来没有过的专注。但是，这种伤时感怀的柔情，随即为一种决绝之情所代替。

"来！"他向老四招了招手，声音悲戚，"我给你说！"

"爹爹，你说！"老四"扑通！"一声跪在他的面前。

"赶快带上他们！"赵尔丰吃力地用手指着小儿子、老妻和妾："带上他们快去东北，投靠你二伯……"

"我们不能丢下你走！"屋内至亲失声痛哭。

"再不走，就都完了！"赵尔丰说着猛然掀被，一骨碌而起，气得在地上跺脚。老妻和卓玛都坚决不走。赵尔丰这会儿定定地看了看跟了他一辈子的老妻李氏，发妻年轻时的音容笑貌，这会儿在赵尔丰眼前烟云般地流逝，心中自有无限感慨。

赵尔丰不再勉强发妻和卓玛。但逼着老四、老九兄弟快走。

最后的时候来到了。

赵尔丰由卓玛扶着，坚持把老四、老九兄弟送到后门。情知这是诀别，两个儿子双双向他们跪下作别。他们兄弟一声"保重！"出口，老妻失声痛哭。还是卓玛沉着有序，她手脚利索，已为他们弟兄打好了包袱、装了足够的盘缠。漆黑的夜幕中，赵尔丰哆嗦着，伸出一双热得烫人的手，上前一一扶起两个儿子，紧紧拉着他们的手，贴近看了看他们的面容。然后，猛然丢手，手一挥，大喝："快走！"两个儿子相跟着快步出了后门，随即，双双融进了黑夜。

赵尔丰心上这才一块石头落地，又像浑身被抽了筋。卓玛未扶稳，他踉跄一下，退后一步，靠在一棵桂花树上。这才发现督署内，他赖守干城的三千精兵，从上至下，跑得一个不剩。侧耳静听，炮声早已止息，偌大的督署里，静得吓人。富有作战经验的他当然知道，一张死亡的网正在向他收拢来！他留恋地再次环视自己辉煌过的督署。此时，黑夜深沉，寒风呼啸，落叶敲窗，有一种说不出的悲凉、凄惨萧索。

他让老妻和卓玛扶着，回到卧室。他坚持要老妻和卓玛躲到一边去，说军政府是冲着他来的，不关她们的事。在这，就会祸及她们。再说，一会儿，那些军人动手，很吓人！他也不忍心她们看。结果，只劝走了老妻。

熄了灯。赵尔丰静静地躺在床上，大睁着眼睛，望着莫测深浅的黑夜。卓玛跪在脚踏板上，依偎在他身边，用年轻姑娘一双青春饱满的手，将他一只滚烫的青筋暴绽的老人的手紧紧地握在手中，贴到脸上。她尽可能地用自己的爱心、温情去安慰、熨帖一个行将走完人生历程、走上绞刑架的年过花甲的老人。

"季帅！"决心以自己年轻生命作赌注的藏族姑娘卓玛，一边悄悄从身上拔出进口德造二十响驳壳枪，张开机头，顶上子弹，一边喃喃细语。她说的话很朴实、动人、温情："季帅，我保护你。有我卓玛就有大帅你……"

"卓玛！"赵尔丰这个时候还在坚持，"你走！你还年轻，犯不着同我一起死在这里！"

卓玛不依，她说："临别姆妈，她要我好生服侍大帅。我们藏人说话算话，一片真心可对天！我卓玛生是季帅的人，死是季帅的鬼……"卓玛这一番出自真心的话语掷地有声。少顷，黑暗中响起了轻微的啜泣声。是谁在哭？啊，是号称"屠户"的赵尔丰大帅在哭，这是卓玛第一次听见大帅的哭声。而且，哭得是如此伤心！侠肝义胆、温柔多情的藏族姑娘大大惊异了。

有杂沓的脚步声由远而近。脚步声轻微、警惕，似一张捕鱼的大网在渔夫手里开始收拢，缓缓拉起时带着的水声。卓玛放开大帅的手，转过身来，隐身黑暗中，警惕地执枪在手，睁着一双明亮的大眼睛，竭力看穿夜幕，寻找着就要出现的敌人。

"咚——"的一声，赵尔丰卧室门被踢开了。熹微的天幕背景上，只见一个黑影一闪，一个手握鬼头大刀的敢死队员一下闯了进来。

"砰！"卓玛手中的枪响了，那个冲进来的黑影应声栽倒在地。

"砰、砰！"红光一闪一闪，外面敢死队员也开枪了，吸引了卓玛的注意力，而这时，卧室后门的一扇窗户无声地开了。一个高大的身影像片树叶，轻盈地飘了进来。卓玛闻声刚要转身，一道白光闪过，敢死队队长陶泽昆手起刀落，卓玛姑娘顿时香消玉殒。

一切抵抗都停止了。

敢死队一拥而进。

陶泽昆命队员掌灯。烛光摇曳中，只见赵尔丰躺在宽大的象牙床上，气喘吁吁，脸色蜡黄，眼窝深陷。他只穿了件青湖绉棉滚身，额头热得烫人。谁能想象，这个躺在床上病病哀哀、一副可怜相的老人，竟是半年前声威赫赫、马上一呼山鸣谷应的赵尔丰赵大帅！

"把他弄起走！"陶泽昆眼都不眨一下，大声下达命令，"抬回军政府受审！"四名彪形大汉应声而上，两人抓手，两人抓脚，一下把赵尔丰从床上提了起来，软抬着去了皇城军政府。

辛亥年（1911）十二月二十二日，黎明姗姗来迟。

难得的冬阳冉冉升起。背衬着蓝蓝的天空，飞檐斗拱的皇城像镀了一层金。那红墙黄瓦，那风铃，那城门洞前的"为国求贤"坊……全都凝神屏息，在倾听，在等待什么重大的事件发生。

军政府已擒拿了"赵屠户"并要公审的消息像长上了翅膀，顷刻间传遍了九里三分成都市的两百多条大街小巷。

"走啊，去看公审'赵屠户'那龟儿子！"

"天网恢恢，疏而不漏。天报应啊……"大街小巷响起了杂沓的脚步声，人们议论纷纷。雅的、俗的，各种议论归结到一点——强烈要求军政府处决"赵屠户"，为死难者报仇雪恨！

人们潮水似的向皇城坝涌去。

当戎装笔挺的尹都督率领军政府大员们从明远楼里鱼贯而出，站在玉砌栏杆前朝下望，偌大的皇城坝上已是人山人海。

尹都督在明远楼前的一把高靠背椅上正襟危坐，神态严峻。他的身后簇拥着军政府大员们。

身着青湖绉棉滚身的赵尔丰被带出来了。他面朝尹都督，盘腿坐在一块红色的毡子上。聚集了几万人的皇城坝上顿时清风雅静。

"赵尔丰！"突然，响起尹都督那特有的洪钟似的声音，不用任何扩音设备，坝子上都听得清，"你抬起头来！"

一颗低垂着的须发如银的头，缓缓抬了起来。深陷的眼堂内，突然迸发出光芒！那是一双多么仇恨的眼睛！

"尹娃娃！"气息奄奄的赵尔丰突然指着尹昌衡大骂，"你言而无信，竟然设计，装了老子的桶子！"一副虎死不倒威的样子。

"赵尔丰，住嘴！"尹都督勃然震怒，没让他把话继续说下去。尹都督居高临下，历数赵尔丰的罪恶，为升官发财，杀人如麻，用堆积如山的白骨铺成了高升的路；以无辜者的鲜血，染红了他头上那颗"封疆大臣"的顶子，挣得"屠户"骂名。在四川人民如火如荼的保路运动中，为讨好清廷，保住自己的"顶子"，竟一手制造了震惊全国的"成都大血案"；为复辟，策划了兵变，让锦绣成都遭受空前浩劫。接着，密令川边总兵、川滇藏代理大臣傅华封带兵回援，图谋颠覆军政府，直至拒绝军政府的最后规劝，恩将仇报；还派卫士何麻子阴谋杀害军政部长……真是，罄南山之竹，书罪无穷；绝东海之波，流恶难尽。赵尔丰你硬是用自己的手给自己掘了坟墓。尹都督越说越激动，越气愤。场上万人拍手称赞："说得好！"

数完罪状，尹都督问："赵尔丰，以上数罪，历历在案。你是服，还是不服？"

"我既服也不服！"赵尔丰端坐不动，一副桀骜不驯的样子。

"如何服，如何不服？"

"你刚才所言句句是实。然，论人是非，功过都要计及！焉能以偏概全，一叶障目，不见泰山？"赵尔丰雄词抗辩，"纵然你上述件件属实。但我在康藏建下的殊勋，你为何今日只言片语不提？"说着，凄然一笑，"非我言过其实。扪心而问，若不是我赵尔丰在康藏艰苦卓绝奋战七年，今天中国雄鸡版图已缺一角矣！我今为鱼肉，你为刀俎。要杀要剐，任随你，我只是不服！"

尹都督长叹一声，"赵尔丰，你的功绩，川人岂有不知？可说是点点滴滴在心头。正因如此，我日前是如何劝你？然而，你却阳奉阴违，罪上加罪。时至今日，我纵为川督也救不了你！"看赵尔丰抬起头，满脸的不解，尹昌衡苦笑一声："你可听说过，我们先行者孙中山先生的名言——'世界潮流，浩浩荡荡；顺之者昌，逆之者亡。'并非我与你有何过不去！时至如今，对你如何处置，当以民意为是！"

赵尔丰性格刚烈，是个明白人。听了这番话，哑声道："好。"声渐低微，"尔丰以民意为准！"

尹都督霍地站起身来，面向台下黑压压的人群，扬声问："我同赵尔丰的话，大家可都听清？"

"听——清——了。"

"怎样处置赵尔丰？大家说！"

"杀！——杀！"台下千人万众异口同声。相同的口号，此起彼伏，像滚过阵阵春雷。

赵尔丰眼中仇恨的火花熄灭了。那须发如银的头慢慢、慢慢垂了下去。

尹都督转身，问赵尔丰："你都听见了？"

"听见了。"

"可还有话说？"

"没有了。"停了一下，复抬起头来，说，"老妻无罪！"那双深陷的眼睛里，竟是热泪淋淋。

"绝不连累！"

"多谢了！动手吧！"赵尔丰闭上眼睛，坐直了身子。他须发如银，串串热泪在那张憔悴、苍老的脸上滚过，顺着瘦削的脸颊往下淌。

尹都督朝站在一边的陶泽昆点了点头。

阳光照在陶泽昆身上，敢死队长好大的块头！几乎有尹都督高，却比都督宽半个膀子。一张长方脸黝黑闪光，两撇眉毛又粗又黑，两只眼睛又圆又大又有神，脸上长着络腮胡；身着草黄色的新式军服，脚蹬皮靴，一根锃亮宽大的皮带深深刹进腰里，两只袖子挽起多高，越发显得孔武有力。

"唰"的一声，陶泽昆粗壮的右手扬起了一把镶金嵌玉的窄叶宝刀——那是赵尔丰须臾不离的宝刀，据说是一个朋友送他的。刀叶很窄，犹如柳叶，却异常柔韧，可在手中弯成三匝。虽削铁如泥，可一般人不会用。陶泽昆会用，这宝刀是他昨晚逮捕赵尔丰时缴获的。

陶泽昆上前两步，不声不响地站在赵尔丰身后。突然，伸出左手在赵尔丰颈上猛地一拍。就在赵尔丰受惊，头不禁往上一硬时，只见陶泽昆将手中的柳叶宝剑猛地往上一举，抡圆，再往下狠劲一劈。瞬时间，柳叶钢刃化作了一道寒光，阳光下一闪，像道白色闪电，直端端射向了赵尔丰枯瘦的颈子。霎时，那颗须发如银的头，"刷——"地飞了出去，骨碌碌落到明远楼阶下，两目圆睁。随即，一道火焰般的热血，迸溅如雨柱。顿时，场上掌声如雷、欢呼声四起。

尹昌衡走上前去，一把抓起那根雪白如银的发辫，提起赵尔丰那颗死不瞑目的头，要副官马忠牵过他的火红雄骏来，翻身上马，带着队伍游街示众。他要竭尽张扬之能事。他知道，这颗人头对赵尔丰死党有何等的威慑力！

日上三竿。尹都督所过之处人山人海。他骑在一匹火红雄骏上威风凛凛，由一营卫队簇拥着前进。一个彪壮的骑兵，用竹竿挑起赵尔丰的首级，走在最前列。沿袭战场上惯例，尹都督身边有匹备马，由一个卫士牵着跟进。

马蹄嗒嗒，口号声声。那是何等壮观的场面啊！万人拥戴中，年轻有为的尹都督举起手来，频频向欢呼口号、对他感恩戴德的乡亲们挥手致意。 阳光在卫兵们闪闪的枪刺上镀上了一层金。

谁也没有注意到，这时就在对面高屋顶上，一个黑大汉正举枪对沉浸在喜悦中的尹都督瞄准。黑大汉身材高大，嘴里衔着一根油浸浸的大辫子，缓缓抬起手中的九子钢枪，眯起一只眼睛，一根指头勾动了扳机——"砰！"枪声响时，身手敏捷的尹昌衡应声藏到了马肚子底下，头上戴的那顶大盖帽却被打飞。

"砰、砰！"紧接着又是两枪。 走在尹都督身边的备马和牵马的卫士却被当场打死。训练有素的卫士们循声望去，只见谋杀未遂的黑大汉在房上飞奔，跨墙越屋如履平地。副官马忠赶紧命一队人护着都督。他指挥卫士们从四面围紧刺客。然后搭成人梯子，上房的上房，瞄准的瞄准，很快形成了一张严密的网。刺客身手不凡，可惜他身踞的高屋与其他的房子是断开的。插翅难飞，很快被拿住了。这不是赵尔丰的贴身卫士张德魁是谁！他被五花大绑，但环眼暴张，脸上的络腮胡根根直立，犹如钢针。 他恨眼看着尹都督骂声不绝，一副视死如归的样子。

尹都督命令，停止巡行。卫队押着刺客原路返回。

成千上万的人又涌回到了皇城，都来看啊，看尹都督审判阴谋暗杀自己的赵尔丰的贴身卫士张德魁！看今天的第二颗人头落地。

尹都督坐在刚才审判赵尔丰的地方，对着场下的千人百众，五花大绑的张德魁被卫士押上来了。他毫不畏死，骂声不绝，像头暴怒的雄狮。

尹昌衡很冷静。默默地打量一番刺客，吩咐卫士："把绳子给他解了。"

哎呀，这是怎么回事？场上场下，无论军民都惊愕不已。这个身手不凡的大块头不是要置你于死地吗？好容易才将他逮着的嘛！

"听见没有？"尹昌衡有些愠怒，喝令卫士，"将他手上的绳子解了！"

"都督！"候在他身边的副官马忠急了，闪身而出劝阻道，"这个张德魁罪该万死。先是在成都兵变中打主力，今日竟又谋杀都督，放了他怎么行？"

"这样明知必死，却不怕死的人倒是真汉子。"尹都督语气里竟有几分赞赏的意味。断然挥了一下手，喝道，"解开他手上的绳子！"卫士们无奈，只得上前解开刺客手上的绳子。顿时，场上千人万众鸦雀无声。只见被解了绑的张德魁在尹都督面前昂起头，毫不领情，桀骜不驯。

"张德魁！"尹都督并不恼怒，问道，"你月前在较场指挥兵变，今天又在街上打我的黑枪，顶风而上，这是何为？"

"你竟敢造反，谋杀主官！"张德魁言之凿凿，理直气壮，"我是赵季帅的卫士，自然服膺季帅命令，我先是替季帅效命，继则替季帅报仇。我只是后悔，月前在北东较场和刚才都没有一枪结果了你！"

尹都督看马忠等人在旁恨得咬牙切齿，摩拳擦掌就要上前动手，笑着制止。

"你说得有些道理。"尹昌衡看着张德魁，显得有些幽默，"但是，你没有杀到我，我却捉着了你，是你该死。"

"要杀要剐任随你！"大块头张德魁脑壳硬起，"我做这些事就没有想过要活的。少啰唆，快动手。我张德魁二十年后又是一条汉子。"

"这样！"尹都督看了看场上场下，他知道，人群里还有好些赵尔丰余孽。自己能否正确处理好这个人，对瓦解赵尔丰死党至关重要。

"我不拿都督的权势压人。"尹昌衡说，"我们当众讲理。你讲赢了你就杀我，反之我就杀你，如何？"

"对嘛！"张德魁还是那副横撇撇的样子。偌大的皇城上下，人们怀着极大的兴趣注视着这场别开生面的辩论。

"你先说。"尹都督硬是让得人。

张德魁说来说去还是刚才那几句。

"张德魁，你糊涂透顶！"尹都督猛然发作，指着硬着头皮的大块头呵斥："不要以为你这样做是侠士行为，其实你是个莽子！"张德魁不由得吃了一惊，调过头来，怔怔地看着盛怒的尹都督。

"……赵尔丰'赵屠户'罪恶累累！"尹都督一一列举了赵尔丰的罪行后，强调，"巴蜀父老人人欲对其人食其肉、寝其皮。我杀他，非我与他有何私仇，而是他罪有应得！"说着指着场上黑压压的人群，"请父老乡亲们回我一句，赵尔丰该不该杀？"

"该杀——！"场下千万人齐应，声震天地。

"张德魁！"尹都督喝问，"你都听见了吗？"赵尔丰贴身卫士气焰萎了些，低着头，嘴还犟："我是粗人，我说不过你，你杀吧！"

"好，你承认输了！"尹都督说着厉声吩咐，"带下去！"马忠带两名卫士应声而上，就要去拿大块头。

"不要你们拿，好汉做事好汉当！"张德魁扭了扭蛮实的身子说，"我自己走！"说着跟着马忠等人就要走。

"张德魁！"不意尹都督又将他喝着，说，"我敬你是条汉子。况且，原先你是非不明，各为其主，也在情理之中，我免你的罪。"说着要身边的卫官马宝拿来一个用红纸封好的长条子。

"你拿着。"尹都督说，"这是四百块大洋。是军政府送你回山东老家与亲人团聚的路费、安家费！"

大块头闻此言如被雷击。起先，他怔怔地看着和颜悦色的尹都督，始则相信是实。继而趋前两步，"扑通！"一声跪在尹昌衡面前，哭了。

张德魁说："德魁愚钝。德魁知道错了。若都督不弃，德魁愿追随都督，知恩报恩。以后赴汤蹈火，在所不辞！"

尹都督这就欣然离座，上前扶起痛哭流涕的大块头张德魁，抚慰道："知错改了就好。弃暗投明者，军政府一律欢迎。你以后就当我的卫士，这四百块大洋你拿去任意处置……"话未说完，皇城坝上，人们对尹都督的宽宏大量赞叹不已，当场就有好些赵尔丰余孽前去向军政府坦白投诚。

不动刀枪。尹都督在皇城义服张德魁这一幕，顷刻间让赵尔丰苦心结成的死党群体轰然间土崩瓦解，烟飞灰灭。

第二天，晨曦初露。

偌大的尹府还在安睡。在牛乳色的晨雾和淡淡的夜幕笼罩中，府中那茂林修竹、亭台楼阁才刚刚现出朦胧的剪影。一阵急促的皮靴声从府内一路响了出来。像往常一样，军务政务缠身的年轻都督又起了个绝早。他迈着均匀的武步，出家门，下台阶，从等候在那里的副官马忠手上接过缰绳，翻身上了那匹火红的雄骏。身为都督，他仍然不坐很有派头的八抬大轿，而是动则骑马。

副官马忠率一班卫士赶紧上马跟上。蹄声嗒嗒。尹都督一行骑着马，顶着淡淡的夜幕和牛乳色的晨雾，往皇城军政府而去。长街上寂然无声。今天，戎装笔挺、长身玉立、二十七岁、生性风流洒脱、才高八斗、什么艰难困苦都不在话下的尹都督不像往日，没有了同年龄相差无几的卫士们一路说说笑笑的兴致。他剑眉紧锁，沉浸在很深的忧思里。这可是从未有过的啊！马忠暗示卫士们不要打扰都督的沉思。

尹昌衡处于一种紧张的思索中。情况少有的严峻！川局刚刚理出一个眉目，而西藏狼烟再起，边关告急，西南局势剧烈震荡。年前，先是涌向拉萨的川军拥戴钟颖为"平西大将军"，软禁中央驻藏大臣联豫，同藏军在拉萨整日激战。以后，国内局势混乱，十三世达赖趁机采取"赎买政策"，收购了这支进藏川军钟颖部的所有枪支，将他们经印度送回了内地。

捡顺了进藏川军，西藏上层在英国支持下，重新武装、训练了藏军，做好充分准备后，挥师向康区大举进犯。赵尔丰留下的边军六营，兵老械劣，且军力不敷分配，只好且战且退。其骁勇能战的统领凤山，日前被叛军掳去，至今生死不明！而且，叛军正在蚕食经过"改土归流"面貌一新的康区，且有向内地步步逼近之势。

皑皑的雪山，呼啸的枪声，惊心动魄的呐喊，袅袅升腾的狼烟……此时此刻呼啸而来，压在尹昌衡心上，重如千钧磐石。

"都督，军政府到了！"走在身边的副官马忠一声轻唤，将尹昌衡从沉思中唤醒。抬起头来。只见一轮血红的朝阳喷薄而出。缕缕牛乳色的晨雾正在散去，霞光拽着长长的红红的彩笔，正在皇城内外尽情地涂写。

好瑰丽的早晨！明远楼上风铃叮当，红墙内，翁翁郁郁的参天古木中，一群群白鹤亮开双翅，披着晨光，在绚丽的天幕背景上，排着整齐的队列，正向着无垠的天际升腾、升腾。

他勒住马。目光梭巡过去。当"为国求孝"牌坊闯入眼帘时，蓦然，怔着了。牌坊后面西侧冰冷的地上，躺着赵尔丰的尸体，头朝西北，脚向西南。一颗血迹模糊、须发如银的头放在他的右肋上。牌坊上贴有军政府告示，幅高一尺多，宽二尺余，上写几行大字："十八之变，赵逆作俑，今已枭首，谢我万众！"

一缕血红的阳光从"为国求孝"牌坊上斜掠过来，端端照在赵尔丰面目如生的首级上。于是，他的脸半边在明里，半边在暗里。光线正好从他棱棱的鼻梁上分开。看得分明，他的眼睛很深、很黑、很横，圆睁着。一丛银白的胡须下，是桀骜不驯的下巴、桀骜不驯的嘴唇……赵尔丰虽然死了，仍透出一种逼人的气势！年轻的都督不由得暗暗惊叹了。想着赵尔丰的一生，不胜唏嘘。

－ 第八章 －
化干戈为玉帛

　　随着四川军政府的成立，居住在成都城中城——少城中的数万满人，日日处于心惊肉跳中。原先一生下来就有一份终生俸禄享用的他们，随着辛亥革命的成功、清廷的倒台，俸禄没有了。在整天提笼架鸟、茶馆进酒馆出的日子中，他们早就将马背民族剽悍、勤劳等优良品质销蚀，变得一无所长，没有任何生计的他们，生活不仅一下子变得十分困难，而且，更可怕的是，全国有些地方发生了排满、诛杀满人的事件。这样，他们势必想到尹昌衡在当上军政府都督、诛杀赵尔丰之后，会不会改变策略，废除蒲殿俊与赵尔丰签订的优待满人的条约，甚而进攻满城，诛杀满人？

　　玉昆将军虽然已经尽其可能地做了布置，但他仍感到随时有被瓮中捉鳖的可能，于是，在这个寂如坟场的晚上，他在将军衙门召集他所有的谋士、部属里开会。第一个议题是分析形势。

　　形势之严峻，是任何人都可以感觉到的。玉将军作了开场白后，会场上是短暂的沉默，气氛凝滞。摇曳的烛光里，看得分明，玉昆将军五十来岁，脸黄，颔下无须，身着标准的满族服装，身材瘦高，腰上束根板带，板带上系有烟荷包，清癯的脸上有双见微知著的眼睛。他是满洲镶红旗，字石轩，

1902年任凉州都防，1908年升任成都将军。他同情四川的保路运动，当初赵尔丰为"杀鸡给猴看"逮捕了蒲殿俊、张澜等九人，而他们九人就是不屈服时，赵尔丰一怒之下原是要杀他们九个老爷的；但清廷有个规定，凡遇到这样的大事，总督必须要有当地将军联合签名上报方可实行。因为玉昆将军的反对，这才保全了蒲殿俊，张澜等九人性命，从而也保证了四川保路运动的胜利。

玉将军的首席谋士金元璧最先发言，他说："被将军保全了性命的罗纶，现在是军政府副都督，还有张澜这些人，也都是说得起话的！他们不会恩将仇报吧？当初，如果不是将军，这些人的人头早被赵尔丰砍了。如果尹昌衡要对我们少城下手，这些人不会坐视不管吧？"

"难说！"座中有人提出不同意见，"此一时彼一时。玉将军当初制止'赵屠户'杀他们，他们未必这个时候就能知恩报恩。要知道，我满人入关之初，为了镇压反抗，在各地都采取了好些暴烈手段，如扬州的屠城三日。这是民族恨，这些，他们记不记恨？再说，我朝二百多年间，少城内，我满人过的什么日子，城外汉人过的什么日子？他们中好些人早就眼红了，只是没有机会，现在机会来了，他们能不报复吗？"

这就形成了两种看法，一时争论不休。金元璧建议："我们的看法都提出来了，看玉将军的了！"大家这就都看着玉昆。

略为沉吟，玉昆缓声说道："在我看来，尹昌衡这个人虽然年轻，但很有见识，他绝不会干出攻满城、诛杀满人这样鲁莽的蠢事。"接着，他结合尹昌衡的学历、经历、处事为人，做了些分析。金元璧等人听得连连点头称是，而另一些仍是将信将疑。玉将军正要做什么吩咐，只听门"哐！"的一声被撞开，情报官慌慌张张进来报告："玉将军，大势不好，军政府派军队向我满城杀来了！"

"当真？！"玉昆像是被针扎了一下，猛地站起，手一挥，"既然如此，我们就拼了，'宁为玉碎，不为瓦全'。"他当即下令，让全城所有男丁上城，大炮准备，做好一应战斗准备！随即又强调："没有我的命令，决不准首先开枪开炮！"这会儿，平时显得儒雅斯文的玉将军，亮出了军人的果断。

会散了，得令而去的部下们各自做着战斗准备。玉将军很沉着，要情报官再探，随时来报。

事情很快就探明了，先前是一场虚惊。

这天下午，皇城内军政府开会，争论激烈。高级军官们几乎一致同意攻满城、诛满人，反应最强烈的是孙兆鸾，他霍地站起身来说："当初满人入关之时，虐待、屠杀我汉人，可谓斑斑血泪，馨竹难书、他们在攻下杭州后大开杀戒，一连杀了十天，将杭州杀得尸横遍野，鸡犬不留……"说得这里，他声泪俱下，有些少壮派军人听到这里，更是咬牙切齿，振臂高呼："这深仇大恨，此时不报，更待何时！"

"破满城、杀满人之事万万不可！"尹昌衡拍案而起，"他们先辈犯下的罪，不应该让他们的儿孙还。我川省军政府应遵守孙中山先生的教诲，搞五族共和，各族人民应该团结，共襄盛举。不能以非对非，不能扭着历史旧账不放！不能干出亲者痛、仇者快的事！"虽然尹都督会上做出了决定，但会后，孙兆鸾还是在一张激进派少壮军人的支持下，背着尹都督，率一团人天黑后向少城杀来，他们准备来个先斩后奏。

"嗒嗒嗒！"几匹快马从皇城军政府奔出，箭一般追了上去。尹都督及时得知这一消息，赶紧带上马宝、马忠等几个随从追去。漆黑的夜幕中，马蹄撞击在石板路上，进出串串红色的火星，在静夜里听来，格外惊心。但是与此同时，哪怕非常警觉的马宝都没有察觉到，骑马紧随在侧的侍卫刘秉勋已经悄悄拔出手枪，子弹推上膛，准备对尹都督动手。

当尹昌衡一行快马赶到少城脚下时，孙兆鸾率部还没有来到。尹昌衡将马嚼子一勒，坐下马一声嘶鸣，立成了一个人字。尹昌衡亮开他那特别洪亮的声音对城上喊："守城的满族兄弟，我是军政府都督尹昌衡，你们不要开枪。因情况紧急，快请玉昆将军出来讲话！"

瞬间，少城的城楼上举起了多束火把。

"尹昌衡！"玉昆站在了城上，他质问尹昌衡，"你派出军队前来剿我满人，真有其事吗？"

"误会！"尹昌衡解释，"我也是刚才得知消息，是个别将领不听我的命令，鬼迷心窍，准备带军队来破城，如今形势紧急，请你打开城门，让我进去。"

嗨呀，还有这样的事，数万满人现在就靠这区区城墙保命，打开城，岂不是拿自己的性命开玩笑！在城上满兵一片反对声中，玉昆问尹昌衡："让你进城来做什么？"

"我坐在城墙上，看谁敢来攻城！"

"好，我相信你！"玉昆确实是个有胆有识的人，他硬是下令开城，将尹昌衡一干人放进了城。尹昌衡刚在城门上坐下，只见西御街一线的部队滚滚而来。

尹昌衡请玉昆命部下将城墙上的火把尽都点燃。瞬间，束束燃烧的火把把漆黑的夜幕都烧薄了。而坐在金黄色的燃烧的火把中的尹昌衡，气定神闲，简直就是《三国演义》中使空城计的诸葛亮。

"孙兆鸾！"当孙兆鸾骑着马到了城下，正要指挥部队攻城，被坐在城上的尹昌衡当即喝住。就在孙兆鸾万分惊愕地看着坐在城墙上的尹昌衡，一时不知所措时，尹昌衡厉声命令："孙兆鸾你怎么能违令？赶紧将部队给我拉回去，否则军法从事！"

"尹都督呀！"骑在马上的孙兆鸾又惊又气，不禁叫屈，"你咋个手弯子向外拐，向着满人？"说着要横，"攻城，是弟兄们的意思，众怒难犯，我把他们带不回去！"

"弟兄们！"尹昌衡站起来，看着城下影影绰绰准备攻城的军人，"本都督在此，你们要听从我的命令。如果你们实在要攻城，就是要我的性命！"城下不少人开始动摇了，他进一步说，"军人，以服从命令为天职。你们已经犯错误了，但你们若回去，听从命令，无论是谁，今晚的事，我不追究，否则……"尹都督这一番话说完，汹汹而来的上千人，很快偃旗息鼓而退。

这时，尹昌衡身边的侍卫刘秉勋"扑通！"一声跪下了。

"你这是怎么回事？"尹昌衡大惊。

"都督，我有罪！"

"你何罪之有？"尹都督和他身边的卫队长马宝、副官马忠都感到莫名其妙。跪在地上的卫士刘秉勋这才交代，原来他就是一个满人，他原先以为尹都督是来指挥部队攻满城，于是准备待机杀了都督；不谙都督竟是这样大仁大义。说时感动之至，痛哭流涕。

听刘秉勋说明了原因，尹昌衡赶紧扶起刘秉勋，他说："如其尹某真是这样一个心胸狭隘、民族至上的糊涂蛋，你杀得也对！"旁边玉昆等人见状，深为感佩。不过，金元璧多了一个心眼，怕尹昌衡记恨刘秉勋，在旁解释说情。尹昌衡知道金谋士的担心，很大度地对玉昆等人说："你们放心！本都督以后不仅不会对刘卫士心生芥蒂，反而会更加重用他。因为这事如果刘卫士不说，没有任何人知道，他说了，就说明他是个心怀磊落的汉子……"

听了尹都督这话，玉昆对尹昌衡越加感佩，当天晚上，他同尹昌衡在将军衙门签订了一份《解决满人的和平协议》，这份协议比原先蒲殿俊与赵尔丰签的条约更具体、更优待。协议规定四条：一、大汉四川军政府实行五族共和、满汉一体的政策；二、拆除民族对立、隔离的少城；三、组织满人就业，生活困难的、一时无法就业者，由军政府发给抚恤金；四、即日解除满人武装，原先的军械归军政府。

黎明姗姗来迟。当尹昌衡和玉昆在军政府一十大员簇拥中，走上玉砌雕栏的皇城城楼，向等候在广场上的数万满汉群众，还有回、蒙等少数民族宣布军政府这一政策及种种措施后，全场掌声雷动，人们奔走相告。民族和解，多民族和睦相处的喜讯，如浩荡的春风，迅速荡漾在成都，吹遍了巴山蜀水。

满人的问题解决了，然而如何解决同志军仍是个大问题。在军政府平乱期间，以及围困赵尔丰期间，周县的同志军都进了城，约有四十来万。他们都是农民，没有经过正规的训练，衣衫褴褛，武器粗劣，好些人还拿的是火药枪、砍刀，还有的在长木把上绑把镰刀……这些队伍良莠不齐，有不少地痞流氓、三教九流混入其中，因此进城以后，抢劫、强奸这些事时有发生。

从成都的首善之区、军政府所在地皇城上看出去，偌大的皇城坝上乱翻翻的，到处都是同志军的身影。各种旗幡招展，到处搭的营帐，同志军窜来窜去，搅肇得不成个样子。当时，整个成都都只有六十来万人，而同志军就进来了六十万，不赶快将同志军散化，必然要出大问题。

这天，尹昌衡召集同志军中有影响的几个大人物开会，他已经做好了充分准备。

当副官马忠前来禀报人都到齐了后，正在办公室处理公文的尹都督说："好，你去让他们稍等，我马上就到。另外，你去请罗副都督，还有几位师长到会！"

当尹昌衡收捡好公文，出了办公室，去明远楼会客厅时，一路上对处理好同志军的问题，都还担着心。日前，军政府已经明确下令，要前段时期因各种原因进城的同志军返回，大部分人听从命令，然而巨头孙泽佩、吴庆西、罗子舟、陈和尚、周鸿钧却拗起，说他们有功，要军政府将他们收为正式军队，授予相应的军衔军饷。他们还放出话来：孙泽佩要当同尹都督平起平坐的并肩王，雅安舵爷罗子舟要当水陆大元帅……总之，他们的要求高得吓人！事情弄得不好，这些对革命有过功劳的同志军，就会成为反动力量！

"啊哈，尹都督来了！"当尹昌衡一脚跨进闹麻了的客厅，陈和尚做了个鬼脸，这些舵爷们停止了大声武气地说话，都看着尹都督。大客厅里，一张铺着雪白桌布的长条形桌子两边坐满了请来的舵爷。长身玉立、戎装笔挺、挎着腰刀的尹都督踞上首落座，副都督罗纶，师长彭光烈、孙兆鸾、宋学臬也都到了，分坐在他左右。

"诸位！"尹都督用他那双炯炯有神的眼睛看了看在座的陈和尚、罗子舟、彭大钧、周鸿钧，声音朗朗地说，"同志军在围困成都、逼迫赵尔丰交权及后来的平叛中，功不可没！但现在形势变了，同志军不应该继续留在成都，应该返回故里，该干什么干什么。因此，军政府日前颁布了有关同志军返乡的命令。现在，大部分同志军都回去了，就你们几位不走？听说，你们几位是想留在省城当官，当大官，还要把你们的同志军也都留下来？你们请摊明了讲吧！"

在座的陈和尚等人毫不隐讳地说是。

"军政府目前没有这个财力，也没有这个考虑。请你们诸位以大局为重，把部队撤走！"尹昌衡把话说白了。

"话不能这样说！"陈和尚很横，用手撩开短襟，露出一丛黑黝黝的胸毛，横撇撇地说，"你军政府，你尹都督都是我们撑上去的。我们这些人！"说时指了指在座的大舵爷罗子舟、彭大钧、周鸿钧，"我们能把你们撑上去，就能把你们拉下来……"这话就有威胁意味了。尹昌衡看了看就要发作的彭光烈，示意他让这些人把话说完。

然后，罗子舟、彭大钧、周鸿钧等人都说了他们要当的官职。

"你们这是造反，是要挟军政府！"听他们说完后，尹都督勃然发作，他在桌上猛击一掌，"把他们都给我绑了！"站在旁边的侍卫刘秉勋立刻带着几个卫士上去，将胆大妄为的陈和尚等人摁翻，然后五花大绑了起来。

"好你个陈和尚、罗子舟、彭大钧、周鸿钧，你们是敬酒不吃吃罚酒！"尹昌衡历数他们带同志军进城的不纯目的，"你们到成都，是来升官发财的，为自己谋取好处的！"说时一一历数了他们的罪行。几个月来，他们以及他们的同志军，在成都何时何地干了奸淫估霸、估吃霸赊等恶事，桩桩件件，记录在案，一一举出！

"军政府还没有找你算账，你却来如此威胁军政府。你们已经不是功臣，而是罪人！"说时一声令下，"将他们拉出去杀了！"鼓眉暴眼、亮着光头的陈和尚等不谙尹都督如此厉害，早被吓炸了。他们赶紧跪下，连喊饶命。

尹昌衡对跪在地下的几位说："功是功，过是过。"说时，看了看罗子舟、彭大钧、周鸿钧，"你们虽然有罪，但也有功，功过相抵，本不该死。而陈和尚不同，他自恃有功，奸淫妇女多人，他犯的是死罪，不能放过！"说时，头一掉，刘秉勋会意，立刻将陈和尚拉出去枪毙了。罗子舟、彭大钧、周鸿钧才知道尹昌衡的厉害，纷纷求饶，一个个早被吓瘫了，表示他们愿意立刻将同志军带出去。

"知错改了就好。"尹昌衡铁板似的脸上，这才现出一丝暖意。他在指出他们错误的同时，也指出了他们的功劳，给予了他们奖赏，并在中午设盛宴款待了他们，宴席中又对他们再三说明不能留他们当官的原因，让他们心服口服。第二天，他和副都督罗纶又以同志军"总舵爷"的名义犒赏同志军。就这样，尹昌衡恩威并举，软硬两手兼施，让塞遍了城内的同志军，在罗子舟、彭大钧、周鸿钧这些舵爷的带领下，相继撤出了省城，回到了各地。

这样一来，不仅饱经动乱的成都恢复了平静和繁荣，就是全省，也都很快安定了下来。

- 第九章 -
太夫人审案和铁面总监

为庆祝孙中山先生就任中华民国临时大总统暨成、渝两个军政府合并，尹昌衡就任合并后的四川军政府大都督，这天，贵州会馆张灯结彩，喜气洋洋，两扇黑漆大门洞开，设宴遍请川中名人。贵州籍名绅梅馥龚、周洵，一早就到门外迎候客人，来的都是名流。年仅二十七岁的四川省军政府都督尹昌衡很有兴致，也来了，这就给今天这样一个隆重喜庆的场面又增添了一份喜庆。

古色古香的花厅里摆了几十桌高规格的海参席。当正午的阳光筛过肥大翠绿的芭蕉叶，洒进花厅时，庆祝活动已经结束，尹都督在梅、周陪同下步入花厅入席。

尹都督今天身着民国大礼服——蓝袍黑马褂。他长身玉立，兴致很高。待大家落座后，性格洒爽的尹都督亮开洪亮的嗓门说："诸位，刚才我们已经开过了庆祝会。这里，应酬的话就不说了。现在！"他举起酒杯，"我们洒洒脱脱，开怀畅饮。"他办事向来干脆，这一发话，少了好大一截繁文缛节。气氛很好，心理也无压力，大家天南海北地边吹边饮边吃，很安逸。

年轻都督好酒量。平素，他最爱喝绵州大曲，兴致来时，可以一气喝下四瓶。今天席上，他一气喝光了三瓶。窗外春光明媚，这就越发显出贵州馆的好景致。偌大的花园中，有鱼池、假山、茂林修竹。百花吐艳，清风徐来，雀鸟啁啾助兴。陪坐在侧的梅、周二绅也有学问。他们陪着尹都督饮酒赋诗，谈巴蜀掌故、革命艰辛、地方风情……不知不觉间，一轮红日西沉。

客人们已经陆续告辞而去。看尹都督兴致未尽，热情的主人邀都督移尊到精致的小花厅挑灯夜饮。看都督已有了些醉意，主人亮出精彩的节目，将川剧名旦杨素兰打扮出来给都督大人敬酒。

杨素兰，男人女名，二十多岁，长相俊俏，会做戏。经装扮，竟成二八佳人。"她"半拢云鬘，十指尖尖如春笋，眉似远山含情。"她"袅袅婷婷，莺声燕语，频频劝酒，殷勤至极。因为高兴，放开来饮的尹都督渐渐有了醉意，朦胧中他看"花"，竟一时不知今夕何夕。一幅已逝的、时时萦萦于怀的异国情感画面，如一幅多彩的长轴画，在眼前徐徐展现开来。醉眼蒙眬中的尹都督，已把川剧名角杨素兰认定是当年与他相恋的日本的岩崎小姐。

那是一个樱花烂漫的时节。日本东京士官军校放假了，尹昌衡独自一人乘火车离开市区去旅行，他也不知道自己要去哪里，反正也就随便走走。

火车上乘客不多，车厢很整洁，让人感到舒适，他一路观赏着窗外美妙的景致。车离东京越远，乡村景致越是明丽。关东平原上的小桥流水，田垄两边的蚕桑树……恍然间，让他觉得有些四川老家彭县乡下的意蕴。

忽然，一声柔媚好听的声音传进耳鼓："请问先生，这里可以坐吗？"他应声掉头，只见一个身穿和服、脚蹬木屐、相貌端庄、身材苗条、举止文雅、如新月如春笋的姑娘站在面前，手握一个嵌有珠宝的手袋，正向他询问行鞠躬礼。因为低着头，一头丰茂的黑发挽得像高高的富士山，发髻上，珠摇玉翠。

"没有人。"他赶紧站起还礼，指一指对面座位，"你请坐。"有这样一位秀色可餐、温文尔雅的姑娘坐在对面做伴，他私心窃喜。他们相对而坐，车往前行。正可谓，"哪个少男不思春，哪个少女不多情"。在这样一个美好的适宜年轻人谈情说爱的时候，可巧坐在一起的又是一对很般配的异国俊男俏女。他们开始攀谈起来，像是有一根强有力的磁力线在吸引，他们越谈越投机，越谈越亲近。渐渐地，一种恋恋不舍的情感在他们心中油然而生。

尹昌衡忘了下车，一直坐到火车终点站。

"该下车了。"站起身来的美丽的日本少女抿嘴一笑，幽香袭人。他提线木偶似的跟着站起，同她相跟着下了车。抬起头来，这是什么地方？前面是碧波浩瀚的大海，点点白帆像落在蓝玻璃上的白云，倏然间远去。环顾四周，绿草茵茵，翁郁葳茂的花木间掩映着幢幢形状有异、色彩有别的别墅，好一幅人间仙境。他明白，这是到了东京远郊的富人区。

一问才知道，这里没有旅馆、茶舍，只有一个孤寂的小火车站。想折回去，可是第二天早上才有火车了。暮色朦胧地走近，浪在岸边跳起洁白的舞蹈。一直陪在他身边的岩崎小姐，脸一红，深鞠一躬，轻启樱桃小口，赧然一笑，对他热情相邀："尹君，请到我家去吧！"这时他才知道她是日本巨富岩崎先生的小女儿。

他当然想去。如果现在分别，他在梦中也会去找她的。可是，他一个大清国的留学生怎么好贸然去一位小姐的家呢，何况还是大名鼎鼎的岩崎小姐？他从小接受的是"男女授受不亲"的传统教育。在守旧的家乡——天府之国四川彭县农村，若是有一个女子敢把一个萍水相逢的男子带回家，那会被视为大逆不道，非被家人打死、被族人沉水溺毙不可的。虽然是在很是开化的日本，但这样去岩崎小姐家，是不是也孟浪了些？但是没有办法了，现实的处境和情感的煎熬都不容他有过多的考虑和徘徊。岩崎小姐又再三邀请，他怀着一颗忐忑不安的心，跟着她，沿着暮色越渐浓重的石板山道，跨进了一座富丽幽静的大庄院。

"啊，是尹君！"一声惊讶而欢快的青年男子的声音传进耳鼓，他吃了一惊，寻声望去，只见两个身穿东京士官学校服装的青年男子，坐在樱花树下喝茶，享受夜幕降临前的美妙韵致。原来他们两个都是岩崎小姐的哥哥，是他的在校同学。虽然不在一个班，但尹昌衡在军校以勤学博学、文武双全颇享盛名。他们当然认识他。岩崎小姐的两个哥哥一见妹妹带回尹昌衡，就知是怎么一回事情。他们对这个清国留学生印象不错，殷勤款待。而一连两天，小姐的父亲，老岩崎却是避而不见。

三天后的黄昏，这家主人不得不从幕后走到了前台。接见这个不同凡响的清国留学生，安排在别墅靠海的二楼那间小客厅里。

坐在对面的岩崎先生，大腹便便，嘴唇上护着一绺仁丹胡，头上梳得溜光，粗颈上结一条洒金领带，雪白的衬衣上套一条背带裤，嘴上咬着一支粗大的雪茄，一双鼓鼓的眼睛透过金丝眼镜，钉子似的盯着尹昌衡看，那神情分明有些不屑。

"我女儿都对我说了，"良久，老岩崎说话了，那语气分明有些无奈和气愤，"说你们互相之间有爱慕之心。"说到这里一个停顿，随即声音大了，迸出枪弹似的两个字，"不行！"他的口气显出一种蛮横，老岩崎冷冷地打量着眼前这个仪表堂堂的清国留学生，看着他拖在背上显得很滑稽的油光可鉴的大辫子，不屑地一笑，"并不是我看不起你这个人，而是我们岩崎家的规矩是不能同'支那'人结婚！"他噘起嘴，把"支那"两个字说得发出嘘声。

拒绝本是意料中的事，但尹昌衡受不了那种鄙视。他涨红了脸，霍地站起，愤怒地盯着近在咫尺的日本巨富。老岩崎像是被烧红的烙铁烫了一下，下意识地往后一退。尹昌衡镇定了下来，礼貌地向老岩崎点了一下头，很君子地说："对不起，打搅了。"说完这句，冲出门，大步走去。

"尹君——！"猛听一声裂帛似的呼喊，回过头来，只见岩崎小姐泪水盈盈地跟了上来。刚才，她躲在门后，听到了父亲同尹昌衡的全部对话。这时，一缕夕阳透过斑驳的树枝洒在她的脸上，一副雨打梨花般令人怜惜的神情……

理智命令她清醒。他回到了军校，但初恋的痴情却时时折磨着他。岩崎小姐真心爱他，他频频收到她寄来的情书，里面浸满了绵绵的情、绵绵的泪。1909 年很快到来了。他学成回国前，岩崎小姐特地赶来东京同他恳谈。

"尹君，只要你留在日本，我就是你的，求你了！"那天东京下着细雨，他们在公园里相偎相依，觉得雨中的东京，似乎正朝着什么地方神秘地珊行。

尹昌衡不肯，说他要回去报效祖国，唤醒东方"睡狮"，让中华民族强大起来，重新自立于世界民族之林。他要求岩崎小姐跟他去中国。可是，岩崎小姐没有勇气离开日本。

最后的分别是不可避免了。她一直把他送到下关。可是，迟了一步。那艘他已经上了行李的轮船，已驶入了波涛汹涌的东海。他经清廷驻下关领事馆帮助，从朝鲜半岛辗转回到国内方知，他躲过了一场厄运：那条载着他的一些同学和他的行李的轮船，在海上触礁沉没，轮船上无一人生还。

同岩崎小姐的缘分完结了，现在，他同大家闺秀颜机小姐结了婚，但是，岩崎小姐还是不知不觉地在心中把他扎了根……

"都督，你既然喜欢她，"周洵上了些年纪，看尹昌衡深爱素兰，酒又喝得无休无止，怕他这样在贵州会馆出啥乱子，自己吃罪不起，便说，"都督何不在这花好月圆之夜，将'她'讨回家去？"

"好！"带了酒意的尹都督慨然应允。

尹府，夜已深。颜机还未睡，她在等待自己新婚不久的夫君，她知道，丈夫公务繁忙，应酬也多，早出晚归是常事。她已吩咐丫鬟小玉将夫君的宵夜弄好了。

夜静更深。成都和平街尹府两扇紧闭的朱漆大门外，两盏大红宫灯高悬，金黄的璎珞被夜风吹得拂冉不已。

内院有一间厢房还亮着灯，绿窗灯火映着颜机动人的俏影，她在等候着夫君回家。这时，她正坐在那间"退一步"雕花牙床上想心事。

"太太！"突然，小玉一声带哭的呼唤隔帘传来，将她从幸福的遐想中惊醒。

"都督回来了吗？"她很高兴，一下从牙床上直起身来，唤小玉进来说。

"太太，"小玉报告，"刚才都督的跟班赶回来说，都督今晚上在贵州会馆讨了一个姨太太……要我们赶紧收拾新房。"

"她是什么人？"颜机闻此言如闻晴天霹雳。

"这姨太太名叫杨素兰。"小玉尽她所知，如实禀报，"她同都督一起坐在八人抬大轿里，马上就要回家了……"颜机听到这里，忍不住"哇"地哭出声，冲出门找老太太告状去了。

已近家门，挽着杨素兰坐在大轿上的尹都督被夜风一吹，头脑清醒了些。

抬头一看，咦，这个时候了，怎么门前灯火通明，人影憧憧？揉揉眼睛再看，父亲、母亲，还有夫人颜机带着好大一帮人都站在门外。莫非出了什么事情？他跌跌撞撞地在下人搀扶下下得轿来，只见漆黑的夜幕中，灯笼光摇曳烛照下，年事已高的母亲在一群人搀扶下，颤巍巍走上前来，将龙头拐杖在地下一点。稀里糊涂的尹昌衡虽然尚不明白母亲何以满面秋霜，但他是个孝子，赶紧给母亲问安："母亲，父亲，夜这样深了，你们怎么还不休息？"

"我们能睡得着吗？"老太太发作了，用龙头拐杖指着他喝问，"你为何深夜才归，而且满身酒气？"

"为庆祝孙中山先生就任中华民国临时大总统暨成、渝军政府合并，儿子心中高兴，应贵州会馆邀请，去出席他们举办的庆祝会，多喝了两杯。"

"仅仅是喝酒？"老太太一声冷笑，"你轿子里还藏了个人！"

听老太太这样喝问，男扮女装的川剧名角杨素兰赶紧下轿，一头跪在老太太面前。看杨素兰一副浓妆艳抹的样子，老太太气愤，不由举起龙头拐杖要打。

杨素兰赶紧说："请老太太息怒，容下人说完再打。"杨素兰口齿清亮，就详细将事情的来龙去脉说了。老太太是个明白人，弄清了事情原委，气消了一些，不禁同情地看了看跪在面前的这个男扮女装的川剧名角。

杨素兰，本名清泉，字纫秋，清光绪四年（1878）出生于四川遂宁县梓潼镇一户做小买卖的人家。他幼年丧父，家境贫困，后被人贩子拐卖到戏班学戏。他相貌好，天资聪颖，又能吃苦，很快出了名，并有了一定资产。在辛亥年（1911）年四川风起云涌的保路运动中，他为了支援保路运动，竭其所能，捐田八十余亩。这一壮举，受到各界人士好评。名士石声写诗赞："登场歌舞市金钱，肖效红妆自可怜。闻道破家亡国报，伤心时局慨捐田。"著名学者吴虞则称赞他的演技："歌喉婉转，有穿云裂帛之奇；舞袖翩翩，具回风聚雪之妙……"

跪在地上的杨素兰再三向老太太解释："贵州会馆的老爷们让我化上妆去给都督唱戏，素兰不能不去。后来都督酒醉，周大人他们硬要小人陪都督回府，小人也不敢不从。是非经过如此，请太夫人明察！"说着轻轻啜泣起来。

"啊，是这样。"老太太叫下人扶起了杨素兰，说，"这都不关你的事。要怪就怪逆子做事孟浪！"说着火起，又举起手中的龙头拐杖要打儿子。

老太爷尹仕忠看出这不过是闹剧一场，而夫人真要打儿子，他急了，就上前一把撑住老太太举起的拐杖，劝阻说："硕权这事做得是荒唐了些。但念他是酒醉，非出自真心。我看现在先让他回房休息，等他酒醒了再发落！"说着一边拿眼示意儿媳。

弄明了真相的颜机，已怨气全消，赶紧求情。

"妈！"她说，"昌衡醉成这个样子，难免做出糊涂事来。现在你就是打死他，他都不知错在哪里，不如等到明天早晨酒醒了再说。"老太太见儿媳也这样说，乐得见好就收，她收起龙头拐杖，准其儿媳所请，命人送杨素兰回戏班子。

第二天早晨，尹昌衡一觉醒来，颜机将昨晚发生的事告诉了他。他十分懊悔，素衣素帽来在堂前，向父母请安后，跪在堂前请求责罚。素来治家严厉的老太太见儿子对自己酒后做的事很是后悔，觉得情有可原，且是初犯，便训了儿子一番，没动家法，并要儿子当面向夫人颜机道歉。直看到颜机以袖掩口，赧然一笑，方才完事。

上午，尹昌衡正在批阅公文，军事巡警总监杨维进来了。这个人号称"铁面"，尹昌衡一看他的脸色，就知道事情还没有完。杨维是川南叙永人，先世以武功立家，在当地有些名气。当年，赵尔丰在叙任永宁道时，杨维尚年少，他对赵尔丰以剿匪为名杀人过多，借以立威很不满，时常有言论抨击赵尔丰，家人再三劝他，国家政事少管，只要读好书就行。而他感到在这样的气氛中生活太为压抑，于是，他瞒了父母，包了一只小船准备顺江而下，先到省城成都，然后出洋留学。他是家中独子，父母得知此事后流泪，吁叹："孩子从小就是这个个性，由他去吧！"而将他从小带大的乳娘却赶到江边，拉着系船的缆绳不放，舍不得他离去。少年杨维素来敬重乳娘，跪在船上对乳娘说："别的事我都依你，我也知道你是心疼我，不放心让我远行。然而，大丈夫岂能终老林泉，陶醉于舒适的家庭生活！"说时，对乳娘长揖相拜，并亲手砍断缆绳，让船夫驾船而去。

杨维在日本留学期间，加入了同盟会，服膺于孙中山先生。学成回国后，为推翻清王朝，他八方奔走，策划起义，后被捕。在狱中四年，无一日忘记革命。1911 年 11 月 27 日，大汉四川军政府成立，杨维始出狱。出狱的他，立刻向都督蒲殿俊献策六条：一、立刻逮捕赵尔丰，以绝隐患；二、抚藏番，弥边衅；三、散民兵同志会，去要挟；四、肃军纪，整顿新军、巡防军；五、护外侨、避干涉；六、首要者收回蒲殿俊刚刚下发的阅兵令，以防意外。

应当说，杨维这六条建议，相当有水准，却被蒲殿俊断然拒绝。然而尹昌衡却看到了杨维的过人之处。当尹昌衡当了四川军政府都督，平定了叛乱后，立刻委杨维做了军事巡警总监。

杨维就任于川局危难之际，他手下"兵不满百，库无一钱"，在这样的困难情况下，他意气风发，雷厉风行，以"不要钱，不怕死，不徇私"九个大字作为座右铭，而且以此要求部下，素有声名。

"杨总监，你来得正好！"尹都督请他坐下，马上作自我检讨，他问抹起脸的杨总监，"想来，我昨晚在贵州会馆酒后失态之事，总监是知道的？"

"知道了。"

"好，请你通知军政府全体人员开会！"尹昌衡很主动。

明远楼里，副都督罗纶，军政府组成人员董修武、邵从恩，以及彭光烈都到了。尹昌衡作了诚恳的检讨后，首先问杨维："杨总监，不知我的检讨是否深刻？"

"深刻是深刻。"铁面总监一副毫不通融、公事公办的样子，"事情的经过确实并无一点隐瞒。我们现在要讨论的是，如何处理你。"说着，望了望与会的要员们。大家都说尹都督这事是荒唐，但事出有因，都认为应该以此为戒，下不再犯，如此而已。

"不！"尹昌衡说，"我身为都督，应带头依法执法。请杨总监查查，我犯了哪条，该如何处置就如何处置！"

"依照军政府制定的法律，"杨维当即说，"酗酒及闹事者，最高处七天拘留或罚款二百元！"

"我本该受七天拘留！"尹昌衡说，"然我最近太忙，怕误了公事，我认罚行不行？都督犯法应加倍处罚，我认罚大洋四百元！"话刚落音，场上掌声四起，特别是那些站在角落上的卫兵、杂役反应最为热烈。

趁热打铁。尹都督当即表扬了杨维的秉公执法、铁面无私，并当众给自己立了"十戒"，其中一条就是"不准滥酒"。军政府一时上行下效，办事讲求效率，人民拥护，军政府很有威信。

天刚亮，在红墙黄瓦、古柏森森的成都武侯祠门外，一位满脸凄惶的半老徐娘喊来一乘小轿，她要轿夫将她抬到都督府去。她是双流一个寡妇，因丈夫留给她的财产被族人侵吞，她去县府打官司；而又因为县官受贿，她打不赢，吃了亏，气不过，听说尹都督是个清官，这不，特意上省城来找尹都督。

到了，那寡妇下了轿，将脚钱付给了轿夫，却又不敢直接进去找，一个人在门外，对着气象很恢宏的尹府发呆。她想，这时候尹都督应该还没有出门，按照她的想象，等一会只要见到一乘八人抬大轿出来，里面必定坐的是尹都督，她就去拦轿喊冤。可是，不久，里面走出一位很年轻的高个子军官，带两个弁兵，骑一匹高头大马扬长而去。她也没有在意，继续等下去。一直等到日上三竿，等得她腰酸背痛，才眼睛一亮。只见随着两扇带有铜质兽环的红漆大门洞开，旗、锣、伞鱼贯而出在前开道，一乘大轿在一群人簇拥中缓缓而出。这寡妇心跳如鼓，牙一咬心一横，迎上前去，扑通一声跪在大轿前高声喊冤，手上高举状纸。

这拦轿喊冤的寡妇万万没有想到，先前骑马走的是她要等的尹昌衡都督，而现在端坐在大轿中的是尹都督的母亲尹太夫人。

太夫人见有人拦轿喊冤，也不含糊，叫仆人上前接过状纸给她看。看后十分义愤，当即命令："起轿，径直去双流！"并另外要了一乘轿子，让那喊冤的寡妇坐上，同她一起去。双流县离成都虽不过二三十里，但此举也是相当的出格。当双流县的县官听说尹太夫人驾到，大惊，立即率县衙一班人迎出城门。县官及至见到那寡妇在侧，情知事发，心中连连叫苦。

尹太夫人来在县衙，堂上一坐，问县官这个案是咋个审起得。县太爷情知事情败露，无法隐瞒，又以为那寡妇是都督家的什么挂角亲，被吓住了，连连认错。太夫人的气这才顺了些，当即让县官传来那个欺压寡妇的族人，重判了案子。寡妇胜了，欢天喜地。太夫人又将县官好一顿训，这才重新上轿，打道回府。

消息像长了翅膀，很快传遍了双流、成都。尹都督第二天才知道这事。下班后回家，他先向母亲请了安，然后问起此事。性格刚强而又明理的老太太，知道自己不该干政，听儿子提起此事，竟是一副知错认错的神情。做儿子的也不好多说母亲，事后只是叫来了成都知府但懋辛，责问他为何事后不提，稳起？

"老太夫人插手公务虽欠妥，但事出有因……"但懋辛很会说话，"太夫人的案断得很公正，群众反应也好……"尹都督听成都知府这样说，这才放了心。

因为尹太夫人办这事出了名，都督夫人颜机是大家闺秀也很有名，想见她们的人很多。有个二杆子，有次在都督夫人出门时，胆大包天，麻起胆子，在颜机上轿时，不管三七二十一地跑上前去，撩开轿帘，捧起颜机的脚，看是不是三寸金莲，当即被随侍在侧的卫兵拿下。

这还了得！二杆子被成都府判了死刑。颜机却认为太过了，她认为，那二杆子无非是好奇，看她的脚是不是三寸金莲而已，没有其他意思，绝非调戏。于是，由她亲自出面，给成都府说情，成都府恕了二杆子的死罪，并遵照都督夫人的意思，派兵丁将二杆子押到族长那里，让族长好生教育他一顿了事。

因为这些林林总总的事，尹家一家成了成都人茶余饭后的长久谈资；而且众口一词，都说尹都督一家人都很宽厚、明礼、仁义……

- 第十章 -
西征平叛

　　尹都督一早去了皇城明远楼，到办公室后，他吩咐副官马忠在十点钟开会之时通知他，之前，尽可能地保持安静，不要有任何人来打扰他。马忠遵命办去了。蓦地一首诗涌现在他脑海中："打起黄莺儿，莫叫枝上啼。啼时惊妾梦，不得到辽西。"这个借喻不当，那首诗中表现的是一个新婚少妇对在前线作战的丈夫刻骨的思念，而自己是一个已经向中央政府主动请缨，即将挥兵去康藏平叛的大将军，堂堂一个四川省的都督。不过，此刻要求安静却是一致的。

　　他把自己关在办公室里，端坐在一把靠背椅上，很专注地看着那幅挂在壁上、几与壁大的作战地图。这是一幅英国一家地图出版社出版的中国地图，纸质很好，有点微黄，比例也精确。地图上那密如蛛网的点画，那浓浓淡淡、红红绿绿、褐褐黄黄的不同色块，在外行来看，定是索然无味或是看得发晕；然而，在受过专门学习、训练的他看来，却是具体的、有生命的、可触可感的，也是有感情的。

　　他的目光集中到了有"世界屋脊"之称的雪域高原西藏，整体看了看后，目光停止在中印边界线上不动了。喜马拉雅山，在中印边界上隆起一片褐红。

就在那里，英帝国主义在中国的土地上标出了一条虚线，这就是臭名昭著的"麦克马洪线"，把中国九万平方公里的土地，划到了英属印度。看到这里，由于气愤，他的心不由猛烈跳动起来。

"可恶！"他不由攥紧了拳头。这条黑色的虚线，是当年英国人麦克马洪私下搞出来的。它西起不丹，向东延伸，在中印东段地区，把历来属于中国足足九万平方公里的领土划给了英属印度。但是，英国政府毕竟做贼心虚，从来不敢公开这件事，也不敢公开改变地图，只是在他们国内有些地图出版社出的地图上，画出了这条虚线。而历届中国中央政府也从来没有承认过这条"麦克马洪线"！

现在，趁着中国局势动荡，英帝国主义的手早就伸过了这条线，他们在背后支持西藏上层进行大规模的叛乱。情况严重！联想到目前国内的形势，他不禁格外忧心忡忡。孙中山领导的同盟会，动员全国人民推翻了统治中国二百七十多年的腐朽没落的清政府，建立了中华民国。然而，孙中山在中华民国临时大总统的位子上尚未坐稳，总统的桂冠就被原清末重臣、北洋军阀的开创性人物、善于投机、手中握有兵权的袁世凯拿了过去。

时年五十二岁的袁世凯，河南项城人。他 1881 年投靠清军淮系统领吴长庆，得到赏识。次年随吴到朝鲜，负责前敌营务处，1885 年被清廷重臣、"北洋"开拓人李鸿章发现。李鸿章认为袁世凯是个难得的人才，"天下无出其右者"而大加拔擢重用。袁世凯在山东巡抚任上，以残酷镇压义和团起家。当他在天津小站编练新建陆军时，发现了以后被称为"北洋三杰"的冯国璋、段祺瑞、徐世昌等重要将领，大加重用，并且靠这些人组成了他的核心军事集团。1905 年，羽翼逐渐丰满的袁世凯，借口改革军制，陆续扩编他的北洋军队，扩为六镇（师），共约七万人，他就此成为北洋军阀首领，1907 年被清廷授以军机大臣兼外务部尚书。就此，他的权力达到了顶峰。

袁世凯最不光彩的是他在戊戌变法中的表现。最初，年轻而希望有所作为的光绪皇帝接受了康有为的《公车上书》，并依靠康有为这些人，雷厉风行地进行了改革变法，这就触犯到了以慈禧太后为首的旧势力的根本利益。一时，两边形成了你死我活、剑拔弩张之势。而这时候，袁世凯表面上是赞成维新变革的。危急中，谭嗣同持光绪皇帝的血书去天津小站找到了袁世凯，希望他在慈禧太后及太后率领的荣禄一帮重臣到天津小站阅兵之时，趁机将太后及荣禄拿下。如此，胜局就稳操在了支持变法的光绪皇帝手中。背水一战的谭嗣同甚至对他说，"你如果不愿接受，现在就可以把我拿下，用我的鲜血去把你戴在头上的顶子染得更红。"袁世凯表面做得很义愤，说："届时我杀荣禄如杀一狗耳……"可结果，谭嗣同前脚走，他后脚就去向慈禧太后告了密，让慈禧太后充裕组织力量，一巴掌将以光绪皇帝为首的维新派人打入血泊中。慈禧太后重新从后台走到了前台，垂帘听政，在瀛台软禁光绪皇帝至死，戊戌变法的中坚人物谭嗣同、刘光第等六君子被斩于北京菜市口。刘光第就是四川绵竹人。康有为等人不得不远走日本，戊戌变法失败了。

而就此受到慈禧太后宠信的袁世凯，却又在辛亥革命前后，大耍两面派手法。他一方面以武力挟制清帝退位，另一方面又以武力从孙中山手中夺过了总统宝座。而现在，就是这样的人做了总统，国家能好吗？！

想到这里，尹昌衡心中有些乱，但他想到了一句西方名言："在这动荡的社会，要紧的是做好你自己的事！"这话说得很对。他想：中央的事我无法管；我现在要管，并且要管好的是四川，还有与四川毗连的康藏。

日前，他把彭光烈在雅安俘获的傅华封找来谈话，傅华封是古蔺人，是有功名的，是赵尔丰做永宁道时发现的人才。找他谈话的目的，一是宣布对他给予"义释"，二是向他询问康藏一线情况。这个时候，他已经向中央主动上书请缨率军西征平叛，估计很快就会批准。

傅华封桀骜不驯地站在他面前，说："尹都督，你要杀要剐随便，过场就不必了！"傅华封年届不惑，不高不矮的个子，长衫一袭，周身染满了川边风尘，五官端正，皮肤显得粗糙黝黑，一双清亮的眼睛很有神，显得很是刚毅。只是脑袋后还拖了一根辫子，显得很滑稽。

"傅大人，请坐，站客不好打整！"尹昌衡幽了一默。看傅华封坐下了，尹都督又吩咐下人，"给傅大人上茶，上好茶。"

傅华封也就坐下了，看着尹都督大大咧咧地说："尹都督，我们来个快人快语。你要我来，而且又这样礼贤下士，究竟是什么意思？"

"昌衡久慕大名，而且知道你是个明白人，事到如此，想来傅大人对我诛杀赵尔丰理解？"

"理解，又不理解。"

"此话怎讲？"

"赵尔丰功大于过。而且，他兄弟二人都是你的上司，对你不薄。无论如何你不该处死他！"

于是，他对傅华封解释了为什么要杀赵尔丰。

傅华封不解地说，赵尔丰是个治边的难得人才，为什么就不可以让他回到康区，为军政府守大门呢？

他说："因为赵尔丰当初与蒲殿俊签这一条时是假，是权宜之计——他根本就没有想到过要回康区，为军政府'守西大门'；过后又组织兵变；率三千百战精兵一直住在督署里。如果不杀赵尔丰，四川永无宁日。而且，诛杀赵尔丰是全川人民的一致呼声，是赵尔丰咎由自取。"这样一番解释，傅华封服了，并将康藏方方面面的情况对照着地图，给他细细给讲了，整整花了一天的时间。但是，言语中，听得出来，傅华封始终认为在康藏平息叛乱、经边建设，只有赵尔丰才是这方面的人才，当今中国无人能及。

"我就不信只有赵尔丰才行，我尹昌衡就要做给你傅华封看看。"他这样想。

思维一转，他想，我去后，让谁来接我这个班呢？这是最近一段时间，他考虑得最多的一个问题。想来想去，他想到了胡景伊。早在广西时，他就认识这个人，而且，有相当的了解。

胡景伊，四川省巴县人，字文渊，长尹昌衡七岁。在四川武备学堂毕业后，他也是被清廷保送去日本东京士官学校留学，是该校第三期步科毕业生，早尹昌衡三期。其人有资力、学力和能力，办事沉稳，考虑问题善于从大处着眼。而他最大的优长，也就是目前最需要的，是能够较好地处理川内纵横交错的矛盾，比如与滇军的矛盾。辛亥革命时期，滇军入蜀与清军作战。之后，滇军不撤，这就引发了许多矛盾，很令人头痛。

这里有一个血的案例。

军政府参谋长黄方、铁面总监杨维，还有他的妻弟赵铁桥都是永宁人，在川南被称为"永宁三杰"。1907年（清光绪三十三年），同盟会员熊克武、余英、黄复生、杨兆容奉孙中山命，从日本潜回四川发展会员，准备起义。他们一帮人在县城研制炸弹时，黄复生不慎将炸药引爆，声震数里，永宁三杰不得不连夜潜逃省城成都。11月14日，在慈禧太后的寿辰时，他们再次潜回家乡准备起事，因被叛徒告密，三人被捕入狱。四川军政府成立，永宁三杰不仅得到释放，而且得到尹昌衡的重用，并都发挥了作用。

月前，黄方去合江，与滇军黄子和谈判滇军撤军之事，达成了协议。然而，黄子和阳奉阴违，就在黄方率领他那支足有三百人的卫队由泸州返蓉时，却在路上遭到了背信弃义的滇军的猛烈伏击，竟致全军覆没。黄方被擒，随即被滇军剖腹挖心，尸体抛入长江……黄方一失，尹昌衡在感到强烈气愤的同时，军事上也缺少了得力助手，而这时胡景伊归隐乡下老家。他请胡景伊出山后，首先让胡代表他去合江处理滇军问题。虽然目前仍差强人意，但至低限度，稳定了那边的局势，下来如何割除这个"毒瘤"，也是早晚的事。

另外，四川军政府成立之初，在省内，成、渝、泸三地都成立了军政府，必须解决好这个问题——四川只能有一个军政府，不然，川局将会产生动荡。又是胡景伊去很好地解决了这个问题，他去泸州劝说刘朝望取消泸州军政府，让刘朝望自觉自愿地辞去了泸州军政府都督职；然后又去重庆，经过谈判，让成、渝两个军政府最终达成了合并，原重庆军政府都督张培爵主动提出来，让尹昌衡为合并后的四川军政府都督，他为副。这个问题解决得也很好。如此种种，尹昌衡认为，在他西征之时，上书北京政府批准，给胡景伊下一个正式的代都督职，让其替自己守摊子是合适的。为此，他在私下先征求了罗纶的意见，罗纶却对胡景伊印象不好，而且是很不好，认为其人"有野心，城府深"，并列举了许多事例，比如：胡在广西就任军职时，恰逢辛亥革命，而他对革命首鼠两端，观望徘徊；在他的部下响应起义时，他却弃职逃去上海作了寓公；在上海，他又同熊克武争夺对蜀军的领导权，遭到蜀军广大官兵抵制后，竟唆使流氓鸣枪捣乱……

而尹昌衡不是一个轻易改变看法的人。在他看来，人非圣贤，孰能无过，关键是要全面地看。因此，在即将召开的会议上，他要把这事提出来通过，并让大家统一思想。

这时，副官马忠前来报告，时间到了，与会的人也都到齐了。尹昌衡这就站起身来，去了会议室。

这是一间长方形的会议室，地板上没有铺地毯，显得很简洁。在临皇城坝的一边，是一对古色古香、雕龙刻凤的木质窗棂，窗棂上镶嵌的是红红绿绿的玻璃。从窗内望出去，皇城坝上的景致，以及更远一些的市容都历历在目。恍然间让人觉得，这间会议室就像一艘在全速前进的军舰。

尹昌衡进来，冲大家点点头，坐在了上首。他看了看，到会的有张培爵、罗纶、董修武、谢持、彭光烈、宋学皋、孙兆鸾、周骏等。摆在当中的会议桌也是长方形的，桌上铺着雪白的桌布，每人面前一杯清茶。除了川军第五师师长熊克武在渝公干，军政府大员们，该到的都到了。在座中有位新人，他就是尹都督新任命的川军第四师师长的刘存厚。刘存厚是四川省简阳人，举人出身，也是日本东京士官学校留学生。1909年归国后任云南讲武堂教习、新军管带，参与了辛亥云南重九起义，立有战功。

尹都督的嗓门仍是那样洪亮，办事仍是那么干脆，只不过同一年前相比，瘦了一些。他先向大家通报了最近康藏形势的严峻：叛军已从西藏全面进入康区，连陷芒康、盐井、乡城、稻城、理塘、巴塘……赵尔丰留下的人数不多，但善战的边军被叛军分散包围、切割、消灭。目前，只有川康前哨重地打箭炉一线相对稳定，但日前也频频告急。

"近日！"尹昌衡通报了形势后，提高了声音，"我川滇两地迭电大总统，要求出兵平叛；不然，局势将不可收拾！"看了看大家的神情，他说："袁大总统来电征求我意见，他的意思是从川、滇、陕部队中各调一师组成平叛联军，派陆军总长段祺瑞来成都指挥联军，统一战事，而联军所需辎重全部由我川省供应。情况就是这样，并不是最后的决定，我想征求诸位的意见！"

"这事断断不可！"尹都督话刚落音，刘存厚激动地站了起来，说，"滇军的教训已经够深刻了，如果再来陕军，又来段祺瑞成都坐镇指挥，四川还不知要乱成个啥样呢！"他仅表示了不同意，而具体怎样平叛、由谁去平叛，没有说出。

顺着刘存厚的发言，在座的一师师长周骏、二师师长彭光烈、三师师长孙兆鸾都相继附议，拒绝中央的意见，建议由川省单独派兵去平叛。至于谁去统帅，派兵多少，他们都知道尹都督心中有数，没有深说。

"好，我已经上书大总统，主动请缨，决定亲自率军去平叛！"尹昌衡看了看左右，目光灼灼，"此事事关祖国领土完整，必须尽快平息叛乱，否则越拖越不可收拾。估计很快就会得到批复。"尹昌衡威信很高，向来一言九鼎。他这一宣布，其实都在意料之中。大家你看看我，我看看你，都没有提反对意见。

"好！如果大家没有不同意见，我来宣布一个决定。这就是，我不在川期间，由张副都督负责全川事务，军事上仰仗在座的各位师长！"说着，他挨个看了看副都督张培爵和在座的几位师长周骏、彭光烈、孙兆鸾、刘存厚。他说得很艺术，看大家全神贯注地等待着他宣布决定，他在转了一个弯子后说："另外，胡景伊与熊克武目前都在渝公干。胡景伊年来的表现、成绩，大家也都是看到的。我决定任命他为军事参议院副院长（院长，尹昌衡兼），在军事方面给张（副）都督当助手，做些咨询方面的工作。"话说得这么委婉，又是给张培爵当助手，提供些军事方面的咨询服务，大家也就都没有什么异议。

于是，一场决定四川未来走向、命运的会议就此结束。

会后，尹昌衡发布了对胡景伊的任命："胡景伊学识优长，谋猷宏远，心精力果，经验宏深，方其智勇，直轶先贤。凡我干城，皆属后进，允宜特任命为全川陆军团团长兼军事参议院副院长，各军均受节制。"同时上报了北京中央政府。

随即，1912年6月14日，北京中央政府正式下达命令，同意四川关于解决康藏问题的意见，准其尹昌衡所请，由四川一省单独组军平叛；任命川督尹昌衡兼平叛西征军总司令，即日西征；尹都督不在期间，胡景伊由渝回蓉主持川政，胡景伊任代理川督。对胡景伊，尹昌衡如此看重，好些人，比如罗纶，董修武都是有保留的。不想北京政府更是大大进了一层。这，不仅是川中大员们没有想到的，就连尹昌衡也没有想到。然而，事已至此，也就只能走着看了。

1912年5月。这是成都最美好的季节，然而，成都人已经失去了一年前的革命热情。这些日子每天都天气晴朗，鸭绒似的薄云在红墙黄瓦、飞檐斗拱、备极宏伟庄严的皇城上空缓缓移动。在挂着四川省军政府白底黑字大牌子旁边那个拱圆形的红色门洞两边，有头戴大盖帽、打着绑腿、穿黄哔叽军服的士兵在站岗，仪态威严。城楼上飘扬的五色旗代替了原先四川军政府自己设计的汉字十八圈旗，这就标志着四川已经是统一的中华民国的一个省了。

然而，这一切并没有给生活带来任何变化，穷人照样穷，富人照样有钱，过着花天酒地的生活。皇城坝上，每天仍然是百戏杂陈。拉车的、抬轿的、做苦力的，从早到晚脚不沾地，忙碌得跟蜂似的。然而，他们的衣衫照样褴褛，吃了上顿没有下顿。而这时，有些报纸却不时透露些民国大总统袁世凯想过皇帝瘾，正在积极准备黄袍加身的消息，还有康区方面的叛军消息、尹都督准备即日率军西征平叛等。这些消息，就成了蓉城数不清的茶楼酒肆中，人们最为关注的话题。好些穿长衫的先生，大都是知识分子，谈到这些，无不挽袖捋拳，义愤填膺，引得人们议论纷纷。就像在平静得像一潭死水的生活中投进了一块石头，溅起些生活的浪花。时局像暴风雨前的平静。

这个晚上，夜已经深了，有风。夏夜的风，犹如一只温柔的手，拂去了燥热，轻轻抚摸着九里三分锦城里熟睡的人们。

然而，四川省都督兼平叛西征军总司令尹昌衡，还有行营参谋长张煊，副参谋长陈经，高级幕僚傅华封，这时还在明远楼上尹昌衡那间灯光通明的办公室里研究西征事宜。他们从平叛路线、辎重补给到沿途风俗民情注意事项等都做了事无巨细的讨论。傅华封自归顺军政府后，对即将来到的西征平叛表现得相当积极。他为西征平叛提供了许多弥足珍贵的资料和细节。

末了，尹都督将握在手中的一支粗大的进口红绿铅笔，在那张铺在桌上的英国人制作的地图上敲敲打打，抬起头来，不无忧虑地说："叛军以逸待劳，地形熟悉，我西征健儿虽训练有素，但要保证胜利，我最担心的还是装备！"说时站了起来，在室内来回踱步，忽地站住，看着三位，"现在的叛军在装备上已今非昔比。他们配备了先进的英式武器，而我军九子快枪尚不能做到人手一支，了弹也不够，更不要说山地作战必需的各种大炮相关装备，装备是个大问题，武器是个大问题！"说着，不无忧虑地在屋里又踱起步来。但是，无论正副参谋长张煊、陈经，还是高级幕僚傅华封都没有办法解决这个问题。只听挂在壁上那架座钟嘀嘀嗒嗒的走表声和尹都督踱步的皮靴声。

忽然，门外走廊的楼板上响起了副官马忠急促的脚步声，尹昌衡停止了焦躁的踱步，张煊、陈经、傅华封也都抬起头来，注视着门外。他们都知道，如果不是有十万火急的事，马忠不会这样。

"报告！"副官马忠隔帘报告，听得出他的声音很急。

"进来！"门被推开，马忠进来，手中拿份急电，样子很急。

"何事如此紧张？"都督有些生气，他训斥副官，"身为军人，应该做到泰山崩于前而不瞬！"他一边训斥副官，一边心下想，一定是川康重镇打箭炉（康定）出了大事。下午，他就接到康定宣慰使黄青打来的急电，说是打箭炉已被叛兵围困，请速派兵前去解围。

"报告都督，是好消息！"不意马忠将急电一举，那张黝黑的五官端正的脸上，荡漾着喜气。他将电报赶紧递给了尹都督。

"是吗？是天上掉馅饼了吗？"尹都督无不幽默地说，赶紧接过电报看下去。张煊、陈经、傅华封赶紧围了上去。"哟，这是冯国璋从天津发来的电报，他愿给我西征军提供枪支弹药！"尹昌衡惊喜地念出了声，"欣闻将军即日西征，特送上足以装备三千人的德式最新装备……"以下是开列的详细清单。

"哈哈，华甫不记我过，真是大人大量！"尹昌衡高高地笑起来。张煊、陈经、傅华封不知尹昌衡话中的意思，于是，尹昌衡将中间的一段缘由讲给他们听。讲的、听的都很有兴致。

冯国璋，字华甫，时年五十五岁，直隶（河北）河间人。早年在北洋武备学堂毕业后，先在淮军洋枪队当教习，1896年为袁世凯看中，随袁在天津小站创建了新式陆军，历任督练营务处帮办、总办兼随营步兵学堂监督。1900年随袁到山东镇压义和团，1902年任直隶政司教练处总办，1903年任北京新军练兵处军学正使——可谓步步高升。他与王士珍、段祺瑞都是袁世凯当时最看重的将领。清廷倒塌，中华民国成立后，冯国璋任直隶都督兼京师禁卫军军统，权倾一时。

1909 年，尹昌衡学成归国，受朝廷冷遇，最先在冯国璋手下当过一段时间的哨官（排长）。奇怪的是，这么小个官，直隶都督冯国璋竟屈尊就驾，请尹昌衡去他处"请教军事"，而且事后不放他回去，说是："老弟才高八斗，请随时留在我身边，以便于我随时请教……"

住在冯国璋的华舍里，整天美酒佳肴供着。时间一长，尹昌衡看出了点蹊跷，与他一样留在冯府的几个男人，个个年轻英俊，气概不凡，他们整天无事，被冯待若上宾。尹昌衡耐不住寂寞，也不愿这样不明不白地在冯府待下去。有天他找上门去了，冯国璋也不同他说什么，更不探讨军事，只是将他从上到下打量过来，又打量过去；然后又从下至上打量过来，打量过去——像是在估量一件什么东西。尹昌衡刚想找点正事来谈，冯国璋就敷衍，说他高明……

尹昌衡还是丈二和尚摸不着头脑，以为冯国璋是事情多、时间紧，不愿同他多谈，就主动改为笔谈。他是一个有见解的人，这就中国如何富国强兵的文章一篇篇写下去，送上去，结果却是泥牛入海无消息。

"幕僚、幕僚，实属无聊，浪费光阴！"他终于耐不住了，拂袖而去。以后，当他在广西与蔡锷一起创办广西陆军学堂时，初期很看重他的广西巡抚张鸣岐告诉他，原来冯国璋见尹昌衡人品才华都不错，是想招他为女婿的。那些与他一样，被冯赐幕僚身份、养在府中的几个男人，都像他一样，是备选的。张鸣岐深为惋惜地说："硕权呀，你的脾气害了你，不然，你已经是冯华甫的乘龙快婿了……"

听到这里，参谋长张煊打趣："虽然尹都督没有成为冯华甫的乘龙快婿，但冯华甫还是念念不忘都督。这不，听说都督要率军西征，送大礼来了！"

这话说得大家都笑起来，尹昌衡却没有笑，说："看来，冯国璋还是很有爱国心的，不赞成分裂，他给我们提供这批先进武器，是支持我们平叛！"大家都认为是。

1912 年 7 月 12 日。成都东较场旌旗猎猎，军号嘹亮。四川省都督兼西征平叛军总司令尹昌衡率八个团的精兵，计万名将士誓师出征。

装备精良的西征将士，排着一个个整齐的方队，尹都督站在台上带着大家慷慨誓师。前来送行的军政大员有胡景伊、董修武、罗纶、彭光烈等。张培爵也来了，看得出来，他一身都是气。日前，他被袁世凯莫名其妙地由副都督降成了民政部长。前来送行的还有家乡父老数万人。

在为西征将士举行的饯别宴上。坐在尹昌衡旁边，时年三十五岁的胡景伊，压着直往外冒的得意，言辞尽可能地显出诚恳，他站起来举杯致祝词："我代表蜀中父老，祝都督马到功成，旗开得胜！"好大的口气。

"文渊师！"尹都督同胡景伊碰过后，又同董修武、罗纶、张培爵等一一碰杯："昌衡率军西征，效命疆场。川局就重托你们了。"胡景伊看了看在座大员们对他不满的脸色，很乖巧地接过话去，说："文渊这是勉为其难，一定同在座诸君齐心协力，维持川局。盼都督早日凯旋，文渊亦好早日卸任。"

尹昌衡知道董修武、张培爵都对胡景伊最不为然，特别看了看他们，殷殷嘱托："昌衡去后，望诸君以大局为重，团结一心，川局稳定，至关重要！"

董修武、张培爵这才赶紧表示："请都督放心！"

"咣、咣！"戎装笔挺的尹都督举杯，与在座大员们一一碰杯，一饮而尽，无尽的情意、拜托都在其中了。然后下达了部队出发命令。

一万西征健儿，顶着如火的骄阳，排着整齐的方队，唱着军歌，出了东较场。一时，蓉城万人空巷。部队沿途受到家乡父老兄弟的夹道欢迎，真可谓：车辚辚马萧萧，爷娘妻女走相送，尘埃不见锦江桥。

尹昌衡骑一匹火红的口外雄骏，走在队伍中列，他一手挽缰，一手不停地向送行的人们挥手致意。戎装笔挺、英姿昂扬的他，军皮带上一边挎一把宝刀，一边别一支小巧玲珑的可尔提手枪，脚蹬一双漆黑锃亮的马靴，头戴大盖帽，英姿勃勃，分外惹眼。高级幕僚傅华封、参谋长张经骑在马上，跟在他身边。副参谋长陈经负责前队。卫队长马宝骑一匹大黑马跟前跟后，一路负责招呼卫队注意警戒。

队伍将一座红墙黄瓦、古柏森森的诸葛武侯祠甩在了身后，这就是出城了。一望无际、二望无涯的川西平原，像一幅美不胜收的画卷展现眼前。尹昌衡派朱森林率两千人的先锋部队先行，大队人马当晚宿新津。

新津号称成都南面的咽喉之地，这里的地形很有些特殊，既有成都平原司空见惯的烟村人家，一望无边、二望无际的碧绿田野，水渠纵横，又有清秀的山脉。"走遍天下渡，难过新津渡"，在新县城与旧县城——五津古镇之间有三河之隔，三条河的水量丰沛，下游汇合处更是一派汪洋，因而这里留下了"烽烟望五津"的诗句。而在那一派汪洋处，清丽的金瓶似的宝资山平地矗立，而在葱茏秀丽的山巅上，有座红柱黄瓦的六角亭。洪水季节，两岸商贾行人裹脚，不能不每天仰望着悬挂在宝资山六角亭上的那串红灯笼的升降，红灯笼的升与降代表着水势的高低起落，渡船是否可以通行。那时节，宝资山六角亭上孤悬云天的红灯笼，带着一些苍劲，让喜爱、谙熟川戏的川人们，不禁想起当年梁红玉击鼓抗金。而就在宝资山的右侧，依次排列着老君山、天射山……山下的公路，像根左飘右绕的飘带。向左到嘉定（乐山）；向右，傍着一条水面开阔的南河，去蒲江——这都是要道。

隔南河，对面就是县城。因为有这样的山水，清丽中秀出雄峻，这个小县在孕育出许多名胜古迹的同时，历代名人辈出。数得出的名胜就有永兴观音寺中的明代精美壁画群，有县城旁边的川西最大的禅林道观纯阳观。就名人而言，在唐代，永兴观音寺出了张商英、张唐英；辛亥革命时期，最先率同志军围困了成都，给赵尔丰当头一击的侯宝斋也是新津人。过新津，过了因卓文君与司马相如相爱私奔而出名的临邛（今邛崃）之后，成都平原就已接近尾声；待过了名山，就到了雅安。名山是出好茶的地方，所谓"扬子江中水，名山顶上茶"。

大军到达雅（安）州之时，前方传来捷报。开路先锋团长朱森林率部一路虚张声势，将尹都督手提被斩首了的赵尔丰头颅的照片沿途广为散发，藏人对"赵屠户"印象深刻。在康藏，小孩子哭，只要姆妈说一声"赵屠户来了"，小孩吓得马上不敢哭。既然尹都督能杀得了"赵屠户"，可以想见，尹都督更为了得。这张照片，对于已经进入康区的叛军心理上无疑是个极大的震撼，加上沿途叛军缺乏训练，因此，望风而逃。朱森林一路势如破竹，川康重镇打箭炉之围已解，朱部前锋已直指康区重镇理塘。

尹昌衡率部在雅州稍作停留。这是川藏交界处最重要的一个城市，位于川西坝子边缘。整个城市呈棋盘形，坐落在雅安河谷。清秀的山峦从城的四周渐渐隆起，由温柔而转为雄峻，迭次远去。一条清冽的羌江穿城而过。从山上往下看，整座城市万瓦鳞鳞，青枝绿叶，异常秀丽幽静。在这里，周年四季，天天都要洒点纷纷扬扬的透明细雨，所以号称"雨城"。羌江里产的雅鱼，量少而质高；还有这里的姑娘漂亮温柔。雅雨、雅鱼、雅女是这里的三绝，享誉于世。外国旅游家来这里旅游后，称雅州是"中国的布达佩斯"。

出了雅安，自是以后，气象迥异。鸟道羊肠，险比剑阁，一片荒凉苍劲，沿途民居寥寥。从成都出发，身着夹衣，时间久了还汗流不止。过雅州，则凉意渐深。愈朝西行愈冷，须穿西藏毡子大衣了。沿途诸岭，峰峦重叠，高峻极天，白云缭绕于山脚。过了荥经，开始翻越大相岭。那剑一般插入云霄的摩天岭，相传为当年诸葛武侯南征时过此而得名。大军经虎耳崖，只见陡壁悬崖，危坡一线；俯视河水如带，清碧异常，波涛汹涌，奔若惊雷，令人骇目惊心。

上到山顶，天气大变。冷风卷起稀疏的雪花，在空中飞舞，像是一只只翩翩跹跹的白蝴蝶，它们缓缓落在浅坡上，落在杂木林的枯枝上，将山染白。山的这边称为阴山，云遮雾障；山的那边称为阳山，骄阳朗照。大军上山时时已暮，只见高朗的天上，那五彩缤纷的晚霞，与山顶上秀丽、亘古的景色相映衬，宇宙变得格外深沉厚重而神秘。

缓坡上有一赭色摩崖题碑傲立，好似阴阳界的分线桩。身披大氅的尹昌衡得见后，下马，走上前去，用马鞭拨开浮雪，见是前朝果亲王的题诗："奉旨抚西戎，冬登丞相岭。古人名不朽，千载如此永。"字迹清晰可见。顿时，尹昌衡豪情满怀，转身大呼参谋长张煊和傅华封快来看。

"都督，高声不得。"知道此地气候的傅华封上来说时，话音未落，天色陡变。蒙蒙间，阴云四起，紧接着，拳头大小的雪蛋子密密麻麻从天而降，劈头砸来。副官马忠赶紧扶尹都督上马，率大军急奔下山。尽管如此，队伍中仍有人被雪蛋子砸伤。

下了山，眼前景色又是一变。太阳是那么明亮，那么圆，天空也格外高远。坝子里，远山近树一片葱绿。株株火红火红的花椒树，从一间间民居的黄泥巴土围墙上探出头来，像是泛起了一片烂漫的红霞。眼前的坝子，呈现出好一派亚热带风光。

"这就是有名的汉源花椒。"熟悉四川各地历史掌故的傅华封，走马尹昌衡身边，指着那一片红霞般的花椒树给尹昌衡介绍："都督，我们已到汉源，汉源花椒是贡品……"

"我们四川真是地大物博呀！"尹昌衡不禁感叹开来，旋即，又问傅华封，"刚才我们过大相岭时，何以我一大声说话，天上气候骤变，落起冰雹？"

"因为山上终年四季云遮雾罩，阴霾沉沉。猛然间大声说话，热气陡然搅动寒雾，很快寒雾结雹落下。"

又两日，大军行至大渡河畔铁索泸定桥。只见河宽百尺，汹涌的浪头通天而来，奔腾澎湃，声震山谷。河面上有手臂粗的铁链九根飞跨其上，凌空架设，上覆木板；每边两根扶手铁链，共十三根铁链。

大队人马伫立河边，分队过桥。尹昌衡问傅华封前面的地理、风俗民情。傅华封说："过了泸定桥，由此上行百余里，就是打箭炉城了。那里气候、风俗民情迥异于内地。到了打箭炉，就算真正进入了藏区……"注意打量泸定城。城中有房舍六七百户，建筑样式汉、藏俱有。稍顷，尹都督从铁索桥上过时，只觉铁索摇摇晃晃，山风吹起冰冷的水珠溅在脸上，令人胆战心惊。

第二日，尹昌衡率大军进入了打箭炉城。

在初升的太阳照耀下，打箭炉城展露出了全貌。它前有折多山，后有郭达山，整座小城沿狭小的河谷向两边山上漫延开去。一条河水冰凉湍急的折多河，从街心汹涌而下，一路上溅出很深的寒意。街道两边，藏房林立，皆为层楼。中层、上层住人，下层养牲口。屋顶扁平，上覆泥土。藏族男人皆衣着宽袍大袖，头戴呢帽或裹绒巾，脚蹬毡子长靴；女人着长衫，毡裙，系腰带，项围珠串。此地离泸定虽近，但却已是另一番天地。小城因四面皆山，终日阴云浓雾，山巅积雪，三伏天早晚都得穿棉衣。城内汉藏杂居，川人、陕人、藏人、回人、喇嘛，还有英法传教士填街塞巷，也还热闹。

喇嘛为当地藏民社会最高层，人皆羡慕。家有三男，必送二男当喇嘛。喇嘛内部又分层次。上层喇嘛衣着讲究，内着衬衣，外罩红黄丝披单，戴桃形帽，脚蹬红呢靴，手挽佛珠，口诵佛经。一般喇嘛则用粗呢披单，交缚上体而已。

尹都督率将佐、幕僚们上到城中制高点跑马山上，四下眺望。山顶上有好大一块平地，四周古木参天，雀鸟啁啾，流泉淙淙，山花烂漫，风景很好。山后浓荫掩映中，有一类似北京北海中的白塔的建筑物。眼下的打箭炉城虽然不大，城中却有喇嘛寺十二座，无不旗幡招展，备极辉煌。对面的郭达山，在阳光下像是一个威严的将军，无言地述说着一个有关打箭炉城的传奇故事。

傅华封讲起这段掌故。据说过去藏军东侵，直至邛（崃）州南桥。刘备在川建立蜀国，拜诸葛亮为相后，诸葛亮与东侵藏军议定，让他们退一箭之地。在约期射箭前夕，诸葛武侯派人快马赶到打箭炉城，要守将郭达将一铁箭事前安置在山顶上。届时，赵云拉开神弓，响箭破云而去。双方派人寻箭，一直寻到打箭炉城东郊山顶上。于是，双方以打箭炉城为界。在阳光下看得清，郭达山上，果然有一硕大箭镞深陷山顶崖内，箭钥直指蓝天，威风凛凛。山的四周，千仞绝壁，险峻无比。

面对此情此景，尹都督久久地站在跑马山上，没有说话，神情陷入沉思。没有人敢打扰他。强劲的山风吹来，将他披在肩上的大氅吹得飘飘的，像雄鹰展开的双翅。尹昌衡文治武功都好，但此刻他没有心情酝诗作文。这一刻，他集中精力考虑的是，如何迅速平定康藏叛乱。

高原的天，娃娃脸，说变就变。明亮亮的阳光忽然收了。瞬间，天空阴云漫漫，寒气骤至，砭人肌肤。簇拥在尹都督身边的将佐、幕僚们全都受不了，都想立刻下山。但训练有素的都督凝然不动。那样子，似乎泰山崩于前，也休想让他眨一眨眼睛。众人对他的崇敬之情油然而生。一个个尽管冷得瑟瑟发抖，也都不好意思开口说走。

这时，幸好总参谋长张煊走上前去提醒："总司令！时候到了。打箭炉城地方官员和土司、喇嘛们正等着司令前去出席他们迎接大人的宴会呢！"

尹都督这才转过身来，缓步下山。在回去的路上，他深思着对簇拥在身边的将佐、幕僚们嘱咐："我们已经进入了藏区。我们务必以身作则，入乡随俗。首先就是要学会吃牛羊肉、酥油糌粑。万道险关阻隘在我们面前，第一道要跨越的就是生活关。"尹都督这一番高瞻远瞩的言传身教、现身说法，令身边的将佐、幕僚们无不真心佩服，啧啧赞叹。

- 第十一章 -
北京妥协和巴塘遇险

　　北京的九月，是一年中最好的季节，天高云淡，几朵薄如蝉翼的白云轻轻吻着庄严雄伟的天安门的飞檐。

　　紫禁城新华宫内，身着滚金绣边大元帅服的大总统袁世凯正在接见英国公使朱尔典。大总统端坐御殿上，没有戴帽子，一颗硕大的头颅溜圆，灯笼似的眼睛，唇上的两撇牛角板胡两边翘起，这就使他的神态显得有些威严，有些阴鸷。

　　"大总统！"英国公使能说一口流利的中国话，他身材瘦高，身着黑色礼服，将头上戴的博士帽摘下拿在手中，用他双深不可测的蓝眼睛打量着坐在御座上，身量圆滚滚的大总统，提出抗议："……十三世达赖已经遵照你的命令，撤销了'西藏帝国'，我驻藏英军三千人也悉数撤回了印度，应该说，贵国已经达到了目的。然而，四川都督兼西征军总司令尹昌衡仍然指挥着他的部队，不管不顾地打去，至今没有停止军事行动的迹象……我受命向贵国提出抗议！并请大总统注意，我大英帝国历来同达赖友好，对达赖负有道义上的责任。若尹昌衡不停止军事行动，我大英帝国必将做出强烈反应，而且也不能支持大总统下一步的高升！"话到此，戛然而止。

袁世凯当然明白朱尔典话中所指。尹昌衡率军西征，行动迅速，刚到雅安，就审时度势，加派两支奇兵：派部将刘瑞麟率精兵一营，避实就虚，日行百里，绕过藏军的正面防御，以奇袭的方式拿下了军事重镇甘孜；派蒯书礼同样率精兵一营，同样以奇袭的方式，从丹巴斜插过去，进入西藏，一举拿下了藏东重镇昌都……前后不到两个月，尹昌衡将行营扎在了打箭炉，五千里川边甫定，目前大军已经深入西藏，一俟补给到位，西征军拿下并控制拉萨，是早晚的事。如果这样，尹昌衡将英国在西藏的势力铲除得比当年赵尔丰还要彻底，是完全可能办得到的。这一下，英帝国急了，也不能不急！

"啊，有这样的事！"袁世凯佯装不知。说这话时，他的思想上已经有了通盘考虑，他要恢复帝制，黄袍加身，就不能不借助西方列强，比如英帝国的支持，他决心向英国人妥协。

袁世凯说一口河南话，声音浑沉，尾音拖得很长："请公使转告贵国政府，我立即让人查一查西征军的行动。我这里立即下令，让西征军停止军事行动，请贵国政府放心！"说到这里，为了做给英国人看，他让随侍身边的文官，立即找来负责西南军事的参谋部次长陈宧作了如上吩咐，并要陈宧将原准备拨发给西征军的所有给养辎重暂缓拨发！

"是！"陈宧胸脯一挺。朱尔典看到这里，完全放了心，瘦削苍白的脸上掠过一丝狡黠的微笑，马上给袁世凯送上一道最好的礼物。"大总统！"他笑吟吟地说，"我国政府让我转告，如大总统完全履行合约，我国政府支持大总统高升，并提供必要的援助！"说时低下头去，礼帽举在手中，笑眯眯地告辞了。

朱尔典去后，袁世凯声色俱厉地嘱咐陈宧："你要严饬尹昌衡，要他立即停止军事行动，我万万不可失欢于英帝国，以致摇动大局，至启外衅！"

"是！"陈宧领命去了。

这是一个早晨。身在打箭炉行营的尹昌衡，一边看着挂在墙上的那张英国人制作的地图，一边问身边的参谋长张煊、高级幕僚傅华封："我西征军一路连连告捷，大功即将告成，可是大总统却接连发出了十道停止进军的电令。在你们看来，这是为何？"

张煊、傅华封岂能不明白其中缘由，而且他们相信，尹都督也不会不明白。他们也不多说，点到为止。尹都督性格爽直，若有所思地说："大总统不仅命令我停止军事进攻，而且又撤销了西征军编制，也不说是否要撤销我四川省都督职，只是又给我安了个川边镇抚使衔，此职务与四川省都督职平行。这样，岂不是让我身兼两职，却又要我驻打箭炉城，川边镇抚使下属民政、财务、教育、实业四司，而这些又都是些空的。让我进退维谷，让你们也跟着我受苦了！而且，这个'镇抚'中的'抚'字特别耐人寻味。"

张煊、傅华封感到其中大有蹊跷，建议尹都督以不变应万变：在打箭炉城一边整军经武，发展民生，韬光养晦，一边静观待变，尹昌衡深以为然。一时间，康藏间保持着西征军打出来的固有态势，双方签订了停战协议，不进不退，处于僵持状态。

不知不觉间，1912年的冬天到了。康藏地区山路陡峭，千里冰封，万里雪飘，一切生机似乎都处于休眠状态。年底，四川省都督兼川边镇抚使尹昌衡对身处前线要居的巴塘放心不下，不听劝阻，要去看看。一个大雪天，他率步兵三百，骑兵八十离开打箭炉城，沿康藏线巡行。刚到干海子，就接到巴塘驻军将领嵇康、顾占文派出的使者送来的急信，说是十三世达赖破坏停战协定，纠合叛军五万，越过金沙江进入康区，包围了巴塘，情况危急！

情况突变，是应返打箭炉，调重兵救援巴塘，但人到中途，来不及了，远水不解近渴。他决定，就带身边这点精锐部队前去救急！身拥重裘的他，催动胯下那匹从国外进口的火红雄骏，以明知山有虎，偏向虎山行的勇气和魄力，率部顶风冒雪向巴塘急行。在他看来，包围巴塘的藏军虽有五万，但大都是临时凑合起来的乌合之众，其中稍微经过训练的藏军不过四五千人。他在马上疾笔手书了一封锦囊妙计，让送信来的两名使者立刻沿来路返回，务必将此信送到嵇、顾手中。信中，他再三叮嘱二位将领沉着应战，等他亲自率军前去救急！

一行人紧赶慢赶，当天暮霭笼罩时分，尹都督一行已经赶了二百来里，来到了巴郎山下。

　　仑马山下时，侦察排长钱澄前来报告，说是这里离巴塘足足还有一天的路程；面前这座巴郎山，约有四千余米高，山上白雪皑皑，空气稀薄，幸好半山上有赵尔丰原先留下来的兵站，虽是空空无人，但部队宿在里面，强过雪天野地露营万分。身边卫队长马宝听到这里，请示尹都督是否让部队在赵尔丰留下的兵站里宿营。

　　雪下得很大，纷纷扬扬，漫天皆白，天地间空无一物。往日本来就是天苍苍、野茫茫的康地，此时更是呈现出洪荒般的沉寂。面前的巴郎山和排排西去的大山，像是凝固了的涌浪，前不见头，后不见尾。在这样冷酷严峻的大自然面前，人，无论多少人，都显得渺小，微不足道。

　　"不！"尹昌衡用马鞭指了指周围，断然拒绝了卫队长的建议。看簇拥身边的部下们不解，尹昌衡解释："如果我们去山上赵尔丰留下的兵营夜宿，当然舒服多了，但是，如果我们夜里被藏军包围，无异就成了下锅饺子，那就糟了！这里离巴塘已经不远，不能不防有叛军游骑，说不定还会有更大的部队。在山下宿营，虽苦一些，但便于机动，以防不测！"部下们心服口服，听令后，各自率军搭好营帐，让部队夜宿的同时，放好警戒，做好了夜战的准备。

　　这时，果然不出所料，有一个人伏在半山上的雪堆里，用一双阴鸷的眼睛盯视着这支没有上山、在雪原上扎营的汉军部队。而他率领的部队都埋伏在四周。这人是叛军前敌总指挥巴桑朗吉。这是尹昌衡万万没有想到的。他没有想到叛军前敌总指挥巴桑朗吉竟然率一支部队绕过了巴塘，到了这里。他下达夜宿山下的命令，不过是出自职业敏感。

　　伏在雪地上的巴桑朗吉知道，虽然他的人马比这支汉军多得多，但如果冲下去拉开打，只有他吃亏的——汉军训练有素。他命令自己部队在雪山上埋伏起来，留开中间的通道，设下了一个口袋。他这时，尚不知道这支精干的汉军小分队是尹昌衡亲自率领的，他只是认为，这支汉军如果落入了他的口袋，就不要想一人一骑活着出去。可是，奇怪，这支汉军就像看到了他布下的陷阱，在山下的雪原上搭帐篷宿营。

　　巴桑朗吉命令部队埋伏好，同时做好夜间下山袭击的准备。他让人严密监视着山下的动静。山下，在汉军宿营地，缕缕炊烟在雪原上袅袅升腾。血红的残阳、蓝色的炊烟与漫天皆白的高山大地相映相衬，显得很美。相比起汉军来，埋伏的藏军反而吃够了苦头。汉军可以烤火，吃热腾腾的饭菜，而巴桑朗吉和他的部队只能卧在雪窝子里，就着冰冷的白雪往嘴里塞几口糌粑。藏军虽然经冻，但这样长时间的爬冰卧雪，也受不了，有好些人都冻伤了。眉毛胡子都结了冰的大块头巴桑朗吉，一手接过旁边护兵递给他的一只牛角，里面盛的是烈酒，他拔开塞子，大口大口往嘴里灌。他是前敌总指挥，有烈酒喝，可是，他的部下们不行。巴桑朗吉一边咕嘟、咕嘟地喝酒驱寒，一边鼓起他那双铜铃眼，看着挂在老鹰嘴上的那轮如血的夕阳，心中祈祷：天，快黑下来吧！

　　终于，那轮如血的残阳，随着漆黑夜幕的来到，迅速从老鹰嘴上滑了下去。当漆黑的夜幕将山上山下裹紧，天和地也快要冻到一起了。感觉到了山上某种危险的尹昌衡，这时已从侦察兵口里听到了确切消息：前面山上有藏军伏击。尹昌衡因势利导，虚虚实实，诱敌深入，做出一副浑然不觉、全军已经安睡的假象，只等藏军上钩了。

　　巴桑朗吉发现，在山下宿营的汉军的几个帐篷，入夜以后寂如坟茔，连哨兵都没有一个。他估计，汉军们很可能昏睡过去了。这里空气稀薄，夜里更甚，就连他这会儿都有些喘气，不要说这些初来乍到的汉人！微茫的雪地中，那几个帐篷像是几个可怜的一捏就碎的小蘑菇，他暗暗握紧拳头。

　　半夜时分，估计汉军们都睡死了。他"唰"的一声，抽出长长的藏刀，高高举起，从雪地里跳起来，下达了冲锋的命令。早已不耐烦的叛军们从雪地上一跃而起，嗷嗷叫着，争先恐后地潮水般冲了上去。可是，先前寂如坟茔的几个营帐倏然间活了过来。枪声骤响，几个帐篷里交叉着发射猛烈火力，金黄的子弹在黑夜与雪地织就的幕布中发出道道好看的闪光，像无数金色的飞蝗，咻咻地钻进他那些手持英式步枪、身裹厚厚藏袍的叛军身体里；又像是一把把金色的锋利无比的镰刀，将一排排的青稞放倒在地……在猛烈的枪声和叛军的声声惨叫中，潮水似的从山上涌下来的叛军立即转过身去，没命地朝后跑。混乱中，叛军前敌总指挥巴桑朗吉只觉右腿一麻，哎哟一声，他中了流弹。在卫士的搀扶下，他赶紧率残部逃过山去，好在天黑雪大，尹昌衡没有率兵追击。

天亮了。太阳出来了。在一轮虽然没有热力、却是通红的朝阳映衬下，雪山雪原全都亮堂堂、红艳艳的，显得很有些壮丽。

"看，这就是叛乱者的下场！"骑在高大的火红雄骏上的尹都督，指着雪地上横七竖八的尸首说。他随即率部过了巴郎山，毫无畏惧地向被叛军围困的巴塘前进。午后，当尹都督率领他精干的小分队接近巴塘时，营长顾占文亲自带领一队人马前来迎接。尹昌衡感到惊异，问："叛军不是将巴塘围着吗，你怎么来了？"顾占文说，叛军昨天在巴郎山吃了都督的大亏，前敌总指挥巴桑朗吉受伤，而且他们知道是都督来了，似乎慑于都督的虎威，故意敞开了一个口子。尹昌衡说："那我们就进去吧，看巴桑朗吉能做得啥子！况且，我们这一吸引，正好让参谋长他们好用兵。"

巴塘城里虽然藏人居多，但西藏上层叛乱、分裂，不得人心。居民愿意协助守军守城，而镇守巴塘的部队虽然只有两营，但都是精兵，见都督亲来，士气高涨，加上城池本身坚厚，目前看来，防守一段时间不成问题。

不出所料，吃了败仗、受了枪伤的巴桑朗吉在尹昌衡进城后，领受达赖命令，倾全力，率叛军五万，将巴塘围得如铁桶似的，声称务必要生擒尹昌衡。

强劲的雪风，将插在城楼上那面有"川边镇抚使尹"字样的大旗吹得啪啪作响，哗啦啦地飘。从城上看去，漫山遍野都是叛军。一时，天低云暗，胡笳声声。

"呜——呜！"两天来，叛军屡屡攻城失败，休整了一天。在第三天早晨，叛军表现出了不是鱼死就是网破，孤注一掷的架势。在死寂洪荒般的雪原上，叛军那用女人胫骨做就的法号又呜嘶嘶地吹响了起来，怪声怪气。清亮的晨光中，站在城楼上的尹都督，从副官马忠手中接过来一只独筒望远镜望去。一下子，叛军前敌总指挥出现在面前，巴桑朗吉身材高大魁梧，相貌狰狞。他头上狮鬃般的黑发瀑布似的散开来，一直披到背上。额头上束一根宽宽的大红绸带，着一身猩红色大喇嘛服，一边袖子拴在腰带上，一只光臂亮起。在这样寒冷的早晨，巴桑朗吉不仅亮出粗壮的右臂，而且整个亮出了他一扇壮实厚重的门板似的胸脯。腰带上一边挎一支可以连发的德国造手枪，一边别一把镶金嵌银的匕首，他手上握一把雪亮深重的鬼头大刀，正指点着城楼上那面猎猎飞扬的大旗，对簇拥在身边的喽啰们说着些什么。

突然，在一阵铙钹高奏中，离城不远的叛军们，齐声用汉话羞辱尹都督来——

"尹昌衡！"他们一边说，一边挥着手中女人的衣服，"你是不是婆娘？缩在城里不出来！是好样的，就下来拉开同我们干一场！"他们一边手舞足蹈，呵呵大笑，丑态百出，竭力挑逗。

"这些丑类欺人过甚！"站在旁边的管带顾占文怒不可遏，建议，"我们不如趁机用机枪、山炮给这些龟儿子一阵猛轰，教训教训他们？"

"且慢！"尹昌衡说，"这些叛军是在试探我们城里的虚实，怕就是怕敌人不来攻，要设法消灭他们的有生力量！我们城里的辎重已经不多了……"说时，他让顾占文近前，对他轻声交代如此如此。

面对城下数万叛军的百般挑衅，尹昌衡稳然不动。叛军也不敢贸然发起进攻。往天的进攻，损失太大了。其间，尹昌衡不断得到好消息，因为他的吸引，叛军主力大都调到了巴塘。他的军队在正、副参谋长指挥下，乘势拿下了乡城、稻城、白玉……全线告捷，甚至有"天德格地德格"之称的德格也拿下来了。现在，除了巴塘，川康全境的叛乱烽火已经全部被扑灭。而巴塘现在已经成了一座被叛军包围的孤城。一边是喜，一边是忧。这边山高路远，各路大军无法一时前来援助，一切全靠自己了。

城外，枭首巴桑朗吉在做最后的动员、布置。看来，因为形势紧急，枭首是准备今夜对巴塘发起总攻了。

"呜——！"城下不远处，叛军凄厉的大法号突然响起，吹得天上的云也瑟瑟发起抖来。

"嘟——！"六只长约一丈、不能不将号筒放在前面一个喇嘛肩上的黄澄澄的铜号也吹响了起来。叛兵们簇拥在那里，场面显得有些混乱的地方突然安静了下来——枭首巴桑朗吉在一群亲兵簇拥下出现在叛兵们面前。枭首同时也是大喇嘛。他一出现，叛兵们立刻向他屈腰，吐出舌头，表现得诚惶诚恐，毕恭毕敬，不约而同地看着他，注视着他，满怀期冀。

巴桑朗吉手中庄重地端着一个盛满羊血的大钵，大步往前走着，口中念念有词。他跨上一个平台。只见他将端在手上的那只苍青色的钵子缓缓往下倾斜间，羊血像是一砣砣沉重的金属，汩汩地洒落在平台上、地上。站在平台上的枭首，第一次没有佩刀别枪。他披着红袈裟，一只手捻着佛珠。身躯黑塔似的他，眼神也没有了素常的凶恶，挨次打量了一下部属。尽管巴桑朗吉希望自己尽量做得仁慈一些，但他那张黝黑狰狞的脸上，流露出来的神情仍是狰狞恐怖的。

"抬起头来，有佛祖保佑我们，不要怕！"巴桑朗吉说话了，"今晚是尹昌衡他们进地狱之时！"说着，他用双手捻起佛珠，微微屈身，"弟子们，让我们向佛祖祈拜吧！"说着，突然跪了下去，口中喃喃有词。

僧侣们也全都跪伏在地，向佛祖祈拜。

两个戴着神秘面具的喇嘛闪身而出，跳起了神秘的"环舞"。另有两个喇嘛走出来，不时将手中的经幡打开、卷起，打开、卷起……口中祈祷、诅咒着什么。

在枭首巴桑朗吉精心导演、营造出的神秘氛围中，众多的叛军头脑中出现了幸福美好的幻象。他们心甘情愿地匍匐在首领周围，热泪盈眶，说着表示效忠佛祖的话。巴桑朗吉放心了，满意了。他继续做着法事，心中却在暗暗祈祷："天啊，你快黑下来吧！"

与此同时，尹昌衡下午召集军官们开了一个会，分别传授了锦囊妙计，吩咐杀三匹无用的战马，犒赏三军，然后他要官兵们睡好，养精蓄锐。夜半，各部依计而行。

夜间，白天偃旗息鼓的城墙上突然灯火通明。正骑在马上准备传令攻城的巴桑朗吉大惊，下令各路人马暂时停止进攻。他满怀狐疑地望过去，只见城外后山上，一串串火龙蜿蜒翻飞向城里流去，无穷无尽。

"糟糕！"巴桑朗吉心想，尹昌衡的援军到了。在凛冽的寒风中，巴桑朗吉一直站在高地上望着那条火龙，火龙近天亮时才止息，算算，进入巴塘的汉军足有一两万人。

尹昌衡用兵向来神出鬼没。这一来，西征军的军力超出他的叛军，这仗还怎么打，得赶快撤军，不然天亮后必然会被尹昌衡包围！枭首巴桑朗吉赶紧下达了全军撤退的命令。

"呜——！"那些用牛角做成的过山号吹响了，在荡漾起第一线薄薄的乳白色晨曦，寒冷空旷的雪原上，那号声像多头负伤的狼在长嗥，有种说不尽的萧瑟、悲凉。

"叛军中计了！"彻夜未眠的尹昌衡下达了全线出击的命令，命令兵分三路，嵇康、顾占文各率一部从两翼出击，自己居中，务要穷追猛打，三路追到四十余里外的牛石鼓会师。

"咚咚咚！"三声号炮响起，巴塘四道城门洞开，三千能征善战的西征军下山猛虎般冲出城门，向正在撤退的叛军冲击。这一下，不摸虚实的叛兵败如山倒，五万叛军人虽多，但多是乌合之众，突然受到这横扫千军如卷席的冲击，顿时大乱。在西征军的枪打、刀劈中，叛军根本不能形成阻击力量，一个个只恨少生了两条腿，一时间马嘶人喊，哭爹叫娘，沿途十里，一片狼藉，一败涂地。叛军们争先恐后逃跑，惶惶然，如漏网之鱼……

当尹都督率队纵马赶到牛石鼓时，只见叛军正挤在渡口强过金沙江。高原的晨曦苍白得像是一张贫血的脸，天寒水冻，渡口只有十多只牛皮筏。这几只牛皮筏在急欲过江的数万叛军们面前简直是杯水车薪，叛军开始争夺，更多的叛军因为被追得太急，像是没头苍蝇，一头扎进江中。金沙江水流湍急、非常寒冷。这些叛军一扎进水中，就再也没有起来。两只牛皮筏载着叛军前敌总指挥巴桑朗吉等少数头目，在护卫的拼死保护下，离开了岸。有些跳进江中的叛军，伸手抓住了牛皮筏，竟被叛军头目的护卫用刀砍去了手……其状惨不忍睹。

"停止追击，让他们过江！"骑在火红雄骏上的尹昌衡起了恻隐之心，下达了这样的命令，让叛军全部安稳过江。

太阳升起来了。雪域的太阳又大又亮却无热力，在耀眼的皑皑雪原上洒下万道金光。江对岸就是西藏，西藏的景致与康区没有多大区别，然而，他的西征就只能到此了！尹昌衡看着江那边的景致，英俊的长条脸上现出沉思。嗒嗒嗒！这时，一阵急促的马蹄声响起。"都督！"他转身调头看去，骑在一匹快马上的传令兵，正向他急驰而来，看得出，传令兵送的是一封十万火急的信函，那马呼呼喷着热气，跑得像要飞了起来。

传令兵跑到跟前，因为勒马太急，那马嘶鸣一声，立起来成了一个人字，传令兵滚鞍下马，赶紧将那打上了火漆的北京兵部来信递到尹都督手中。尹昌衡接过，撕开来看，是大总统袁世凯亲自下达的命令："着四川省都督兼川边镇抚使尹昌衡立即停止一切军事行动！"看来最近康区的一切军事行动，袁世凯了如指掌。尹昌衡可以清晰地感触到袁世凯那暴跳如雷的样子。他不禁最后留恋地望了望江那边，率军回了巴塘。当天，他给稽康、顾占文下达踞守巴塘待命的命令后，率原班人马返回了打箭炉。这是尹昌衡年来打的最后一仗，也是最快意的一仗，险中得胜。叛军主力被驱逐过了金沙江，康区前沿最要紧的要镇巴塘守住了，这非常要紧。

- 第十二章 -
在历史夹缝中从容应对

尹昌衡回到了雅安，并将他的行营也迁回了雅安，而将"川边镇抚"的大牌子挂在打箭炉。

这天一早，尹昌衡由傅华封陪着，站在行营所在地昌平山上朝下眺望，四顾频频。昌平山、周公山，张家山都是相连在一起的，犹如是给坐落在河谷地带的雨城身后立下了一道绿色的屏障。昌平山真是驻军的好地方呀！它是一个制高点，从山下往山上望，它是山，且山势蜿蜒，山上树木森森，而上山来看，山势又很平缓，山上藏得下千军万马。

明明是晴朗的天空，只见周公山上飘起几许似有若无的朵朵银棉似的白云，随即天下就飘起了霏霏细雨，雨雾中的雅安变得更加清新可人。

"傅公！"一段时间来，傅华封在西征中策划机宜，不遗余力，贡献殊多，赢得了尹昌衡对他的尊敬。看着微雨中的羌江和羌江对面俨然成都坝子的雅安河谷，偌大的河谷上与成都平原上相似的景致，尹昌衡指着那座位于雅安与名山之间兀然而起的一道大山和山上那座锁匙似的金鸡关，很有感慨地对傅华封说："这真是一夫当关，万夫莫开呢！"说着一笑，"如果当初不是彭光烈率军在金鸡关阻击，你肯定率边军打了过来。如果那样，局势又不知当如何呢！"

傅华封笑着摇摇头："往事不堪回首。华封那时是明知不可为而为之，目的就是报恩。现在想来，这是愚蠢，是愚忠，是走的一条死路。而年来华封跟着都督西征，这才是走的大道！"

虽然傅华封不想就当年的回师援赵多谈，但尹昌衡出于军事的角度，却这样问："赵尔丰离开康区到成都就任总督时，除带了三千巡防军在身边，将十一营训练有素的边军都交给了你。这十一营边军好生了得，以一当十！跟着赵尔丰转战康藏七年，百战百胜，战功累累。而你率师东来，沿途遇到的都是些同志军。同志军严格地说都是些农民，武器差极，又没有经过训练。我原以为纵然是彭光烈率军政府精锐来阻击你，鹿死谁手还说不定，你们怎么会到雅安就走不动了呢？而且最终全线崩溃？"

"说起来，还是军心动摇，大势所趋。"傅华封思索着说，"古话说得好，得人心者得天下！"说时摸了摸自己颔下那把飘髯的三寸长胡子，沉入往事的回忆中："我率军刚过泸定，沿途就遇到同志军的顽强阻击。这些农民手持的武器简陋至极，火药枪、弯刀、锄头都是他们手中的武器，但他们十分勇敢。在我们过泥巴山时，遇到一群同志军。他们敞胸露怀，挥着大刀、锄头，不管不顾地朝我们冲来，一边用手拍着胸膛说刀枪不入！结果哪里有刀枪不入的？我们一阵排子枪打去，同志军死伤一地。过后翻检这些尸体，好些腰带上都捆着保路同志会的宣传品。而且，边军大都是川人。他们的父老兄弟，好些都加入了同志军。这样的仗还怎么打？到了雅安，我就知道，我们实际上已成了瓮中之鳖。"

傅华封说时连连吁叹："那时，我真是冥顽不灵！"

"我不这样看！"尹昌衡说，"此一时彼一时。我倒觉得傅公你挺仁义，明知不可为，却回师援赵，有君子之风，知恩必报。可惜，这种有侠义气的君子，现在很少了。傅公言必行，行必果。特别是，傅公自西征以来，其贡献有目共睹，赞划军机时有高明之处，特别是对康藏地区情况熟悉，让我受益很多。昌衡以后对傅公借重之处还多。"

"应该的，应该的！"傅华封谦虚两句。

"不过，傅公刚才一番话，让我想到一条真理。这就是，战争的胜败——其实不仅是战争，一切的成败，归根结底还是在于是否得民心，顺应时代。"

"正是。"

"就以我们这次西征来说，藏军之所以一触即溃，我军之所以势如破竹，情同此理！"说到这里，尹昌衡转了话题，"最近的情况，傅公想来是知道的，北京政府袁大总统急如星火地一连给我下达了十一道停止西征、停止军事行动的命令，比起当年南宋昏君给抗金英雄岳飞一连下十二道金牌，要岳飞停止追击金兀术，简直是有过之而无不及。不过，时代不同了，抗金名将最后是屈死风波亭。然而现在情况不同，你看袁世凯刚刚露出了他想当皇帝的野心，我在日本留学时的老同学、江西都督李烈钧立刻举起了讨袁义旗！此端一开，我看如果老袁不立刻收刀捡卦，很可能全国又要大乱！"说时调头看着傅华封："不知傅公对此怎么看？你我不是外人，请随便谈。"

傅华封正要回答，副官马忠走上前来对尹昌衡说："都督，开会的人都到了，请回吧！"

尹昌衡走进行营会议厅时，开会的人都到齐了。在一张铺着雪白桌布的长条桌两边，几十名军官已经坐得整整齐齐。西征军营以上的军官，除镇守巴塘的嵇、顾二人，该到的都到了。见尹都督进来，军官们刷的一下站起，向主官致意。尹都督挥手让大家坐下，他坐在上首一把黑漆太师椅上。

"目前局势，在座的想来大都清楚！"保持着训练有素的军人体态，正襟危坐的尹昌衡用他一双剑眉下炯炯有神的眼睛，挨次打量了一下坐在两排的军官们，"袁大总统一连向我发出十一道命令，因此，我西征军事行动已经停止。好在将士用命，与四川唇齿相依，地域广袤的康巴地区已经全面恢复正常秩序，就康区而言，叛乱已经平定。这是一个大胜利！

"众所周知，目前袁大总统欲黄袍加身，恢复帝制，也是愈益分明。因而，江西李烈钧已经发动了护法战争。我军中现有两种声音：一是要我效法李烈钧，护法反袁；一是要我按兵不动，做好安边工作的同时，静观待变！今天召开这个会议，我就是想听听大家意见，并尽可能将意见统一，从而心往一处想，劲往一处使！好，请大家随便发言！"

尹都督话刚落音,会上的军官们纷纷发言,赞成"护法反袁"的是大多数,其代表人物是周谷登,是一个团长。他一次次冲动地站起来,反驳观望派,争论得脸红脖子粗。看形势明显地朝周团长一边倒,尹都督对周谷登说:"你护法反袁的心情我理解,其实,我又何尝不是如此!如果我们赞成老袁恢复帝制,那么,我们当年又何必举行辛亥革命,牺牲了那么多先烈!我也是坚决不允许走回头路的!"

说到这里,周团长立刻带领众多的军官喊起了口号:"坚决反对帝制!""坚决反对走回头路!"……

尹昌衡挥了挥手,口号声停息了。他看了看神态明显有些尴尬,处于少数的军官宽慰道:"其实,赞成静观待变,首要做好靖边工作的同仁,也绝不是同意袁世凯的倒行逆施,只是策略不同而已。我的意见倒是同意后一种意见!"看周团长他们流露出的明显的不解甚至不满,尹都督耐心解释,"虽然现在五千里川边甫定,但形势仍然严峻,金沙江对面就是虎视眈眈的叛军。康巴地区如此辽阔,我西征军分布在若干个点上,兵力相当薄弱。叛军之所以不敢跨过金沙江,是领教了前段时间我全军将士的勇敢善战,还有康巴地区广大藏民的人心所向……

"如果我西征军这时发动讨袁护法战争,这很不利。原因有三:一是时机不成熟;二是正中叛军之意,他们一个早晨就可能反攻过来;三是最主要的,这将影响川中局势,而川局是根本。我认为我西征军目前最应该做的是,一边练兵,一边将重心放在稳定康区局势上,壮大力量,静观其变。不是说嘛,打铁得靠本身硬!"听尹都督如此一说一分析,原先赞成立即护法讨袁的好些军官都开了窍,改变了观点,站了过来。然而,团长周谷登就是四季豆——不进油盐,拗起。

"军人以服从命令为天职!"尹都督拿出了军威,骂周团长,"这还得了!"他给身边的卫士们示了个意:"给我拿下!"立即闪出两个臂大腰圆的虬须大汉,他的卫士张德魁、刘秉勋。他们上去,先是下了周团长的枪。周团长还不服,张德魁这就用一条麻绳,将坚决拗起的周团长绑得跟粽子似的。跟着周团长起哄的两三个青年军官,见这个阵仗,赶紧认错告饶。

"知错就改，改了就好。"尹昌衡放过了认错的军官，用威严的目光扫射了在座的军官们，说，"在大是大非上，我向来主张民主讨论。但不能无休无止地讨论下去，更不能明知是错，却在一边拗起。在座的都是军人，我问大家一句，军人最要紧的是什么？"

"军纪，服从！"会场上的军官们异口同声。

"好，既然大家都知道这一点，今天的会议也达成了一致，今天的会就开到这里。散会后，大家速回部队，掌握好自己的部队，对下一步的行动，望随时听从司令部下达的命令。在这里，我再强调一点，有不同意见可以在会上提出来，但一旦形成决定，就万万不可自行其是！"说到这里，他再次扫视了一下在座的军官们，"会后，若有自行其是者，决不轻饶，军法从事！"

"是！"军官们一致表态后，就各自打马回了自己的部队。

军官们走后，尹都督亲自给周团长松了绑，语重心长地对他说："你跟我也不是一天两天了，我知道你的脾气，打仗勇敢，身先士卒，就是遇到有些事一时转不过弯来。今天我之所以这样对你，是非如此不可，否则没法维护军纪，请不要介意！"看周团长仍然一副气鼓气胀的样子，尹昌衡说："这样吧，你也辛苦！现在成都已是初春，我送你一笔钱，请你去成都休养一段时间，待过一段时间再回来！"尹昌衡这番话，让周团长很高兴。

几天后的一个晚上，尹昌衡正在行营里看司马相如写的《蜀都赋》，他是一个文韬武略的将军，闲来不是写诗就是作文，准备将来将他写的这些诗文都放到他的《止园文集》中去（他又号止园）。在他看来，在中国横无际涯的文史天空中，司马光和司马相如是两颗最亮的星。司马光的贡献偏重于史，而与卓文君有一段浪漫爱情经历的乡人——成都人司马相如则偏重于文学。就在他潜心悠游于司马相如制造的浪漫天地里时，副官马忠给他送来了一份成都急电。他看后简直气晕了，原来麾下团长周谷登到成都后，仍是那副脾气，口无遮拦地去凤凰山找到他的朋友鼓吹护法反袁，被周骏抓起来，竟然枪毙了！

"这个龟儿子周骏！"尹昌衡拍桌大骂，"人命又不是韭菜，割了可以长起来！周谷登只不过说了几句心里话而已，我西征军一个堂堂的团长，就这样被他龟儿子抓起来，不明不白地枪毙了！他这是一箭双雕，既是做给我尹昌衡看，也是做给北京袁世凯看的——他这是在向袁世凯献媚！"他当即吩咐副官马忠做一些准备，第二天随他一起回成都。他不仅要去周骏那里讨个说法，还有好些事要办。他嘱咐马忠：此行务必秘密！然后，他又连夜找来参谋长张煊，交代了好些事情，做了一应安排。

1913年6月，尹昌衡轻车简从地回到了成都。此行很有些秘密，为了尽可能少地让人知道，他连家也没有回，暂时住在武侯祠，然后让马忠去皇城军政府通知了胡景伊，希望同他见见面，谈些事情。然而胡景伊却避而不见，躲到了郊外的昭觉寺，说是："我就此向尹昌衡卸职！"而与此同时，袁世凯下了正式命令，任命胡景伊为四川省都督，任命尹昌衡为川边经略使，"川事尹昌衡勿需兼任"。问题清楚了，顷刻间，矛盾也公开了。反对帝制的国民党四川中坚人物董修武、傅常等人站了出来，发动民众公开抵制袁世凯这一任命，大街上到处都张贴着"还尹拒胡"的大标语。每天都有游行的队伍……6月的成都，本是最好的季节，可是，连空气中都弥漫起一触即发的火药味。

红墙黄瓦、浓荫蔽日的武侯祠里，在一个权且栖身的独院里，身着长袍马褂、长身玉立、显得儒雅斯文的尹昌衡面对着这急剧变化的形势，一连几日他都处于紧张的思索中。他已经感到袁世凯对他的不信任，或许还要对他怎么的！中国往何处去？四川往何处去？自己的路又应该怎么走？他意识到，整个国家和他个人的命运，都处于十字关头，需要他迅速地分析、判断、抉择。他先是接见了川中军界实力人物——老部下兼朋友彭光烈、罗纶和国民党人董修武、傅常，与他们探讨对时局的看法。他们都为时局忧心忡忡，同时对尹昌衡的不升反降愤愤不平。他们说：

"太不像话了，袁世凯这明明白白就是给你一个警告，不准你插手四川事务。"

"明说川边经略使地位与四川省都督持平，但川边地瘠人贫，对你画地为牢。"

"年前你主动请缨，率军西征平叛，所向披靡，功勋累累，而北京方面如此对待你，叫人是可忍孰不可忍！"

尹昌衡本是性情中人，听此一说，拍案而起。

"罢罢罢！"他说，"天下好像是他姓袁一家的，我惹不起还躲不起吗？"极度的愤懑下，去电北京要求辞职，可袁世凯回电："不准！"

在成都武侯祠，尹昌衡每天都收到雅安行营送来的急电，报告的都是些不祥的消息：隔江对峙的西藏叛军，得悉国内局势的急剧变动，有蠢蠢欲动之势……尹昌衡盘点这趟成都之行，极为失望，原先的一些想法，完全落空，而边关告急，他是一个很负责任的人，准备打道回府了。这天一早，副官马忠前来报告，说是四川省参议会参议长骆成骧前来拜会。

正处于沮丧困难中的尹昌衡一听，喜不自禁，连声吩咐马忠："快请，快请！"并赶紧迎了出去。骆成骧，字公骕，四川省资中人，是清朝四川唯一一个状元，也是四川历史上最后一个状元。其人不但学问好，人品也好，看事爱从高处着眼，常有惊人的眼力和惊人之举。当初，他和蔡锷在广西桂林创办广西陆军学堂时，骆成骧与他的岳父颜缉祜、颜楷父子在桂林广西法政学堂主事。他就近向骆学过《大学》《中庸》等十三经，将原本就有的国学底子夯得更加厚实。因此有师生之谊。骆成骧有段趣事，这就是辛亥革命后，清帝并没有宣布退位，而当时实权掌握在很有些政治头脑的隆裕太后手里。这时，骆成骧给隆裕太后写了封劝退信，隆裕太后看后，一边抹泪一边说："连骆状元都如此说，还有什么说的，退吧！"

尹昌衡迎到阶下时，看到已经剪去长辫、头上戴顶黑缎瓜皮帽、身着蓝色长袍、外罩一领黑马褂、个子不高却笃实、一双眼睛炯炯有神、年届中年却并无发胖迹象的骆状元。他迈着轻快的步伐，在马忠的带领下，跨过高高的门槛，进了清幽小院，沿着两边花木扶疏用碎石铺就的甬道，拐过小院正中那座玲珑的假山，眼前亮出一字排开的三间红柱粉壁的大瓦房时，尹昌衡快步迎上。

"骆老师驾到，有失远迎！"尹昌衡说时，抱拳作揖，"我这次回成都来，其中一项就是想去府上拜望恩师。遥想当年，我跟恩师学十三经，受益良多。这么多年不见，昌衡对恩师常怀云树之思。之所以没有来，是怕沾染恩师！袁大总统对昌衡已经有看法了。"

"哪里的话！"骆成骧说时，上前一把抓住尹昌衡的手握得很紧，"龟儿子袁世凯做事，就是这样倒行逆施！"骆成骧还是这样，一见面，就把他的情绪发泄了出来，让尹昌衡深感为快。两人非常亲热地手挽着手进到尹昌衡权且作为临时客厅的中间那间净室坐定。尹昌衡吩咐马忠将他那套茶具拿出来，给老师泡茶，泡最好的名山顶上雨露花茶。俗话说，"扬子江中水，名山顶上茶"。名山离雅安不过二三十里，过了金鸡关就是，属雅安管辖。这名山顶上的雨露花茶，是开春后在第一阵雷声中绽放的，量极少，属于贡品。而他那套茶具，是明代成窑精品。说来很有些来头。这套茶具，可能是当年八国联军进入北京时，日军在中国清宫中抢去的；可能岩崎家的祖先就是当年的侵略者之一。这套茶具是岩崎家的。尹昌衡在日本留学时，与岩崎小姐处于热恋中，作为信物，岩崎小姐送他的。这三件头的茶具，茶船、茶盖、茶托都是金钱走边，薄如蝉翼，是白色，却又呈一点暗绿，叩之如筝，盛夏时节盛茶几天都不馊不臭不起茶垢，尹昌衡甚为爱惜，平时自己根本舍不得用，也不轻易示人。而今天让副官拿出来给老师泡茶，可见他对骆成骧的一番情意。

时任四川省议会议长的骆成骧自然是个雅士，喜欢美食美器，可今天他却无意谈玉盏佳茗。骆议长用左手端起茶船，右手两根指拇轻轻拈起茶盖，轻轻刮了两下茶汤，于是，室内顿时弥漫起一阵沁人肺腑的茶香。沸水中，只见那根根茶叶发开，跳芭蕾舞似的踮起脚跟，缓缓沉下去。

"硕权！"骆成骧饮了一口茶，说声"香，好茶！"放下茶碗，看定尹昌衡，"多的话就不说了，时局之变幻，犹如这个时节蓉城的天。"这些天，蓉城的天气忽而风忽而雨，云也压得低。

"这些天心情不痛快吧？"骆成骧问。

"我个人进退荣辱得失，倒也还无谓！"尹昌衡说，"不在其位不谋其职，现在老袁毕竟还给我挂了个川边经略使的名，那边事多，我准备马上就回雅安理事！我现在唯一不放心的是胡景伊，因为川局如何，决定了康地的局势。可以说，四川是康地的根！"

"中肯！"骆成骧说，"你现在对胡景伊这个人怎样看？"

"我正想听听老师的高见。"

"在我看来，目前胡景伊还不是老袁的人！"

尹昌衡沉思着点点头，问："那他为什么一听我回来就过躲？"

"不对！"骆成骧更正，"他不光是在躲你，还有一个，他在等。"

看尹昌衡若有所思，骆成骧说得明白了些。

"你没有看出来吗？胡景伊虚你。"骆成骧说时，举起右手，五根指拇一根根展开，娓娓道来，条分缕析，"你看，其一胡景伊明说现在老袁给了他顶四川省都督的桂冠，其实他是光杆司令一个。川省的五个师长，他指挥得动哪个？哪个听他的？一师师长周骏，是个老资格，拥兵自重。他指挥不动。周骏杀了你的人，你回成都肯定要通过胡景伊让周拿话来说。他能去找周骏吗？不能，只能过躲。

"其二，五师师长熊克武是个激进派，胡景伊弄不动，而其余三个师长彭光烈、孙兆鸾、刘存厚都是你的人。他怕你在川军中搅事。

"其三，你同国民党人董修武、傅常这些要人关系也好，就在你在成都这些天，老袁免了你的四川都督职，街上闹麻了，'迎尹拒胡'的标语贴得到处都是。他胡景伊成了孤家寡人，在这种情况下，他唯有过躲！"

尹昌衡会意地一笑："那他在等什么呢？"

"现在，他躲到昭觉寺，看你并没有把他怎么着，又等到了老袁送他的大喜。这会儿，他肯定要来看你了。"

"看我干什么？"

"与你草签城下之盟呀！希望与你井水不犯河水，并尽可能得到你的帮助。胡是一个实用主义者。"

尹昌衡点点头："这么说来，胡景伊目前还并不是老袁的人，是老袁权且过渡者，是我们可以利用的？"

"对！"

"高明！"骆成骧这一番高见，让尹昌衡本来有些困顿的心豁然敞亮。他不禁说："老师是个有学问的人，有真知灼见的人，见识往往高人一头。我常常想，值此多事之秋，昌衡身边若有一个像老师这样的高人随时指点，该有多好！"

"实不相瞒，我今天就是来毛遂自荐的！"

"恩师愿跟我到那川边苦寒之地去？"尹昌衡眼都大了。

"正是。"

"这实在是昌衡不幸之中的万幸！"尹昌衡欣喜之余，心中有些过不去，说："成都是多么好的地方，历史上就是温柔富贵之乡。恩师要功名有功名，要学问有学问，要人品有人品，恩师愿离开成都，随昌衡去川边受苦，叫我心中如何过意得去！"

"国家兴亡，匹夫有责。目下川边何等重要，正是用人之际。老夫今年四十八岁，还不算太老，若经略使看得起，我愿追随左右，即便将一把老骨头洒在川边也在所不惜！"尹昌衡非常感动，当即礼聘骆成骧为经略府总参议。这会儿，马忠又来报告，胡景伊求见，已到前门。

尹昌衡说："果然不出老师所料！"他问马忠，胡景伊带了多少人？马忠说胡是单人匹马，身边只带了两名警卫。尹昌衡让马忠请他进来。骆成骧知道他们有要事谈，回避了。

胡景伊一进客厅，双手打躬作揖："经略使，请谅我接驾来迟。我前些日子身体有些不舒服，去郊外昭觉寺过了两天清静日子！"他穿一身黑色缎面长袍，大背头梳得溜光，戴副墨镜，让人看不见他的眼睛。尹昌衡也不同他计较，立刻请他坐下，上了茶点，与他推心置腹地谈起了大事。双方很快达成一致，共三条：一、双方同时在成都宣布就任新职，以后相互支持，共同维护四川及川边安定；二、四川如何向川边提供财力上的支持，也初步达成协议，具体事宜待下来由当事人详谈；三、国是走向，以国会决议为准，任何人胆敢违抗国会决议，双方共诛之共讨之。

这三条，尹昌衡觉得是此行的最大收获。这就是说，只要他承认胡景伊，胡景伊就答应与他共同反对袁世凯恢复帝制！虽然这三条中的后两条是秘而不宣的。

双方协议刚刚达成，成都多日阴沉的天气一下变了。春日推开阴云，照亮了武侯祠，也照亮了尹昌衡的心。为了庆祝这个协议，尹昌衡当即在庙中要来一桌精美的素斋招待胡景伊。当天下午，尹昌衡回了家。母亲性格豪放，且读了许多旅游书籍，素来向往打箭炉的风情，在与儿子的谈话中提出，这次要带家人随儿子去打箭炉城，并住上一段时间。说起打箭炉，家里的人都有兴趣，老父亲要去，幺妹要去，连大家闺秀夫人颜机也要去。尹昌衡笑道："好好好，都去，都去。"而他因公务在身，须在成都再停留两日，见家人想去打箭炉心切，这就让卫队长马宝带着一队卫兵，第二天起程护送老父老母、夫人和幺妹先去打箭炉了。

而他当天下午，带副官马忠和一个警卫，骑马去北郊外的昭觉寺回拜了胡景伊。他们细谈了许多要事，当晚宿在昭觉寺。第二天一早，胡景伊送尹昌衡回城，二人并马一路上谈笑风生。当天下午，二人同时在军政府所在地皇城明远楼宣誓就任新职，并大摆宴席，遍请军政府大员和城中有影响的人物。媒体做了绘声绘色的报道，于是，闹了多少天的尹昌衡回城夺权的谣言散尽。在表面上，蓉城又是花红柳绿，歌舞升平，恢复了往昔的繁荣和平静。

- 第十三章 -

打箭炉惊变

当尹昌衡带着总参议骆成骧回到雅安时，他的家人，年老而精神健旺的父母，还有幺妹，已经兴冲冲到打箭炉去了。只有夫人颜机没有去，颜机已身怀六甲，行动不太方便。尹昌衡又给参谋长作了些交代后，也要赶去。他这一去，一是不放心家人，二是去打箭炉有事。颜机却坚持要跟丈夫去。尹昌衡咋劝她都不听，公开的理由是：公公、婆婆好不容易来打箭炉一趟，作为媳妇，她理当陪在他们身边伺奉。其实真正的原因是，同丈夫在一起的时间太少，她珍惜这次机会，哪怕就是有了身孕，也要跟着丈夫去，这，让她感到一种特别的熨帖：在路上，能得到丈夫的呵护，那是比什么都幸福的；哪怕路上不好走，只能骑马颠来颠去的，她也乐意。见夫人如此坚持，尹昌衡同意了。同他们一起去的，还有一心到边塞建功立业的总参议骆成骧。他们一行由副官马忠带一个排的卫队护卫，第三天一早离开雅安，去打箭炉。

出雅安，过了天全，巍巍二郎山就像一个巨人在川藏线上横亘。当地有首民歌，专道这山的高、陡、险："二郎山，高过天。终年四季白雪盖，九曲回环路途险……"好在此山毕竟还在内地，不像西藏的山那般荒凉。二郎山高大，但遍身披绿，看起来爽眼，呼吸也畅。

尹昌衡骑的是匹高头大马，颜机骑的是一匹很驯良、矮小、善走山路、雪白如银的川马，一路上她都由一个弁兵替她骑着马，在旁小心伺候。骆成骧骑的也是一匹驯良川马，开初，马忠安排一个卫兵在旁为他牵马由蹬，走了一段路后，骆总参议就一个人骑了。马忠骑在马上跑前走后，督促卫士们注意护卫警戒。

过了天全，就上了二郎山。路越往上走越陡，有的地方简直就是危乎一线，忽上忽下。山道旁，往往闪现出的深涧峡谷简直就不能看，一看令人头晕目眩。但二郎山有一个好处，毕竟还在内地，满目葱翠，但走在路上，时间久了，难免感到单调——只听马蹄的嗒嗒声，除此四周一片洪荒般沉寂。此时，高天上出现一只雄鹰，在又高又蓝的天上翱翔一阵后，停下来，张开双翅，瞪着它又大又圆的眼睛，好奇地打量着下面的一行。看上去，它像是一枚钉在空中的铁钉。

走在夫人身边的尹都督问她知不知道《仓央嘉措情歌》，颜机说不知。尹昌衡这就细细讲给她听。他说："仓央嘉措是六世达赖，他是藏族历史上一位卓有才华、享有世界声誉的诗人、音乐家。其中，影响最大、贡献最大的是他的情歌。据说，先前，他在家乡有一位貌美聪明的意中人。他们终日相伴，耕作放牧，青梅竹马，恩爱至深。仓央嘉措在当了达赖、进入布达故宫后，性情所致，他深为厌倦宫内单调而刻板的黄教领袖生活，时时怀念着民间多彩的习俗，思恋美丽的情人。他经常微服夜出，与情人相会，追求浪漫的爱情生活。有一天下大雪，清早起来，铁棒喇嘛发现雪地上有人外出的脚印，便顺着脚印寻觅，最后脚印进入了仓央嘉措的寝宫。随后铁棒喇嘛按规矩，严刑处置了仓央嘉措的贴身喇嘛，把他的情人也处死了。性格即命运。仓央嘉措的特立独行，决定了他的悲剧性命运。后来，因为西藏政局发生变动，他被康熙帝以不守清规而废黜。火狗年（1706年），仓央嘉措被"解送"北京途中，行至青海湖，（今纳木错湖）时，中夜循去，不知所终。仓央嘉措独特的人物性格、命运和际遇，平添了他的情歌的多情和深情。据说，与他相爱最深的就是他被废黜后，经过理塘时，与他相爱一个女子。过后他写了一首情歌，我念给你听。

仓洁白的仙鹤，请把双翅借给我。

不飞遥远的地方，到理塘转一转就飞回。

"这首情歌，拆开来看，并无过人处，出彩处，不过是朴实晓畅，简简单单的四句话。然而，配上宫廷曲子，唱起来就不一样了。"

说时，他微微闭上眼睛，唱起来了。颜机简直惊了，她没有想到丈夫唱得这样好。他唱得很投入、很沉醉，眯起眼睛，先是用藏语唱，后用汉语唱。在反复的咏叹中，高高低低，千回百转，情感随着歌声直抵情感最幽微的部分。那些画面感，从他的歌声中不知不觉地在眼前流动起来。他理解到位，情感到位，音色又好，曲尽其妙地传达了仓央嘉措这首情歌中的真正韵味——悠长、高亢、抒情而悲怆。

颜机好像看见，理塘高原的天空又高又远又亮，草原的边缘是连绵西去的波涛般隆起凝固的山峦，山峦和草原随着四季变幻着不同的绚丽色彩。在草原的四周、山头上，或披着皑皑白雪，或是被太阳的金红染红，或是涂着一抹温柔的蔚蓝。一只知情知意、体态潇洒的仙鹤从远方飞来了，它就是仓央嘉措的化身，来理塘高原寻找他梦中的情人。洁白的仙鹤，带来了仓央嘉措无尽的痛苦和刻骨铭心的眷恋。于是，她被深深感动了，不禁心下想，能同丈夫在一起有多好，可惜总是离多聚少。

"哎呀！"颜机说，"你唱得真好听，这是我第一次听藏歌，原来藏歌如此动人。"尹昌衡说："在康藏地区，人们会走路就会跳舞，会说话就会唱歌。你不要看这些地方比较贫穷、落后，然而，从官员到民众，人们对文学艺术、对音乐歌舞有种天然的亲近爱好。他们具有这方面的天赋。到了打箭炉，你会感受更多。"

颜机笑："这样说，我们这一趟是来对了。"

愉快的谈话冲淡了路途的艰苦。走到飞越岭，这时已接近二郎山顶，而暮色已起，尹昌衡只好让马忠吩咐士兵在山上宿营了。

刚刚搭好营帐，忽听前方山路上传来了急促的马蹄声响，尹昌衡是个很机敏的人，觉得事情不好。他身边的卫士刘秉勋自告奋勇，说他去前看看。说时，飞身上马，迎上前去。很快，他带来了几个丢盔弃甲的军官，他们都是从打箭炉逃出来的，尹昌衡大惊，问是怎么回事？他们见了总司令细说详情：就在这个早上，行营设在该城的军械局局长张煦发动了兵变，已经占领了打箭炉城，张煦自封为西康都督，赵诚是副都督，王明德为招讨使，他们在打箭炉城打出了"护法讨袁"的旗帜，并已挥师而来，说是要打到成都去……

尹昌衡很冷静，听了这些从打箭炉逃出来的官兵的述说，给他们作了些解释，说："我之所以没有打起'护法讨袁'的旗帜，是我有我的考虑。张煦等人打起这面旗帜，并不说明他们就真反袁。对此，我们行营在雅安已经开会统一了认识。我原来说到打箭炉城，就要传达行营的这个决定，不意张煦这些人先动手了。我知道，张煦这个人就有野心……"

说时，他想，说不定成都方面有人伸了手，比如周骏，很可能还有更深沉的原因。他问张煦，这些叛军是怎样对待老母亲一行的？最清楚情况的哨官张彪说，就在这个早晨，太阳刚刚升上跑马山，街中那条湍急的折多河上波光跃金，打箭炉城同往常一样并无异常，很安静，初春的打箭炉城还有很深的寒意，将炉城前拥后抱的郭达山和折多山上白雪皑皑。挂有"川边经略使"牌的大营门前，站着两个持枪卫兵。叛军就在这时涌上来的，像突然涌起的乌云。他们缴了站岗卫兵的枪，闹哄哄地拥了进去，拘捕了副参谋长陈经，然后张煦带着一帮人涌进了后院。老太太已经得知了情况，拄杖而出，迎头喝问："是张煦带的头吧？张煦何在？"张煦吓得后退一步，横撇撇地说："我就是。讨袁北伐，大势所趋，尹都督不带领我们北伐讨袁，我们只好自行其是。"

老太太思维很敏捷，质问张煦："那你们拥来后院做什么？我们可是到打箭炉城来观光的，莫非你张煦要绑架我们不成！"

"绑架不敢！"张煦冷笑一声，"我们来只是请老太太给都督写封信，我们知道，都督向来对老太太孝顺。"

老太太不肯，张煦退了一步，说："老太太实不肯写，这信就由我们来写，只是请老太太给都督附上一件信物！"老太太大怒，抓起桌上一个砚台就朝张煦打了去……

"现在老太太他们呢？"尹昌衡很放不下心。

"张煦他们将老太太一行暂时软禁在后院！"

"卫队长马宝一行未必没有反应？"

"张煦狡猾，头天晚上借故请卫队长马宝喝酒，千方百计将马队长灌得烂醉如泥，早绑起来了，卫队也全部下了枪……"尹昌衡从张彪手中接过砚台，久久摩挲，泪如泉涌。

这是一块苴却砚，是尹家的传家宝。苴却砚产于当年诸葛亮南征时"五月渡泸深入不毛之地"的川滇交界处，现攀枝花一个叫苴却的地方，这种砚量少而质优，整体紫黑沉凝，石质臻密细腻，莹洁滋润，发黑如油，存墨不腐。1909 年云南省大姚县巡检宋光枢，把三方苴却砚送巴拿马国际展览会展出获奖。这块苴却砚是尹家祖传下来的上品，砚头有"猫眼"数枚，有的青如碧玉，有的红似金瞳……很像是镶嵌在夜幕上晶亮的星星。尹昌衡小时，尽管家贫，母亲也坚持不卖，因为她觉得这是一种文化的传承和鼓励，一直给尹昌衡用，对他也是一种鞭策。那是在乡下老家，有次他在阶沿上做作业，克勤克俭的母亲在天坝里铡猪草。天都快黑尽了，懂事的他丢下作业要去帮母亲铡，母亲不让，说话不经意间，一刀下去铡在手上，母亲惨叫一声，血溅砚台……

见砚台如见娘，尹昌衡泪流满面。部下们都一致劝他先回雅安再说，因为再往前走，必然遇上叛兵，凶多吉少！尹昌衡坚持不肯，说是："我不肯信掌握不了自己的部队，这些叛军中大多数人受了张煦的蒙蔽，只要给他揭穿，张煦那小撮人顿时就会众叛亲离！"

他让这些人休息去了。进帐安慰了颜机，因心事澎湃难以入睡，他步出帐篷，在二郎山上仰望漆黑的夜幕上闪烁的寒星，那不多的几颗寒星，很像是老父亲逗在长叶子烟杆上锃亮的烟斗一闪一闪的。念及身陷囹圄的老父老母、幺妹，跟在自己身边、这时躺在帐篷中身怀六甲的妻，想到目前混沌不堪的局势，不禁长叹一声！

"硕权何以叹气？"骆成骧也睡不着，出了帐篷，走到他身边问。

"恩师也没有入睡，是对高原气候不适？"

"非也，非也！"骆成骧指着山下远方咆哮的大渡河，诵诗似的说，"你听这风声、水声，还有战马的嘶鸣，真何谓声声入耳；家事，国事，天下事，事事在心，我又何能入睡？"

"好，外面天冷，我正有事请教老师，我们到耳帐说吧！"说着，他们相跟着进入另一个帐篷，让部下摆好酒，他们准备彻夜长谈了。尹昌衡说出了他的想法，他准备明天一早，身边就带几个人不退反进，去弹压叛军。让一帮卫兵保护着骆成骧和颜机退回雅安。骆成骧觉得事情有相当的危险性，劝尹昌衡三思而后行。

"不会，不会，我心中有数！"尹昌衡说着举起杯来，要同老师碰杯，说，"若我真遭遇到不测，就请老师好好给我作篇流传于世的祭文！"骆成骧见尹昌衡主意已定，没有办法，就只能给他提出要注意的细节。二人边喝酒边谈，且都是海量，不觉天很快亮了。

第二天，夫人颜机听他说了前因后果，坚决要同他一起去，说是，就是死也要死在一起。骆成骧也决不后退。没有办法，尹昌衡只好带他们去了。到了核桃崖，居高临下放眼一望，泸定城里的泸定桥尽收眼底。只见在清亮的晨光中，那座横跨湍急的大渡河两岸、颤巍巍危乎一线的铁索桥上，叛兵正在过来。他们分成一小队一小队，小心翼翼，手扶悬在半空的铁链，踏着桥上稀牙漏缝的木板，颤颤悠悠，络绎而来。

尹昌衡从马上抱下身怀六甲的妻子，将她扶到路边一块大石头上坐下，让弁兵在石头上垫了块藏毯，对她说："夫人，感谢你一路陪我而来，就到此吧！"说着，他指着山下正络绎而上的叛军："我决计上去动员他们脱离张煦，停止叛乱，虽有相当的危险性，但情势紧急，不能不如此。我若遇不测，请夫人善自珍重！"

"你放心！"看似柔弱、大家闺秀出身的颜机，非常果决。她那皮肤白皙、五官俊秀的脸上露出一丝微笑，显得壮美。她说："若你此去遇到不测，"她指了指坐下山石旁边的万丈深渊，"我就纵身跳下为你殉节！"

"那就请夫人受我一拜！"尹昌衡单腿跪下，向颜机纳头一拜，翻身上马，带着贴身副官马忠迎着叛军去了。因为经略使有令，所有的人都含泪站在原地，静观事态发展。

尹昌衡一边放马朝山下跑去，一边高唱他的即兴之作：

> 胡岩苍苍兮，泸水荡荡
> 烈士成仁兮，女子同行……

歌声高亢而悲壮，随着山风荡漾。当过了桥的叛军们乍见总司令仅带一个副官，骑着火红的雄骏，从山下飞马而来，疑为天神降临，被镇住了。叛军中带队走在前的营长周明镜跑步上前，啪地立正，给骑在马上威风凛凛的尹昌衡敬了个军礼。

"周明镜！"骑在马上的尹昌衡大声喝问，"你还认我这个总司令吗？"他的嗓门特别洪亮，这一声喝问真是山鸣谷应。

"认！"周营长胸脯一挺，一副誓死听从命令的样子。

"你们呢？"尹昌衡又威风凛凛地喝问簇拥在四周的叛兵们。

"认，当然认！"叛兵们众口一词。

"既然认我这个总司令，你们为何要叛变？"

"不是我们要叛变，是张煦哄我们，说北伐讨袁，是总司令你的命令……"叛兵们纷纷回答。这会儿，他们中大部分人才恍然大悟自己受了张煦等人的骗，感到非常愤怒。

"好！"弄清了原委，尹昌衡心中松了一大口气，"我不怪你们！"环视这些闹纷纷、乱七八糟的队伍，尹昌衡大声说，"纵然是有些弟兄一时鬼迷心窍，也没有关系，只要站过来就好！"说着，骑在马上的他，看了看已经过河约有一个营的队伍，手一指，大声宣布，"愿意跟我走的，站到这边来。愿意跟张煦走的，站到那边去！"结果，过了河的三四百人的队伍都齐刷刷站在他的这边。

有两个跟张煦跑的军官，一个叫王明德，一个叫赵诚，见无处藏身，只好低着头走了出来领罪。

"将这两个人绑了！"尹昌衡话刚落音，营长周明镜率几个士兵走上前来，将王、赵绑了，绑得跟粽子似的。

"张煦呢？"尹昌衡问。张煦狡猾，原来他掉在队伍最后，刚刚上桥，见尹昌衡匹马单枪飞奔而来，想来尹昌衡在军中威信很高，自知要拐，赶紧折回去，悄悄溜了，算是捡了一条命。

孤胆平叛的尹昌衡，就带着骆成骧、夫人颜机原班人马和反正过来的周营，过了泸定铁索桥，朝打箭炉前进。中午时分，到了瓦斯口，极具藏族特色的打箭炉城就遥遥在望了。王明德、赵诚趁押送他们的看守松懈，部队正在拐过山口之际，逃跑上了山，刚刚跑到半山，被马忠连开两枪当场击毙。

川边兵变平息。

骑马走在尹昌衡身边的骆成骧，心想所感，联想到当年赵尔丰在成都发动兵变，尹昌衡临危不乱，仅用三百人的小部队就平息了那样的大规模叛乱，然后计斩赵尔丰等。身穿粗布大衫的骆状元，用手抚着颔下一把大胡子，音韵铿锵地背诵起当年荆轲刺秦王时"风萧萧兮易水寒，壮士一去不复还"的悲壮诗句，心中感慨。"硕权！"他说，"你刚才飞马下山时的风采，我看比当年的荆轲有过之而无不及！"

"恩师过奖了！"尹昌衡谦虚一句。二人说笑着，拐过郭达山的山口，海市蜃楼般卧在山凹里的打箭炉城就到了。

– 第十四章 –
最初是笼络

民国三年（1914）年十二月六日，北京车站，"呜——！"一列专车缓缓驶进戒备森严的车站。列车停下，车门开处，时年三十岁的川边经略使、陆军上将尹昌衡出现在车门处。长身玉立的他，身着民国大礼服——蓝袍长马褂，向伫立在车站上欢迎他的大员们微笑着招了招手。

军乐队开始奏乐，国务总理熊希龄携京中要员大步走上前去欢迎尹昌衡。

"将军一路辛苦！"时年四十三岁的国务总理兼财政总长熊希龄已经微微发福了。他抱拳作揖，白面少须的脸上含着笑意，"我代表大总统前来欢迎将军！"说时虽然弯着腰，但却抬起头，一双见微知著的眼睛，透过戴着的眼镜，打量着尹昌衡的神情。

"不敢当，不敢当！"尹昌衡做出一副受宠若惊的样子，赶紧抱拳作揖还礼，一边打量熊希龄。熊希龄是湖南人，字秉三，光绪年间的进士，1905年曾随端方组成的五大臣考察团出洋考察过西洋宪政，仪表不俗。欢迎场面隆重，除了有军乐队，还有仪仗队，又由国务总理出面，俨然在欢迎外国要人。仪式完毕，熊总理陪尹昌衡坐上了大总统金碧辉煌的四驾车，前面有骑兵开道，一路竭尽张扬而去。

从马车的耳帘中看出去，北京真不愧为历史悠久的文化名城，又有帝都威严。一路看去，处处红墙黄瓦，九重宫阙，气象万千。当尹昌衡由熊总理陪着进入了紫禁城，在去新华宫的路上，两边站满了警卫。他们三步一岗，五步一哨，一律穿着剪裁合体的黄色斜纹呢料军服，手持步枪，见尹昌衡他们时，刷刷地挺胸行持枪礼。到了新华宫，只见高高的宫前几十级的汉白玉台阶上，依次站了几十名将军，他们的将军服上都佩戴着勋章，腰挎长长的指挥刀，头戴高筒军帽，脚蹬漆黑锃亮的高筒皮靴，全都目视着他们的到来，肃然而立。

就在尹昌衡由熊总理陪着走上台阶时，身着绣有金边的炫人眼目的大元帅服的袁大总统从中间闪身而出，降阶迎接，算是殊礼。尹昌衡大步上前，将戴在头上的博士帽揭下，握在手中，向袁大总统行鞠躬礼，朗声道："川边经略使尹昌衡奉命进京，在此晋见大总统！"

"为国边防，劳苦功高！"袁世凯用他那双灯笼似的眼睛，上下打量着很有些传奇色彩的尹昌衡，用他那只一节节手指胖得跟香肠似的手抚着护在唇上的两撇牛角胡，赞扬道，"经略使不愧为我西天一柱！"

"为国护边，是军人本职，昌衡不敢言功高！"

"好好好！"袁世凯的大头点了点，转身手一挥，军乐队又奏起军乐。一个年轻漂亮的军官手捧一髹漆托盘大步而上，袁世凯从中提起一块金光闪闪的"勋二位"奖章，给尹昌衡授勋。就在袁世凯亲自将这枚勋章给尹昌衡别在衣服上时，军乐声中，军官们鼓掌，真是备极恩荣。仪式结束后，尹昌衡由熊总理陪着，在新华宫里暗香浮动、精致的蜀厅接受大总统接见。从雕龙刻凤的窗棂望出去，水面开阔，碧波荡漾的中南海和掩映在团团浓荫中的皇家宫殿，历历在目。

赐座后，大总统对尹昌衡说："经略使年来经营川边，很辛苦，现在来了北京，先不忙谈国事，休息休息，调理调理。北京名胜古迹甚多，我听说经略使很有雅好，不妨去这些地方看看。"说着看了看陪坐在侧的熊希龄，"经略使下榻处准备好了吧？"

"好了！"熊希龄欠了欠身子，"早准备好了，原是清摄政王的一处府第，挺不错的。"

尹昌衡心中一惊，原说是让他进京汇报工作的，怎么要让他长住下去？他赶紧站起来欠了欠身子："感谢大总统垂爱，昌衡身体不错，原也没有做长期休养的准备。昌衡临行前与川边民众下属已有约定，一旦接受了大总统垂询，就立刻赶回去，川边事多！"

"经略使年来功勋卓著！"袁世凯的话说得字斟句酌，用一双灯笼眼细细打量着尹昌衡的反映，"你的西征，已经圆满完成了任务。我让你进京，其实也没有什么要问询的，也就是让你进京休养一段时期，另外也好随时就川边问题向你问询。不知你急着回去有何要事？"说时，眼色显出了些许凌厉。

"我西征将士，就是现在的川边将士身肩重任。西藏达赖方面与我隔江相望，虎视眈眈；而我大后方川中方面也靠不住，胡景伊原先答应供应我的粮食、军械等都未能如数供给；民生亦待抚恤……"

袁世凯没有让尹昌衡将这番话说完，皮笑肉不笑地说："有的是时间。这些，我们改日再谈！"说到这里，已经端起茶来——这就是在送客了。礼仪官闪身而进，腰一弯，手一比："请吧，尹将军，车已经等在外面了！"

北京的王公府第很多，大多修得极为堂皇，他住的摄政王府更是。高墙深院中，大院套小院，楼台亭阁，鱼池假山，应有尽有，移步换景。尹昌衡在府中选了一处静幽的小院住下。这小院很像是蜀中民居，黑漆的月亮门，粉墙黑瓦，小院中有花有草，更有鸟雀鸣啁，正对门在花木扶疏的甬道尽头，当中一字排开三间青堂瓦舍。中间厢房他用做了会客厅，左边一间做了卧室，右边一间做书房。生活是优裕的，有为他专门配备的厨师，有供其使唤的丫鬟老妈子，但他住进去的第二天就发现，他其实是被监视了。大总统特意指使陆建章给他派了一营卫队守卫。他每天看报，从报上看来，与他一起进京享受这种"殊荣"的，还有云南都督蔡锷，湖北黎元洪。他明白，急于复辟帝制的袁世凯，鉴于有江西李烈钧月前的兴兵反袁，提高了足够的警惕，最不放心他们三人，于是，将他们三人先后哄到北京，"框"起来了。他当即叫人传来管家，要他去问清蔡都督的电话，然后他给蔡锷打了个电话。

前门外，距北京车站不远的八大胡同，车马喧阗，夜以继日。这里有好些出名的酒楼和名妓，出入俱是名公巨卿、豪商富贾，自晚清以来，这里就是个销金窟。

夜幕低垂。

川边经略使尹昌衡乘一辆有篷马车进了八大胡同，他的后面跟了条"尾巴"——到北京后，每逢外出，他的身后都跟了陆建章派来的兵。他这是要去会良玉楼，在八大胡同，良玉楼同蔡锷"耍"的小凤仙齐名。良玉楼真名殷文鸾，北京郊区人，家里是拉骆驼的，日子还过得去。不意她父母早亡，母亲临死前将她交由舅舅过养。不意她舅舅好吃懒做，很昧良心，看小小的殷文鸾长得俊，聪明伶俐，有卖相，就把她卖到了八大胡同的玉楼上。以后她出了名，鸨母干脆给她取了个叫"良玉楼"的艺名，让她的妓院也跟着良玉楼出了名。

月前，在一次宴会上，尹昌衡同蔡锷见了面，二人私下谈起来京的缘由和被陆建章派兵包围的苦经。蔡锷闪动着一双见微知著的细长眼睛，说黎元洪黎大胖子到京后整天在家猫起，韬光养晦……尹昌衡当即不屑地说："这算个什么事？松坡（蔡锷，字松坡），我们可不能像他那样没有出息！"蔡锷当即建议尹昌衡同他一样，不如随时去八大胡同泡起！这样一来乐得逍遥，二来可以麻痹袁世凯，这好比《三国演义》中的刘备种菜……

蔡锷是湖南人，同是留日东京士官学校学生，不过比尹昌衡早三期。二人后来又同时在广西桂林创办广西陆军学校，相知很深，性格情趣也对。他们都很有才，性格上风流倜傥。尹昌衡连声说好，可又说他在八大胡同认不到人，随便找一个，他又不太愿意。

"老弟，我给你找一个，你保证满意。"说着，蔡锷向他详细介绍了良玉楼的出身经历、脾气习性，还有同小凤仙的姊妹关系。当时，蔡大将军与小凤仙的风流逸事已经风一般在京城传开，经那些小报记者们竭尽渲染，更是沸沸扬扬。而蔡锷也不避讳，借报端宣布，他就是要在京城"买屋藏娇""做一个风流将军"……

默想间，玉楼到了。夜幕中，高墙深院中的楼台亭阁灯光闪闪，玉板轻敲，弦歌袅袅，似乎连空气都是香的。

尹昌衡身着绸缎长袍，一表人才，儒雅风流，下得车来，门前早有一半老徐娘迎上前来，道了万福，北音婉转地说："尹将军，请进！"说时扯着嗓门报，"尹将军到！"

跨进大门，浓施粉黛、五十来岁、珠摇玉翠的鸨母迎上来，讨好地说："玉楼听说将军要来，喜不自禁，谢绝了所有的邀请，正在楼上她的香闺等！"说时笑容可掬地将手一比，"将军请！"

鸨母在前带路，尹昌衡跟在后面，穿庭入院，上了绣楼，老妈亲自打起湘帘，唤一声："玉儿，你看哪个来了？"

里屋门帘一掀，走出一位袅袅婷婷的绝色女郎，她二十来岁，身材高挑，丰满合度，穿一件藕荷色精致绸缎旗袍，显得丰姿绰约。她头上那丰茂的黑发在脑后梳成一条油光大辫，搭在背上，一双又大又黑又深的眸子里充满了深情，充满了探询，还有一丝幽怨。尹昌衡心中一惊，蔡锷的介绍果然名不虚传，她哪里是个名妓？她的身上全无一点风尘女子的妖娆和珠光宝气，分明像个有教养的女大学生！文雅中略含坚定，含蓄之后潜藏着一团跃跃欲燃的火焰！尹昌衡忽然浑身一震，觉得她并不陌生。

看着尹昌衡，良玉楼的眼中流露出欣慰和欣喜，看玉楼姑娘高高兴兴接待了尹将军，鸨母抿嘴一笑，赶紧放下湘帘，临走时还为他们轻轻拉上了门……

北京冬季寒冷，香闺内却是温暖如春。夜深了，室外滴水成冰，"护卫"尹昌衡、蔡锷而来的兵们，在高墙外眼睁睁地看着玉楼上的华灯一盏盏熄灭，整个八大胡同进入了微醺的境界，而高墙外的卫兵们却在一边挨饿受冻。想着他们看护而来的尹大将军、蔡大将军这时在暖室里抱着美人入睡，卫兵们气不打一处来。在夜半时分，这两队卫兵们合计了一下，"暴动"了，他们哄地一下像炸开的蜂巢，涌进八大胡同的多家妓院肇事，寻吃的，寻住的，有胆大的，还要轻薄一下"姑娘"，搅得夜宿八大胡同的老爷们暴跳如雷，大骂陆建章是狗娘养的……八大胡同是何等之地？连袁世凯的大公子当夜都宿在这里。这一下，身居玉楼和云吉班里的尹昌衡和蔡锷都暗中笑了，他们要的

175

正是这个效果！

很快，"抗议"书和要求严惩陆建章的书信递上了大总统袁世凯的桌子，他不得不让特务头子陆建章撤销了对尹、蔡二人监视的派兵。

这天，太阳升起老高了，习惯早睡早起、最近一段时间就住在玉楼上的尹昌衡还没有起床。他睡在床上生闷气。同良玉楼相处以来，感情日深，两心相知，情深意笃，如胶似漆。前天，一贯温良恭顺的鸨母突然对他翻了脸。

"尹将军，你是知道的。玉楼姑娘是我的摇钱树，我以往靠她日进斗金！"鸨母手两拍，"可是她自结识将军以后，拒不见别的客人，可是将军已经付不起钱了。如果这样下去，我们喝什么，吃什么？"

尹昌衡问鸨母究竟是什么意思，鸨母让他拿出三万大洋为玉楼赎身，一次买断，干干脆脆。如果拿不出钱，以后就不要来了！并给他限定了时间。可是要他一次拿出白花花的三万块大洋，对于被袁世凯羁留京师的他来说，可谓天文数字，他是无论如何拿不出来的。今天是鸨母限定的最后一天，看来离别是必然的。昨晚上，玉楼对他竭尽温存，绝不提替她赎身之事。可是，天亮前，他突然从梦中惊醒，发现她根本就没有睡，在一边借着晨光恋恋不舍地看着他，满眼是泪。他一把搂着她，喃喃地对她说："你放心，我一定要把你赎出来，让你成为自由身，而且还要把你带回成都。成都是温柔富贵之乡。那里有碧波粼粼的锦江，有古柏森森的武侯祠，有杜甫诗中'两个黄鹂鸣翠柳，一行白鹭上青天，窗含西岭千秋雪，门泊东吴万里船'的美丽景致……"

"今生今世，我就是你的人了，你走到哪里我跟到哪里！"良玉楼紧紧地回搂着他，浑身颤抖，似乎生怕一放松，她就会像羊儿落进了虎口里。他们就那样搂着，你劝我劝你，百般温存，直到天明。

"尹将军起床了吗！"突然，窗外响起一声熟悉的男人声。他听出来了，这是袁世凯的三公子袁克文的声音。

"还没有起来。"楼下有丫鬟的声音，随即鸨母迎了上去，百般奉承。好像鸨母对袁三公子小声说了几句什么话，只听袁克文大声说："我就是为这事来的。尹将军什么时候起来，请他来一下，我就在这里等。"

尹昌衡不得不起床了，开始洗漱。他对袁克文的印象不坏，其人的生母是日本人，袁三公子人长得抻抖，为人洒脱，有相当的学识，平时西装革履，会唱京戏，会开汽车，对尹昌衡崇拜，说过："尹将军，像你这样能文能武的将军，在当今可谓凤毛麟角。"对尹昌衡也非常关心。

当尹昌衡来在客厅时，袁克文立刻站起迎接，并告了得罪，说是："你的事我刚知晓，我月前去了趟天津，刚回来。"

尹昌衡问袁克文："你刚刚得知我什么事？"

袁克文说："不是鸨母要你交三万块大洋，才让你领走玉楼姑娘吗？"

"这么说，你是要借钱给我？"

"那丫挺的老妈子靠玉楼姑娘给她扒进了多少钱！我这里有她为非作歹的证据，这样！"袁克文一阵京骂后，对尹昌衡说，"我这里先用汽车将你送回去，最迟不过午后，我再用汽车把玉楼姑娘给你送回来如何？我留在这里给老妈子交涉交涉！"尹昌衡发现，平时不带仆人的袁三公子，今天专门带了一个佩手枪的副官，还有一个戴博士帽的律师。看来，袁老三是动了真格了，而那个鸨母早吓得不知藏到哪里去了。

尹昌衡自然高兴，上楼给玉楼说了，然后上了汽车先回了王府。

午后，久盼中的尹昌衡听到了门前响起汽车喇叭声，袁老三来了！他一颗心跳了起来，赶忙迎了出去。隔着花园假山，就听见袁老三那口唱京戏似的嗓门："昌衡兄，你看我把谁给送来了！"

袁家三公子就这样成全了尹昌衡和良玉楼，与此同时，京城里大报小报也纷纷报道了这则桃色新闻。从热恋中很快清醒过来的尹昌衡意识到，袁老三帮他这桩事，很可能是袁世凯亲自授意。目的是笼络他，可是，他岂是袁世凯可以笼络得了的！

- 第十五章 -

酒醉骂袁

上午，尹昌衡正在书房里笔走龙蛇，撰写他的《止园诗抄》。副官马忠进来，送上一份来人求见的很素雅的名片，他有些不乐，停笔接过名片一惊，不意来访者竟是大名鼎鼎的章太炎。登上政治和学术舞台起，章太炎就是一个光彩夺目、敢说敢言敢行的人物，自嘲"章疯子"。

他这是作为民国委任的东边筹边使去东北公干后刚刚回到北京。

"啊，是章先生！"尹昌衡又惊又喜，连忙站起身吩咐马忠快请章先生。

"我章炳麟不请自到！"话刚落音，门帘一掀，章太炎已经进来了。时届中年的他，长衫一袭，中等个子，体形消瘦，皮肤白皙，有棱有角的脸上，眉重眼深，戴一副老式鸽蛋似的铜边眼镜。整体看，于名士风流大不羁，混合着机敏和桀骜不驯的神情。

尹昌衡起身让座，亲自给他泡上一杯真资格的四川盖碗茶，说："晚辈很失礼，前日刚得知先生从东北公干回京。本来该前去拜望的，因为冗事还未抽得出身，不意先生竟先来了！"

"你我不是外人！"章太炎把手一挥，很洒脱的样子，"不必拘这些虚礼！"

可是，就在尹昌衡刚坐下，章太炎却"扑通！"一声跪在了他面前。

"先生，你这是为何？"尹昌衡大惊，这就赶紧去扶他起来。

"哪个要你扶？"章太炎不肯要他扶，而要他坐下，说是有话要说。

恭敬不如从命，尹昌衡只好迟迟疑疑地坐在章太炎对面。

见尹昌衡坐好，跪在地上的大名人章太炎向他连叩三个响头，说是："硕权，你死了，已经死了，我这是特来祭你！"

"青天白日的！"尹昌衡说，"我明明活得好好的，你咋说我死了？"尹昌衡眼都大了。

"我看你是死了，死定了！袁世凯已经把你看成他的眼中钉肉中刺，你还能不死吗？"尹昌衡陡然一惊，暗暗佩服章太炎目光敏锐，识见高明，入木三分，"章疯子"实乃中国旷世奇才。

"先生的良苦用心晚辈领会了，先生请起！"尹昌衡再次起身去扶章太炎，章太炎起来坐下了，一副旁若无人的表情。他对尹昌衡说："硕权，你是死定了。不过，我也是死定了，而且，我还要比你早死。到你死的时候，我不能来祭你，所以今天特别赶来，对你嘱咐，等我死的时候，你一定要好好给我作篇祭文。"

一切都明白了，于是尹昌衡调侃道："届时一定遵命。"

"好，有你这句话，我章炳麟就心满意足了，告辞了！"说时站起，抱拳作揖，不管尹昌衡如何挽留，又像来时一样去了，真是飘若惊鸿。

这天天气很好，尹昌衡如约来在颐和园同章太炎品茗谈心。从坐落在昆明湖畔备极精致的崇丽阁里望出去，浩瀚的昆明湖水天一色，清风徐来，微泛涟漪，岸边垂柳依依；起伏有致的万寿山上，绿树丛中的崇楼丽阁，若隐若现，还有湖中宛若游龙的曲桥，全都倒映在水中，浮光跃金。

章太炎这天在崇丽阁请客，第一位请的就是尹昌衡。虽然清廷已倒，但是这座久享盛名的皇家园林，也还不是一般人可以随便进来的。而章太炎不同。他是大名人，面子也大，借得这块宝地。今天，他除请了尹昌衡，还有几个京城里颇有名气的文人作陪。那天，章太炎走后，尹昌衡去回拜。章太炎高兴，当即敲定了今天这个聚会。

古色古香的崇丽阁里，只摆了一席。锃亮的红漆大圆桌上铺着雪白的桌布，桌上摆有鲜花，地板上铺着红地毯。雕龙刻凤的窗户开着，美景扑进助兴。先喝茶，寒暄一阵后，太炎先生吩咐上菜。只见两位旗装姑娘款款而来，撤去茶具之时，仆役鱼贯上席。多是山珍海味，质量很高，上了八珍：狸唇、骆峰、猴头、熊掌、燕窝、凫脯、鹿筋、黄唇胶。此外，还有鱼肚、鱿鱼、飞来鸟，席面相当丰盛。

"我们难得聚会。"看仆役给大家的酒杯里斟上酒后，章太炎说，"今天要喝就喝个痛快，我们都是文人。"说着指了指尹昌衡，"尹将军文才也是相当的好，我们不如来行酒令，如何？"大家都说好。

"行一般的酒令乏味。"章太炎语出惊人，"我们的酒令就以骂袁世凯为题，如何？"

章太炎真是特立独行。他的建议让他请来的那几个文人大吃一惊，面面相觑，有胆小的脸都吓白了，心想遭了，这章疯子今天要发"疯"，我们来，今天弄不好就脱不到手！他们想溜不敢，知道章疯子脾气躁辣得很，都噤声不得。

章太炎对他们的反应视而不见，就宣布行酒令的秩序规则："从我开始依次转。"说时用手从左至右画了一个圈，"骂得好的，大家站起来同贺一杯；骂得不好的、不敢骂的，罚酒三杯！"说完率先开骂："生就一副猪相，心中嘹亮；明是一代枭雄，却又装猫吃相……"他骂袁世凯可谓竭尽嬉笑怒骂之能事。骂完他问大家："我骂得如何？"

大家说骂得好，说着都站起身来，恭贺他一杯。下面就是他左手第一人了，那人却推诿道："我不会骂人。"

章太炎皱眉："你连骂人都不会？"

"不会。从小家父对我管教很严，确实不会骂，我认罚。"接下来的一连四人都说不会骂，甘愿认罚。尽管章疯子的脸色越来越黑，黑得都快拧得出水来，他们就是不骂。

最后轮到了尹昌衡。

他本来不想暴露自己，不愿骂袁世凯，抬起头来，只见章太炎紧盯着自己，心想，我再不骂，怕是章疯子要掀桌子了！他是个红脸汉子，最怕被人瞧不起，这就情不自禁开骂，试着轻描淡写地骂，他骂袁世凯怕英国公使朱尔典，怕洋人：

"牛的眼睛大，但不尽看啥都大。西藏大，在他眼中不大；英伦小，在他眼中很大！"刚骂完，章太炎带头鼓掌叫好，还作了发挥，说尹昌衡这番话看起来很平常，实则有趣、有指，实在是精彩至极！于是，众人站起共贺，饮了满杯。

接下来开始了新的一轮。那四个人还是不骂，又吃罚酒，好容易转过一圈，其中一人操着京腔赶紧说："两轮已过，请章先生收令吧！"

"不行，还要骂。"章太炎很固执。

那四人这下就顾不得面子了，一个个开溜。有的说要去"解手"，有的说"肚子痛"……都溜了。席上只剩下章太炎和尹昌衡二人。章太炎饮了些酒，越发来劲，大骂袁世凯种种劣迹，骂完了又要尹昌衡接着骂。他们边喝边骂，边骂边喝，都是海量，渐渐喝麻了，也管不住口了。他们争着骂，越骂越展劲，把袁世凯的根根底底、祖宗八代都骂完了。

红日西沉。章太炎醉得摇摇晃晃时，才收了酒令。临别，他由仆人搀扶着离园时大笑，指了指尹昌衡："当今天下，敢骂袁世凯者？唯你我二人。今天是我平生最畅快日……"

俗话说得好，隔墙有耳，何况在颐和园这样的地方。章太炎、尹昌衡骂袁世凯的话，差不多就在他们骂完走出颐和园之时，就有"耳目"添油加醋地报告了袁世凯。

这则趣事，像长了翅膀，经大报小报记者一渲染一报道，立刻传遍了北京城。茶楼酒肆、街头巷尾，人们为此而津津乐道。

日上三竿，尹昌衡才醒。

头还有些昏沉。太阳光透过窗前那株翠绿肥大的芭蕉树，再透过雕花窗棂探进屋来，在地毯上洒满金箔似的光斑，闪烁、跳跃。有风。随着风的摇曳，涌进屋来的碎金一样的光斑在那饰有无花图案的家具上、在那装满了书的书柜上……幻化成种种新奇的图案。他这才想起昨天在颐和园同章疯子一起大骂袁世凯的放浪形骸，心中很有些后悔。

他刚起床，马忠给他送来一份请束，是张培爵的。脑海中立刻涌现出当初和他共事的大汉四川军政府副都督的样子：个子不高，微胖，腮上无须，一个神情精明的中年人；一年四季穿身黑色长袍，夏天是绸，冬天是布，脚蹬一双黑面白底的朝元布鞋。张培爵原是重庆方面的军政府都督，成、渝两个军政府合并时，主动要求当副职。而就在尹昌衡主动请缨率军西征后的第二年，袁世凯任命胡景伊为四川省都督，将张贬为民政部长。过后，他被召进京，给了一个总统府参政职，不仅职务一贬再贬，而且同尹昌衡一样，也被袁世凯"看"起来了。

想来这些年张培爵的处境，他很为其担忧。因此，早饭后，他给马忠做了些吩咐，自己出门雇了辆黄包车坐上，按张留下的地址找了去。

张培爵住在离前门不远的一条普通胡同里的一幢普通四合院里。

下了车，要门房通报。很快，张培爵快步迎了出来。

"硕权兄大驾光临，欢迎，欢迎！"长衫一袭的张培爵抱拳一揖，尹昌衡赶紧还礼，一把抓住老同事的手，边朝里走边关切地问："列五（张培爵，字列五）兄，我们自1912年在成都东较场分手后，一别就是两年，怎么样，现在诸事还顺遂？"

"往事不堪回首。"张列五苦笑着摇了摇头。尹昌衡这才发现，两年不见，张列五明显老了一头。他虽然竭力装出高兴的样子，但掩盖不了重重的心事。

"亲不亲，家乡人；美不美，家乡茶。"在客厅，二人坐定后，张培爵亲自给尹昌衡泡了一碗四川盖碗茶。

"列五兄！"尹昌衡端起茶船，一手揭开茶盖，推了两下茶汤，抿了一口茉莉花香茶，看着张列五笑道，"你硬是疯了嗦，咋个用那么大一张纸给我做了个请束？"

"我是怕再也见不到你。"为了掩饰伤感的情绪，张列五举起茶碗喝茶，热气氤氲中，尹昌衡发现，他眼睛都红了，心中不由"咯噔"一声，打量了一下。前四川省军政府副都督、现总统府参政张列五的居处相当的简陋，可见相当的窘困。这间权宜作为客厅的四四方方的厢房里，没有沙发，没有一样值钱的东西。正对着窗户，是一列显得残破的书柜。屋顶上也没有天花板。完全过的是下层人的生活。客厅大门正对着一个小小的天井，天井里杂栽着些花。一棵不大的枣树，没有开花，枝丫笔挺，显得铁骨铮铮。

张列五显然希望减轻尹昌衡对他处境的担心，放下茶碗说："我今天之所以专门请你来，就是请兄以后多注意些！"

尹昌衡听出了他话中有话，说："列五兄，你我不是外人，你可是听到了些什么？"

"你昨天同章疯子在颐和园吃酒，骂袁世凯，现在已是传得满城风雨。"

"啊，是吗？"尹昌衡一惊。

张培爵将一张《新京报》往尹昌衡面前一推，尹昌衡接过一看，对他们昨天的报道竟是整整一个版。

"全北京的人都知道了你尹昌衡，何必呢！"张培爵埋怨尹昌衡，"你咋同章疯子伙起骂袁世凯？老兄真是聪明一世，糊涂一时。章炳麟是当今名士，他的脾气都是晓得的，不然咋个叫他章疯子，袁世凯他敢随便骂，孙中山他也敢随便骂……他骂，袁世凯不会同他计较，你不同。看来你这一骂，就要大祸临头了！"

尹昌衡很赞成张列五的分析，说事到如今，后悔也来不及了，以后我注意些。

话说到这里，张培爵也没有就此事再谈下去。二人亲切地回忆起以往在四川的人和事，气氛好了许多。快到中午时，一个穿短褂的仆人进来问张列五："大人，饭好了，开不开？"

"开！"张培爵笑道，"京味清汤寡水，为了仁兄，我今天专门去请了个四川厨师来，炒了几个你爱吃的菜，有回锅肉、宫保鸡丁……保险吃得你舌头都要吞进去。"

尹昌衡大笑："知我者，列五兄也！"

当天中午，二人大快朵颐。饭后，二人又喝了一阵茶，张培爵劝尹昌衡设法赶快回到四川去，因为，这样一是可以躲开袁世凯的监视；二是四川也需要你尹昌衡。

尹昌衡表示感谢，问他列五兄："难道你不想回去？"

"想，怎么不想，做梦都想。可是，我回不去了。回不去了无所谓，大不了与枯木同朽，但是，硕权，你与我不同，你的作用比我大得多。你得设法回去！"在告别时，张列五将尹昌衡一直送到胡同口，二人握手作别。风吹来，有寒意，衣袂飘飘，有分惨然意味。二人互道了珍重。

尹昌衡不知道，他与张培爵此别就是永别！三年后的1915年1月，张培爵因暗中帮助国民党要人黄兴，惹恼了袁世凯被捕入狱，同年3月14日被杀害。

尹昌衡刚刚回到家，马忠告诉他，骆成骧来访——他是前日进京的，现在客厅坐等。尹昌衡走进客厅时，只见恩师虎着一张脸，嘴上拗根长长的叶子烟杆，见到他秋风黑脸的。

尹昌衡不明就里，赶紧问恩师何以生气。

骆成骧用叶子烟杆指了指，示意尹昌衡坐，然后喷了一口叶子烟说："尹硕权你晓不晓得，你马上就要大祸临头了？"

"希恩师细说端详。"

"你同章疯子在颐和园狠起劲骂老袁，你这不是自投罗网吗？"

尹昌衡叹了口气，表示后悔，感谢恩师一来京就来看他，并指出这事的危险。

"你给我承认错误有什么用？"骆成骧说，"你得赶紧去求见袁世凯。如果他肯见你，说明事情还有转机；若是不肯，麻烦就大了！"

"若是老袁不肯见我呢？"尹昌衡向骆状元问计。

"那就三十六计，走为上计。你得赶紧回四川去。"

尹昌衡依计而行，第二天赶去怀仁堂求见大总统，袁世凯不见。然后又去，却是连连碰壁。尹昌衡看出来了，危险正在逼近，他得赶快走，并想好了走的办法。

- 第十六章 -
失脚天津卫

民国三年（1914 年）元旦到了。

这天，从早晨起，在京的文武大员们就陆续到怀仁堂，给大总统拜年，恭贺新春。

尹昌衡虽然羁留京师，但官职未免，还是川边经略使、陆军上将，当然属大总统必然接见之列。尹昌衡心情急切，一早就去了总统府，报名后，被侍卫官客客气气请进一大客厅坐等。西式的客厅里很宽敞，很华贵，从落地大玻窗望出去，可见平静无波，翡翠般的中南海和曾经囚禁过光绪皇帝的瀛台……沙发间有茶几，几上摆着时鲜水果、点心——客人各取所需，还点缀着几个足有人高的宫廷青花瓷瓶，个个价值连城。客厅里散坐着几个客人，似曾见过，尹昌衡进去后同他们一一点头，算是有礼。他今天穿一身崭新的陆军上将军呢服，胸佩勋章，本来人就长得高标致，这一穿，越发引人注目。

他刚坐了一会儿，一个侍卫官进来对他毕恭毕敬地说："大总统传见川边经略使尹昌衡。"他最后一个进来，却是最先一个被传见，在人们羡慕的目光中，他跟着侍卫官大步而去，心中一喜。

进到怀仁堂，见到高坐在金碧辉煌的御椅上的袁世凯。他先向大总统敬礼，然后说："川边经略使尹昌衡晋见大总统，敬祝大总统政躬安泰，中华民国国运昌盛！"袁世凯神态漠然地点了点头。按惯例，在这样的场合，大总统点头就算答礼，被接见者就该退下去了。

但尹昌衡不肯，抓住时机要求道："职幕进京已有一段时间了，边情紧急，昌衡不能久留京师，必须回去，故借此机会向大总统辞行！"

"不急！"袁世凯说，"还有一些事情，本大总统要向你垂问。"

"那就请大总统定个时间。"

"我这几日要接见外宾。"袁世凯说得煞有其事，"你算着时间，五天后再来！"

"是！"尹昌衡得到了准信，这才退下。

五天后尹昌衡一早就赶去，却吃了个闭门羹。侍卫官对他说："大总统临时有事，要你五天后再来！"尹昌衡憋了一肚子气，情知袁世凯在"耍"他，也没有办法。五天后又去，这次侍卫官将他带到了怀仁堂。见到袁世凯，行礼如仪后，尹昌衡很直接地说："上次大总统之所以不让我回川边，说是有要事要问，不知大总统有何大事要问？"

"已经没有事了。"不意袁世凯来了这样一句。

"那就请大总统放我回去。"尹昌衡耐住性子，又把要求回去的理由陈述了一遍。

不意袁世凯听了他的话笑了笑。

"尹将军！"袁世凯的口吻中有种明显的嘲讽意味，"你离京的理由有些想当然吧？啥叫军情紧逼？这实在是有些危言耸听！"说时从案上拈起一张素笺抖抖："这是刚接到的川边代理经略使颜镡刚送呈的信件，言'川边匪情已然肃清，川边安定……'既然如此，你还回去干啥呢？我看你没有必要回去了。既来之则安之！从即日起，川边经略使再无设置的必要，机构撤销。你就安安心心留在京城，我有重用……"事情虽然在意料之中，但也在意料之外，这陡然的晴天霹雳，让时年三十岁的尹昌衡差点在袁世凯面前失去平衡发作起来。

他不知自己说了些什么，也不知是怎样退出的，只知道竭力控制着、压抑着。出了怀仁堂，看着碧波荡漾的中南海，看着海子中在浓荫掩隐中的瀛台，他一时怅然若失。他明白，从这一刻起，他不仅被软禁而且已经被削职。他明确地意识到，袁世凯对他的逼害开始了，必须赶快离开京师！

他立刻赶去了德国驻京大使馆要求帮助。

"尹将军！"当时，德国与英国在对华利益上既勾结又矛盾。德国公使耐心地听他讲了事情的由来后，那双天蓝色的眼睛里流露出理解和同情："你的分析很中肯，不过，我们能为将军提供些什么帮助呢？"

"因为你们有外交豁免权，请你们用你们使馆的汽车将我送到丰台火车站，我从那儿上车，辗转天津先去日本……"

"好的，没有问题。"德国人满口答应。

京津线上。

"呜——！"一列客车拉长汽笛，沿着两根长长的钢轨，在辽阔的华北平原上，轰隆轰隆地向天津方向风驰电掣。列车中部一节车厢一个靠窗的位置上，坐着一位大汉。他身着一件淡灰色旧长袍，戴在头上的一顶黑呢礼帽压得很低，颈上围一条围巾差点遮着了嘴。但只要你仔细看，就会发现他那双眼睛很深很亮很机警，举动间流露出只有受过专业训练的职业军人的干练，他就是化装潜出京师的尹昌衡。

确信自己的行踪没有引起任何人注意，他才放心看着窗外。点点村落，寂寥的原野，在车窗外一闪而过。他在紧张地推算，特务头子陆建章得到报告，确信他"潜逃"后，一时还不敢发通缉令，得等到袁世凯的批准；而得到袁世凯的批准发出通缉令时，他已经从天津乘外轮上了公海……

"呜——！"列车拉长汽笛，将他从沉思中惊醒，列车开始减速，进天津站了。

啊，怎么气氛有些不对？车站上三步一岗，五步一哨，军警们如狼似虎地望着尚未停稳的列车，似乎要搜查什么人，逮捕什么人？莫非他们是针对我来的吗？他骤然紧张起来。他其实是多心了。他哪里知道，他所乘坐的这列火车上，后面挂了个专列，专列上坐着应桂馨，军警们是为着应桂馨来的。

　　应桂馨，上海人，早年在上海滩上结帮行诈，为流氓帮会首领，辛亥年（1911年）在革命风潮中参加了上海会党军警起义。上海光复后，任沪军都督府谍报科科长，后追随孙中山，去南京就任总统府庶务科长，后因劣性不改，横蛮不法被免职重回上海。他这又摇身一变，倒向了袁世凯阵营。1913年3月20日，应桂馨受袁世凯、赵秉钧指示，率兵痞武士英在上海车站谋刺了国民党左派领袖宋教仁，引发全国人民的愤怒，酿成了轰动一时的"宋案"。袁世凯混淆视听，表面上严厉督促赵秉钧捉拿凶手，下面另有计划。

　　应桂馨杀了宋教仁，就暗中去了北京，要袁世凯兑现先前的许愿——袁世凯事前许愿，事成后给他一个都督职。可是袁世凯却连他的面都不见，原先的许诺一推再推，虚与委蛇，明显的赖账。应桂馨就放出狠话，说是大总统再说话不算话，他就要将宋教仁之死真相大白于天下，"光脚板不怕穿鞋的"……

　　袁世凯下了粑蛋，赶快找人将应桂馨带到总统府，好生宽慰，说是给他挂列专列，叫他某天上专列去天津任直隶都督，说是已下了命令，赵秉钧等你去就办交接……应桂馨本是一个无赖、文盲，根本没有见识，也不想一下：直隶都督何等重要，岂是他当得了的，能让他当的？

　　就在1914年1月19日，尹昌衡在德国人帮助下潜出京师，乘这列火车去天津之时，坐在火车后面专列上的应桂馨中途遇刺身亡。天津军警宪特哪里知道其间猫腻，得知应桂馨身亡大惊，奉赵都督命令，只等停车就上车搜拿凶手。

　　车厢里的乘客差不多快走光了，心中打鼓的尹昌衡尚无下车的意思，他以为东窗事发，上车的军警是在搜查他，就干脆揭了礼帽，撤去围巾，调头坐在窗前。

　　上车的军警一路搜查过来，见一大汉也不下车，稳坐窗前，感到奇怪，再看他长得仪表堂堂，威风凛凛，便问他是什么人。

　　"我是川边经略使尹昌衡！"他也并不隐瞒，行不改名，坐不改姓。军警不敢怠慢，请他下车，请进车长室休息，并把这个情况报告了直隶都督赵秉钧。

　　时年四十九岁的赵秉钧是袁世凯的亲信大将，河南临汝人，字智庵，与袁世凯是老乡，也一直追随袁世凯，被大总统视为贴心人。1911年武昌起义，民国建立，他是袁世凯的内阁民政部大臣；1912年先后升任内务总长、国务总理，是袁世凯的打手。1913年他负责组织谋刺宋教仁后，为减少注意力，袁世凯将他调到天津担任直隶都督。他在北京见过尹昌衡，也知道尹昌衡为大总统猜疑而被软禁在北京的背后隐情。因此，得讯后，他立即将情况报告了总统府，然后直接去了车站。

　　"昌衡兄何以简朴如此，连侍从都不带一个？我刚得到消息，接驾来迟！"见到尹昌衡，赵秉钧故作亲热，邀请尹昌衡去府上做客。身着上将服装的赵秉钧身材高大，黝黑的脸膛，已经发福了，腆着一副奶油肚，一张国字脸上配一副倒八字眉，还有一张阔嘴。

　　尹昌衡敷衍，说是愚弟之所以如此轻车简从，是有事路过贵地，不愿打扰。

　　"贤弟准备去哪里？"赵秉钧不依不饶。

　　尹昌衡脑子一动，现编现说："冯华甫续弦（娶妻），明天在南京都督府举行婚礼。你知道，我同他有旧，他来电邀请我去南京吃他的喜酒。我这是准备在天津乘船赶去……"说着，从口袋里掏出冯国璋打给他的电报。赵秉钧知道，这倒是实有其事。时年五十七岁的江苏都督冯国璋讨的是位二十九岁的"老女子"——她原是袁老三家的家庭教师，留过学。这桩婚姻，还是袁克文保的媒。他当然也知道尹昌衡同冯国璋的关系。应该说，尹昌衡编的这番话天衣无缝，他没有理由不放走尹昌衡。但赵秉钧宦海沉浮多年，老到得很，还没有接到大总统来电，他岂能放走尹昌衡！

　　"也好。贤弟平时请都请不来！"赵秉钧虚情假意地说，"既然来了，务必请到府上吃一顿便饭，让愚兄聊尽地主之谊，不然就是看不起人了。"

　　"不打扰了！"尹昌衡婉言坚拒，"我船票都订好了，赶脱了这班船，就赶不上冯华甫的婚期，下次我再专门来访！"

　　"不妨事，不妨事。吃顿便饭要不了多少时间；赶脱了这班船，我派专车送你去南京。"

见脱身不得，尹昌衡只好说："仁兄如此客气，愚弟只好去打搅了。"

在都督府一席酒宴毕，尹昌衡提出要走时，赵秉钧变了脸，掏出北京来电，说是："北京大总统来电，请你立刻返回北京！"

当天晚上，赵秉钧派出整整一连亲兵，押着尹昌衡上了去北京的列车。

"呜——！"火车启动了，顶着夜幕轰隆隆地向北京急驰。看着隐没在夜幕中专车，赵秉钧很得意，以为又为老袁立了一功，殊不知老袁心狠手毒，为了杀人灭口。事后派人将他毒死于天津。

清晨，一队荷枪实弹的宪兵、警察簇拥着一辆马车辚辚而来，停在尹昌衡权宜借住的王府门口，内中闪出一腰别手枪的队长，向守卫在门前的宪兵出示了证件，然后带队跨进门去。

皮靴橐橐，由远而近。尹昌衡慢慢放下拿在手中的一本《资治通鉴》，缓缓站起身来，整了整衣衫。自从他被赵秉钧从天津派人押回北京，他就等着这一天的来临。今天，他特意穿着一新，他身着民国大礼服——蓝袍黑马褂，好像要去赴一个什么盛会。

他步出书房，迎着来人，很威风地问："你们是来逮捕我的吗？"

迎面而来的军警们看着威风凛凛的他，不禁一怔。带队的军官向他宣读了大总统下达的逮捕令。

"那就走吧！"尹昌衡把手一挥，沿着花径大步向外走去。出了大门，看尹昌衡上了马车，一军警放下门帘，军官上前，"哐啷！"一声，将一根铁链搭在前车杠上——沿袭清廷逮捕大臣的方式，表示坐进车内的大员已被上了手铐。

就在马车启动之时，"昌衡！"一声泣血的呼声传来，殷文鸾（良玉楼）赶了出来，不顾一切地扑向马车。军警们端起上有雪亮刺刀的步枪，呵斥着，不准她靠近。

尹昌衡轻轻挑起窗帘，探出头来，挥了挥手："文鸾，你怎么来了？我就是不想让你知道的。回去，不要为我担心，我入狱后，一定要按我的嘱咐办啊！"

　　自从被天津押回，尹昌衡就把必然要发生的事告诉了她，并拿出一笔钱，要她离开另找僻居暂避……事情虽在意料之中，但也在意料之外。她自从同尹昌衡结为夫妻，时日虽不长，但情投意合，感情日增，陡然看到夫君被押上囚车，怎能不肝肠寸断？莫奈何，只能目送着辚辚马车远去。她觉得，那一步步、一声声都牵扯着她的心，很疼很疼，双脚好像灌了铅，人也发虚。返回家来，进到卧室，颓然坐在沙发上，睹物思人，格外伤心，颗颗泪珠夺眶而出。看见丈夫摆在案头尚未写完的《止园诗抄》，拿过来，翻到夫君昨日刚作的那首诗看下去：

> "赭衣寒月对婆娑，去国沉沉可奈何
> 生意早随蝴蝶去，死灰常与白驹磨
> 那堵旦夕惊汤火，独抱春秋坐阎罗
> 人有君亲酬不得，精魂长此拥山河。
> ……"

　　一腔悲愤溢于纸上，一种沉郁的情绪在诗句里跳荡。她猛然合上《止园诗抄》，一阵难以抵挡的悲痛阵阵袭来，柔肠寸断。她扑到牙床上，发出低声抽泣。

　　"玉楼，玉楼！"谁的声音如此温柔、亲切？她睁开眼，天快黑了。她感到头痛欲裂，想站起来却是浑身抽了筋似的酸软无力。

　　"文鸾、文鸾！"暮色昏暗中那男人上前来，想扶她。她悚然一惊，揉了揉眼睛注意看去，原来是袁克文。

　　"你请坐，三爷！"她坐直了身子，轻理云鬓，看她要唤丫鬟，袁三爷赶紧制止："文鸾，我们就这样坐坐，这样坐坐就好。"说时，带着欣赏的表情定定地看着她，看走神了。

　　此时，夕阳的最后一抹胭脂正在窗外庭院中的花园假山上收起最后的亮色，室内的一切都显得朦胧。西装革履、油头粉面的袁老三觉得这会儿的良玉楼真是美得惊人。她如雨打梨花，冰清玉洁。她明显瘦了，那一对大眼睛隐在浓密而细长的睫毛下，满含媚、怨、恨，还有一些梦幻的意味，具有沁人心脾的魅力。她那弯弯长长的眉毛，因痛苦而微蹙，动人爱怜，闪光紫色旗袍下露出一截玉腿，特别是鼓突圆满的胸部，一双丰乳因伤情而起伏。

殷文鸾见袁大白（袁克文，号）看自己看得周身酥软，特别是那对眼睛渐渐充血发红，发出狼一样贪馋的神情，知他心怀叵测。殷文鸾这就北音婉转地说："昌衡蒙难，遭此不幸。先生有什么事，待昌衡回来再说吧！"这就是在撵他了。

"你要等尹昌衡出来？"袁大白索性赖坐在沙发上，二郎腿一跷，掏出一支粗大的雪茄叼在嘴上，"啪！"的一声，用一只进口打火机打燃点上，喷出一口烟，目光透过袅袅升腾的蓝色烟卷盯住她，带着一种幸灾乐祸的神情，"我实话告诉你，尹昌衡的案情重大，他出不来了。"

"怎么，是你落井下石！"殷文鸾的目光变得尖锐起来。

"那倒不是。"袁老三赶紧解释，"大总统对他如此厚待，他却图谋不轨，潜出京师，准备从天津卫回到四川去造反……"看殷文鸾对他的话似听非听，神情又沉入难言的梦幻中。他站起来，亲手给她倒了杯茶递上去。袁大白长相有些地方酷似其父袁世凯，但本性不坏，不喜欢政治，平生风流成性，喜字画，是京剧玩友，爱女人，尤其是对殷文鸾这样的漂亮女人不乏耐心和温情。

"玉楼！"他很关切地打量着眼前这个漂亮的女人，说，"尹昌衡出不来了，这也是没有办法的事。你也该为自己打算了。"他说话就像在唱京戏，拿腔拿调的。

"我想好了。"殷文鸾很坚定地说，"昌衡不在的日子里，我走！"

"到哪里去？"

"回到我那偏僻闭塞的乡下老家去。"

"不能啊，哪能呢！"袁大白喊了出来，很痛惜的样子，赶快制止，"你父母双亡，回到那穷旮旯去哪行！犯不着为尹昌衡抱贞节牌坊。"

"那你叫我咋办呢？"殷文鸾知道袁老三的用意，却假装不知，故意这样问；说时眉毛挑起，隐忍不发，显出北地女性特有的飒爽俊朗。

　　"嫁给我！"袁大白的感情开始倾泻，说，"当初我就想娶你，做我的三房太太，可是老头子知道你同尹昌衡好上了，坚决制止。他要笼络尹昌衡。这下好，鸡飞蛋打，看来是老天爷作成我们……"

　　殷文鸾听完袁大白这些话，才明白，当初鸨母之所以要尹昌衡拿出三万块大洋来赎她，不然就不准尹昌衡再见她，以及袁老三的及时帮忙，随后袁老三出手，整个北京闹得沸沸扬扬的"抢亲"，都是他袁家父子做的套。现在，尹昌衡刚走，家伙就上了门……她想到这些，因为气愤，又一天水米未沾，身体虚极了，眼一黑，站起来跟跄一下，随即倒在了床上昏厥了过去。

　　袁大白见有机可乘，也着急，门都没有关，蹿上前去，先是摸她的玉手，摸她丰满修长的玉腿，见她都不动弹，以为她是默许，就大胆起来，一把将她搂在怀中，一只手在她高耸的乳峰上动作不止。

　　殷文鸾忽然清醒，愤怒不已。"混账东西！"她一把推开他，霍地站起，指着袁大白的鼻子大骂，"亏你还是当今大总统的公子，口口声声说是尹昌衡的朋友！你现在却乘人之危！你还是不是人？你给我滚！"

　　"哎呀，哎呀！"袁老三涎着脸皮，"你我都是过来人，何必这样认真？"

　　"王妈，王妈！"殷文鸾高声喊人了。

　　"太太，我来了！"花园里响起细碎的脚步声，袁大白看殷文鸾喊来了下人，知道没戏了，只好吞了吞口水，整整衣冠出门。他准备今天先放过她，来日方长。只要尹昌衡不出狱，把她搞到手，他充满信心。

　　轰走了袁老三，殷文鸾自知他不会放过她，便一一重金打发了王妈等一干下人，乘夜收拾金银细软，逃出了王府。从此，她在京城隐姓埋名，平静度日，耐心地等待着入狱的尹昌衡。

– 第十七章 –
大总统挂牌罗织罪名

书房里，暗香浮动。

大总统袁世凯独自瘫坐在沙发上发愣。他下令逮捕尹昌衡已近两月，因无罪案，无法开庭。全国各地为此事竟闹得舆论纷纷，指责当局随心所欲，孟浪行事，矛头直对着他来。而今不要说孙逆（孙中山）等人在海外借题发挥，还引起了国际注意，德国公使日前就此事出来干预。在国内，江苏都督冯国璋等好些大员都气势汹汹向他质问，特别是章疯子章太炎身穿丧服，要人抬着棺材和他一起来到总统府外痛哭流涕，历数他袁某"陷害忠良，不得人心"等等，闹得天怨地沸、不可收拾。

哼，章疯子，我不过是暂时放你一马，先理顺尹昌衡这个乱摊子再来收拾你！然而，这些洋人该如何应对？国内由此引发的事端又该如何处置？想到这些，袁世凯恨得牙痒痒的，感到杂乱无章，频生烦乱。他就像屁股上被扎了一针似的跳起来，烦躁不安地在书房里来回踱步。大局本来就已动荡不宁，若此事再不好好收拾，尹昌衡事件很可能像个火苗"噌"的一声点燃大火。那时，局面将难以想象。怎么办呢？真是进亦难，退亦难！突然，他感到一阵眩晕，赶紧跌坐在沙发上，这可是以前从来没有出现过的啊！自己才五十多岁，宦海沉浮多年，心机费尽，马上就要登上皇帝宝座，实现自己梦寐以求的夙愿了，万万不能栽在尹昌衡身上！

如何是好？抬起头来，从窗户望出去，花园里风景正好，玲珑剔透的假山上一股喷泉在金阳的照射下闪闪发光，好像一匹喷射开来的很有质感的银色绸缎，水珠落在池塘里鸣珠溅玉，给人一种虚幻感。目光一转，墙壁正中挂有一幅他的戎装大相片，那是他在北京就任中华民国大总统时，出重金请美国一个名摄影师拍的。照片拍得传神传情，很威风。照片上的他，头戴一顶上面插着一绺红缨的高筒军帽，那双枪弹般的眼睛正对着镜头，流露出"当今天下舍我其谁"的自信。照片上的他，长得天庭饱满，地阁方圆，天生一副伟人相。光线恰恰在他的悬胆鼻上分开，这样，他的阔脸一半处在明处，显得光明；一半处在暗处，显得有些黑暗。而他的头微微昂起，这样，黑与白的画面就很好地配合在一起，以一种逼人的气势充溢出来，鹰扬四顾。

这是他最得意的一张照片，这是一幅皇帝相。曾经多少次，他想象着当他登上皇帝宝座、穿上皇帝金光灿烂的华服时，该有多好！然而，他现在却分明感到有一丝动摇。他久久地看着照片上的他，处于一种长久的幻想中。

几十年来，他由最初一个微不足道的军人，因投靠淮庆军统领吴长庆起家，一步步起来，就像是最初由一棵柔弱的藤、一棵苗，靠攀缘而节节向上。这攀缘物最初可能是一根不起眼的细杆，他靠的攀缘物越来越强大，然他也由一颗柔弱的苗，迅速成长为一棵参天大树。中国有句俗话叫"树大招风，出头的橡子先烂"。这话对，也不对。如果长成了参天大树，大风又能奈我其何？！这中间他没有少挨骂，但做官不挨骂，难怕洋刀挎。我现在要当皇帝，有人骂；然而我当了，就像我长成了一棵参天大树，风再大，我不怕。我成了一座钢筋水泥铸成的堡垒，"橡子先烂"又从何说！

他幻想着他最终成了皇帝，坐在金銮殿上，金口玉牙，威风八面，唯我独尊。可是忽然间，呼啦啦一声，皇袍落地，身首两异……

猛地一个激灵，他从幻觉中清醒过来：原来是窗外起大风了。他掏出手绢，揩了揩额头上沁出的汗。倏忽间，电光石火般，他的脑海里萌生出一条毒计。他伸出香肠似的胖指头，按了按桌上的铃，一个秘书匆匆赶了进来。

"你听着！"这一刻，大总统完全恢复了镇静，他用他那口怎么也改不掉的河南腔很重的北京官话指示，"你即刻在总统府外挂一诏告牌，上面诏告'前四川省都督、后川边经略使尹昌衡，因案已拘捕在押。凡我军民，有知悉该员罪行者，均可到府首告。'对此案，本大总统将亲自审理。"

秘书遵命办去了。

"诏告牌"挂出了。这真是闻所未闻的奇观，袁大总统竟然亲自出诏告牌搜集尹昌衡罪证。围观者众，人们议论纷纷：

"啧啧，民国多怪事，袁大总统竟然亲书诏告牌！"

"哪有先把人抓来关起，再来罗织罪名的？我看这里八成……"看有獐头鼠目的人混迹其中，疑是耳目，话未说完，好些人就散了。

"诏告牌"挂出去三天了，看的人多，议论的人多，但就是无一人出来检举揭发尹昌衡的。没有罪案就无法开庭，而人已经逮起来了，如何是好？大总统急得如热锅上的蚂蚁。

第四天早晨，一个绅士模样的中年人往总统府闯。

"干什么，找死吗？"卫兵立刻伸枪挡住，厉声喝问。来人指着挂在门外的诏告牌说："大总统不是亲自下达了诏告吗，我就是来检举揭发尹昌衡的。"来人川音浓郁。这就上来一位戴金丝眼镜、着缎面长袍的中年人，看来是总统府内负责有关方面的师爷类人物。金丝眼镜上前制止了卫兵，说是放他进来，笑着问："先生你是？"

来人将长袍一撩，拿出一张名片递上去。

金丝眼镜接过一看一惊，"啊，你是骆成骧先生？"

金丝眼镜仔细打量骆状元，一张有棱有角的四方脸，长须飘髯，身着一件式样很老、质地也不好的灰长袍，虽然服装很"土"，但派头不同凡响。金丝眼镜不敢怠慢，赶紧将骆成骧请了进去。他知道，这骆状元对尹昌衡很了解，他们曾长期共事。

金丝眼镜将骆成骧请进小客厅坐，让宫女送上茶点，亲自去禀报。很快，金丝眼镜喜滋滋地来了，说是大总统闻讯非常重视，请骆状元前去问话。

是一间中西合璧、富丽堂皇的小客厅，身着便装的袁世凯端坐在正面一张沙发上，胖得像头猪。骆成骧进去后，按惯例先向大总统致礼，说了些敬祝大总统政躬安泰一套场面上的官话。袁世凯很高兴，那一双灯笼眼笑得弯弯的。在他看来，有名的文人大多脾气古怪，例如章太炎就是"章疯子"，而站在面前的这个骆状元，颇有声誉，却对他如此恭敬，良好的开端是成功的保证。

"骆状元请坐！"他让骆成骧坐下后，满怀希望地问，"骆状元可是奔我那个诏告牌来？"

"正是。"四川人说话幽默，骆成骧说，"我看大总统的诏告牌都挂出去三天了，没有人理，我来开个张。"

袁世凯似乎没有听出骆成骧话中的讽刺意味，说："好，请骆状元详细讲讲尹昌衡的不法行为。"

骆成骧显然是有备而来，侃侃而谈，袁世凯越听越不对劲。骆成骧谈的全是尹昌衡的功绩，竟无半点不是。

"不必讲了！"袁世凯很不耐烦地把手一挥。骆成骧这才发现，不知什么时候进来坐在旁边准备记录的两位身着大红旗袍、年轻美貌的文秘样的小姐，吓得一怔。

性情执拗的骆成骧来了脾气，硬顶一句："我最清楚，尹昌衡有功无罪。"

"真无罪？"袁世凯气得身子往前倾，盯着骆成骧，那一双灯笼眼好像要冒火，横肉块块的脸上气成了紫酱色。好像只要骆成骧敢再顶一句，他就要将骆生吞活剥了似的。

"无罪！"骆成骧回答得斩钉截铁。

"你就真是那么了解尹昌衡？"

"最了解不过。他先在桂林当过我一段时间的学生，后来当我的上司……"骆成骧滔滔不绝，毫无畏惧，直言抗争，他在细数了尹昌衡在辛亥革命和率军西征中的劳苦贡献后说："如果尹昌衡这样的人竟然有罪，那么，我曾经作为他总参议的骆成骧就是连罪，大总统把我骆某也抓起来吧！"见袁世凯虎着脸不吭声，他激昂慷慨地进一步直言，"尹昌衡长期以来为国为民，出生入死，累累功勋国人共睹。若是落得如此下场——无功有过，岂不让国人伤心？”说着动了感情，竟致声泪俱下。

这出人意料的一幕，让袁世凯暗暗感到震惊。心想，这骆成骧与章疯子比，真是有过之而无不及！但他不敢把天下闻名的骆状元怎样，只想把他打发走完事。

“骆先生请放心，”袁世凯强装笑脸，“尹昌衡的问题一旦查清，证明他真如先生所说，我立刻释放他，并且准他即刻回川去就任原职。”说着手一比示意。立刻，刚才那位金丝眼镜闪身而出，很生气地手一比，腰一闪，“请，骆先生！”

重赏之下，必有勇夫。林子大了，什么样的鸟都有。

骆成骧前脚出了总统府，后脚一个四川人就进来了。他叫邹稷光，绰号“邹讼棍”，以前在刑部当过小官，因品行不端，专门替人打笔墨官司吃烂钱，经多人揭发，年前丢了官。四川会馆因念及老乡情分，让他在会馆暂且安身。这个人一看就是个坏人，长得骨瘦如柴，獐头鼠目，也没有一个正经的家，游戏人生。身上有点钱就烧鸦片、逛窑子，日嫖夜赌，五毒俱全。他唯一本事就是捉刀代笔，颠倒黑白，替人打官司。

邹讼棍的到来，让大总统喜出望外，因为邹稷光提供了尹昌衡的许多罪状，还不是一般的罪状，而是大罪，足有十条之多。计有：谋反、草菅人命、强奸妇人、贪污受贿，等等。作为朝廷大员，如果这十大罪状成立，每一条都足可以判为死罪。大总统在查看金丝眼镜送上来的邹讼棍提供的罪状时，也有些怀疑，翻到后面的状告者，不仅有邹稷光，还有张三新、卦红帅，林林总总，共有一百多人，而且每个人的后面都摁有手印。袁世凯放心了，他想，罪证如山，看你尹昌衡往哪里跑！但是，不知奸诈的袁世凯，想都没有想到，告状者除邹稷光一人是真，其余人的姓名，连邹讼棍告尹昌衡的那十条罪状，都是他想当然的编造。

袁世凯传令重赏邹稷光。他提起朱笔批道：“……查原四川省都督、后川边经略使尹昌衡，在任期内飞扬跋扈，秉性乖张，作恶多端。兹有本省生民众数人来府控告。现成立军事特别法庭，派陆军总长段祺瑞为审判长，即日对该员提起正式审理！”

一抹残云在天安门上空缓缓浮动，两辆漆黑锃亮的小轿车披着暮色驶过天安门广场，一拐，驶进了一条幽静的胡同，在气象森严的一座公馆门前减速下来时，两扇黑漆大门洞开。大门外站岗的两个卫兵将胸一挺，向来车行持枪礼。两辆轿车首尾相接，悄无声息地驶进了公馆。

"哐啷！"一声，两扇大门复又关上。

这时，陆军总长段祺瑞正在他的家中等着尹昌衡。时年四十九岁的段祺瑞不是个简单的人，他是北洋军系中举足轻重的人物，号称"北洋三杰"之一，因为是安徽合肥人，被外界称为"段合肥"，也是民国时期军阀割据称雄时期数一数二的人物，是中国近代史上不可或缺的皖系首脑人物。他不仅在袁世凯时代，而且在以后的多个中央集权时代中，都是居要职、翻云覆雨的好手，又称为"政坛不老松"。

他是大总统袁世凯钦定的"尹案"最高审判人物。此时，他坐在书房里，望着窗外花园里越见浓重的暮色沉思。借着最后一线天光可以看清，段祺瑞军容严整，正襟危坐，身姿颀长，脸黑瘦，眉重眼深。整个看去，精明强干，严峻而又深沉。

副官进来报告，尹昌衡提到了。

"请他进来。"副官得令要走，段总长略为沉吟，又喊着副官，让他将尹将军请到后花园雅室去，另外，让厨房摆一桌酒宴上来。"请告尹将军！"他说："我马上就来。"态度少有的客气。

很快，一桌准备极精致的酒席摆在了后花园雅室，换了便装的段芝泉（段祺瑞，字芝泉）同尹昌衡对桌而坐。月亮升起来了，树梢风动，清爽宜人，月影婆娑，花香阵阵，北京的夏夜很美。段总长的后花园里似乎充满了《西厢记》中张生、莺莺"待月西厢下"的诗情画意。

"老弟！"三杯过后，段芝泉回忆起了往事，"还记得你当初东瀛学成归来，在武英殿应试，改了名字的事么？"

"往事历历在目。"尹昌衡说，"不想今夜相见，我尹硕权竟成了阶下囚，你段总长成了审判我的主官。"

段祺瑞听了这话，默了一下，随即举起酒杯："先饮酒！"二人碰了杯，一饮而尽。段祺瑞一边亲自往两个酒杯里斟酒，一边说："你的事大了，有人告了你十条罪状，你知道么？"

"不知其详。"

段祺瑞这就唤来副官，让他将邹讼棍告尹昌衡的罪状拿来，递给尹昌衡看，副官在旁掌灯。尹昌衡细细看了罪状，递还给总长时，副官知趣，退了出去。

"总长！"尹昌衡说，"不知你看过一出叫《八腊庙》的戏么？"

段祺瑞点了点头："看了，里面有个恶贯满盈的费德功。"

"照这罪状看！"尹昌衡自嘲道，"我尹某人硬是比费德功还坏，该零刀碎割才是。"

"老弟！"段祺瑞叹了口气，"你人年轻，少年得志，做错事也不要紧。现在的问题是，人家告了你十条罪状，你得实话告诉我，有没有这些事？有就有，认了就了。你是知道的，去年陕西一批士绅把他们的都督张凤祥告了，案情说起来也大。也是我审的案，经查，张凤祥所犯桩桩属实，但我判他无罪。因为他是开国元勋，我下令特赦。老弟的功劳比张凤祥还大，不怕！"

尹昌衡明白了段总长的意思。

"但是如果所告的十条罪状都是假的呢？"尹昌衡的语气很强硬："就是说，全是诬告！"

"啊！"段祺瑞明显一惊，马上回答，"没有就不认！"

"一条都没有呢？"

"那就一条都不认！"

"这可是当今大总统亲自抓的案子，人家是存了心的。"尹昌衡很苦地一笑。

"不管是天王老子抓的案子！我是对事不对人。"段祺瑞也表现得很强硬。

"那好！"尹昌衡将胸一挺，"总长，我明确告诉你，这十条罪状全系诬告！"

"此说当真？"段祺瑞说时神态严峻。

"千真万确。"

"好！那我立刻下来查，如果查到是真的呢？"

"只要查到一条是实，那就算我的十条罪状都是真的，我甘受处分。如果查到十条罪全系诬告呢？"

"那就立刻释放你，给你恢复名誉，对诬告者严加处分！"段芝泉回答得斩钉截铁。

"有段总长这话，我就放心了。"

"老弟，你暂时委屈几天。"段祺瑞说，"等我查明再说……"此时月影移墙，夜色已深，尹昌衡适时站起告辞。段总长让人将他送回了陆军监狱。

段祺瑞办事向来雷厉风行。第二天一早，他派出干练警察去四川会馆找状告第一人邹稷光核对事实，可是，哪里还有邹稷光的影子？他拿到重金酬谢后，一直住在京城一家高等妓院里鬼混。陆军总长获悉后，情知事出有由，他不顾大总统的面子，大怒，下达了一条死命令：务必近期拿住邹稷光。于是北京所有的军警、宪特一起出动，在车站、码头、旅舍一一搜索邹稷光，动静闹得很大。邹稷光得悉事情败露，心惊胆战，在一个夜晚被那家高等妓院赶了出来，溜到北京车站买火车票，想到哪里躲一段时间再说，结果，被布控的便衣侦探当场拿获。

进了气象森严的军事法庭，邹讼棍自知阴谋暴露，吓破了胆。他赶紧来了个竹筒倒豆子，将他如何见利起意，造假名、编假话来陷害尹昌衡的来龙去脉抖搂得干干净净。

情况弄明了。段总长感到问题严重，左右为难，他通过媒体对社会宣布："尹案情况有些复杂，待将一些隐情弄清后，再择日开庭。"

事情一波三折。大总统袁世凯得知邹稷光落网，而且邹稷光承认他告尹昌衡的十条罪状无一是真，只为钱财而来云云，又气又悔。他知道段芝泉不是别人，大权在握，性格刚硬，又有心笼络地方实力派，纵然是身为大总统的他袁世凯也不能不对他有所顾忌。事到如此，该怎么办呢？幸好，段芝泉并没有公开这是一桩诬告案，这就留有余地。思索再三，他决定换主审官。提起朱笔，他又下了一道命令："鉴于尹昌衡案案情重大，关系到外交、内政等方面，已不单纯属于军界，因此此案由陆军总长主审已不适合。现决定此案由本大总统亲自主审，陆军总监陆建章为审判员，隔日审理。"

世所皆知，陆建章是袁世凯的亲信，且为人手段残忍，由他来审理还有什么好的，问题严重了！

"大人，您请用餐！"看着合眼躺在床上已绝食三天的尹昌衡，干瘪瘦削的监狱长好着急。

日前，狱中的尹昌衡得知由袁世凯来经手他的"案子"，这一消息犹如晴天霹雳，袁任主审，目的不说自明。特别是他动用的陆建章，是个酷吏，手段残忍，他审案往往不问青红皂白就动大刑，屈打成招。尹昌衡怕受辱，闻讯当天下午就绝食抗议。

然而，对于监狱长来说，瘦死的骆驼比马重。如果让鼎鼎大名的陆军上将尹昌衡饿死在他手中，他是无论如何担待不起的！年过半百的监狱长绞尽脑汁，什么办法都使了，尹昌衡就是不吃。于是，他出高价请四川名厨弄了几个四川名菜，比如回锅肉、宫保鸡丁……这些都是平时尹昌衡最爱吃的菜，他亲自送来。

可是，无论他怎样劝，尹昌衡就是不理不吭声，像睡过去了似的。躺在床上的尹昌衡面容明显憔悴，监狱长几乎要给他跪下了。他从侍立在侧的狱卒手中接过菜盒，一个个揭开盖子，把散发着香气的热气腾腾的饭菜一一摆上桌子，再摆上酒，哀求道："尹大人，请起来趁热吃些吧，这里有你爱吃的回锅肉、有宫保鸡丁……是我专门去请了四川名厨给你做的，肉片切得很薄，熬成了灯盏窝……还有你爱喝的绵州大曲，酒菜都配齐了。尹大人、尹将军，你就起来赏个脸吧！"说到这里，矮小瘦弱的监狱长竟是一副可怜巴巴的神情，就像要给下跪似的。

好香！物欲的强烈刺激，使昏昏沉沉的尹昌衡下意识地睁开了眼睛：一个薄瓷花品斗碗抢入眼帘，碗里有喷香的资格四川回锅肉，半肥的猪肉一片片切得细薄如纸，熬成了灯盏窝，红的是郫县豆瓣，黑的是潼南太和豆豉，青的是香蒜苗，点缀其间：一盘宫保鸡丁，炒得通红的花生米和着辣椒、鸡丁……这些美味，像一只只镰钩，钩开了强烈的食欲，伴着求生的本能，眼看就要冲出理智的藩篱！他一下挣扎坐起，手一扫，"哐啷啷！"他将近在眼前的美味，全都搿落在地，碗、瓶都打碎了，一地狼藉。

"出去！"刚到而立之年的陆军上将尹昌衡指着房门，吆喝监狱长离去。监狱长长长地叹了口气，迁怒旁边的狱卒，让狱卒赶快把地上打扫干净离去。

绝食进入了第七天。

饥饿是个魔鬼。饿到三四天，饥火中烧，简直要造反；熬过了这一关，以后饿感逐渐麻痹；现在，饥饿感完全消失，周身轻飘飘的，好像灵魂要离开躯壳飞升而去。

夜又来了。

门轻轻响了一下，尹昌衡懒得睁眼睛。

"世兄，我看你来了。"这是谁？声音很熟悉也很亲切！尹昌衡睁开眼睛，站在面前的竟是陆军总长段祺瑞的儿子段君良，他也就是三十来岁，与尹昌衡差不多年纪，人很儒雅，以往多有交往。尹昌衡睡在床上默默无言。

在一星晕黄的狱灯映照下，只见尹昌衡那张英俊的面孔明显地消瘦憔悴，神态却很安静、沉稳；而那副微微上挑的剑眉却在微微抖动，暴露出内心的愤懑和忧虑。

"世兄！"段君良在旁边细言细语，"我此番来看你，除了我们私人之间的感情，更是代表我父亲来向你表示慰藉，首先请你进食，身体最要紧。"

"吾父经常对我说，世兄很有才华。而且，是非曲直终会澄清，犯不住如此赌气，犯不住摧残自己的身体。你这样做，只会让亲者痛仇者快。世兄，你是聪明人，你想是不是？一切应该从长计议！"

段君良说时，随从已在旁边桌上摆好了一桌精美的酒食。看尹昌衡又闭上了眼睛，段君良赶快说："世兄，我告诉你一个好消息，袁大总统得知你绝食，知道你是抗议陆建章审理此案，而外界舆论也多、也大，因而今天他已撤去陆建章，遗职由大理院（最高法院）院长周肇祥，会同陆军次长谭良仲接任。"见尹昌衡复又睁开眼睛，神情也活泛了些，他接着解释，"据我所知，其实大总统并非要害你，他深知你是个人才，欲重用你。可惜你太傲，他不过是要打打你的傲气而已！"

这话显然让尹昌衡听了很受用，他顶了一句："他既然要重用我，却为何如此这般折磨我？"

"大总统一生爱看《水浒》，他这是仿及时雨宋公明收大将关胜的办法对你……"尹昌衡自然是熟悉这一段的。关胜原先是官军派来攻打水泊梁山的大将。在与宋江对抗时中计，他马陷深坑，一群女将拥上来，将其绳捆索绑，备极羞辱，折了以为自己是天下第一、百战百胜的关胜的傲气。

"大总统是先折磨你，委屈你，然后重用你。"说到这里，段君良背诵了一段"天将降大任于斯人也，必先苦其心志，劳其筋骨……"的古训。

尹昌衡暗想，段君良此来，不知是受其父的旨意，还是受袁世凯的暗示。段君良善言辞，一番话说得有板有眼，合情合理，发挥得淋漓尽致，也很对尹昌衡的脾性。

"堂堂大总统是国家元首！"尹昌衡骂道，"咋个去学不三不四的宋江？要学就该去学《三国演义》中的曹操嘛！"尹昌衡深喜《三国》，尤喜曹操的才华气度，不喜欢宋江。

见时机成熟，段君良说："世兄，这些事以后再说好吧！现在务必请你看在我父子与你的交情上，起来吃点东西，要知道，你的身体不完全属于你自己，也是属于全体国民，你务必给我父子一个面子！"说着，上前将尹昌衡搀扶了起来。

尹昌衡被他劝动了，坐在床上，面对一桌精美的酒食，想喝酒时，却被段君良按住手，先舀了一碗银耳羹递到他手中说："世兄已经饿了几天，先喝碗银耳羹垫垫底。"

"不用！"尹昌衡推开他递来的银耳羹，很豪放地说，"酒饮英雄汉，饭胀傻老三！"他完全不改往日的英雄气，说着提起段君良专门给他带来的一瓶绵州大曲酒，先将自己的酒杯斟满，然后给段君良斟上，举起杯来，要同他碰杯。

"世兄！"段君良眼中满是惊奇和担心，"你几天没有吃饭了，这样空腹饮酒，行吗？"

"不妨事！"尹昌衡同段君良碰了杯，仰起头来一饮而尽，并亮了杯底。

然后一边自斟自饮，一边高谈阔论。

尽醉尽兴后，段君良离去。当夜，尹昌衡始感胃痛，后大吐，吐了血，吓坏了监狱长，赶紧请来医生。事情过了也就了了，尹昌衡并没有在意。可是他不知道，由于他的任性，就此种下了病根。中年以后他的身体情况逐年糟糕，最后竟致糟糕透顶，源盖就出于此。

尹昌衡恢复进食后，身体很快复原。但仍不见开庭，段君良也很少来了。白日无事，他开始在狱中写诗，整理编撰他的《止园诗集》《止园文集》。一天晚上，他睡前喝了点酒，上半夜睡得很沉，后半夜醒了。夜色沉沉，万籁俱寂，忽听屋顶上沙沙声轻响，像是猫在跑。俄顷，窗棂上有黑影一闪，正惊疑间，一个人已经站在面前。

"谁？"尹昌衡一惊，一骨碌坐起，厉声轻问。

"都督，是我。"来人声音很轻，很熟悉，"我是燕子武七。"

"啊，武七！"尹昌衡努力想看清曾经救过自己的镖师的样子，"我被袁世凯羁留京师，听说你愤愤不平，不愿以身事权贵，归隐山林，遁入空门了吗？"

"是。"

"那你——"

"武七虽在山林，但知都督上京后被袁世凯陷害入狱，非常不平。今受都督旧部彭光烈等人委派，千里迢迢赶来京师，今夜前来救都督回川……"

尹昌衡闻言暗暗思忖，陆军监狱高墙深院，戒备严密，武七虽然武艺高强，身手敏捷，轻功很好，他进得来，但背上他未必出得去！再说，这样偷偷摸摸走，也不是他尹昌衡的为人！如果这样一走，天大的冤屈，就是跳进黄河也洗不清了……想到这里，他主意已定。

"武七，你的一番好意，还有彭光烈他们的一番好意，我都领了，谢了。但是我不能这样走……"武士见尹昌衡无论如何不肯走，也没有办法，这就越发加深了他对尹昌衡的崇敬。他跪在尹昌衡面前说："既然如此，武七只好遵命。临别，不知都督还有何教诲？"

"武七你一身好武艺，人也正直，希望你以后善自为之！"尹昌衡言之淳淳，"如果以后有机会，希望你仍然要出来报效祖国……"听远处传来雄鸡的啼鸣，尹昌衡催武七快走。

武七站起身来，泣道："都督的教诲，武七记住了。"说时抱拳作揖，"以后都督若有用得着武七的地方，叫人带个话回川，到峨眉山九老洞找我，武七万死不辞！都督，保重！"说完，又是纳头一拜，转过身去，轻轻推开窗户，运起轻功，倏忽一闪，像片树叶，飘出窗去，飘过高墙，不见了踪影。

尹昌衡一案在最高军事法庭开审。

大总统袁世凯亲临法庭，由大理院院长周肇祥主审。尹昌衡长衫一袭站在被告席上，听周肇祥提出公诉，罪案是经过修改的邹稷光编造的十条。

"尹昌衡，你知罪么？"公诉完毕，身着大元帅服、高坐审判席上的袁世凯挺了挺胸，尽量使自己威严些，用那双狞厉的眼睛盯着尹昌衡喝问。

"无罪可认。"尹昌衡昂起头据理反驳，"邹稷光邹讼棍那十条罪名纯粹无中生有，系诬告。不然为何将邹稷光收监？这，是段总长亲自处理的。既然邹讼棍因为诬告我而被丢监，现在却又用他那十条纯系子虚乌有的罪名来起诉我？"本来他想说，"这不滑稽么"，临时改口："这些罪名能成立的么，如是，何不将邹稷光叫来当庭作证？"

"放肆！"袁世凯恼羞成怒，喝道，"你这是在接受大总统的审问么？"看尹昌衡一副宁折不弯、桀骜不驯的样子，袁世凯脸上泛起一种铁青色的苦闷和失望。然而，一刹那，他又恢复了刚毅果决的神情，他那根戴着一枚价值连城的翡翠戒指的胖指头，轻轻叩着桌面，示意继续审问。

周肇祥无可奈何地又将那子虚乌有的十条干巴巴地逐一提起，尹昌衡逐一反驳，弄得周院长哑口无言，只好可怜巴巴地看着大总统。

"看着我干什么？"袁世凯发作了，他迁怒于周肇祥，"你这个大理院院长是干什么吃的，民国坏就坏在你们这帮庸才手上！"说时，在卫士的护卫下拂袖而去。

"真是的。"周肇祥看着怒气冲冲而去的大总统，一边收拾桌上的卷宗，小声嘟囔："半夜吃桃子，按炮的捏！"抬起头来，看着身边两个呆若木鸡的记录员和场内两个站得泥雕木塑般穿黑警服的狱警，怒喝："还不把人带回去，一个个憨痴闷棒的站在这里干什么？"说着象征性地将法槌一敲，宣布："休庭！"

一场准备很久的审问就这样草草收场了，尹昌衡又回到陆军监狱。不久，一纸莫名其妙的判决送尹昌衡手中，是大总统袁世凯亲自所判："尹案十条罪中，所谓'谋反''草菅人命'等俱无实事。唯'亏空公款'罪情昭著，依法判处有期徒刑九年。"而尹昌衡不服，拒不签字，对此，他解释说："这条无非是查出我上京前，经民政部长董修武批准，在成都银行借的三万元一事。

"当时，我是川边经略使，按例月薪一万元，办公费一万元。然而，任上七个月，我该领十四万元，我却没有领过一分钱。昌衡家有老小，不能不花钱，特别是进京不能没有路费，进京后不能不给家中留点生活费。我母亲那样大年纪了，还自己种菜喂猪……难道说我通过正常渠道借三万元不应该吗，何谓'亏空公款'？不通！我尹昌衡在钱财上照样一清二白……"可是，尹昌衡这番辩白对送判决书来的大理院官员无异于对牛弹琴。

尹昌衡被正式丢监，开始了长达九年的服刑期。

– 第十八章 –
缚虎容易纵虎难

又是一年春天。

尹昌衡沿着楼上的有檐木质走廊遛了一圈，又回到优待室撰写他的《止园文集》。太阳升起来了，穿着棉袍似觉燠热，忽觉颈上痒酥酥的，伸手一摸摸来一看，"哎呀！"他不禁脱口失声："糟糕，生虱子了！"

"硕权兄！"尹昌衡应声抬头，见同窗难友黄侠仙站在面前："啊，仙老！"尹昌衡很客气地欠身让座，黄侠仙在他对面坐下了。所谓仙老，不过是个尊称，黄侠仙也不过才四十多岁，个子适中，剃一个平头，长方脸上戴一副老式眼镜，穿件薄袍，仪表不俗。他若不是因反袁入狱，这位清末最后一批秀才、过后又毕业于日本早稻田大学的饱学之士、原清史馆编修是很有前途的。

"硕权兄又有何大作？"黄侠仙很佩服尹昌衡，认为他能文能武。

"昌衡虽因于狱中，然川边金戈铁马的岁月、锦江边上蓉城的旖旎风光时时入梦，我昨天夜半醒来，又得诗一首，正要去请仙老指教！"说时，将桌上一页素笺递给了仙老。黄侠仙接过细看，一边拈着颔下一绺三寸长的胡须吟哦起来，这是尹昌衡新作的《望成都》：

成都兵马惊，万户齐哀鸣。

风声激云天，使我动深情。

单骑出危城，号泣激孤军。

三夜哭声哑，百人随我行。

一举万夫戢，再举四境清。

徒手当锋刃，岂不畏牺牲？

牺牲何足惜，要在桑梓宁。

不见千行泪，徒闻半壁平。

此心既已碎，此情难何伸。

倦马穷途泪，老牛犁下心。

泪亦不能滴，心亦不能平。

唯怜血汗尽，使我徒酸辛。

四首望成都，极目生愁云。

"好！"仙老拍案叫绝，"有情有景，再现了当年成都兵变和你率孤军平叛的情景，诚可感人。诗中可闻胡笳声声，金戈铁马的岁月和你对乡梓的赤子之情、拳拳之心，非硕权兄写不出如此佳作也！"黄侠仙正啧啧赞叹间，尹昌衡却又慌忙站起，翻开袖口，捉到一个虱子。

黄侠仙大笑起来，指着尹昌衡说："你一个连袁世凯都不怕、身经百战的大将军，怎么样，却败在一个小小的虱子身上了吧？"笑够了，黄侠仙正色道："你这样长期下去，生活上没有人照料咋行？我今天特意来给你保一个媒。"

"保媒？"尹昌衡说，"仙老你不会是拿我开心吧？俗话说得好，人往高处走，水往低处流。如今是我最倒霉的时候，谁愿嫁给我这个戴罪之身？"

"有，而且是个很不错的女子，只要将军你肯答应。"

见黄侠仙不像是开玩笑，尹昌衡略为沉吟："算了，仙老你的情我领了。纵然是有人愿意嫁给我，她可能不知我已有三房夫人！"

"可目前她们都不在你的身边，不能照料你。"黄侠仙说时一一道来，"颜机夫人和太太杨倩曾经来信，希望上京，到狱中照料你，可你不愿连累她们，不要她们来；良玉楼因受坏人纠缠，没有办法，只有藏匿人海，隐姓埋名。将军刚过而立之年，又值此艰危时期，若再娶一房妻室在狱中照料你，想来你先前的三房妻室绝不会有微词的！"

尹昌衡觉得仙老说得有理，这就问："你要介绍给我的姑娘是何等样人？"

"将军其实是见过的。"黄侠仙说，"就是隔三岔五来狱中给我洗衣服的那位，她是我表妹，名叫原莺，北京人，今年刚二十一岁……"黄侠仙介绍时，一位个子高高、丰满合度的北京姑娘恍然就在眼前。她的相貌说不上漂亮，但受看，端庄贤淑，北音婉转，不笑不说话。皮肤黑红，头发又黑又长，在头上盘成左右对称的两个发髻，笑起来露出满口珠贝似的小白牙，神情很纯，还有些腼腆。比较起来，她没有大家闺秀出生的颜机的雍容华贵，没有川妹子杨倩的泼辣；也没有良玉楼的光彩照人。她好像是一株北地秋天那漫山遍野的株干挺直、果实丰满、朴实厚重的红高粱，别有风韵。

啊，仙老介绍的是她？仙老的表妹！一种秘密的、甜丝丝的感觉立刻在身上蔓延开去。看尹昌衡笑眯眯的，黄侠仙知道他中意，又详细介绍了他表妹的家庭情况：出生小商家庭，能干，粗通文墨，不善交际，善理家务，特别勤快，心地善良。

"我这个情况，纵然你表妹同意，她家里同意吗？"尹昌衡提出了他的担心。

"这你就一百个放心。"黄侠仙大包大揽，说是他已把他的情况完完全全告诉了表妹和他的家人，他们都同意。说是只要尹昌衡点头同意，此事包在他身上。

"多谢仙老关心！"尹昌衡万分感激，不过又说，"婚姻大事，我又是这般情况，容我们双方都再考虑考虑。"说着摸出一块大洋，要狱卒替他上街买了四瓶白兰地、两斤酱牛肉、一只烤鸭回来招待仙老，剩下的钱赏给狱卒。二人开怀畅饮，再到夜深。分手时，黄侠仙又提起上午他保的那桩媒，说我们这边绝无问题，就等硕权你的回音。

尹昌衡病了，病得不轻。头，昏昏沉沉。下午，狱卒给他喂了药，把饭菜送上，可他没有吃，他没有一点口味。

那是一片开满格桑花的草原，他骑着他那匹心爱的火红的雄骏在飞奔，耳边风声呼呼作响，身后追着两名藏兵。一条深涧忽然挡住了去路！

他"啊！"的一声惊醒，醒过来，发现已是暮霭时分，一身冷汗淋漓，头痛欲裂，口渴难忍。

"尹先生，尹先生，你终于醒了？"这是谁，声音这么熟悉、亲近而又遥远、温柔动听！声音越来越近，他这才发现，暮色苍茫中，站在他面前的竟是原莺。她手中端着一碗粥，要他趁热喝下去。她弯着腰，很关切地看着他，一双又大又黑又亮的眼睛，像是熠熠生辉的玉髓，流露出真诚的关切。

"你已经昏睡两天了。"她看着他说，"刚才我叔叔设法给你请来一个有名的太医，太医给你诊了脉，开了药，说不要紧，只要你把这服药服下去，就会醒过来。不过，要紧的是护理……"说时，坐在身边的她，用勺子搅了搅，一口一口地喂他。

尹昌衡为了不拂逆她的好意，挣扎着坐起来，靠在床档头上，很听话地张开了嘴。粥熬得很好，喝进嘴里咽下去，犹如一股甘泉汩汩地流进了干涸已久的土地。他喝了几口粥，身体明显感到舒服了许多。这时，最后一抹胭脂色的夕阳透过窗棂，映照在她脸上，动人极了。他觉得她简直就是另外一个充满清新、充满慈爱、充满温情的世界专门给他派来的使者。他觉得自己真是有福。她真美，看她看得都呆了。

一碗粥喂完了，看他的精神也好了许多，她放心了，嫣然一笑。她要他睡下，就像母亲对一个孩子似的，她伸出手去，托着他的头，慢慢将他放下，放平，充满了母性。他情不自禁地逮住了她的手。她陡然一惊，想缩回手时，却缩不回去了。他看着她，觉得握在自己手中的那双绵软的小手开始微微颤抖起来，随即她也握住了他的手。此时无声胜有声。两双手越握越紧，顷刻间，像有一道电流迅速传遍了全身。

"啊！"原莺又是轻轻地叫了一声，顺着他的牵引，她那丰满玉润的处女身哆哆嗦嗦地伏了过去，倒在了他的怀里。一种不可遏制的激情从心底喷涌而出，一下子他不知从哪里来的那么大劲，伸手紧紧地搂着了她的细腰。于是，她高挺丰满的胸、婀娜有致的处女身肢全都伏了上去。他的手在她的身上游走开来，于是，她闭上眼睛，轻轻呻吟了一声，全身都酥软了，完全瘫在了他身上⋯⋯

这时，知趣的夜幕，急急地用它无所不在的黑丝绒裹紧了一切，如水似的涨起，笼罩了一切，将所有的秘密，将只有男女两个人之间才能享受的甜蜜，全都给了他们。

就在袁世凯紧锣密鼓，准备黄袍加身时，尹昌衡在陆军监狱同原莺举行了简朴的婚礼。

岁月匆匆，狱中生活平静无波，外面的世界却在急剧变化。民国四年（1915）五月，实行军事独裁的大总统袁世凯在废除了《中华民国临时约法》之后，接受日本提出的丧权辱国的二十一条，换取日本对其复辟帝制的支持，12月，袁世凯正式宣布恢复帝制，自封皇帝，改次年为洪宪元年，立即遭到举国上下的反对。同月25日，在小凤仙帮助下潜出京师的蔡锷在云南发动了声势浩大的护国战争，接着，四川、贵州、广西、广东、安徽、浙江等省先后响应，各省纷纷宣布独立。面对汹涌澎湃的全民怒潮，窃国大盗袁世凯不得不在民国五年（1916）三月被迫取消帝制，六月六日，时年五十七岁，仅当了半年皇帝的袁世凯因为气和吓，死了。

民国得以恢复，五色旗帜又在北京上空飘扬。韬光养晦多年的黎元洪先是被时代推上了民国副总统宝座、继而当了大总统，冯国璋当上了副总统。但是，真正的实权，却掌握在陆军总长段祺瑞手里。

尹昌衡出狱了，他要求回四川，总统黎元洪做不了主，"请示"段祺瑞，不准。段芝泉这会儿对尹昌衡的态度完全变了，他公开说："放他出来可以，但不能让他回去。尹昌衡是一只虎，猛虎，不是说嘛，缚虎容易纵虎难，不能放虎归山！"于是，他授予尹昌衡一盛威将军虚衔，让尹昌衡住眼药胡同一座原先的清王府。这样，备受磨难的尹昌衡刚刚出狱，实际上又被段祺瑞软禁了。唯一庆幸的是，殷文鸾重见天日，回到了他的身边。更让他庆幸的是，殷文鸾同原莺相处很好，以姐妹相称，家中气氛融洽。

尹昌衡站在书房内，目光透过窗棂，久久凝望着花园中的景色。天气很好，金灿灿的阳光，泼洒在假山、鱼池上，粼粼波光中，不时跃起尾尾金鱼……花园里百花芳菲，布置精巧，不愧为王爷府，既能体现出自然野趣，又不乏匠心独运的精妙构思，非胸有沟壑者，不能营造出如此的佳景。

然而，面对这一切，这天他却视而不见，他在想着四川督军刘存厚给他来的一封信。刘存厚在四川已经当督军了。信中，刘存厚对老上司细述了目前川局紧张的形势：反袁护法战争期间，滇、黔两军入川与北洋军作战，受到川省各方面欢迎、大力支持。然而，现在这两军却赖住不走了，并企图消灭川军……信中，刘存厚表示："我正秣马厉兵，准备给以罗佩金为首的滇、黔军迎头痛击，并将两军尽快驱逐出川！"他在信中最后如此说，"值此川局动荡之时，存厚及家乡父老无不盼望都督早日回川主政，今川局也只有都督才有振臂一呼、大局甫定的能力。盼都督之回归，如大旱之盼甘霖！"

他何尝不想回去？然归去难！现在段祺瑞派宪兵司令殷汉光对自己严密监视。隔壁有殷汉光一个府第，本来是没有住人的，自从他来后，这家伙特别在隔壁府第中住了他一个新娶的姨太太，便于对他监视。这家伙随时假意回家，借邻里关系过来串门；门口也随时有不三不四的人在晃动，他只要一有风吹草动，殷汉光马上就会知道。

他掏出怀表看看，这是上午十时，他在等骆成骧。骆老该来了，不会遇到什么麻烦吧？自己在京这几年，先是被袁世凯软禁，进而下狱，恩师却没有闲着，一直在为他的事奔忙。对此，他心中对骆成骧充满了崇敬感佩之情。骆成骧是清朝四川最后一个状元，戊戌年春（1898），才高八斗的他，被清廷任命为京师大学堂（北京大学前身）提调，多有贡献，丙午年（1906）奉命东渡日本考察宪朝，在很短的时间内学会了日文。他最为人称道的有两件事：一是辛亥革命中，他劝退了掌实权的隆裕太后；二是与替袁世凯恢复帝制鼓吹的杨度等人展开了不调和的斗争。袁世凯为了拉拢他，让他赞成帝制，设法让成都知府出面，希望他出来担任川、滇、黔三省筹安会会长，与北京的杨度等人遥相呼应，当然许了许多好处，但先生大怒，拍案将成都知府叱之出门。

过后，袁世凯派陈宦任川督，陈宦是骆办京师大学堂时识拔过的学生。陈是袁的重臣，不时前去探望骆先生，却被先生冷遇。民国五年（1916）二月，举国上下反袁已成燎原之势，惶惶然的陈宦又去拜望老师时，斥退左右问计于先生："袁氏欲为帝，今天下有人劝进，却又是国人共愤。袁氏示意学生，要我明确表态支持他，如我从之，会落得全川全国人民唾骂；不从，则随时都有生命危险。现在我的身边左右都安有袁氏亲信，我该如何是好？请恩师教我！"

骆成骧早已成竹在胸，见陈宦问得也确实诚心，这就说："此事你可以暂时不明拒袁氏，而今形势，数成都、南京反袁最烈，也最为重要。江苏都督冯国璋资格很老，是北洋三杰之一，手中也有力量，同袁氏貌合神离，而云南都督蔡锷已经公开打起了反袁旗帜，你可以秘密联络冯、蔡二人。许冯推翻袁后，推他为大总统，这就可以拉紧他，而蔡这边不成问题……"说罢，还亲自代拟成三电交给陈，说是："此三电陆续发出后，必气死国贼！"

陈宦得计后一扫脸上愁云，回去后按计而行。一心想当大总统的冯国璋，得到陈、蔡二人的联名密电后，踌躇再三终于宣布武装倒袁。这让袁感到非常震惊，他急电川督，要他最为倚重的陈宦发电支持。不意陈宦这时宣布四川独立，并陆续发出三电倒袁，文中有"聊凭掣电飞三剑，斩取长鲸海不波"等佳句，大气磅礴，一时为国人之绝唱，袁世凯绝望之余，宣布退位，羞愧交加，咯血而亡。

在尹昌衡率军西征时，是恩师舍弃锦城的华宅美食，当他的总参议，去天寒地冻、地瘠人贫的康边地区平叛征讨，历经艰险，功勋卓著；而当袁世凯在总统府外挂诏告牌罗织他的罪名时，又是骆成骧顶风而上，在袁世凯面前仗义执言，不畏枭雄权势，当面指责袁氏。袁世凯虽然恨极了骆成骧，但鉴于他崇高的威信，也只好让他三分，避之而去。

"都督！"沿袭以往习惯的称呼，马忠将尹昌衡从往事的沉思中唤醒，说是，"骆先生到了……"

尹昌衡甚为欣喜，整整衣冠，快步迎了出去。穿过花木扶疏的碎石甬道，来在客厅门外，马忠早为他撩起了蜀绣窗帘。尹昌衡一脚跨进门，就说："恩师，我盼得你好苦！"骆成骧起身，握住尹昌衡伸来的手，细细看了看他说："硕权，你受苦了！"

二人落座，仆役用骆成骧从四川带来的名山顶上好茶，泡了资格的四川盖碗茶。尹昌衡细看恩师，几年不见，他虽然老了些，但总不脱文人风貌，还是那副潇潇洒洒的样子：穿件素洁的一裹圆灰色长袍，头戴一顶黑缎瓜皮帽，中等偏上的身材已然微微发福，方面大耳，鼻正口方，眼大而光芒乍乍，神态沉稳。

"恩师！"尹昌衡举起茶碗请茶时说，"我这是借花献佛。"说着喝了一口茶，说："香，真香。"

骆成骧也举起茶碗，一手拈起茶盖轻推茶汤，抿了一口，一边注意打量尹昌衡的这间客厅，不大的中式客厅里非常整洁。地上铺有地毯，书桌、书柜一应俱全，正面壁上挂有一幅成都名画家古中古画的《打箭炉风情》，画是大画，八尺见方。在郭达山和折多山的前拥后抱下，折多河两边的街市楼房，向两边山上逶迤而去，远处旗幡猎猎；金碧辉煌的喇嘛庙里在举行法会。似乎可以听见喇嘛们嗡嗡的唱经声，叩着长头络绎而来的信徒们对佛虔诚跪拜，还有那些巡行时长约一丈的过山号，因为太长太沉，吹号的喇嘛不得不将过山号放在前面那个红衣喇嘛肩上，一路而来，吹得映山映水的；而在万瓦鳞鳞的街市上，服饰各异的藏、汉、回、蒙等多民族的人民和睦相处，公平买卖，填街塞巷；一缕金色的阳光，洒在高高的跑马山上，好像是洒下的一匹硕大红亮的金箔，平添了浓郁的地方特色和宗教风情。这样的画面勾起了骆成骧对往事的回忆。

还有一幅尹昌衡写的条幅，录自屈原的《离骚》："路漫漫其修远兮，吾将上下而求索。"尹昌衡的字是练过的，写的是魏碑变体，既沉雄有力，又有他的个性。深解其意的骆成骧点了点头，环顾左右道："硕权，你的玉楼姑娘呢，还有原莺呢，也不让她们出来见见老夫？"说着打起了洪钟大吕般的哈哈，四川人的幽默感出来了。

"文鸾有事上街去了，原莺在家。"说着唤仆人去喊。

少顷，原莺来了，躬身向老师请了安，然后在一旁坐下。骆成骧注意打量了一下这个在尹昌衡最困难时候嫁给他的红颜知己。婚后的她，皮肤白了好些，像根汁水又多又清新的莴笋，眼睛大、黑、亮，脸上泛着幸福的红晕。她手脚勤快，从果盘里挑了一个又大又红的苹果递给骆成骧，骆成骧摆摆手说："弟妹，我喝茶，苹果不吃。你嫁给我们四川女婿多日，我今天要考考你的手艺。"说着看了看桌上两碗泡得差强人意的盖碗茶："这茶泡得不真楷，弟妹不知你学会泡我们四川盖碗茶没有？"

"好，我试试。"原莺赧然地点点头，随即从茶柜里拿出泡茶的三件头，动作有些机械，先在桌上摆好茶船，再在茶船上骑上日日红茶碗，拈一撮四川茉莉花香茶进去，然后提起暖瓶倒进开水发叶子，头道水掺得过满了些，然后盖上盖子。

"如何？"原莺泡好了茶，红着脸站在那里，尹昌衡笑着问。

"也还可以。"骆成骧打趣道，"弟妹，当个四川媳妇不简单，也不容易，以后你还要学着做菜，川菜的名堂就更多了，硕权，我说得对不对？"

"对。"尹昌衡乐得大笑起来，"我们的川菜天下无敌，是得学着做一些。"

"我正在学。"原莺也乖巧，她知道他们有话要谈，这就红着脸向客人又鞠身一躬，北音婉转地说，"骆先生就在这里吃饭，我到厨房安排一下，并给先生做两样京菜尝尝。"说着礼貌地告辞了。

原莺走后，骆成骧对她大加赞赏，又说，想来殷文鸾也好。尹昌衡不置可否地笑着点了点头。然后，他们谈起了川局，谈起了尹昌衡回川的必要性和出走的具体办法。下午，殷文鸾回来了，立即过来见了老师，晚饭的菜肴很丰盛，为了显示诚意，两位夫人都下厨做了一道菜。殷文鸾做的是一道"驴打滚"，原莺做的是一道"拔丝"，让骆成骧赞不绝口。尹昌衡还陪着老师喝了酒，深夜方散。本来尹昌衡无论如何要留老师住在家里，骆成骧却坚持要回四川会馆去住，说是他还有事，尹昌衡也就不便多留。送骆马骧出门，喊来一辆黄包车，看着老师坐上车，消失在灯光朦胧的胡同口，尹昌衡才折身回去，他感到这一天，是他来京几年最快乐的一天。

又是一个夜晚，夜已经深了，尹府大院已经深睡，唯后院还亮着灯，殷文鸾还未睡，她在等着夫君。这几天，尹昌衡天天去四川会馆找骆成骧谈事，具体有什么事，他不说，她也不好问，但女性的直感告诉她，最近似乎会有什么重要的事会发生。

乳白色的灯光洒在舒适的卧室里，壁上的挂钟走得嘀嘀嗒嗒响，室内流溢着一种温馨的气息。她偎坐在金丝绒沙发上，手中捧着本《御香缥缈录》，这本描写光绪皇帝被慈禧太后囚禁瀛台，度日如年，生不如死生活的书，就像在泣血，字里行间充满绵绵的情、绵绵的泪。往昔，她拿着书就入迷，现情节已经进入高潮，可今天她怎么也看不下去，她有些心神不定。

高墙外已经敲响三更。

"当——当——当！"铜更被更夫敲击出水波纹似的颤音，随着更夫苍老的嗓音"谨防门户，小心火烛"，在胡同里袅袅远去。院里树梢风动，平添了一种说不清道不明的紧张和凄凉意味。就在这时，门外传来丈夫走得很紧的脚步声，她赶紧放下书上前开了门。

"吃饭没有？"她替丈夫脱了大衣，得知丈夫吃了，这就赶紧沏了一碗香片茶递过去。柔和的灯光下，尹昌衡接过香片茶坐下时，目光很特别地看了看她。身着软质旗袍的她，在温暖的卧室内彻底放开了，身姿丰满合度而又长身玉立，袅袅婷婷，漫柔体贴，就像一枝夜来香。

"有事？"她注意到了丈夫不同寻常的目光。

"原莺还没有回来？"尹昌衡问。因为她家里有些事，他让她回家住两天。

"今天下午刚回来，要不要我去叫她？"

"不要了。"尹昌衡摇了摇手，接着告诉她，最近这段时间，他一直在同骆成骧筹划一个回四川的万全之策，但现在看来不行，而局势又瞬息万变，因此，他决计今夜潜出京师回四川去。具体步骤，骆老那边已有接应……

"原莺的家就在北京好办些，我准备带你先回川去……"

"不！"不意殷文鸾说，"你先带妹妹走，我留下，妹妹年轻，好些事她应付不过来。"

尹昌衡为难了，喃喃自语地说："按说，你们中留下任何一个我都不放心，可是，我们被殷汉光派人严密地监视着，如果我带你们两人一起走，目标太大，很可能一个都走不出去。"

"你带妹妹先走！"这时，平素温文尔雅的殷文鸾显出了坚毅，"无论如何你要先带妹妹走！狱中，妹妹一直陪伴在你身边，吃了不少苦，因此应该她先走。我留下来，我有办法对付他们，我在北京的关系多，你就放心吧！只要你们回到四川安定下来，立刻接我去就行了。"说完，不由分说，过去叫来原莺。

原莺起初有点紧张、惶惑，听他们细说后，非常感动，一下扑在殷文鸾身上，轻轻抽泣。

"好姐姐！"她说，"我们一回到四川，就立刻派人来接你……"

时间不等人，他们赶紧收拾了一下必须要带的东西。临别，尹昌衡又给殷文鸾作了些交代。他带着原莺趁夜出了盛威将军府第，潜出了京师。

- 第十九章 -

黄鹤楼上中计，功亏一篑

清晨。室内自鸣钟"当，当"地敲响九下，国务总理兼陆军总长段祺瑞从枕头下掏出鼻烟，嗅嗅。这是他该喝牛奶的时间了。身着金黄色绸缎睡袍的小妾玉娇娇已经起床，正坐在一面宽大莹洁的意大利穿衣镜前化妆，她往嘴唇上抹了抹口红，又往脸上打粉饼。这时，丫鬟将牛奶送到了外屋桌上，轻步退出。

玉娇娇化好了妆，挑起珠帘来在外屋，将刚熬好的那杯鲜牛奶中加上一块方糖，用银勺搅搅，端起髹漆托盘，盘中还有一碟沙利文点心。她顺手将一份刚到的、还散发着油墨香的报纸捏在手上，袅袅婷婷走了进来，放在丈夫身边。这是一张西式铜床，两端的床挡头都镶嵌有一面蛋形的明镜，这样，他们的一举一动都映在两端的明镜上。不过，恍然一看，稍有点变形。本来，送牛奶这等粗事，是该丫头做的，但玉娇娇却是事必躬亲。在她看来，这样可以增加丈夫对自己的宠爱，也是一种预防。预防不经意间丈夫的"顺手牵羊"。一句俗话说得好，"家花哪有野花香"。男人，无论什么样的男人都喜欢吃着碗里的看着锅里的，总是没有够的时候。

她依着在床上，看着抽了鼻烟后又闭上眼睛假寐、习惯于晚睡晚起的夫君——时值盛年的段祺瑞，脸瘦，头发浓黑，眉重眼深，一副鹰钩鼻。

"醒了吧？"玉娇娇的声音很甜。

段祺瑞睁开了眼睛。

"喝牛奶了，快起来喝吧，不然就凉了。看人家都给你端来了！"玉娇娇的声音和形体都很娇。

"你不要我先去洗漱吗？"段祺瑞笑了笑，露出一口白牙。他的皮肤黑，这样的黑白对比，很像街上卖的"黑白牙膏"上的人。

"只要你喜欢，随便咋个都好，我才不像人家那么多过场呢！"玉娇娇说时，小嘴一翘，细腰一扭。她这话是针对着大夫人。这样，从侧面看，她那两个丰满的乳房就像喜马拉雅山似的鼓突起来。

对于玉娇娇的"过场"气话，段祺瑞不仅不恼，反而乐得哈哈地笑了起来。他当然知道，她这是在吃醋，她口里所说的"人家"指的是他的正房夫人——大太太。大太太地位不同，她们是知书识礼的大户人家出身，又与他同患过难。因此，她们同他在一起时，就不会这样惯着他。规矩很多，什么饭前要洗手，晚上也要他洗了才能上床。然而当兵出身的人粗惯了，总觉得是种束缚。然而，在玉娇娇这里，什么事她就由着他、将就他，并且千方百计讨好他。这也是他为何只要可能，总是喜欢宿在玉娇娇这里的原因。

穿着睡衣的段祺瑞这就坐起来，一手拿起一块新鲜的沙利文蛋糕吃，一手端起牛奶喝，而且将那张新到的《京报》放在鸭绒被上看起来。玉娇娇照样坐在床边，姿态娇嗔地看着足可以做自己父亲的他的一举一动。

这是他在小妾玉娇娇这里时，每天早上必然上演的一幕，充满了温馨。然而，这样美好的气氛，因殷汉光亲自来报告尹昌衡逃跑而被破坏了。殷汉光向他报告，尹昌衡昨夜不辞而别，只是在桌上给大总统黎元洪留下了一封信！

"嗯？走了，他的两个小夫人呢？"段祺瑞鹰眼一闪一愣。

"是，都走了！"殷汉光吓稀稀地说。

"混账东西，我是怎么给你交代的，你们是怎样看的人？简直是饭桶！"段祺瑞大发雷霆，骂时，将尹昌衡留给大总统黎元洪的信拿在手中，看下去。

信中，尹昌衡首先回顾了当初他、蔡锷还有黎元洪被袁世凯诓至京师软禁起来的经过，试图唤起黎元洪对他一种特殊的感情；然后直抒胸臆，谈到了他出走的原因："袁贼崩，民国得以恢复，国之幸甚。昌衡也得以出狱，本以为就此可以好好服务国家，服务社会。昌衡多次要求回川服务乡梓，却不意为段总长坚决留下，名曰留在京师重用，实则无所事事。"尹昌衡善于笔谈，明明不满，却写得很委婉。段祺瑞接着看下去："昌衡滞留京师久矣，而川中父老急望昌衡归去做些事，昌衡本人对家乡云树之思也与日俱增，特将上将军——盛威将军职奉还，挂印而去。从此后个人功名利禄无所萦怀，唯愿叶落归根！"

段祺瑞看完信，气得双手直抖，大为恼火地训斥站在面前的宪兵司令："尹昌衡是何许人也，嗯？他是只关进笼子的老虎，这下好，让他跑了，这还了得！"说时，用手指着站在面前这个大块头殷汉光的鼻子，喝道："你还像根木桩似的站在这里干什么？还不赶快给武昌督军王占元发电报，要他务必在湖北截住尹昌衡！另外，你立即给沿途下命令，从陆路水路严密搜捕尹昌衡，嗯！"

"是！"大块头宪兵司令殷汉光将肥厚的胸一挺，给段总长敬了个礼，赶紧执行任务去了。

两天后，一列由北京至汉口的火车缓缓驶进汉口火车站时，简单地化了装、身着一袭灰色长袍、头戴博士帽、眼睛上罩着一副墨镜的尹昌衡带着原莺，提着简单的行李，随着熙熙攘攘的人群下了车，朝车站外走去。

刚站到月台上，尹昌衡不由一怔，怎么站台上军警密集，而且有军警便衣手拿照片，严密对照、监视每一个出去的人。糟了，莫不是北京方面又发作了，又在拿我？这时，只听耳边一阵皮靴急响，调头看去，一位佩少校军衔、长得很精干的青年军官，径直向他走来。他正想回避，那青年军官已走到他面前"啪"地碰响穿在脚上的皮鞋，给他行了个军礼，朗声报告："少校副官张明受湖北督军王占元将军派遣，前来迎接尹将军！"

就在尹昌衡不知如何应对时，月台上的军乐队奏响了迎宾曲。

"我不认识你。"身着便服的尹昌衡不好意思说他不是尹昌衡，只是这样说。

王占元的副官颇有深意地回了一句："尹将军不认识我没有关系，只要我认识将军就行了！"说时手一比，"请吧，将军，请上车，我们督军在东湖大饭店专门恭候。"

没有办法，又走不脱了！尹昌衡只好带着原莺上了副官指定的中间那辆黑色轿车。很快，车站上的警戒撤去，三辆轿车首尾相跟，出了车站，上了湖滨大道，向东湖大饭店风驰电掣而去。

武汉号称九省通衢，这是20世纪初叶，中国内地的一座最先具有现代化国际大都市雏形、地处长江中游的沿江城市。从车窗内望出去，武汉热闹非凡，沿街店铺鳞次栉比。大街两边低矮的房舍中不时有鹤立鸡群般矗立的一幢幢直耸碧霄的洋楼。特别是海关大厦，黑色大理石一砌到顶，显得威严而霸道。很快，市区被丢在了身后，眼前出现了风景优美的东湖，这是武汉的首善之区。东湖很大，这里处处浓荫匝地，花香鸟语，水波浩渺。沿湖而去，眼前不时闪现出幢幢造型别致的别墅，轿车拐了一个弯，中西合璧的东湖大饭店出现在眼前。

轿车嘎的一声停在大饭店门前。

车门轻轻拉开，张副官彬彬有礼地站在门前，手一比："尹将军，请！"

尹昌衡夫妇下了车，注意看去，东湖大饭店确实不凡，红柱根根，檐角飞翘，大红地毯水波纹似的从地上一直沿着九级台阶铺上去，一直铺进门。在两人合抱的金龙盘柱后，雕龙刻凤的门上垂有大红宫灯，门前站两个身材相貌姣好、身着大红旗袍的迎宾小姐，她们笑靥如花。然而不协调的是，阶下两边站着两排持枪肃立的宪兵。

"哈哈，尹将军久违了！"这时主角出场了，湖北督军王占元缓行鸭步，从饭店里走了出来，降阶相迎。时年五十四岁的王占元是山东人，也是一个老资格的军人，他曾经是清朝的将领，参加过中日甲午战争。也镇压过武昌起义，属于袁世凯、段祺瑞他们一拨的北洋系，是一员北洋的得力干将。随着形势的变化，他最终倒向了段祺瑞。王占元是个典型的山东人，方面大耳，阔嘴鼓睛，不过身材并不那样高大，只是长得笃实。一身黄呢将军服穿在他的身上，绷得很紧，两道浓眉大刀似的扬起，标准的"武装同志"，然而他却没有戴大盖帽，一头马鬃似的黑发往后梳，看样子是上了舶来品，油黑油黑的。

尹昌衡曾经同他见过面，不过不熟，既然被他拦截下来，也不得不强打精神，同他敷衍。

主客二人进了大饭店的一间雅室，以往遇到这种情况，主人必然会请许多武装同志、地方雅士作陪，而这天王占元一人作陪。这就有一种直奔主题的意味。果然菜上来后，稍微寒暄几句，两杯酒后，王督军对尹昌衡说："我王占元是个粗人，就直来直去了！"

"这样最好。"尹昌衡说。

"请问尹将军，你这是要去哪里？"

"经宝地回四川。"

"是否得到段执政的批准？"

"我回四川不需要得到段执政的批准，我是陆军上将，盛威将军，只要给大总统说说就行了。"

"不需要得到段执政的批准？"王占元不以为然地冷笑了一声，"这话是谁说的？"

"我说的。"

"不行！"王占元断然说，"你要回川，务必得到段执政批准才行。我接到段执政命令，要我阻止你回川。"

"段执政违法，他没有这个权力！"

"那好，本人是奉命行事，究竟段执政是不是违法，有没有这个权力，请先生回京去同段执政讲理！"

话已经说来僵起了。少顷，王督军横肉暴绽的脸上努力挤出一些笑，对尹昌衡这样说："对尹将军的回川之情，我是理解的；不过段执政的命令，我也不能不执行。这样吧，将军好不容易来一趟武汉，请宽心住上几日，容我将将军的意思转段执政，再请将军给段执政写封信，等北京方面最后来信，那时何去何从，再走也不迟。武汉风景名胜甚多，我会尽地主之谊，派人陪你们夫妇登黄鹤楼，游龟、蛇二山……听说将军在写《止园诗集》，这样定可以给将军增添许多写作内容。"

没有什么话可说了，尹昌衡说声请便，率先站起，他要罢宴了。

"张副官！"王占元大声吩咐他的副官张明送尹将军夫妇回府。一场宴席不欢而散。

就在尹昌衡在武汉被王占元扣押之时，北京怀仁堂里，大总统黎元洪和段祺瑞的"府院之争"又趋激烈。

段祺瑞直入总统府，见到黎元洪就问："尹昌衡潜离北京时留给你的信和他在武汉写给你的信，都看了？"

"都看了。"

"听说你的意思是？"

"尹昌衡留在北京也无益，让他回川算了。"

"不行！"

"怎么不行？"

面对大权在握、态度蛮横的段祺瑞，脾气本来好的黎元洪也忍不住心头火起，他耐住性子解释："你让他回来干啥？让他回来，他又天天缠住我，说要回去。尹昌衡声音又大，钢声钢气的，把我的耳朵都吵聋了。"

看黎元洪不从，段祺瑞气不打一处来，怒气冲冲地说："尹昌衡是何其人也，你不是不清楚！哲言一句：'天下未乱蜀先乱，天下已治蜀后治。'四川已经够乱的了，放尹昌衡回去不是添乱吗？"

黎元洪不理段祺瑞了，掉过头去，抓耳搔首的。

"好嘛！"气哼哼的段祺瑞莫名其妙地说了这一句后，离开总统府，自去布置。

东湖督署贵宾招待所，其实是一幢花园洋房，围墙外站有卫兵。尹昌衡站在窗前望出去，花园里姹紫嫣红，目光越过围墙，不远处就是长江。宽阔的江面上来往的船帆，点点白帆，像蓝天上不慎跌落的云，却又缓缓而去。不时有外国军舰在江中横冲直闯，还不时示威似的拉响汽笛，高高的烟囱上吐出团团滚滚黑烟，污染了丽日蓝天，也破坏了尹昌衡的兴致。

原莺从屋里拿出一件大衣，给他披上，依偎在他身上。尹昌衡握了握她冰凉的小手，关切地说；"你可不要冻着了。"

"不会！"原莺北音婉转地说，"只要有你在我身边，我就暖和了。"

尹昌衡的心情好了些，指着窗外的风景对她深情地说："这里的山川风物、人情都与我的家乡四川很相似。你看这东去的大江，碧绿的远山和田野，还有在田槛上游牛的牧童，美不美？"

"美。"原莺带着神往的感情，"真美，好像一幅山水画。"

"说得好。"尹昌衡高兴地拍了拍她软绵绵的小手说，"我的家乡天府之国四川，比这还美。"

看着高墙外远方的美景，再看丈夫对家乡神往的表情，原莺忽然转忧为喜，带着凝重的神情说："昌衡，你说，王占元真的会让我们走吗？"

"会！张副官今天早晨不是把北京段祺瑞发给王占元的电报给我们看了，我执意要回四川，大总统批准，段祺瑞也没有说不同意。张副官不是说，船票都给我们买好了，是今天下午三点的船，届时他会带车来送我们去码头。你不是不放心，又打电话去海关查询有没有这班船，已经得到确信。你还有什么担心的呢？张副官刚才在电话中说，届时王占元也会到时去码头为我们送行！"

"如果这样，那当然好！"原莺说："我只是有种预感……"正说着，门房前来隔帘报告："尹将军，宜昌孙旅长前来求见。"说时递上名片。原来是孙传芳，他与尹昌衡是留学日本东京士官学校的同学。这时，孙传芳是王占元的下属，是个旅长，军驻宜昌。

听说孙传芳是专门从宜昌赶来看他的，尹昌衡心下高兴，他要门房请孙旅长在楼下坐，泡上茶，他立刻换件衣服就去。

当尹昌衡下楼步入客厅时，因为官职悬殊，孙传芳站起来，给尹昌衡敬了个军礼。

"馨远（孙传芳，字馨远）兄，不必如此客气。坐！"他伸出手去，同多年不见的孙传芳握了握手，让了座，问："你怎么知道我在这里。"

"尹将军是当今名人。"孙传芳说一口山东家乡话，"你是我们那一批中的佼佼者，回国不久，你在川督赵尔巽那里就当了编译科长，军职是少将，是我们那批中军职最大的。"

往事不堪回首，尹昌衡摇了摇头，"那不过是浪得虚名……"说着，双方谈起了过去的那批同学，谁谁谁又是如何。其中，混得最好的大概要数阎锡山了，他是山西说一不二的土皇帝，说到这些，孙传芳连连摇头说唯有他混得孬。又说尹昌衡这一回川，就如鲲鹏展翅，前途不可限量……孙传芳比尹昌衡小一岁，是山东历城人，长得体格魁伟，五官也还端正，因为刚刮了胡子，脸腮发青，一双眼睛看人看得很专心、很狞厉，眼神中有种游移不定，透露出一丝狡黠。

这会儿，谁都没有想到，就是这位慨叹自己军职小的孙传芳，以后会成为一个盘踞六省、自称联军司令的大军阀。特别是，他因为抄了慈禧太后的坟，获得许多价值连城的珠宝而臭名远扬。在反复的时代巨轮冲击、打击下，最后这家伙万念俱灰，皈依佛门，却因为作恶太多，在十九年后的1935年11月13日在天津居士林被一个仇人的女儿刺死。

孙传芳说，他知道尹昌衡是下午三点的船。得知尹兄在武汉的消息迟了，这不，紧赶慢赶赶来尽地主之谊。他谦虚地说："王督军宴请你们夫妇，我官职不够，没有资格作陪，现在请尹兄看在我们同窗六载的分上，让我以个人名义请你们夫妇出去玩玩，请尹兄务必给我这个面子。"

尹昌衡看孙传芳说得恳切，不好拒绝，只是说："馨远兄你的心意我领了。"说着掏出金壳怀表看看，说："时间不待，要不，我们就再谈谈，中午，就在我这里随便吃顿便饭行了。"

孙传芳坚决不肯，说时间他掐得很准，就陪他们夫妇就近到黄鹤楼上看看风景，吃顿饭就行了，黄鹤楼饭店的菜做得相当不错，尤其是武昌鱼，时间也是足够的。

尹昌衡不好拒绝，就到隔壁给王占元的副官张明打了个电话。张副官一口答应，说是孙旅长事前给他们说了的，王督军也知道，要他们夫妇放心去玩，到时他会带车来黄鹤楼接他们去码头上船。

登上闻名天下的黄鹤楼，先喝茶，孙传芳要了一间雅室。登高望远，武汉三镇历历在目。孙传芳笑道恭维尹昌衡："硕权，你文武双全。如此美景肯定又会激发你的文思，肯定又会给你的《止园文集》增添一些华章！"

"不然！"尹昌衡说，"我想，这会儿最能表达我心情的是范仲淹那篇《岳阳楼记》。"说着背诵了其中一段："登庙堂之高，则忧其民；处江湖之远，则忧其君。是进亦忧，退亦忧，然则何时而乐也？其必曰：先天下之忧而忧，后天下之乐而乐……"

"好！"孙传芳轻轻鼓掌，"硕权志存高远，了不起，了不起！"

尹昌衡摇了摇头："我未必是这样的志存高远，不过是有感而发。"话未说完，一个小厮进来，对孙传芳说："孙旅长，你们的酒席摆好了，请移尊隔壁吧！"

孙传芳看了看手表，"哦"的一声："愉快的谈话不知时间流逝，硕权，已经中午了，我们请吧！"

这是一间很精致的雅室，看来，孙传芳是这里的常客，酒菜已经上齐了，尹昌衡夫妇和他各踞一方，四面雕龙刻凤的窗户都打开，江风徐来，天气又好，阳光朗照，真真个良辰美景。

孙传芳举起杯来，对尹昌衡敬酒说："硕权，你是贵客，又是海量，来，我先敬你一杯！"

尹昌衡很警惕，他说："感谢馨远兄深情厚谊，不过，昌衡因在狱中坏了身体，已经戒酒了。"

孙传芳也不勉强，笑笑，仰脖饮了满怀，看了看尹昌衡夫妇说："那就请你们夫妇随意。"说时给尹昌衡盘里夹了块中华鲟鱼，又夹了块放在原莺盘里，说："这中华鲟是难得的美味，纵然是我们住在此地，也难吃到这种鱼。而有的菜馆往往以假充真，这家黄鹤楼却是绝对正宗。"

尹昌衡尝了尝，确实肉极细嫩，味极美；问原莺如何。原莺笑笑，说好。尹昌衡说："离成都不过二百来里的雅安，因为终年四季每天都要下点雨，叫雨城。雨城有三绝，就是雅雨、雅女、雅鱼。我觉得这中华鲟与雅鱼没有大的差别。"

孙传芳听得眼都大了，笑道："你们四川天府之国是我久已向往之地，等兄台回川坐正之后，若有机会，我也去你们四川看看，不知届时兄台欢不欢迎？"

"欢迎，欢迎，肯定欢迎！"他们就这样边吃边谈，话题天南地北，谈得最多的是眼下的武汉三镇。从窗内望出去，金阳下，龟、蛇二山隔江对望相映成趣。楚天辽阔，大江如带，如银河之长流。尹昌衡知识渊博，谈到了这里是清末重臣、著名的洋务派首领张之洞长期经营之地。他在这里开办了汉阳钢铁厂和汉阳兵工厂等大量的现代新兴工业，聚集了大量人才。同时，在早之前，他又在成都开办了尊经书院，为蜀中培养了大量人才，贡献殊多……当尹昌衡出去小解时，忽听有人招呼他的名字，调头看去，真是巧了，竟又遇到两名当年同时留日时在轮船上认识，过后在东京又多有交往的人，一个叫江乘风，现在湖北枪炮厂做工程师，另一个叫李百根，在海关做高级职员。孙传芳闻讯赶了出来，邀江、李二位入室，命酒家撤去残席，重摆一桌。

江、李二位对尹昌衡也是百般恭维，无论如何要同尹昌衡饮个满杯。

"硕权兄，不，尹上将军，你如今是名满天下的人。"西装革履的海关高级职员李百根很善言辞，他举起斟满了酒的酒杯说，"我们都知道，你是海量，没有一个人是你的对手。今天，我们好不容易碰在一起，你无论如何得把这杯酒干了！"

盛情难却，尹昌衡暗想，区区一杯酒饮了又如何，就接过酒杯一饮而尽。看尹昌衡饮了，江乘风又劝酒，说是："你当初被袁世凯囚禁在陆军监狱时，怄气绝食，段祺瑞派他的儿子段君良带了饮食来看你，劝你进食，饿了几天的你被段君良劝醒了，也不吃东西，端起酒来就畅饮，那可真叫英雄。当时这些，报上都登了。今天这两杯酒岂在你的话下？"尹昌衡不好拒绝，又饮了一杯。当孙传芳给他敬酒时，尹昌衡笑笑说："实在不能饮了，今非昔比，如江兄所言，我的身体就在那次被整坏了。"

　　"咦！"孙传芳端起斟满了酒的酒杯就是不放下，很是不满地说，"未必他们二位敬的酒，硕权就喝得，我们在东京士官学校同窗六载，反而我这杯酒就不能喝了？"

　　看原莺一个劲给他眨眼睛，尹昌衡当然明白她的意思，这就接过杯来说："那我们就说定，我饮了这一杯，饮完就完！"

　　"好！"孙、江、李三人都表示赞同。不意他饮了这一杯，忽然感到眼发黑，腿发软，自知中计，指着同桌的孙、江、李三人，睁大眼睛："你们，你们，不够朋友！"说完，头发晕不能自持，倒在了桌上。

　　"昌衡，昌衡，你怎么啦？"原莺哭了起来，上前去扶夫君。这时，江、李二人赶快溜了，孙传芳的副官带着两个兵走了进来。

　　"赶快，把尹将军送到医院去。"孙传芳吩咐副官。

　　尹昌衡轻信同学之谊，在黄鹤楼上中了孙传芳等人设下的连环套，功亏一篑。也不知他们是不是在他的酒中放了什么药，做了什么手脚。当天晚上，王占元奉段祺瑞之命，挂了一个专列，派兵将尹昌衡、原莺夫妇押回了北京。

- 第二十章 -

冲不破的黑网

忽忽间到了民国六年（1917）春。

心情虽然苦闷，但生活仍然还得继续。这天，因原莺家中有事，一早回了娘家，他感到白昼难熬，主动提出带殷文莺上街去王府井一带转转，给她们姐妹扯点料子做新衣服。这让殷文莺欢天喜地，心想，这真是太阳从西边出来了。他们在王府井转了转，然后，去北京烤鸭店吃烤鸭。

北京烤鸭店是座百年名店，进出的大都是有钱人。

他们上到楼上，要了一个雅间，先饮茶观景。放眼看去，古都北京处处春深似海，好些人家窗台上的花都开了。蓝天上不时掠过响着鸽哨的鸽群……幽静整洁的胡同里，排列着幢幢青砖黑瓦的四合院，垂柳依依。那卖糖葫芦的、磨剪刀的、挑担卖水的、卖小金鱼的……声声盈耳，充溢着浓郁的市井风情。尹昌衡告诉殷文莺，说北京很像成都，说到这里不由想起已经分别四年的父母、夫人颜机和襁褓中的儿子，想起归去遥遥无期，不由叹气。

善解人意的殷文莺不愿丈夫的思绪在痛苦中陷得太深，赶紧唤来堂倌点了烤鸭，还有一些酒菜。堂倌很快送上四个冷盘、一只烤鸭，北京没有尹昌衡最爱的绵州大曲，改成了四瓶白兰地。

230

作为北京人的殷文鸾边吃边给夫君介绍北京烤鸭的做法："首先是选料，这鸭不是一般的鸭。北京鸭本来就个大、肉嫩、肯长。其次是灌料。这些选过的北京鸭不能由着它们长，而是到了时候就得将它们的毛拔掉一些，用精饲料猛灌一气，而且要限制它们的活动，让它们少动。这样，在很短的时间内，北京鸭就像是用吹火筒吹涨了似的，一只只长得肥嫩肥嫩。具体制作时，工艺也是相当的讲究。"说到这些，殷文鸾如数家珍，兴致勃勃，用筷子从大白盘子里将片得很薄、黄锃锃、亮晶晶的鸭肉夹来放在面皮里，再配上大葱蘸甜酱裹紧，递给夫君。看尹昌衡边饮酒边吃北京烤鸭，她问如何，尹昌衡说："不过如此。我看还不如我们成都卖的樟茶鸭子。"接着介绍了成都的好些名小吃，甜食类有赖汤圆、古月胡三合泥……另外，光是鸭子就有好多种，什么樟茶鸭子、唐昌板鸭、王胖鸭、还有夫妻肺片、龙抄手、矮子斋、二姐兔丁，等等。

女人一般都对名小吃特别感兴趣，殷文鸾自然也不例外，听得眼都大了。她说："我早听说成都小吃有名，不想有这么多，光听这些名字就有意思。"

"那是，每一个小吃都有一段故事。"尹昌衡越来了兴趣，说："成都不仅好吃的多，可看可玩的地方更多。出城不过几十里，就有闻名天下的、世界水利史上的奇观都江堰，而都江堰又同道教圣地青城山是连在一起的。退回来一点，有古蜀望帝、丛帝的故居望丛祠。望丛祠离郫县县城很近，红墙黄瓦，里面古柏森森，占地广宏，是一处极好的踏青休闲地。而市里呢，就更不用说了，有诸葛武侯祠，有唐代诗圣杜甫寄寓多年的草堂寺，有望江楼……"

"你们四川是天府之国，你们的成都号称温柔富贵之乡！"听了这些话，殷文鸾深有体会地说，"听你这一说，我思想上充实了，活了，真想早点跟你回四川，回成都去！"又说一会闲话，也就吃完了，吃好了。结了账，尹昌衡挽着殷文鸾下了楼，服务小姐看他们走来，将珠帘一掀，腰一躬，说声客人走好。刚出去，不意迎面遇到一个人，尹昌衡和来人都顿时一惊，互相看着，愣在了那里。

所谓冤家路窄，来者不是别人，正是原四川都督，他的主官、现清史馆馆长赵尔巽。时年七十三岁的赵尔巽俨然一标准的清朝遗老，虽然头上没有了那根辫子，但穿着打扮完全是清朝的，身穿一件黑色绸面的长袍，外套一领金色绲边团花马褂，脚蹬一双黑直贡呢的朝元皮鞋，窄窄的脸上戴一副鸽蛋般的铜边老式老光眼镜，手上挂根龙头拐杖，他已经很老了，本来身材就矮，胸腰有些佝偻，戴在头上的一顶黑缎瓜皮帽下，露出的头发雪白如银，原先那绺标志性的足有三寸长、鱼钩似下垂的八字胡，已然银白。当年虽然瘦弱但因大权在手、春风得意的清朝封疆大吏、后来做过东三省总督的赵尔巽，如今已经威风不再。他刚从一辆黄包车上由他的一个下属或是亲人扶下来，朝烤鸭店走来，被人扶住都走得蹒蹒跚跚的。看到尹昌衡，他陡然立在那里，老式眼镜后的一双眼睛喷射着仇恨的怒火，那副从上唇垂下来的足有三寸长、鱼钩似的、雪白的八字胡在微微颤抖。

尹昌衡知道，当他被袁世凯诓进北京软禁后，赵尔巽的兄弟、赵家老四赵尔萃咬牙切齿发誓，说是："尹昌衡杀了我的三哥，我不杀了尹昌衡誓不为人！"

而这时，很有学问的赵家老二赵尔巽，已经从政治旋涡中抽身而出，不再做官，改做学问，任清史馆馆长。当他的四弟尔萃将这个打算告诉二哥时，心境已经趋于平静的他却劝道："算了，四弟！季和（赵尔丰，字季和）有取死之道，这事也不能全怪尹昌衡。"四弟尔萃不服，认为二哥是胆小怕事，胳膊往外弯。虽然赵尔巽已是今不如昔，但毕竟他还受到当今大总统袁世凯尊重，被袁尊为"嵩山四友"之一，随时请进宫去作诗唱和，在袁世凯面前说得起话。而当时尹昌衡正在倒大霉。赵尔萃希望二哥在大总统面前提提，对尹昌衡来个落井下石。二哥在他的逼迫下，只是给老袁上了一封满纸酸腐的《辩冤书》而已，并不动真格的。赵尔萃闻讯当即气得差点吐血，过后出重金买通了一名杀手，欲找机会对尹昌衡下手。而这个时候，尹昌衡却被袁世凯关进了陆军监狱。等到尹昌衡出狱时，性急的赵尔萃已经暴病而亡。

可是，这会儿，站在清史馆馆长赵尔巽面前的尹昌衡毕竟是杀弟仇人。古训："兄弟之仇不反兵！"意思就是说，只要见到杀弟的仇人，用不着去搬兵，立刻就要动手与仇人拼命。可是，赵尔巽哪有这个能力？

也真是可怜了年过七旬、才高八斗的赵尔巽！

以往，赵尔巽总是千方百计避开尹昌衡，尹昌衡也是。凡遇京城名流、达官贵人所请，他们必问清楚，所请的人中有没有对方。若有，他们都坚决不去，避开，不想今天遇上了。

看赵尔巽那张满是皱褶的脸上，变脸变色，老式眼镜后一双原先愤怒的微微有些凹的眼睛里的神情转成了空洞，嘴角微微下垂，风吹过，一绺白发翻飞。这一刻，很多往事涌上眼前。尹昌衡记起他最初持岳父的信从广西回四川，赵尔巽对他总的来说是不错的……他很想走上前去，向老上司问个好，就杀他的三弟赵尔丰一事作些解释。然而，他知道，这些对这个老学究无用，也无益。

还是殷文鸾聪明过人，又是经过些事情的，她看出了端倪，就闪身上前，将对峙的两人隔开，顺手将尹昌衡的胳膊一挽，假装什么也没有看见，什么也不知道，轻声说："昌衡，走呀！你不是说要给原莺妹妹买一个首饰吗？"尹昌衡会意地"嗯"了一声，走了。

被殷文鸾解了围的尹昌衡回过头去，只见衰老得厉害的赵尔巽由人扶着进门时，一步没有走稳，跟跄了一下，尹昌衡心中浮起一种难以言说的凄迷。

思虑再三，一心想尽快离京回川的尹昌衡，改变了方法，不再采取潜逃的方式，而是直接给大总统黎元洪写了封信。之所以如此，他是基于这样的考虑：一、当初他与黎元洪、蔡锷作为被袁世凯最不信任、最不放心的三大总督之一，一起被诬进京遭软禁的，容易唤起黎元洪心中对那段生活的回忆和感情；二、据他所知，黎元洪一直对他印象不错，之所以没有敢公开下令让他回川，是因为他有些虚国务总理、强人段祺瑞；三、黎元洪现在的身边亲信金永炎是他留日时的同班好友。因为金的帮助，日前，黎秘密召他进京，就他回川事进行了密谈。他向黎大总统保证，他回川后，很快就可以掌握四川，掌握四川的军队，届时誓作大总统的坚强后盾。这番话，黎元洪听进去了。他们三人密议，让尹昌衡给大总统写个辞职信，辞去盛威将军一职，回川的理由是老母病重，生命垂危，念子心切……

一切按计而行。

这天在怀仁堂总统府里，黎元洪看了尹昌衡写来的信，赞赏地点点头说："尹昌衡果然是个人才，文武都来得，难怪段芝泉（段祺瑞，字芝泉）不放心让他回川。"说着将尹昌衡写给他的信递给金永炎。信中，尹昌衡"伪造"了一封他成都老母的来信，还有一首《盼儿诗》，金永炎不禁诵读起来：

"……锦江源头一老妪，涕血仰头向天诉，路旁过者问何情。一子作仕幽燕去，百战曾将国事宁，五斗便令天伦弃……咯血溅地如涌泉，西山日薄伤憔悴……既不能黄龙府里插旌旆，又不能朱雀桥边荷装笠。养儿为将不如豕，送儿出山捐敝屣。但教牛背吹胡笳，胜将猿膀伐都矣……孤子不能舍，英雄谁复归，欲求天下庶民服，先恤江头老妪愿。"

"这信写得有理、有情、有节！"念完信后，金永炎看着大总统，说："有这样一封信，看他段祺瑞还有什么说的？"

"这封信写得这样好，他段芝泉会不会说，这封信不是一个普通大娘可以写得出来的？"黎元洪提出了他的担心。

"那倒不见得。天府之国文风极盛，何以见得尹母就写不出这样的信？再说了，即使尹母请旁人代笔，也没有关系。反正是尹昌衡母亲写来的信，又如此动人、感人，我们没有理由不批。"

"说得是。"于是，大总统黎元洪大起胆子，批准了尹昌衡的辞职信，准许他回川，并让金永炎代他出面，送了尹昌衡一千元大洋。届时，为避免万一，金永炎用小车将尹昌衡径直送去丰台火车站上车，临别时，金永炎代大总统向尹昌衡再三嘱咐，回到四川，赶紧兑现给大总统的诺言。

段祺瑞在尹昌衡和总统府都安了"钉子"。黎元洪前脚放走了尹昌衡，段芝泉后脚就进了总统府找黎元洪兴师问罪。府院之争达到了顶点。

"尹昌衡已经离开北京！"段祺瑞气势汹汹地质问黎元洪，"可是大总统批准？"

"是。"黎元洪点头不讳。

"为啥要批准？"

"尹昌衡的母亲病重，盼儿归去，他已离家四年，我不能不准。尽孝乃中国传统，祖宗遗训！"说着他把尹母写给尹昌衡的信及《盼儿诗》一并递给了段祺瑞。果然，段看完后冷笑一声："这诗分明就是尹昌衡自己写的，我熟悉他的文笔，大总统上他的当了。此人野心大，又有能耐，不能让他回四川！他回到四川，必然要造反。若其四川反了，局势不可收拾。"

黎元洪不以为然地摇摇头："芝泉，你不要妄加猜测。尹昌衡回去是尽孝心，有孝心的人就是忠臣，忠臣不会随便造反。"

段祺瑞理屈词穷，当着金永炎等人的面，红眉毛绿眼睛地吼起来："若是尹昌衡回川去造起反来，谁能负责，谁又能负得起责？"

当着这么多文臣武将的面，段祺瑞竟敢如此放肆，真是欺人太甚！黎元洪也横了，当仁不让地顶了回去："我是大总统，我负这个责任，我也负得起这个责。"

看站在一旁的金永炎等一帮黎元洪的亲信窃窃私语，一副不满的表情，段祺瑞意识到自己太过了些，就缓了缓口气说："纵然你要放走尹昌衡，也应该同我通个气。"

黎元洪干脆来个一锥子出血："此事与国务院无关。按例，尹昌衡这样的盛威将军该大总统管。"

这一句话说得段祺瑞封了门。

段祺瑞气哼哼地走了。第二天，他以辞职要挟黎元洪，在辞职信中写道："段某而今年老力衰，不堪重任……俗话说，用人不疑，疑人不用。看来大总统对段某信不过，为国为民计，段某只好辞职。"

段执政是何等人物？大权在握的他，实际上是借辞职对黎元洪要挟。黎元洪此时拿不定主意了：如何办？金永炎在旁气不过，建议大总统："何不干脆就成全了他，看他段某又能做个啥子？"

黎元洪想了想，也是。这就又勇敢了一回，提起朱笔批道："段总理任职以来，劳苦功高，贤芳可念，身体也大不如前。今段总理要求辞职休息，本大总统本想请段总理留任，但未便久留让其为难。今本大总统特依《约法》之第三十四条，免去段祺瑞国务总理一职，遗职由外交总长伍廷芳暂行代署，以俾息卸肩，徐图大用。"然后签名下发。

段祺瑞万万没有想到长得肥肥胖胖、手中并无实权、向来优柔寡断的黎元洪真给他来了这一手，让他一时下不来台，抹不开脸面，就干脆撂下摊子，跑去天津私寓休养，静观待变，并随即通电全国，把他们的矛盾公开了。通电云："……祺瑞卸职出京，暂寓天津。唯大总统调换总理，既未事前与祺瑞协商，届时也未经祺瑞副署。将来地方及国事，因此生何影响，祺瑞概不负责！"这无疑是一纸动员令，动员他统率的北洋各部起来造反，推翻本来就虚弱的黎氏政权。

果然，顷刻间天下大乱。先是以皖系大员、安徽省省长倪嗣冲通电，宣布安徽脱离中央，独立。接着，全国多省响应，多省督军组织了一个"督军团"同黎氏中央对抗，分庭抗礼，在京实力强大的皖系下令解散了国会……再接着，如四川人很形象的一句：趁浑水搭虾扒！时年六十三岁、坚持不解辫子、号称"辫帅"的张勋率领他的辫子军向北京挺进，公开叫嚣复辟清廷。一时，天下大乱。

张勋是江西奉新人，早年投靠袁世凯，忠于清廷，以残酷镇压山东的义和团起家，以后步步高升。武昌起义时，他已被清廷任命为江苏总督兼两江总督、南洋大臣，权倾一时。辛亥革命之际，他率军与义军在南京血战。战败后退守徐州。为表示他坚决效忠清廷，纵然在清帝宣布退位之后，他仍然不剪头上那根辫子，也严禁所部剪辫。然而，就是这样一个顽固分子，却被民国大总统袁世凯重用，任命为割据一方的江苏宣慰使。袁世凯死后，他宣布效忠新贵段祺瑞，这样，辫帅和他率领他的辫子军得以保存。

辫帅张勋率部打进了北京。那是多么恐怖的日子啊！狼烟四起，京城里到处都是脑后拖根油光光大辫子、手中端着九子快枪的辫子军活跃的身影。手无实权的大总统黎元洪吓得赶紧避进了荷兰公使馆。辫帅张勋下令对黎元洪及金永炎等人进行通缉。于是，被冯玉祥用大炮轰出了紫禁城的宣统皇帝溥仪宣布恢复大清年号，溥仪复辟，又住进了紫禁城。清廷那面早就废弃不用了的、不三不四、不中不西、张牙舞爪的龙形旗，又在京城上空飘扬起来。然而好景不长，没有几天，又被实力不俗、思想进步、属于北洋系的第十六混成旅的旅长冯玉祥用大炮将溥仪轰出了紫禁城，并一举扫荡了张勋。

在这很短的几天里，时局像变幻多端的万花筒。而这一切，又全都发生在尹昌衡离京后加速返回四川的日子里。

夜漆黑，伸手不见五指。

一列由上海至南京的火车拉响汽笛，铿铿锵锵地在江南的原野上风驰电掣。

一间华丽的软卧包厢内，灯光幽微。夜已深，殷文鸾已经熟睡，铿铿锵锵的车轮声中，三十三岁的尹昌衡还在靠窗凝神沉思，回忆这几天的过程。他刚到上海，大总统黎元洪已经派手下、四川人彭维翰将他的殷、原二位太太接来了，会齐后，他先将二位太太在上海饭店安顿下来，然后，立刻驱车去法租界向孙中山先生领命。他最佩服孙中山，认为孙是中国唯一的政治明灯。

着一套银灰色中山装、仪表很不俗的孙逸仙（孙中山，字逸仙）见到他就说："尹上将吃苦了，比起当年在日本东京见到你来，更成熟了。"略为寒暄，孙中山态度严肃了，给他谈了当前革命面临的严峻形势，痛切地回顾了以往，说之所以吃亏，比如将辛亥革命的成果交到袁世凯手中，关键是因为没有一支自己的军队。

"你来得正好！"孙中山对他说，"我正要南下广州抓军队，你是不是跟我去？"尹昌衡说："目前广州人才济济，官多兵少，我还是回四川作用大些……"

孙中山说好，略为思索，睿智的眼睛中流露出担心："就这几天你在路途的日子里，北京发生了一场政变，黎元洪已经宣布下野。这样一来，他以大总统名义批准你回四川的行文就形同一张废纸，不仅不会给你带来好处，反而可能惹起麻烦。好在冯国璋当了代总统，而从上海到四川一线都是北洋军队控制，冯国璋是有发言权的，因为这一线是他的势力范围。我知道你同他关系不错，为确保沿途万无一失，我看你还是顺道先到南京去找找他保险些。目前，他还在南京……"他认为孙中山考虑得很对，很细，就答应了。

好像是在过山洞、车厢猛地颠簸了一下。尹昌衡调头看去，殷文鸾一只手从鸭绒被中抖了出来，绣花枕头上枕着她满头瀑布似的黑发，熟睡中的她红喷喷的面颊上浮起两点笑窝，很是妩媚动人。原莺没有同他们一路。原因是，由上海去南京前，她提出乘轮船，说乘轮船简直就是住水上疗养院……而尹昌衡是一个很开放的人，喜欢给人留下足够的空间，就依了她，让跟了他多年的副官马忠陪她乘轮船去南京。这之间还有一个考虑，担心去了南京后，冯国璋强留他。原莺在船上，他就有了推脱的借口……

天渐渐亮了。南京也快到了，六朝故都在熹微的晨光中渐渐展露出它靓丽的姿影。茫茫而去的大江中，闪烁的渔火，城堞的倒影，与晨光交织在一起，漫柔地波动。很快，鳞次栉比的屋舍渐次展现，南京车站到了。

下车后，他们先是包了两部黄包车径直去了金陵大饭店。安下身后，洗漱毕，吃了饭，尹昌衡让殷文莺休息，而他却换了一身民国大礼服——蓝袍黑马褂，马不停蹄地找到了江苏督军府。冯国璋得报大喜，亲自来在大门外迎接。

"老弟，你来得正好！我早听说你经黎元洪批准离京回川，没有想到你还记得老夫，专门来看我。"身材高大、着一身军装的冯国璋，护一绺八字胡，用一只大手扶在他的肩上，显得很亲热地上上下下将他好一阵打量。冯国璋是河北人，年届花甲，性格直爽。主客刚在客厅坐下看茶，冯代总统就从茶几上拿起一张刚出的《金陵早报》递给尹昌衡："老弟，这么些年，我在报上没少见对你的报道。你看这是报上刊登的你刚写就的诗。"

尹昌衡接过一看，那是他临离开上海前夕，有意接受记者采访时交给记者的一首诗，等于是他对时局的声明，《金陵日报》将了全诗照登：

> "小敌怯，大敌勇，盛威将军不轻动。
>
> 入虎穴，得虎子，燕颔英雄投笔起。
>
> 男儿有志应开疆，窦中不缺屠龙杖。
>
> 纵教九鼎列当前，岂可闲门杀兄弟。"

"此诗一改老弟往日慷慨豪放的诗风。"冯国璋以手抚髯，看着尹昌衡思索着说，"此诗写得婉转曲折，含意很深。这么说来，老弟是不愿再事戎马生涯了？"冯国璋这里显然是在试探。

"是。"

"那好，你正好帮帮我。"

尹昌衡心中咯噔一声，坚定地摇了摇头，说："代总统你是知道的，我在北京被关了几年，是关怕了。我现在什么都不想，就想安安稳稳回到四川。我特意辗转来金陵：一是来看看多年不见的老哥子；二来也是求你，求你给沿途北洋部属打个招呼，让我此次再不要中途出什么差池，得以平安回家。"

一种失望混合着警惕的神情，在冯国璋黝黑的脸面上浮起。然而，这仅仅是一刹那。迅即他对尹昌衡朗声道："老弟如此年轻有为，正应该为国大展雄才，怎么打起了退堂鼓？老夫这把年纪了，为国家也还勉为其难嘛！"

尹昌衡坚决不同意，又推说被袁世凯关了几年，现在身体差，遇事心跳如鼓，精神也不集中，不能做事。如果代总统对昌衡有什么考虑，容昌衡回到蜀中休养一段时间再听调遣。冯国璋看尹昌衡去意已决，而且也找不到什么理由留他，就顺水推舟，说好。这就转变了话题，笑道："听说老弟在北京两个时期分别找了一位红颜知己，怎么不带给老夫看看！"

尹昌衡说："殷文鸾是跟他一路坐火车来的，现在身体不适，在饭店休息。原莺是走水路来的，现已买好了他们回川的船票，是下午四点英国轮船公司的轮船，现在下关码头等。因为她带着行李，也不好来看代总统，以后吧，以后有的是机会。"

冯国璋呵呵笑了起来，指点着尹昌衡："尹硕权，你是怕我不让你走是不是？过虑了。"说时马上提笔给他写了一封信，盖了他的大印，交给尹昌衡。这等于是给他开了一路绿灯。至此，尹昌衡一颗悬起的心才咚的一声落进胸腔里。他推说忙，谢绝了冯国璋的宴请，赶紧回了金陵大饭店。

可是事情就有这样波折，就在尹昌衡以为万无一失，携带着殷、原二位夫人及马忠在当天下午四时乘上英轮"紫罗兰"号离开下关码头之时，他万万没有想到情况又有了惊人的变化。

心情很好的尹昌衡带着殷、原二位夫人站在上等舱的甲板上，手扶栏杆，极目逃眺，只见天高地阔，大江浩荡。大江两边碧绿的田野上，烟村人家已经升起了袅袅炊烟。在这日暮时分，眼前的美景，像一轴美丽的油画铺向天际，让从未出过远门的殷、原二位夫人无比欣喜。七月的江汉平原正是花季，手扶栏杆的原莺，穿了件紫色旗袍，新剪过发，一副细细的漆眉鬓角挑起，与过耳的黑发相映成趣，眼睛又亮，显得格外的精神。她的脸是鹅蛋形的，身材适中，而站在她旁边的殷文鸾个子比她高一些，成熟些，穿一件紫色底子的碎花旗袍，鼻子棱棱，脸要稍圆些，浓浓的睫毛下，一双眼睛水灵灵的。江风吹来，将她们旗袍的袍裙吹得飘飘的，高高的，不时亮出她们肥白的大腿，头发也吹乱了，以至让她们不时弯下腰去将被风吹起的袍裙按下来按服帖，就这样周而复始。

"我们的船就这样一直开到成都吗？"原莺问得很天真。尹昌衡说："不是，到了宜昌得换乘小一号的、然而马力更强劲的轮船才行。"因为是逆流而上。过三峡，进夔门，才算进川了。他怀着一种深沉的向往，给她们讲沿途将要出现的神女峰、白帝城、丰都、万县……

"紫罗兰"逆水而行，逆江而上，两天后停靠在了宜昌。轮船缓缓靠岸，尹昌衡一行四人刚上码头，觉得不对，怎么这里又是戒备森严，好像在搜查什么人。月前在武汉遇到的一幕重新上演。尹昌衡正惊疑中，迎面走来一位三十来岁的军官，军衔不低，少将，个子不高不矮，显得很精明。

他上下打量了一番身穿长袍、头戴呢博士帽的尹昌衡和他带在身边的两位夫人，很礼貌地问："是尹昌衡将军吧？"见尹昌衡满怀敌意地不置可否，其人给尹昌衡啪地敬了个军礼，主动介绍："报告，本人是当地驻军旅长朱庭槃，奉命前来迎接将军一行。"

"我不认识你！"尹昌衡看来是又走不脱了，摆出一副拒人于千里之外的样子。

"尹将军不认识我没有关系，只要我认识将军就行了。这里不是谈话的地方，请将军借一步说话。"说时将手一比。尹昌衡感到莫名其妙的，只好跟着朱旅长进了旁边一间经过简易布置的车站休息室。

"我是经过冯代总统批准回川的！"尹昌衡看着朱旅长问，"我不明白朱旅长怎么知道我在这条船上，又为何来迎接。未必又要扣下我不成？你需不需要看看冯代总统的亲笔？"

"我也是刚才得到通知，上峰要属下务必留下将军。"

"上峰是谁？"

"国务总理段祺瑞。"

尹昌衡大惊："他不是宣布下野了吗？"

"又上来了。"

"是他要扣留我？"

"也不是扣留！段总理要卑职立刻护送将军回北京，段总理对将军多有借重。"

"又是他！"尹昌衡怒火中烧，对朱旅长发作了，"我前后两次辞职，第一次经黎元洪大总统批准，被他拦了回去。这一次是我亲自去南京请冯代总统批准的，他又来拦！是总统大还是总理大？我不回去！我已无官职，我有人身自由，你也不要叫我将军，客气些，可以叫我尹先生，不客气叫我老尹也可以。"说着站起，手一挥："朱旅长，请你放我们走！"

"只能对不起你了，尹将军。我们是军人，军人要服从上级的命令！"说时一挥手，两辆小轿车徐徐开了过来，朱旅长对尹昌衡说，"尹将军，请！两位太太，请！"

尹昌衡一行又是功亏一篑，被朱旅长软禁在市郊一幢漂亮的大四合院里。

这次，尹昌衡来了脾气，无论如何不肯回京，而且写了状纸寄去北京大理院（最高法院），状告总理段祺瑞违法，侵犯了大总统的权力。结果可想而知，大理院根本不理。

尹昌衡放出话去，说是："回不到四川也没有关系，此地离四川很近了，我就在这里落户当农民……"尹昌衡的一言一行、一举一动，自然随时被报到北京段祺瑞那里。

段、冯原都是北洋巨头，关系也还可以。段祺瑞为了尹昌衡的事，竟跑去南京缠住冯国璋，反复言说不能放尹昌衡回川的道理，要冯改变主意。冯国璋缠不过段，也不愿为尹同段闹僵，就推说："我已经批了，俗话说覆水难收。我是代大总统——虽说是代也是大总统，我不能言而无信。"

冯国璋在政治上哪是段芝泉的对手，段马上就说："这好办。尹昌衡现在还是现役将军，请大总统给他下个'征召服役令'，他不敢不来。他不来就是逃兵，就要受到军事处分！"

这一军将得冯国璋没有了退路，只得给尹昌衡下达了一纸"征召服役令"。

尹昌衡接到朱旅长转来的冯代大总统下达的"征召服役令"，愤然道："既然是冯代总统下达的这道命令，我这就到南京去报到，我无论如何不去北京。"

北京的段祺瑞接到湖北督军王占元转呈上来的朱旅长有关尹昌衡的情况报告后，阴沉着脸说："他实在要去，就让他到南京去转一转吧，我就不信孙悟空能逃脱如来佛的手板心！"

尹昌衡性格中本来就浸满了川人固有的机智、幽默、讽刺。到了南京，他着意换成了军装，见到冯国璋时，迈着军人的武步大步上前，胸一挺，举手敬礼，扯开洪亮的嗓门："报告冯大总统，尹昌衡奉命前来应征！"

冯国璋上前握着他的手，笑道："老弟，别来这一套，快请坐！"

尹昌衡不坐，保持着固有的姿势，喊操似的说："请问大总统，我们准备同哪国作战？"

冯国璋将手搓搓，讪笑道："我们是泥菩萨过河——自身难保，还谈得上同哪国作战？"

"既然如此，大总统为何召我服役？"

"老弟！"冯国璋将尹昌衡拉来坐下，说，"这是段芝泉的意思。坦白说，什么事都没有，他就是执意不放你回四川。"

"原来黎元洪怕段芝泉是他没有军权。你有，你怎么还是怕段芝泉？"尹昌衡不依不饶。

"段芝泉这个人你还不知道！"冯国璋摇摇头，竟是一副苦不堪言的神情，"这个人是不达目的决不罢休，我不依他，他要闹嘛！"

"他段芝泉会闹，未必我尹昌衡就不会闹，你就不怕我同你闹吗？"

"你闹，我劝得住。"冯国璋说了实话，"可是他闹，我这个总统就当不成了！"顿了顿，他又说："大家都是老朋友。硕权，我就拜托了！"说着给尹昌衡拱了拱手，"就凑合凑合吧，只有一年多了，黎松陂（黎元洪，字松陂）去后，我这个副总统是代他的。也就是一年多的时间，等我任期满后，我也就不留你了。"

"你们都为自己打算。"尹昌衡还是执意不肯。"到那时，我就更走不脱了。既然不是服兵役，昌衡执意要求回川。"

冯国璋突然毛了，看着尹昌衡问："你总是执意要回四川，是不是如段芝泉说，你一回去就要造反，搞独立王国？"

"绝对不会。"

"既然不会，那又何必非要回去？回去干什么？"

"回去当隐士。"

"当隐士好呀，那就在南京当不好吗？出家人四海为家，何况金陵风光甲天下，在南京当隐士，我看很好！"

"我回四川，家有几亩薄田可以维生，我在南京没有生活来源。"

"这好办得很，我马上给你下聘书，我聘你为总统府顾问，给予丰厚的薪金。"

尹昌衡还是摇头："我连盛威将军都不想做，那样一份丰厚的薪金都不愿领，又何必来当你的顾问？"冯国璋无可奈何了，把话又说了回去，态度也显得越发诚恳："你我虽然年龄悬殊，但还算是老朋友。现在愚兄忝为大总统，朋友有困难应当照顾，何况你还是我请来的。我这次做总统，并不是为了找钱。说实话，我现在的财产大约有六百万，尽够生活了。总统俸薪，要不要都没有关系。这样吧，我每月给你一千元大洋，算是私人奉赠。看在朋友面上，请你一定收下，如果不够，请告诉我，一定让你满意。"没有办法，尹昌衡只得奉命在南京当隐士了。

不久，冯国璋到北京走马上任去了。走前，他嘱咐新任江苏督军李纯对尹昌衡好好招待，多加保护。于是，以后尹昌衡的寓所内就住了一班宪兵，进出都有宪兵跟在后面"保护"，像牛皮癣一样，无论怎样甩都甩不脱。

尹昌衡的寓所就在著名的秦淮河边。

民国七年（1918）秦淮河边出现了一个"怪人"，他身披蓑衣，整日垂钓河边，极有耐性，像《封神榜》中的姜太公钓鱼，让鱼儿"愿者上钩"，从不计较实利，只为打发时间，又有宪兵远远"保护"。他就是时年已经三十九岁的尹昌衡。

钓鱼乏了，他买了一艘华丽的游船，雇船夫来撑，兴来时，领殷、原二位夫人，带上马忠，约几个新结交的朋友——他们都是金陵的文人雅士，乘船闲游，吟诗作赋，可恨在岸上走着几个宪兵"保护"很扫兴致。于是，尹昌衡想出了一出恶作剧，他买了三四十只鸭子，要这班天天跟着他的宪兵在河边呹鸭子，明眼人清楚，他这是在对当政者臊皮。

有天傍晚，暮云四合。尹昌衡带两位夫人游船归来，到码头登岸，路旁酒楼里出来三位老人，都仪表不俗，挡在路中，尹昌衡正待发问，其中一位长得疏眉朗目的老者迎上，高声发问："来者可是尹昌衡将军？"

"不敢！"尹昌衡客气地抱拳作揖，"在下尹昌衡，不知先生何以知道贱名？"

老人扶髯笑道："将军大名如雷贯耳，岂能不知。"说时看了看另位两个老者，一一作了介绍。原来，说话的这位叫陈三立，海内外著名诗人。另两位，一位是历史学家陈剑潭，一位是著名书画家陈曾涛。陈三立说："早就听说将军羁留金陵，我们很想前来拜会，只是无缘结识。近听说，有位'怪人'整天在秦淮河边钓鱼，类似姜太公钓鱼，命随时保护的宪兵放鸭子……我们想，这'怪人'非将军无人有此雅兴，今天故在此专候，有幸相遇，实在太好！"说时三位老者一起对尹昌衡再次抱拳作揖。

尹昌衡听他们说话很文雅，仪表不俗，大喜，即让长在身后的"尾巴"送两位太太先回家。他邀三位上路边酒楼畅饮。推杯换盏间相谈甚欢。后来，经三陈引荐，尹昌衡与金陵更多的文人相识，并引为知己。

在南京，尹昌衡终于静下心来，撰写他未完稿的《止园文集》，同时开始另外一些著书立说。他后来经商务印书馆出版的《圣学渊源》《王道法言》《止园日记》等共十三本书，浩荡一百多万字，大都是他在南京隐居一年多的时间里的成绩。这些书中，他从世界大同谈到马克思的共产主义，从计划生育谈到对外星人的探测……林林总总，可见他的知识的渊博和不倦的探索。

他的一些文章在报刊发表，比如有如下一段文字："友邦诸哲，取吾原性。论王道法言而译之，以党当世，若何？如于中西哲学、宗教欲辩而明之。愚及所见，不敢稍隐于矣。我友邦诸哲其兴矣！"可见他对西方文明，尤其是东方俄国十月革命胜利的兴趣及探究。这就立刻引来一些守旧者或抱残守缺者的攻击，攻击他是"一派奇谈怪论"，他的言论"大逆不道"云云。

在探究中，他渐渐沉入佛学，并很快登堂入室，并很有心得体会。他同印光大师等交往甚密甚深，并应印光大师等人的邀请，去南京名刹昆卢寺讲过经。在南京对佛学浸淫很深的结果，最终影响到他的后半生。他的后半生对政治完全失去兴趣，由一个慷慨激昂的时代斗士一变而为一隐士。而这时，他才不过是半百年纪。

- 第二十一章 -
对大总统拍桌子和气死京师警备总司令

　　他像一只风筝，飞得再高线也是牵在别人手里。民国七年（1918）夏，尹昌衡从南京又到了北京。

　　这时，果如冯国璋一年前说的那样，他这个代总统期满后，按时"荣归"，而段祺瑞控制的国会选出了徐世昌为新一届民国大总统。徐世昌，字东海，天津人，时年六十三岁，清光绪进士，曾受清翰林院编修，在清廷担任过许多要职。他帮助袁世凯创办了北洋系。1914 年，在袁世凯当政时，他做过袁的国务卿。他的经历与赵尔巽很是相似，是袁世凯的"嵩山四友"之一。

　　尹昌衡最初在南京得知中央要枢人事变化的消息后，立即去找江苏督军李纯，说是"冯公当初答应过我，他的代总统期满后，就让我回四川。我现在来辞行。"李纯笑笑："和尚走了，庙还在。冯公虽然已经荣归，但徐海东已经继任。你的事归他管，你回不回四川，还得请示。"结果是，北京方面送来三纸聘书，聘尹昌衡为总统府顾问、国务院顾问、陆军部顾问，并附徐大总统令："请尹昌衡顾问即日进京。有关西藏问题，本大总统要向他垂询……"

　　北京，还是那副以不变对万变的老样子。暮霭时分，残云缓缓地在天安门上空浮动，斑驳的红墙，金碧辉煌的宫殿……然而，从一路上游行示威的学生与市民队伍身上，刚到北京的尹昌衡听到了于无声处的惊雷。

刚刚安下身来，尹昌衡就三番五次去总统府，请求徐大总统"垂询"，可是，连人都没有见着。有关方面回话："少安勿躁！"

看来，四川是一时回不去了，他和殷、原二位太太，还有副官马忠不能久住在招待所里。他只好买了一院房子，做长住的准备。房子在国祥胡同，中式院落，足有一亩。徐大总统虽然没有见他，却关注着他，送给他一座花园，派人送来地契，就在他住的对面。这花园原是清廷一位王爷王府的一角，约有五亩。花园里有亭台楼阁、鱼池假山，倒是个休闲好去处。这样一来，有住的房子，对面又有一座属于自己的私家花园，像个居家过日子的样子了。也好，他就去信，请在成都老家的父母妻儿一并来京阖家团圆。成都老家的人商议后，老太太坚持不走，留下看家，照料产业。老太爷尹仕忠率儿媳颜机、姨太太杨倩并长子宣桓不顾山高水长路远，去了北京，同分别了六年的尹昌衡团聚了。

窝，是筑起来了，看来还很不错。然而，在尹昌衡眼中，这是只笼子。而他，是鹰。他时时仰望蓝天，要飞出去搏击长空。

三个月后，徐世昌派人用车将尹昌衡接到了总统府"垂询"。接待他的是国务院秘书长徐树铮。徐是尹昌衡留学日本东京士官学校的同学。在总统的一间相当精致的小办公室里，屋里一色锃亮的红豆木家具，紫檀木的屏风，临窗的办公桌特别宽大锃亮。地板上铺的是进口的土耳其猩红地毯，博古架上的多个格子里摆的古玩玉器，都极珍贵。室内暗香浮动，气派豪华而典雅。墙上挂的都是名人字画，有清初大画家恽南田画的《松竹图》，有苏东坡的亲笔《大江东去》，还有郑板桥的《墨竹》——都是真迹。

徐树铮请他坐下。仆人送来茶点。刚聊了两句，大总统进来了。时年六十三岁的徐世昌身着民国大礼服，个子高高的，身板笔挺，长条脸，腮上无须，眼睛很凸。

尹昌衡和徐树铮赶紧站起，徐大总统已经坐到了办公桌后的高靠背皮转椅上，就像办公似的，一双很深的眼睛长久地打量尹昌衡，一只鹰爪似的手放在桌上，用指头叩打着一本翻开的《资治通鉴》。

一番例行的礼仪过后，"这个，这个！"徐世昌说话爱用"这个"过渡。他深深地看着尹昌衡，拖腔拖调地说："尹硕权，你对西藏问题相当熟悉。听说你几次三番要求本大总统垂询。前段时间忙，今天专门抽出时间，不知你对西藏问题有何这个，这个高见？"

"西藏问题，其实本无问题。"尹昌衡说得有些气愤，往事重提，"民国之初，十三世达赖在一直觊觎我西藏的英国政府支持怂恿下，趁内地混乱叛乱，想搞分裂。我主动请缨，率军西征，民心、军心所向，节节胜利。可惜袁世凯为了黄袍加身，不愿得罪英国。这后面发生的事都是众所周知的。结果功败垂成，留下许多隐患……"尹昌衡在那里对袁世凯及其对西藏的政策大加挞伐，不想在徐世昌听来却如芒刺在背。因为徐世昌正在步袁世凯的后尘，他在背后正指使章宗祥、陆宗舆、曹汝霖同英国、日本等列强谈判，不惜出卖西藏、青岛等地，丧权辱国地去换取列强对他的支持。

看徐世昌明显地流露出不快，尹昌衡收住话题，直截了当地问："大总统，昌衡听说政府最近正同英国就西藏问题谈判，是否实有其事？"

"这个，这个！"徐世昌用手拂了拂颔下的一绺山羊胡，眨了眨凹得很深的眼睛："这个，是有的。"

"听说政府与英国达成了一个《西藏交涉经过备忘录》？"

徐世昌不置可否地"嗯"了一声。

"我既然是大总统委任的西藏问题顾问，这份备忘录可否给我看看？"

"当然可以。"说时目示徐树铮。徐树铮去取来了印有"机密"的备忘录给了尹昌衡。尹昌衡翻开一连看了两遍，他又吃惊又愤怒，备忘录比起当年袁世凯的"二十一条"来，有过之而无不及。他是个心口如一的人，他边看边说："英国人对我真是欺人太甚！看，他们不仅在中印边界划出了一条所谓的'麦克马洪线'大量鲸吞我领土，而且借口西藏宗主权问题，妄图搞西藏独立！"说着抬起头看着徐世昌，"对此，政府准备如何对策？"

"这个，这个，暂不能决策。"

"现在是民国！"尹昌衡有些义愤填膺了，"政府不是口口声声说，一切国家大事要公之于众，公之于民么？如此大事，政府既不能决策，何不公之于众，征求人民意见？"

徐世昌耐住性子："这要保密。"

"其实，上海的英文报纸《字林西报》早就和盘托出了这份备忘录的一切。"尹昌衡本来声音洪亮，因为气愤，一声更比一声高，"政府对外国人不保密，却对自己国人保密，天下哪有这个道理！"

"放肆！"徐世昌发作了，鹰眼闪亮，拍了一下桌子，质问尹昌衡，"你这样说话，你心中还有政府吗？"

尹昌衡也火了，他毫不退让，"砰！"的一声，一掌拍在茶几上，将茶水溅得到处都是。他说："卖国就不成其政府！"

徐世昌气极了，瞪着一双鹰眼，脸色铁青，颔下一绺山羊胡不住抖动，他指着尹昌衡，手直抖"这个，你这个，这个！"他身后的侍卫官闪了出来，横眉怒目看着尹昌衡，似乎只要总统一声令下，就要扑上去将尹昌衡绑了。陪坐在侧的国务院秘书长徐树铮赶紧打圆场，他劝尹昌衡冷静些。而尹昌衡却不依不饶，说是"如果政府不把这则备忘录向国人公布，我将以私人名义公布……"徐树铮看闹成这样，赶紧边劝边把尹昌衡推了出去。

过后，《西藏交涉经过备忘录》很快传到了社会上。大报、小报和外间报纸加以详细报道，一时成轩然大波。有山西土皇帝之称的山西督军阎锡山最先跳出来，组织全国各地督军及各地参议会、各省省长一致表示反对。徐世昌迫于压力，只好中止了与英国人的谈判，并发表声明，西藏是中国不可分割的一部分！

尹昌衡知道，他又惹事了。由此，徐世昌恨透了自己。北京不是久留之地，他还是得赶快逃出京城，回到四川。

这天一早，尹昌衡接到张宗昌亲自送来的请柬，请他中午去六国饭店赴宴。有"狗肉将军"之称的张宗昌原是冯国璋代总统的侍卫武官长。冯下野后，张是山东省的一个师长。最近，已经回到河北老家的冯国璋感到身体不适，到京就医，恰张宗昌到北京催所部薪饷，得知老长官在京，就特意在六国饭店给老长官安排了一场盛大的宴会，遍请京师名人出席。

时年三十七岁的张宗昌，字效昆，山东人，早年闯关东，土匪出身，不通文墨，长得甚为剽悍，最爱附庸风雅，爱结识名流。虽然尹昌衡同他仅仅是见过面而已，但他知道尹昌衡文韬武略，同冯国璋关系也好，就亲自去请。尹昌衡再次羁留京师后，厌倦世俗应酬，但听说是为冯国璋洗尘，便欣然前往。

下了车，抬眼看去，眼前的六国饭店是京都一座著名的大饭店，出入俱大官巨贾。六国饭店占地广宏，古色古香，红柱绿瓦，门前垂吊着大红宫灯，显得典雅华贵。到时，门前停车场上已停着多辆小轿车，张宗昌陪着他跨过朱红的门槛，进了大门，沿着一条花木夹道、用五彩细石镶嵌而成的甬道向里面走去。只见两边回廊曲折，团团浓荫中点缀着奇花异石。进了大花厅，只见应邀出席宴会的人已经到了好些。大都是些斜挎武装带的将军，也有西装革履的先生，着中式袍褂的遗老遗少。他们大都带着太太，在一边寒暄。作为宴会的主持人，张宗昌大声和这些人打了招呼后，一转眼不见了。尹昌衡同熟识的打了招呼，就找了个不引人注目的地方坐下，打量起京城上流社会的人们。

一张张铺着雪白桌布的长桌上摆有花瓶，瓶中插着鲜花。桌上摆着茶水、点心、瓜子……各取所需。地上铺着华贵的地毯，一串串闪烁的红红绿绿的小电灯，在雍容华贵上又平添了一种扑朔迷离的气氛。有的在亲切交谈，有的在小声攀谈……耳中充满了嘈杂声。屋子四周的沙发榻上，堆放着好些女人的衣服：式样很新的天蓝色的外衣、银色的坎肩……一律身着旗袍的女人们竞相亮美。她们中，清丽者，如带露春笋；亭亭玉立丰满者，更显出细的腰、丰的臀、鼓的胸……有梦幻似的音乐轻轻响起，"桃花窝，美人多……"这一切，构成了京都上流社会在这个时分特有的慵懒意味。

忽然，屋顶大灯通明。张宗昌站到了屋子中央，挥着两只大手请大家安静，就像鸭子扇翅似的。屋子里很快安静下来，张宗昌用他那口地道的山东土话说："冯（国璋）公因突然感到身体不适，不到场了，抱歉。不过，冯公委托姜桂题老将军作为他的代表出席。"说完鼓掌表示欢迎，在大家的掌声中，年近八十的姜老将军站了起来向大家挥手致意。他满头白发，身材高大，穿军服，佩陆军上将衔。因为他早就发福，动作迟缓得像头熊。不过毕竟是职业军人出身，腰板挺得很直。

姜老将军向大家点点头坐下后，张宗昌宣布："马上开席。请各位按乡党叙齿的规矩入座。"屋子中的上将很多，姜桂题虽说也是上将，但他年龄最长，资格最老，有"北洋第一老将"之称。清朝时，他曾是清廷僧格林沁大将军的卫队官，而且又代表冯国璋出席，理所当然地坐了首席首位。尹昌衡虽然也是上将，但在首桌中他最年轻，只有三十四岁，所以只能屈居下座。

席间，尹昌衡因对一班北洋老朽很反感，故意放开嗓门，声如洪钟，高谈阔论中，压得全场就只听见他一个人的声音。

"效昆啦！"这时，忽听霹雳似的一声。大家一惊，掉头一看，原来是坐在第二席的京师警备总司令、新进陆军上将马龙标在招手呼唤张宗昌。

张宗昌快步走了上去，弯下腰，马龙标附在他耳边上说："你看这个尹昌衡如此放肆，好像就他的嗓门大，扫了我们北洋的面子。他嗓门大，我比他嗓门更大，我今天就要压一压他的威风，问他敢不敢同我比嗓门！"

张宗昌素来爱吃爱嫖爱热闹，还有不赞成的？他走到场中，招手让大家清静。他指了指坐在第二桌的马龙标说："这位，想来大家都认识，我们的京师警备总司令马上将，他的声音特别洪亮，号称'天下第一嗓'。"他又指了指坐在第一席末座的尹昌衡说："这位，是从四川来的尹昌衡尹上将。他的声音大家也领略到了，大得惊人。方才马上将提出要同尹上将比嗓门，就是说看哪个的嗓门大，让大家开开眼界，大家欢不欢迎？"

大家一听哄的一声就笑了，说，欢迎欢迎。场上的女士们都拿眼打量这两个雄赳赳的将军，窃窃私语，其间夹杂着轻轻的笑声。

马龙标这就来劲，当即提出："我马某愿同尹将军大战三百个回合！"

尹昌衡当即应战："我尹昌衡愿意奉陪，决不后退！"

他们商定，一边饮酒一边高声亮嗓对豁三百定输赢。

两人从"四季四呀大发财呀！"开始对豁，声震屋宇，让隔壁的外国人都过来作壁上观。

　　论嗓门，马龙标同尹昌衡不相上下；论年龄，他要比尹昌衡大十来岁；论酒量，他也要小得多。他们豁到一百拳，马龙标就有些来不起了，但坚持着再饮二十杯，再豁二十拳，再吼二十声，嗓门就哑了，伤了元气，只好认输。

　　马龙标回到家中，越想越气，生了病，自己素有"天下第一嗓"之称，多次大型的阅兵，都是由他担任发令官，不想今天竟当众栽在尹昌衡身上，以后还怎么做人？他越想越气，病也越发深沉。不几天，一个虎彪彪的京师警备总司令竟气死了。京城有报评载此事，标题为《六国饭店比嗓门，尹昌衡气死京师警备总司令》，一时此事竟成了京师轰动一时的新闻。顷刻间，"尹昌衡"这个大名，在京城无人不知，无人不晓。

第二十二章

阎锡山相助，最终潜离京师

民国九年（1920）的这个冬夜，夜幕如漆。

国祥胡同八号，高墙大院的尹宅内万籁俱寂。萧萧树木，还有院中的奇石假山，亭台楼阁，全都瑟缩在寒风中。整条国祥胡同已经沉沉入睡，唯尹府后院尹昌衡的卧室还亮着灯。这时，衣服穿得厚笃笃，已经"全副武装"的尹昌衡，为了竭力镇静，还在看报纸，却完全没有看进去。

"全看今夜了！"他在心中告诫自己，"事不过三，这已经是第四次潜离京师了，如果再失败，惹来杀身之祸也是可能的……"他思索着走的事。

看着手中的报纸，一则消息让他皱起了剑眉。在京师，他一手创建了孔教会，原想弘扬儒学，不意最后被严修、陈焕章这些人拿了过去，成了为徐世昌歌功颂德的工具。他不由得想起当初他同"山西土皇帝"阎锡山苦心创办孔教会的由来。

他和阎锡山是留学日本东京士官学校的同班同学。阎锡山，山西五台人，字百川。最开始，他很瞧不起阎锡山，认为他土头土脑的，说一口难听的山西五台话，闷葫芦一个，一天难得听他说一句话，从里到外都毫无出彩处。而他尹昌衡却是班上的佼佼者，长得好，成绩好，同学们给他取了个绰号"牛顿"。当初，大科学家就是因为坐在树下苦苦凝思，恰好树上掉下一个苹果，让他茅塞顿开，发明了"地心吸引说"。尹昌衡也爱坐在树下读书，同学们叫他"牛顿"，可见他在大家心目中的地位。他自负甚高，结交的同学唐继尧、李烈钧等人，都是很出众的。

六年的学业完成后，他们被分配到北海道青森师团弘前连实习当兵。恰巧阎锡山睡他的上铺，当时阎锡山生了疥疮子，整天没事时就坐在铺上扣呀扣的，扣得皮屑满天飞。尹昌衡烦了，说阎讨厌，是只"癞皮狗"。大家也跟着喊。而阎锡山脾气很好，对尹昌衡赠给他这顶带有侮辱性的"帽子"也不生气，只是笑嘻嘻地反驳："咦，咋个狗都喊出来了，人吃五谷生百病。"

尹昌衡很不以为然地说："你就是一只'癞皮狗'，我看你比狗都不如！"如果是换成一个人，早同他干起来了，可是阎锡山还是不动气。尹昌衡和同学们都认为这个阎百川没有血性，没有出息。

阎锡山除了站岗放哨、例行的训练外，有一点特别。有时间他就爱趴在铺上，偷偷地在一个日记本上记什么。记完了，很小心地放进他枕头边的一个小木箱里，上锁放好。大家问他在写什么，他不说；大家要看，他坚决不干。有天阎锡山站岗去了，尹昌衡对唐继尧、李烈钧等人说："这'癞皮狗'会不会是清廷安在我们身边的'雷子'（特务），整天记呀记的，鬼鬼祟祟！"

唐继尧、李烈钧等人一听都紧张了，因为他们同尹昌衡一样，都秘密加入了孙中山领导的、旨在反清的军事组织"铁血青年丈夫团"，说："还真像。莫非这'癞皮狗'嗅到了我们的什么气味，在整我们的黑材料？"趁阎锡山不在，他们从铺上将阎锡山那个宝贝得不行的小木箱拿下来，用刺刀撬开锁。尹昌衡拿出里面的一本日记，翻开，原来是阎锡山对全班同学的逐一评价。第一个就是对他尹昌衡的评价："牛顿确实英雄，然锋芒太露，终虞挫折，危哉惜哉。"对其他同学的认识评价也极中肯，入木三分。

看完阎锡山的日记，尹昌衡大惊，说是"水静必深，这'癞皮狗'还不简单……"从此后，他对阎锡山另眼相看，二人成了莫逆之交。以后，他还有李根源等人同阎锡山结拜为兄弟。

尹昌衡回国后，虽然英雄了一阵，可是没有阎锡山英雄得持久。辛亥革命，建立民国后，阎锡山在山西一直坐得很稳，对京城里走马灯似的显贵们，他也有应对的办法。阎锡山将山西搞成了一个针插不进、水泼不入的独立王国，无论是谁当政，都把他奈何不得，不得不让他三分。

阎锡山很有手段。例如，年前冯国璋代总统期满卸职后，好些"诸侯"争夺总统宝座，以段祺瑞为首的抬出了徐世昌，而黎元洪也跳了出来，两派争夺激烈，一时半斤对八两，不分胜负，徐世昌打出了阎锡山这张牌。以让阎当副总统换取阎对他的支持，阎锡山支持了他。而徐世昌如愿以偿后，却不兑现自己的诺言，阎锡山寻机报复。这时，当年戊戌变法的主将、从日本流亡回国的康有为，在京组织了一个"尊孔读经"会，阎锡山在背后竭力支持，拿过手来，将矛头对准了"篡国奸相"徐世昌；进而请尹昌衡、康有为、黎元洪、张謇、严修、陈焕章等一帮大佬为骨干，组织孔教会，以康有为、尹昌衡为正、副会长开展活动。

孔教会成立那天，名人云集，盛况空前。会上要写一篇宣言类的东西，谁来写？大家理所当然地一致推选名满天下的"圣人"康有为。康有为有些恃才傲物，对阎锡山的盟弟、孔教会副会长的尹昌衡有些耿耿然，心想你一介武夫能文？他多次公开私下地说："有些人官当得大，有钱有势，就附庸风雅；要写什么东西，找两个秘书写写，就冒充了学问！"尹昌衡听了，知道他所指是何，也不反驳，只是笑笑。

康有为这就推给尹昌衡写，说："这篇文章不简单，需要耸动国人的视听，听说尹将军的文章气势磅礴，何不请尹将军动动笔！"尹昌衡也不推辞，立即应允。他当众铺纸运笔，笔走龙蛇，一气呵成，文章的标题是："请建孔圣堂书"，文章的开头就不同凡响：

"民等闻：达心言略，官之奇未尽厥忠，饶舌输诚。唐魏征自拾其策，民等忧世既深，不辞三渎。简方多言，敢进万言。盖闻非立教无以固基，庶绩朝兴而暮废。非孔道无以建极，诸教偏重而不中。若不建堂敦实，则画饼空悬。苟能正本清源，虽白骨可起，谨陈其要，胪辩其闻……"这一篇古文写得洋洋洒洒，说明了建会的原因、要旨，譬喻精辟，很有学问。康有为服了，大加赞赏；大家也都说好。此文当即通过，并印发全国。多家报纸转载。后来此文收入《孔教十年大事》一书，传之下来。

此文中有"袭魏武之谋，后有司马；穷嬴政之黠，不辨赵高……"等句，可谓借古讽今。以三国时期的司马懿、秦二世时期的赵高暗喻徐世昌，而又令徐世昌等抓不到把柄，就让反对徐世昌的文人们奔走相告，传颂一时。这以后，声名大噪的尹昌衡应聘去清华大学哲学系讲过课……而现在，因为他没有精力去抓，孙教会被严修这些人拿了过去，办得完全变味了。

正在沉思默想间，太太颜机进来对他说，一切都弄好了，只等人来。尹昌衡放下报纸，有些歉疚地打量着夫人。年前，她带着三岁的孩子还有公公不远千里来到京师同他团聚。家刚安顿好，一家人又要分别了，而且，这次他只能一人先行潜离京师，一大家人都只能暂时丢在这无亲无戚的北京了，想到这里，他的心里很沉重。

颜机比他小十六岁，目前还不满三十岁。生了孩子，她清丽的身段显得丰腴了些，在温暖如春的卧室里，她穿了件家常浅花夹旗袍，完全没有打扮，只是在皮肤白皙的左手腕上戴了一只碧玉手镯，眼睛很亮，头发很黑。看着丈夫，眼光很深。她显然替丈夫担着心，又有孩子拖累，细细看，她的眼睑上已有了刻着岁月风尘的细细皱纹。不过，这并没有给她的青春美貌带来任何一点毁损，反而增添了成熟和沉稳的气韵。

"昌衡你放心去，家中有我。"颜机在对他最后嘱咐，"路上把细些，注意身体。在京师几年，你的身体已大不如前。俗话说得好，留得青山在，何愁没柴烧！"说时，提起暖瓶，给丈夫的茶碗里续上些开水。

尹昌衡一边频频点头，表示对妻子的嘱咐的赞成，一边侧耳注意胡同里响没有响起汽车马达声。日前，来京治病的前民国大总统冯国璋不治病死，阎锡山借前来为老长官吊唁之机，一个晚上来尹昌衡家，同他细细商量了潜离京师事。

事后，尹昌衡先是想以去河北探望一个在那里的亲戚为名，借机去到山西再回四川。报告打上去，段祺瑞也不好拒绝，却又以剿匪为名，封锁了紫荆关一带，任何人不能去那。尹昌衡因为过不去，放弃了这个打算。事后，他又派私人秘书冯均逸去了上海，找到了孙中山大元帅府中主持工作的秘书长谢持，说明他想经上海回川，希望得到些相关帮助。谢持不仅是四川老乡，老同盟会员，而且是他西征时的下属，私交也不错。谢持请示了孙中山，孙中山表示欢迎，一路为他开放"绿灯"，然而，北京方面把他守得更紧，根本就脱不了身。总结了这些教训后，他最终同阎锡山商定了一个妙计。为掩人耳目，阎锡山已回山西，却又并没有走远，就在娘子关遥控指挥他的部属配合尹昌衡。

看看时间差不多了，这时胡同里响起了轻微的汽车马达声。

"来了！"尹昌衡给颜机示了个意后，站起身来，朝外看去听去。

那时的轿车哪怕在京师仍然是稀罕物。就在这个深夜，这辆漆黑锃亮的小轿车进了胡同。车前两盏利剑似的灯光划破漆黑的夜幕，刚刚驶进胡同，闪出两名宪兵走上前去。与此同时，车窗很自觉地摇下来，副驾驶座上很俨然地端坐着一位仪表轩昂的少校军官。

"什么人，哪部分的？"一个宪兵大步走上前去，不无诧异地大声喝问。

车窗内递出一张派司（名片），宪兵接过借着车灯一看，转身向隐在夜幕中的长官报告："这是山西娘子关镇守使姚长官的副官，奉命前来接尹昌衡将军。"

"早不接，晚不接，这个时候来接，有什么要事？"漆黑的夜幕中响起那嗓音混浊得像鸭子叫似的长官问询。

"姚长官的副官说，"宪兵像传声筒似的，"前大总统冯国璋这个时分出殡，应尹将军的要求，姚长官派副官前来接尹将军去……"军界中人都知道，尹昌衡同前大总统冯国璋的关系很好，而且，这个时期，山西镇守使姚唤确实在北京。这样的解释似乎也合理。略为沉吟，躲在夜幕中的鸭公嗓子说："行！"

于是，轿车驶向前，刚到尹宅门前——完全是约好的了，两扇黑漆大门洞开，大门里走出来一个大汉，坐进车去：两扇黑漆大门重新关上，轿车掉头向外驶去，整个过程很快。与此同时，一个宪兵长官模样的人走上前去，在车灯放出的雪亮灯光中，做了一个停的手势。轿车停下了，摇开了一扇车窗，宪兵长官模样的人探进头去看了看，坐在后座上的确是尹昌衡无疑。于是他放心了，挥了一下手。

接尹昌衡的小轿车刚走，守在尹昌衡门前的几个宪兵，赶紧乘上了另一辆车紧紧跟上。国祥胡同又归于沉寂。

不久，尹宅的一扇侧门轻轻稀开了一条缝，闪出一个身着黑衣黑裤的人，从他身手的敏捷程度上看，完全是个受过专业训练的。他是一直跟着尹昌衡的副官马忠。凭着职业军人过人灵敏的耳朵和眼睛，马忠确信守在门外的"几条狗"已经被引开后，朝里面挥了一下手，里面立刻狸猫般闪出一个高大的人影，他就是化了装的尹昌衡。在马忠护卫下，他们一阵风似的出了胡同，转身向西，同阎锡山派来接应他的人一起融进了暗夜。

尹昌衡带着马忠，因为有接应，当夜顺利地潜离了北京，被阎锡山的人用汽车接到了丰台火车站，按时上了那列驶往上海的火车。这一次，尹昌衡终于如愿以偿，挣脱了段祺瑞、徐世昌的羁绊，经上海辗转回到了四川。

第二十三章

轮船上，白天活见"鬼"

民国九年（1920）夏天。

一艘"川江"号客轮顶着逆流驶入了三峡。

"我终于回来了，久违了，故乡！"尹昌衡怀着欣喜的心情，站在一等舱的甲板上放眼望去，心潮澎湃。故乡，你的儿子今天终于冲破重重阻拦回来了。他指了指前面的风景，对站在身边的副官马忠，还有川局派来接他的代表曾述孔、廖纯仁和孙中山派给他的联络员冯均逸说："你们看！"

大家顺着他手指的方向看去，峰回路转，轮船已经进入南津关。那"杨柳岸，晓风残月"的江汉平原已经甩在身后，在两岸耸入云天的高山夹峙下，川江，像一匹受惊的野马，扬鬃奋蹄而下，在透进峡谷的金阳照射下，波涛汹涌的大江像是千万只火把在燃烧、跳跃。江水沸腾、呐喊、好像是伸出了千万只狂野的手，要把这只大马力而小个头的"川江"号客轮拽进它的怀抱。走川江过三峡很难，逆流而上更难。

一只张着大篷的大船被狂野的江水掀到了江边，岸边高高的巉崖危乎一线处，一串纤夫顶着骄阳，裸露着古铜色的身子，捞脚挽裤，脚上穿着草鞋或干脆打着赤脚，弯着腰、纤绳几乎"吃"进了他们的肩上，他们的腰弯得几乎贴在了地上，他们整齐地喊着川江号子，手脚并用，步伐一致，汗珠掉下摔八瓣地拉着逆水而上的大船，一步步很慢，很艰难地前进。

江中险滩密布。打着一个个漩而下的江心水中，不时可以看到被打翻了的船沉浮的木板。这样的场景，尹昌衡感到熟悉、可亲而又可怕。

"我知道，你们几位以前出川进川都是走的陆路，过的秦岭。"尹昌衡指点着远山近水说，"这长江三峡绵延二百多里。这才是刚开头。三峡不仅以雄、奇、险、幽、秀著名，而且峡内有许多历史文物。比如僰人悬棺、殷商旧城、巴国遗物、秦时栈道……都举世闻名，你们可以好好看看。"看大家观山望景的兴致很浓，尹昌衡独自进舱休息去了。

他住的是单间，船上的房间都不大。除一张固定的床，旁边还有一把固定的沙发、一椅、一凳，地上铺的是波斯地毯，铺着雪白桌布的小圆桌上摆有茶水、糕点。挂在壁上镜框里的是三峡水墨画和杜甫诗意画。他刚坐下，副官马忠进来了，给他剥了个梁平柚子，这是尹昌衡最爱吃的一种水果，又产自家乡，自有不同的感觉。

马忠一边给他剥，他一边吃。柚子很甜，水分也多，但他心里很苦。他边吃边想这段时间的经过，担心着家人。此行，他到了上海后，见了孙中山。谢持安排得很周到，不仅派人到北京，给他的家人报了平安，而且将他的家人也接回了四川，北京方面也还没有为难他的家人。

按说，他该定下心来了，可是他想到川中局势，心下很有些不安。孙中山要他回到四川后，利用他在川中的崇高威信和刘湘等学生、故旧，掌握川中局势，组织力量，相机在川发动第二次"护法战争"。孙中山推心置腹对他说："我目前掌握的武装力量虽有两支，一是广州的陈炯明，二是云南的唐继尧，但看来都不可靠——这二人都有野心。现在，我特别将你留日时的同学好友、大元帅府参谋长李烈钧派去了广州，设法驾驭陈炯明，而西南方面则寄希望于你……"接着，他们研究了些四川及整个西南的一些具体问题。孙中山同时很有些忧虑地指出，唐继尧当年借起兵反袁（世凯）率滇军进入四川以后，盘踞重庆一带，至今不肯撤军，自称川滇黔军总司令，妄图称霸西南，而四川督军刘存厚和重庆镇守使熊克武这时分别率军驻在汉中和川中一带，与唐形成对峙之势，战火随时可能一触即发。另外如川中其他实力派人物诸如刘湘、刘禹九、陈国栋等人也各有打算，四川弄得不好，可能要打得一塌糊涂。这些麻烦的事情，都希望尹昌衡回川后妥善解决。"先将乱得一团乱麻的川局理顺，然后团拢！"孙中山说这话时，捏了捏拳头。尹昌衡当即对孙中山表示，竭尽努力，为国事鞠躬尽瘁，死而后已。同时表达了对孙中山的仰慕。在他的心中，孙中山先生是中国政治上一盏明灯，也是中国唯一的完人。

孙中山准备委任尹昌衡为四川新任督军，但怕惹起麻烦，说是等他回川后，看情况相机宣布。可是，就在尹昌衡回川途中，他过去留日时的同班同学，好友唐继尧给他来了个当头棒喝，在报端发表了一篇《废督军电》署名文章，不用说，目的是针对他尹昌衡的。

《废督军电》中称："督军制是一切罪恶的根源……今后如有何人谋求做督军者，继尧誓与不共戴天！"而就在船过宜昌时，川中的熊克武已经同唐继尧展开了大战……

尹昌衡感到了疲倦，躺到了床上，可是川中事在脑海中走马灯似的旋转，他哪里能睡得着。一会，曾述孔、廖纯仁和冯均逸说是要来看他，他让马忠请他们进来谈了些事。中午，尹昌衡请客。船上仆役送进一桌订好的川菜，还有尹昌衡最爱的绵州大曲酒，吃得很尽兴。饭后照例大家都要回房间去休息一会，而这天尹昌衡精神很好，笑道："我舍不得你们走。你们一走，我找不到人摆龙门阵。而我这会儿的瞌睡来了，你们稍等我一下，让我在床上打了盹，大家接着摆龙门阵。"大家见他兴致很高，都说："要得！"

尹昌衡躺在床上，似睡非睡间，见一魁梧军人从屋外飘然而来，穿草黄呢将军服，佩中将军衔，似乎是熟人，而来者的脸上却蒙着一块白布，白布上有一个大大的黑色 B 字。尹昌衡感到奇怪，说："你堂堂一个中将军人，咋进来像猫一样不声不响的？"那军人仍然不开腔，走到他的身前突然下跪。

尹昌衡大惊，赶紧去扶，却一下摔到床下，梦醒了。大家上前扶起他，问是咋回事。尹昌衡坐了起来，大声问："人呢？"一边四顾频频。

"屋里就我们几个人，哪里还有人？"大家都不明白他在问谁。他这才带着相当惊疑的表情，将刚才做的噩梦给大家讲了。

大家议论纷纷，说这是一场噩梦。尹昌衡不信，让马忠唤进茶房问这船上有没有军人。茶房肯定地说没有。茶房走后，尹昌衡很肯定地说："凭我的直感，肯定川中有我们相当熟识的将军遇害了。"他让心很细的冯均逸将这事记了下来。

第二天下午，"川江"号客轮停泊、夜宿丰都。这里离重庆已经不远了。

一轮夕阳正在西沉。尹昌衡一行五人站在甲板上，眺望江边闻名中外的"鬼城"丰都。只见一座青翠秀丽的山脉傍长江北岸，离县城约半里地，整体看，状如香梨。其中有座孤峰突出，尹昌衡说："看，那就是丰都鬼城。"夕阳在落山之前给丰都镀上了一层金辉。它的东面有青牛山，西面是双桂山，北接五鱼山峰群。遥遥可见山上的幢幢庙宇，钟鼓铙钹之声隐约可闻。

曾述孔指着丰都说："我们中，廖（纯仁）兄是贵州人，对丰都肯定不知其详，而我们几位虽都是川人，但对鬼城也是知其然不知其所以然，不如请尹督军给我们细细讲讲这鬼城的由来，如何？"

大家都说好。

尹昌衡说："讲讲当然可以，不过以后在孙（中山）大元帅表我为四川督军之前，你们千万不可称我为督军，免得横生枝节。"看大家会意，尹昌衡这就指着江边那绵延起伏的鬼城讲起来，"其实，这山名叫名山，又叫平都山。为什么前人在这里建起鬼城呢？说起来，话就长了。"看大家听得兴致勃勃，他继续讲下去："传说是，此山因傍长江，交通便利而又风景秀丽，最初为方士炼丹、修道、成仙升天之地。东汉人著《列仙传》中载：西汉时，有东海人王远（字方平）弃官隐居于此，结果修道成仙，驾五色祥云而去。又有晋代葛洪著《神仙传》载，东汉时有新野人阴长生，也在此学道而成，白日飞升。因此，到了隋末唐初，便有人在此建仙都观。文人墨客也大都慕名而来，吟诗作赋。苏东坡有诗咏'足蹑平都古洞天，此身不觉到人间……空人楼观何峥嵘，真人王远阴长生'。到南宋以后，由于佛教盛行，又由于王（远）阴（长生）被后人误颠为阴王二仙，而'阴王'即是佛教中管地狱的阎罗王，因此，到了南北朝时，文人陶弘景在他所著的《真诰》一书中，虚构了鬼王判决阴间罪人时在丰都山（即平都山）的故事情节。于是，不胫而走，以后，平都山便成了阴王的冥府所在地。再后来，经影响更大的《西游记》《说岳全传》《聊斋志异》等文学名著的大肆渲染，这里便成了天下闻名的阴曹地府。你们看——"

尹昌衡指着对岸山脊由下至上的树木和隐藏在森森树木中的那些建筑物说："鬼城中，修建了阴森恐怖的天子殿，还有鬼门关、阴阳关、奈何桥、地狱……而所有这些，都是模仿人间而又加以想象、扩大、渲染，因而显得格外的阴森，格外的惊心动魄。"正说到这里，只听一阵皮靴响，茶房引上来一位青年军官，众人调过身来，那军官上前，给尹昌衡敬了一个军礼，胸一挺，说声："报告尹将军，滇军驻地旅长戴鸣奉军长命令前来迎接！"

"好灵通的消息！"尹昌衡暗暗心惊，心想："看来，这唐继尧有耳报神，派人严密监视着我的一举一动，对我的行程真是了如指掌呢。"他当然知道，他们已经进入了滇军的势力范围。尹昌衡审视着来人问："你是滇军旅长戴鸣？"

"是。"

"此地驻的是第几军？"

"滇军第七军。"

"军长——"

"叶荃！"

"啊！你是叶军长派来接我们的？"

"是。"

尹昌衡听这话，心中陡地一惊，真是冤家路窄！当年，他做四川省军政府军政部长时，就是派黄泽溥率人去嘉定府（乐山），将驻军司令、赵尔丰的余孽、准备攻打成都的叶荃收拾着赶跑了的，现在自己犯在他手上了。

"好！"尹昌衡显得很镇定，顺水推舟地对来人说，"我正想顺道去拜望叶军长。"

"尹将军，今天你们好好在船上休息。"来人又是将胸一挺，"军长让我明天一早接你们去他的驻地涪陵。"说完，敬个军礼，走了。

　　滇军军官戴鸣走后，尹昌衡将他与叶荃的过节告诉了下属们，他们一听都紧张起来，认为明天去涪陵，绝没有好果子吃。尹昌衡分析说，叶荃这个人虽然气量狭小，但有个特点，也是优点，这就是恩怨分明。

　　"这样吧！"他对大家说，"叶荃如果说是对着他的仇人来的，那么，他的仇人只有一个，就是我尹昌衡。你们与他素无怨仇。明天天不亮，我，还有我的副官马忠、曾述孔代表上岸，从陆路去重庆。你们二位，"他指了指廖纯仁和冯均逸，"你们还是留在船上，直接去重庆，不会有事的！"大家表示，有福同享，有难同当，都不愿甩开尹昌衡。经尹昌衡分析劝阻，大家答应按他的吩咐行事。当即，尹昌衡规定了两拨人在重庆会面的时间和地点，这就散去，各自回屋睡了。

　　第二天晨曦初露。岸上远远的村庄传来了第一声鸡鸣，尹昌衡一行三人已经离船上岸，走在了去重庆的山路上。尹昌衡身着一袭素洁的灰白长袍，头上戴顶博士帽，打扮成一个商人。而马忠和曾述孔都着短褂，像是他的随从，一前一后地走。他们各揣一百大洋，未带任何行李。不一会，他们走在了乡间小道上。这时，天地间弥漫着的夜色，像是在一盘漆黑的墨汁中加进了些许清水，正在渐渐洇开去。

　　三人晓行夜宿，一路谨慎，也还顺利。第三天上午，进了江北县境，忽听前方"轰、轰！"大炮声响，再看重庆方向，半个天空都是火烧火燎的，可以想见重庆方面川滇两军打得何等激烈；找了当地老乡打问，证实了他们的判断。

　　这一带是丘陵地带遍披青翠，离重庆已经很近了，人烟也稠密起来。中午时分，他们找了个幺店子（小饭馆）歇足吃饭。这种幺店子在四川农村随处可见的，靠着公路或乡间小道，两间泥壁瓦房一字排开，让他们感到亲切。这间幺店子生意很秋（淡）。幺师见三位客官走来，颠颠上前，很热情地招呼他们坐下，腰一弯，随手将搭在肩上的帕子拿在手上，在略显粗糙的四方桌上一抹，乡音浓郁地叫小二给三位客官泡茶，同时问客官是先喝点酒，还是就喊菜吃饭。

　　三人打横坐下，尹昌衡说："先喝点酒。"又问幺师有些啥子下酒菜。幺师炒豆般——报来，凉菜有花生米、豆腐干、卤猪头……一会儿吃饭，饭是冒儿头（雪白的饭在碗中堆得高高）新米饭，素菜有家常豆花、虎皮煎青椒……荤菜有炒猪肝、回锅肉、宫保鸡丁……不要说吃，刚刚辗转回到四川的尹昌衡和他的副官马忠，一听这些菜名都觉得香，觉得亲切。

尹昌衡要了一斤酒，说是下酒菜有啥子就随便先来点。小二一盘子一碗给他们上菜时，尹昌衡做出很随意的样子问幺师："这仗火打好久了？我们要过重庆，过不过得去？"

"这仗火是今天早晨才凶起来的。"幺师将小二已经摆上桌的下酒凉菜、猪脑壳、花生米等顺顺，说，"三位客官先慢慢用，隔一会儿看，应该过得去。"然后进去炒菜去了。

尹昌衡是海量，廖、马二位也能喝。一斤酒，三下五除二就没有了。尹昌衡又要酒，小二说没有了。幺师听说，又是颠颠从屋里跑来，赔着笑脸解释："本来是有酒的，今早晨，这里过了一拨滇军，他们估吃霸赊，一坛子烧酒拿给他们整干净了。"

尹昌衡叹口气："硬是运气不好喃，酒都没得，还吃啥子！"

竹林边有个放牛的十来岁的娃娃听说后，接嘴："前边有个幺店子有酒卖。"

尹昌衡问："在哪，有好远？"

放牛娃手指对面一个林盘："怕有半里路。"

"这样子。"尹昌衡招手要放牛娃过来："你去帮我打两斤酒。"

"我要放牛。"小娃放的是一条水牯牛，水牛在竹林边，嚓嚓地吃着带露青草。

"牛嘛，我们帮你看到。"尹昌衡说时，从长袍里摸出一块大洋，给小娃交代，"你去帮我打两斤酒，最多只要两角钱，剩下的八角钱都归你，好不好？"

"好嘛！"小娃高高兴兴接过钱，从店小二手中接过一个酒罐后，高高兴兴、蹦蹦跳跳地去了。奇怪得很，当这小娃沿着一条弯弯曲曲的泥巴小路去打酒，经过一户农家小院的泥砖墙时，那泥砖墙迟不倒，早不倒，"轰"的一声垮塌了，正好掩埋了经过的小娃。

旁边田里做活路的人大声喊："墙倒了，埋着人了！"大家赶紧放下锄头去救人，尹昌衡和曾述孔、马忠也赶了上去。

当大家七手八脚地将小娃抢救出来时，小娃已经气绝身亡。死去的小娃一只手里紧紧捏着一块银光灿烂的大洋，另一只手里提的酒罐已被砸烂。这时，小娃的父亲，一个正在田间做活路的中年农民闻讯赶来了。他头上戴顶草帽，捞脚挽腿。

"黑娃，黑娃！"汉子抱起儿子大哭，看儿子已死，愤怒地调过头来看着尹昌衡等，"是你们哪个喊他去打酒的？"站在人群中的幺师直往后缩，尹昌衡承认是他，并向汉子说清了全过程。

那汉子含悲忍痛听完，嘴里吐出三个字："赔命钱！"

尹昌衡当着大家说："按道理，我出钱请这小娃帮我打点酒，也没有什么不对，却不想，像是遇到鬼！遇到这样的事情，我其实没有什么责任，因为事出偶然。但这娃娃死得可怜，我承认出烧埋钱。"他问那汉子："你要多少钱？"

汉子来个狮子大冂开，举起一只手，缓缓张开四根指拇："四百块大洋！"这就有些敲诈的意味了，人群中好些本乡本地的人都发出了不以为然的嘘声。

尹昌衡并不反驳，也不讨价还价，说："我认，只是我没有带这么多钱。"他问曾、马二人身上有多少钱，都拿出来。结果三人逗起，也就三百元，尹昌衡把这钱交给汉子说："你要四百元，我认，你看到的，我们身上没有带这么多钱，现在我们三人加起来也就是三百元，这里，我先给你二百五十元，留五十元，我们路上要用。剩下的一百五十元，我到重庆后，我给你寄来，或是找人带给你，你看如何？"

汉子不以为然地说："你们重庆人狡猾，人一走，我到哪里去找你们。"旁边也有人帮腔，说："这样恐怕不行！"

尹昌衡莫奈何了，说："这咋个办呢？总不能逼着牯牛（公牛）下儿吧！"

旁边有人威胁："那就拉他们去见官。"曾述孔问："见哪边的官？"意思是这一带是川滇军队共管区，去见川军还是滇军。那些农民不知他们的身份，更不知他们这会儿怕见滇军，想见川军，就随口答："两边都可以。"

尹昌衡不愿平生枝节，态度很好地解释："我们是做小本生意的人，这四百块大洋已经不少了，我们这趟生意做下来，你们看到的，加起来也就只有三百元。我们已经答应了，到了重庆立即把欠的一百五十元还起，多的都拿了，未必还把这一百五十元打来吃起不成。实话告诉你们，本来不应该赔这么多钱，而且我们两边军队的官都认得到，如果去见官，恐怕吃亏的不是我们啊！"

听尹昌衡这一说，那小孩的父亲和帮汉子说话的农民们被唬到了，却又不知该咋办，只是一味鼓噪：

"他们不给够钱，就不放他们走！"

"说得好走得脱，说得不好，走不脱！"闹哄哄间，有人说："看，乡约（乡长）来了！"说时，人们闪出一条缝，乡约进来了，这是一个年约六十的乡下老者，身材矮小，穿着舒气，嘴上衔根叶子烟杆，穿一件老式蓝绸长袍，脚蹬一双黑直贡呢朝圆布鞋：一副标准的乡村绅士派头。看来乡约是读过书的，很讲道理，当他听了事情的来由后，对死者的父亲说："张老大，事情的来龙去脉是清楚的，看来黑娃的死是他命中注定，怪不得人家！"

张老大看着乡约，嗫嗫嚅嚅地说："那你老人家看咋个整？"

"人家答应赔你四百元，这就对得很嘛，人家手上一时拿不出这么多钱，说到了重庆就给你寄来，或是找人给你送来，你又不放心。那不如你亲自跟他们去重庆拿钱！"

汉子又说了些重庆人狡猾得很的话。

"张老大，你放心跟他们去。"乡约叭了口烟，"我的眼睛有毒，我负责他们是说话算话的人。你尽管放心跟他们去，如果拿不到钱，找我，该对了嘛！"

张老大这才答应了。

乡约请尹昌衡三人去他家吃了顿豆花便饭，然后让尹昌衡等三人带着张老大，在不时"轰、轰"响起来的大炮声中去了重庆。

- 第二十四章 -
护国会，只身退川军

　　幸亏张老大熟悉地形，没有走到滇黔军的地盘里去，带着尹昌衡一行东绕西绕，穿过了两军交战的火线，快晌午时分到了重庆储奇门。在储奇门，尹昌衡先找了家临江而立的二泉茶馆歇脚。

　　虽然两军在打仗，但战线主要在郊区。山山水水，回旋起伏，吊脚楼层层叠叠的市区仍然有一分畸形的繁荣。条条向江边码头蜿蜒而下的鸭肠子似的窄巷里，铺着古旧斑驳的青石板的街巷两边，茶馆、饭馆、旅馆等店铺鳞次栉比。巷子里充斥着打锅盔、甩三大炮的梆梆声、叫卖声、幺师延客入内的吆喝声，空气里弥漫着火锅散发出来的麻辣味。

　　一进这重庆的茶馆，就让尹昌衡感到亲切，那熟悉而又陌生的场面气氛扑面而来。人声鼎沸，杂声盈耳。遍布城乡的四川茶馆永远是这样，一间茶馆就是一个小社会。在这里，会朋友的、做生意的、吃讲茶的（邻里吵嘴打架，请有地位的人前来给双方评理）……林林总总，应有尽有。当然，更多的茶客是纯粹来消遣放松的。其间好些茶馆里还有说评书的、唱清音的、卖各种小吃的，穿插其中。

　　他们找了一个临江的地方，要了一张茶桌，他们刚刚落座，也不用喊，那眼观六路、耳听八方、手脚麻利的堂倌风一般卷了过来。堂倌是个三十来岁的人，技术相当熟练，他穿件对门襟短褂，瘦瘦的，个子适中，头上包的白帕子旋了几旋，堆得像座小山似的，耳朵上卡支不知是谁送给他的香烟，右手提只壶身烧得漆黑、就像黑鸡婆似的尖嘴大铜壶。左手要杂技似的将泡茶的三件头——黄澄澄的铜质茶托和青瓷的茶碗、茶盖一手托起，层层叠叠，从腰部顶齐下巴。

他人还未到，只听"啪啪啪"声响，四只黄澄澄的铜茶托已经撒到了桌上，滚动间，在四个人面前立定。然后，他将四只茶碗拄到茶托上，身体微微后仰间，运壶至肘。只见一股鲜开水从尖尖的壶嘴喷出，端端注入茶碗。在鲜开水的冲击下，茶碗里的一撮沱茶（重庆人喜欢喝沱茶，成都人喜欢喝茉莉花茶）快乐地打转，发开。就在堂倌将提起来"黑鸡婆"缓缓往下运时，右手幺指拇一伸，"啪嗒、啪嗒！"四只茶盖在了茶碗上。顷刻间，四碗真资格的四川盖碗茶就泡好了。"来了！"堂倌收了茶钱，答应着其他茶客的呼唤，又风一般去了。

尹昌衡轻轻端起黄铜茶托，一手揭开茶盖，推推茶汤，抿了一口，说声香。这时，马忠已出去买了几个牛肉夹锅魁回来。大家边喝茶边吃锅魁，垫垫肚子。茶已掺过两巡，看张老大不时拿眼看着自己，尹昌衡知道他的意思，这就对曾述孔说："曾代表，这里离重庆警备司令部很近，你去找一下卢司令，就说我找他。"

重庆警备司令卢涛，是黔军第二军军长。当年尹昌衡在广西陆军学校当教导主任时，卢涛是他的学生。曾述孔去了。

张老大大大吃惊了，眼睛瞪得汤圆大。他原以为这几个人真是做小本生意的，不想面前这个仪表不俗的大汉，竟大大咧咧地叫人去重庆警备司令部叫司令来，好大的面子！他不禁问坐在他对面的尹昌衡："你是个啥子人，啷个这么凶，连重庆警备司令都喊得动？"

尹昌衡笑笑："这个，你不用管，只管拿你的钱就是了。"

很快，曾述孔带着几个戎装笔挺的将军来了，在他们的后面跟着一个军乐队。

军乐队在二泉茶馆外面已经排好了队，准备演奏。卢涛则带着他的参谋长朱绍良和下属师长何应钦、谷正伦等鱼贯走进了茶馆。在众人诧异的目光中，他们快步来到尹昌衡面前，向尹昌衡问好，敬礼！与此同时，门外的军乐队奏起了迎宾曲。一身布衣的尹昌衡站起身来，对卢涛拱手还礼……二泉茶馆里的茶客们何曾见到过这样的场面：茶馆内外站满了兵，戒备森严。茶客们吓住了，一个二个赶紧站起来梭了，本来很热闹的二泉茶馆一下子空了。

卢涛恭请尹老师去他的司令部，尹昌衡这才想起要还张老大的钱，一看，哪里还有张老大？原来张老大早被吓得溜了。尹昌衡将此事对卢涛说了，要卢涛设法找人将一百五十元给张老大，卢涛满口答应。尹昌衡这才带着马忠、曾述孔，与卢涛、何应钦等有说有笑地去了重庆警备司令部。

卢涛给老师摆的接风宴很丰盛，朱绍良、何应钦、谷正伦等作陪。气氛很好。大都是熟人，起眼一看，卢涛是尹昌衡的学生，卢涛的下属朱绍良、何应钦是日本士官学校的留学生，只不过时间上比尹昌衡晚些，算是他的校友也是晚辈。气氛很轻松，也很随意。席间，尹昌衡讲起轮船上白天遇"鬼"的事情，卢涛的神情马上俨然起来，说："真是神了，老师这梦是真有其事。那'鬼'就是老师最喜爱的学生廖谦。"接着，卢涛大体讲了廖谦遇害的过程。

当时，偌大的四川，尤其在川东、川南形成了川、滇、黔三军各自踞一方的态势，随时准备大打出手。廖谦是黔军独立师师长，但他比较正直，不赞成黔军一入川就赖在川中不走。他同卢涛一样，也是尹昌衡的学生，对尹很尊敬，算是晚辈。接尹昌衡回川的廖纯仁廖代表，就是他派去的。当尹昌衡从上海动身返川之时，廖谦已将他驻在川中的部队悄悄往重庆方向移动，准备届时听从尹昌衡的指挥。廖谦的所作所为被黔军总司令刘显世获悉。刘显世十分震怒，派刺客去刺杀了廖谦。

"廖师长因为是在行军路上遇刺身亡的，因此现场的处理很简单。"卢涛说，"他的属下只是在他的脸上罩了块白布避邪，按军长排列为A、师长是B的规定，罩在他脸上的白布上写了一个B字。可见，廖师长与老师有种心灵的感应！"

270

宴会后，警备司令留老师在重庆暂住一段时间，尹昌衡也没有拒绝，就住了下来。他之所以敢接受卢涛的邀请住下来，是他心中清楚。虽说卢涛是黔军的一个军长兼重庆警备司令，但他同被害的廖谦一样，也是不赞成滇黔军赖在川中不走的。他们是明白人，知道，想赖也是赖不下去的。在四川，战火从民国八年（1919）底起，越打越大，越打越激烈，在两三个月内迅速漫延全川，并很快向周边陕西、湖北等地漫延。战争所及，无数农田、城市、房屋顿成废墟，人民在血泊中呻吟，正如孙中山在一篇文章中所说的那样："吾国之大患，莫大于个人争雄，南与北如一丘之貉。虽号称护法之省（指唐继尧控制的云南省），亦莫肯俯首于法律民意之下……"

实际上，在滇黔军中，除唐继尧、刘显世等少数人外，绝大多数将领是不赞成赖在四川的。而且，就在尹昌衡他们住下的当天晚上，卢涛在看望他时，就明确表达了这个看法，并且请老师向孙中山转达他期望条件成熟时投向南方政府的愿望，得到了尹昌衡的首肯、赞扬。

当时，就全国而言，以孙中山为代表的南方政府和以北京段祺瑞、徐世昌为首的北方政府已经公开决裂，都声称代表中华民国。孙中山在广东军阀陈炯明的支持下，在广州成立了"大元帅府"，传檄各省实力派向他靠拢并对北京北洋政府及各地的代表发起武装攻击。全国各地军阀正在纷纷表态，表面他们是站在南方或是北方政府一边。

两天后，坐船回到重庆的冯均逸、廖纯仁到尹昌衡处报了到，并说，尹昌衡他们走后，叶荃果然没有找他们的茬。

尹昌衡是个名人。他回到重庆的消息，很快被重庆的多家报纸获悉并报道，许多将军都找上门来表示愿意听从尹昌衡驱遣。这里面有的是真心，有的是假意，有的是客气。算算，来找他的，在滇军方面，有滇军第二军军长赵又新、参谋长朱德；川军将领更多，他们是刘存厚、石青阳、刘湘、刘成勋等，纷纷派代表前来表达了拥戴的意思。这一点，特别让尹昌衡感到安慰，感到充实，心想，如此一来，孙中山交代给他的任务不难完成。

在重庆，卢涛对尹昌衡相当客气，给了他充分的自由，而且，对他作了暗中保护。这样，尹昌衡就可以充分开展工作，一天没有闲着，他让冯均逸、廖纯仁代表他与各方周旋，联系，同时将回川后的情况电告了孙中山，对下一步的工作作了请示。

鉴于刘存厚是他的老部下，他向孙中山建议，在适当时机任命刘存厚任川军总司令，刘湘、但懋辛、吕超为刘统率下的各军军长。而这时，唐继尧公开宣布倒向了北京政府，并被北京政府任命为联军总司令。唐继尧旋即在川军中进行分划拉拢，任命吕超为川军总司令。

这时的川局从整体看，是川军团结一心驱逐滇黔军。其实里面又是错综复杂，许多地方地区的军阀是占山为王。比如重庆市区就是卢涛的天下，这就给了尹昌衡许多机会。

人心的向背，决定了唐继尧流处于逆境。月前，川中实力派军人们在阆中召开了联席军事会议，决定兵分两路，由刘存厚率部进攻并占领成都；重庆方面因为滇黔联军大部集中于此，实力雄厚，因而决定由川军一、二、三军长但懋辛、刘湘、刘禹九还有杨森的第九师合力攻打，刘湘被任命为这支川军联军的总司令。

阆中会议之后，老资格的四川靖国联军总司令熊克武去滇军第一军军长顾品珍处微服私访，晓以大义，他们是老朋友，比较好说话。熊克武动员顾品珍火线倒戈——不行，转而劝说顾品珍趁现时云南空虚，不如趁势班师回朝，占领昆明，取代唐继尧。这话让顾品珍听进去了，这就率军撤回了云南。这一来，唐继尧重点看顾的西南重镇重庆因顾品珍撤离，顿失屏障。

而刘湘指挥的联军这时已经清除了重庆外围的滇黔军，巩固了胜利成果后，从沙坪坝方向滇黔军控制的重庆市区发起了猛攻、总攻。

这个夜晚，炮声隆隆。嘉陵江对面，半个天空映得通红。终究是在人家的地盘上，胆不壮，气也虚，得不到人民支持拥护的滇黔军全线溃退。

午夜之后，在川军的猛烈进攻、打击下，据守山城的滇黔联军已经乱了，失去了控制，纷纷撤出了城，连重庆警备司令卢涛也不知到哪里去了。重庆已经完全成了"无政府"状态。街上，流窜的乱兵夹杂着土匪，还有趁机出来抢东西的二流子等，就像是一群群不祥的蝙蝠，趁着夜幕狼奔虎突，干着些见不得人的事。

这时，尹昌衡首先想到了那批刚迁到山城"国会山"不久的国会议员们需要保护。于是，惶急之中，夜幕中，他带着马忠急急往议员们住的"国会山"赶去。

国会议员们之所以在重庆，原因是，南北两个中央政府公然对立、分庭抗礼之时，以林森为首的支持拥护孙中山的国会，被北洋政府驱逐出京。他们先到上海，在法租界住了几日，又被驱逐到先前口头上拥护孙中山的唐继尧控制的云南昆明，接着又被驱逐到了重庆。

当尹昌衡带着马忠赶到国会山时，国会议员们正惶惶然地聚集在议事厅里，惶惶然不可终日。是时，电灯已经完全熄灭，点的几支蜡烛烛光幽微，时年五十四岁的议长林森用他那口福建味很浓的北京官话竭力安慰着大家。林森个子不高，身着整洁的民国大礼服——蓝袍黑马褂，显得很斯文。

"诸君！"林森用手拈了拈唇上护的一绺八字胡，借着相当幽微的光线，看了看三十多位显得惊惶不安的议员们，他竭力稳定自己的情绪，说："现在，山城的滇黔军联军分崩瓦解，就连警备司令卢涛也不知踪影。之前，我接到卢涛的电话说是他已经无力保护我们，要我们赶紧撤退。他刚说到这里，一声炮响，电话就断了。

"他究竟要我们撤退到哪里？根本没有说。况且，我们都是文人，肩不能挑，手不能提，也不会骑马，更不会走山路，我们能撤退到哪里去？现在，征求大家的意见，当前情况下，我们该如何应对？"

议员们立刻议论纷纷。议员们都是满腹经纶的，对事情穷根究底惯了。有人在这个时候还不是直奔主题，而是在探究唐继尧之所以让他们到重庆的原因：

"唐继尧之所以接我们到重庆，是做给孙中山看的，讨好孙大元帅。唐继尧是脚踏两只船。"

有人发表不同意见，愤愤地说："唐继尧之所以让我们来，是根本没有把我们这些书生放在眼里，认为我们来，也帮他做不了个啥子，另外对我们也是不冷不热的。"

马上就有人发生联想："重庆警备司令卢涛同唐继尧也差不多。他对我们还可以，派兵保护我们，刚才还通知我们撤退，但并不是真心的。他这也是为了给自己留条后路……"

终于有头脑清醒的议员出来制止这些清谈，说这些话留待以后来说、来探讨。他提醒："我们当下连生命都受到了威胁，说不定马上就有乱兵、流氓、土匪闯进来，他们才不管你是啥子国会议员呢！我们的当务之急，是如何应对？"

当真！这该怎么办呢？！三十多名国会议员这才想到马上就要出现的恐怖场面，这些平时满腹经纶、口若悬河、学富五车的国会议员们，没法了，只能你看看我，我看看你，大眼瞪小眼，不知所以。有胆小的，手脚都在发抖……"国会山"里空前安静。这就更衬出越来越近的大炮声的惊天动地。

尹昌衡就是这时出现的。

"林议长，你们不要担心！"尹昌衡声音之大，如铜钟响起！口气又这么自信！来者是谁？正不知该如何是好的林森和议员们调头寻声望去，只见进来了一位青年将军。尹昌衡有意穿上了将军服。他看上去不到四十岁，长身玉立，精神抖擞，威风凛凛。议员们还大都不认识尹昌衡，只是闻其名还未见过人。

"啊，是硕权将军！"林森是认识尹昌衡的，见来者是他，就像见到了救星，喊了一声，喜不自禁。国会议员们也顾不得平时的斯文、矜持，纷纷上前询问尹昌衡：

"我们怎么撤退？"

"有没有足够的滑竿，我们这些人只能坐滑竿"云云，场面一时有些乱哄哄的，就像一群需要保护的小鸡正朝老母鸡羽翼下钻似的。

尹昌衡相当果断地将手一挥，朗声道："请诸位先生少安勿躁，我们的川军正在进城。这个时候正是乱的时候，大家不能走，不要走。请随我的副官马忠！"说时指了一下马忠："跟他到后面安心休息。我自有安排，我负责保护你们的安全，请大家放心！"

尹昌衡这几句话，加上他的镇定，就像来了一阵及时雨，给焦干的禾苗带来了滋润。国会议员们立时有了主心骨，欢呼雀跃，跟着马忠到后面安心休息去了。只有议长林森想得多一些，问清了尹昌衡的计将安出后，不无忧虑地说："感谢昌衡兄在此危难之时对我等的关照。不过，虽然你在川中名声很大，毕竟离川多年，等一会川军涌进来了，他们未必认得你。你一个人赤手空拳坐在这里，未必能将冲进来的川军镇住。要知道，等一会冲进来的都是杀红了眼的官兵啊！"

尹昌衡竭力安慰林森，说："林议长你就放心，负责指挥部队攻城的川军军长刘湘和所有的川军将领，还有他们下面的好些军官，不是我的学生，就是我旧部。我完全可以招呼得着。我只要在这里一坐，他们就不会不买我尹昌衡的面子！"说时马忠进来了，说是议员们都安排好了。尹昌衡让马忠请林议长也到后面休息去了。

这时，卢涛安排保护国会议员们的一个黔军排长，先前不知跑到哪里去了，这会儿急急忙忙跑进来，看端坐厅上、身着黄呢将军服、佩上将军衔的尹昌衡端端坐在那里，吓了一跳，说："咦，简直就是天神下凡，请问将军你？"

尹昌衡说："我就是你们警备司令请来的尹昌衡。"黔军排长神色慌张地问："林议长他们呢？"尹昌衡说："林议长和国会议员们我都安排好了，你走吧。"

黔军排长似乎心有不忍，说："尹将军，刘湘的先头部队已经打到上清寺了，你们如果再不走，就走不脱了啊！"

"放心，你自去吧！"尹昌衡挥挥手，"你已经很尽职了。林议长和国会议员们，你就放心交给我，以后如果有机会见到你们卢司令，我会给他说的。"那排长如蒙大赦，给尹昌衡敬了个军礼，赶紧逃命去了。

尹昌衡敞开大门，独自坐在客厅里的一把黑漆太师椅上，对着大门，纹丝不动，威风凛凛。倏忽间，远处的大炮声停了，炒豆似的枪声也突然消逝，周围一下变得很静，静得好像一潭死水。似乎连一根针掉在地上都能听清。

门外花径上响起了一阵急促的脚步声，随即响起一阵熟悉的川音："一排走那边搜索，剩下的弟兄跟我来！"显然是进了"国会山"的川军军官在发布命令。在杂沓的脚步声中含杂着枪托不经意间撞击了军用水壶的"哐啷"

声。从客厅大门看出去，一群荷枪实弹的川军，保持着高度的警惕，一个个猫着腰，手上端着上了雪亮刺刀的步枪搜索过来。似乎发现"国会山"里已经无人，他们胆大了些，端着枪，直起腰，这时，一队士兵进了客厅。

这时正是晨光熹微时分。最先跨进门来的两个川军，看到端坐在太师椅上的尹昌衡，大吃一惊，疑为天神下凡，吓得后退一步，大喝一声壮胆："你是什么人？"他们眼中的尹昌衡简直就是一尊雕塑，简直就是天神。他身穿黄呢军装，仪表堂堂，坐姿笔挺；佩在肩上的上将衔金质肩章和佩在胸前的勋标，在晨光的映照中闪闪发光；长条脸上一副剑眉，棱棱的鼻子，眼观鼻，鼻观心，双目炯炯有神，神态严峻。

正襟危坐的天神，突然对距自己只有两三步远的这几个持枪川兵问："你们可都是川军？"

"是。"一位班长见面前这尊天神是位将军，而且说的是四川话，声音也亲切，镇静了一些。

"你们听说过尹昌衡尹都督吗？"尹昌衡又问。

尹昌衡在川中是何等如雷贯耳的人物，进来的川军都说："听说过，但是，只闻其名，未见其人。"

尹昌衡说："我就是。"在川军们的惊愕注视中，尹昌衡提高了声音，"你们是哪个军的？"

"二军。"

"你们的军长可是刘湘刘甫澄？"

"是。"

"我是你们军长的老师。"尹昌衡说时让班长叫来他们进"国会山"的最高指挥官，很快来了个连长。尹昌衡对连长说："这是'国会山'，国会议员们都在。我让他们在后面休息。你立即下命令，任何人不能到后面去，另外，做好保护，不准其他人进来。你立刻派一个兄弟去报告你们军长，就说我尹昌衡在这里，请他来一下！"

好大的口气！军队中，官大一级犹如泰山压顶。兵们在老百姓面前如狼似虎，但是，一个兵见到班长都要矮一大截，而今坐在面前发布命令的人是尹昌衡。他叫连长去请堂堂的刘军长来，在这个连长看来，简直是件不可思议的事情：我怎么见得到军长兼这支庞大的川军总指挥刘湘刘甫澄！但眼前这个连长也是见过世面的，立刻将胸脯一挺，喊操似的说："是！"

连长去后，很快来了一个高级军官。不过，他不是军长刘湘，这时刘湘还未进城。来者是负责指挥部队攻打这一带的旅长李树勋。

李树勋得到报告后，是骑马从小龙坎赶来的。

见到尹昌衡，李树勋赶紧立正，敬礼，不无惊讶地问："老师怎么在这里？"

尹昌衡简略地说了事情的由来后，直截了当地问李树勋拥不拥护孙中山先生。

李树勋一怔，说："拥护，当然拥护，我们川军都拥护。"

"既然拥护，你派兵来'国会山'的目的是？"

李树勋灵机一动："我是派兵们来保护国会议员们。"

"好！"尹昌衡说："那你来就不要走了。'国会山'林森议长和三十多名国会议员都在这里。为以防万一，你就把你的指挥部设在这里！"

"好吧！"李树勋答应下来，并且立刻派人骑马出城，火速将老师尹昌衡在这里的情况报告了军长刘湘。刘湘当晚赶进城来拜望了老师，并应林森的要求，派人将林森议长的三十多名国会议员用船载着顺江而下，送出川，一直送到了孙大元帅所在地广州。

第二十五章

酒席宴上，被迫归隐

重庆小洞天是座高档酒楼，坐落在四坡公园附近，建筑上颇有特色。它古色古香，红柱绿瓦，飞檐斗拱，依山建楼，楼高三层，内部设置豪华，菜肴精美考究，价格很贵，一般人不敢问津，出入者大都是豪门巨富、达官贵人。

这天，名噪一时的小洞天门外停满了小汽车，从车上下来赴宴的都是军人，他们的级别起码都在旅长以上——这是攻进了重庆的川军一、二、三军军长但懋辛、刘湘、刘禹九和杨森。他们在此设盛宴，专门宴请回川的尹昌衡。

宽敞华丽的宴会厅里，张灯结彩，多盏水晶灯大放光明。地上铺着波斯地毯，一张张西式圆桌上铺着雪白的挑花桌布，当中有一瓶鲜花，桌上摆着茶水糕点。出席这个宴会的军官们，按级别座次入座。

刘湘、但懋辛、刘禹九、杨森陪尹昌衡坐在首桌。这天，尹昌衡一袭长袍在身，显得很儒雅。刘湘、但懋辛、刘禹九、杨森则是戎装笔挺。

刘湘首先站起致欢迎词。时年三十二岁的刘湘，字甫澄，大邑县安仁镇人，是四川军界新近升起的一颗新星。1908 年，他在四川陆军速成学堂就学时，尹昌衡虽然不是这个军校的老师，但军校请他不定期来给学生上课，因而，在座的刘湘、但懋辛、刘禹九、杨森都尊他为老师、前辈。

"诸位！"刘湘用他那双特别有神、显得有些锋利的眼睛，先是看了看坐在对面的尹昌衡，然后环视了一番座无虚席的高级军官们，很有感情地说，"我们的老师，我们前四川军政府都督尹先生，不仅在我们四川，就是在全国都是大名鼎鼎的。老师先是杀了赵尔丰，安定了四川。以后又不顾个人安危、荣辱进退，主动请缨率军西征。因为触犯了窃国大盗袁世凯的利益，老师与云南的蔡锷、湖北的黎元洪被袁世凯定为三个最可怕的将军，被哄至北京软禁……比较起来，尹老师的在京师的经历最为坎坷，最叫人义愤。这下好了！"说着，满脸的严峻、忧愤转为平静，他笑着看了看尹昌衡："老长官终于叶落归根，回到了四川，欢迎！"说着带头鼓掌，会场上立即滚过一阵涌浪般的热烈掌声。

在不知不觉将"老师"这个概念转为"老长官"后，刘湘又说到当年老长官教他们如何有方，让自己受益匪浅；说他这次担任主攻，指挥部队之所以取得成功，就是对老长官当年教导的具体实行，因而收到了"事半功倍"的功效……显然，刘湘这里明说是在鼓吹老师、老长官，实际是在吹嘘自己，吹嘘他的第二军在这次军事行动中的功绩。

坐在刘湘身旁的一军军长但懋辛不禁皱了皱眉，暗想，将他一手提拔起来的熊克武早就说过，这刘甫澄不简单，是个不肯久居人下之人。刘湘在军校时，并不是个引人注目的人物，他不声不响，唯一看出他不凡的是他的同班同学、过后当了刘湘二十一军机枪司令的刘佛澄。刘佛澄是个原清朝的八旗子弟，父亲就是个军官。星期天，刘佛澄爱带刘湘去他在成都的家中耍，吃饭。刘佛澄的父亲看出了刘湘不是个凡人，要儿子好好对他。当刘湘以后一步步升上去时，驻成都的许多西方列强的外交官，还有间谍，也并没有看出刘湘的过人之处。他们在给他们的政府的报告中，认为刘湘是个平庸的人。只有英国外交官看出来了，他认为刘湘不简单。"不简单"就在于他不露声色，意志坚定，有种认准目标后咬定青山不松口的韧劲。但懋辛想："可是，我但懋辛也不是好惹的！你刘甫澄当了两天'总司令'，就全不把老子们放在眼里！"他在心中默了一下，算起来，他的部队的实力比刘湘的部队还要强一些。但是，他想，不容置疑的是，在今后争夺四川王的斗争中，自己的主要对手非这个刘甫澄莫属了。想到这里，他不禁再细细打量了这个新近升起的新星。刘湘长得高高大大的，圆盘脸上，五官也端正，如相书上所说，"天庭饱满，地阁方圆"，从哪方面看，他的身上都有种大将风度，就是那口南路"苕话"说得实在难听。"睡觉"他说成"睡瞌睡"等等，发音重浊得很。

刘湘讲完话后，自然该但懋辛讲话了。他站了起来，不屑地看了刘湘一眼，心想："你我背后是说好的，要借这次酒宴逼尹昌衡归隐，最好发表一通'归隐宣言'，不然，凭他的威望，以后四川就是他姓尹的。你却说了这一大篇好听话，完全是打屁不沾大胯！"

个子瘦高、一张青白脸的但懋辛是个很有心计的人，在说了几句客气话后，摊出了主题，说："老长官回来，我们作为后辈，当然表示热忱欢迎。然而有点情况，我们……"说着将刘湘、刘禹九和杨森挨个指了指，意思是，你们不要光让我一个人来得罪尹昌衡。

他说："我们有点想法也要给老长官汇报汇报。"看尹昌衡一副很注意的样子，他接着说下去："现在，我们川军合力，好不容易拿下了重庆，赖在我们四川的滇黔联军差不多被我们驱逐出去了。虽然还有少量部队，但解决他们只是个早晚的事情。现在严重的问题是，南北两个政府严重对峙，他们谁对谁错？一时皂白难分。这就严重地影响到我们四川的局势，使之也跟着动荡不宁。我与甫澄兄、禹九兄、子惠兄商定！我们目前对两边都不偏不倚，采取观望的态度，要紧的是稳定川局、服务乡梓！"

说着他笑嘻嘻地看了看尹昌衡："我们知道，老长官这次回川，是带着孙（中山）大元帅的旨意回川的。但现在看来，老长官要完成孙大元帅交办的任务很难。我们的意思是，为了不让老长官处在中间作难，我们有个建议：如果老长官觉得川局不令人满意，老长官愿意南下，我们立刻送老长官去广州。当然，去别的地方也行。"说完坐下，加了一句，"不知老长官意下如何？"这就带有相当的胁逼意味了。

尹昌衡心中咯噔一声，起眼去看刘湘、刘禹九、杨森，他们都将头耷起，假意喝茶。沉默，沉默实际上就是表示他们同意但懋辛说的。他又细细看了看出面威逼他的但懋辛。但懋辛是荣县人，字怒刚，比自己只小一岁，在四川，也算老资格的军人了。但懋辛也曾赴日本留学，并在东京加入了孙中山领导的同盟会，发誓反清。在轰轰烈烈的四川保路运动中，他也是一个中坚人物，参加过重庆起义。当重庆蜀军军政府成立时，他是蜀军政府参谋长，过后当过泸州川南军总司令。当成渝两个军政府合并为一个四川省军政府后，尹昌衡当都督、原重庆蜀军军政府都督张培爵任副都督时，但懋辛是他属下的成都知府，官不大，也默默无闻。不想现在成了蜀中屈指可数的实力派军人，而且他刚回来，这但懋辛就在这样的时刻逼迫他。显然，这但懋辛，还有但身后的熊克武、刘湘、刘禹九、杨森——总之所有的川中要人都感受到了尹昌衡的威胁。这些川中实力派人物不希望他带进一种新的势力，打破他们之间的平衡。他们要联合起来逼走他，如果他不走，就要宣布退隐——两者之间必须取其一，不然连生命安全都没有保证。情况就是这样明摆着的！这就叫"卧榻之侧，岂容他人酣睡"！

刘湘放下手中的茶碗，看着尹昌衡莫名其妙地说了一句："请老长官讲话！"这就是说，刘湘逼着他表态，说着又带头鼓掌。在所有人的掌声中，尹昌衡发现，杨森的掌声最响。

掌声中，尹昌衡缓缓站了起来，望了望坐得黑压压的高级军官们，说话了。他轻轻咳了一声："众所周知，昌衡在京六年，先后被袁世凯、段祺瑞、冯国璋、徐世昌羁押，甚至丢监。他们中，甚至还有同我尹硕权很不错的人，除了袁世凯而外，都是。但他们一上台却无一例外地把我看成一只老虎，不准我离京。

"在这长达六年的时间里，我数次潜离京师，都失败。遥望巴蜀，有家不能归。今天，我好不容易回来了。"说到这里，他喉头有些哽，感到孤独，感到人心险恶。在座的高级军官们，大都不是他的学生就是他的旧部，却没有一个人站起来替他说一句话。

"昌衡此次回川，并没有带有任何任务，也没有任何政治主张。昌衡已经厌倦了政治，无意再介入任何军界政界。我哪里都不去。我这次回来，就是回到成都当一个隐士！"此话一出，在场的所有军官都随刘湘、但懋辛、刘禹九、杨森站起来，对他报以热烈的掌声。尹昌衡对大家拱了拱手，只感到心中在流泪、流血。

刘湘满意地看了看但懋辛，意思是，对尹昌衡的逼迫是不是到此为止？可是，但懋辛并不为此甘休，并不放心。他站起来，挥挥手，让军官们都坐下后，追了一句："老长官威名很大，老长官回到重庆，经大报小报报道，川人都知道了，而且对老长官的未来也都关切，猜测很多。既然老长官表达了归隐之情、归隐之意，恐怕得请老长官在报端发表一个公开的归隐声明，免得以后有人妄加猜测，横生枝节！"说着，又看了看在座的刘湘、刘禹九、杨森等人，他们架势点头表示同意。

"你等放心！"尹昌衡说，"大丈夫一言既出，驷马难追。为让你等放心，下来后我立即在报端发表一个归隐宣言。"

刘湘显得兴高采烈，这才宣布给老长官的正式接风宴开始。

席间，每桌都选出一个代表，按军阶大小，挨次向老长官敬酒。宴席极尽奢华，美食美器，光桌面就换了三次。看来，刘湘、但懋辛、刘禹九、杨森等人似乎要想破费一席酒，化解尹昌衡的心头冤和怨了。

但是，真是如一句诗所言："借酒浇愁愁更愁，抽刀断水水更流！"席间，尹昌衡敞开喝酒，想尽量让自己彻底醉了过去。很好女色的杨森不知从哪里找了一位才艺俱佳的二八佳人上来献地方曲艺。这姑娘，身着藕荷色的衣服裤子，扎两根翘毛根，皮肤雪白的脸上，一双眼睛又圆又亮。她一手捏个圆圆的雪白细瓷盘，另一只手拿根筷子，在雪白的细瓷盘上音韵铿锵地一边敲击，一边喉音清亮地唱起一首四川民歌：

> 月儿弯弯上楼台，
> 打个呵嗨（哈欠）瞌睡来。
> 情哥进屋来，
> 慢慢来，
> 我的乖乖……

全场都大笑起来。可是，美妙的乡音、美丽的川女、丰盛的宴席，还有军官们热情的劝酒，都没有带给尹昌衡丝毫快乐。"何以解忧，唯有杜康！"席间，他一个人就喝光了四瓶绵州大曲，直喝得酩酊大醉，最后还是他的副官马忠把他扶回卧室去的。

一个星期后，就在尹昌衡离开重庆，去成都老家途中，重庆各大报刊登了他发表的"归隐宣言"，谓：

　　"……昌衡从此不党南以谋北，亦不党北以谋南。不厚蜀而弃滇，亦不厚滇而弃蜀，公议私情两不敢背，勋名利禄一意长辞……

　　"丈夫赤胆，永无阴霾之私；贞妇白头，宁蒙失节之耻……"

尹昌衡这篇归隐宣言很快被成都及省内多家报纸转载，人们奔走相告，议论纷纷。大家不难从中看出，其字里行间蕴含着好不容易归来的尹昌衡尹都督的无可奈何的失望和失落。

但戴辛派一个连的部队"保护"尹昌衡回成都。这天上午，尹昌衡坐在一乘闪悠悠的滑竿上，行走在璧山县的一条山间小道上。马忠跑前跑后地叮嘱卫兵们注意保护，据当地老乡说，这一段是土匪出没地。

璧山本是个丘陵很多的县。这一段路越走越险峻，山道两边壁立陡峭，阳光照不进，完全就是个"一线天"。走在其中黑黢黢的，紧贴滑竿护卫的连长告诉尹昌衡："这段路最难走，名叫'蛇倒退'，是土匪最爱出没地。出了这段路，就是来凤泽，到了那里就没事了。"马忠对连长说："那你要多注意点！你只要放几个兄弟给我就行了，连长你去负责指挥部队警戒吧。"

连长自去布置去了，还好，一路上并没有什么异常事情发生。到中午时分，峡谷地段还没有走完。这是一天中最热的时分。但因峡深林密，睡在闪悠悠滑竿上的尹昌衡，丝毫没有感到一点热。在四川，尤其在山地乘滑竿，最为舒服、最为惬意。滑竿本是两根楠竹做的，中间吊着呈弧形的竹篾，人睡在其上，头上枕着枕头，脚下踏着竹踏板，上面顶着一领长长的白布遮阳。这样，小雨打不着，阳光晒不着，加上抬滑竿的一头一尾的汉子报点子声，煞是有趣。因为抬后面的汉子完全看不到路，只能靠抬前面的汉子报点子，比如，前面喊"走着走着龙抬头"。这就是说，山路升高了。后面汉子立刻应道"悠悠缓缓慢慢梭"，意思说知道了，并要前面走慢点走稳点。又比如前面汉子喊："地上一朵花"，这就是说路当中有一趴牛屎或石头，后面马上应"我就绕过它"。

比起先前走过的"蛇倒退"来，这一段山路宽敞多了。两边壁立的峭壁上长满了苦竹、吊脚松……把一块不大的天都染绿了。在滑竿发出的单调的叽嘎叽嘎声中，尹昌衡感到了一些疲倦，感到舒适，也感到放心。他睡在枕头上，闭上了眼睛细细韵那前后抬夫的报点子的味。

前面报"弯弯拐拐龙灯路"，后应"细摇细摆走几步"；前面又报"天上乌鸦飞"，后应"地上一大堆"……两名脚夫就这样靠报点子，既协调了步伐，又押韵风趣，让离家多年的他，感到特别亲切。可是，凭着职业军人的敏感，尹昌衡感到了什么不对。他一下睁开了眼睛，他发现，山势渐缓的路边，有一个衣衫褴褛的打柴汉子正站在路边盯着他看。汉子背上背了个上大下小的尖顶窝背篼，里面装了些他捞的山柴，头上包张山里人必然包的白帕子。汉子虽然衣着褴褛，但一双眼睛尖锐得惊人。

尹昌衡一惊，赶快坐起，让马忠通知连长停下歇脚。连长很快跑了过来，很不解地说："尹老先生，这一段也是棒老二（土匪）经常出没地。你咋让在这歇脚呢，怕有危险。不如到来凤驿去歇，已经不远了，来凤驿是个大场（镇），安全。"

尹昌衡笑了笑："怕是走不到那里了。"

说时滑竿已经放下来了，部队也歇下来了，连长和马忠带着部队做好了警戒。

尹昌衡问捞柴的大汉："老哥，捞柴是女人家的事。你一个大男人咋到这里捞柴来了？"

大汉应道："屋头没得人手。"

"这遍山都是柴，你不捞，咋跑到这段险路来了？你就不怕在这里遇到棒老二？”大汉似乎被问着了，将背在背上的背篼取下，放在地上，干脆从戴在头上裹得溜圆、小山一般高的白帕子里取出叶子烟和一杆三寸长的烟杆，将叶子烟栽在烟嘴上，用打火石点燃吸上，借以掩饰困窘，或是在做什么暗示。

尹昌衡确信遇上棒老二了，这打柴的就是棒老二的侦探。在四川棒老二往往同袍哥混同在一起，成分很复杂。在辛亥革命期间，袍哥发挥过很大的革命作用。那时，为了利用遍布城乡的袍哥力量，他曾做过四川袍哥的“总舵把子”。他深知从民国初年起，由于社会急剧动荡，在明末清初由反清的陈近南等人组织的旨在反清的“袍哥”，在四川规模庞大而良莠不齐。而许多“土匪”却是因为生活无着落，或是为了逃避多如牛毛的苛捐杂税，不得已而为之。真正不劳而获、贪图钱财、铤而走险的土匪，是不多的。这些人大都是城镇流氓，或是恶习不改的游兵散勇。

他想，那么，马上就要出现的棒老二究竟是些什么人呢？尹昌衡想到这里，给随伺身边的马忠使了个眼色。

“老哥！”尹昌衡说，“把你的叶子烟收起来，尝尝我的洋烟！”尹昌衡虽然平时不抽烟，但烟是和气草，为了办交涉，他总是让马忠身上带了香烟。当时，香烟在四川大都是进口的，因而又叫洋烟。

马忠这就从身上掏出一包“骆驼”牌香烟，撕开一个口子，抖出一支烟递给汉子，再掏出打火机打燃，让他点上香烟。尹昌衡饶有兴味看着边抽烟，边看洋烟的汉子，突然问了一句行话：“这路上想是有敲板子的了？”

“敲板子”是拦路抢劫的意思。汉子一惊，眯缝着眼将尹昌衡左看右看，似乎要看出他的真实身份。看来，这个穿一袭青布长衫、身材高大、气宇轩昂的中年绅士不是个简单人。毫无疑问，这个中年绅士已经看出了自己的真实身份。捞柴的汉子也就不再掩饰，抖开了行话，也是黑话：“哥子是哪路的，莫非哥子是个老摇（舵把子）？”

尹昌衡正要回话，两边山上突然冒出了无数土匪。他们拿枪戮棒，惊呼呐喊，漫山遍野而来。连长慌了，挥动着手枪，跑过来请示尹昌衡：“开枪吧！”尹昌衡立即制止，说：“你不看两边山上那么多人，把他们惹毛了，他们必然开红山，我们能过得去？不准开枪，看我的！"说着，掏出一张名片，对眼前的汉子说："你开去山上对你们的舵把子说，我是前四川军政府都督，也是你们的'总舵把子'尹昌衡。不准乱来，有话让他来给我说。"

汉子接过名片，看了看，赶紧去了。

很快，汉子陪着一位用皮带扎着长袍一角、腰上插着一支大张着机头的驳壳枪、头戴博士帽的长脸汉子来了。这是一个中年人、当年他带袍哥上成都，是认识尹昌衡的。见到他们的"总舵把子"尹昌衡，长脸汉子赶紧行礼，抱拳作揖："嗨，真是大水冲了龙王庙，自家人不认自家人。"长脸汉子满口江湖语言，"原来是总舵爷路过此地，得罪得罪。听说总舵爷在北京，不想今日下驾于此！在下邱得利，不知总舵爷驾到，实在是失礼得很！"

接着指着跟上来的另一位青水脸汉子介绍："这位是陪堂大爷。坐堂大爷已得知总舵爷驾到，吩咐下来，若是总舵爷不嫌弃，请到山寨喝杯水酒，也好让弟兄们瞻仰瞻爷总舵爷的威仪。"

尹昌衡略为沉吟，暗自思忖：四川袍哥势力强大，而且好些地方的袍哥与土匪，甚至与地方部队都有千丝万缕的联系。既然遇上了这帮棒老二，同他们的坐堂大爷见见面也无不可，再说以后也有可能用得着他们的地方，就答应下来。他怕但懋辛派给他的这支部队与这帮棒老二发生冲突，就让连长带着他的部队先去来凤驿等候，他则由马忠陪着，在邱得利和陪堂大爷等人的簇拥下，由两个棒老二抬着滑竿上了山寨。

坐堂二爷在寨门外迎候，见到尹昌衡，非常恭敬地一躬到底，说是当年在成都是瞻仰过"总舵爷威仪的"，正说着，坐堂大爷迎了出来。顷刻间，大爷二爷等齐齐跪了一地。大爷说："尹都督，你不认识我。我原来是你的一个兵，我叫王德功。"

尹昌衡上前扶起大爷，忙问是怎么回事。

王德功说："当年成都兵变，都督单骑匹马上凤凰山调新兵平乱，只调动了三百人，其中就有我一个。后来，都督率军请缨西征平叛，我也是去了的。"

尹昌衡惊异，看了看王德功，说："似曾相识，原来是故人。按理说，你也是有功之人，怎么会到这里落草呢？"

"一言难尽！"王德功站起，手一比，"请都督上大寨，我们到大寨坐下再谈！"一行人拥着尹昌衡沿着石板路向上走去。翻过一个陡坡，上了缓坡，只见一片浓荫中掩隐着一幢川东大户人家才有的一排砖墙围绕着的青堂瓦舍。门口高高的石杆上飘着一领杏黄旗，旗中有个大大的王字；而在陡坡和浓荫中都有游哨。让尹昌衡想起《水浒》中的水泊梁山。

入门，当中一间青堂瓦舍。青堂瓦舍当中摆一张铺着虎皮的有扶手的黑漆太师椅，两边是一溜而下的对列的黑漆太师椅，王德功等人将尹昌衡拥到当中的那把铺有虎皮的黑漆太师椅上坐下，依次行礼后，请尹昌衡并马忠到隔壁花厅入席。

原来酒席已经摆好了，共三桌。王德功推尹昌衡坐了首席首座，自己和尹昌衡对坐，邱得利和二堂两边作陪。马忠和其他的舵爷坐在第二席。

席间，王德功、邱得利等舵爷挨次上前敬过尹昌衡后，应尹昌衡的询问，王德功重新拾起刚才的话题。他说："回都督的话，我落草实在逼不得，也可以说是官逼民反。自从你被袁世凯诱进京去后，四川顿失重心。川内是军阀割据，今天你打过来，明天我打过去。我们这些人，兵当老了，或是长官看起不顺眼，一句话就开销了。回家种田吧，田也没有种，苛捐杂税多如牛毛，一年勤扒苦做下来，不要说养家，连自家的肚儿都箍不圆，还要受当官的气，被土匪拉猪。我的心一横，便上山落草。我就是本地人。不过，都督放心，我们这帮'棒客'不欺负穷人，专门打富济贫。"

"我们之所以准备拉你的'肥猪儿'，是把你当成了哪里来的专员类有钱人，实在是冒犯了……"

尹昌衡听了王德功的一番述说，对川中局势越加有了更深的了解，心中沉重。他本想以老长官的身份，给王德功等一些教诲；但时局糟糕如此，他一句都没有说出来。

"唉！"尹昌衡重重地叹了口气，"川中的情况我了解一些，却没有想到坏到如此。这年头是好人下台，坏人当道！"

王德功又给尹昌衡斟了个满杯，带着弟兄们站起来，举杯在手，说："都督，我弟兄在这里再敬你一杯！唯愿你回到成都后抖擞精神，重新掌到印把子，给我们穷人开条生路。到什么时候，都督只要需要我王德功，开声腔带个信，我保险带弟兄们赶来，给都督扎起！"

　　尹昌衡也有满肚子苦经，但他不能说给王德功等人听。在别人面前诉苦，不是他尹昌衡的德性。他站起来，苦笑笑，将杯中的酒一饮而尽。仍然是"何以解忧，唯有杜康"！他一杯杯地往肚子里灌酒，直灌得酩酊大醉，最后由王德功派人将他和马忠送到了来凤驿。

- 第二十六章 -

智斗川中新贵杨森

　　成都忠烈祠街在 19 世纪 20 年代是条模范街，不宽的街面由斑驳青石板铺就，街道两边大都是一楼一底的板壁粉墙黑瓦的茶馆、酒楼、旅舍和小商号一字铺开，鳞次栉比。整条街道古色古香，这里那里点缀着花树柳荫。微风过时，各色店招轻摇。走进了这条街，好像走进了明清时代。

　　长街中段的"尹府"极有气派，它占地十八亩，高墙深院，青砖拱壁。从两扇开着的红漆大门望进去，四进的大院第一进院里就是古柏森森，亭台楼阁，花木扶疏，鱼池假山，极有沟壑，俨然是清朝年间的一座王府。府第门前挂有两个门牌号：七十六和七十八号。这七十六号原是清廷湖北提督向荣在成都开设的当铺，辛亥年间，成都兵变时，当铺被烧坏了一些，一直想卖而未卖脱。

　　年前——民国九年（1920）尹昌衡回家后不久，在成都执政的刘成勋将尹昌衡当川边经略使时应得而未得的十四万元薪酬全数补给了他。尹昌衡将这笔大钱全部交给了善于理家的老母安排。精明的尹母趁机廉价买下隔壁向荣这幢深宅大院，与原先住的七十八号打通连为一气重新修过。这样，占地十八亩的尹宅立时生辉，雄踞模范街上。加之当年尹昌衡率军西征时，民国大总统袁世凯亲笔赐了他一块匾，这匾长二米，宽一米，匾上镌刻着袁世凯亲笔书写的"庆洽椿萱"四个镏金大字。匾的四周木框上镶以凸起的花草图案，让整个匾额显得十分富丽堂皇。尹母让人挂在门楣当中。这就让没有去过北京、没有看到过京都王府显赫的读书人经过这里时，没来由地想起在《红楼梦》中看到过的大观园。

七十六号和七十八号其实各有洞天，相互联结而又相互独立。大院套小院，回环勾连。这样一来，尹昌衡的夫人颜机和三个姨太太也就好安排了，她们各有一片天地。大院中，尹昌衡亲自设计并辟出动物园、花园、湖泊，等等。湖很大，湖上有游船。这时尹母在成都附近郊县又买了上万亩甲等好田，年年收租，生活够富裕了。然而被尊为老太夫人的尹母，仍然保持了爱劳动的本色，在园中专门辟有一块足有二亩地的菜园，亲自种菜；尹昌衡也不时下地。

尹昌衡毕竟是有全国声誉的人物。占地十八亩的宅第落成后，省内外达官贵人、名流骚客纷纷给他赠送礼物，恩师骆成骧赠送他的一副楹联是：

> "李太白奇离千计，就掌取食。
> 陶渊明浊酒半壶，称心而言。"

尹昌衡爱不释手，挂在他的堂屋里。

此外，还有徐炯送的楹联，很有趣，联曰："闭门种菜英雄老，与君论心松柏香。"显得相当高雅。颜楷、尹昌龄送的楹联也是佳作，还有好些海内外名人送的，比如：康有为、谭延闿、张謇、刘人熙等，他把这些裱好的楹联逐屋悬挂，便于随时观瞻吟哦。尹昌衡不太喜欢画，因此，送画的很少。

送他珍禽异兽的大都是军阀。他们中，有他过去留日时的同学唐继尧，送了他一只印度孔雀；阎锡山托人送来褐马熊一对；他原来的学生桂系军阀李宗仁、白崇禧派人送来黑叶猴一对；湖南军阀唐生智派人送来能夜间长途飞行的一对黑鸽。此外，川中军阀刘湘、刘存厚、刘成勋送来的是熊、豹、梅花鹿、红狐、暹罗猫，等等。各种鸟类很多。尹昌衡派人专程去上海采购回兽笼多个，他家的动物园，无论就规模和动物的种类、多少都要超过成都动物园。

看来尹昌衡是要安心当寓公了。这时，还不到四十岁的他，整天不是撰写他的《止园文集》，就是请骆成骧、徐炯、颜楷等人来家饮酒赋诗论文，或是荡舟湖上，或是赏鸟观兽。他其实是借此尽量压抑自己一颗不安的心。在尹昌衡未回成都之前，徐炯、颜楷组织了一个绅士会。尹昌衡回来后，不仅参加，还另外组织了一个观澜诗社。中坚人物有他，以及骆成骧、宋育仁、陈钟信、尹昌龄、文龙等人，搭起了以后名闻遐迩的成都五老七贤的班子。在绅士会、观澜诗社中，他们不仅作诗论文，更是抨击朝政，反对军阀割据、反对各地军阀下派的苛捐杂税的言论随时发表，相当激烈。成都有些媒体派记者前去采访报道，他们也不拒绝。这样，久而久之，在社会上产生的影响很大。

尹昌衡虽然表面上归隐，但目睹糟糕的社会，他的心情从来没有轻松过，反而感到从来没有过的沮丧。为了排遣心中的烦乱，他将当年在南京开始学习钻研的佛学捡起来，感到佛学能够让他的痛苦得到麻醉，心灵得到飞升。

这天早晨，他开始了一天的功课，在佛堂里静坐。佛堂里，一尊小铜炉里一炷香的紫烟在袅袅升腾。尹昌衡端坐在蒲团上，闭着眼睛，双手合十，凝神屏息，眼观鼻，鼻观心，纹丝不动，好像进入了佛家提倡的清静无为境地；又好像已经全部排除了人间的所有杂念、琐碎，飞升到了太虚幻景。然而，办不到，刚刚过去的一切还在撞击他的心灵，一切是那么历历在目。

一个剑眉朗目、神情干练的青年恍若眼前，他叫赵石隐，共产党员。月前，他奉命专程由广州来到成都，带来了一封孙中山写给尹昌衡的信。中山先生在信中说，处于革命的严峻时刻，希望尹昌衡南下共商国是……尹昌衡听从了孙中山的召唤，决心舍小家为大家，带上副官马忠和很能吃苦的殷文鸾南下，考虑到广州革命政府方面急需军事人才，他又带上了彭光烈，还有廖纯仁，动身起程了。时川军司令刘成勋倾向孙中山，特意派兵将他们一行送到湖南。在长沙小住的几日中，想起时任湖南省省长兼湘军司令的赵恒惕，是他留学日东京士官学校的同学，当时关系是不错的。而且孙中山那方面正需要各地武力支持，何不借此机会去拜访一下赵呢，这就去了。不想这一去就糟了。

长尹昌衡五岁的赵恒惕，字夷午，湖南衡山人。见到尹昌衡，赵恒惕显得很高兴，怪他怎么不事先打声招呼，赵恒惕好派人去接。赵恒惕打着哈哈说："这么多年，我虽身在湖南，杂事缠身，却一天也没有忘记过你硕权兄，我为你的不幸而难过、义愤，可惜鞭长莫及。后来听说你回了四川，怎么又出山了？"

尹昌衡很老实地说了出川缘由，赵恒惕没有说什么，只是很专注地听。赵恒惕坚持留他耍几天，并且放下公务，陪他游了岳麓书院、橘子洲头等多处长沙名胜，显得亲热而快意。然而，在橘子洲头一精致的茶楼里品茗时，放眼湘江，谈话中暴露出两人在政治视野上的差异，甚至磨出了火花。

当尹昌衡提到他要告辞老同学去广州时，赵恒惕刺了他一句："老兄回到四川之时，不是在报端发表了'归隐宣言'吗？你这样归隐又出山，不怕人说你言而无信？"

"个人人格蒙受点误解，那倒无所谓。"尹昌衡侃侃而言，"就我个人而言，当初发表归隐宣言也还不是纯属无奈，是我对中国政治状况的一种灰心，是对北京政府的一种抗议。而在我心中，孙中山先生是当今中国唯一完人，也是唯一伟人。中山先生多年的践行也证明了这一点。现在，孙先生看得起我尹昌衡，要我出去，我再患得患失，说极端一点就是枉自为人！"

"这就是说，昌衡兄因孙逸仙召唤，就什么都顾不得了，要去？"

"正是。"

"这么说来，昌衡兄是很赞成孙逸仙的南北统一论了？"

"是。"尹昌衡点头不讳，"难道南北统一有什么不好吗？南北不统一，国家就四分五裂，那就是永远的军阀割据，久而久之，那我们中国就是国之不国了。"

"我不是不赞成统一，不过，在目前首先应该各省独立！"赵恒惕开始发表他的奇谈怪论，"在各省独立的基础上，然后搞联邦式的统一。因为中国有这样大，各地的情况是相当不同的。另外，不知硕权兄注意到没有，孙中山正在向左转，搞红色苏俄那一套。但是在我看来……"说到这里，赵恒惕的神态严肃了，腰一挺，原先做出来的儒雅斯文这会儿荡然无存。身着蓝绸长袍、一颗橄榄形的头剃得光光的他，瘦瘦的骨头脸上牙关咬紧，护在唇上的绺八字胡神经质地抖动，一双相当凹的深眼睛里闪过一丝阴鸷的凶光。

赵恒惕说："如果苏俄那套在中国搞成，那我中华将沦为万劫不复之地……"话不投机半句多，尹昌衡本想同他争论下去，但鉴于以往的经验教训，而且他本来也是从长沙路过的，就停止了争论，说："恒惕兄，我已经在长沙耽误你了，昌衡就此告辞。"说时站起，抱拳一揖。

赵恒惕看了看尹昌衡的神情，也站了起来，让副官用汽车将尹昌衡送到他下榻的长沙大饭店。而就在尹昌衡上车之际，他抱拳作揖，皮笑肉不笑地发出威胁："昌衡兄，在你要经过的湘鄂边境地区土匪猖獗，你要去，我可是保证不了你的安全啊！"

"多谢，我会注意的！"尹昌衡显得很不屑地回敬他一句。回到他们下榻的大饭店，尹昌衡找来副官马忠还有廖纯仁商议，将今天赵恒惕的威胁性语言告诉了他们。经研究，他们认为，原先他们经过的路线是不能去了。只好改道，乘船由岳阳经武汉辗转去广州。

尹昌衡带着殷文鸾、马忠、廖纯仁乘船到了武汉，在武汉又买船票等船时，时为湖北巡阅使的张宗昌已经从湖南赵恒惕那里得知了尹昌衡的行踪。特意寻来，要尹昌衡在武汉稍作停留，自己要尽地主之谊。

尹昌衡本来不肯，但经不住土匪出身的张宗昌的软磨活缠，只好答应在武汉稍作休息。最爱附庸风雅、又爱热闹的张宗昌竭尽张扬，在湖北大饭店为尹昌衡举行了盛大的欢迎会，尽请湖北军政要人出席。

席间，三杯过后，张宗昌借酒盖脸对尹昌衡说："兄弟对昌衡兄素来钦佩，过去兄在京都时，小弟想高攀都攀不上，因为军职悬殊。而今兄弟是湖北巡阅使，也是超省级了，想同昌衡兄结个兄弟，不知肯不肯赏这个面子？"

张宗昌同赵恒惕都是倾向北京段祺瑞、徐世昌政府的，与尹昌衡完全是两股道上跑的车。尹昌衡本心不同意，但人在屋檐下，不能不低头。他知道，惹毛了这个匪性十足的家伙，不要说走不了路，连命搭上去也说不定。这就勉强答应了。

张宗昌当即请"尹哥子移尊隔壁"，隔壁香堂早就布置好了。当中壁上挂一张关公像，之下香案两边点上了大红蜡烛。香炉里插着香，青烟袅袅。当下一报年龄，张宗昌还要长尹昌衡四岁，就为兄，尹昌衡为弟。在红脸关公面前，二人结拜为兄弟。各界要人为着巴结张宗昌，争着给尹昌衡帖子，请他务必出席某某种类繁多的宴会。碍着张宗昌的面子，尹昌衡只能答应。一连二十多天，才吃完了第一轮转转会。

吃完了转转会，尹昌衡理当走了。可是当他向张宗昌辞行时，整天日嫖夜赌、花天酒地的张宗昌装糊涂，伸出一只大手，在他的光头上抓搔了两下，说是："贤弟要去哪里？"

"去广州。"

"去广州做啥？"

"去辅助孙中山先生。"

"孙逸仙现在连窝都没有了，被陈炯明赶出了广州、赶出了广东，现在被赶到上海法租界去了。你可能这几天在路上，对孙中山的情况不清楚吧？"他这就把陈炯明造反的事告诉了尹昌衡。

"那我就去上海找孙先生。"

"孙逸仙是我们的敌人！"张宗昌一下垮了脸，"兄弟，你不能去。我们现在是兄弟，是兄弟就应该和衷共济，而不能各行其是，你说是不是？"

尹昌衡看低了这个土匪出身的湖北巡阅使，以为张宗昌没有文化、愚昧，就用一些历史上的故事来启发他。尹昌衡说："历史上兄弟是兄弟，可各一方的例子多的是。诸葛亮三兄弟，他是蜀国的臣相，诸葛瑾却是吴国的谋臣，诸葛胆在曹魏，虽说各为其主，但兄弟还是兄弟。宗昌兄，你我兄弟也不是普通人，都应该各自干出一番事业，我们不能老在一起是不是？"

张宗昌做出一副很耿直的样子："那好，我有的是队伍，马上拨两师人马给你，让你带回四川去。以你的声望，有这两师人马在手，号令一下，谁敢不听命令？再说，我手中还有一支五万人的足可以横行天下的铁甲军！"尹昌衡知道，张宗昌所说的这支五万人的铁甲军，是他专门去东北招的十月革命后被俄共打败，流落到中国东北的沙俄装甲车部队。

张宗昌振振有词地说："如果贤弟带两师部队回川后，还整不平，我就带这支铁甲军来帮你把四川拿到手。到时我们兄弟俩联手，问鼎中原，这不好吗？不比你去上海帮人好吗？"

尹昌衡见张宗昌越说越不像话，就过推。他说："大哥你是知道的，我回川之日就在报端发表了归隐宣言，我哪里还有以图霸业之心？"看张宗昌仍然不依不饶，又耐起性子给他讲《三国演义》。他知道，狗肉将军最爱听《三国演义》，而且好些时候办事都比照书中行事。

"大哥，你说，《三国演义》中谁最聪明？是诸葛亮，还是刘（备）关（羽）张（飞）？"讲完了一段故事，尹昌衡这样问。

"那还用说，刘、关、张是讲义气；讲聪明，当然是诸葛亮。这，没有人能比。"

"对，诸葛亮最聪明。他们三兄弟之所以分属蜀、魏、吴，就是无论哪一方最后胜利，三兄弟都可以最后得利。古话一句'狡兔三窟'也就是这个意思。

"目前南北纷争日趋激烈，局势错综复杂，起伏不定，最终鹿死谁手，尚无定论。你属北方阵营，我归南方。日后如果孙中山成功了，我可以保你的富贵功名。同样，如果北方胜了，兄弟靠在大哥身上也不愁没有一碗饭吃！"

也不知是不是尹昌衡这一番话真的将狗肉将军打动了，他把胸脯一拍："算事！"这就把尹昌衡送上了船，真让尹昌衡一行走了。

在上海法租界，孙中山先生的公寓是座很精巧的花园洋房。在二楼的会客厅里，孙中山单独接见了远道而来的尹昌衡。孙先生的客厅里书多，不仅四壁的西式书柜里装满了书——其中好些是西文书，连他的书桌上、茶几上也都是书。隔着一张西式茶几，室外的阳光透过落地玻璃窗洒进来，在地毯上闪烁，显得有些迷离。端坐在他对面的孙中山，个子不高，但四肢匀称，穿套合体的银灰色中山装，平头，蓄短髭，五官端正的脸上，那双睿智的眼睛里流露出一种忧郁的沉思。

尹昌衡向先生汇报了川中局势。局势是不妙的，大大小小占山为王的军阀，在联合驱除了滇黔联军后，为争夺地盘，正在准备大打出手。

尹昌衡又向孙先生转达了川军名义上的总司令刘成勋对先生的问候。略为沉吟，先生对尹昌衡此次辗转数月来上海表示慰问，对他在重庆只身护国会的义举表示赞许。然后先生分析了四川的形势："四川是天府之国。历来人文荟萃，物产丰饶，千里沃野，而四周又有高山屏蔽，历来是成就帝业之地，因此也向来为各家必争之地。四川问题举足轻重！"孙中山满怀希望地看着尹昌衡说，"现在，好在刘成勋有相当的实力，而且倾向革命，赞成我的三民主义。我们一定要拉着他，做好他的工作。刘成勋是你的旧属，你对他的影响力是不言而喻的。原先我是想请你到广州大元帅府来担任一个要职，现在情况有变。你还得回川，做好刘成勋的工作是当务之急，四川方面我就全靠你了！"

结果在意料之中，也在意料之外。

在孙中山面前，尹昌衡坦开了心扉，他说："昌衡多年以来，不怕牺牲个人身家性命，为国事奔波，是因为我心中有一个追求，有一个理想。然而历经磨难，现在我才发现，那理想、那追求，不过是一个易碎的梦。梦醒了，我才惊讶地发现，目下的中国简直就是历史上的五胡十六国，偌大个中国，大小军阀多如牛毛。他们为争权夺利，你打过来我杀过去，人民生活之困苦，比起清廷统治时有过之而无不及。特别是，昌衡好容易回到四川，等待我的是我的学生、故旧的逼迫、他们逼迫我发表归隐宣言，不然就像一叶浮萍，连落脚之地都没有，想起来都寒心。昌衡之所以在发表了《归隐宣言》后，又听从先生召唤出川，实在是对先生的感佩。多年以来，先生为祖国的统一、强大，奔走呼号，虽经百厥而不改初衷。因此，昌衡愿意听从先生驱遣。今先生将川局重托于我，我回川去后一定竭尽全力。昌衡地位不比先前，但我愿为先生的大业鞠躬尽瘁，死而后已！"这一席话说得十分诚恳，也十分感人。

"重托了！"孙中山一下站起身来，向尹昌衡热情地伸出双手，两双手紧紧地握在一起。

在上海，尹昌衡还没有走。屋漏偏逢连夜雨，法国人借口北洋政府抗议，驱逐孙中山出租界。

这时，上海滩上的大亨哈同向孙中山伸出了援手。作为失去了祖国的犹太人哈同，早年流落到"东方巴黎"又称"冒险家的乐园"的上海后，是个穷得叮当响的穷小子。可是，犹太人有种天生经商才能，尤其是哈同。他在上海滩上很是流浪了一段时间，因为一个偶然的机会，进了一家英国人办的商行当了一名小职员。过后很快成了巨富，寸土寸金的南京路和耸立在上海滩上的上海国际大饭店等许多产业都是他的。当年，过后的南京路还是一片荒凉地时，哈同就一眼看中它巨大的潜在值，花很少的钱买下，以后当上海商业重心向那个方面移动后，他仅靠这段路就赚了个盆满钵满。

当哈同年满七十一岁，他的中国夫人罗迦陵年满五十九岁，哈同别出心裁地让点心师给他们夫妇做了一个标明"一百三十岁"的合寿大蛋糕，届时大肆庆祝，引国人注目。当时，连民国大总统黎元洪和前清隆裕太后都派人南下上海，向哈同夫妇表示祝贺。尹昌衡也写了副楹联寄去。

在最引人注目的哈同的寿堂中，挂着一副大总统黎元洪写的寿字；楹联只挂了一副，就是尹昌衡写给他的。上联是"织云天孙，智譬则巧"；下联是"乘风海客，富以其邻"。以下才是悬挂各省的省长、督军所赠屏、联，等等。场面大得惊人，也极尽豪华。

孙中山住在哈同赠送的花园洋房里，并成立了由他领导的，由尹昌衡、谭延闿、蒋介石、柏文蔚、李烈钧等五人组成的革命政府最高指挥部，而且五人结拜为兄弟。在辛亥革命时，他们五人都是鼎鼎有名的人物。尹、谭、蒋、柏、李分别做过川、湘、浙、皖、赣都督，被外界称为孙中山身边的"五虎上将"。

在结拜兄弟的酒席宴上，谭延闿说："五虎上将出自《三国演义》！我们兄弟今天就来个对号入座。"他一一点评道："我年龄最大，当然是老将黄忠。"说着指了指蒋介石，"二弟看来身体比较瘦弱，却很勇猛，应该是赵云；三弟柏文蔚素来勇不可当，是马超；四弟李烈钧多年来随大元帅南征北战，多次与乱敌周旋，有似张飞；剩下一个关羽，非五弟昌衡莫属。"

在大家的笑声中，尹昌衡谦虚，说："关羽关公关圣人，在蜀国五虎上将中名声最大，我不敢以关羽自喻。"

李烈钧说："你被袁世凯诱至北京入狱六年，与你一同被诱去的三人中，黎元洪过后当过大总统；蔡锷在小凤仙的帮助下潜回云南举起护法讨袁旗帜，轰轰烈烈，天下闻名；而你的命运最惨，你饱经坎坷，至今跟定孙总理，初衷不改，义薄云天。你一路走来，犹如当年关羽为找刘备屡闯曹营。你最该是关羽。"大家都笑了，连孙中山也笑了，说李烈钧说得好。

临回四川前，孙中山又找了个时间，同尹昌衡闭门长谈。他们都谈到了手中要有自己的武装。孙中山深有体会地说："我过去在这方面吃亏不少。目前，苏联已派来代表，表示愿意对中国革命提供大力支持。你在这方面有经验。回去后，就创办军校问题，你拟一个计划给我，同时，你要把刘成勋抓紧！"他觉得孙中山说得最好。

可是眼下，邓锡侯、田颂尧、陈国栋、唐廷牧、陈秉光等联合起来，刚刚把刘成勋打走。他们还来不及弹冠相庆，受到北洋直系大将吴佩孚支持的杨森又打败了邓、田等八师长，占领了成都，并且被北洋政府封为四川督军。杨森是紧跟北洋政府的。这一下，真是龙困浅滩，工作没有办法开展了。该怎么办呢？远在广州的孙中山这时一定焦急地看着我尹昌衡，看着四川！

然而，四川的局面怎样才能拨得开呢？尹昌衡感到万分忧愁，而能解愁的只有酒。

"云香！"尹昌衡从蒲团上站了起来，叫了一声丫鬟，素来清亮如洪钟的嗓子，这会儿有些暗哑，显得有些气血不足。

"来了！"窗外响起云香急促的脚步声。

"你去给我拿酒来！"就在云香挑起蜀绣门帘时，听尹昌衡这样吩咐，不禁一愣，说："太太不是吩咐过先生只是在晚饭时才能饮点酒吗？"

"去拿，去拿！"尹昌衡烦躁地挥了挥手，"你不要让太太知道不就行了。"没有办法，小丫鬟云香将窗帘一放，给他拿酒去了。

酒喝得差不多了，就在尹昌衡进入最愉快的微醺状态时，只听一声枪响，响得很近。一颗子弹"嗖"的一声从房上划过，他不禁皱了皱眉。自杨森率部进入成都后，就没有安静过。捉拿异党、追捕逃敌，个子不大却野心很大的杨子惠（杨森，字子惠）就从来没有手软过。

世事太乱了！尹昌衡厌烦地闭上了眼睛。"昌衡，昌衡！"分明是有人在喊他，声音是这么熟悉，又是这么陌生。他猛然睁开眼睛，吓了一跳，站在他面前的有两个人。一个是孔庚，原来留学日本东京士官学校的同学，现是孙中山驻川代表；另一个是一位中年人，脸上神色有些惊惶。

"你们怎么在这里？这位先生又是谁？"尹昌衡问孔庚。

"他是我的随员张笃伦。"孙庚指着身边的那个中年人说，"杨子惠派兵捉拿我们，没有拿住，我们刚才是趁乱，从你的后门跑进来的。想在你这里躲一下，想来杨子惠的兵不敢来你的府上搜——你是名人。"孔庚还是像以前一样，善于言词，说话让人高兴。

尹昌衡明白了原委，细看了看已经很长时间不见，比自己长两岁的这位同学孔庚。他个子高高，圆脸直鼻，细长眼睛，皮肤也白，很是斯文，只是那一副浓黑的剑眉，透出了一种军人气。孔庚当过鄂军司令。这天他穿一件灰布长袍，袖子上划出了一条口子，手提一只张着机头的可尔提手枪，满头是汗。说话时，不无紧张期待地看着尹昌衡。

"好的。"尹昌衡说，"你们到我这里就算安全了。"

"恐怕要来搜。"张笃伦说，"刚才那帮兵，是看到我们跑进来的。"正说着，窗外响起一阵急促的脚步声，一听就是马忠的。

"都督！"沿袭以往的叫法，马忠一会叫他"都督"一会儿"总司令"。在家中，他告诉马忠和所有下人都叫他"先生"，可是马忠始终改不了口。

马忠并不进来，站在门外隔着一道门帘报告："门外闯来一队兵，说是要进来搜一个叫孔什么的人！门房将他们挡住，正在闹时，我去了，我对这帮兵说：'你们竟敢随便闯尹都督的门，还得了？尹都督同你们杨督军是什么关系？'我说一说，把这帮兵唬住了，可等一会他们肯定还会进来。这会儿他们向杨森报告去了。"

"好的。"尹昌衡吩咐，"你再到门口挡一阵，剩下的事我来处理。"

尹昌衡赶快将孔庚、张笃伦带到后花园角上原先住长工、现在不住了，已经废弃堆些杂物的小屋藏好，并亲自锁上了门。刚转回来，两个气势很大的高级军官带着一队兵已经走了进来，旁边的马忠解释着什么，他们根本不理。他一眼就看来了，这两人是杨森、王缵绪。杨森是广安人；王缵绪是川北西充人，清末秀才。他二人原都是川北重镇顺庆府（现南充市）顺庆中学的同学，后来都投笔从戎。

杨森个子瘦小，家中妻妾成群。他长相不好，有点獐头鼠目却又最看重长相，而且对命相也很信。成都有条君平街，是以历史上神算子严君平的名字合名，流传至今。这条紧靠锦江的长街，在严君平之后也从来不乏神算子。当年街上有个"王半仙"，据说摸骨算命之准，如有神助。杨森曾经去找这个王半仙摸骨算命。王半仙说他的骨骼峭拔神奇，然而带点鼠相；不过，只要以后一日三省，克服鼠气，弘扬大气，必成正果。杨森是个很有意志力的人，以后，他果然时时处处注意。比如，他不像一般军阀那样嗜赌、抽大烟，而是时时小心，努力勤奋，因此事业有成。当然，好色他是改不掉的。在他看来，好色并不算什么坏事，因为孔夫子孔圣人都说过："食色，性也！"

王缵绪字字易，个子比杨森高一些，四肢匀称，举手投足间带有书卷气，青白脸，一双微微有些凹的眼睛，眉毛不浓，但像一副钳子拧上去似的，这就在军人的仪容下带有一些谋略家的阴深。这时，杨森是北洋政府委派的川省督军，王缵绪是杨森的下属。

"嗬，是哪阵仙风把你们吹进来了？"尹昌衡首先打招呼。

"早就说来拜访前辈，只是杂务缠身，来迟了，惭愧、惭愧！"说时，杨森、王缵绪上前向尹昌衡抱拳作揖。

"子惠、字易，请客厅里坐！"尹昌衡将长袍的袍裾一撩，手一比。

三人在客厅里坐定，仆役送上茶水点心。

尹昌衡在端起茶来、用一手将茶盖轻推几下茶汤时，故意问："老夫是个闲人，子惠你是个新贵，日理万机，今天你们咋个有时间来陪老夫喝盖碗茶？"

"听说前辈的家很不错，有湖泊假山，还有一座很大的动物园，今天天气又好，这不……"杨森端起茶来，说着看了看坐在旁边的王缵绪，"我们特地来看望前辈，顺便参观一下贵府。"王缵绪连连点头。

"那就请吧！"尹昌衡站起来，手一比。

理应由主人带路，可是杨森却雄赳赳地走在前面，踏响脚上的皮靴，来了个反客为主。偌大的尹府他哪里也不去，却端端来到近乎荒弃的后园，来在那呈现衰颓状态、门锁着的、原先住长工的门前。随即停住步，转身看着尹昌衡。他那疏淡的眉毛下，凹眼睛中射出的两道尖利的目光，直射到尹昌衡脸上，好像是能射穿一切的枪弹。尹昌衡情知已经隐瞒不住，就直接问他："子惠，你究竟想做啥子？"

"听说孙（中山）先生的代表孔庚在你这里，我想会一会他。"

"不错。"尹昌衡承认，"孔雯掀（孔庚的号）是在我这里，你是要抓他？"

"不是抓。"杨森更正，"是吴（佩孚）大帅请他上北京会一会。"

"不行！"尹昌衡将杨森和王缵绪带到一边，小声说，"我知道孔庚的脾气，你今天如果硬要拿他，他肯定要同你拼一个死。如果逼死了他，我尹昌衡以后没脸见人，你杨子惠也就同南方政府结下了死仇，有这个必要吗？"

"这个！"看来，杨森是被说动了，他看了看王缵绪。王缵绪是个最活络、最会投机、也最会打算盘的人。他说："确实没有这个必要，况且，孙中山的代表孔庚究竟在哪里，我们不说，也没有人知道。"

"字易说得也是。"趁杨森犹豫，尹昌衡趁热打铁，"如今南北对峙，究竟最后谁胜谁负，还难说。俗话说得好，人情留一线，日后好相见。我看就算了吧！"

"前辈既然这样说了，那还有啥子说的。"杨森这就带着王缵绪走了。随后将包围尹宅的部队也全部撤了。尹昌衡经周密安排，将孔庚、张笃伦送出了成都，让他们安全回到了孙中山身边。

第二十七章

听孙中山召唤，鼓余勇再出川

1924 年夏天。

三艘带桅杆的木帆船离开泸州，往重庆顺水而去。尹昌衡坐在中间那只大船的船舱里，目光透过敞天的窗户，往外望去，万瓦鳞鳞的酒城泸州已经渐行渐远。

城下人家水上城，酒旗红处一江明。

千杯却爱泸州好，十指含香给客橙。

他在心中默念起这首遂宁出身的清代诗人、乾隆年间进士张问陶咏赞泸州的诗，想起在此小住两日间，受到赖心辉师长的盛情款待情景，心情十分愉快。

月前，孙中山派人秘密带信给他，说是仔细研究了他送呈的有关创办黄埔军校计划，十分赞许，请他火速出川去广州。先生有让他做黄埔军校校长、蒋介石为副的打算。他考虑到如果公开走，杨森不会放行，这就先派王鉴清去重庆与刘湘联系，拟请国民政府第二十一军军长兼四川军务督办的刘湘出面请他去重庆，这样杨森势必不会留难，而他一到重庆，要去哪里，就好办了。

他之所以如此，是年前刘湘有过短暂的下野。刘湘回成都后，主动找过老师尹昌衡，对当年他逼老师发表归隐宣言表示歉意，赌咒发誓说，如果老师要东山再起，哪怕就是上刀山下火海，他都要帮助老师，现在是该他刘甫澄兑现的时候了。果然，王鉴清从重庆带回了刘湘的口信，说一定照办，并随即向他发出了心照不宣的邀请。尹昌衡一行去重庆很顺利，此行他带了马忠、王鉴清、彭筼、罗朝伯。除马忠是"老人"外，其余几人，都是他回成都后结识并赏识的"学生辈"。他们分乘三艘木帆船，在成都合江亭码头起程，离开成都，由嘉定（乐山）进入长江，到了泸州，就又去重庆出川。

天渐渐暗下来，两岸的村庄、田野、农舍都被夜幕裹紧。船到一个叫王家场的小场镇时，尹昌衡让船队停泊在码头上，夜宿船上。

马忠为他点燃了一盏小油灯，船舱里晕黄的灯光荡漾。前段时间，多年带下的病根发作，尹昌衡大病过一场，精神不太好。他横躺在铺上，让马忠给他摆好烟盘，再拈好一个烟泡，放到他抱着的那支翡翠烟枪的烟嘴上。近年因为精神不好，他需要随时抽点大烟提神，不过没有瘾。

就在马忠伸出一根火捻子、替他点燃黑黑的烟泡时，抱着烟枪的尹昌衡闭上眼睛，"咝"地吸了一口烟，吞进去，然后缓缓吐出来，船舱里顿时弥漫起一阵异香。不要说抽，就是闻都让人提劲。

夜渐渐深了。小镇上本来人就少，这时离码头不远的那间小镇上最热闹的茶馆已经关门打烊，茶馆里曾经有过的喧嚣消失，万籁俱寂。只有浪拍船舷声、岸边青蛙的呱呱叫声、清风吹过的竹梢的风动声，愈加显出江边小镇夏夜的清爽和安静。

忽然，"砰"的一声枪响，划过静夜。然后又是一阵枪声，混合着小镇上传出的"棒老二来了，快跑"的惊呼声！

尹昌衡霍地坐起来，很有经验地说："第一枪是棒老二放的示威枪，棒老二抢人来了！"

"这咋个是好？"罗朝伯吓得打抖，另外两只船上的人也都跑来了，尹昌衡很镇静地说："好！你们都来了，你们就在这里坐着，棒老二肯定要上船。我不怕他们，我尹昌衡如果怕了这帮棒老二，今后就不要见人了！"他盘腿坐在铺上，正对舱门，因为消瘦，一双显得微微有些凹陷的眼睛突然间炯炯有神。

很快，只觉船身一震，显然是人跳上来了。门帘一下被挑开，灯光下，只见一个大汉，满脸横肉，很可笑地穿了一件不知去哪里抢来的女人的大红滚边绸缎衣服，因为身子太肥，衣服穿在身上太小，扣不上扣子，腰上扎一根丈余长的白布腰带，背上背一把明晃晃的大刀。大汉看了看船里的情况，正要举步进舱，尹昌衡亮开洪钟似的嗓子，大喝一声："你是什么人？"大汉吓得往后一缩，调头叫了一声"康大哥！"

只听岸上回应："莽墩，啥子事？"

"大哥，你快下来看看，这船上住了个啥人，说话这么大声气，像打雷一样吓人。"

"来了！"船头又是一震，显然康大哥跳上来了，门帘又被挑开，所谓"康大哥"者出现在眼前，他还不像个土匪，中等个子，相貌端正，衣着也整齐。身着一件对门襟无袖白褂，腰上别支手枪，显然这人是"关火"的。尹昌衡对着来人问："进来的是什么人？"

康大哥细细看了看盘腿坐着的尹昌衡，猛然问："上面坐着的莫不是尹都督？"

"正是。"尹昌衡唤进康大哥，说："壮士认得鄙人，莫非在哪里见过？"

来人赶紧双手抱拳作揖，弯腰施礼："想来都督不认得我，我原是都督的部下，名叫康德才。"

"听壮士如此说来，那就是故人了。从前你在我哪部任职？"问话间，尹昌衡的随从们赶紧给康德才递上一根凳子，要他坐下说话。

康德才坐下细说，原来他是尹昌衡当年西征时的一个连长，后来都督被袁世凯诱至北京丢监，蜀中军阀割据，西征军五零四散。他先是流落江湖做过一段时间的小生意，度日维艰。前年路过这里，因为一个偶然的原因，认识了山寨里的陈大哥，陈大哥见他懂得行军布阵，十分欢喜，留他下来，在山寨里坐了第二把交椅。说时低下头称："部下惭愧，不想当年的西征军连长，如今落了草。"

尹昌衡联想当年回川时在璧山县遇到"匪"的情况，与今天如出一辙，心想，真是苛政猛如虎，乱世逼好人为匪啊！

尹昌衡看了看康德才那副惭愧至极的样子，宽慰道："大丈夫不得志，栖身绿林，自古有之，不算什么耻辱。不过，不要欺压老百姓！"康德才抬起头来正要解释，刚才那个挑帘欲进的大汉莽墩在舱外等急了，高声说道："康二哥，说求那么多做啥子？我们是匪啊！"

尹昌衡一听很生气，扬起声音教训莽墩："土匪又怎样？土匪里面也是不同的，有成器的土匪，也有不成器的土匪。刘邦、朱元璋这些人当年也是土匪，他们成了器，当上了皇帝。封侯拜相的更是数不胜数，不成器的最后只能弄到杀场上砍脑壳。当土匪不要紧，就看你成不成器！"

康德才挑帘出去，喝住莽墩，命令他们不要乱来。

果然，以后小场镇上清风雅静，尹昌衡又同康德才说了些话，不知不觉间，天就麻麻亮了，岸上响起了雄鸡的啼鸣。尹昌衡对康德才说："记住我给你说的话，以后要多做好事，不做坏事。时间也不早了，天亮了，恐怕对你和你的弟兄们都不方便，我们就暂别吧，后会有期。"其间，莽墩把康德才叫出去过一次。

康德才却不肯起身离去，说："山寨陈大哥已经知道尹都督经过此地。陈大哥以前听我多次说起都督英雄，佩服得五体投地，请都督留一下，陈大哥正在赶来，想瞻仰都督风采，请都督务必给我这个面子！"

尹昌衡想了想说行。

很快，陈大哥赶来了，行礼如仪后，他站在尹昌衡面前规风规矩。细看陈大哥是个中年汉子，长得宽面大耳，不像种田人出身，穿件对门襟白褂，肩上斜背一支驳壳枪，枪把上飘着一绺如火的红绸。几句话后，陈大哥提出了一个大胆的要求，说是："山上众弟兄都久仰都督威名，都想拜见，瞻仰风采，因此，恭请都督到山寨一行，外面轿子都准备好了！"尹昌衡理解他们的心情，因此，就答应了，随身只带了马忠一人。

到了陈大哥和康德才落草的山寨——一座山神庙，"土匪"们已经搭起了一座台子，上面摆了一把黑漆太师椅。下了轿子，陈大哥和康德才把尹昌衡扶上了那把高高在上的太师椅。然后二人带众弟兄在下面跪拜、参见了早年的尹都督兼他们的总舵爷。礼毕，陈大哥请尹都督训话，并带头鼓起掌来。一阵雷鸣般的掌声响过，高坐其上的尹昌衡打起精神，给他们讲了一番爱国保民的道理，勉励他们维护乡里安定，等待时机，为国家出力。

其时，陈大哥、康德才已经让人摆好了坝坝宴，请尹都督坐了首席首位，陈大哥、康德才两边作陪，马忠坐在下首。三杯为敬之后，得知尹昌衡是听从孙中山召唤，要辗转去广州，陈大哥笑道："都督何必山高水远地去广州？都督在川威望如此之高，只要都督站出来，振臂一呼，我保证，全川绿林兄弟不下十万，肯定齐刷刷会聚都督旗下听命，何事不成？"

尹昌衡一笑推诿："我已经退隐，没有军衔，不能成立军队。如果你们有此意，等我到广州见到孙大元帅，请他的命后，再来收编你们，这才算名正言顺。"陈大哥一笑："这样也好。"宴毕，陈大哥和康德才送他们下山，一直送到码头。

尹昌衡这才发现，码头上除了他们的三只船外，有十八只商船和他们的船紧靠在一起。他觉得奇怪，赶紧让马忠找船老大来问。船老大实说，因各地军阀割据，沿江一带私设多处关卡，广收苛捐杂税，让商旅裹脚。这些商船是泸州开始悄悄跟上来的。这些都是泸州商人，头脑精明，得知尹昌衡要去重庆，欲借尹昌衡的威名，便向船老大行贿。买得同意外，自泸州，他们便悄悄跟在了后面。在清晨的阳光中，只见这十五只商船，旗杆上都竖了一面三角形旗帜，红色的绸面，黑色月牙形的边，中间标有一个大大的"尹"字，旗上竖写"盛威将军"四个字。这些商船都沾了尹昌衡的光，一路之上，过关闯卡无人来挡，省去了不少冤枉钱。

看到这十五只泊在码头上的商船，随陈大哥送尹昌衡上船的"土匪"军师动了心思，军师是一个师爷状的人，瘦高的个子，年约五十，青布长袍，寡骨脸，戴一副老式的铜边鸽蛋式眼镜。他用一只瘦手拈了拈护在唇上的几根虾米胡子，指了指这十五船商船，问尹昌衡："都督这次去重庆，他们沾了你这么大的光，都督得宝不少吧？"言外之意，尹昌衡也顺带要做生意。

"我从来不做这些事。而且，我虽然带了三只船，船上除了必带的柴米油盐等，什么都没有，我从来不做生意。"

"那好！"军师给陈大哥示了个意，"除了尹都督的三只船外，其余的商船全部给我扣了！"

陈大哥微微点头。一直簇拥在尹昌衡身边的商人，一听土匪军师的话，吓坏了，齐刷刷跪在尹昌衡面前求道：

"尹都督救命！"

"尹都督不能丢下我们！"

这让尹昌衡一时处于两难的境地。不管吧，只要他前脚一走，这帮泸州商人必然被陈大哥这帮土匪洗白（抢干净）；洗白不说，说不定还会丢命。看这些商人哭天抹泪的也实在可怜。管吧，他已经说了除他三只船外，都是泸州商人的。这一管，说不定陈大哥当场就要翻脸，他翻了脸，就不好办了。

略为迟疑，正义感还是让他决定救这些商人。

"陈大哥！"尹昌衡对这帮土匪的老大说，"念他们都是正当商人，现今乱世做点生意也不容易。他们背后都有一大家人要张嘴吃饭，请陈大哥将他们也放了吧！"陈大哥也真是给尹昌衡面子，不顾旁边的军师一再给他做脸做色示意，爽快地说："既然尹都督这样说了，还有啥子说的！"说时手一挥，"一概放行！"泸州商人们一听这话，如获新生。有的欢天喜地，跑上船收拾去了；懂事的，感动得痛哭流涕，他们凑了十万元大洋，交到陈大哥手上。陈大哥做出不好意思收的样子，尹昌衡笑着对陈大哥说："既然他们有这片心，你就收下吧！"陈大哥这就欢欢喜喜让人将这笔钱接了。

尹昌衡这才同陈大哥、康德才拱手作别。

尹昌衡一行十八只大船，离开了王家场，顺江而下。有风，船上桅杆都扬起风帆，船行如飞。

太阳升起来了，满江金晃晃的。眺望两岸，烟村人家，炊烟袅袅，远山如黛。尹昌衡心生感慨，让马忠给他拿过笔墨。他提笔展纸，笔走龙蛇，一气呵成，写成了名篇《绿林功德赋》，以后收入了他的《止园文集》。篇中，他有感于年前由京回川在璧山遇匪和此次乘船沿江出川再次遇匪的两次经历，颇生感慨。在他看来，这些"匪"原都是良民，尤其是"匪首"原先不是有功军官就是乡村知识分子。是社会的动乱，生活的逼迫，让他们成了"匪首"，让百千良民沦为了"匪"。然而，他们的良知、良心和正义感并未泯灭。他们都要求他这个"尹都督"出来重新收拾川局，并表示：只要他"尹都督振一呼"，他们"就来旗下集结听命"。特别是昨晚到今早的经过，足见陈大哥、康德才这些人身上充满了正义和正气。而这些是很宝贵的，是可以利用并应该大加发扬的！可惜川局当权者不知根里，不知爱惜，而一味"剿匪"。

下午，尹昌衡一行到了重庆，船靠朝天门码头时，早已闻讯的"川东王"刘湘，已经带王陵基等一帮军政大员在此迎候了。

"甫澄！"在码头上，双方客气毕，尹昌衡对刘湘说，"日前你青衫一袭与我在成都少城公园喝茶饮酒赋诗的情景犹在眼前，而今日站在我面前的你却又是戎装笔挺，重登高位，真可谓此一时彼一时了。"

"二哥！"刘湘称尹昌衡为二哥，在成都时，他、刘湘，还有刘步青等是结拜了的，刘湘为五弟。

"二哥这次来渝一定要多耍些时日，待尽兴了，我再送你回去！"尹昌衡闻言一惊，日前不是早同他说好了，让刘湘假意发出邀请，以免杨森留难，他是经过重庆去广州的，刘湘明是知道，为何要说"送他回去"？

尹昌衡也不含糊，把话挑明："日前我不是派王鉴清来渝与你联系好了，我这是假你的手经重庆出夔门，去广州见中山先生！未必王鉴清没有说清楚吗？"

刘湘也不正面回答，只是把手一比："二哥请上滑竿，到下榻处再细说吧！"

第二天，刘湘在山城大饭店为尹昌衡举行了盛大的接风宴，与会的尽是第二十一军的高级军官、重庆名流。刘湘带着他的四个师长陪尹昌衡坐在首席。酒过三巡，尹昌衡又直截了当地问刘湘："甫澄，你还没有回我昨天的话，你啥时候放我走？"

刘湘有棱有角的四方脸上闪过一丝不易察觉的不快。

"二哥！"刘湘说的话竟与年前经过湖南长沙时，赵恒惕说的话惊人的相似。

"实话告诉你！"刘湘说，"最近三峡一带经常有一股神兵出没。他们来无踪去无影，非常诡秘，我估计是白莲教之类。他们时常拦截船只，杀人越货，我劝你不要走。如果你实在要走，安全上我无法保证。你是我的二哥，我得为二哥的安全负责，不要急嘛，早一天走，晚一天走，有啥关系！有句老话说得好，'山高路不平，好要不过重庆城'，二哥既然来了，就先丢丢心耍一段时间！"说着，又高高举起杯来给他敬酒。

显然，刘湘在搞鬼，刘湘不想让他去广州，想把他扣下。尹昌衡心中老大的不高兴，但没有办法，假装不知，耐着性子应酬。但他心中的不高兴，早通过脸色表露出来了。刘湘部下，第二十一军第三师师长王陵基开始借题发挥。

王陵基，字方舟，四川嘉定（现乐山）人，他是一个老资格的军人，极端反共。当年刘湘读四川陆军速成学堂时，当过一段时间刘湘的老师。他的部队驻防万县，他这时是到重庆领饷的。他对刘湘自然心领神会。

"我最近看报纸。"王陵基说一口南路音很重的四川话，"说是孙文（孙中山）在俄国人的撮合下，同中国共产党搞联合。共产党是啥子？不就是些痞子嘛！他们在湖南搞农会，把有钱的绅粮抓来游街，戴高帽子，还要打庙子，不信神，把孔（子）老二打翻在地……简直不像话，如果按共产党那套搞，中国必成为万劫不复之地！现在孙文那摊子弄不起走了，竟收罗些痞子，提出'联俄，联共，扶助农工'的口号，还要办黄埔军校。孙文尽收罗些末路英雄！"最后一句话显然就是在骂尹昌衡了。

指着和尚骂秃子，欺人太甚！尹昌衡是不能吃亏的人，当即反击王陵基："我最近也经常看报纸，孙文有句话说得最好，'当今世界浩浩荡荡，顺之者存，逆之者亡'，这话很有哲理。孙文联俄、联共、扶助农工，就是顺应形势的明智之举。而我们川中有些军人，自以为是，抱残守缺，不明此理，反在一边张起嘴巴乱吐人，实在是夜郎自大、井底之蛙。"

王陵基自来肝筋火旺。他那张青水脸上黑得都快揪出油来，看刘湘一个劲给他使眼色，才没有冒火，只是站起来，道一声："对不起，我还有要事，先走了！"

刘湘赶紧给尹昌衡解释，说王方舟就是那副阴阴阳阳的样子，脾气也怪："他当过我刘甫澄几天老师，经常在我面前崩面子，我也由他去了，他就是这个脾气。"说着连连摇头，又端起酒杯给尹昌衡敬酒。

一场接风宴，就在这样的明枪暗箭中收场。

当天晚上，尹昌衡在他们下榻的山城大饭店他的房间里，坐在沙发上，照着一盏明亮的台灯看仆役刚送来的一张《山城晚报》，一则消息跳进眼帘，让他的心一跳一惊一沉。这则消息报道当天下午，刘湘在接受一批山城主要媒体记者采访时云：原川省都督尹昌衡现在渝，已接受北京北洋政府赐予的"盛威上将军衔"云云。

"无耻小人，卑鄙之至！"尹昌衡勃然大怒，猛地从沙发上站起来，将手中的《山城晚报》两把撕碎，丢进废纸篓中。看来，广州他是去不了了。他望着窗外的灯火，心潮难平。刘湘这手太损了，太毒了！

当初，在北京，袁世凯先是设法笼络尹昌衡，尹昌衡不吃那一套，袁就把他丢进大牢。以后，他出了监，北洋段祺瑞、徐世昌政府在将他软禁起来之时，给了他个"盛威将军"衔，而他根本就没有接受。

日前，刘湘在劝他不要走时，就告诉他，北京政府有意授予他"盛威上将军衔"，希望他能接受。"上将军"是很高的，相当于元帅。民国以来，得到这个头衔的军人，不过十人。他不接受，说是他只拥护孙中山，刘湘也没有硬逼，而现在，在他与刘湘闹僵了时，不经他的同意，刘湘对记者如此说，就是造谣，从而引起广州方面对他的误解，断了他去广州的路！他只知道，刘湘在对南北政府方面是脚踏两只船，之所以打此毒条，从根本上说是希望将他打翻。

他决定隐忍不发，要借一个公开的场合大骂刘湘，揭露刘湘。

两天后恰逢刘湘三十五岁生日，尹昌衡自然是必请之列。

刘湘的庆寿宴在督署花厅里办。场面很大，气氛热烈。一早，军乐队就奏起欢乐的乐曲。大堂正中贴着一个大大的寿字，红底金字，熠熠闪光。两根红漆抱柱上挂着名家书写的对联。檐前当中铺着红布滚金边的一长溜收礼桌上，多个收礼人坐在凳上，正在登记络绎而来的高级军官、山城名流们送上的厚礼。人们的招呼声，军乐声，像是要把三进大院的偌大的督署抬起来似的。督署内已经是杂声盈耳、人来人往了，而大门外，小轿车、私家车还在络绎而来。

中午开席时，作为刘督办"二哥"的尹昌衡自然是同刘湘坐在首席。尹昌衡的妹夫王国辅坐在底下一桌，他是留学日本的早稻田大学毕业生，时任刘湘的实业司长，而坐在王国辅身边的是日本驻渝领事。这是个矮个子的日本人，西装革履，胡子刮得腮帮子发青，圆圆的脸上戴副蛤蟆眼镜。席间，日本领事喝醉了，同王国辅讲话时，指着窗外依山势起伏、重重叠叠、破破烂烂的吊脚楼，用日语骂道："……支那……落后，猪，肮脏。如果这么好的山川名胜交由我们大和民族治理，绝不会是这个样子……"听得王国辅不断皱眉。可他是一个脾气很好、也怕惹事的人，想劝这个日本领事几句，却反而遭到日本领事的骂，尹昌衡懂日语。王国辅不知该怎么办，就过来求助尹昌衡。

尹昌衡上去听了几句，不由怒火中烧！这家伙正上劲，欺周围的人不懂日语，叽里呱啦，手舞足蹈，借酒盖脸，骂中国，骂中国人。尹昌衡气极了，抡起巴掌，"叭，叭"两个大巴掌打过去，把个日本领事的眼镜都打掉了，把日本领事打醒了，也打瓜了，让整个宴会厅的人为之震惊。

众人正惊愕间，尹昌衡指着日本领事的鼻子大骂："我们中国几千年前，就是你们日本人的老师。过后因为清朝那些皇帝昏庸，让中国错失了发展的大好时机，被你们日本超过了。超过了就超过了吧，可是，你们小日本却把你们的老师欺伤了心，占我东北，割我台湾……今天，你又在这里骂我们中国，骂我们中国人，老子尹昌衡今天就是要教训教训你！"

日本领事当然知道尹昌衡是何等人物，就在他一惊一愣间，见刘湘等要人都走上来劝解。他一下上了气，来了劲，站了起来，扑了上去，想还手。可是尹昌衡个子很高，年轻时又是练过功的，一下将日本领事的头按在桌上。日本领事根本不是尹昌衡的对手，就像一个被按实了的螃蟹，手脚乱动，却根本没有用处，他根本就打不着尹昌衡，气得哇哇乱叫。

众人将尹昌衡拉开。

"二哥，算了，打两下算了。"刘湘说，"人家大小是个日本领事，如果弄得动了外交就不好了！"

尹昌衡趁机发作，瞪着刘湘，大声发问："刘甫澄，你就这么害怕日本人？"

"也不是怕，二哥，你这是？"

"我不是你二哥，我尹昌衡没有你这个不讲义气、不守信用的兄弟！"

"咦，你这话怎讲？"当着众人的面，刘湘的脸色有些挂不住了。

"我问你，你昨天在报端说我同意接受北京政府授予的'盛威上将军'是咋回事？我好久答应过你，同意接受这个劳什子将军？！"

"这，这！"在尹昌衡的质问下，刘湘有些支吾不开了。

妹夫王国辅赶紧上前打圆场，给他的顶头上司刘湘解释，说是："哥老倌的酒吃多了，吃醉了。"

"还不赶快送尹先生回去休息！"刘湘赶紧借机下台，于是，尹昌衡被妹夫王国辅、马忠等人搀扶着离开了花厅，在门口上车，径直回到了大饭店。

刘湘三十五岁的寿宴不欢而散。

事后，有现场记者采访的一篇文章《尹昌衡大闹酒席宴》，以精练的笔墨，绘声绘色又相当含蓄地报道了席间尹昌衡如何痛打侮辱中国人的日本领事、如何骂刘督办等。这则消息，顿时成为重庆人茶余饭后最好的谈资、笑料。

- 第二十八章 -
名医斗法和造福桑梓

　　尹昌衡因为被刘湘拦截，未能去广州。他回到成都后病了，病得还挺重。

　　睡在床上的尹昌衡烧得模模糊糊的，看天花板上那枚黑蜘蛛那么小，网却结得那么大，那么结实，那么隐蔽。它龟缩在黑网的中心，不动声色，很有耐心，等着猎物。

　　窗外，在百花芳菲的花园里飞翔的一只红头蜻蜓，扇着银亮的翅膀，飞进窗棂，突然撞到了网上。一开始，蜻蜓愤怒地挣扎、扑腾，可是无济于事，除了浪费精力，只能越粘越紧。于是，静静地伏在阴谋中心的那个小黑点，当蜻蜓精力耗尽之时，像一道黑色的闪电，顺着它织出的网一下滑上来，扑上去，咬噬着蜻蜓，慢慢享受美味。可怜的蜻蜓，只能睁着一双亮亮凸凸的大眼睛，看着蜘蛛张着钳子似的大嘴，将自己撕碎，吞噬，而毫无办法。

　　这是多么的悲哀！

　　尹昌衡觉得这一幕，简直就是这个弱肉强食的社会翻版，多么像他这些年走过的路。于是，往事如烟，如雾、如潮，在眼前涌现。

　　月前，他在刘湘的三十五岁生日宴上打了日本领事，痛骂了刘湘之后，刘湘并不动气。事后，他让两个幕僚出来劝解，让尹昌衡消气，以后又置酒相请，当面作些解释。也不知是因为早年带下的病根就此发作，还是刘甫澄在酒中放了什么见不得人的东西，吃了刘湘请他的那场"和气酒"的当天晚上，他大吐大泻，随后发起高烧。刘湘请了重庆名医补小岚给他看了病，捡了药吃，病不见好，反而加重了。

他的身体完全垮了。不得已，他只得给孙中山写了封信，解释他不能去广州的原因。成都家人闻讯后甚为着急，姑爷彭筠亲赴重庆，改请名医王精一诊治。而且所有按方捡来的药物都由彭姑爷和王医生一一检验核对。调理两月后，方能起床，他这才在彭姑爷和马忠的护理下，带着随员们又坐滑竿回到了成都。由此，他又想起辛亥革命中的他，率军西征时的他。当时，马上一呼，山鸣谷应。那真是英雄啊！又想起在京师过的日子，不堪回首。

自己刚届四十。四十岁的男人正是雄姿英发的好时候，而自己却落得个疾病缠身，卧床不起，想起杜甫的诗句"出师未捷身先死，长使英雄泪满襟"，不由平生感慨。自己平生洒脱，且抱救国救民大志，留学东洋专攻军事，回国后，为推翻清朝，辛亥革命时出生入死，征西平叛建殊勋……然而却落得个京师监禁，有家难归。枭雄们轮番出现，欲置他尹昌衡于死地而后快。袁世凯、段祺瑞、冯国璋、徐世昌，还有"五弟"刘甫澄，走马灯似的在他眼前晃动。他们中，有的是一副曹操似的大白脸；有的油光水滑；有的一副猪相，却是心中明亮；有的嘴巴说得蜜蜜甜，心头揣把锯锯镰……这当儿，他们全都化成了一只只黑蜘蛛，张着血盆大口，朝他扑来。

他"哎呀"一声大吼，心头一涌，赶紧坐起，头一仰"噗"的一声喷出一大口血来。

丫鬟巧云正好端着一碗刚熬好的药进来，见状大惊，赶紧放下药碗，飞跑出去告诉家人。

当尹昌衡醒来时，只见坐了一屋子的人，有母亲、父亲，还有夫人颜机和三位姨太太。夫人颜机和杨、殷、原三位姨太太手中捏着手绢，已经哭红了眼睛。

"儿啊，你总算醒过来了！"坐在床边的老母亲，她那满头的银发记载了无数岁月风霜的褶皱里，无不刻满了忧伤和担心；那双很有些凹的眼睛看见儿子醒来，露出些许欣喜。而身子骨向来瘦弱的老父亲，坐在一边直是叹气。老太太一下一下地摸着儿子热乎乎的手安慰道："我请来了成都两位最有名的太医张笠仙和沈绍九，刚才他们都给你摸了脉，说不要紧。"

尹昌衡为了安慰老父、老母，想坚持着坐起来。可是，等颜机等人将他扶起来时，他的头又一昏，只觉一团黑雾涌来，又倒在床上，什么都不知道了，高烧呓语不止。

名医张笠仙赶了进来，他是大名士颜楷的岳父，同尹家多了层亲戚关系。

"姻伯！"当张笠仙坐在床前在给昏迷过去的尹昌衡诊脉时，很有主见的老太太也显得没有主见了，焦急地说，"昌衡已经三天三夜不吃东西，高烧不止了，该不要紧哈？"太太们也都将希望的目光瞄到鹤发童颜的名医兼姻伯张笠仙身上，满含希冀的同时，流露出担心。

张太医没有说话，闭上眼睛，将手搭在尹昌衡的手腕上，凝神屏息地摸脉，完后，站起身来，示意老太太到外面说话。老父亲和太太们也都跟了出去。

"事到如今，我只好实话实说了。"张笠仙说，"昌衡得的是不治之症，必死无疑，只不过是早迟问题，快准备后事吧！"说完，向老太太、老太爷双手一拱，叫随从提起药囊，快步走了。

而坐在外面等候的沈绍九这时也站起来告辞，老太太这才恍然大悟，刚才实在冷落了沈绍九这位名医，赶紧道歉、解释，拜托沈太医再给昌衡看一看。沈太医托不过尹家人的情，只好坐上前来，再给尹昌衡摸脉。良久，这位年届中年、长相斯文的太医，放下尹昌衡的手，期期艾艾地对尹家人说："我诊断的结果同张太医是一样的。"说着站起告辞，让助手提起药囊，昂然而去。

四位太太都在落泪之时，见多识广的老太太说："我看沈太医的神情，昌衡还有救。不过，我们刚才在慌乱中得罪了他，怠慢了他，我们还得求他！"四位太太这才转忧为喜，收着泪，同老太太商量如何再去求沈太医。

"我看，最好的办法还是请我们姑爷彭笏出面……"颜机提出建议，大家都说好。

彭筜是尹昌衡的大妹夫，字竹师，德阳人。早年在法政学堂毕业后，当过法官，因为不喜官场遂辞官学医，并拜名医沈绍九为师。虽然他学业精进，已经能看病，但对尹昌衡的病，他当然不敢问津。老太太对彭筜说："沈绍九虽然有才，但年轻，被张笠仙压了一头；本来就窝了气，加上我们忙乱之间，好些地方没有注意到，得罪了他。你们关系好，也好说话，请你带我们向他道歉，并请他一定出手诊治！"

彭筜把这些话带到了，沈绍九也就消了气，再来细细看了尹昌衡的病后，他对彭筜说了真话："你舅子的病的确很重，所幸底子好，还有法治。但最紧的是护理和以后的调养，这两点不搞好，就是神仙来也难医治。"为了不得罪不刺激张太医，他想了一个办法，让彭筜搬到尹昌衡隔壁屋子住下来，由他随时去给尹昌衡把脉，而后去向沈太医报告，躲在幕后的沈太医再斟酌开处方，根据病况随时换药，再由彭筜监督下人熬药并经佑着尹昌衡服下去。

这样，在尹昌衡的外围无异于组织了一个临时指挥部。老太太担任战地总指挥，调度一切；彭姑爷从沈太医那里把药方开回来了，老太太和尹昌衡的四房太太，这就亲自动手或指挥下人熬药。在那条离尹昌衡卧室不远的长长的雕花走廊上，摆了一摊炉子，常用的药备了几十味，分别由人经管。炉火昼夜不熄，空气里从早到晚都弥漫着焦苦的中药味。

沈绍九的药方开得异常精洁，不像有些庸医下大包围，一服药开几十味，他只有八九味，用药也平常，只是药方很怪，很苛刻。比如，要生霜三年的甘蔗、原配的叫鸡子（蟋蟀）一对，等等。遇到这样的情况，尹宅大院里无异在打一场人民战争，老太太、老太爷，还有四个太太亲自上阵，带着尹府上下的好几十号人，在前院、后花园，在假山、鱼池下篦梳子般翻来找去。好在尹家是百年老宅，好些地方潮湿，最终总能找到原配的叫鸡子……再难再怪的药引子都能找齐。

两个月后，尹昌衡的病终于止住了，起死回生，脱离了死海，也能坐起来吃些软食了。过后他又能下床了，只是每天起床后要咳一阵。上午精神不太好，而下午却又像变了一个人，精神抖擞，完全看不出是个病人。之间，沈绍九又来过几次，老太太问能不能将他的病根治？沈太医说："都督的病能好到这个样子，就已经不容易了，也就只能是这个样子了。记住我说的话，以后最要紧的就是护理和自己的调节了。不要再服药，再服，就是矫枉过正了！"

以后，尹昌衡牢记沈太医的话，从身心两个方面精心调理，也就维持住这样一个水平。可是，后来由于时局的变化，他终于倒了下去，而且一蹶不振，这时他才四十多岁。

日月如箭，岁月如梭。不知不觉，1929年的冬天到了。

成都冬天多雾，文殊院这天早上更是雾锁烟横。这座粉壁红墙、前面殿宇辉煌、后院古木参天，被郭沫若誉为"西天文物萃斯楼"的名刹，这天的气氛很不一般。

上午约九时，钟声阵阵，山门洞开，足有几百身披袈裟的和尚庄重地簇拥着一位身材很高、面容清癯，身着普通灰布长袍，外罩黑马褂，时届中年绅士样的男人缓步走出山门。

"就在这里等他们吧！"中年绅士刚落音，两个小沙弥抬来一把黑漆太师椅，正对着山门安好，请绅士落座，他就是新近担任了省佛教会会长的尹昌衡。几百身披袈裟的和尚簇拥在他两边，好像在等待着什么事情发生。

端坐在太师椅上的尹昌衡，望着街口，说："好，我就坐在这里，我看哪个敢来拆庙子！"

事情的由来是这样的，年前，国民政府第二十四、二十八、二十九军的三个军长刘文辉、邓锡侯、田颂尧等三个同时毕业于保定军校，这时都爬上了军长高位的同学联手，在重庆踞川东一带的国民政府第二十一军军长兼四川军务督办刘湘的暗中支持下，打跑了北洋政府委任的四川督军杨森，以致三军共管成都。文殊院这一带属于田颂尧二十九军的势力范围。

二十九军的军部在川北三台县。前天，在三台驻镇二十九军副军长孙震亲自登门，恭请尹老先生去绵阳，给他们办的军官学校讲课。尹昌衡去了。课堂上，他结合若干战例开讲，大受欢迎。军长田颂尧也从成都赶去陪他，请他在绵阳多留一些时日，多给军校的师生讲讲。不意昨天上午，文殊院大和尚住持禅安大师亲自赶到绵阳，向他报告了一桩紧要事情。说是邓锡侯的主力师师长兼成都市长黄隐想学杨森的样，给自己留点德，准备拆除一些庙宇修公园。杨森当政时，在成都修了一条春熙路，还有一些其他修建，比如修了不少新式厕所等。这些市政建设都深得民心。月前，黄隐请了以尹昌衡为首的成都五老七贤去协商，说是准备拆除些庙宇修公园，当即遭到反对。尹昌衡很义愤，说成都的这些庙宇，比如文殊院、大慈寺、青羊宫等，是先人留下来的，文化价值和艺术价值都很高；而且它们布局也合理，并不影响市容市政建设。再说，成都是三军共管，其中又有许多师长、旅长占地为王，各管一段。早就听说有些人想趁此机会捞一把，给自己修公馆或把公馆扩大。因此，拆庙万万不能搞。

　　会后，尹昌衡设法搞到了黄隐拟订的一张市政建设图，大吃一惊。如果按黄隐的想法，成都的上百座庙宇都在拆除之列。这还得了！他立刻去找到了很说得起话的徐炯、尹昌龄等人。这些人一听顿时就炸了。他们不仅是成都绅士会的头，而且徐炯还是孔教会会长，尹昌龄是道教会会长……他们立刻乘上自己的私家黄包车，由车夫拉着，邀邀约约、浩浩荡荡地去市府找了黄隐，又去省府找了省主席刘文辉。当这些德高望重，有些年龄并不大却一律长袍马褂，手中拄根龙头拐杖，从私家黄包车上下来，做出颤颤巍巍的样子，去市府省府质问时，平时架子大极了的黄隐甚至刘文辉都不得不亲自迎出来，亲手将这些老太爷们迎进去，做出一副万分听取意见的样子。完了表示遵从这些老前辈的意见，成都所有的庙宇一律不拆。

　　然而，趁尹昌衡走这几天，黄隐却胆大包天，竟然要拆文殊院！听了文殊院大和尚住持禅安的报告，尹昌衡当即拍案而起："简直是混账透顶，这些军阀只知挥霍享乐，不惜把先人留给我们的这些古刹摧毁殆尽！"旁边田颂尧和孙震也说是太不像话了，当即派人派专车把盛怒的尹昌衡和禅安送回了成都。

　　按计划，这天黄隐要派人来拆文殊院。因此，一早尹昌衡就同庙中所有的和尚等在这里。

　　难得的冬阳缓缓升起，弥漫在成都大街小巷上的乳白色浓雾渐渐散去。

时年四十五岁的尹昌衡习惯地挺直腰身，双手扶在膝盖上，微闭双目，和簇拥在他两边的和尚们做起了功课。他们轻轻诵起经书。渐渐，他似乎进入了佛家境界，心地变得平和起来，一些与此相关的画面也在眼前晃动起来。

四年前，也像这样一个冬天的早晨，杨森兵败退出成都。趁着成都一时出现的空隙，另一个军阀川边镇守使陈遐龄挥师从新津直奔成都。成都是砣肥肉，任何一个军阀不管吞得下，还是吞不下，都想吞下成都。陈兵向来军纪很坏，成都市民一夕数惊，推举出多个代表，向成都绅士会求助。而这时得知确切消息，陈兵前锋已经到双流了。双流离成都不过二十来里。绅士会的绅士们一致认为，这个时候，尹昌衡是救成都的最佳人选。因为尹昌衡当都督时，孙兆鸾是他的一个师长，而新津太平人陈遐龄不过是孙的一个营长，过后。陈又随尹西征。

当时，尹昌衡尚在病中，卧床不起，身体极虚，得知缘由后，欣然答应，那么冷的天气，他坐在一乘闪悠悠的滑竿上，身上盖两床棉被，由两名汉子抬着，后面跟着成都的五老七贤，他们坐在黄包车上，在后面还跟了成都市民。一行人刚出城，到了红牌楼，就遇到了乱哄哄而来的陈部前锋部队。尹昌衡当即喝住当官的，报了自己姓名。尹昌衡虎倒余威在。听了他的大名，陈部前锋部队长官是个营长，马上来个立正。尹昌衡让他去把陈遐龄叫来。很快，其胖如猪的陈遐龄坐一乘大轿赶来了，毕恭毕敬地站在老长官面前保证：不到成都了，他立刻率部从哪来还是回哪去。成都免受了一次兵灾……不知今天黄隐又来了。

正想着，一个军官带着一大群民工拿着工具出现在街口，走到文殊院门口，一看这阵势不知所以。他们进也不是，退也不是。披着大红袈裟的文殊院住持端起手来，说了声"阿弥陀佛"，问带队的小军官。这是一个排长，又瘦又小，猴子似的。

"你可认得，坐在这里的是谁吗？"大和尚指了指正襟危坐的尹昌衡。

瘦猴样的小军官吓稀稀地摇了摇头。

"他是我们的会长，尹昌衡尹都督，尹大人。"

"啊！"瘦猴小军官一听一惊。虽然他没有见过尹昌衡，但尹昌衡这个如雷贯耳的名字他怎能不知不闻。就在瘦猴小军官抬起头来时，尹昌衡亮起洪亮的嗓子，打雷似的一声："去把你们黄（隐）市长、黄师长给我请来，就说我尹昌衡请他！"

"是！是！是！"瘦猴小军官连连弯腰点头，转过身去，屁颠颠去了。

很快，一辆漆黑锃亮的小轿车开进了文殊院街。车离山门一箭之地时停下，下来了一个装着打扮很雅致的绅士，五十来岁，戴副金边眼镜，身着蓝绸长棉袍，外罩黑色的团花马褂，头戴狐皮筒形帽。他快步走到尹昌衡面前，帽子揭来拿在手上，鞠了一躬，说："我是黄市长的秘书长。黄市长临时有要事，走不开。黄市长让我代表他来问问尹会长，有何要事？"

"听说黄市长执意要拆文殊院？"

秘书长怕挨骂，不敢吭声。尹昌衡知道他在黄隐面前是说得起话的，这就动之以情，晓之以理："秘书长想必知道，这文殊院是一座海内外注目的名刹。它始建于唐，兴于清，里面供奉有释迦牟尼佛、阿弥陀佛、大悲观音、文殊、普贤三大士和大肚弥勒佛、地藏菩萨、白衣观音等，都为世之精品，特别是内藏唐玄奘头顶骨一片及后代虔诚信徒血写的《华严经》……民国初年，我省佛教会就设在寺内，如此重地，如此名刹，拆了岂不是犯罪？黄市长不是早就答应过我不拆，不仅不拆文殊院，所有市内的寺庙都不拆吗？现在却又是为何呢？"

"尹会长请息怒！"秘书长说，"市长答应过尹会长不拆，现在又要拆。个中缘由一时不好说，也说不清。不过，我来时市长已经给我讲了，现在情况又有变化，决定不拆文殊院了。"

"那好，市内其他庙宇呢？"

"也都不拆了。"

"啊，黄市长的决定变得这么快？"

"这个，这个！"秘书长有意在尹昌衡面前摆功，"黄市长之所以看来出尔反尔，是有人在背后鼓动怂恿。市长本身也有些动摇，主要还是利益驱使。刚才得知尹会长的态度，趁市长犹豫，本人也做了一些工作。因此，这次市长下定决心，所有宇庙不拆！"说了这番神龙见首不见尾的话，秘书长看了看尹昌衡，金丝眼镜后的眼神既有一分谄媚，更有一分权变和机敏。

尹昌衡知道他的意思，谢了他一声。

黄市长的秘书长坐上轿车走了，先前小军官带来的人也都带走了，尹昌衡和簇拥在他身边的和尚们回到了红墙黄瓦的文殊院。刚才险些被拆的文殊院，好像什么事都没有发生。

太阳升高了，善男信女们络绎而来，烧香拜佛。文殊院又呈现出一派庄严、肃穆的气氛。在宁静的古柏森森中，百鹤在团团浓荫中嬉戏长鸣；在青烟缭绕、红柱根根、佛像庄严的大殿上，信徒们虔诚地跪在蒲团上拜佛。从早到晚，名刹晨钟暮鼓，带给人某种神秘的暗示。

为了感谢尹昌衡，省佛教会专门在文殊院的伽蓝殿供奉护法神处给他设了一个"长生禄位"牌，供人们焚香顶礼。

- 第二十九章 -

八风吹不动，端坐紫金莲

不知不觉到了 1930 年秋天。秋风飒飒扫过，落下一地金箔似的叶子，偌大的尹宅显得有些荒疏。

这时尹昌衡的禅修已经很有长进。最初，他总是静不下心来。于是，他为自己设计了一种无异于"酷刑"似的东西。当他坐在宽大的木椅上后，用一种木质机械将自己强行固定，让自己纹丝不动。这样，久而久之，大概在一年之后就收到了实效。他不仅不必坐在这种装置里了，而且一进自己的静室，在蒲团上盘腿一坐，他很快就可以进入佳境。

这些年，他的心灵上经受了太多的考验。心中唯一的完人，也是他心中唯一的一盏政治明灯孙中山在北京病逝了。这是一痛。接着，他的父亲病逝，这也是一痛……阅尽世间太多的无常，加上他对佛学的日益精进，已经可以随时入定。

> 你奇妙的圣行无边无际，
> 虽是精神也难以到达。
> 但只要有一片笃信虔诚，
> 总能写下来一鳞半爪……

他在心中默念着《一切知语在法称祥妙本生记殊异圣行妙音天界琵琶音》里的让人费解的佛家语句，心灵向虚空的佛界升华。他的心灵变得异常甜美安静、和谐起来，世俗的苦难、忧烦、痛苦与欢乐都离他越来越远。他觉得自己的身子变得像根鹅毛，在轻盈地飘升。

他的生活很有规律，学佛是学佛，中午他还是同全家人聚在一起午餐，说说话，然后，回他的静室小憩。这天，他午休醒来后，老母亲进来，带给他一封信。这封信的信封特别宽大，长方形的信函中间还竖起套了个红框。老母亲放在茶几上，坐在靠窗的太师椅上对他说："蒋（介石）委员长到成都来了，这是他让人刚送给你的信。信没有封，我看了。信写得很简洁，中心意思一个，'想借重你'！"

坐在床上的他，对蒋介石的信看都不看，说："哪个理他哟。想起那年我到了重庆，因刘甫澄使坏，我没有去广州，当时我很生气。现在想来未必不是一桩好事。如果我真去了，同这个人共事，说不定连命都没有了，蒋这个人心胸狭隘。"母子俩正说着，马忠在门外轻轻咳了一声，尹昌衡让他进来。

马忠将挂在门上一领很精致的竹帘一掀，进来了。这位跟随他多年、忠心耿耿的副官明显地老了，总是挺直的腰有些佝了，眼睑下垂，头发全白。直到现在，尹昌衡仍然把他看作是他最信任的人。

马忠说："门外有一人求见，说是广西来的。"说着递上名片。尹昌衡接在手中一看，对母亲说："这下热闹了，老蒋要来拉我，与老蒋势不两立的李宗仁也想起我来了。来人名叫侯人松，是李宗仁麾下的一个中将。是福不是祸，是祸跑不脱。"说着让马忠"请客人到二门客厅见"。

侯人松还不像个广西人，身着一身质地很好的长袍马褂，皮肤白皙，五官清楚，举止文雅。尹昌衡进来后，来客马上站起，代表李宗仁向老师问好。

"请坐！"

双方分宾主落座后，丫鬟送上茶水点心，轻步而退，并知趣地为他们轻轻掩上门。这时，窗外，过了一阵轻风。秋阳下，花园里的各种花朵风摆柳地荡漾，最引人注目的是金灿灿的秋菊，而一阵落叶萧萧下，在花园里铺上了最初的秋意。

最初的几句寒暄之后，尹昌衡开门见山地问："德邻（李宗仁，字德邻）派你千里迢迢来成都，是顺便来看我，还是另有要事？"

"德公派我入川，一是来看恩师。"侯人松很善言辞，"二嘛，是有要事请恩师相助。恩师知道，自中山先生逝世后，蒋（介石）大权独揽，为所欲为，德公、健公（白崇禧，字健生）与山西阎（锡山）公、热河（现甘肃）冯（玉祥）公忍无可忍，决心吊民伐罪，解民于倒悬。

"现在，连汪精卫等一批中央要枢、民国大佬也站在了德公他们这一边。双方在中原一线陈兵百万，战争一触即发。四川向来举足轻重。刘甫澄是川中最有实力的。他答应了德公参加联合战线，而现在却又是态度暧昧。大战在即，德公甚为着急，派我来看是否请恩师能劝劝并督促刘甫澄履行当初的诺言。刘甫澄也是恩师的学生！"

侯人松在一边巧嘴利舌地说时，尹昌衡心中已然有数。自孙中山去后，执中央权柄的蒋介石确实是大权独揽，小权也独揽。为了早日结束各地的军阀割据，更是为了早日实现他一个国家、一支军队、一个政党、一个领袖的目的，他不惜对北伐时的同盟军，即在二、三、四集团军司令李宗仁、冯玉祥、阎锡山等人身上动手裁军。这些人都是靠枪杆子起家的，岂能让蒋介石裁掉他们的军队，就联合起来与之形成了战争态势。

而在蒋介石暂时顾不来的四川，在川中众多的军阀中，刘文辉、刘湘叔侄是最大的两个军事集团，已经明显地形成了巴蜀对峙之势。而在成都，三军共管成都的邓、田、刘又形成了不共戴天之势。邓锡侯与田颂尧是联合战线，背后的靠山是刘湘；而田的力量比邓大一些，与刘文辉的矛盾又要尖锐些，目前在成都，两军也是剑拔弩张，说不定什么时候就会打响。这个时候，在重庆的刘湘无疑将他的全部注意力放在成都，放在川中，决不会舍近求远，替李宗仁等去火中取栗。

尹昌衡作为身经百战的军事家，岂能不知目前马上就要爆发的中原大战，但是没有吭声，听李宗仁的代表细细透露其间的军事秘密：当年3月15日，在北京，国民政府第二、第三、第四集团军司令阎锡山、冯玉祥和李宗仁、白崇禧等领衔的五十七名高级将领一致通电反蒋，另立中央，推阎锡山为海陆空三军总司令，冯玉祥、李宗仁为副总司令，刘骥为参谋总长——这是军事上的布置。另一方面，他们得推举一个国家主席，从孙中山去世后就同蒋介石争夺领导权而屡屡败北的汪精卫自然想当，而阎锡山、李宗仁、白崇禧等对汪不信任，一致推举尹昌衡。侯人松来成都，除了刘湘的事，主要是动员尹昌衡出来就任此职。

尹昌衡心中清楚，他们之所以推举他，不仅因为他同阎、李、白等人都有交情，更主要的是他手中没有任何力量——把他推出来当一个名义上的国家主席，各派都放心。

听完李宗仁的代表侯人松的话，知悉了他的来意，尹昌衡说："好意领了，但请侯代表转告阎、李、白等长官，就说我不能从命！一则我早就发表了归隐宣言，二则我有病，三则老父刚刚亡故，我有丧事在身。按古礼，我要在家服丧三年，此时决不能出去做事。"

侯人松注意看了看尹昌衡，时年四十六岁的尹昌衡，已经没有了当年叱咤风云的威猛雄姿，修长的身体略显清瘦，说话声音不再洪亮，显得低沉浑厚，慈眉善目，神情如闲云仙鹤。看来完不成任务了，但侯人松还想竭尽努力，这就转移了话题，兴致勃勃地谈起了蓉城小食、蜀中名胜。尹昌衡知道他的意思，请他在成都多住一些时日。

"那就打扰了。"侯人松欣然应允。

晚上，是尹昌衡参禅打坐的最好时机。座钟当当地敲响十二下，夜已深了，尹府内，万籁俱寂。就在尹昌衡闭着眼睛，在蒲团上打坐，一门心思沉浸在佛门佳景中时，忽听有人叫："大哥，大哥！"分明是在叫他，声音很急，很固执。他愠怒地睁开眼睛，发现站在面前的是堂弟尹昌熊（字望之）。此人一生游手好闲，自尹昌衡1920年回来后，堂弟就寄食在他家。他给堂弟派了点给家中神庙打扫清洁、摆摆四季瓜果的小事，平时连面也很少照。一般而言，堂弟决不敢这个时候来打扰他。

"你这深更半夜地叫我，有何要事？"尹昌衡问。

"三爸（尹昌衡的父亲）临坛了。"尹昌熊作古正经，煞有介事地说："三爸说他有要事告你，请大哥你快去！"

"有这样的事？"尹昌衡信佛，并不相信人死还能临坛，但看堂弟说得活灵活现的样子，不得不去了。

他起身，穿上鞋，跟堂弟出静室，穿廊过阁，来在后花园边上的一座佛堂。这是老太太每天礼佛的地方，神龛上供的是吕洞宾。

香案上烛火摇曳，青烟绕绕。神像下，摆有一张黑漆方桌，方桌上摊有一片白米，米上伏一个圆圆的簸箕，用一根筷子支起。这是要扶箕。若要问事，这时神已降临。两个人站在方桌上的簸箕两边，各用左右手食指将簸箕扶起，这时簸箕就会神奇地自行走动，而原先插在白米上的筷子就会在白米上画出字来。赶紧用纸笔将这字记录下来，再将米赶平，如法炮制，完了，将记录下来的字按先后顺序联成句，就成了神的旨意。

这时，侯人松也进来了。按照堂弟的意思，尹昌衡站在佛堂右侧看，侯人松站在方桌左边扶着簸箕。佛堂内光线相当黯淡，只觉得右边还有一个人，只是被半开半闭的门房遮了，不知是谁，气氛和场面都很诡异。而堂弟进门就不见了人。来不及问，父亲就已显灵。

乩盘前有一蒲团，按规矩，尹昌衡应跪在蒲团上迎候父亲神灵的降归，然而他将信将疑，便坐在蒲团上静候父亲示意。

方桌上那堆白米上的簸箕动了起来，米上显出一个个的字，他赶紧执笔记下，一边记一边联起来读："吾——儿——见——父——为——何——不——跪？"他回答："按理该跪，然而现在我们阴阳两隔，也不知降临神坛的是不是父亲，我表示怀疑！我先提几个问题，如果答得对，你就是我父亲。"

簸箕走字："吾——儿——但——问——无——妨！"

尹昌衡问："我父亲的生期是什么时候？"

"壬——子——年——三——月——初——四——辰——时。"

"老家堂屋外栽的是棵什么树？"

"水——冬——树——乃——儿——植。"

"老家堂屋门上挂的匾，匾上是几个什么字？"

"民——具——尔——瞻。"

嗨，还真是神了，难道真是父亲神灵降归？尹昌衡正要下跪，发现是尹昌熊在搞鬼。他伏在方桌后，躲在门边扶箕走字。一切全明白了，尹昌衡心中哑然失笑，这个老二，不知道得了好多侯人松的好处，伙起来搞这个鬼把戏。他也不揭穿，心想刚才问的几个问题，老二知道，就给他来问几个他不知道的。

他这就又问："我留寓北京时，我书房里的那副对联是什么？"

只见簸箕走动间，显出这样的字迹："北——京——书——房——对——联——甚——多——为——父——年——迈——不——能——记——忆。"

尹昌衡不愿同他们再搅下去了。

"胡闹！"他说，"哪来的孤魂野鬼，竟敢冒充我老太爷！"顿时，随着他这一声喝问，游走的簸箕定住不走了。尹昌衡干脆揭穿："我北京书房里只有一副对联，联文共十四个字，这就是'川西大将成生佛，海内文宗属武夫'。这是湖南名士李如珍送我的，联文好，字也写得好。老太爷在京时，天天都要来看，赞赏、称颂，哪会说对联甚多，不能记忆呢？全是鬼话！"说完，他转身就要走。

侯人松急了，连忙说："尹公请留步，神还未退，看他怎么说。"

尹昌衡假意不知，耐住性子，又坐在蒲团上，只见方桌米上的簸箕又开始走动，陆续显出这样的字来："我——名——王——有——德——乃——本——宅——故——主——因——子——孙——不——孝——家——业——凋——零——孤——魂——无——依——今——日——临——坛——冒——充——老——太——爷——不——过——求——一——点——香——火——以——慰——泉——下。"

"香火好办！"尹昌衡知道侯人松在找梯子下了，给他一个面子，说，"明天，我给你写个牌位，供在本宅土地庙中。"这样一来，"神"才退去。

第二天，尹昌衡果然写了个"本宅故主王有德之位"供在土地庙中，事情不了了之。侯人松见自己司刀令牌都已使尽，而尹昌衡坚决不出山，没有办法，只好告辞，打道回府了。

事后，尹昌衡同老太太闲谈时，说起这事，说："我明明知道是老二伙起侯人松搞的名堂，侯也是没有办法，想借神灵搬我出山。我看出来了，也不揭穿。如要揭穿，不仅伤了老二和侯人松的面子，以后在李德邻、白健生面前也不好了！"老太太看出来了，虽然儿子对政治、时局已经极为超然，但在人情世故上，却是越发宽容了。

打得惊天动地的中原大战，以蒋介石的胜利，阎（锡山）冯（玉祥）和李宗仁、白崇禧联军的兵败而结束。北伐时，蒋介石是总司令身兼第一集团军司令，其余二、三、四集团军司令就是以上的阎、冯、李。

从人数上看，蒋介石集团部队的人数上要少一些，气势也要小一些。但是，蒋介石代表了江浙财团的利益，得到这些财团的支持。战争初期，蒋介石没有占到任何便宜，甚至在郑州火车站，在一节权宜作为指挥部的火车厢上指挥时，差点被冯玉祥部郑大章率领的骑兵突袭队俘虏。战争中期，打来粘起、旗鼓相当的双方，都把视线投向了关外的少帅张学良身上，都派信使去拉张少帅。然而，蒋介石派去说服少帅的成都华阳人张群把张学良说服了。于是张学良率二十多万东北军入关助蒋，战争的天平立刻倾斜。

反蒋联军立刻瓦解崩溃，蒋介石对汪精卫、阎锡山、冯玉祥、李宗仁、白崇禧发出了通缉令。这些人下的下野，走的走国外。

中原大战胜利结束，蒋介石忙过一阵后，抬起头来，才惊讶地发现，就在他无暇东顾时，川局已经发生了变化。田颂尧与刘文辉进行的成都巷战，以田颂尧战败而告终，事后刘文辉顺手牵羊解决了邓锡侯。这时，刘湘不得不从后台走到了前台，同他的幺伯刘文辉进行了"二刘"决战。"二刘"决战是民国以来川内时间最长、规模最大、最后一次也是最为惨烈的内战。战争的结局是刘文辉被打败，刘湘统一了四川，当了四川省政府主席兼川康绥靖公署主任，成了真正意义上的"四川王"，成了整个西南地区不可小视的地方军事集团。

于是，蒋介石如法炮制，要裁刘湘的军了。就是在这样的情况下，蒋介石飞到了成都。

这天上午，一辆标有"中央军事委员会"标识的黑色小轿车驶进了忠烈祠街，在尹公馆门前轻轻停下。车门开处，下来一位佩少将军衔的青年将军，他的身后跟着一个副官。这位将军身材有些消瘦，穿一身笔挺的黄呢军服，脚上的黑皮靴和身上挎的武装带锃锃发亮。他傲慢地看了看门牌号，是尹公馆不错，可是怎么门前有站岗的兵呢？他那双深眼窝里闪出一丝警惕而狐疑的光，随即踏响皮靴，夹着一个大黑皮包，上了台阶，对直朝大门走去。

大门口站岗的两个卫兵，刷的一声出枪，枪上两把雪亮的刺刀"咔"地一架，阻挡着来人。

"你们这是要干什么？"青年将军一愣，长条脸上一副疏淡的眉毛一拧，凶神恶煞地看着竟敢阻挡他进尹公馆的这两个卫兵，明知故问："你们是哪部分的？"青年将军说一口带江浙味的北平话。

"报告长官！"其中一个兵大概是个班长，被青年将军的气势镇住了，随即将枪一收，胸一挺，"我们是川军，奉命守卫尹公馆，未得允许，任何人不得进出！"

"胆子不小，你知道来人是谁吗？"跟在青年将军背后的副官上前一步，颐指气使地命令班长，"把你们管事的叫出来说话！"

话音未落，大门里花径上急步走来一位中年汉子。这人身量不高，穿一身灰布长袍，一手提着袍裾，头戴黑绸瓜皮帽，跨过高高的门槛来在青年将军面前，腰一弯，笑着说："请问将军，你是？"

"你是何人？"将军旁边的副官问。

"不敢，在下是尹昌衡先生的外房管事。"

"这个，这个，怎么的，门前站起岗来了？我们进去也敢挡？"青年将军不解地问，语气相当不满。说时拉开皮包，拿出一张名片，递给外房管事。管事接过，一看，眼就大了。"哎哟，是蒋主任！"原来这青年将军是蒋介石的侄儿蒋孝先，时为委员长侍从室少将高参兼侍从室第三组组长。

"蒋主任，请！"管事说时，弯一腰，手一伸，门口站岗的兵听说是什么蒋主任，已经吓着了，赶紧给来人行持枪礼。

就在蒋孝先带着他的副官跟在尹家外房管事身后、迈着军人标准的步子，顺着曲曲弯弯的花径穿廊过榭，朝里走到尹昌衡住的后院时，外房管事给蒋孝先告了一个得罪，抢前一步，一溜小跑，报告尹昌衡去了。

这时，尹昌衡，正在书房里写一篇随感。

"……彼拥兵拥权拥财，徐思多延一日，即享一日之兽福，而不知其速戾乎？"

"目不读古圣之书，耳不闻四方之语，如缸中鱼，不知屋之将焚也，此适足以迫起大祸，酿成奇灾，自误误人。可悲！"

他在笔下警告道："近则二十年，远则五十载，未有不能致太平大顺者也！……拥兵拥权拥财者亦宜自谋，毋壅川百溺也，顺时而利导之，时与新党商榷而互助之。"

正写到这里，外房管事来到门外，隔帘报告先生，说是蒋委员长派人来了。在家中，尹昌衡嘱咐所有下人都称他为先生。

"来得正好，我正有话想对他说。"尹昌衡放下了笔，问外房管事："来者何人，现在哪里？"

"是委员长的侄儿蒋孝先，还带了一个副官，我将他们安排在了花园里的小客厅等。"

"好的。"尹昌衡说，"我马上来。"

当尹昌衡来在花园小客厅时，茶点已经摆上了。见到尹昌衡，蒋孝先霍地站起，很恭敬地说："委员长要我代他向老前辈问好！"

"好好好。"尹昌衡招了招手要蒋孝先坐下，自己率先坐下了。蒋介石也是日本东京士官学校的留学生。尹昌衡是第六期，他是第十期，当然是晚辈。

略为寒暄，蒋孝先想起门前两个站岗的凶神恶煞的兵，不解地略带讽刺地问："刘甫澄真有孝心，派兵给老前辈站岗！他这是为什么？是怕有人来骚扰吗？"

"哪里！"尹昌衡这就简略地说了说，民国以来，全国各地军阀众多，连年混战，而其中又以四川为最。四川军阀还有一个特点，就是因为四川是天府之国，川中军阀都着力内争而不外向外争。年前，终于打出了一个最后的输赢，就是刘湘打败了原四川省政府主席兼国民政府第二十四军军长、他的幺伯刘文辉，让刘文辉败走川边。刘湘一统四川，现在是川省主席兼绥署主任，大权在握，成了真正的"四川王"。然后，刘湘遵照委员长命令指挥川中所有部队，约二十多万人，分六路大军，由邓锡侯、田颂尧等人分别指挥，围攻川北踞通（江）南（江）巴（中）为革命根据地的红四方面军，最终却铩羽而归。连年的征战，让天府之国疮痍满地，财政极端困难，刘湘又广收苛捐杂税，人民叫苦连天。于是，尹昌衡和成都绅士会的人出来为民请命，同刘湘对着干，惹得刘湘恼羞成怒，先是来一个杀鸡给猴看，抓了绅士会中的骨干黄溥等人；然而绅士会不服，刘湘就派兵将尹家的门和绅士会头目徐炯、尹仲锡家的门——派兵把守，不准他们随便进出，有人要去会他们，也要先得到允许。

"原来如此！"蒋孝先直说不像话，不像话。这又站起，拿出一个新式请柬，递到尹昌衡手中，说："这是委员长给老前辈的请帖，请老前辈明天中午去委员长下榻的北较场吃个饭！"看尹昌衡接在手中，蒋孝先很细，想现在尹昌衡已经被刘湘派兵管了起来，主动提出，"如果老前辈届时进出不方便，我亲自带车来接！"

"不用。"尹昌衡说，"到时我会去的。"

第二天，尹昌衡去蒋介石下榻的中央军校所在地北较场。这趟出门，还有几分黑色幽默。

中午临近时，时年四十多岁、身材瘦高的尹昌衡身着蓝袍黑马褂，昂然向大门走去，身后跟着马忠，替他拿着一根长长的玉石嘴烟杆。走到门边，马忠让车夫和一个长工把先生的私家车抬过门槛。

车夫和长工已经把先生的私家车抬过了门槛。看一身俨然的尹昌衡已经过了门槛，就要上车而去，两个奉命站岗的卫兵不知该怎么办好了。他们干瞪着眼，因为他们是奉命来站岗的，也就是说不准尹昌衡出门，但尹昌衡已经出门，抬脚上车，车夫不慌不忙抄起了车把，就要离去。阻止吧，他们不敢；让尹昌衡去吧，又怕负不起责任。两个兵中留一个监视，另一个赶紧去找排长。听说排长在对面酒馆里；那兵找去，又说去了斜对门大烟馆……这兵东找西找，好容易找到排长时，车夫拉着尹昌衡已经跑出了半条街。

"停到、停到！"长得黄皮寡瘦、歪戴帽子斜穿衣的排长带着那兵，从烟馆里追出来，趿拉着鞋子，鸭子似的挥着手，大声喊着往前追。排长生怕尹昌衡跑了；他长得瘦小，身上背的驳壳枪在屁股上一颠一颠的，蹿得飞快，像只受惊的耗子。

追了一程，排长终于追上了，用双手把着车篷，让车夫跑不动了。坐在车上的尹昌衡毛了，转过身来，甩起捏在手上的长烟杆往排长头上打去。

"笃！"排长的头上重重地挨了一下沉重的玉石烟嘴，流血了。"哎哟！"排长护痛，赶紧丢下黄包车，抱着头。跟上来的那个兵赶紧去护排长，尹昌衡的黄包车"呼！"地一下跑远了。

车到北较场，蒋介石的秘书曹圣芬已经等候在大门外了。这就把他迎进去，在外边房子里安排了马忠和车夫，将尹昌衡接到蒋介石下榻的绿树掩隐中的黄埔楼。这是一幢建筑精美的法西小楼。进了底楼一间精致的小客厅，蒋介石已经等在那里了。

见到尹昌衡，蒋介石慢慢站起身来，问声"老前辈好！"旋即让座。这天，他没有穿军服，而是着一袭玄色长袍，脚蹬一双黑直贡呢的白底朝圆布鞋。

蒋介石落座在对面的沙发上，他对面的茶几上摆一杯青花亮色的白开水。

尹昌衡坐在蒋介石对面，茶几上摆着茶点。

看尹昌衡有些气吁吁的，蒋介石做出很关心的神情问："老前辈也不过才四十多岁，怎么会气喘吁吁的？"

"我尹昌衡来一趟不容易！"显得余怒未息，他说，"我是打出来的！"

"打出来的，怎么讲？"蒋介石鹰眼一亮。

"想来昨天蒋孝先来请我，回来后是向你报告了的。这刘甫澄把我的大门封了。"

"啊！"蒋介石做出若有所悟的样子，用手拍了拍亮光光的头，"这叫什么话，竟然把老前辈的门封了！"旋即扬起声问："刘甫澄来没有？"

门前闪出一个身着法蓝绒中山服的侍卫。蒋介石的侍卫一律身着法蓝绒中山服，官阶大都是少校。

"来了！"侍卫将胸脯一挺，大声报告，"在外间客厅等候召见。"

"让他进来！"蒋介石大声命令。

很快，刘湘来了。个子高大，戎装笔挺，仪表不俗的他一进来，按照规矩，给委员长"啪"地敬了个标准的军礼。

"唔！"蒋介石端坐着，看着站在面前的刘湘，清瘦的脸上冷若冰霜，随手指了指坐在对面的尹昌衡，"你怎么能限制老前辈的行动自由，封老前辈的门？"

并不善于言辞的刘湘，其实也是相当机敏善变的。他当即编造出了一个理由搪塞："报告委员长，成都最近不太安宁。委员长新到，恐怕乱党趁机兴风作浪，所以我让各重要地点都加强了警戒。派兵去尹先生府上站岗，也是为了保护老前辈。"

这几句话说得滴水不漏，也对蒋介石的胃口，他的脸色好看了些，说："唔，哪有这样保护的？弄得老前辈进出都不方便！"

"那是底下人不会办事，我下来查查，查清楚了，一定严办！"

"那好吧！"蒋介石手一挥，"我现在要同老前辈谈点事，你先去查吧！"

"是！"刘湘如蒙大赦，给蒋介石敬个礼，赶紧退了出去。

"委员长！"见客厅里没有了多的人，尹昌衡乘机对蒋介石说，"现在国家危难，早就占了我东北三省的日本亡我中华的狼子野心不死，最近越发昭显。"说到这里欲言又止。

"老前辈对此怎么看？"蒋介石做出一副虚心听取意见的样子。

尹昌衡没有深说下去，只是说："我最近正在写一本书，有关时局的。"

"好得很，好得很！早就听说老前辈文武双全，尤其国学根基很深，想必是写得很不错的。届时书出后，请老前辈一定惠赐佳作，中正一定认真拜读。"

正说到这里，徐炯竟气冲冲地闯进来了。这个性情向来执拗而又深孚众望的人，站在蒋介石面前，直杠杠地质问："请问委员长，他刘甫澄凭什么要把我禁闭起来？"徐炯也是蒋介石这天要请的人。

"哟！"蒋介石已经明白了原委，很有兴趣地问这个站在面前、穿一袭青布长袍、戴一副老旧的鸽蛋般铜边眼镜、头上的短发根根直立犹如钢针的老学究，"你是怎么突围出来的？"

"我嘛！"徐炯说时举起手中一根油光水滑的梨木拐棍，"我是用它打出来的。"

"请先生息怒。"蒋介石安慰道，"这事我刚才问了刘甫澄，他说是有些误会……"蒋介石的话刚说完，就像事先导演好了似的，蒋孝先进来报告，说是时间到了，请委员长和客人移尊隔壁入席。

"其他的客人都请到了吗？"蒋介石站起身来时问。

"只有尹仲锡先生还未到。"

"仲锡是个标准的文人。"尹昌衡说，"他咋个打得出来？"

"你带我的车快去请！"蒋介石吩咐蒋孝先："这个刘甫澄，简直，就是个，就是个乱弹琴。两位前辈请！"说时，手一比。

当天的午宴，蒋介石就请了尹昌衡、尹仲锡、徐炯，他们三位是成都五老七贤和成都绅士会的领军人物。席间，蒋介石并不多谈正事，纯粹就是做给世人看的，带有明显的对前辈的慰勉性质。席间，蒋介石谈得最多的是他倡导的新生活运动，而且也许为了身体力行，宴席只上了四菜一汤。菜品虽不多，但质量很高。

饭后，当尹昌衡回到家中，发现刘湘已将门前的岗撤去。晚上，尹昌衡照例去看望母亲。看儿子闷闷不乐，老太太说："委员长今天请你吃饭，完了又把门口站岗的兵也撤了，你怎么还不高兴？"

尹昌衡说："我本想给蒋介石提些建议，可他纯粹是敷衍，国势如此涂炭，怎么高兴得起来！"

- 第三十章 -
不得安宁的黄昏

时间的脚步匆匆，不觉走进了1949年冬天。

蒋介石政权已经面临总崩溃的边缘，整个大陆只剩下西南一隅，蒋介石准备在四川与跟进的解放大军进行决战。

瑟瑟寒风扫过，偌大的尹公馆里发出空洞的回声。花园里的残枝败叶无人打扫，昔日波光粼粼的人工湖泊里的湖水变得混浊，动物园中的动物也分别被送了出去……往年日日宾朋满座、夜夜笙歌的尹公馆如今衰败不堪。

时年六十五岁的尹昌衡身着蓝皮长袍，端坐在他那间静室里的床铺上，双手合十，默诵经文。他的心里充满了忧伤。母亲去世了，就犹如一根支撑屋子的大梁坍塌了。家中少了一把治家理财的好手，家中唯一的生活源泉——一万多亩良田也变卖得所剩无几。在入不敷出中，家中的仆人、丫鬟大都辞退了。

他保持着凝固的姿势，进入一种空净的忆想中……

高远的蓝天上飞来了一群银亮的仙鹤，近了才看清是日本人的飞机。那天少城公园里游人如织。他由马忠陪着去公园里看花卉。初春的金河边上垂柳依依，树木花草都唱起了春歌。特别是公园深处那拔地而起，像把利剑一样矗立云天的"辛亥秋保路死事纪念碑"让他思绪万千。他伫立碑前，想起了在那个日子里他雄姿英发的岁月。然而，如今那有声有色的岁月，流逝了，许多朝夕相处的故人也永远地去了。

就在这时，大批日本飞机突然飞临成都上空，进行偷袭轰炸。

成都是个内陆城市。在这之前，好些人根本没见过飞机。当年的省门之战，又称成都巷战中，刘湘派了几架老掉牙的飞机从重庆飞来成都支持田颂尧，对他的幺爸、时为四川省政府主席兼国民政府第二十四军军长的对手刘文辉示威。那几架老掉牙的黄翅膀飞机在空中旋了几圈，而就这景致也是只有少数人看到了，觉得稀奇得了不得。当时，整个四川，就只有刘湘才有几架德国造双翼飞机。

嗡嗡嗡！这声音很奇怪，由远及近，低沉而轰鸣，一下子从远方低暗的云层里钻了出来，密密麻麻地贴着云层飞了过来。这时，公园里，好些人闻声跑出来看，边看边指点着议论，平时清幽的公园里，不知怎么一下子钻出了那么多人。人们站在明处，抬起头来，指点着，议论着，像是一群被捏着颈子的鹅，就像在看西洋镜似的。

"咦，这些是啥东西，咋个怪头怪脑的？黄身身，红翅膀，像他妈个油蚱蜢，飞得风快！"

"劲仗，把天都遮了一半。"……

有看过飞机的人，当即指出："这是飞机！"却又边看边摇头议论："飞机咋是这个样子嗬……"

顷刻间，大批日军飞机飞临成都上空，分成几个拨次，开始轰炸。日机将机头往下一按，开始俯冲、投弹、扫射。

"快看，快看，飞机屙屎了！"公园里，有些半大子娃娃，不知厉害，高兴得跳起来，拍着手，很是兴奋。

"轰！"随着第一颗重磅炸弹在远远的城东一带爆炸，墙倾屋倒间，"飞机屙的屎"紧接着一排排落下来。一时间黑烟四起、火光冲天。而在冲天而起的阵阵浓烟烈火中裹着人们的残肢断臂、断垣残壁，声声惨叫，连脚下的大地都在剧烈颤抖。第二拨次的飞机，又一下子过来了。这就看得更清了，俯冲投弹的日本轰炸机非常疯狂，根本就不需要战斗机保护，飞得很低，以至让机身贴着民房呼啸而去。机翼上两团红膏药似的日本旗，就像是两团浓浓的马上要滴下来的血，甚至连坐在机舱里穿着皮夹克飞行服、戴着飞行帽、一脸残忍骄横的日本飞行员狰狞的面貌都看得清。

"咚、咚、咚！"与此同时，城里的这里那里、这边那边，响起了稀稀疏疏的高射炮声。然而，这些高射炮声太微弱了，高射炮太少了，很快就被日本轰炸机消灭、覆盖了。

梭、梭！不断地有照明弹从城市的这里那里射向空中，白惨惨地挂在天上。这是地上的奸细在给天上的日本飞机指示投弹目标。

顷刻间，一批日本轰炸机朝少城公园席卷而来。在轰轰的爆炸声中，公园里墙倒、树折、人死。冲天的火光带着阵阵惨叫，裹着断肢残体从公园里升腾。尹昌衡对着这些从头上飞过的飞贼，怒不可遏，咒骂不已，就在一架日机呼的一声从他头顶掠过、响起嗒嗒的机枪声时，跟在他身边的马忠一跃而起，把他扑倒在地。飞机过去了，伏在他身上的老副官马忠却为他献了身。他一推，满手是血。马忠死得很安详也很不甘心。被他翻过身来的马忠，仰望着天上，脸上和一双眼睛里写满了惊愕、愤懑，当然也有慰藉。

轰炸过后，往日清幽可人、移步换景的成都少城公园，简直变成了一座屠宰场，成了人间地狱。公园里到处都是弹坑、废墟，到处都在燃烧，到处都是残垣断壁。更可怕的是，树枝上、墙壁间，不是挂着人的残肢断臂，就是溅到墙壁上去粘起的血肉、头发。有的人受了伤，丢了一只手，或是丢了一条腿，或是炸瞎了一只眼睛……有些人在痛苦地跑、跳，惨叫或是号啕大哭；有的人在泣血地呼喊，四处寻找自己的亲人；有的人吓疯了。

史载，那天前来轰炸成都的日本飞机，是从山西运城机场和从停泊在我国东海海面上的日本主力航空母舰"龙骧"号上分别起飞的，共一百零八架。飞临成都上空后，分三个拨次对成都进行大轰炸，重点是少城公园和闹市区盐市口、春熙路一带。炸后初步清查的结果是，炸死五百七十五人，炸伤六百三十二人，毁坏房屋三千五百八十五间。轰炸时，繁华的街上全是混乱逃窜的人群，卖烟的、卖凉粉的、卖锅魁的……纷纷丢下摊子没命地奔跑，地上血流成河，尸横遍野。城市一片混乱，房屋成片地轰然倒下。树上、房屋的残垣断壁上挂着被炸飞的残肢，鲜血染红了多条马路、多条大街。多片住宅区顿时变成了废墟。此外，这批日军轰炸机群还顺带对成都周边的绵阳、宜宾、乐山、自贡等地市进行了大肆轰炸，造成一场史无前例的浩劫。

在义愤填膺中，尹昌衡抱病去市电台声讨日本帝国主义的暴行，呼吁人民团结抗日。过路的人们听到他的声音，都不禁驻脚说："听，这是尹都督在讲话。"以后他应电台之约，一周去讲演一次，可是有次他讲到"公财就是公平"时，省党部就抗议了，他继续讲他的，直到台长出来制止。不用说，以后他的讲演就停了。

再有，当李宗仁和孙科竞选副总统时，应李宗仁之清，成立了一个"李宗仁先生助选团"。尹昌衡在报上撰文支持李宗仁，结果李宗仁果然当选。善于打探消息的记者也把他和李宗仁的关系、同行政院长阎锡山的关系在报上捅了出来。一时，欲走李、阎的路子而不入的人们把尹昌衡的门槛都快踩断了，然而他却根本不理这些人，这就得罪了不少人，竟致让他在省城都快住不下去了。这时，已经下野、在大邑乡下隐居的刘成勋向他发出了邀请。他去了，并请刘成勋帮忙，在那里买了一处田庄、大片山地，栽种了许多油桐树。刘文彩指使当地的一些土劣，将油桐林摧毁尽净。不久，他患上了疟疾，时冷时热，打摆子，只好返回成都休养。可是，最先跟他去山野的杨倩留恋那片清新山林。她一生无儿无女，吃斋念佛、心如死灰，执意留在了当地……

"先生！"留下的一个仆役隔帘报告，打断了他若断若续的思绪。仆役说："贺国光总司令求见！"他不禁皱了皱眉。贺国光原是刘湘读四川陆军速成学堂的同学，湖北人，字元靖，深受蒋介石信任，从民国以来，在四川贺先后担任过许多要职：驻川中央参谋团主任、西南军政长官公署副长官兼西康省主席，西昌警备司令。其人其貌不扬，表面看来脾气很好，绵扯扯的，因此有"贺婆婆""贺甘草"的绰号，其实是乌龟有肉在肚子头，阴倒厉害。

尹昌衡收了功，去客厅见贺国光。面色黄恹恹的贺国光穿了件很不起眼的灰布长袍。几句客套话后，贺国光道明了来意。他说他是代表委员长来看他的，并传达了委员长的意思："四川是天府之国，是历来成就帝业之地，也是国府反共戡乱、反攻救国的最后基地。现委员长决心在成都一线组织川西决战。

"而迫不得已时，国府将重心移向位于凉山腹地的西昌！"贺婆婆弯环倒拐地说了一通，才最后道出目的，说是，"委员长认为，尹先生在整个四川，甚至西南，都有很高的威信。阎锡山是你的同学、好友。经他建议，委员长的意思是请尹先生出山，担当一个相当高的职位！"

不容贺国光说完，尹昌衡坚决拒绝，手一摇："元靖兄你是知道的，我现在身体很差，不比以前。以前我在川边征战，骑在马上登高一呼，山鸣谷应，威风八面。而现在，病病哀哀的，完全不能做事了。"

贺国光仍不死心，说："只是请尹先生出来挂个名，至于具体事务，我们可以做。"

"我平生从不做有名无实的事！"这就把话说绝了，并站了起来，做出送客的姿势。贺国光不能不走了。

打发了贺国光，他刚回到他的静室，长子宣桓又来麻烦他来了。宣桓平时见到他躲都躲不赢，这下找上门肯定有事。宣桓是他的长子，号绍援，是他在北京被软禁时颜机在成都生的，长相与他酷似，高高的个子，五官端正，也豪爽，然而怕吃苦，总想做些便宜事。尹昌衡对子女是很民主的，不太管他们，任他们自由发展。

宣桓选择了从军的路，1935 年毕业于中央军校洛阳分校，回川后由刘湘授一中校参谋虚衔，后来派去德国考察过一段时间的军事，抗战后被川局召回，因为不愿吃苦，没有进入军队序列。而他对开发西昌一带的事务显得有兴趣，组织了一个"宁源实业公司"，还当过一段时间的四川省银行驻西昌办事处主任。

"爸爸！"宣桓问父亲，"你最近身体好些没有？"显出少有的亲切。

"老样子。"尹昌衡问长子，"有事？"

宣桓只好硬着头皮说了，在这兵荒马乱、有枪便是草头王之时，他想当师长，已经拼凑了几十个师级军官，想让老子出面，请父亲给阎锡山打通关节，让他当师长。

可是，宣桓的要求被父亲断然拒绝了。他说："我这样做，其实是爱你。"说着叹了口气，"你走到这一步，我也有责任。我对你们三兄弟都采取自然主义，任其发展，现在看来并不好。你已经养成了坐地等花开的习惯，总是怕吃苦不务实。二弟算是学有所成，毕竟在四川大学农学系毕了业。你三弟宣晟受我影响，痛恨英国人在西藏作祟，不想上学学英文，就干脆连学也不上了，在家自学。他虽然满腹经纶，但连一张小学文凭都没有，以后在社会上如何立脚为生！"说着叹了口气。

"你知道，自孙中山去世以后，我对国家大事、政治完全不闻不问，采取'君子不党主义'对国共两党都不偏不倚。现在，国民党这艘破船眼看就要下滩了，中华人民共和国已经在北京宣告成立。我的一些朋友、同学，如陕西的张凤翙、湖北的李书城，等等，因同共产党合作，分别担任了西北军政委员会委员、全国第一届政协委员、农业部部长。他们都有信来，要我向共产党靠拢。阎锡山也有信来，而且贺国光刚来过——两边都在拉我。我却哪边都不想沾，如今我就想当个普通老百姓，过普通老百姓的日子。我虽然早年入了军界，但自今空衔一个，手上是干净的。我们是跳出了浑水，你何苦要在这时候去当什么师长，要去跳崖，要入浑水呢？"

看宣桓还想争辩，他将手一摇："不躁进，不强求，随性吧。"

宣桓失望地走了。尹昌衡渐渐地重新静心入定，并且进入了佳境。他觉得似乎太空中有一股强大的吸引力正在把他往上吸引。他头发上竖，额头上出现一个豌豆大的圆，顿觉心胸开阔，全身舒畅。他心想，老子有言曰："虽有拱璧以先驷马，不如坐进此道！"看来，静坐打佛确能如此！

窗外黄昏的天空中，最后一线天光已经渐渐淡了。 阵袅袅的哨音幽幽传来，那是他让下人养的二十来只鸽子归巢了。鸽哨幽幽中，他的心中充满了宁静。这时，他已经决定了要去西昌，躲离一切繁杂和俗事。

1949 年 11 月 19 日，病中的尹昌衡携带部分家人，辗转去了位于凉山腹地的富林羊仁安家避难。

羊仁安本系当地一个很有势力的大头人，在辛亥年前间时为当地保正的他，率同志军在大相岭阻击过回援赵尔丰的由傅华封率领的边军，立过功，就此与尹昌衡相识，而且做过尹的下属，曾在川军中做过混成旅长。后来世事多变，他又最终回到家乡，做了一个刘湘委任的"川边各军总司令"，过后一直与败走川边后建立了西康省，以雅安为省城的西康省政府主席刘文辉隔大渡河对峙。

- 第三十一章 -
良玉楼魂离阿屋山

　　一只苍灰色的岩鹰，平展长长的双翼，像枚黑色铁钉，静静地钉在阿屋山白云缭绕的晴空中。

　　阿屋山距富林二十余里地，中间隔了条白崖河，依山傍河间有道山冈，地形陡峭。羊茂成的家，应该叫公馆或是庄院，就建在这里的一块斜坡路上，其规模、格式都类似成都的一座旧式公馆。大门有高高的门槛，跨过门槛，在长长的甬道后是一堵照壁。照壁之后就堂奥洞深了，钟楼、鼓楼、假山、三进的大院……大户人家公馆中应该有的都有。

　　庄院因势而造，出门不远是一道往下的长长阶梯。阶梯之下的缓坡上，有座人工挖掘的大田，约有一亩，也可以说是一座水池。池中养鱼，建有凉亭一座，曲折的水榭连岸，风景不仅很好，在呈现出一片赤褐色的凉山能有这样一处地方，简直就是人间仙境了。

　　羊茂成是当地巨富士绅，曾经当过富林镇的镇长，当然是读过一些书的，素仰尹昌衡威名。当尹昌衡在羊仁安家住不下去时，他将尹昌衡一行迎到家中，并将幽静的后院全数划给尹昌衡一行住。

　　尹昌衡一行最先被羊仁安接到富林镇他的家中住了下来。羊仁安为人还可以，可是他的太太和两个儿子都是大烟鬼，两个儿子被当地人不屑地称为"大皇兄"和"二皇兄"。大皇兄早死，留有一根独苗羊德清，在家娇生惯养，在外无恶不作，羊仁安又不常在家，尹昌衡早就不想在他家住了。

此时，发生了一件意外之事。

羊德清与尹昌衡的幺儿尹宣晟年纪差不多，经常在一起玩。那天，他们相跟着上了街。富林镇虽小但居于嘉定（乐山）至西昌要道，过往旅人多，烟馆、茶馆、饭馆、旅舍也多。小镇两边街沿下都是摆地摊的，卖书的、卖杂货的……林林总总，充满了战时驿道上的嘈杂和喧嚣。

"快看，快看！"羊德清用手拐碰了碰尹宣晟，尹宣晟顺着他的猴子眼看去，只见在富林旅舍门前，一盏吊着扑满了灰的灯笼下面，有位漂亮姑娘在看街景。显然她是过路的，这姑娘明眸皓齿，高高的个子，剪着齐耳短发，鹅蛋脸，皮肤又白又红又嫩，很年轻，不过二十来岁。姣好的身材穿一件素洁的旗袍，外罩一件红毛线衣，旗袍上襟别了一支钢笔。她站在旅舍门外好奇地打量着这陌生的小镇，一副又黑又长的眉毛下，一双黑亮的眼睛扑闪扑闪。

"尹老弟！"羊德清看神了，轻声问，"你说，这女娃子是个啥子人？"

"路过这里的学生。"尹宣晟很肯定地说。

"是大学生还是中学生？"

"那还用问，肯定是个大学生。"

"哎呀！"羊德清口水滴答地说，"真是个艳若桃李，莴笋似的水灵呀！"这家伙眼睛珠珠都不眨一下，冒出这一雅一俗两句后，咂咂嘴："安逸，安逸！满街的女娃子，她算盖面菜。"

"我们走吧，老把人家看着做啥子？"尹宣晟推了推魂不守舍的羊德清，他才很不情愿地挪步。哪知下午，宣晟如约去羊德清那里拿他答应借的书《罗通扫北》时，遇上了难堪事。

这是黄昏时分，羊家的大院是四进，平时人就很少，羊德清住在后面的一个偏院里。这时，院子里连鬼花花都没有一个，蝙蝠在最初的一丝夜幕里穿梭来往，晃动着不祥的阴影。

穿过花径，上了台阶，见羊德清的书房虚掩着门，却又不见人。宣晟正在犹豫，是敲门还是高声喊羊德清。这时只听里屋传出乒乒乓乓的搏斗声，还有呼哧呼哧的喘气声。他感到奇怪，轻手轻脚迈进门去，想看个究竟，一看心跳如鼓，又气又急。原来羊德清不知用什么办法将他们上午看到过的那个姑娘骗到家中，欲行强奸。姑娘的双手已被他用一根绳子反绑起了，嘴里也塞进了毛巾，而且已经裹到了大花床上。可是姑娘坚决不肯就范。羊德清个子小，像一只欲火攻心的小骚羊，一次一次地扑上去。姑娘个子大，拼命挣扎，一次次闪开，并用脚把他蹬下去，让他跌了个"饿狗抢屎"。可是，姑娘不知怎么已经成了他的网中鱼。羊德清站起来，狞笑着，抄起一根麻绳，从后面绕过去，将姑娘拴在床档头上，再用绳子将姑娘的两只腿固定。他又将姑娘的旗袍从开叉处刷的一声撕开。顷刻间，姑娘就像一只被剥了鳞的鱼，亮出一双肥白而修长的大腿……

羊德清狞笑着就要硬上时，宣晟气不过，大吼一声："羊德清，你不是人！光天化日之下，你要做啥子？！"

羊德清猛然一惊，浑身吓得一抖，转过身来见是尹宣晟，淫笑道："尹哥子，你不要打干呵嗨（哈欠）哈，等老子干完，你接着来！"

"不行！"尹宣晟坚决制止。

羊德清这就猛然翻脸："滚开！富林姓羊不姓尹！哪个女娃子被老子看上，都跑不出老子的手板心。你们是来打滥仗的，少在这里咸吃萝卜淡操心！实话告诉你，老子亲自杀过六个人，有国军营长的军衔，调得动人。弄毛了，谨防老子对你不客气！"

看尹宣晟不退，羊德清自知交起手来他不是对手，就哗的一声拉开抽屉，拿出一支上了膛的可尔提手枪，红眉毛绿眼睛地命令尹宣晟："出去、出去！不然，谨防老子请你娃吃颗'花生米'！"

说来也巧，就在这危急关头，羊仁安回来了，正好来找孙子说事，看到这个场面，一来面子上下不去，二来还不知姑娘的家庭背景，怕出事，就把姑娘放了。

事后，羊德清咬牙切齿，说是非要整死尹宣晟不可。尹宣晟把事情给父亲说了，尹昌衡说，我早就发现这家人不对，早就想走了。

而这时羊茂成恰好从阿屋山来富林拜望尹昌衡，听尹昌衡一说想到他家去住一段时间，喜不自禁，连说欢迎，欢迎。尹昌衡这就向羊仁安告辞并道谢，羊仁安客气了一下，也不过多挽留，尹昌衡这就携家人住到了阿屋山羊茂成家。

本来，体弱的殷文鸾在前往凉山的途中就病了，这时她的病越发重了，到了羊茂成家已是卧床不起。

一缕亚热带的阳光，从窗前那丛肥大翡绿的芭蕉叶上移到屋中，在地板上闪烁着金色的斑点，编织出一个个梦幻般的图案。当年名满京华的良玉楼，今天明显憔悴了，她才四十多岁，可一则因为沿途艰辛颠簸，二则严重的水土不服，三则几天前精神上受到强烈刺激，这些都是她生病且病势加重的原因。到富林时，她已经病了，不过还不重。

那天，羊茂成按事先说好了的办，派他家的领头家丁张老五带人上富林接尹昌衡一行到阿屋山。张老五不敢去，说是他原来在"羊营长手下背过枪"。羊德清的营长头衔，是他爷爷羊仁安给封的。

"羊营长那人不讲理得很，心胸狭窄。"张老五说起羊德清噤若寒蝉："我去，他见了我，会说我反叛了他，要整我！"

听张老五这样说，羊茂成并没有注意，说："你又没有卖给他羊德清。再说，接尹爷爷他们到阿屋我家，也是他爷爷羊仁安答应了的，你放心，他不敢把你咋个的！"

"羊（仁安）司令倒还好说，可是他最近时间跑来跑去的，生怕刘文辉的二十四军打过来，好些时候都不在家，家里面羊德清在主事。"

"没事，你放心大胆去！"

没有办法，端人家的碗，服人家管，张老五只好率人抬起滑竿下山去富林接尹昌衡一行。

"尹爷爷！"羊德清上楼通知尹昌衡一行的。他见到前几天坏了他的事的尹宣晟，装得全然没事，做出很亲切的样子说，"羊茂成派人抬滑竿接你们来了。"他亲自搀扶着尹昌衡下楼，迎头撞见张老五。

"啊，是你龟儿子嗦？！"羊德清顿时眼露凶光。

"羊营长！"张老五低了头，"我们来接尹大爷一行去阿屋。"

"你个龟儿子！"羊德清指着张老五，跳起脚大骂，"我说你龟儿子跑到哪里去了，原来是跳槽了。你臊老子的皮，老子今天就要对不起你，老子今天请你吃颗'花生米'！"说时手一挥。

立刻扑上来两个如狼似虎的家丁，将张老五五花大绑。那天羊仁安不在家，尹昌衡再三劝解，羊德清就是不听。虽然见多识广，但从来没有见过这样血腥野蛮的殷文鸾，吓得花容失色，赶紧去前院找到了羊德清的母亲，要她劝劝儿子。

羊太太懒得动，正在说"莫得事，莫得事"时，羊德清已经带着人将张老五拖到后面树林中，砰砰两枪打死了。本来就有病、身体虚弱的殷文鸾吓得当场昏厥了过去。

宣晟的母亲原莺夫人也是北京人，这次也是来了的。她平素同殷文鸾很谈得来，关系不错，她来看过了殷文鸾，说了些安慰的话，看着因病躺在床上的她，心中伤悲。原莺夫人觉得身处的阿屋山，与熟悉的北京简直就是两个世界——陌生的生活与熟悉的生活简直就是星河之隔，又嘱咐殷文鸾放宽心，好好休养之类的话后，洒泪而去。

日近黄昏。屋里只剩下一直守在身边的丈夫尹昌衡。殷文鸾脸色苍白，气息短促，但仍然显得典雅、文静。处于深度昏迷中的她，突然睁开眼睛，她凝然看着同样处于病中的丈夫，美目中流露出一种异样的光芒。这会儿的她，像是从另外一个世界中来的。她的目光是那样精神、澄澈、发亮，完全不像一个病入膏肓的人。

看着陪在身边、躺在藤椅上的丈夫，她北音婉转地轻声说："昌衡，我跟你到成都已经二十九年了吧？"

尹昌衡伤感地点了点头。

"你还记得吗？"殷文鸾忽然话多了起来，回光返照似的。说时，嫣然一笑，思绪沉浸在幸福的回忆里，"我还记得你第一次带我去游颐和园的情景。那天的天气也像凉山的天气一样晴朗，连空气都是绿的。那时你真年轻、真帅、真调皮！

"你说你最喜欢我那天的样子，要用你带来的那架德国蔡斯相机给我照相，可是等我摆好姿势，你却趁我不备，往湖里扔了一颗石子，溅了我一身的水。整个旗袍湿了半截，很难受。你要我脱了晒晒，说那里偏僻，四周都是芦苇。我上了你的当，刚把旗袍脱去，你'咔哒'一声，把人家照了进去……"

殷文鸾这番话，像个欢快的帘钩，轻轻钩开了尘封的记忆，尹昌衡笑了。这是他这么多年第一次开的笑脸，他问："那张照片你还有吗？"

"有，几十年了，我一直珍藏着，走到哪里带到哪里。"说时，弯过手去，吃力地从枕头下摸出那张照片，又看了看，再递给丈夫，一双长睫毛下的大眼睛里早已是泪水涟涟。

尹昌衡将照片接在手中，手有些抖，再急急从衣服里摸出老花眼镜戴上看照片。已经有些发黄的老照片上，背景是颐和园中波光粼粼的昆明湖，在湖畔一片茂密的花草树木和芦苇掩映中，她刚刚脱了旗袍，侧着姣好的身子，一双好看的长睫毛大眼睛凝神微露娇嗔，好像在说什么，露出满口珠贝似的雪白的细牙。她在笑，那笑像银铃落在玉盘里叮叮咚咚的脆响，似乎现在依然清晰可闻。因为是侧面，她那带着乳罩的高高颤动的乳房，还有娇羞的神态展现得淋漓尽致。

"文鸾！"尹昌衡从心里发出颤音，发出召唤："你要挺着！人的生命的存在还是流逝，好些时候取决于意志。等这场动乱过去，我们就立刻回成都，甚至回北京，啊！"

"昌衡！"她已经说了过多的话，过多的兴奋，已经明显地疲惫，声音很低，但意蕴很甜，北音婉转，"我本是穷苦人家出生的女子，后来家道不幸，流落风尘。我能遇上你，而且跟了你，跟了你这么多年，我感到幸福。唯一遗憾的是我没有能给你留有子嗣。如今我就要走了，永远地走了，不能照顾你了，就让这张照片代替我伴陪你左右吧！"

暮色已渐，在屋子中浓重地荡漾，见丈夫还想劝她些什么，她说："我已经很疲倦了，睡吧！"当丈夫站起蹒跚出门时，她想挣扎着坐起，却没有能起来，只是惨然一笑："保重！"

夜色笼罩了阿屋山。

辽远而悠长的白崖河，在浓稠漆黑的夜幕中，在阿屋山永恒、阔大的怀抱中奔流，于黑夜的寂静中，将哗哗的水声无限地放大、放大。

殷文鸾的生命已经处于弥留之际。

那是京郊故乡熟悉的低缓的平原尽头的小山冈，她家就在平原尽头与小山冈之间。那时，娘常带她上山，到松林里拾松子。头上扎着根翘毛根的她拾累了，躺在绿草茵茵的草地上，仰望着树林中那一方圆镜子似的晴空。晴空总是蓝幽幽的。一只云雀好像要同她做朋友，从蓝天白云间倏然闪现，对准她，鸣唱着俯冲而下，就在它的翅尖调皮地扫了一下她的脸颊时，又腾上蓝天，将一路的欢歌撒在天地间。倏忽间，她觉得自己的心被牵引到了蓝天白云之上。于是，她向着蓝天白云引吭欢唱：

> "我可爱的云雀
> 你从哪里飞来？
> 你从我的家乡飞来，
> 你从我的童年飞来，
> 你从我的心灵深处飞来，
> 我相亲相爱的丈夫啊，
> 请把我的歌声留下来……"

带着这样的回忆，这样的向往，她去了，永远地去了。

一轮明丽鲜亮的朝阳重新从夜幕中升起，重新照耀到大凉山的阿屋山。这颗宇宙中对人类最慷慨、恩最重的星球把它金色温暖的光芒洒向奔腾的白崖河，洒向羊茂成家时，美丽、温情、侠义的殷文鸾已闭上眼睛，神情一派安详，俨然是睡着了，永远地睡着了。

尹昌衡极为伤感。在羊茂成的帮助下，殷文鸾当天下葬在阿屋山上。尹昌衡不准任何人打扰他，独自在殷文鸾那一丘坟墓前枯坐半日。一下子，他的病情加重了。

- 第三十二章 -

在月城，身不由己

胡宗南率领的二十多万建制基本健全的集团军，被蒋介石倚为手中最后可以使用的有生力量。在蒋介石拟定的"川西决战"前夕，因川内的刘（文辉）邓（锡侯）潘（文华）起义，断了蒋介石后路，并与快速跟进的刘（伯承）邓（小平）大军形成前后夹击、关门打狗之势。见大势已去，蒋介石、蒋经国父子不得不于 1949 年 12 月 10 日飞去了台湾，留下胡宗南坚持。而这时，胡宗南的集团军已经分崩离析。三个集团军中，李振、裴昌会两个集团军起义，剩下的一个李文集团军在新津一线被解放军打得五零四散。胡宗南赶紧率残部逃到凉山。在西昌，他与蒋氏最后一个四川省主席唐式遵纠集的乌合之众结合起来，妄图凭借大小凉山的十万大山和历史上形成的复杂的民族关系与解放军负隅顽抗。

兼任国民党西南军政长官公署副主任的胡宗南消息灵通，他得知了尹昌衡在阿屋山，立刻派秘书赵龙文用汽车去将尹昌衡一家接到了西昌郊外、邛海边上、泸山脚下他住的别墅见面。是羊仁安陪他们去的。

西昌是凉山的一块大坝子，风景很好。出市区恍然一看，简直与成都附近的农村没有什么区别，一片碧绿，良田沃野。所不同的是阳光特别强烈，天空又高又蓝。这里的气候是四季无寒暑，下雨便成冬。西昌市又称建昌，在凉山是最大的一座城市，扼川滇咽喉，战略地位极为重要。蒋介石一直在西昌设有行营，刚刚离去的行营主任是尹昌衡曾经救过的张笃伦。

西昌每晚都有月亮。而且因为这里空气质量好，月亮特别圆、特别大，因此，建昌月是出名的。西昌，又叫月城。而城郊的邛海，更像是一颗落在凉山大坝子上的翡翠。浩浩渺渺的湖泊，水质清冽。旁边不远有座郁郁葱葱的庐山，山顶上，在稀薄的白云缭绕与桂冠般戴在头上的松柏簇拥中，有座金碧辉煌、香火很盛的庙宇。

到了晚上，庐山上的暮鼓幽幽传来，湖上倒映着一轮明镜似的圆月，还有打鱼的小船，船上人家的歌声，真有点范仲淹在名篇《岳阳楼记》描写的："渔歌互答""静影沉璧""岸苦汀兰，郁郁青青"的诗情画意。

可是，在战火暂时不到的凉山，在风景依然很美的邛海之滨，主人和客人都没有《岳阳楼记》中透露的"登斯楼也，则有心旷神怡，宠辱偕忘，把酒临风，其喜洋洋者也"的兴致。

赵龙文直接把他们送进了胡宗南在邛海边设下的总司令部对面的"勤园"。这是原西昌行营主任张笃伦住的地方，临海，是幢有围墙的法式小楼，院中树木很多，百花芳菲，环境很好。住下后吃了饭，稍事休息，老相识、时任西昌行营主任的贺国光来对尹昌衡作了礼节性的拜访。

然后，贺国光、赵龙文陪着尹昌衡父子去见了胡宗南。胡宗南住的别墅，原来是为蒋介石准备的，整体格式与张笃伦的宅第相似，相隔不远。门口站岗的卫兵见到他们，赶紧行持枪礼。庭园里，亚热带的花木长得高大茂盛。沿着花径，进了底楼客厅，赵龙文代表主人招待客人，无非是请坐、请茶点，等等。客厅很简洁，充满战时气氛，地板上没有铺地毯，正面壁上显然挂着一幅硕大的军用地图，由一幅从上面垂下来的黑色布幔遮挡着。

刚刚坐下，只听一阵皮靴响，从里而外响过来。胡宗南出来了。他是个中年人，身材不高，很健壮，穿一身毛呢黄色军服，佩上将军衔，崭新笔挺，肩垫得过宽。他的眉毛又粗又黑，像川戏舞台上的武生，动作机械，浑身是劲。他手里握支很粗的红绿铅笔，进来同尹昌衡、贺国光打了声招呼，落座后说："你们不要怕，没有值得怕的，这些土匪我见多了，没有什么可怕的！"

赵龙文解释道："胡长官说的土匪，就是正在跟进的共党共军。"

胡宗南看了看尹昌衡，问："前辈你今年多大岁数啦？"

这样的问话、这样的姿态，让尹昌衡很反感，他将头一调，对胡宗南根本不予理睬。胡宗南定神一看，不禁一怔，在尹昌衡清瘦的长方脸上，逼射出一股令人慑服的威严。他显得十分尴尬。

见胡宗南有些尴尬，"贺婆婆"贺国光轻言细语地对坐在父亲身边的尹宣晟说："胡长官在问你父亲的话。他耳朵有些背，没有听见。你代父亲回答吧！"

尹宣晟说："六十六岁。"

"你很年轻。"胡宗南转而问尹宣晟："你几兄弟？"

"三兄弟。"

"你是老几？"

"老幺。"

"上有几个哥？"

"两个。"

"他们都在做什么？"

"二哥大学毕业，在经商。"心里暗底下骂了一句，"他的生意就是被你龟儿子整垮的！"

大哥就在长官属下。"

"好得很！"胡宗南高兴起来，"你大哥叫什么名字，现是什么职务？"

"尹绍援，是新编第十一军副军长。"

"是吗？"胡宗南似乎想不起有这支部队，自己属下有这个副军长，便叫勤务兵去把参谋长罗列叫来。罗列来了，胡宗南向他问起这事，罗列在胡宗南耳边低语两句。胡宗南恍然大悟，跷起大拇指，连说："好得很，好得很！"这时一个副官模样的给他送来一张纸条，胡宗南看后，高兴地站起来宣布："告诉大家一个好消息，金河口收复了。"怕大家不明白，他上前霍地一下拉开军用地图上的布幔，用手中的那支红绿铅笔，在地图上指点。

陪坐在旁边的羊仁安问胡宗南："请问胡长官，这是哪支部队收复的？"

胡宗南回答不出来，罗列说："是支地方部队。"

胡宗南问指挥官的名字。罗列说是李光玉。羊仁安插话，说是李玉光，罗列赶快更正："是，是李玉光。"

羊仁安不无得意地说："李玉光是我的干儿子。"

胡宗南又跷起大拇指，连说："好得很，好得很。"

第一次的接见就这样结束了。回到住处，羊仁安告诉尹昌衡，刚才胡宗南说的所谓收复，其实是件很小的事情。李玉光是金口河一带的一个土豪，手上有几百支枪，胡宗南到西昌后到处招兵买马，委李玉光做了个师长。解放军并没有派正规部队攻打金河口，只是派了一支很小的侦察部队去侦察，李玉光闻讯带大部队大动干戈地去截击，解放军的侦察部队退了回去，如此而已。

第二天一早，事情来了。赵龙文奉胡宗南的命令来找尹昌衡"商量"一件要事，说是委员长临走时，将军事委任给了胡长官，将川局行政事务交给给了王陵基，然而现在王陵基"失踪"了——看来凶多吉少，四川政务无人主持，胡长官的意思是请尹老先生出来主持！

尹昌衡冷笑一声："岂有此理！"

尹宣晟赶紧说："我父亲要做官还等得到这个时候？自孙中山先生去世以后，他就发誓不做官，而且在报上发表了归隐宣言，这一点，人人皆知。李德邻是他的学生，阎百川是他四十年的至交，他们请我父亲出山，他都没有答应。他就是为躲他们到这大山沟里来的，他怎么会出来主持川政？"

一席话问得赵龙文回不起话，只好怏怏而去。

紧接着，赵龙文通知尹宣晟去司令部谈话。他代表胡宗南对尹宣晟说："你父亲年老体衰，不愿意出来做事情，情有可原，可世兄正是英年，应该为党国效力。胡长官的意思是请你去西昌干部训练团做教官！"

尹宣晟赶紧推辞，说："我连小学文凭都没有一张，咋敢去训练团做教官，使不得！"

"这不要紧嘛！"赵龙文纠着他，不依不饶，"虽然你没有当过教官，上课前我教你，然后你再去教他们，保证没有问题。"

"我人年轻，脑筋又特别笨，肯定记不住，教不来。秘书长一定要找教官，据我晓得的就有好些。这里我给你推荐几个！"他的话还没有说完，赵龙文的脸一下黑起，狠声说："能当教官的人多得很。我们就是要看你们尹家父子是不是同我们一条心，走一条路，嗯，怎么这样？！"

平时装得很斯文的赵龙文瞪起眼睛，满脸杀气，很吓人。尹宣晟知道，这个赵龙文原是蒋介石的一个亲信，也是个杀手，枪法很准，1936 年他在汉口奉命杀过大名鼎鼎的杨永泰。尹宣晟不敢硬顶，推脱道："秘书长，你让我考虑考虑吧！"

"那就限你三天答复！"赵龙文的态度相当蛮横。

回到住处，尹宣晟将事情告诉了父亲，父亲说了句："你去西昌找贺国光。"

在西昌，西昌行营主任兼警备总司令贺国光听了尹宣晟对此事述说后，想了个法子，说："胡宗南这个人疑心重，他要你父亲出山，老先生不肯；再找你，你又不肯。他很可能会给你戴一顶共产党的帽子。如果这样，就麻烦了。这样吧，你到我这里来挂个名，我再去对赵龙文说，你这个人我用了，事情就解决了。"

以后，果然赵龙文就不来找麻烦了。

挂"四川省政府主席"虚衔的国民党陆军上将唐式遵，专程到邛海看尹昌衡来了。说起来，唐应该算是尹昌衡的晚辈，虽然他们是一样的年纪。因为唐原是刘湘二十一军第一师的师长，是刘湘的下属。在历次四川的军阀混战中，他与同为刘湘部下师长的潘文华都是刘湘的得力干将。抗战军兴，蒋介石将全国划分为十个战区。刘湘被任命为第七战区司令长官兼第二十三集团军总司令率军出川抗日，第二十三集团军的第二十一、二十三军，其实就是由刘湘原先的第二十一军为基干扩充而成的。唐、潘是这两个军的军长兼集团军副总司令。

同时出川的另一个集团军是二十二集团军，总司令先是邓锡侯，副司令孙震。在刘湘出川后，蒋介石将邓锡侯调回川，任川康绥靖公署主任，总司令由孙震继任。他们所率的两个军其实也就是原先田颂尧和邓锡侯的两个军。

刘湘出川到南京后，被蒋介石一直按在冷板凳上，不出几个月，壮志未酬，病死在武汉万国医院，年仅四十八岁。"四川王"刘湘一死，几十万川军顿失重心，被蒋介石乘机肢解，四分五裂。而在南京外围一线阻击日军的第二十三集团军，同是仁寿县人，同是刘湘最忠心的干将的唐、潘二人分道扬镳。唐式遵坚决投靠了蒋介石，因而节节向上，先是做了第二十三集团军总司令，继后又升职；而潘文华因同老蒋存有二心，被一贬再贬，最后回到成都，手中失去了兵权，仅仅挂了一个西南长官公署副长官的虚衔。

就在刘、邓、潘起义前夕，潘文华念其唐式遵是家乡人，又共事多年，委婉地劝导他倒向人民阵营，不意被他坚决拒绝，声言他要做"现代的文天祥"，拉起一支三千多人的"游击队"到大凉山来与解放军打游击。

唐式遵与尹昌衡同岁，年过花甲，表面上看来很笨，年轻时就有"唐瘟猪"之称，其实早年与刘湘一起毕业于四川陆军速成学堂的他，还是相当会打仗的，尤其是打防守，特别有一套。之所以被称为"唐瘟猪"，大概是指他的外形，也可能是因为他长得比较胖，上身长，下身短，五官不甚清楚，脸色焦黄。

他穿一身皱巴巴的黄呢军服，满头白发——显然是个老人，但是精神很好，能吃能睡能说——从这方面看，又完全不像个老人。

对尹昌衡，唐式遵有种特别的感情。因为当年尹昌衡主动请缨，率军西征平叛之前，在赵尔丰时代，1910 年，唐式遵还是一个小军官时，就随赵尔丰进藏平过叛……以后在多年的战争中，他总是能化险为夷。人长得胖，又被称为"福将"。其时挂四川省政府主席衔的唐式遵，又是国民党西南长官公署副长官、西南第二路游击纵队总司令。

几句寒暄、几句问候后，尹昌衡婉转地点了一下，仅凭西昌这么点地方，国民党要想反攻图存，根本不可能。唐式遵却说："西康省还在我们手中，从全区来看，除雅安、荥经两地外，所有被共军占了的地方不又被我们收了回来？"

其实，唐式遵自己也应该知道，他这是在自欺欺人，连蒋介石在 1950 年的元旦文告中也只谈保卫台湾，连海南岛这些地方都没有提，更不要说已经陷入重围的西昌了。尹宣晟插嘴说："唐老伯，你注意到没有，以前每天台湾都会派两架飞机来，空投物资枪械，现在已经不来了。西昌机场唯一的两架飞机，被胡宗南派军队严加控制，显然胡宗南也是准备随时飞走的！这样，你还打什么打？"

唐式遵却是吃了秤砣铁了心了，对这些熟视无睹，而是再三要尹昌衡放宽心。他话题一转，说是明天西昌的城隍庙会热闹得很，有时间请去要，他得回西昌他的司令部去了。这就起身告辞了，临了又说，如果尹家父子有什么事，随时都可以找他。

第二天一早，尹宣晟去了西昌，一是想去看看热闹，二是父亲要他去找一个人。可是，哪里有唐式遵说的赶城隍庙会？哪里有热闹？街上到处关门抵户，冷清得很，街上不要说没有见到汉人，就是最常见到的风情——那些爱将披在身上的擦耳瓦一裹，三三两两坐在阶沿上聊天、喝酒的彝人，也没有。他感到不对，但还是大起胆子朝西街口走去，他要去找李锡安。这个人最先做过羊仁安的副官，后来弃武经商，在这里开了一个盐店。尹昌衡父子到富林，一直辗转到了邛海边住下，他都没少来看望他们。

找到了李锡安家，也是关着铺子。敲了敲门，一个小厮警惕地稀开一条门缝，问："你找哪个？"

"找李锡安。"

"我们老板不在家！"可躲在家中的李锡安听出了是尹宣晟的声音，让小厮放他进去。

一见到他，李锡安一把抓着他说："三少爷，这么兵荒马乱的，你进城来做啥子？"

尹宣晟说了来找他的原因，又问街上这么冷清为啥子。李锡安说："未必你们没有听说吗？解放军马上就要打过来了！"尹宣晟听说这话感到很吃惊，急着赶了回去。

回去看到胡宗南派来的长官公署政治部主任李犹龙，正在逼父亲去台湾，他就坐在一边听他们谈话。

李犹龙说："总统从台湾来电，说尹先生你是对国家有贡献有影响的人物，总统请先生到台湾去。"

"要我什么时候去？"父亲的话很冷，一副拒人于千里之外的神情。

"今天下午。"

"你们准备给我几张机票？"

"机票很紧张，总统请你，还有唐式遵长官、民族委员杨邸中，就你们三个人去。"

"那就是说，我们这家人就我一个老头子去？"

"是。"

"不去。"尹昌衡很起火，将手中的拐棍在地上拄了拄。

"那我再去向胡长官报告一下，请他再想想办法！"李犹龙讪讪地去了。

李犹龙走后，宣晟正把上午去城里找李锡安的情况以及听来的事告诉父亲，杨邸中来了。这是一个身材高大的人，身着彝族服装，头上打着英雄结，皮肤黝黑，能说一口流利的汉话，他是国民党的民族事务委员会委员，地位很高。他见面就问尹昌衡："伯伯准备好了吗？"

尹昌衡没好气地问："准备啥子？"

"伯伯不是要去台湾吗？"

"我不去。"

"我让出我的位子。"杨邸中说："让三公子或伯母去吧。"

尹昌衡叹了口气："感谢你的好意，我哪里都不去。我同共产党无怨无仇，跑台湾去干什么？"他问杨邸中："你怎么不去了？"

"胡长官改变了主意！"杨邸中无可奈何地说，"胡长官说我是地方人士，守土有责，应该留下来打游击。没有办法，我只能留下来。"

"那你准备怎样与共产党打游击呢？"尹昌衡笑着问。

"打啥子游击啊！"杨邸中将两只蒲扇似的大手一拍，"国民党的几百万军队都打完了，打垮了，我拿啥子去打？我不会打，还不会跑？此刻滇西还没有共军，我准备稍后带着我的学员队伍，从盐边过去。如果滇西也完了，我就走野人山去缅甸，那条路我熟悉。伯伯，你好好保重，我得准备去了。"

　　杨邸中刚走，唐式遵又来了，又问刚才杨邸中问过的话，表杨邸中刚才表过的态，说是他也可以把飞台湾的一张票让给尹家。

　　尹昌衡问他为什么不去，他也说是胡宗南不要他去，说是胡宗南说他是游击司令，不留下来打游击不行。

　　"胡宗南难道说话比蒋介石还管用了吗？"尹昌衡说，"台湾的蒋总统都要你飞过去，他却要把你拦下来。他不是口口声声说是老蒋最忠实最听话的学生吗？这会怎么不听话了？"

　　唐式遵垂头丧气地说："这就叫'将在外，君命有所不受'。况且，蒋总统说不定经胡宗南一说，改变了主意也难说。"

　　"那是，那是。"尹昌衡点点头。他问唐式遵："你那点兵，怎么个打游击？"其实他心中是想说乌合之众的，唐式遵那帮乌合之众现在已经没有了多少人。

　　"是呀！"唐式遵深有同感地说，"我也是这样问胡宗南的。他想了想说，我现在也没有多的办法，我这里批给你一万元钱，另外再批点枪械，别的你自己去想办法。"唐式遵气愤地说："这不是打发叫花子（乞丐）吗？我当即很硬气地对他说，你那点宝贝自己留着吧！凭我唐式遵这个名字，在四川，我就不相信招不到几万人！"说着骂了起来，"胡宗南这个家伙混账，到这时候了，还仗着他手中有点正规军专横跋扈，仗势欺人！"骂着骂着，竟哭了起来。

　　这时地方"司令"羊仁安进来了，见状赶紧劝唐式遵："唐长官咧，这都啥时候了！不要去怄了，商量要事要紧！"唐这才收住泪，收着骂，问羊仁安带来了什么消息。

　　"同你一样，刚才胡长官把我叫去，也要我带部队上山打游击。"

　　"人呢，枪呢？"唐式遵赶紧问。

　　"胡长官还好，送了我十支枪、一万块钱！"

　　唐式遵抽了一口气，手一挥："不要他的！又不是打发讨口子。"

　　"唐长官哟！"羊仁安劝，"有总比没有好，我劝你还是拿到手好些。"

　　唐式遵听进去了，说："我现在是光杆司令，一个人都没有，你叫我咋个去拿？"

"这样吧！"羊仁安显得很仁义，"我也就只带了十来个人来，如果再叫他们帮你背枪，那就一人得背两三支枪，还走得动路吗？我在西昌城里还有些人，我们一起去想办法吧？"

"也好！"于是，唐式遵向尹昌衡告了辞，同羊仁安这个难兄难弟一起去了。

他们前脚一走，贺国光来了。他坐下就问尹昌衡有啥子打算？

尹昌衡还是说，他哪里都不去，就留在这里。"贺婆婆"恐吓尹昌衡说："你先生从不反共，同共产党素无怨仇，共产党的军队来了，确实不会把你怎样。问题是我得到确切情报，首先打到西昌，打到邛海的不是共产党的正规部队，而是一批游击队。你晓得，云南的龙云已经投共。要打来的是他的儿子龙绳率领的游击队，这批游击队其实就是土匪，纪律极坏，一路打来，难免烧杀奸淫，先生你们一家人如果到了这批游击队手里，话就难说了！"

听了"贺婆婆"这番话，尹昌衡问贺国光："你的意思是？"

"我的意思是请你们一家人随我们走，避一避。"

"避到哪里去？"

"我们之间不是一天两天的关系了。我现在手中还有一个邱纯川率领的警备团。我让邱团长派人先将你们一家送到河西，找一家靠得住的上层头人，在这样的人家暂时住一段时间。不然兵荒马乱的，你有又病。"

"难道你不走？"

"我走不成！"贺国光也是无可奈何地将手一拍，"这个胡宗南简直歪腾了，你知道，我现在又挂了个西康省政府主席的牌子。胡宗南说，你这个西康省主席不能走。他要我留下维持地方秩序，然后上山打游击！"

看来，这贺国光不是有意要诓他们，尹昌衡就淡淡地说了句："随遇吧。"

贺国光临去前对尹宣晟嘱咐道："你赶紧准备一下，下午三点出发。"

贺国光去后，看还有时间，也没有什么东西要带的，尹宣晟猛然想起应该再去西昌找一个人。这人叫袁品文，原来是父亲的属下，后来跟刘伯承在泸州起义，打散后也流落到了西昌，在小北街做小生意，听说其人一直同共产党有联系，何不去找到其人问问？见父亲没有反对，就让手下两个仆役收拾行李，他再次去了西昌。

一反上午的清风雅静，满街都是背包、撑伞，扶老携幼，竞相涌向城外逃难的人们。他很顺利在小北街找到了袁品文。初见又惊又喜，听宣晟说了来找他的缘由，正在喝酒的袁品文说："胡宗南的部队等一会就要进城血洗西昌，你没有看到我的家中就我一个人，其他的人早就走了。"

宣晟一惊，问："此话当真？解放军还没有打来，咋个胡宗南倒要血洗西昌？"

"说是不给共产党留一针一线。胡宗南军队的大标语贴得满城都是，你没有看到吗？他们要所有的人都撤走，所有的党政人员、参议员、地方绅士通通上山打游击。他们下午六点钟进城，凡是没有走的，一律枪毙！"

"那你怎么不走？"

"我好办，一个人单脚利手的。"这点，袁品文没有多说。

尹宣晟对袁品文说了他们的行踪，说是下午他们准备随贺国光派的部队走。

"你们不该走！"袁品文说，"你们上了贺国光的当，他哄你们的。即将来的是解放军正规部队，哪是他说的'游击队'，他是要把你们挟起来！"

"这对他有啥子好处？"尹宣晟不解地问，"于今我父亲无职无权，病病哀哀的一个老人，贺国光把我们丢下不就完了，何苦要把我们挟起来？"

"这就是'贺婆婆'的厉害！他日前派兵攻打过刘文辉在凉山的伍培英部，怕伍培英报复——现在他的兵不多。而历史上你父亲同刘文辉有交情，如果有个三长两短，他可以把你父亲抬出来当挡箭牌。这样吧，现在时间还来得及，我现在就带你去找个地方，然后你回邛海去把你父亲母亲他们接来！"

袁品文当下带着尹宣晟出了西门，迎面遇到一个精神健旺的老人，这人叫王树萱——宣晟认识，原来也在父亲手下任过职，当过团长，本地人。

不意王树萱听了袁品文的述说后，说："巧了，我正在着急，正想来找你商量这事，我那里很安全，当年红军经过这里时，叶剑英就住在我家里。"说时，他和袁品文分了手，由宣晟带着去邛海他家住的勤园见了父亲。

听王树萱说了详情，尹昌衡决定，那就住到树萱家去。因为时间很紧，要做些准备，两下说好后，王树萱先回去了。

就在宣晟陪着父亲说话，一个仆人正在做滑竿时，另一个仆人进来对宣晟说："三少爷，贺主席请你到他的司令部说事。"尹宣晟出了大门才发现，贺国光已经派兵把他们严密监视了起来，要想走已经走不了了。

来在贺国光的客厅，胡宗南与贺国光正在说事。见他进来，胡宗南问："你父亲到台湾的决心下没有？"

宣晟顶了一句："只走我父亲一个人，他是无论如何不会去的。"

"放心，放心！"胡宗南大包大揽地说，"我已经打电报给台湾，国府决定明天早晨八点派两架飞机来。这样，你们一家人都可以去了，你们现在就赶紧准备准备吧！"说完，站起身，急急出了门，上了汽车。

"这胡宗南尽说假话！"贺国光看着胡宗南的背影，说："龟儿子现在就是去上飞机的，哪有两架飞机明天来西昌？不要听他的鬼话。我叫你来，就是告诉你，也跟你们告个别，我也马上要去飞机场去台湾了。"

尹宣晟一惊："贺主席上午不是说，胡宗南不让你去台湾吗？怎么情况又变了？"

"我把情况报告了蒋总统，是蒋总统亲自下令，要我去台，他胡宗南想拦也拦不住了。我之所以没有过去同你父亲告别，是不忍心。不过，你放心，我说过的话会负责到底。我走后，我让邱团长负责派人保护你们到安全地带。邱团长是我一手提拔起来的，为人忠实可靠！"说着站起身来，主动伸出手同宣晟握了握，又把手一举，"向你父亲问好！"说着走了出去，走了小车，绝尘而去。

是时，邱团长派来的人接尹昌衡一家来了，是三辆大卡车。宣晟将父亲扶上了当中一辆卡车的副驾驶座坐好，让母亲坐在后一辆车的副驾驶座上，自己侧着身子挤坐在父亲旁边，以便随时照顾。他们坐好后，一个姓张的营长将手枪一挥，这大约一个排的头戴钢盔、手持美式卡宾枪、装备得很好的部队纷纷上车坐好，顶着像是在淌血的一轮夕阳，三辆美式军车首尾衔接，沿着逶迤起伏的赤褐色的山路，向着苍茫的远方，向着绵延纵横的大山深处驶去。

- 第三十三章 -

枪声，在阳光明亮的正午止息

　　礼州是到河西的必经之地。中午，车在小庙停了一会，尹昌衡他们下车休息了一会。小庙是个驿站，也是胡宗南设置的一个辎重要地。尹昌衡一家下车休息时，正看到羊仁安、唐式遵带着人在这里领取胡宗南批给他们少得可怜的枪械。胡宗南、贺国光一逃，局势就更乱了，到处呈现出无政府状态。守库的一个军需官看都不看他们的批条，手一挥，大声武气地说："随便拿，随便拿，最好拿干净，免得你们走后那些游击队，还有土匪又来洗劫！"

　　于是，羊、唐带着自己的乌合之众一拥而进，足有好几百人。他们在仓库里当场就全副武装起来。这些乌合之众们将手中的破枪、旧枪扔了，换上美式卡克草哗叽军服，肩上挎了好几支卡宾枪还嫌不够，连颈子上都挂满了枪和子弹……情状很像一个童话中，那个贪心的人骑大鸟来在太阳山上，见到数不清的珍奇时，用大麻袋大扒大揽珍宝的贪婪无比。乌合之众们直到将军需库里的军械军服盘完，所带的四部军用大卡车也装得满满的，才一哄而散。这两支鸟枪换大炮的"游击队"，分别由羊仁安、唐式遵率领，簇拥着他们的军车，蹒蹒跚跚地从相反的方向上了蜿蜒蛇行的山路。幸好羊、唐二人没有发现尹家，不然又会来聒噪。

361

到礼州时，天已黑净。尹昌衡一家三口，还有两个仆人，张营长已经给他们安排好了住处，是给他们包的一家小旅馆。刚刚吃过晚饭，街上忽然像垮山似的来了许多人，原来胡宗南的参谋长罗列，还有李犹龙带着长官公署的官员、家眷。部分警卫团官兵和反共救国第一纵队，总数约有上千人也到了。另外他们身后还跟着大批不明真相的难民，到处乱哄哄的，哭哭嚷嚷，简直就像到了世界末日，一派惨然。

到了晚上约十时，街上才安静下来。尹昌衡端坐在旅舍窗前，凝然不动地禅修打坐。大概在晚上十一时左右，忽听天上飞机响，陪坐在侧的尹宣晟说："贺国光、胡宗南他们跑了。"从窗外望出去，这晚没有月亮。钢蓝色的天幕上，金色的繁星闪闪。闪闪的繁星，像是从天幕的这一边往天幕的另一边流去的流星雨。很快，飞机出现了，两三架飞机尾巴上翅膀上的小红灯一闪一闪的，随即消失在西边天际。

然后，夜深了，尹家人安睡了。大约是凌晨一点，万籁俱寂中，忽听有人惊呼："西昌的电话线断了！""解放军打过来了！"……顿时，清静的夜幕笼罩着的礼州一下炸了。踢踢踏踏的脚步声伴和着难民们的呼儿唤女声、哭声，声声刺耳。不久，三点左右，礼州又安静下来，静得吓人。显然，人们基本上都跑光了。

四点左右，小旅馆门外响起急促的敲门声，尹宣晟年轻胆大，麻起胆子去开了门。熹微的月光下，站在门外的竟是羊仁安、唐式遵，还有张营长派的一个小军官陪同在侧。

一见面，唐式遵也不说他们是怎么知道尹家人住在这里的，只是显得很关切地问宣晟："先生昨晚睡眠安稳吗？"

"还可以。"宣晟说，"要不要我把父亲喊醒？"

"不必了，不必了！"唐式遵说，"我们是来辞行的。我们这一走，恐怕就看不到你们了，好，就这样，保重！"说完挥了挥手，转身就走。羊仁安显得心情沉重，一言不发，跟在唐式遵后面走。

宣晟送了他们几步，问："你们现在打算去哪里？"唐式遵说："上山打游击。"

羊仁安说："我准备先回富林看看，把家安顿一下再说。"说时，见两名全副武装的家丁牵了两匹牲口等在那里。

说时走到了场口，羊仁安翻身上了一匹大黑骡子，径直走了。唐式遵翻身上了一匹枣骝马，刚走几步，又勒住马，调过头对宣晟高声说："老弟，你转去告诉先生，请他暂时委屈几天。就说我唐某人说的，三个月内一定拿下成都，到时再来接你们回去！"说完只听马蹄声嗒嗒，唐式遵带着护兵，消失在了黑夜中。

天亮了。街上像被水冲过似的，见不到一个人，鸡不叫狗不咬，静得吓人。上午九时左右，来了一队彝兵，带队的军官却长得白白净净，举动斯文，他直接走进小旅馆，说是："找尹昌衡老先生。"宣晟迎上，很客气地问："你是什么人？"

"我名刘文洪，你们的老乡，成都人。我是孙仿司令靖边司令部的一个副官。"来人介绍，"孙司令知道你们来了，受邱纯川团长之托，准备先把你们一行接到他家去。"孙仿是彝人。

于是宣晟带刘副官去见了父亲，待确信刘副官所讲的一切是事实后，尹昌衡已经明白，局势已经乱得一团糟，解放军正在快速跟进，看来贺国光留下的邱纯川团已经相当危险。于是答应下来，他将情况给保护他们的张营长一讲，张营长自然是喜不自禁，求之不得。早饭后，尹昌衡和原莺夫人坐上刘副官早已准备好的两乘滑竿，宣晟走路。他们一行由刘副官率领的一队彝兵保护，离开礼州去孙仿家。

礼州一带是坝子。中午时分，前面出现了一个缓缓的浅坡，浅坡上赤褐色的土地上矗立着黑压压的一溜城堡似的彝寨，中间的寨突兀而起，特别的庄严。有巨大的围墙，围墙里面的寨楼分为四层，很是辉煌。

"尹先生！"刘文洪副官紧走几步，来到躺在滑杆上的尹昌衡身边，指着那很是辉煌的寨楼说，"这就是孙司令的家。"说着，派了一个彝兵先去报信。

尹昌衡的滑竿刚刚落地，孙太太走了上来表示欢迎。她看来只有三十来岁，也不知是孙司令的第几房太太，身着彝家百褶裙，皮肤很白，眉眼也俊，一副精明相。她汉话说得很好，招待尹家的午饭也很丰盛，彝家特有的杆酒，砣砣肉都上了。可是，令尹家人没有想到的是，饭后孙太太说："不巧得很，就在你们要来前，我得到子文（孙仿，字子文）来信，西昌现在形势凶险，他已经离开西昌，去了依呷罗，那是我们家的另一个住处。

"我们现在就得去那里，所有的仆人也都要带走。尹先生，你们一家如果愿意住在这里，欢迎，但生活要自理。如果你们要去河西，我负责给你们找滑竿。"不用说，孙仿一家是不愿意接他们这个"包袱"，要把他们甩出去。因为刘文洪的责任也是只将他们送到这里。

尹昌衡很硬气，说："那就麻烦孙太太帮我们找两副滑竿，钱我们出。"

孙太太很高兴，说："也好，所幸这里离热水镇不远，不过两三个小时的路程。今晚你们可以歇在热水。"孙太太当即派人去找了两副滑竿就告了辞。

"叽嘎、叽嘎！"滑竿同样闪悠悠的，而且上面还绷着白布，尹昌衡躺在滑竿上，走了两三个小时后，到了处于山谷地带中的热水。所谓热水，就是这一带的温泉很多。区长余文成迎接他们。他虽是个汉名，却是个彝人，汉话说得也好。

迎至区公所，这是一座关帝庙。镇上只有破破烂烂的十几间泥房，显得偏僻而荒凉，然而这已经是凉山腹地的一处大镇了。

余区长说："我是三天前接到邱团长通知的，知道你们要经过这里，要我们做好接待，但条件就是这个样子，只能将就了。"说着亲自下去指挥两个彝人弄饭。尹昌衡一家三口住在这四面通风漏气的板壁房里，喝的是粗茶，中午是土豆当饭，这已经不容易了。下午时分，余区长不见了人，也不作任何安排。黄昏时分，一家人正等得着急时，余区长来了，却又并不进来，只招手要宣晟出去。

在外间屋子，人长得又黑又瘦、满口黄板牙的余区长对宣晟说："我要走了，特别来给你们说一声。"

"你要走了？"宣晟大吃一惊，"未必把我们一家三口丢在这里？你要去哪里？"

"政府已经垮了。我嘛，这个区长也就不当了。我要回去做庄稼了。"

"你就不等人来办个交接，说走就走吗？"

"等哪个人来办交接？"余区长苦笑了一下，露出满口黄板牙，"如今上面当官的跑的跑，溜的溜，我一个小小的区长留在这里等死吗？共产党就要来了。他们来了，如果叫我出来办交接我就来，不叫，我就还是在家种我的庄稼。"

"那我们一家咋办呢？"

"哎呀！"余区长两手一摊，"我就管不到这么多了。"

见留不着余区长，这个时候又没有办法去河西了，宣晟说："那么，看来，我们只能在你的区公所待一晚了，这里安全吗？"

"还安全呢！"余区长说，"危险到家了！"

"怎么个不安全？解放军还没有打过来嘛！"

"真正解放军还打过来反而还好了。你们住在这里，谨防遭抢！"

"我们有啥好抢的？逃难在路上，不过人三个，命几条！"

"那是你说的嘛！"余区长说，"这里的彝人看你们可就不一样了。你们在他们眼中肥得流油。你看，你们穿在身上的衣服光光生生，还带有几口箱子，身上想必还多少有几个钱。说实话，我就是彝人，彝人穷得很，最多是一间破破烂烂的板壁房，家里啥都没有。他们见到汉人的东西样样稀奇，样样都爱，想又想不到手，只有抢了。他们一抢，就连奶娃娃的尿片子都要。"

尹宣晟听到这里，大骇，说："余区长，你好歹是这里的区长，我们好歹是你的客人，你总不能见死不救吧？"

余区长听这一说，动了恻隐之心，思索着说："这里场背后有半里路，有个寨子叫'上寨'。寨子里有五六户人家，都是汉人。上寨有碉堡，总共有一二百人，十来条枪，平素无人敢去抢他们。你们最好今夜住到上寨去，明天再想办法。"

宣晟当即将情况告诉了父母，尹昌衡说："随缘！"

宣晟跟着余区长先到上寨去联系。二人进到寨子，见到了寨主。其人名叫胡月风，曾经在川军当过团长，听说尹都督一家落难在此，当即将胸口一拍，说："请来，欢迎！"

宣晟同余区长一拍两散后，折回热水，才发现街头有家小酒馆，想想诸事已经办完，周身又乏，想喝一杯，刚进去坐下，板凳还没有坐热，只听门外有人喊："过军队了！"

宣晟赶紧看去，只见来了一队彝兵，人数不多，很不整齐，就像霜打了似的庄稼。他们身上披着擦耳瓦，头上打着英雄结，枪背得东倒西歪的，三三两两的过来，然而胸前都佩有一个"邸"字徽章。宣晟想，这些莫不是杨邸中的"游击队"吧？正想着，几个彝族军官簇拥着杨邸中走来。尹宣晟像见了救星似的，赶快出了小酒馆迎上去。

"你怎么在这里？"杨邸中见到尹宣晟一惊，问。

"杨司令，你不是带部队往缅甸方向去了吗？怎么也在这里？"尹宣晟也问。

杨邸中来不及回答，只是问尹昌衡："伯伯现在哪里？"

"在镇上区公所里。"宣晟向杨邸中简略地说了他们一行之所以在这里的原因。

杨邸中叫来他的秘书长。这人名叫黄逸公，安徽人，是个国民党少将，去苏联留过学。为了掌握杨邸中这支彝民部队，贺国光将他安置在杨邸中身边当杨的秘书长。杨邸中让黄逸公整顿一下部队，他随宣晟去了关帝庙看望尹昌衡。谈起邱纯川，杨邸中说，邱团长肯定出事了。"出事了"的意思是很明确的，尹昌衡问何以如此说。杨邸中说："昨晚十一点半，就在胡宗南、贺国光他们的飞机飞走之后，邱团长派人通知我赶紧走，不然就走不脱了。解放军已经打来了。"

"我把部队拉出西昌时，走的是西门，邱团长正忙，我们还见了一面的。我率部出城后，不敢走大路，专走小路，快到小庙时，发现解放军追上来了。我本想从盐源去云南，这一来就过不去了，只好把部队藏在森林中。天亮了，见解放军大部队源源不断朝西昌方向开去，你想，这样一来，邱团长还出得来吗？"

尹昌衡问杨邸中准备到哪里去，他很狡猾地说："就来保护尹伯伯吧！"这时尹家两个仆人在区公所里凑合做了一顿晚饭，无非土豆、白菜。尹昌衡留杨邸中吃饭，他也没有推辞。正吃着饭，二人发现板壁后有些一脸稀脏的彝人在窥视。身高力大、脸黑、声音洪亮的杨邸中用彝语大声呵斥了一声，在外窥视的彝人被吓跑了。

"伯伯，你这里不安全啊！"杨邸中说。

"谁说不是呢！"宣晟这就告诉了他们准备今晚暂去上寨安身，然后第二天想法去河西的想法。

"一个小寨子抵得住什么事啊？"杨邸中头一摇，劝尹昌衡一家跟他走，说："我身边现在虽然只有三百来条枪，战斗力不怎么样。可是这些跟着我的人很可靠，他们大都是黑彝（贵族）子弟。原先贺国光担心彝人造反，在西昌办了一个'彝族训练班'，让凉山每个家支都派一个子弟前去学习。其实就是当人质。这些人，别看人少，他们每一个人背后就是凉山一个有权有势的大黑彝。伤了一个，就是伤了一个家支，可不得了！所以我这支部队，在凉山无人敢惹！"

杨邸中这就站起来告辞，说："今夜你们一家就暂时在这区公所里委屈委屈吧，我得赶快去招呼我这支部队。黄逸公怕不行，我只要不在，他们中一些人就要跑！"

宣晟提出让人保护，杨邸中这就找来了一个叫沙马的人。这是当地一个保长，长得又高又黑又瘦，竹竿似的，眼睛窝得很深，身上披件有些肮脏的擦耳瓦，头上打个英雄结。杨邸中给沙马作了交代，他一口一个的"是啰"，杨邸中让他的警卫将一支中正式步枪交给沙马，又给了他十元钱，宣晟懂事，又给沙马加了十元钱，又把自己晚上要穿的呢大衣给沙马穿上。沙马很高兴，连说："你们嘛，就放心啰，安全嘛，我负责啰！"

天很快黑了。沙马是当地保长，负责守卫，他尽心尽职地在关帝庙持枪坐了整整一夜，总算太平无事。

第二天一早，尹昌衡一家跟着杨邸中去了热毛柴大青处。

柴大青也是凉山一个显贵，他家宫殿式的房子在大小凉山都是数一数二的，坐落在一个陡坡上。之下是缓坡、层层梯田，背后随着山势的升高，是黑压压的森林。这样，柴大青家不仅气势堂皇，而且具有战略意义。

柴大青当年参加"彝族观光团"由"国家民族事务委员"杨邸中带队，

去南京晋见过蒋介石，后来又去杭州、上海等地参观，是见过世面的。加上手头阔绰，回来后，柴大青在成都聘请了一位留过洋的工程师到热毛作了精心设计。所用建筑材料，也都是从外面运进来的。修这座带有一点西洋式的宅楼，他就花了八千两白花花的银子，更不要说配套设施。柴大青的这套洋房，加上辅助建筑，足有几百间住房，住两三百人都是很宽裕的。

就像去了孙仿家一样，柴大青也不在家，负责接待他们的是柴大青的三太太和"四老少"——就是柴大青的第四个儿子。可是，接待、安排他们的住处后，三太太和四老少就不见了人。杨邸中反客为主，让下人在当地买了一只羊，杀了，晚上招待尹昌衡一家。

第二天早上，尹昌衡寝室里找来了一个牧师。此人姓洗，广东人，还带着妻子。他早就闻尹昌衡的大名，他动员尹宣晟，还有杨邸中接受洗礼，信仰基督教。他鼓吹在这动乱的年代，只有上帝才能抚慰他们不安的心灵，还请他们去他的礼拜堂做礼拜。宣晟和杨邸中对基督教毫无认识，表示不愿信教，但先前看到过信徒做礼拜，感到有趣神秘，就跟着洗牧师去了他的礼拜堂，学着洗牧师的样做了礼拜。这时，太阳升起来了，从屋顶上的大阳台看去，风光越发的好，于是，他们就坐在阳台上，边喝茶、边聊天、边观景。和他们一起聊天喝茶的还有杨邸中带来的几个军官，他们是国民党国防部派给他的上校情报科长林廷玉、国防部秘书万一、原国民党正规军的副师长黄馗和张家驹等人。

忽然，杨邸中指着山后那片黑森森的林子说："你们看，那里有一个人！"大家一惊，顺着他手指的方向看去，只见风在树梢上打滚，森林一片墨绿，幽深宁静，哪里有人！

宣晟笑"杨代表是不是小心过分了？"

"不！"杨邸中神情凝然，"肯定有一个人。这里不比外面，人本来就少，彝人更是无事不上山。况且这是柴大青的公馆，那边又是西昌方向，恐怕有情况。"他很警惕，马上下令警戒，命叫上几个学员，指了指方向，要他们悄悄上去，将那人活捉回来。几名学员提枪去了。大家将信将疑地注视着那片林子。

　　杨邸中果然眼力不错，很快，一名学员上来报告，他们在林子里抓到了一个没有穿衣服的男人。

　　宣晟等人马上跟着杨邸中下了楼，看到院坝中那个被抓回来的人。这个男人，几乎全身赤裸，垂着头，不知是怕还是冷，浑身发抖。他双手抄在胸前，身上披一件浸满血污的破烂羊皮背心，下身只是在私处扣了一片芭蕉叶。

　　杨邸中大声喝问："你是什么人？"

　　那汉子闻声，抬起头来，看了看杨邸中，苍白瘦削肮脏的脸上，先是害怕，后是激动，颤抖着说："你是杨代表么？"

　　杨邸中上前细细看了看那个狼狈不堪、简直是野人的汉子，觉得并不认识，回说："是，我是杨代表，你是谁？"

　　那人已经激动得说不出话来，只是眼泪长淌。杨邸中很奇怪，再仔细看看，这才"哎哟！"一声，说："你是田团长么？"

　　那人流着泪点点头。

　　众人见状，赶紧让那汉子坐，又给他端来热茶。汉子还是不说话，只是流泪。杨邸中给大家介绍，此人名叫田一川，湖南人，贺国光的部下。月前，人称龙三公子的"云南王"龙云的三儿子龙绳曾因为投降了共产党，立功心切，率领一万人马过金沙江，进入凉山，一路犯宁南，下会理，逼近了西昌。这时，胡宗南、贺国光手中不过只有两个警卫团，加上一些国民党军残兵败将，总共也只有四千余人。贺国光派田一川率两营军队前去抵御，再派邱纯川随后支援，双方在马鬃岭大战。龙三公子的部队大都是保安部队，三天激战后，龙三公子留下二百余具尸体后败退。介绍到这里，该是田一川来讲后事了，可是他仍然在哭，一句话都说不出来。

　　杨邸中说："田团长太激动了，让他休息一会儿。"又问他吃饭没有。到这时，田团长才缓过气来，说："我已经三天没有吃过饭了。"

　　杨邸中对随侍在侧的弁兵说："赶紧带田团长去吃饭，然后去温泉洗个澡，弄套军服换上，再让他好好睡一觉。"弁兵带田一川去了。约莫一个小时后，田一川上楼来了，已经焕然一新，精神也上来了。大家让座，请他讲讲由来。

　　田一川满脸的恐怖、惧怕，随即讲了起来。

　　原来，就在他日前率部打退龙三公子之后，训练有素、战斗勇猛的解放军狂飙突进似的席卷而来，他哪里抵挡得住，赶紧后撤，解放军紧追。退进西昌，他发现长官公署已是人去楼空，整座西昌简直就是一座空城。他与邱纯川商量后，接受柴大青的邀请，两军准备退到柴大青的家乡热毛打游击。当天晚上十二点，由柴大青亲自做向导，在解放军与沿途国民党游兵散勇和唐式遵、羊仁安率领的"游击队"作战的隆隆炮声和激烈枪声中，田、邱两部摸黑出了西昌，进入了深山老林。天亮时，到了一个叫达遮呷的地方，这是一个山谷间的小盆地，原先达遮呷是个小集镇，因为多年的战乱和部落间的打家支，早就破败毁坏得不成个样子了。倒是有条小街，可是了无人迹，一片残砖败瓦，根本就没有一间像样的房屋。而小镇两边都是巉岩峭壁的高山，山上是绵绵的密林。可以看见山上有座小庙，也早已是残破不堪，在山风的吹拂下呈现得非常荒凉。他同邱纯川商量了一下，认为这里安全，就让部下做好警戒，然后分部埋锅造饭。一时炊烟袅袅，在山谷间飘荡。吃了饭，他和邱纯川顺着山路上山，进了小庙。这里视线很好，他们想既可休息，也可以观察周围的情况。这才发现柴大青不在了。他说："柴大青刚才都还在，他到哪里去了呢？"邱纯川很警惕，吩咐手下："赶快找人！"

　　很快，部下来报，不仅柴大青不见了，他带在身边的几个娃子也不见了。邱纯川让部下赶快传令："准备战斗！"他们出了小庙，邱纯川一步登上一块大石头。就在这时，庙后草丛中"砰"的一声枪响，邱纯川团长应声栽倒在地，立毙。与此同时，两部国民党军中了埋伏，枪声骤响间，弹如飞蝗，田、邱两部官兵约二千余人，还没有找到还击的对手，就一片片栽倒在地。他赶紧弯腰不顾一切地朝后山跑去。到达一个安全地方，他借着草丛朝下一看，枪声已经停息，山谷中一片死尸，身披擦耳瓦的柴大青正带着他早就埋伏在这里的大批彝兵清理现场。

　　约两个小时后，柴大青带部队走了，他才下山。这时，最后一抹夕阳照进峡谷，只见血染山谷，尸首成垛，十分恐怖。他又上了山，在小路上遇到几个打猎的彝人。打猎的彝人一看他是国民党的军官，二话不说，将他按倒在地，将他像剥羊一样，将身上的衣物全部剥净，如果不是他再三求饶，命都没有了。最后，他在山上看到一个死人，将死人身上的一件烂羊皮背心剥下穿上，流落到此，直到被发现，才坐到这里。

田一川讲完了，喝了口热茶，脸上浮现出一分劫后余生的欣喜。

而就在这时，楼梯一阵急响，上来了十几个彝人。他们个个提刀拿枪，直取田一川。田连忙躲到杨邸中身后，杨邸中仗着自己在凉山有很高的地位和威望，喝着这十几个彝人不准乱来！

"杨委员啊！"这些人都是柴大青家的家丁，他们用汉话结结巴巴地说，"这个汉人，身上嘛，有血啰！鬼嘛，他带来啰！我们嘛，要杀他啰！杨代表嘛，不要挡啰！"

杨邸中像母鸡护小鸡似的坚决不准他们带走田一川，说是："要杀，也得等你们柴（大青）指挥回来再说。你们的柴指挥不在，我不准你们乱来！"

见杨邸中态度强硬，没有办法，带头的只好说了声"哑（走）"，带上他的人下楼去了。

大家就安慰吓得打抖的田一川，说杨代表在凉山是镇得住堂子的，保险没事。田一川心稍安，又坐了下来。很快，楼梯又是一阵急响，上来一个柴家家丁，对杨邸中说："柴指挥回来了，请杨委员嘛，下楼去啰。有事情嘛，请杨委员商量啰！"

杨邸中多了一个心眼，对家丁说："请你们指挥上来说嘛，这是他的家啊！"

家丁说："指挥官不过来啰，因为嘛，这里人多啰！"见这家丁坚持，想想他同柴大青关系不浅，谅他走一会也不会怎样，杨邸中交代田一川等不要乱走，他去去就来，就跟着家丁下楼去了。

杨邸中中计了。他刚走，刚才那个家丁小头目余木呷带着人上来，像老鹰抓小鸡似的将田团长按倒在地，脱光衣服，眼看就要要他的命。宣晟不忍，上前对当家娃子余木呷说："既然是他（指田一川）把鬼带来了，何不叫他打杀一头牛，再请毕摩（巫师）来做道场？买牛钱我们出。"

当家娃子余木呷偏着头，斜着眼睛，露出一丝凶光，手一挥，大起声：

"你不要管！"随即命令家丁们将吓瘫了的田团长撕掳下楼，拉到山上，几刀砍死，扔进山谷喂野兽了。

刚才还是一个活鲜鲜的田一川，顷刻间就惨死在眼前，大家伤感极了，也恐怖极了。一时，大家沉默无言，洗牧师为田一川做起了祷告。这时，杨邸中回来了。大家把刚才发生的事告诉他。他颓然坐下，连说上当了、上当了。原来柴大青并没有回来，是他的家人采取调虎离山计，杀了田一川。他说："我们真是为躲鬼，躲到城隍庙来了！"大家清楚，柴大青肯定已经反正，危险已经降临。于是杨邸中命令自己的三百多学员加强戒备，占领罗家制高点，准备战斗，并把罗家人全部赶了出去。柴大青的公馆，成了他们的临时堡垒。

1950年10月1日早晨，一轮新鲜明丽的太阳像往常一样升起，在柴家很是辉煌的宫殿式建筑上闪耀。杨邸中派出他的几名学员下山去热水镇上买粮食。不久，他们回来了，不仅粮食没有买到，连他们带去的钱、准备买粮的口袋甚至连背的枪都被抢了。正说话间，忽然一阵鼓噪，从楼上看去，后面的高山和前面的缓坡上，到处都是荷枪执刀的彝人。柴大青的三太太和四老少在其中指挥，他们被柴家人包围了。

杨邸中让所有的学员做好战斗准备。他心中有数，柴家人不敢进攻，他们不过是虚张声势。因为彝人迷信，认为在屋子里杀人，留下血迹就留下了鬼魂，而他们一进攻必然死人。

到了下午，杨邸中们因为缺粮没有饭吃。"人是铁，铁是钢，一顿不吃心发慌！"这样下去，学员们必然要跑，杨邸中着急，没有了主意，特别去找尹昌衡问计。

躺在床上的尹昌衡说："我还是一句话，随缘！不过，你还年轻，来日方长，不悲观，不刻板，不慌乱，不忘形，好好把握机缘。"

杨邸中听得似懂非懂，关切地问："那伯伯怎么办呢？"

"我无所谓了。"

杨邸中听了这话，眼中流泪，正想说什么，一个提枪学员兴冲冲来报告，说是无意间在楼上一处角落搜到一些荞麦、土豆，足够吃几天。杨邸中听了这话转忧为喜，说："好，立刻把这个好消息通知大家，让大家不要慌，立刻传令做饭，让大家吃饱，加强警戒，随时准备战斗！"并让传令官立刻去传达了他的这些话。

杨邸中这就安慰躺在床上的尹昌衡，说是粮食有了，水也不缺，因为所占的地盘内，楼下就有股泉水。如果柴大青回来了，对我们有什么转念也说不定，我们毕竟是多年的老朋友。如果情况继续这样，我一定不会丢下你们，我会让学员们用滑竿抬上你和尹伯母一起冲出去。如果实在冲不出去，就点一把大火把房子烧了，与他们同归于尽。

僵持到第四天上午，柴家一个传话家丁上楼传话，说是柴大青这次真的回来了，住在山下的老房子里，请杨委员前去会面。这次杨邸中坚决不肯去，要家丁请柴大青上来。

家丁下楼去复命。

一会儿，柴小青上楼来了。他是柴大青的弟弟，是原先贺国光屡次下令要抓的共产党人。他的身材、长相都与其兄酷似，身披擦耳瓦，黑黑壮壮的身材，一双显得有些窝的眼睛很有穿透力。一见面，他就对杨邸中声明。他是解放军前敌指挥部派来的，宣布了敌对武装只要"放下武器，停止抵抗从宽，抗拒从严"和对凉山上层人物"只要站到人民阵线上来就优待"的政策。

杨邸中是个聪明人，向柴小青问了关于他反正后共产党对尹昌衡父子以及他手下的几个国民党军官又如何处置的几个问题，都得到了圆满的回答。于是他决定投降。下午，解放军派了约一个连的部队上来，指导员陈安戈宣布了上级的一系列指示：尹昌衡一家三口和洗牧师暂住柴家，接受优待，其他人全部跟解放军下山。

杨邸中与尹家父子洒泪而别。

第二天，柴大青带着家人上楼拜见了尹昌衡，并告了得罪，专门杀了一头猪盛情款待尹家三口、洗牧师和解放军留下的人。

两天后，陈安戈再次上山，他告诉尹昌衡，凉山战事已基本平息，奉上级命令，接尹昌衡一家三口仍回西昌。尹昌衡问及杨邸中等人情况，陈指导员说，杨邸中作为少数民族上层起义人员安置对待，另外几名国民党国防部派到杨邸中身边工作的军官，正在进行甄别。所有学员，如果不是带有血债的，全部进入学习班，会得到妥善安置。听到这些，尹昌衡感到欣慰。当天下午，尹昌衡和宣晟的母亲原莺夫人坐上了滑竿，由宣晟陪着，在一班解放军的保护下，走上了回西昌的山路。

回到西昌，尹昌衡一家得到很好的安置，他们仍住在邛海边的勤园。第二天，解放军驻西昌地区最高指挥员"独"三军政委兼军管会主任梁文英、西昌地区司令员兼军管会副主任林彬到勤园看望尹昌衡，并带来了贺龙司令员的问候，说："如有困难，可以随时提出！"尹昌衡表示了感谢，希望回成都去。

梁政委想了想，很和蔼地说："你老身体不好，又在病中，如果现在回成都，路途遥远，山地颠簸，无论坐滑竿还是坐汽车，你老都受不了。是不是静养一段时间，看看病？待身体情况好些后，有了来往成都至西昌的飞机，你们一家再乘飞机回去？"说时看看尹昌衡，又看了看陪坐侧的原莺夫人和儿子尹宣晟。原莺夫人和宣晟都说这样最好。

就在尹昌衡一家被解放军送回西昌之时，在大凉山深山中一条两边悬崖陡峭的峡谷中，走来一队衣衫不整、神情疲惫而紧张的武装人员。他们中，有的身穿国民党军的军服，有的着便衣；枪有的背在肩上，有的横挎，有的倒背。显然，他们是被解放军追击的国民党留下的"游击队"。领头的两个人中，一个老头穿了身袖口撕破的黄呢军服，佩国民党上将军衔，步履有些蹒跚，旁边簇拥着一群军官、卫兵。老头走得累了，息了息，一手撩开上衣，里面是一件肮脏得能刮得出油的白衬衣，白衬衣已经看不出白了。腰皮带上挎支左轮手枪。他骨骼很大，因为突然消瘦，脸上的泪囊下垂，一走一嘟噜。他左手拄根用竹竿削成的拐棍。紧跟在他身边的也是位老汉，一看就是彝人，脸很瘦很黑，脸上的皱纹之多之曲曲弯弯，犹如凉山数不清的沟壑。他身上披什擦耳瓦，满头白发，身上背支驳壳枪，看来年龄也是很大了，可是身板硬朗，步履矫健，一看就是个久居山林、惯走山路的人。

手中拄根拐棍的是唐式遵，走在他身边的老者是羊仁安。就在他们停息一下时，部队后面出现了呼儿唤女的难民好几百人，这些人都是受到他们蛊惑，跟着跑的。

唐式遵、羊仁安同尹昌衡一家三口在礼州分别之时，是 1950 年 3 月 28 日深夜。之后，他们被解放军围追堵截，损失惨重，最后他们不约而同地逃到了冕宁县泸沽镇。在无路可去、无路可逃中，羊仁安打了个烂条，说是："此去二十里就是现任解放军西康省军管会主任廖志高的家。他老汉廖云高历史上曾经同我拜过结拜兄弟。我们不如去找廖云高出面，或干脆把廖云高作为人质，让廖志高保证我们一行人的生命安全，给我们一条出路。如果这样，我们就放下武器。如其不然，我们就杀他廖志高家满门，你看如何？"

唐式遵说："羊大哥，你曾经同廖云高拜过把，关系不一样，你又是凉山上层人士，这样一来，或者可以保条性命。我不同，我去就得当俘虏。再说我是国军的上将，去当俘虏也太难堪。如果我要走这条道路，早走了。这样吧，不如我成全你，你把我绑了，拿去送给廖志高，作个见面礼，保证共产党不会亏待你！"

土匪出身、很讲义气的羊仁安被唐式遵这番话激怒了，把胸脯一拍，高声说："唐长官，话不能这样说！我羊仁安岂是一个卖友求荣的小人？承你唐长官看得起，我们交了朋友，现在是患难期间，你我生死都要在一起。你在我在，你亡我亡！"

唐式遵显得很感动，又看羊仁安身边的人虽眼鼓鼓地看着他，但又不好参言，就说："羊大哥，本来你是有出路的。我与你不同，我不该连累你。你家还有妻室儿女！"说着叹了一口气，"不过，我现在确实一时没有办法，在你们的西康省，在你们凉山，我们无亲无故，连路都找不到。我想，只要我能回去四川，就可以组织相当多的人马同共产党干。这样好不好？请你们再帮我们一个忙，只要你们把我们送到四川的地界，我们就此分别，不再连累你了。"

羊仁安满口答应，他的手下也没有人敢说什么。可是，通往四川的大路，都被解放军封死了。羊仁安只好带着唐式遵一行冒险走这条荆棘丛生、野兽出没、连他自己都不太清楚情况的这条大山重叠其间的险路。

　　一行人终于走到了喜德甘相营，羊仁安出面去找原先有"凉山霸主"之称的邓秀廷的遗孀吕仙帮助。因为羊与邓原先是多年的好朋友，吕仙满口答应，留他们吃过饭，找来七个大黑彝。为首一人叫阿鲁黑子。吕仙给阿鲁黑子交代任务，要他们将羊仁安、唐式遵一行带出凉山，一直带到四川境内。具体路线是过普雄，经甘洛到峨边的金口河……羊仁安的干儿子李玉光一听大喜，说金口河是他的老窝子，只要到了那里就有办法。

　　彝人迷信。唐式遵为保险，怂恿羊仁安出面，提出同阿鲁黑子喝血酒起盟誓。阿鲁黑子二话不说就同意了。第二天，他们一行在阿鲁黑子等人的带领下出喜德时，正遇胡宗南的残兵败将，由李犹龙率领的一批被解放军打得丢盔弃甲的约一百人的国民党军队。这就会合在一起。以后，国民党残部王伯骅、胡长青也率残部跟上，还有不明真相、跟着跑的老百姓。这时，军民达二三千人，浩浩荡荡，前后拖了几十里。

　　陡峭狭窄的山路走到下午，前面发现了路障，而且两边山上伏有彝兵。羊仁安认为，这肯定是哪个家支不明就里。他让阿鲁黑子前去说明原因，请求让路，然而拦路的就是不理。羊仁安不胜其烦，下令冲过去，可是遭到伏击他们的彝人分段拦截。这样打打谈谈，谈谈打打，总是弄不归一，好容易走了十余里才冲出阻截，这时夜来了，部队已经进入深山老林。

　　羊仁安、唐式遵在下令让部队就地露营休息，各部派出哨兵警戒的同时，羊仁安找来阿鲁黑子询问，说：这一路走来怎么这样艰难？阿鲁黑子说，这是一段岔路，我们管不到，明天走到我们的地盘就没有事了，就顺当了。唐式遵总觉得不放心，总觉得事情不对。他将羊仁安找到一边，提议羊仁安与黑彝阿鲁黑子钻牛皮；如果阿鲁黑子敢钻牛皮，那就没有什么不放心的了。

　　原来在凉山，钻牛皮是彝人一种最严肃的盟誓。方法是，将一头牛杀死剥皮，再将整张牛皮挂起来，发誓的两人手牵手从牛头前面钻进去，从后面钻出来，边钻边发誓："如做亏心事，不得好死，天诛地灭！"对于彝人，如果钻了牛皮，决不会反悔弄假，也不敢反悔弄假。

　　可是，阿鲁黑子一听，连连摇手，用不流利的汉话说："我们嘛送你们过去就是啰！牛皮嘛，就不钻啰！"羊、唐二人一听就知上当了，吕仙派人哪是真心实意把他们送出去，分明是要把他们往陷阱里送。今天下午遇到了阻截，分明是吕仙有意为之。他们也不说破，只是暗中派人去阿鲁黑子身边窃听。半夜，披着擦耳瓦的阿鲁黑子等七个黑彝睡在一起，只听阿鲁黑子正在小声对身边的人交代："明天过瓦基莫梁子，我们的人已经埋伏在那里了。你们看我的手势跟我朝山上跑。我们的人要把他们堵住，宰老绵羊！"

羊、唐得报，又吃惊又后悔。他们哪里知道，解放军一拿下西昌，吕仙就派人给解放军送了信，表示愿意归附，而且寻机对国民党的游击队进行打击，争取立功。

羊、唐二人大怒，立刻叫人把阿鲁黑子等七个黑彝全部绑了。天明后，羊仁安要李玉光带人押着阿鲁黑子等七个黑彝走在前面开路。走上了一个陡坡时，只见被绑的阿鲁黑子就地一滚，滚下崖跑了，动作之敏捷，让押他的李玉光等人眼花缭乱，虽然持枪在手，却根本来不及做出任何反应。见其余六个黑彝全部跃跃欲试，羊仁安盛怒之下，命令将这几个人全部枪毙。只见李玉光手一挥，他和他的手下人挥枪，"砰、砰！"六个被绑了手的黑彝立毙。而就在他们枪响之时，前面的路已被堵死，埋伏在两边山上的彝人一哄而起，他们或是端起手中的砂枪、猎枪开火，或是将山上的巨石往下堆。在一片混乱中，羊、唐二人的"游击队"中有多人伤亡。羊仁安仗着有打山地仗的经验，和唐式遵简单商议后，挥兵三路战斗。一路由李玉光率领，从两边向山上突进；唐式遵不动，率部稳定形势；羊仁安率一路精兵，用猛烈的火力往前冲击。而彝人仗着人多地形熟悉，前面又多处设阻，羊、唐的部队始终突不出去。在一片哄哄闹闹的枪声爆响中，最可笑的是羊仁安的主任秘书、年过五十的饶代华，大烟瘾发作了，呵欠连天，涕泪横流，躺在地上，竟被一股从山上冲下来的彝民像拉死猪似的拉上了山去。

饶秘书回过头来，大叫羊仁安："羊司令救命，我被他们拉上山去，绝没有好的！"可是，饶代华已经被拉上了山，而羊仁安、唐式遵他们已经陷入战斗中自顾不暇，羊仁安见状虽急着直跺脚，却已经是毫无办法了。到处都是喊杀声，裹杀的身影。一片混乱中，两个彝族妇女好生了得，从山上飞身而下，抓着富林区长彭浩若，往山上拖。好在这彭浩若年龄不大，又练过武，有把子力气，好容易挣脱……一天下来，好容易逃脱了堵截，跟在他们的身后的难民队伍却不见了，羊、唐两支队伍也只剩下了四五百人，很是惨然。

曙光撕破夜幕，阳光照进山谷。这是1950年的4月1日清晨。峡谷已经走出来了，羊仁安、唐式遵分别骑上他们的大黑骡和枣骝马，率三百余人的残兵败将走在前面，李光玉率部居中，让王伯骅率他的国民党军断后，一路而去。中午全队到了沓坡山。凉山多丘陵。这一段是片缓坡，上面是一片稀疏的丛林。羊仁安见地形很好，旁边又一条水质清亮的小溪，太阳很大，就让部队做好警戒后休息，埋锅造饭。

饭后，在林子边，羊仁安眯着眼睛，指着缓坡下丘陵起伏的远方对唐式遵说："你看，翻过那座小山，就是四川境内了。可是路上有解放军，我们不能去。我们就息在这里，等到晚上再说。"说着手一比，"晚上，我带你们从那小山的山脚朝右走，抄过去，就到了越西。中午时分到了板桥，那就是我的地界了。"他神往地说："只要到了我的地界，我立马可以召起万把条枪两三万人。要打游击，我陪你拉队伍上河道里去！"

唐式遵满心欢喜地给羊仁安戴高帽子，说是："还是羊大哥有办法，羊大哥了不起！"不过，他想了想，建议："我们这么多人在一起，目标是不是太大了些？应该作些分散！"

羊仁安说："也好，那就请你先带你的人马先走一步！"他在从树梢上漏下来的亚热带特别强烈的阳光中眯起眼睛，指了指前面好像在阳光下抖动的浅山说："你带着队先去那边隐蔽起来，那边的树木比这边还多。等天黑后行动。"接着，两人又商量了行动的方式。

唐式遵带着他不到两百人的部队，下了沓坡山，发现地形比他先前远远看到的好得多。下了沓坡山，很快就进入一条两边缓坡夹峙的山谷。山谷中有一道明亮的小溪，清亮的溪水在欢快地流向远方。两边缓坡上有工笔画似的树林、草坡，不见鸟却有鸟的鸣唱，鸟鸣山更幽。蓝天，白云，小溪，金阳，两边青翠的山冈。这一切离战争太远，骑在马上的唐式遵只觉得自己走进了一幅画中。

迤迤的路上，又出现了一道水很浅却很宽的小溪。走在前面的唐式遵勒马走进了小溪，金色的阳光洒在溪水上，像洒下了无数的碎金，晃得骑在马上的他眯起了眼睛。

枪声就是这时响起了的。

"哒哒哒！"对面一片小树丛里突然响起了枪声，顷刻间，就像在做梦的唐式遵被机枪子弹击中，他哼都没有来得及哼一声，从马上倒下来，像条沉重的麻袋，咚地栽倒在了小溪中。流水淙淙的溪水，毫不留情地立刻淹没了他大半个身子，并将他不断从枪眼中汩出的通红的血液带了去。如丝如缕的鲜血，在无尽的清亮溪水中，越渐淡薄，最后完全化为了溪水。

就在唐式遵被打中之时，雄壮的军号声响起，早就埋伏在这一转的至少有一个团的解放军端起枪冲了出来，从四面八方围上来，高声喊道："不准动，缴枪不杀！"

原来，羊仁安、唐式遵前天率部潜离喜德甘相营后，吕仙立刻将他们的行踪报告了解放军。因彝族地区情况复杂，解放军对这两支穷寇并不追击，只是一边监视，一边在前面撒网静候。今天，当羊、唐率部费尽周折达沓坡山后，他们，尤其是久经战阵的唐式遵没有想到，向来作战神出鬼没的解放军，已经发现并包围了他们。羊仁安也只是想到了在通往四川的那条大路上有解放军，没有想到前面埋伏了解放军的大部队。因为在这样的地形下，埋伏下整整一个团，而且一点痕迹也不露，在他们看来，是不可能的。

还在沓坡山上的羊仁安一听枪声就知遇上了解放军，但他没有想到他们已经被包围。他赶快跳上他那匹大黑骡，朝枪响之处看去。而这时，在他的四面八方，无数的解放军好像从地下钻出来似的，端着枪，呐喊着从四面八方像海潮一样冲了上来。羊仁安的大脑里顿时一片空白，他平生打了若干次仗，遇到多次险，他不明白这么多的解放军是从哪里来的。可是，这仅仅是极为短暂的一瞬，他很快清醒过来，发现他和唐式遵的残部，抵抗的，立刻被飞蝗般的子弹打倒在地，更多的漫山遍野乱跑，被从四面八方围上的解放军赶羊似的包围。

骑在大黑骡子上的羊仁安，还想负隅顽抗，他将手枪一举，喝一声："听我的命令！"这时，"吱"的一声，一颗子弹飞来打中了大黑骡子的颈子，黑骡负痛，扭头撒开碗大的四蹄狂奔。跑了约有一里地，因流血太多，一下栽倒在地，将羊仁安摔下并压着了他的右腿。被庞大的黑骡压在身下的羊仁安，情急之中，用力一拔，只听"咔"的一声，他的脚腕骨脱臼了。而这时，一直追随他左右的年轻的新太太飞马赶到，跳下马，将死骡一掀，扶起羊仁安。可是，当他们一抬头，发现他们已经被解放军包围。这些一颗红星头上戴、革命的红旗挂两边的解放军怒视着他们夫妇，端着他们手中的枪，枪上闪闪的枪刺在阳光下发出炫目的光彩。羊仁安和他的新太太不得不乖乖地举起了投降的双手。

- 第三十四章 -

冬已去，春回大地

　　"爸爸，请你们跟我去重庆吧！"尹昌衡的二儿子专程从成都赶到西昌看望父亲一行来了。尹昌衡躺在软椅上，打量着很久不见面的绍尧。毕业于四川大学农学系的二儿子，倒是一个务实的人，穿了身半旧的西服，没有打领条。他像尹昌衡一样，有颀长的身材，长条脸上五官很是清秀，皮肤像颜机，很白。动乱的年代在二儿子身上留下了明显的痕迹，他的头发有些乱，一双原先明亮的很黑的大眼睛里，显出疲惫和几分恍惚迷离。他大学毕业后，差强人意地搞了些金融、油行方面的生意。起初颇顺利，可是，当胡宗南的部队到成都后，半买半赊地将他库存的几千吨汽油全部拿了去，而到手的金圆券，转眼间全部成了废纸。在成都，他破产了。

　　现在，成都的局势基本平静下来了，绍尧在重庆还有一部分资金，已经联系好了，要去重庆办一家酒精厂。考虑到成都一带已经开始了土地改革，病中的父亲回成都多有不便，他这就绕道来西昌接父亲去重庆。

　　"绍尧！"父亲说，"你也不容易，难为你一片孝心。至于去不去重庆，你让我考虑一下。你也累了，早些休息，明天再说。"

　　绍尧去了隔壁。尹昌衡在原莺夫人和幺儿的服侍下，吃了药，早早睡了。

这夜他想得很多，一更二更又三更，在床上辗转反侧，难以入睡。四更五更刚合眼，亲人故旧又恍若眼前。

就在他重新回到西昌不长的时间里，发生了许多事情。他都清楚：羊仁安被俘后，解放军先是治好了他的脚伤，然后根据他的犯罪事实，将他押回他的老家富林公审后枪毙。羊仁安在老家作恶多端的二太太也被人民政府镇压了。羊仁安的孙子羊德清逃到山上，纠合一帮土匪称王称霸。羊德清不识时务地自称"皇爷"，改年号为"清法元年"，不用说，他很快被抓捕镇压了。羊仁安的新太太被判了重刑。羊仁安的干儿子金河匪首李玉光，在沓坡山顽抗时，被解放军当场击毙。胡宗南留下来的参谋长罗列、政治部主任李犹龙在沓坡山被活捉。其余国民党军长胡长青等，也因顽抗被击毙。李犹龙被送到成都判了刑。而罗列被转送重庆时却伺机逃走了，最后经香港辗转去了台湾。这时的尹昌衡，就知道这些，他不知道后来李犹龙于1963年被人民政府特赦，最后病死于北京；罗列在20世纪60年代先后就任台湾国民党陆军总司令、三军联合大学校长，1978年病死于台北。

而他的至亲中，姨太太杨倩一直隐居大邑乡下吃斋念佛，因终生没有孩子，后来在当地抱养了一户农家的女孩，女孩大后，她为女孩招了个上门女婿。接着当地搞土改，她被划为地主，因怕被斗争，在一个月黑风高夜投河自尽。

长子宣桓，在成都解放前夕，率部起义。可是，由于性格懒散，解放后又不愿出去工作，又不接受调遣去西南军政大学学习，一生未婚，如野鹤闲云。他交往又过于复杂，后被公安厅强制收到政治训练班学习去了。性格即命运。他对大儿子不仅完全灰心，而且担心。与其回成都触目伤神，平添是非，不如就去重庆，换个环境，落得个耳根清净。

第二天，他把自己的决定告诉了二儿子，也告诉了军管会，军管会请示了上级，决定尊重他的要求，给他们一行发了由凉山去重庆的护照、路条。10月中旬，他们一行，乘的乘滑竿，走的走路，离开了西昌，去雅安，坐竹筏换乘船到了乐山，再换乘大船顺风顺水地到了重庆。这是1950年的11月11日，已经到了冬季。

他们先在重庆南岸租了间半山腰上的吊脚楼住了下来。尹昌衡让幺儿宣晟给多年来跟在他们身边的两个仆人足够的盘缠，打发他们各自回成都的家。主仆之间已经很有感情，分手之时，双方流泪。山城居，大不易。这时，所有的工厂企业已经全部收归国有。这样一来，绍尧原先企望的酒精厂已经无从谈起。就在他窘迫无计时，恰东北招聘团到重庆招聘，绍尧与妻子双双去应聘。他们与老父和宣晟母子洒泪而别，再回成都告别母亲颜机，携子女去了长春。

供养父母的重担一下子落在了从前肩不能挑、手不能提的幺儿宣晟身上了。他经人介绍，去海棠溪一家牛奶场挤奶。身量酷似其父、个子高高的他，换上一件对门襟短褂，钻到母牛肚子下挤奶。开始不会，可他学得很快。很快，他挤牛奶的量和质在全场都是第一。他从早到晚，拼命干活，一月下来也就挣人民币二十来元。虽然当时的二十来元不算少，但这么点钱要负责一家三口人的吃、穿还要给父亲看病买药，交房租，生活十分困窘。

朝夕相处，患难与共的父子情深。常常看着日益消瘦、手上生满了冻疮、眼神里含着一丝凄然的儿子，病在床上的尹昌衡感到很心疼。而儿子却常常说对不起父亲母亲，因为他没有能力给父母提供好的生活条件。

重庆的冬天多雾，又阴又湿的雾雪白雪白，像一个神奇的老婆婆不断从纺车上绵绵不绝拉出的线，丝丝缕缕地在山城升起。看不见了天，看不见了地，连大江上的船帆也像是一些剪纸，影影绰绰的。让人特别难受的冬雾，从稀牙漏缝的吊脚楼中钻进来，鬼魂似的游荡。看着因为冷而躺在床上、将薄薄的一床被子裹紧又裹紧的瘦骨嶙峋的父亲，儿子实在不忍，说是要去买一个炉子和杠炭来给父母亲取暖。看着家徒四壁的木板房，看着被生活的重担压得直不起腰身的小儿子，母亲说，她本是北京城里的一户穷困人家的女子，从小就是受了苦的，这点苦不算什么；这点冷更不算什么。重庆这个冷，简直就是北京的小阳春。父亲更是说："这很好，我本来就出身贫穷，现在不过是恢复了我的本色生活而已！"

成都七个县的农会联合会派人到重庆南岸找到了尹宣晟，对他说："你家是地主，地主就应该退押。你两个哥没法找。我们只有找你回去，协助你大哥退押！"

尹宣晟知道，他不回去不行，可是他一走，父母就无法生存。考虑再三，他第一次瞒了的父亲，悄悄去找了刘文辉、邓锡侯。因为他知道父亲是从不麻烦人的。

因为起义有功，时在重庆西南军政委员会担任了副主席的刘文辉，听了尹宣晟的述说后，叹了口气："你父亲这个人啦，就是！"他说，"贺龙司令员去年就问过我，说是尹昌衡到重庆来了，你知不知道？找没有找过你？我说不晓得。你怎么这个时候才来？刘伯承司令员、贺龙司令员，还有邓小平政委都说起过你父亲，说是你父亲从来没有做过对不起共产党的事，而且历史上是有功的。现在情况既然已经如此，我在开会时向主持工作的邓（小平）政委反映一下，你就等我的消息。"正说着，同样也是因为起义有功而担任西南行政委员会副主席的邓锡侯进来了。他对宣晟说的话，与刘文辉大体一致。

宣晟兴冲冲地把这个绝好的消息告诉父亲，他意想不到的是，父亲非常平静地说了句："随喜。"又专心打坐了。

第二天，西南军政委员会、行政委员会开会。会议由中共中央西南局第一书记、西南军政委员会副主席、西南军区政治委员邓小平主持。时任西南军政委员会主席的刘伯承司令员和贺龙司令员及刘文辉、邓锡侯等都出席会议。邓小平时年四十八岁，看上去很年轻、很精干、很洒脱，穿一身洗得发白的军服，没有戴帽子，头上剪的是短发。他主持会议，处理政务举重若轻，有一种从纷繁的事件中抓住本质而后用快刀斩乱麻予以解决的本领。会议开得不长，却解决了好些棘手的问题。

"同志们还有没有事？有事请提出来；没有事，会议就开到这里！"邓小平说时，邓锡侯这就提出了尹昌衡的问题，刘文辉作了附议。

刘伯承和贺龙司令员都认为，尹昌衡对四川、对国家、对民族是有贡献的，应该给予照顾。

"同意刘司令员和贺司令意见！"邓小平说，"对尹昌衡，我们要管！"

见大家再无其他问题，邓小平这就宣布散会。

经西南局统战部派人到成都与有关方面沟通，很快达成了一致意见。尹昌衡家的退押被豁免了，而且成都方面派人到重庆看望了尹昌衡，并按月送去生活费人民币一百元。那时，物价便宜得让今天的人看来难以理解，难以相信：猪肉四角钱一斤，鸡蛋两分钱一个……解放初期，人民币一百元，那可是个大数字。这就让尹昌衡一家三口生活不错，绰绰有余。

重庆统战部给尹家找了套好房子，在重庆大井巷新昌里三号。这是一个精巧的小院，房间是明三暗五式，两间寝室，一间书房。房间开间都不小，有地板、玻璃窗，三口之家住在里面，相当阔绰舒适。此外，配套的储藏室、柴房、厨房等等，也是应有尽有。这是山城闹中取静的最好居所之一，也是推窗望景的最好观景台。人在屋中，足不出户，只要推开那镶嵌着红绿玻璃的雕龙刻凤的木质窗棂往下一看，山山水水、回旋起伏的山城美景以及两条玉带般绕城而过的大江——嘉陵江和扬子江以及江上的百舸争流，尽收眼底。重庆统战部的人在将所需的铺笼罩被、锅瓢碗盏等一些应用品和家具购买安置好后，就将尹家三口从南岸接了过去。

从此，尹宣晟不需在外打工挣钱了，只是每天在家照料父母的饮食起居。

生活平静了，尹昌衡的身体渐渐好起来了。他又习惯地每天上午坐禅修炼，坐在床铺上，左腿在内，右腿在外，闭上眼睛，双手端起，合十。他那张尚带病容显出苍老的脸上，神情平静安详，像一尊奇石，经过了风吹雨打、惊涛骇浪的撞击，更加沉稳挺立。他在佛学上又进了一层。

佛教、佛学本身是从印度传过来的，而禅却带有中国特色，是对原来佛教的深化和补充。佛学虽然博大精深，但哲学体系似乎过于烦琐复杂。梁武帝时，号称中国佛学第一代师的达摩初创禅宗。而对禅宗贡献最大的是唐代的慧能法师。他本是一樵夫，又是一文盲，但他入教以后，佛心独慧且精研执着，从而激浊扬清，并且系统地完善了禅宗学，以至以后直接影响到我国的佛学、文化、艺术、建筑等多方面。李白、杜甫、苏轼等历代许多大文豪、大诗人、大学者也都精研过禅宗，比如专门研究《红楼梦》的学者就指出书中浸满了禅宗学……

在悠思冥冥、思绪载沉载浮中，尹昌衡总结了自己的一生，喃喃自语："孔子曰：'素富贵行乎富贵，素贫贱行乎贫贱；素患难行乎患难，素夷狄行乎夷狄。'孔子想居九夷没有办到，我却做到了！"

1953 年的冬天对山城来说奇冷。这个冬天好容易熬过了。可是到了 5 月中旬，天气已经明显转暖，却又突然大寒，已经脱了厚棉衣的尹昌衡本来体虚，猝不及防中得了感冒。起初，并没有注意，宣晟给他请了中医看，捡了几服中药，不仅没有好，反而病势越发沉重。尹昌衡素来相信中医。他坚持看中医。宣晟就为他请来名医文仲宣。把脉后，文医生对宣晟说："你父亲身体太虚弱，中药药效慢，而你父亲的病不能再拖，得赶紧请西医看，打针！"宣晟这就违抗父意去请了西医来家就诊。尹昌衡吃了西药，打了针后仍不见好。

尹昌衡自知难好。他对小儿子说："不用请医生给我看病了。"他指着小院中一棵观赏性的虬枝盘杂的小松树说："服药是借助外来的力量，而病能不能好，首先取决于事物的本身。比如这棵小松树，你在它身上砍一刀，它最终愈合还是靠它本身渗出的汁液，而非其他！"

其间天气转暖，尹昌衡的病情似有好转。这天下午，他坐在躺椅上，让小儿子宣晟给他推开窗户。他从窗内眺望嘉陵江。阳光穿过云隙，洒在江上。那些在江上来往穿梭的船帆，就像蓝天上不慎落下的白云，倏又缓缓而去。他渐渐抬起头来，注意看去，山山谷谷回旋起伏的吊脚楼中，不知不觉间，已经掺杂了不少才建起来的很气魄的高楼。而天上，原先一朵硕大的乌云已经散去，亮出了一碧万顷的蓝天。蓝天上，朵朵白云追逐着，在赶自己的路。

这才是山城真正的春天。春天是多么美好的季节。他情动于衷，低声哼起了他喜爱的川剧《锁五龙》。在里间屋子的原莺夫人听到丈夫在哼川剧，出来提着暖瓶给他放在茶几上的盖碗茶里续上些开水，轻声嘱咐："昌衡，你病了这么久，身体很虚，刚好一点，不要伤神，更不要吹着了。"说着，让儿子宣晟给他关上了窗。

尹昌衡也就不再唱，只是坐在铺上，对原莺夫人和幺儿看了又看。

晚间睡前，见父亲并无异常，宣晟也就回到自己的房间睡了。

这晚，宣晟在睡梦中觉得自己走到了一处风景绝佳的江边。江对面，山峦起伏展开，景色秀丽，阳光明亮。这是什么地方？似乎从来没有到过，正疑惑间，山凹间升起一缕白云，白云随即翻滚、扩大，然后是一片模糊。天空中忽然响起父亲一声微弱的叹息："万事云烟已过！"梦到这里，尹宣晟猛然惊醒，一阵心跳，感到事情不好。

他赶紧下床，披衣去到父亲房里，母亲也已经醒了。挑灯看时，父亲虽然睡得很安静，但发高烧，脸绯红，且已烧得显然昏迷了过去，鼻息微弱。母子赶紧出门，分头去请医生，无奈医生夜间都不出诊。母子回来，束手无策，对着一盏孤灯，他们将湿帕子搭在尹昌衡头上，轻轻呼唤亲人，暗暗哭泣，等待天明。

午夜时分，时年六十八岁，处于深度昏迷中的尹昌衡突然睁开了眼睛，眼神异常清亮，他看了看守望在他身边、已经哭红了眼睛的宣晟母子轻言道："我自信一生大节无亏，死后没有遗憾。至于身后是非，留待后人去评说吧，无须计较。"说完，安详地闭上眼睛，永远地去了。

得知尹昌衡去世，西南局统战部派人来表示悼念、慰问，并送上三百元安葬费。宣晟母子将他们的亲人安葬在了南岸区黄桷渡上的山谷内。当宣晟受母亲嘱咐，过江到南岸选址时，发现那地方就是他那晚上做梦梦见过的。

宣晟搀扶着头发斑白、非常哀伤的母亲，久久地注视着父亲的长眠之地。这里风景很好，而且幽静，四周都是花草树木、花香鸟语，又很是幽深。只是父亲的墓地显得未必简陋了些、小小的一方圆丘，墓前的墓碑是宣晟写好后请石匠镌刻其上的一方红砂石，墓碑只有这样一行字——"尹昌衡之墓"。字是隶书，沉雄有力。小时他不上学父亲不勉强，但字是必须练的，而且父亲要他务必练好隶书。父亲说，隶书这种字体练好了，最有男人气质，因此，他一笔隶书字写得相当不错。

这就是父亲的长眠之地！

宣晟觉得，生前学佛信佛的父亲，这时一定在他的理想王国里，深情地默默地凝视着他们母子。而山下隐隐传来的嘉陵江日夜奔腾不息的涛声，则是他们母子献给亲人——一代巨星尹昌衡的一腔深情。

- 后 记 -

      这部长达三十多万字的长篇纪实小说终于写完了，我如释重负。在文体上，我无法准确地给它划定类别。如果叫它小说不妥，因为全书内容绝大部分是真实的。尹昌衡这个人物亦文亦武，本身就是文学画廊上不可多得的人物，写起来无须过多的虚构。但如果说是纯纪实，也不妥，因为书中不乏文学的渲染。因此，说是长篇纪实小说比较合适。

      这部书，我最初写于20世纪90年代初，过后由青海人民出版社1994年出版，二十多万字，书名《八千里路云追月》。原书，无论在封面、印刷、装帧上质量都差，尤其是错别字之多，多到不能容忍的地步。但尽管如此，也许这部书在相当的范围、程度上展现了一个真实的尹昌衡，发行后影响之大、之好，远远超出我的想象和预期，让我惊喜。这，用中国辞书出版社于1995年出版的《成都大辞典》上一句话概括最为精当："《八千里路云追月》，田闻一著。这部书用文学的笔法展现了一个真实的尹昌衡。"而且，这样一本权威的《成都大辞典》能收进这本书，本身就是一个肯定。

      《八千里路云追月》出版问世后，先后被重庆《西南经济日报》和《成都科技报》(《成都商报》的前身)连载；《四川日报》发表了著名作家、茅盾文学奖得主王火热情洋溢的评介推荐文章。《青海日报》发表了著名作家王立道的评论。青海人民出版社一批年轻编辑，拟将它改编成电影推上银幕。我还收到好些作家写给我的信，打给我的电话——有些电话还是从香港打来的。他们对这本书的喜爱，让我感到欣慰。

我之所以写尹昌衡，著名评论家、原《当代文坛》副主编陈朝红，在一篇对我的整体性评论中，其实已经说明。他说：

"当今文坛，空前活跃、异彩纷呈；眼花缭乱的旗号和主张，各不相同的追求和探索，多种多样的写法和格调。面对潮涌潮落、喧嚣变幻的创作流向，作家应当清醒地认识和把握自己，在多元变化的文学格局中找准自己的艺术定位，不左顾右盼，不盲目跟风，从自己的生活体验、文化功底和艺术修养的实际出发，注意扬长避短，走自己的路，经过刻苦的艺术探索和创造，方能开拓一方属于自己的艺术领地，创造出具有自己的个性特色和独特艺术风采的作品。

擅长历史题材文学创作的田闻一，就正是这样一位具有艺术的自觉和执着追求精神的作家。田闻一长期坚持业余创作，十分刻苦勤奋，曾写了不少文学评论、散文、特写、报告文学。进入20世纪90年代以来，他逐渐将主要精力转向纪实文学、长篇小说创作，特别着重在近现代史题材领域深入开掘。田闻一创作重心的转移，应当说是一种扬长避短的清醒的艺术选择。田闻一的生活经历比较特殊，他的家族成员中，有些人同旧社会政界上层人物有着广泛的联系。这使他有机会了解到某些重大历史事件、历史人物背后的鲜为人知的材料；田闻一长期从事报刊编辑工作，由于工作关系，他经常同各界知名人士打交道，也便于查询和掌握丰富的文史资料。这与众不同的生活经历和日积月累的历史文化积淀，就成为田闻一可供发掘的丰富的生活矿藏和独特的艺术优势。一旦认清了这一优势，田闻一的创作就找到了属于自己的坚实的基础，从而进入了一个蓬勃发展的时期。"

　　《八千里路云追月》是我写作出版的第三部长篇小说。最初，我在读到零零星星的有关史料中，职业和写作的敏锐提醒我，尹昌衡是一个人物！他不仅是个政治人物、军事人物，而且是个极有光彩的文学人物。但是，一旦具体到人物的写作时，我还是颇为踌躇。因为：如果对这个人物进行大幅度的虚构，那么，写出来这个人物很可能会离真实的尹昌衡太远。如果进行写真，又嫌不够。我很有幸，这时我在无意中认识了朱之彦先生，进而认识了尹宣晟先生。

　　我尚健在的父亲，早年毕业于华西协合大学中文系。他始终不改文人习气，直至现在，朋友众多，而且这些朋友大都是文化人，朱之彦就是其中一个。一次偶然谈话中，朱之彦将尹宣晟介绍了我。尹宣晟是尹昌衡的幺儿，尹宣晟先生很愿意给我提供其父尹昌衡活的史料。

　　尹宣晟命运多舛。首先，他是尹昌衡被袁世凯诱骗到北京，继而下狱后生的孩子，是尹昌衡三个儿子中的老幺。其次，他受其父影响很深。那时，年幼的他，为了不到学校学习英文，在家自学，结果连小学文凭都没有一张。虽然最终他通过自学，满腹经纶，但因为没有文凭，吃了大亏。他"仇英"的种子也在自觉不自觉中形成的。当时，年仅二十七岁的四川都督尹昌衡，之所以请缨率军西征，平息西藏叛乱，根子在当时的英帝国主义，是英帝国主义煽动蛊惑十三世达赖叛乱；尹昌衡之所以后来被袁世凯诱骗至京师下狱，也与英帝国主义不无干系：窃取了民国大总统的袁世凯想黄袍加身，这就要乞求包括英帝国主义等西方列强和日本等国的支持。一心维护祖国领土完整、坚决平叛的尹昌衡势必成了袁世凯必欲除之而后快的牺牲品。

　　到了言必称阶级和阶级斗争的时期，作为尹昌衡儿子的尹宣晟，他的日子可想而知。

　　我见到他的时候，他五十多岁。高高的个子，五官端正，人品正直，知识渊博，声音洪亮。这一切，简直就是尹昌衡再世，而且他酒量惊人，这点，也酷似其父。让我感到高兴、欣慰的是，这时他已经结婚，有了一个不错的家庭。那家人对他很好，很尊敬。

　　在简陋的农家，尹宣晟有个单独的书房。

　　正是盛夏时节，我下了班就去到他那里，他口述我笔记。尹宣晟记忆力惊人，这之中，不乏浸透了他对父亲深厚的感情。其间，有两句闲聊似的话，让我至今记得："我不想活久了！"正襟危坐的他笑着说："我只想活到我父亲那样的年纪！"我万万没有想到，这话果真一语成，他去世时年仅六十八岁，与他父亲尹昌衡一样。还有一句："我今生最大、最后的愿望，就是在我父亲的陵园修好后，回彭县老家为我父亲守灵。"我知道，当时，他的侄儿侄女：俊熙、俊龙、俊文、俊骅、俊蓥等正在做方方面面的努力，已经取得初步成功，正在彭县老家修建"尹昌衡纪念馆"。他们，都是尹宣晟已经去世的二哥的儿女。

　　尹宣晟书柜里书很多，这些书，大都是他父亲的著作，有些还没有出版。在那个盛夏时节，我在完成了我的采访，在整理费时多日的采访成果时，我惊喜地发现，我原先的判断没有错：尹昌衡这个人和他的一生，是一本非常精彩的大书。而且，若干曲折的故事和极精彩的细节，是坐在书斋中编故事的作家们，无论如何也想不出来、编不出的。

　　接下来，就是艰苦的写作了。写长篇，本身就是艰苦的脑力劳动，也是艰苦的体力劳动。而且，我这种写法，简直就是戴着镣铐跳舞：既不能抛开事实本身，天马行空似的去写；也不能完全囿于事实本身。既要戴上镣铐，又要把舞跳好，这不容易，很不容易。

　　当时，我还是业余写作。我利用一年中难得的休假，夜以继日、废寝忘食地写。就在我写完初稿的同时，肚子突然长拉不止。就此埋下了肠功能紊乱的祸根。写完后，我给尹宣晟先生看，他看得极细，在好几本自制的本子上写了意见。包括故事情节、彼时彼地的对话、风俗民情，等等。

　　但是，正如我以上所说，书出后，尽管取得了不错的反响，但"硬伤"很多。这，对于一个写作者来说，不能不说是一个最大的遗憾。

　　这种遗憾，我相信，在我这本书重新出版之时，不仅可以得到完全的弥补纠正，而且在整体水平上肯定可以得到一个相当的提升。因为，就书的内容、人物的提炼、文本的叙述水平上，都有了相当的提高。加上尹俊熙、俊龙、俊骅、俊蓥等八姐妹兄弟的实力，还有他们的劳作、运筹和努力，等等，都给这本书提供了保证。

俊熙、俊龙、俊骅等兄弟姐妹八人卓有成就。他们中，有成功的企业家，有资深建筑学家，有编辑记者和历史学家……

另外，值得一提的是，年前，我应邀去彭县尹昌衡故居参观了尹昌衡纪念馆，加深了我写这本书的实感。尹昌衡纪念馆规模不大，却备极堂奥幽深，显得精致。三进的小院。跨进门槛照壁之后，有假山、鱼池。回廊怀抱、红漆的柱子、大红的灯笼、灯笼下金色的流苏在春风中摇曳。

我在后院那尊尹昌衡铜像前久久观瞻徘徊。这尊铜像，生动地展现了尹昌衡的风采：他长身玉立，戎装笔挺，双目炯炯有神；脚蹬马靴，双腿微微张开，双手拄一把长长的指挥刀，威风凛凛。循着他那双很有穿透力的眼睛望去，我觉得，当年叱咤风云的尹都督，似乎在对我们这些后来者述说着什么。

尹都督故乡的人民——彭州市政府，对尹昌衡是崇敬的、怀念的。尹昌衡的故乡，已经改名为昌衡村。更可喜的是，当地政府计划将原先"微小"的"尹昌衡纪念馆"，要扩大到三十多亩，当地老百姓的搬迁已经快结束。毕业于浙江大学，过后在北京一家设计院当过院长，从事多年专业设计的尹俊熙，将她设计的图纸给我看。我虽然看不太懂，但完全能领略到那气势。他们兄弟姐妹八人都有分工。现在，他们中，有的在抓"尹昌衡纪念馆"的扩大施工——有的在抓小说创作，有的在抓电视连续剧。工作齐头并进，扎扎实实。他们干的是一项工程，了不起的工程！在辛亥革命一百周年到来的时候，他们不仅将全面地、浓墨重彩地展现一个活生生的尹昌衡。而且，我相信，他们的成绩，他们的努力，对整个辛亥革命一百周年纪念也是一个贡献和推动。

很长一段时间，我总觉得，一个伟大人物的出现，与他的出生地不无关系。我相信地缘学。而且，我还做过许多实地探访。比如，毛泽东主席出生地韶山，那就是一个钟灵毓秀地。同样，邓小平的故乡广安也是。一代文豪郭沫若也是，他家坐落在二峨山下，大渡河之畔。二峨山绵延青葱，奔腾而来的大渡河水，给郭沫若带来了取之不尽用之不竭的文墨、文气的涵养和滋润。还有，在唐宋八大家中就占了三席的眉山苏氏一门三父子：苏洵、苏轼、苏辙的故地也同样如是。有这样一说：山东是一山（沂蒙山）一水（沂河水）一圣人（孔子）；我们天府之国四川，是多山多水多才子。此说很对。

而出乎我意料的是，尹昌衡的故居没有我想象中青葱耸立的山峦，没有玉带般飘过的河流，有的是成都平原司空见惯的景致：烟村人家，小桥流水；棋盘似的田野上，绿色为主，五彩斑斓。而这样的地方就出了尹昌衡这样的人物！我想，之所以如此，一定是这家人多年的造化、多年的积累，更主要的是尹昌衡本人的努力和固有的天质！

尹昌衡的墓茔修在纪念馆之侧。中间隔一座小小的农家小院。这家富裕起来的农家，在小院中修了一幢一楼一底的西式洋房。而尹昌衡墓茔却师法自然。在它四周簇拥着苍松、翠柏和油绿的冬青。墓地像平地矗立的一座小山，遍披青翠。在当前成都平原上寸土寸金的情况下，当地能给去世多年的尹昌衡修建这样一个墓地，足见当地人对尹昌衡尹大都督的怀念和厚爱。

墓地之前，左右各边立有一道红砂石的墓碑，这是尹昌衡的二女儿和三女儿的墓碑。她们几年前都还见过，叫她们二娘、三娘。于今已是阴阳两隔，让我平生伤感。这两个小小的墓碑，贴得很近，我觉得，就像她们小时在父亲身边绕膝承欢。

就在我陆陆续续写作这部书时，为投石问路，对这部书稿进行最初的检验，我相继给很有影响的《名人传记》，还有《团结报》和《龙门阵》等报刊上投寄了一些书稿，都刊用了。而且在《团结报》上发表的"尹昌衡慧眼识拔李宗仁"一文，过后还被多家文摘报转载。这就让我对这本书充满了信心和期待！

今天是昨天的延续。不知道昨天，就不知道今天，不知道昨天和今天，就不知道明天。历史是一代接一代谱写、传承的，而其中重要人物则是不可或缺的链条。尹昌衡就是这样的人物。他是四川历史上，也是民国史上不可或缺的重要人物。毫无疑问，尹昌衡这个人物是彭州的、也是成都的，四川的，更是全中国的。就在我马上就要在书稿上落下最后一个字时，清晰看见，尹昌衡正从历史的深处向我们走来，越走越近。我愿和我的这本书，化作春天原野上一缕绿色的春风，升起来，托着尹昌衡翩翩而至。

2017 年 10 月 12 日深夜于成都狮子山